Serviço Secreto

LEE CHILD

Serviço Secreto

Tradução
Marcelo Hauck

2ª edição

BERTRAND BRASIL
Rio de Janeiro | 2025

Copyright © Lee Child 2002
Os direitos morais do autor foram assegurados.

Título original: *Without Fail*

Texto revisado segundo o novo
Acordo Ortográfico da Língua Portuguesa

2025
Impresso no Brasil
Printed in Brazil

CIP-BRASIL. CATALOGAÇÃO NA PUBLICAÇÃO
SINDICATO NACIONAL DOS EDITORES DE LIVROS, RJ

Child, Lee, 1954-

C464s   Serviço secreto / Lee Child; tradução de Marcelo Hauck. – 2ª ed.
2ª ed.   –Rio de Janeiro: Bertrand Brasil, 2025.
23 cm. (Jack Reacher)

Tradução de: Without fail
ISBN 978-85-286-1939-3

1. Ficção inglesa. I. Hauck, Marcelo. II. Título. III. Série.

CDD: 823
16-33422   CDU: 821.111-3

Todos os direitos reservados pela:
EDITORA BERTRAND BRASIL LTDA.
Rua Argentina, 171 – 2º andar – São Cristóvão
20921-380 – Rio de Janeiro – RJ
Tel.: (21) 2585-2000

Não é permitida a reprodução total ou parcial desta obra, por
quaisquer meios, sem a prévia autorização por escrito da Editora.

Atendimento e venda direta ao leitor:
sac@record.com.br

Este livro é para os meus irmãos Richard,
em Gloucester, na Inglaterra; David, em Brecon, no País de Gales;
Andrew, em Sheffield, na Inglaterra; e para meu amigo
Jack Hutcheson, em Penicuik, na Escócia.

1

ELES O DESCOBRIRAM EM JULHO E FICARAM COM RAIVA durante todo o mês de agosto. Tentaram matá-lo em setembro. Era cedo demais. Não estavam prontos. O atentado foi um fracasso. Podia ter sido um desastre, mas na verdade foi um milagre. Porque ninguém percebeu.

Com seu método convencional, passaram pela segurança e se posicionaram a trinta metros de onde ele estava discursando. Usaram um silenciador e o erraram por poucos centímetros. A bala deve ter passado logo acima da cabeça dele. Talvez até *raspando no cabelo*, pois imediatamente ele levantou a mão e o arrumou, como se uma rajada de vento o tivesse bagunçado. Mais tarde, viram a cena várias e várias vezes novamente pela televisão. Ele levantou a mão e arrumou o cabelo. Não fez mais nada. Apenas continuou o discurso, indiferente, pois, por definição, uma bala atirada com silenciador é rápida demais para ser vista e silenciosa demais para ser ouvida. Como ela não o acertou, seguiu adiante. Também não acertou ninguém atrás dele. Não encontrou obstáculo algum, não acertou prédios. Continuou voando completamente livre até que perdeu energia e a gravidade a puxou para a terra num lugar bem longe, onde não havia nada exceto grama. Não houve retaliação. Nenhuma reação. Ninguém percebeu. Foi como se a bala nunca tivesse sido disparada. Eles não atiraram novamente. Estavam tremendo demais.

Portanto, um fracasso, mas um milagre. E uma lição. Eles passaram outubro inteiro agindo como os profissionais que eram: começaram de novo, acalmaram-se, pensaram, aprenderam, prepararam-se para o segundo atentado. Seria um atentado melhor, cuidadosamente planejado, desenvolvido com técnica, nuance e sofisticação, bem como aprimorado por um medo terrível. Um atentado digno. Um atentado *criativo*. Acima de tudo, um atentado sem espaço para o fracasso.

Então novembro chegou, e as regras mudaram completamente.

A xícara de Reacher estava vazia, mas continuava quente. Ele a levantou do pires, a inclinou e observou a borra no fundo escorrer em sua direção, lenta e marrom, como rio assoreado.

— Quando isso precisa ser feito? — perguntou.

— O mais rápido possível — respondeu ela.

Ele fez que sim com a cabeça. Arrastou-se para fora do banco e se levantou.

— Ligo para você em dez dias — disse.

— Com uma decisão?

Ele negou com um gesto de cabeça.

— Pra falar como as coisas correram.

— Vou *saber* como correram.

— Certo. Para falar pra onde tem que mandar meu dinheiro, então.

Ela fechou os olhos e sorriu. Ele baixou o olhar.

— Você achou que eu ia recusar? — perguntou.

Ela abriu os olhos.

— Achei que seria um pouquinho mais difícil de te persuadir.

Reacher deu de ombros.

— Como o Joe falou, tenho uma queda por desafios. Joe geralmente estava certo sobre coisas como essa. Ele geralmente estava certo sobre um monte de coisas.

— Agora não sei o que dizer, a não ser "obrigada".

Ele não respondeu. Simplesmente começou a se movimentar para ir embora, mas ela se levantou, ficando bem ao lado dele e o impedindo de passar. Houve um silêncio embaraçoso. Os dois ficaram cara a cara por um segundo, presos pela mesa. Ela estendeu a mão, e ele a apertou. A mulher a segurou por um tempo longo demais, depois se esticou e o beijou na bochecha. Os lábios dela eram macios. O toque o queimou como um pequeno choque elétrico.

— Um aperto de mão não é o suficiente — afirmou ela. — Você vai fazer o serviço pra nós. — Fez uma pausa. — E foi praticamente meu cunhado.

Ele não falou nada. Apenas fez um gesto com a cabeça, saiu de detrás da mesa arrastando os pés e olhou para trás uma vez. Em seguida, subiu as escadas e saiu para a rua. O perfume dela estava em suas mãos. Deu a volta até o cabaré e deixou um bilhete para seus amigos no camarim. Depois seguiu para a rodovia, com dez dias para encontrar uma maneira de matar o quarto homem mais bem-protegido do planeta.

Tinha começado oito horas antes, dessa maneira: M. I. Froelich, líder de equipe, foi trabalhar naquela manhã de segunda-feira, treze dias depois da eleição, uma hora antes da segunda reunião de estratégia, sete dias depois da palavra *assassinato* ter sido usada pela primeira vez, e tomou sua decisão final. Ela saiu em busca do seu superior imediato e o encontrou no secretariado do lado de fora do seu escritório, nitidamente apressado a caminho de outro lugar. Ele estava com um arquivo embaixo do braço e uma expressão que dizia *nem chegam perto*. Mas ela respirou fundo e deixou claro que precisava falar com ele naquele momento. Urgente. Extraoficialmente e em particular, óbvio. Ele parou por um momento, virou-se de maneira abrupta e entrou novamente no escritório. Deixou-a entrar depois de si e fechou a porta com uma suavidade que deixava transparecer que a reunião não programada era um pouco conspiratória, mas com firmeza o suficiente para que ela não tivesse dúvida de que ele estava irritado com a interrupção em sua rotina. Era apenas o barulho do trinco da porta, mas também uma inconfundível mensagem, que, na gramática da linguagem das hierarquias nos escritórios de qualquer lugar, dizia exatamente o seguinte: *é melhor que você não esteja me fazendo perder tempo com isto.*

Ele tinha 25 anos de experiência, na reta final antes da aposentadoria, e estava já com seus 50 e poucos anos, o último eco dos velhos tempos. Ainda era alto, razoavelmente magro e atlético, mas estava ficando grisalho

9

e flácido nos lugares errados. O nome dele era Stuyvesant. Assim como o último Diretor-Geral de Nova Amsterdã, ele o soletrava quando solicitado. Em seguida, fazendo referência ao mundo moderno, dizia: igual ao cigarro. Vestia Brooks Brothers todos os dias da sua vida, sem exceção, mas era considerado capaz de flexibilizar suas táticas. O melhor de tudo, nunca tinha falhado, jamais — e estava na ativa havia muito tempo, tendo assumido mais do que a sua cota justa de dificuldades. Mas não houve falhas nem má sorte. Portanto, no impiedoso cálculo das organizações em qualquer lugar, podia-se dizer que era bom trabalhar para aquele sujeito.

— Você parece um pouco nervosa — comentou ele.

— Estou mesmo, um pouquinho — confirmou Froelich.

O escritório dele era pequeno, tranquilo, escassamente mobiliado e muito limpo. As paredes eram pintadas de um branco brilhante, e lâmpadas de halogêneo iluminavam o ambiente. Havia uma janela, com persianas verticais brancas fechadas pela metade contra o céu nublado do lado de fora.

— Por que está nervosa? — perguntou ele.

— Preciso te pedir permissão.

— Pra quê?

— Pra algo que quero tentar fazer — disse ela.

Ela era vinte anos mais nova que Stuyvesant, com exatamente 35. Mais para alta do que para baixa, apesar de não muito — provavelmente apenas uns quatro ou cinco centímetros a mais que as mulheres americanas da sua geração. No entanto, o tipo de inteligência, energia e vitalidade que ela irradiava tornava a palavra *mediana* completamente inapropriada. Ela era ao mesmo tempo graciosa e musculosa, de pele e olhos radiantes, o que fazia com que parecesse uma atleta. O cabelo era curto, claro e despreocupadamente despenteado. Dava a impressão de ter se enfiado rapidamente em sua roupa de trabalho depois de tomar um banho apressado após ganhar medalha de ouro nas Olimpíadas por desempenhar um papel crucial em algum tipo de esporte em equipe. Como se tudo isso não fosse grande coisa; como se quisesse sair do estádio antes dos jornalistas terminarem de entrevistar seus companheiros de equipe e chegarem a ela. Parecia uma pessoa muito competente, mas bem modesta.

— Que tipo de coisa? — perguntou Stuyvesant.

Ele se virou e colocou o arquivo sobre a mesa grande e coberta com uma placa de compósito cinza; mobília de escritório de ponta, obsessivamente limpa e polida como se fosse uma antiguidade. Stuyvesant era famoso por sempre manter a mesa sem papéis e completamente vazia. Esse hábito criava um ar de eficiência extrema.

— Quero alguém de fora para executar o serviço — disse Froelich.

Stuyvesant posicionou o arquivo na aresta da mesa e passou os dedos ao longo da lombada e da borda adjacente, como se conferisse se o ângulo estava exato.

— Você acha que é uma boa ideia? — perguntou.

Froelich ficou calada.

— Suponho que tenha alguém em mente — continuou ele.

— Uma excelente probabilidade.

— Quem?

Froelich abanou a cabeça.

— Você não deve ficar por dentro. Melhor assim.

— Ele foi recomendado?

— Ou ela.

Stuyvesant confirmou com um gesto de cabeça. *O mundo moderno.*

— A pessoa que você tem em mente foi recomendada?

— Sim. Por uma fonte excelente.

— Daqui de dentro?

— É — respondeu Froelich.

— Então a gente já está por dentro.

— Não; a fonte não é mais daqui de dentro.

Stuyvesant se virou novamente e movimentou o arquivo para que ficasse paralelo à borda mais longa da mesa. Depois o colocou novamente paralelo à borda menor.

— Deixe-me bancar o advogado do diabo — disse ele. — Promovi você há quatro meses. Quatro meses é muito tempo. Escolher trazer alguém de fora *agora* pode ser visto como falta de autoconfiança, não pode? Você não diria isso?

— Não posso me preocupar com isso.

— Talvez devesse — sugeriu Stuyvesant. — Isto pode te afetar. Outras cinco pessoas queriam seu emprego. Ou seja, se tomar esta decisão e a informação vazar, terá problemas sérios. Vai ter meia dúzia de abutres resmungando *eu te avisei* pelo resto da sua carreira. Porque você começou a questionar as próprias habilidades.

— A questão é: eu *preciso* me questionar. Acho.

— Acha?

— Não, eu sei. Não vejo outra alternativa.

Stuyvesant ficou calado.

— Não estou feliz com isso — afirmou Froelich. — Pode acreditar. Mas acho que tem que ser feito. É a decisão a que cheguei.

O escritório ficou em silêncio. Stuyvesant não disse nada.

— Então, o senhor vai autorizar? — perguntou Froelich.

Stuyvesant deu de ombros.

— Você não deveria me pedir. Devia simplesmente ter ido em frente e feito o que acha que tem que ser feito.

— Não é meu estilo — disse Froelich.

— Então não fale com mais ninguém. E não coloque nada no papel.

— Não faria isso, de qualquer maneira. Comprometeria a eficiência.

Stuyvesant concordou com um gesto vago de cabeça. Em seguida, como bom burocrata que tinha se tornado, chegou à pergunta mais importante de todas.

— Quanto essa pessoa vai custar?

— Não muito — disse Froelich — Pode ser que não custe nada. Só as despesas. Nós temos uma história juntos. Teoricamente. De certa forma.

— Isso pode empacar sua carreira. Sem mais promoções.

— Outra alternativa iria *acabar* com minha carreira.

— Você foi escolha minha — disse Stuyvesant. — Eu indiquei você. Portanto, qualquer coisa que prejudicar você me prejudica também.

— Entendo, senhor.

— Então respire fundo e conte até dez. Depois me diga se é realmente necessário.

Froelich assentiu, respirou fundo e ficou em silêncio por dez ou onze segundos.

— É realmente necessário — afirmou ela.

Stuyvesant pegou o arquivo.

— Tudo bem. Vá em frente.

Ela começou imediatamente após a reunião de estratégia, mas tomou consciência de repente de que *fazer* era a parte difícil. Pedir permissão parecera um empecilho tão grande que ela tinha colocado na cabeça que aquele seria o estágio mais difícil do projeto. Mas aquilo não era nada comparado com localizar o alvo. A única coisa que ela tinha era um sobrenome e uma biografia superficial que podia ou não ser precisa e que fora atualizada oito anos antes. Isso se ela se lembrasse dos detalhes corretamente. Eles tinham sido mencionados casualmente, meio de brincadeira, tarde da noite, por seu amante, durante parte de uma sonolenta conversa na cama. Ela sequer tinha certeza de que realmente prestara atenção. Então decidiu não confiar nos detalhes. Confiaria apenas no nome.

Ela o escreveu em letras maiúsculas grandes no topo de uma folha amarela. O nome trouxe de volta muitas lembranças. Algumas ruins, a maioria boa. Ela o ficou observando por um longo momento, depois o riscou e escreveu *sujdes* no lugar. Isso a ajudaria a se concentrar, pois transformava a coisa toda em algo impessoal, a colocaria novamente numa rotina, a levaria diretamente para o treinamento básico. Um *sujeito desconhecido* era alguém a ser identificado e localizado. Só isso. Nada mais, nada menos.

Sua principal vantagem operacional eram os recursos que o computador lhe dava. Ela tinha acesso a mais bancos de dados do que um cidadão comum. O *sujdes* era militar, ela tinha certeza, por isso estaria no National Personnel Records Center, o centro nacional de cadastro de recursos humanos. Ficava em St. Louis, Missouri, e continha os dados de literalmente todos os homens e mulheres que algum dia já serviram ao exército dos Estados Unidos, onde quer que fosse. Ela digitou o sobrenome e esperou; o software de consulta localizou apenas três registros. Um deles ela eliminou imediatamente por causa do primeiro nome. *Tenho certeza de que não é ele, não tenho?* Outro ela eliminou pela data de nascimento. *Uma geração inteira mais velho.* Portanto, o terceiro tinha que ser o *sujdes*. Não havia outra possibilidade. Ela observou o nome completo por um segundo, escreveu a data de nascimento e o número de identidade em seu papel amarelo. Em seguida, clicou no ícone que dava acesso aos *detalhes* e inseriu a sua senha. Uma nova tela foi aberta, mostrando um resumo abreviado da carreira dele.

Más notícias. O *sujdes* não era mais militar. Sua carreira tinha terminado cinco anos antes, com uma dispensa honrosa depois de treze anos de serviço. A patente final fora de major. Havia três medalhas listadas, incluindo a Estrela de Prata e a Coração Púrpura. Ela leu o conteúdo, tomou nota dos detalhes e fez uma linha de um lado ao outro do papel amarelo que significava o fim de uma época e o início de outra. Em seguida, continuou a vasculhar.

O próximo passo lógico a ser dado era olhar a lista de óbitos. *Treinamento básico*. Não há porque procurar alguém que já está morto. Ela inseriu a identidade e percebeu que estava prendendo a respiração. Mas deu negativo. O *sujdes* ainda estava vivo, até onde o governo sabia. O próximo passo era checar o registro da polícia. *Treinamento básico novamente*. Não havia por que tentar recrutar alguém que estivesse cumprindo pena na prisão, por exemplo — não que ela pensasse que isso fosse remotamente possível no caso do *sujdes*. Mas nunca se sabe. A linha é tênue em certos tipos de personalidade. O sistema da polícia era sempre lento, então ela aproveitou para guardar uma papelada em gavetas e encher novamente a caneca de café. Quando voltou, viu na tela que não havia registro de prisão ou condenação. Além disso, uma pequena observação dizia que constava nos registros do *sujdes* um arquivo no FBI. *Interessante*. Ela fechou o sistema e foi direto para o banco de dados do FBI. Encontrou o arquivo, porém não conseguiu abri-lo. Mas ela conhecia o sistema de classificação do FBI bem o suficiente para conseguir decifrar o conteúdo a partir do título. Era simplesmente um arquivo narrativo, inativo. Nada mais. O *sujdes* não era um fugitivo, não estava sendo procurado, não estava encrencado naquele momento.

Ela tomou nota de tudo, depois entrou no banco de dados do Departamento Nacional de Veículos Motorizados. Más notícias novamente. O *sujdes* não tinha carteira de motorista. *O que era muito estranho. E um saco*. Porque não ter carteira de motorista significava não ter uma foto atualizada nem endereço no cadastro. Ela entrou no sistema da Administração dos Veteranos, em Chicago. Procurou usando nome, patente e número. Não houve resultado. O *sujdes* não estava recebendo benefícios federais e não informara endereço de correspondência. *Por que não? Onde diabos está você?* Ela checou o sistema da Seguridade Social e solicitou os registros de contribuição. Não havia nenhum. O *sujdes* não tinha sido empregado desde que deixara de ser militar — pelo menos não legalmente. Tentou confirmar pela Receita Federal. Mesma história. O *sujdes* não pagava impostos havia cinco anos. Não tinha sequer entregado sua declaração de imposto de renda.

Certo, vamos parar de brincadeira. Ela ajeitou o corpo na cadeira, fechou os sites do governo e rodou um software ilícito que a levou diretamente para o mundo privado da indústria bancária. Estritamente falando, ela não deveria estar usando-o com esse propósito. Ou com qualquer propósito, aliás. Era uma óbvia violação de protocolo. Mas ela não esperava nenhuma repreensão. Além disso, tinha esperança de conseguir uma resposta. Se o *sujdes* tivesse uma única conta bancária em qualquer um dos cinquenta estados, ela apareceria ali. Mesmo que fosse uma humilde conta corrente. Mesmo que fosse sem saldo ou inativa. Um monte de pessoas sobrevive sem conta bancária, ela sabia disso, mas seu instinto a dizia que o *sujdes* não era uma delas. Não alguém que tinha sido major do exército americano. Com medalhas.

Ela inseriu o número de identidade duas vezes, uma no campo da seguridade social e outra no campo Identidade do Contribuinte. Preencheu o nome. Clicou em *pesquisar.*

A 290 quilômetros dali, Jack Reacher tremia. Atlantic City, no meio de novembro, não era o lugar mais quente do planeta. De jeito nenhum. O vento vinha do oceano carregando sal suficiente para manter tudo permanentemente úmido e viscoso. Ele chicoteava, soprava, remexia o lixo no chão e colava sua calça às pernas. Cinco dias antes ele estava em Los Angeles; agora tinha certeza absoluta de que devia ter ficado lá. Tinha certeza de que deveria voltar. O sul da Califórnia era um lugar bem atrativo em novembro. O ar lá estava quente, e a brisa do oceano era como carícias suaves e aprazíveis em vez de intermináveis açoites fuzilantes de um doloroso frio salgado. Ele devia ir para *algum lugar,* tinha certeza.

Ou talvez devesse ficar por ali, como lhe tinham pedido, e comprar um casaco.

Voltara para o leste com uma velha mulher negra e seu irmão. Ele vinha pegando carona para fora de Los Angeles, sentido leste, a fim de passar um dia no deserto de Mojave. O velho casal o tinha pegado em um Buick Roadmaster antigo. Ele viu um microfone, um sistema primitivo de alto-falantes e um teclado Yamaha encaixotado entre as malas, e a senhora disse a ele que era uma cantora a caminho de uma curta temporada em Atlantic City. Falou que seu irmão a acompanhava no teclado e dirigia, mas já não era muito de conversar, já não dirigia muito bem, e o Roadmaster já não era um carro muito bom. Tudo verdade. O velho de fato não abria a boca, e eles de fato passaram por diversos perigos mortais nos primeiros oito quilômetros. A senhora começou a cantar para se acalmar. Ela entoou alguns versos de "You Don't Love Me", e Reacher imediatamente decidiu acompanhá-la por todo o percurso até o leste apenas para ouvir mais. Ele se ofereceu para assumir a direção. Ela continuou cantando. Tinha uma voz doce e rouca que devia tê-la transformado numa superestrela do blues muito tempo antes, mas ela provavelmente estava no lugar errado muitas vezes, de forma que acabou nunca acontecendo. O calhambeque pelejava com problemas na direção e todo tipo de estalos e rangidos debaixo da compassada e pesada martelada do motor V-8; a oitenta quilômetros por hora, todos os barulhos juntos pareciam uma música de fundo. O rádio era fraco e pegava uma interminável sucessão de estações AM locais por aproximadamente vinte minutos cada. A mulher cantava junto com ele, enquanto o velho se mantinha completamente calado e dormindo durante a maior parte do caminho no banco de trás. Reacher dirigiu dezoito horas por dia durante três dias seguidos e chegou a Nova Jersey se sentindo como se tivesse tirado férias.

Os shows eram num lounge de quinta categoria a oito quadras do calçadão de madeira da praia, e o gerente não era o tipo de cara em quem necessariamente se confiaria para respeitar um contrato. Então Reacher, por conta própria, assumiu a responsabilidade de contar os fregueses e ficar de olho na quantidade de grana que deveria constar no envelope de pagamento ao final da semana. Ele deixou isso bem óbvio e viu o gerente ficar cada vez mais ofendido com aquilo. O cara começou a fazer telefonemas curtos e enigmáticos, abafando o som da própria voz com a mão e cravando os olhos em Reacher, que retribuía olhando-o diretamente com um sorriso gélido, imóvel, sem piscar. Ele ficou até o fim de todas as três apresentações durante dois fins de semana seguidos, mas em seguida começou a ficar inquieto. E com frio. Então, na manhã de segunda-feira, estava prestes a mudar de ideia e voltar para a estrada quando o velho tocador de teclado caminhou com ele depois do café da manhã e finalmente quebrou seu silêncio.

— Queria pedir a você que ficasse por perto — disse. Ele pronunciou *pfor pferto*, e havia uma espécie de esperança em seus olhos marejados.

Reacher não respondeu.

— Senão aquele gerente vai passar a perna na gente com certeza — disse o velho homem, como se ser tapeado financeiramente fosse algo que só acontecesse com músicos, assim como ter uma congestão nasal ou o pneu do carro furado. — Mas, se a gente receber nosso pagamento, aí a gente vai ter dinheiro pra ir pra Nova York, quem sabe consegue tocar na casa de shows do B.B. King, na Times Square, ressuscitar nossa carreira. Um cara como você pode fazer muita diferença nesse departamento, pode acreditar.

Reacher ficou calado.

— É claro que posso ver que está ficando preocupado — disse o homem. — Uma gerência daquele tipo ali é quase certo que tenha uns tipos desagradáveis prontos para agir.

A sutileza dele fez Reacher sorrir.

— O que você faz, afinal de contas? É algum tipo de boxeador? — perguntou o tecladista, pronunciando *bosseador*.

— Não — disse Reacher —, não sou nenhum tipo de boxeador.

— Lutador? — perguntou o senhor. — Tipo aqueles da tevê a cabo?

— Não.

— Você tem tamanho pra isso, com certeza — afirmou o velho. — É grande o suficiente pra ajudar a gente, se quisesse.

Ele disse *afudar a fente*. Não tinha os dentes da frente. Reacher ficou calado.

— O que você faz, afinal? — repetiu o homem.

— Eu era um policial — respondeu Reacher. — Do Exército, há treze anos.

— Você se demitiu?

— Quase isso.

— Não tem nenhum trabalho para os camaradas militares depois?

— Nenhum que eu quisesse — disse Reacher.

— Você mora em Los Angeles?

— Não moro em lugar nenhum — respondeu Reacher. — Eu ando por aí.

— Então um companheiro de estrada deveria ficar com a gente — disse ele. —Simples assim. Ajudar um ao outro. Fazer disso uma coisa mútua.

Afudar um ao outro.

— É muito frio aqui — disse Reacher.

— Ah, pode apostar que é — disse o senhor. — Mas você pode comprar um casaco.

Então ali estava ele, sendo castigado pelo vento, com o sopro do mar colando suas calças contra suas pernas e tomando sua decisão. *Pra estrada ou pra uma loja de casacos?* Ele deixou uma pequena fantasia passar por sua cabeça: quem sabe a cidade de La Jolla, um quarto barato, noites quentes, estrelas cintilantes, cerveja gelada. Ou então: a senhora na nova casa de shows de B.B. King em Nova York, algum jovem funcionário de uma gravadora obcecado por sons retrô passa por ali, oferece a ela um contrato, ela grava um disco, faz uma turnê nacional, alguém faz uma pequena resenha na revista *Rolling Stone*, fama, dinheiro, uma casa nova. *Um carro novo.* Ele deu as costas para a estrada, curvou-se contra o vento e caminhou para o leste à procura de uma loja de roupas.

Naquela segunda-feira em particular, havia, na Corporação Federal de Seguro de Depósitos, aproximadamente 12 mil organizações bancárias licenciadas e em operação nos Estados Unidos e elas tinham um total aproximado de 1 bilhão de contas, mas apenas uma delas batia com o nome e a identidade do *sujdes*. Era uma conta simples em um banco regional em Arlington, na Virginia. M. I. Froelich se surpreendeu ao ver o endereço da agência. *Mas fica a menos de sete quilômetros de onde estou sentada agora.* Ela escreveu os detalhes no papel amarelo. Pegou o telefone, ligou para um colega do alto escalão de outro departamento e lhe pediu que contatasse o banco e colhesse todos os detalhes que conseguisse. Principalmente um endereço residencial. Pediu que ele agisse absolutamente o mais rápido possível, mas também que fosse discreto. E de maneira completamente extraoficial. Depois desligou e esperou, ansiosa e frustrada por estar temporariamente sem o que fazer. O problema era que o outro departamento da organização poderia fazer perguntas discretas aos bancos de maneira bem fácil, enquanto, para Froelich, fazer o mesmo poderia ser considerado muito estranho.

Reacher encontrou uma loja popular a três quadras do oceano e entrou. Era estreita, mas se estendia para dentro do prédio uns sessenta metros. Havia tubos fluorescentes por todo o teto e araras com roupas até o horizonte. Parecia que as coisas de mulher ficavam na esquerda, as de criança, no meio, e as de homem, na direita. Ele começou no canto do fundo e veio seguindo para a frente.

Certamente havia ali todo tipo de casacos comercialmente disponíveis. Nas duas primeiras araras ficavam as jaquetas acolchoadas curtas.

Nada disso. Ele se guiava por algo que um antigo amigo do exército lhe tinha dito: *um bom casaco é como um bom advogado, ele protege a sua bunda.* A terceira arara era mais promissora. Tinha casacos de lona de cor neutra, na altura da coxa e avolumados por forros de flanela. Talvez houvesse lã dentro deles. Quem sabe outra coisa qualquer também. Com certeza pareciam suficientemente grossos.

— Posso ajudar?

Ele se virou e viu uma mulher jovem bem atrás de si.

— Esses casacos são bons para o clima daqui? — perguntou ele.

— São perfeitos — respondeu a mulher.

Ela era muito entusiasmada. Contou a ele tudo sobre um tipo de produto especial borrifado na lona para repelir a umidade. Falou sobre o isolamento interno. Prometeu que o deixaria aquecido mesmo numa temperatura abaixo de zero. Ele passou a mão pelos casacos e pegou um verde-oliva tamanho XXG.

— Tá, vou levar este aqui — afirmou ele.

— Não vai querer experimentar?

Ele pensou por um momento e o experimentou. Serviu muito bem. Quase. Talvez estivesse um pouco apertado nos ombros. As mangas talvez pudessem ser uns dois centímetros maiores.

— Você precisa de um casaco XXXG — disse a mulher. — Você tem 130?

— Cento e trinta o quê?

— Contorno do peito.

— Não tenho a menor ideia. Nunca medi.

— E altura? Pouco menos de dois metros?

— Acho que sim — respondeu ele.

— Peso?

— Uns 120 — disse ele. — Talvez 125.

— Então você com certeza precisa de um pra gente grande e alta — disse ela. — Experimenta este XXXG.

O XXXG que ela entregou tinha a mesma cor neutra do XXG anteriormente escolhido. Ficou muito melhor. Um pouco folgado, do jeito que ele gostava. E as mangas estavam certas.

— Vamos dar uma olhadinha nas calças? — sugeriu a mulher.

19

Ela tinha se aproximado de outra arara e estava procurando calças grossas de lona, olhando para a cintura e o comprimento das pernas dele. Voltou com uma calça que combinava com uma das cores do forro de flanela do casaco.

— E experimenta essas camisas — disse ela.

A vendedora deu um pulo até outra arara e mostrou a ele um arco-íris de camisas de flanela.

— Veste uma camiseta por baixo e você está prontinho. De que cor você gosta?

— Nada colorido — respondeu ele.

Ela deixou tudo sobre um dos racks. O casaco, a calça, a camisa, a camiseta. Faziam um bonito conjunto em tons de verde-oliva e cáqui.

— Certo? — perguntou ela com alegria.

— Certo — disse ele. — Você tem cuecas também?

— Por aqui — disse ela.

Ele vasculhou uma bancada de cuecas samba-canção de qualidade desprezível e escolheu uma branca. Depois um par de meias, quase 100% algodão, salpicada com todos os tipos de cores coordenadas.

— E aí? — repetiu a mulher.

Ele fez que sim e ela o levou até o caixa na parte da frente da loja, onde ele ficou observando-a passar a luz vermelha da maquinha pelas etiquetas e escutando o barulho que ela emitia.

— Dá 189 dólares certinho — informou ela.

Ele olhou para os números no display da registradora.

— Achei que esta fosse uma loja popular — disse ele.

— Bem o preço está inacreditavelmente razoável — afirmou ela.

Ele balançou a cabeça, enfiou a mão no bolso e tirou um maço de notas amassadas. Contou 190. Com o dólar que ela deu de troco, restaram-lhe quatro dólares na mão.

O colega do alto escalão do outro departamento ligou de volta para Froelich depois de 25 minutos.

— Você tem o endereço residencial? — perguntou ela.

— Washington Boulevard, 100 — respondeu o sujeito. — Arlington, Virginia. CEP 20310-1500.

Froelich anotou.

— Está bem, obrigada. Acho que é só disso que preciso.

— Acho que você pode precisar de um pouquinho mais.

— Por quê?

— Você conhece a Washington Boulevard?

Froelich pensou um pouco.

— É aquela que vai até a Memorial Bridge, né?

— É só uma rodovia.

— Não tem prédios? Tem que ter prédios.

— Tem *um* prédio. Um bem grande. Deve ter uns duzentos metros, do lado direito da via.

— O quê?

— O Pentágono — disse o cara. — Esse endereço é falso, Froelich. De um lado da Washington Boulevard está o Arlington Cemetery, e do outro, o Pentágono. É só isso. Nada mais. Não existe número 100. Não existe um endereço particular sequer. Olhei no Correio. E esse CEP aí é do Departamento do Exército, dentro do Pentágono.

— Ótimo — disse Froelich. — Você contou pro banco?

— É claro que não. Você me disse pra ser discreto.

— Obrigada. Mas voltei à estaca zero.

— Talvez não. É um esquema bizarro, Froelich. O saldo é de seis dígitos, mas está tudo parado na conta-corrente, sem rendimento nenhum. E o cliente só a acessa via Western Union. Nunca vai à agência. A transação é feita por telefone. O cliente liga, usa uma senha e o banco manda o dinheiro por transferência eletrônica via Western Union pra onde for.

— Nada de caixa eletrônico?

— Não tem nem cartão. E nunca foi emitido um talão de cheque.

— *Só* saca usando a Western Union? Nunca ouvi uma coisa dessas. Existem registros?

— Em tudo que é lugar, literalmente. Quarenta estados por enquanto em cinco anos. Alguns depósitos ocasionais e vários saques, sempre merreca, tudo por meio das agências da Western Union em interiores de cidades em todo o país.

— Bizarro.

— Não falei?

— Tem alguma coisa que você pode fazer?

— Já fiz. Eles vão me ligar da próxima vez que o cliente telefonar.

— E aí você vai me ligar?

— Pretendo.

— Existe um padrão de frequência?

— Varia. O intervalo máximo recente foi de algumas semanas. Às vezes é de poucos dias. Acontece muito às segundas. Os bancos estão fechados no fim de semana.

— Então posso me dar bem hoje.

— É claro que pode — disse o sujeito. — A questão é: eu vou me dar bem também?

— Não do jeito que está pensando — disse Froelich.

O gerente do lounge observou Reacher entrar no saguão do motel em que estava hospedado. Em seguida, voltou para uma rua lateral onde ventava bastante e ligou o celular. Tampou-o com a mão e falou baixo, de maneira incisiva, convincente, mas respeitosa, como lhe foi solicitado.

— Porque ele está me desrespeitando — disse ele, em resposta a uma pergunta.

— Hoje seria uma boa — respondeu ele a outra pergunta.

— Pelo menos dois — falou por fim. — Esse cara é grande.

Reacher trocou um de seus quatro dólares por moedas de 25 centavos na recepção do motel e seguiu para o telefone público. Discou o número do banco de cor, deu sua senha e solicitou uma transferência eletrônica de 500 dólares para a Western Union de Atlantic City, a serem sacados perto do horário de fechamento. Depois foi para o quarto, arrancou todas as etiquetas com a boca e vestiu as roupas novas. Transferiu todas as bugigangas dos bolsos, jogou o figurino de verão no lixo e se olhou no espelho atrás da porta do guarda-roupa. *É só deixar a barba crescer e arranjar uns óculos escuros que eu posso sair andando até o polo norte*, ele pensou.

Froelich ficou sabendo da transferência eletrônica onze minutos depois. Fechou os olhos por um segundo, apertou as mãos em um gesto de triunfo, esticou-se para trás e puxou um mapa da parte direita de uma prateleira. *Umas três horas, se o trânsito cooperar. Acho que dá.* Ela pegou sua jaqueta e sua bolsa e desceu correndo para a garagem.

Reacher passou uma hora em seu quarto e depois saiu para testar as propriedades isolantes de seu casaco novo. *Teste de campo*, era como chamavam muito tempo antes. Ele seguiu para o leste em direção ao oceano, onde ventava. Mais sentiu do que viu alguém atrás de si. Era uma coceira característica na parte de baixo das costas. Ele diminuiu o passo e usou a vitrine de uma loja como espelho. Viu um movimento de relance uns cinquenta metros atrás. Longe demais para detalhes.

Continuou andando. O casaco era muito bom, mas ele devia ter comprado um chapéu. Isso estava claro. O mesmo amigo que lhe dera aquela opinião sobre casacos costumava declarar que metade da perda de calor acontece pelo alto da cabeça, e era exatamente assim que Reacher se sentia. O frio atravessava seu cabelo e fazia os olhos lacrimejarem. Um gorro militar teria seu valor na costa de Jersey em novembro. Ele fez uma nota mental para prestar atenção no caminho de volta da Western Union e verificar se havia lojas de usados onde pudesse comprar um. Pela sua experiência, elas ficavam sempre nas mesmas regiões das cidades.

Reacher chegou até o calçadão de madeira e caminhou para o sul, ainda sentindo a mesma comichão na lombar. Virou-se repentinamente e não viu nada. Caminhou de volta para o norte, em direção ao local onde tinha começado. As tábuas sob seus pés estavam em boas condições. Havia uma placa dizendo que eram feitas de uma madeira de lei especial, das árvores mais duras que as florestas do mundo tinham a oferecer. O incômodo continuava ali, na parte baixa das costas. Ele se virou e transferiu suas sombras invisíveis para o Central Pier, cuja estrutura original tinha sido preservada. Supôs que devia ter a mesma aparência de quando fora construído, muito tempo atrás. Estava deserto, o que não era surpresa alguma, considerando o clima, e aquilo ajudava na atmosfera de irrealidade. Era como uma fotografia arquitetônica em um livro de história. No entanto, algumas das lojinhas antigas estavam abertas e comercializavam várias coisas, entre elas uma que vendia cafés modernos em copos de isopor. Ele comprou um copo de meio litro de café puro, o que consumiu o resto do seu dinheiro, mas o aqueceu. Caminhou até o final do píer enquanto o tomava. Jogou o copo no lixo e ficou parado observando o oceano cinzento por um tempo. Depois se virou, seguiu para a orla e viu dois homens caminhando em sua direção.

Eram sujeitos de tamanho respeitável — baixos, mas largos e vestidos de maneira muito semelhante, caban azul e calça cinza. Os dois estavam com a cabeça coberta. Pequenos gorros de lã cinza bem enfiados em suas cabeças volumosas. Era nítido que sabiam se vestir para o clima. Estavam com as mãos no bolso, portanto Reacher não pôde dizer se usavam luvas. Os bolsos dos casacos eram altos, o que fazia com que seus cotovelos ficassem apontados para fora. Os dois calçavam botas pesadas do tipo que metalúrgicos ou estivadores usariam. Ambos tinham as pernas um pouco arqueadas, ou talvez apenas estivessem tentando andar de maneira intimidadora. Possuíam cicatrizes em volta das sobrancelhas. Pareciam encrenqueiros de parques de exposição ou brutamontes de estaleiros de cinquenta anos antes. Reacher olhou para trás e, até onde a vista alcançava, não viu ninguém. Então simplesmente parou de andar. Não se preocupou em encostar as costas na cerca.

Os dois homens continuaram andando, pararam dois metros à frente dele e o encararam. Reacher flexionou os dedos ao lado do corpo para verificar o quão frios estavam. Dois metros era uma escolha de distância interessante. Significava que iriam conversar antes de partir para a confusão. Ele flexionou os dedos dos pés e fez correr uma tensão pelos músculos das panturrilhas, coxas, costas, ombros. Moveu a cabeça de um lado para o outro e depois para trás, alongando o pescoço. Inspirou pelo nariz. O vento estava em suas costas. O cara da esquerda tirou as mãos do bolso. Não estava de luvas. Além disso, ou ele tinha uma artrite severa ou estava segurando rolinhos de moedas de 25 centavos nas duas mãos.

— A gente tem uma mensagem pra você — disse ele.

Reacher olhou para a cerca do píer e para o oceano além dela. O mar estava cinzento e agitado. Provavelmente congelante. Jogá-los nele seria quase homicídio.

— Do gerente daquela casa de show? — perguntou ele.

— Do pessoal dele, isso mesmo.

— Ele tem um pessoal?

— Isto aqui é Atlantic City — disse o cara. — É lógico que ele tem um pessoal.

— Então me deixe adivinhar. Tenho que sair da cidade, dar no pé, cair fora, sumir, não voltar mais, nunca mais pôr os pés aqui, esquecer que um dia sequer vim.

— Você sabe das coisas, hein?

— Consigo ler mentes — disse Reacher. — Eu tinha uma barraquinha num parque de diversões. Bem do lado da mulher barbada. Vocês também tinham uma, não tinham? Umas três barraquinhas à frente? "Os gêmeos mais feios do mundo"?

O cara da direita tirou as mãos do bolso. Ele tinha a mesma dor nevrálgica nas articulações ou então mais dois rolinhos de moedas de 25 centavos. Reacher sorriu. Ele gostava desses rolinhos. Boa tática das antigas. E indicavam a ausência de armas de fogo. Ninguém que tem um revólver no bolso agarra rolinhos de moedas nas mãos.

— A gente não quer machucar você — disse o cara da direita.

— Mas você tem que ir embora — completou o cara da esquerda. — A gente não precisa de pessoas interferindo nos procedimentos econômicos desta cidade.

— Então pega a saída mais fácil — continuou o da direita. — Deixa a gente te levar até a rodoviária. Ou o velhinho pode acabar se machucando também. E não apenas financeiramente.

Reacher escutou uma voz absurda em sua cabeça. Diretamente de sua infância, sua mãe dizia: *por favor, não brigue quando estiver usando roupa nova.* Depois um instrutor de combate desarmado no campo de treinamento falando: *Bata neles rápido, bata com força e bata muito.* Alongou os ombros dentro do casaco. Repentinamente, se sentiu agradecido à mulher da loja por tê-lo feito escolher um tamanho maior. Sem nada nos olhos exceto um pouco de divertimento e muita confiança, ele encarou os dois. Moveu-se um pouco para a esquerda, e eles giraram seguindo o movimento. Então foi um pouco mais para perto de ambos, estreitando o triângulo. Levantou a mão e ajeitou a parte do cabelo que o vento estava bagunçando.

— É melhor irem embora agora — sugeriu Reacher.

Eles não foram, como Reacher sabia que iria acontecer. Responderam ao desafio se aproximando, imperceptivelmente, com apenas um movimento muscular mínimo que fez com que o peso do corpo deles tombasse para a frente e não para trás. *Eles precisam ficar de cama por uma semana,* ele pensou. *Osso molar, provavelmente. Uma porrada, fraturas com afundamento, quem sabe uma perda temporária de consciência, péssimas dores de cabeça. Nada muito severo.* Ele esperou até que o vento soprasse novamente, levantou a mão direita e colocou o cabelo atrás da orelha esquerda. Ficou com a mão ali, com o cotovelo bem suspenso, como se um pensamento lhe tivesse acabado de ocorrer.

— Vocês sabem nadar? — perguntou ele.

Teria sido necessário um autocontrole sobre-humano para não olhar para o oceano. Eles não eram sobre-humanos. Viraram a cabeça como robôs. Ele atingiu o rosto do sujeito à sua direita com o cotovelo que estava levantado, ergueu-o novamente e acertou o cara à esquerda quando sua cabeça se virou bruscamente na direção do som do osso do parceiro se quebrando. Os dois caíram juntos nas tábuas, os rolinhos se rasgaram e moedas rolaram por toda parte, vários pequenos círculos de prata dando piruetas, colidindo e caindo, caras e coroas. Reacher tossiu no ar gelado, ficou imóvel e repassou o que tinha acontecido: dois caras, dois segundos, duas porradas, game over. *Você ainda está mandando bem.* Respirando fundo, limpou o suor frio da testa. Depois começou a andar. Saiu do píer, pisou no calçadão de madeira e saiu à procura da Western Union.

Ele tinha procurado o endereço na lista telefônica, mas não precisava dele. É possível achar uma agência da Western Union por instinto. Por intuição. Trata-se de um algoritmo simples, em que basta parar em uma encruzilhada e se perguntar: é mais provável que fique para a esquerda ou para a direita. Depois, basta virar para a esquerda ou para a direita conforme a decisão tomada e muito em breve você está na região correta, e logo em seguida encontra a agência. Esta tinha um Chevy Suburban estacionado em frente a um hidrante bem à porta. O veículo era preto, tinha vidros fumê e era imaculadamente limpo e lustrado. Possuía três antenas UHF no teto. Havia uma mulher sozinha sentada no banco do motorista. Ele a olhou de relance, depois uma segunda vez. Tinha o cabelo claro e parecia relaxada e alerta ao mesmo tempo. Algo a ver com a maneira como o braço dela estava apoiado na janela. E era bonita, não havia dúvida. Tinha um tipo de magnetismo. Ele desviou o olhar, entrou na agência e sacou seu dinheiro. Dobrou-o, colocou no bolso, saiu novamente e encontrou a mulher na calçada, bem em frente a ele, olhando-o diretamente. Para seu rosto, como se conferisse similaridades e diferenças em relação a uma imagem mental. Era um processo que ele conhecia. Já tinha sido observado assim algumas vezes.

— Jack Reacher? — indagou ela.

Ele fez uma segunda busca em sua memória, pois não queria estar errado, apesar de não achar que estava. Cabelo claro curto, olhos grandes cravados nele, um tipo de confiança tranquila na postura. Ela tinha qualidades das quais ele se lembraria. Tinha certeza disso. Mas não se lembrava delas. Portanto, nunca a tinha visto antes.

— Você conheceu o meu irmão — disse ele.

Ela pareceu surpresa e um pouco satisfeita. E temporariamente sem palavras.

— Dá pra perceber — explicou Reacher. — Quando as pessoas me olham desse jeito, é porque estão pensando em como a gente se parece tanto e ao mesmo tempo é tão diferente.

A mulher ficou calada.

— Foi um prazer conhecer você — disse ele; em seguida, saiu caminhando.

— Espere — chamou ela.

Ele se virou.

— A gente pode conversar? — perguntou. — Tenho procurado por você.

Ele assentiu.

— A gente pode conversar no carro. Estou congelando aqui fora.

Ela continuou parada por um segundo com os olhos cravados no rosto dele. Em seguida, moveu-se repentinamente e abriu a porta do passageiro.

— Por favor — disse ela.

Reacher entrou, a mulher deu a volta no capô e entrou do outro lado. Ligou o carro para fazer o aquecedor funcionar, mas não foi a lugar algum.

— Eu conhecia seu irmão muito bem — disse ela. — A gente ficava, o Joe e eu. A gente mais que ficava, na verdade. Foi bem sério durante um tempo. Antes de ele morrer.

Reacher ficou calado. A mulher corou.

— Bem, é claro que foi antes de ele morrer — disse ela. — Que coisa estúpida de dizer.

E ficou em silêncio.

— Quando? — perguntou Reacher.

— A gente ficou junto por dois anos. Terminamos um ano antes do acontecido.

Reacher fez que sim com a cabeça.

— Sou M. I. Froelich — disse ela.

Deixou uma pergunta não respondida no ar: *alguma vez ele falou sobre mim?* Novamente, Reacher fez um gesto com a cabeça, tentando fazer parecer que o nome significava alguma coisa. Mas não significava. *Nunca ouvi falar de você*, pensou. *Mas acho que gostaria de ter ouvido.*

— Emmy? — falou ele. — Tipo aquele negócio da televisão?

— M. I. — disse ela. — São minhas iniciais.

— Iniciais de que nomes?

— Não vou falar.

Reacher ficou quieto por um tempinho.

— Como é que o Joe te chamava?

— Ele me chamava de Froelich — contou ela.

Reacher fez que sim com a cabeça.

— É, é como ele chamaria.

— Ainda sinto falta dele — afirmou ela.

— Eu também, acho — disse Reacher. — Mas então, isto aqui é sobre o Joe ou sobre outra coisa?

Ela ficou em silêncio de novo por mais um tempinho. Depois deu uma leve sacudida, uma pequenina vibração subliminar, e voltou ao que interessava.

— As duas coisas — disse ela. — Bem, principalmente sobre outra coisa, pra falar a verdade.

— Quer me falar o quê?

— Quero contratar você — afirmou ela. — Uma espécie de recomendação póstuma de Joe. Por causa do que ele costumava falar de você. Ele falava de você, de tempos em tempos.

Reacher assentiu.

— Me contratar pra quê?

Froelich ficou quieta novamente e esboçou um sorriso.

— Eu ensaiei esta frase — disse ela. — Algumas vezes.

— Então me deixe ouvi-la.

— Eu quero contratar você para assassinar o vice-presidente dos Estados Unidos.

2

RASE BOA — COMENTOU REACHER. — Proposta interessante.

— Qual é a sua resposta? — perguntou Froelich.

— Não — disse ele. — Neste momento, eu acho que essa é provavelmente a resposta mais segura possível.

Ela esboçou um sorriso novamente e pegou a bolsa.

— Deixa eu te mostrar minha identidade — disse.

Abanando a cabeça, ele respondeu:

— Não precisa. Você é do Serviço Secreto dos Estados Unidos.

Froelich olhou para ele.

— Você é bem rápido.

— É óbvio.

— É?

Reacher assentiu. Tocou no cotovelo esquerdo. Estava machucado.

— Joe trabalhava para eles — disse. — E conhecendo ele, provavelmente trabalhava pesado e era um pouco tímido, então provavelmente só sairia com pessoas do escritório; se não fosse assim, nunca as teria conhecido. E mais, quem a não ser o governo mantém Suburbans com dois anos de uso lustrados deste jeito? E estaciona em frente a hidrantes? E quem mais além do Serviço Secreto me rastrearia com tanta eficiência por meio das minhas transações bancárias?

— Você é bem rápido — repetiu ela.

— Obrigado — respondeu ele. — Mas o Joe não tinha nada a ver com vice-presidentes. Ele era do Departamento de Crimes Financeiros, não da unidade de proteção à Casa Branca.

Ela confirmou com um gesto de cabeça.

— Todos começamos no Crimes Financeiros. A gente rala muito fazendo servicinho rotineiro de anticontrafação. E ele era o responsável pela anticontrafação. E você está certo, a gente se conheceu no escritório. Mas ele não saía comigo nessa época. Falava que não era apropriado. No entanto, meu plano era ser transferida para a área de proteção o mais rápido possível. Assim que consegui, a gente começou a sair.

Ela ficou em silêncio novamente. Baixou o olhar para a bolsa.

— E? — indagou Reacher.

Ela levantou o olhar.

— Ele falou algo numa noite. Eu era muito entusiasmada e ambiciosa naquela época. Estava começando num emprego novo e tal, e o tempo todo eu queria saber se a gente estava fazendo o melhor que podíamos. Joe e eu estávamos de brincadeira um com o outro e ele disse que a única forma de nos testarmos de verdade seria contratando alguém de fora para tentar atingir o alvo. Pra ver se era possível, sabe? Ele chamou isso de auditoria de segurança. Eu perguntei: tipo quem? E ele respondeu: podia ser meu irmão mais novo. Se tem alguém que conseguiria fazer esse serviço, esse alguém é ele. Joe fez você parecer bem assustador.

Reacher sorriu.

— Isso soa mesmo como ele. Um típico esquema imprudente.

— Você acha?

— Para um cara inteligente, o Joe às vezes podia ser muito burro.

— Por que isso é burrice?

— Porque se você contratar alguém de fora, tudo o que precisa fazer é observar essa pessoa se aproximar. Assim fica fácil demais.

— Não, a ideia dele era que a pessoa viria de maneira anônima e sem aviso. Como agora; absolutamente ninguém sabe sobre você a não ser eu.

— Certo. Talvez ele não fosse tão burro.

— Ele achava que era a única maneira. Sabe, por mais que a gente trabalhe muito, nós sempre mantemos a mente fechada. Ele achava que devíamos estar preparados para nos testarmos com desafios ocasionais vindos de fora.

— E ele me indicou?

— Ele falou que você seria ideal.

— Então por que esperar tanto tempo? Seja quando foi que vocês tiveram essa conversa, ela só pode ter acontecido há pelo menos seis anos. Você não demorou seis anos para me achar.

— Foi há oito anos — disse Froelich. — Bem no início do nosso relacionamento, logo depois de eu ter sido transferida. E eu só demorei um dia pra te achar.

— Então você também é bem rápida. — afirmou Reacher. — Mas por que esperar oito anos?

— Porque agora eu estou no comando. Fui promovida a chefe do destacamento do vice-presidente há quatro meses. E ainda sou entusiasmada e ambiciosa, ainda quero saber se estamos fazendo as coisas da maneira correta. Por isso decidi seguir o conselho de Joe, agora que eu dou as cartas. Decidi fazer uma auditoria de segurança. E você foi recomendado, por assim dizer. Muitos anos atrás, por alguém em quem eu confiava muito. Então eu estou aqui para perguntar a você se aceita minha proposta.

— Quer tomar um café?

Ela ficou surpresa, como se o café não estivesse na programação.

— Esse é um negócio urgente — disse ela.

— Nada é urgente o bastante para nos fazer pular um café — retrucou ele. — É o que diz a minha experiência. Me dê uma carona até o meu motel e eu te levo pro lounge no andar inferior. O café é razoável e o lugar é bem escuro. Muito apropriado para uma conversa como esta.

O Suburban do governo tinha um sistema de navegação por DVD acoplado no painel, e Reacher observou-a ligá-lo e escolher a rua do motel entre uma lista de potenciais destinos em Atlantic City.

— Eu podia ter te falado onde fica — disse ele.

— Estou acostumada com essa coisa. Ela fala comigo.

— Eu não pretendia usar linguagem de sinais — disse ele.

Ela sorriu novamente e arrancou. Não havia muito trânsito. O sol estava se pondo. O vento ainda soprava. Os cassinos provavelmente continuariam bem os seus negócios, mas o calçadão, os píeres e as praias não veriam muito movimento nos próximos seis meses. Ele ficou sentado ao lado de Froelich no calor do aquecedor e pensou nela com seu irmão morto por um momento. Em seguida, apenas a observou dirigir. Ela dirigia bem. Estacionou ao lado de fora do motel, e ele a levou meio lance de escadas abaixo até o lounge. O ar era rançoso e abafado, mas era quente e havia uma jarra de café na cafeteira na parte de trás do bar. Ele apontou para ela, para si e para Froelich, e o barman começou a trabalhar. Em seguida, Reacher foi para uma mesa de canto e deslizou no comprido banco de vinil com as costas viradas para a parede e o cômodo inteiro à vista. *Hábitos antigos.* Era nítido que Froelich tinha os mesmos hábitos, pois fez a mesma coisa, e desse jeito eles acabaram ficando bem perto um do outro, lado a lado. Seus ombros estavam quase se encostando.

— Você é muito parecido com ele — afirmou ela.

— Em algumas coisas. Não em outras. Eu ainda estou vivo, por exemplo.

— Você não foi ao funeral.

— Aconteceu num momento inoportuno.

— Você fala como ele.

— Esse geralmente é o caso com irmãos.

O barman trouxe os cafés em uma bandeja de cortiça manchada de cerveja. Duas canecas com café puro, pequenos potes de leite de segunda categoria, envelopinhos de açúcar. Duas colherinhas vagabundas de aço inoxidável.

— As pessoas gostavam dele — comentou Froelich.

— Ele não era nada mau, eu acho.

— É só isso?

— É um elogio de um irmão para o outro.

Ele levantou sua caneca e tirou do pires o leite, o açúcar e a colher.

— Você toma café puro — disse Froelich. — Igualzinho ao Joe.

Reacher fez que sim com a cabeça.

— Uma coisa não sai da minha cabeça é que eu sempre fui o irmão mais novo, mas agora eu sou três anos mais velho. Tenho uma idade que ele nunca vai alcançar.

Froelich desviou o olhar.

— Eu sei. Ele simplesmente deixou de estar presente, e o mundo seguiu em frente mesmo assim. Mas tudo tinha que ter mudado, pelo menos um pouquinho.

Ela deu um golinho no café. Puro, sem açúcar. *Igualzinho ao Joe.*

— Ninguém jamais pensou em fazer isto a não ser ele? — perguntou Reacher. — Usar alguém de fora para uma auditoria de segurança?

— Ninguém.

— O Serviço Secreto é uma organização relativamente antiga.

— E?

— E então eu vou te fazer uma pergunta óbvia.

Ela concordou com um movimento de cabeça e disse:

— O presidente Lincoln decretou a nossa existência logo depois do almoço no dia 14 de abril de 1865. Ele foi ao teatro na mesma noite e foi assassinado.

— Irônico.

— Da nossa perspectiva atual. Mas naquela época a gente só servia para proteger a moeda. Depois McKinley foi assassinado, em 1901, e compreenderam que deveriam ter alguém protegendo o presidente em tempo integral; foi quando arranjamos esse emprego.

— Porque o FBI não existia até os anos 1930.

Ela negou com um gesto de cabeça e esclareceu:

— Na verdade, existia uma versão inicial chamada Repartição do Investigador Chefe, fundada em 1908. Ela se tornou o FBI em 1935.

— Esse me parece o tipo de coisa pedante que o Joe sabia.

— Acho que foi ele quem me contou.

— Deve ter sido. Ele adorava essas paradas históricas.

Ele percebeu que ela estava se esforçando para não ficar calada novamente.

— Mas, então, qual era a sua pergunta óbvia? — perguntou Froelich.

— Usar alguém de fora pela primeiríssima vez em 101 anos deve ter um motivo além do seu perfeccionismo.

Ela começou a responder e parou. Ficou calada por um momento. Reacher percebeu que ela decidiu mentir. Pôde reparar pela inclinação de seus ombros.

— Estou sob muita pressão — disse Froelich. — Profissionalmente. Tem muita gente esperando que eu cometa um erro. Preciso me assegurar.

Ele ficou calado. Esperou pelo enfeite. Os mentirosos sempre dão uma enfeitada.

— Eu não fui uma escolha fácil — disse ela. — Ainda é raro uma mulher comandar uma equipe. Existe uma questão de gênero muito forte lá dentro, assim como em qualquer outro lugar. Como sempre foi, imagino eu. Alguns dos meus colegas são um pouco neandertais.

Ele concordou com um movimento de cabeça. Não respondeu.

— Isso fica sempre na minha cabeça — disse ela. — Tenho que dar conta da coisa toda.

— Qual vice-presidente? — perguntou ele. — O novo ou o antigo?

— O novo — respondeu ela. — Brook Armstrong. O vice-presidente eleito, pra ser mais precisa. Eu fui designada para liderar a equipe dele quando entrou para a chapa eleitoral, e nós queremos continuidade. Então é um pouco como uma eleição para nós também. Se nosso cara vencer, a gente fica com o emprego. Se ele perder, a gente volta a ser soldado raso.

Reacher sorriu.

— E você votou nele?

Ela não respondeu.

— O que o Joe falou sobre mim? — perguntou Reacher.

— Ele falou que você ia adorar o desafio. Que ia quebrar a cabeça para encontrar uma maneira de executar o serviço. Disse que você é muito engenhoso, que encontraria três ou quatro maneiras de realizar a missão e que a gente ia aprender muito com você.

— E você disse?

— Isso foi há oito anos, não se esqueça. Eu meio que me achava. Falei que não existia a possibilidade de você chegar nem perto.

— E ele?

— Ele respondeu que muitas pessoas tinham cometido o mesmo erro.

Reacher deu de ombros.

— Eu estava no exército naquela época. Eu provavelmente estava a 150 mil quilômetros de distância, no meio da merda.

— Joe sabia disso. Era uma coisa meio teórica.

Ele a olhou.

— Mas, aparentemente, não é mais teórico. Oito anos depois, você vai seguir em frente com a ideia. E eu ainda estou me perguntando por quê.

— Como falei, agora estou no comando. E me encontro sob uma pressão enorme para me sair bem.

Ele ficou calado.

— Você vai considerar fazer o serviço? — perguntou Froelich.

— Não sei muito sobre Armstrong. Nunca ouvi muita coisa sobre ele.

— Ninguém ouviu. Ele ter sido escolhido foi uma surpresa. Senador da Dakota do Norte, homem de família padrão, esposa, filha adulta, cuida a distância da mãe idosa e doente, nunca teve muito impacto nacionalmente. Mas é um cara bacana, para um político. Melhor que a maioria. Eu gosto muito dele, até agora.

Reacher assentiu. Não falou nada.

— A gente vai te pagar, é óbvio — disse Froelich. — Isso não é problema. Você sabe, uma remuneração pelo serviço, desde que seja razoável.

— Não estou muito interessado no dinheiro — afirmou Reacher. — Não preciso de emprego.

— Você pode se voluntariar.

— Eu era um soldado. Soldados nunca se voluntariam pra nada.

— Não foi isso que o Joe falou de você. Ele disse que você fazia todo tipo de coisa.

— Não gosto de ficar empregado.

— Bem, se você quiser fazer de graça, nós certamente não vamos criar caso.

Ele ficou quieto por um momento.

— Haveria despesas, provavelmente, se a pessoa fizer de maneira apropriada.

— Nós as cobriríamos, naturalmente. Tudo o que a pessoa precisar. Tudo de maneira oficial e às claras, depois.

Ele baixou o olhar para a mesa.

— O que exatamente você quer que a pessoa faça?

— Quero você, não uma pessoa. Quero que você faça o papel de um assassino. Ache as brechas. Prove pra mim que ele está vulnerável, com horários, datas, lugares. Eu poderia começar te dando algumas informações sobre os compromissos dele, se você quiser.

— Você oferece isso a todos os assassinos? Se você vai fazer isso, deve ser pra valer, não acha?

— Certo — disse ela.

— Você ainda acha que ninguém chegaria nem perto?

Ela ponderou cuidadosamente antes de responder, talvez por uns dez segundos.

— No balanço geral, acho. A gente trabalha muito duro. Acho que temos tudo sob controle.

— Então você acha que o Joe estava errado naquela época?

Ela não respondeu.

— Por que vocês terminaram? — perguntou Reacher.

Ela desviou o olhar por um segundo e balançou a cabeça.

— Isso é assunto meu.

— Quantos anos você tem?

— Trinta e cinco.

— Então você tinha 27 há oito anos.

Ela sorriu.

— Joe tinha quase 36. Um homem mais velho. Eu comemorei o aniversário com ele. E o de 37 também.

Reacher se virou um pouco de lado e olhou para ela novamente. *O Joe tinha bom gosto*, pensou. De perto, ela era bonita. Cheirosa. Pele perfeita, olhos lindos, cílios longos. Admiráveis maçãs do rosto, nariz pequeno e reto. Ela parecia graciosa e forte. Sem dúvida, era atraente. Ele imaginou como seria abraçá-la, beijá-la. Ir para a cama com ela. Pensou em Joe imaginando a mesma coisa na primeira vez que ela entrou no departamento que ele comandava. E ele conseguiu tornar isso realidade, no final das contas. *Muito bem, Joe.*

— Acho que me esqueci de mandar um cartão de aniversário — comentou Reacher. — As duas vezes.

— Não acho que ele se importava.

— A gente não era muito próximo. Na verdade, nem sei bem o porquê.

— Ele gostava de você — disse Froelich. — Deixava isso claro. Falava de você de tempos em tempos. Acho que tinha muito orgulho, do jeito dele.

Reacher ficou calado.

— Então, você vai me ajudar? — perguntou ela.

— Como ele era? Como chefe?

— Maravilhoso. Um superstar, profissionalmente.

— E como namorado?

— Era muito bom também.

Houve um longo silêncio.

— Onde você tem ficado depois que deu baixa? — perguntou Froelich. — Não vem deixando muito rastro.

— Essa é a ideia — respondeu Reacher. — Eu prefiro ficar longe das pessoas.

Perguntas nos olhos dela.

— Não se preocupe — disse ele. — Não sou radioativo.

— Eu sei — retrucou ela. — Porque cheguei. Mas estou meio curiosa agora que te conheci. Antes você era só um nome.

Ele desviou o olhar para a mesa e tentou se enxergar pelos olhos de uma terceira pessoa, descrito em segunda mão por retalhos ocasionais soltos por um irmão. Era uma perspectiva interessante.

— Você vai me ajudar? — perguntou ela novamente.

Ela desabotoou o casaco por causa do calor do ambiente. Estava com uma blusa branca lisa por baixo. Ela se aproximou um pouco mais e ficou um pouco de lado a fim de olhar para ele. Estavam tão perto quanto amantes numa tarde preguiçosa.

— Não sei — disse ele.

— Vai ser perigoso — alertou ela. — Preciso te alertar de que ninguém vai saber de você, exceto eu. Isso pode te meter em encrenca se você for descoberto em algum lugar. Talvez seja uma má ideia. Talvez eu não devesse estar pedindo isso.

— Eu não vou ser descoberto em lugar nenhum — disse Reacher.

Ela sorriu.

— Foi exatamente isso que Joe disse que você ia falar, oito anos atrás.

Reacher ficou calado.

— É muito importante — disse ela. — E urgente.

— Você quer me falar por que é importante?

— Já disse por quê.

— Quer me falar por que é urgente?

Froelich ficou calada.

— Não acho que isso tenha nada de teórico — disse Reacher.

Ela ficou calada.

— Acho que você está com um problema.

Ela ficou calada.

— Acho que você sabe que tem alguém por aí — concluiu ele. — Uma ameaça real.

Ela desviou o olhar.

— Não posso falar sobre isso.

— Eu era do Exército — afirmou ele. — Já ouvi respostas como essa antes.

— Não passa de uma auditoria de segurança — afirmou ela. — Você vai fazer isso pra mim?

Reacher ficou em silêncio por um longo período.

— Há duas condições — falou enfim.

Froelich se virou novamente.

— Que são?

— Primeira, eu tenho que trabalhar em um lugar frio.

— Por quê?

— Porque eu acabei de gastar 189 dólares em roupas de frio.

Ela deu um sorriso curto.

— Todos os lugares aonde ele vai devem ser bem frios no meio de novembro.

— Certo — disse Reacher. Ele vasculhou o bolso, passou para ela uma caixa de fósforos e apontou para o nome e o endereço impressos nela. — E há um casal de idosos trabalhando uma semana nessa casa de shows. Eles estão preocupados em serem passados pra trás e não receberem todo o dinheiro a que têm direito. Músicos. Devem ficar bem, mas preciso ter certeza. Quero que você fale com os policiais daqui.

— Amigos seus?

— Recentes.

— Quando é o dia do pagamento deles?

— Sexta à noite, depois do último show. Deve ser lá pela meia-noite. Eles precisam pegar o dinheiro e colocar as coisas no carro. Vão seguir para Nova York.

— Vou pedir a um dos nossos agentes para entrar em contato com eles todos os dias. Melhor que a polícia. Eu acho. Temos um escritório aqui em Atlantic City; rola muita lavagem de dinheiro. São os cassinos. Então, você vai pegar o serviço?

Reacher ficou em silêncio novamente e pensou no irmão. *Ele voltou pra me assombrar*, pensou. *Sabia que voltaria, um dia.* A xícara de Reacher estava vazia, mas continuava quente. Ele a levantou do pires, inclinou e observou a borra no fundo escorrer em direção a ele, lenta e marrom, como rio assoreado.

— Quando isso precisa ser feito? — perguntou.

Nesse exato momento, a menos de 210 quilômetros dali em um galpão atrás do Inner Harbor de Baltimore, uma grana estava finalmente sendo trocada por duas armas e munição. Muita grana. Armas boas. Munição especial. O planejamento do segundo atentado tinha começado com uma análise objetiva do fracasso do primeiro. Como profissionais realistas, estavam relutantes em colocar toda a culpa no equipamento, mas concordavam que melhorar o poder de fogo não faria mal. Então analisaram suas necessidades e localizaram um fornecedor. Ele tinha o que eles queriam. O preço era justo. Negociaram uma garantia. Era o tipo de acordo que geralmente faziam. Disseram ao cara que, se houvesse um problema com a mercadoria, eles voltariam, atirariam na medula espinhal dele, bem embaixo, e o deixariam numa cadeira de rodas.

Botar as mãos nas armas era o último passo. Estavam preparados para operar com capacidade total.

O vice-presidente eleito Brook Armstrong tinha seis tarefas principais nas dez semanas entre a eleição e a posse. A sexta e menos importante era dar continuidade a suas obrigações como senador júnior da Dakota do Norte até que seu mandato terminasse oficialmente. Havia aproximadamente 650 mil pessoas no estado, e cada uma delas poderia exigir atenção em algum momento, mas Armstrong presumiu que todos entenderiam que eles estavam em um limbo até que seu sucessor assumisse. Igualmente, não aconteceria muita coisa no congresso até janeiro. Portanto, suas obrigações como senador não tomavam muito a sua atenção.

A quinta tarefa era estabelecer o lugar do seu sucessor em seu estado. Ele tinha agendado dois comícios para que pudesse apresentá-lo a seus próprios contatos na mídia. Tinha que ser uma coisa visual, ombro a ombro, com muitos apertos de mão e sorrisos para as câmeras, um metafórico passo atrás de Armstrong e um metafórico passo à frente do cara novo. O primeiro comício estava marcado para o dia 20 de novembro, e o outro, para quatro dias depois. Os dois seriam enfadonhos, mas a lealdade ao partido os impunha.

A quarta tarefa era aprender algumas coisas. Ele seria um membro do Conselho de Segurança Nacional, por exemplo. Estaria exposto a coisas que não se esperava que um senador júnior da Dakota do Norte soubesse. Um funcionário da CIA fora designado para ser tutor dele, e haveria pessoas do Pentágono e do Serviço Internacional por perto também. Tudo era mantido o mais fluido possível, mas havia muito trabalho a ser executado juntamente com todo o resto.

E todo o resto era cada vez mais urgente. Era a partir da terceira tarefa que as coisas ficavam realmente importantes. Havia dezenas de milhares de contribuintes que tinham apoiado a campanha nacionalmente. Os doadores realmente grandes seriam tratados de outra maneira, mas aqueles que apoiaram com quantias pequenas também precisavam compartilhar do sucesso. Então o partido tinha agendado uma série de grandes eventos em Washington, onde eles poderiam perambular e se sentir importantes, no centro das coisas. Os comitês locais os convidariam para viajar de avião, vestir-se com elegância e socializar. Seria dito a eles que ainda não havia certeza se seriam recepcionados pelo novo presidente ou pelo novo vice. Na prática, três quartos dessa obrigação já tinham sido agendados para Armstrong.

A segunda tarefa era quando as coisas ficavam *realmente* importantes. Dizia respeito a afagar Wall Street. Uma mudança na administração era um movimento sensível financeiramente. Não havia razão real para que isso não acontecesse de maneira tranquila, mas um nervosismo temporário e temores poderiam rapidamente virar uma bola de neve, e a instabilidade do mercado enfraqueceria uma nova presidência desde o princípio. Portanto, muito esforço era dirigido a tranquilizar o investidor. O presidente eleito lidava com a maior parte dessa tarefa pessoalmente, e os principais atores do mercado tinham extensas reuniões cara a cara na capital, mas estava planejado que Armstrong lidaria com o pessoal do segundo escalão em Nova York. Havia cinco viagens planejadas para o período de dez semanas.

Mas a primeira e mais importante de todas as tarefas de Armstrong era dirigir a equipe de transição. Uma nova administração precisava de um plantel de mais ou menos 8 mil pessoas, e aproximadamente oitocentas delas precisavam ser aprovadas pelo Senado; dessas, oitenta, em média, eram peças-chave. A função de Armstrong era participar da seleção dessas pessoas e depois usar seus contatos no Senado para facilitar as coisas no que dizia respeito ao processo de aprovação delas. A operação de transição tinha como base um espaço oficial na Rua G, mas fazia sentido para Armstrong conduzi-la do antigo escritório que usava como senador. No todo, não era divertido. Era um trabalho pesado, mas era essa a diferença entre ocupar o primeiro e o segundo lugar no escalão presidencial.

Portanto, a terceira semana depois da eleição correu assim: Armstrong passou a terça, a quarta e a quinta trabalhando em assuntos burocráticos com a equipe de transição. Sua esposa estava desfrutando de um merecido intervalo pós-eleição em casa, na Dakota do Norte, por isso ele estava sozinho em sua casa de Georgetown. Froelich compôs seu destacamento de proteção usando seus melhores agentes e mantinha todos em alerta máximo.

Havia quatro agentes acampados com ele em casa e quatro policiais metropolitanos permanentemente posicionados do lado de fora em carros, dois na frente e dois no beco aos fundos. Uma limusine do Serviço Secreto o pegava todas as manhãs e levava para os escritórios do Senado, sempre seguida por um segundo automóvel, chamado de carro-arma. Eles atravessavam a calçada com ele de maneira eficiente em ambos os destinos. Depois, três agentes passavam o dia com ele. Seu destacamento pessoal era composto por três homens altos de ternos escuros, camisas brancas, gravatas discretas e óculos escuros, mesmo em novembro. Eles o mantinham em um reservado triângulo de proteção, sempre sisudos, olhos o tempo todo errantes, postura corporal sempre impecavelmente firme. Às vezes ele conseguia ouvir alguns sons indistintos dos fones de ouvido deles. Usavam microfones nos pulsos e levavam armas semiautomáticas embaixo dos paletós. Ele achava toda aquela experiência impressionante, mas sabia que não estava em perigo real dento do prédio onde ficavam os escritórios. Havia policiais de Washington do lado de fora, a segurança do próprio congresso, detectores de metal fixos em todas as portas de entrada, e todas as pessoas com quem se encontrava ou eram membros eleitos ou funcionários que tinham sido revistados muitas e muitas vezes.

Mas Froelich não tinha tanta confiança. Ela procurou Reacher em Georgetown e no congresso e não viu nem sinal dele. Não estava lá. Também não havia ninguém com quem valesse a pena se preocupar. Isso a devia ter relaxado, mas não relaxou.

A primeira recepção para os doadores de nível médio aconteceu na noite de quinta-feira, no salão de festas de um grande hotel. O prédio inteiro tinha sido vasculhado por cachorros durante a tarde, e posições-chave no interior do edifício foram ocupadas por policiais metropolitanos, que ficariam em seus postos até Armstrong ir embora, muitas horas depois. Froelich colocou agentes do Serviço Secreto à porta, seis no saguão e oito no salão de festas propriamente dito. Outros quatro protegeram a doca de carregamento, que era por onde Armstrong entraria. Câmeras de vídeo discretas cobriam todo o saguão e o salão de festas, e cada uma era conectada ao seu próprio gravador, que, por sua vez, estavam todos conectados a um gerador de código de tempo principal. Havia, assim, uma gravação permanente em tempo real de todo o evento.

A lista de convidados tinha mil pessoas. O clima de novembro significava que eles não poderiam formar uma fila na calçada, e, pelo caráter do evento, a segurança teria que ser agradavelmente discreta para que o protocolo de inverno pudesse ser aplicado, o que significava que os convidados tinham que sair da rua e entrar no saguão imediatamente após atravessarem um detector de metal temporariamente colocado no interior da moldura da porta de entrada. Então, os convidados circulavam pelo lobby até finalmente se dirigirem para a porta do salão. Uma vez ali, seus convites impressos eram conferidos e um documento de identidade com foto era requisitado. Por um breve momento, os convites eram posicionados com a face para baixo sobre uma superfície de vidro e então devolvidos como suvenires. Embaixo do vidro havia uma câmera de vídeo trabalhando com o mesmo código de tempo das outras, de forma que nomes e rostos eram permanentemente associados no registro visual. Finalmente, eles passavam por um segundo detector de metal e avançavam para o salão de festas. A equipe de Froelich era séria, mas bem-humorada, e fazia parecer como se estivesse protegendo os próprios convidados de algum perigo indefinido em vez de estar protegendo Armstrong *deles*.

Froelich passou o tempo todo observando os monitores de vídeo em busca de rostos que não pertencessem àquele lugar. Não encontrou nenhum, mas continuou preocupada. Não havia sinal de Reacher. Ela não tinha certeza se isso a deixava aliviada ou ainda mais preocupada. *Ele ia ou não fazer o serviço?* Ela pensou em trapacear e passar a descrição dele para a equipe. Logo mudou de ideia. *Ganhando ou perdendo, eu preciso saber*, ela pensou.

O comboio de dois carros de Armstrong entrou na doca de carregamento meia hora depois; a essa altura, os convidados já tinham tomado umas duas taças de espumante barato e comido quantos canapés murchos quisessem. Seu destacamento pessoal de três homens o levou para dentro por um corredor na parte de trás e manteve um raio de três metros de distância durante o evento. Sua permanência ali estava determinada para durar duas horas, o que significava que ele tinha uma média de pouco mais de sete segundos por convidado. Se tivesse um cordão de isolamento, sete segundos seriam uma eternidade, mas essa situação era diferente, primeiramente no que se refere ao método do aperto de mão. Um político em campanha aprende muito rápido a errar o cumprimento e pegar as *costas* da mão das pessoas, não a palma. Isso cria uma situação do tipo *é tanto apoio aqui que preciso ser rápido*, e, melhor ainda, significa que é estritamente do político a decisão de soltar, não do partidário. Mas, num evento dessa natureza, Armstrong não podia usar essa técnica. Ele precisava dar um aperto de mão apropriado e rápido para manter os sete segundos por pessoa. Alguns convidados se contentavam com a brevidade, outros o seguravam um pouquinho mais, despejando seus parabéns como se ele pudesse nunca ter sido parabenizado antes. Havia homens que partiam para o aperto com duas mãos, uma no antebraço.

Outros colocavam o braço ao redor dos ombros dele para tirar foto. Alguns ficavam desapontados pela ausência da esposa dele. Outros, não. Houve uma mulher em particular que apertou a mão dele com firmeza, a segurou por dez ou doze segundos, o puxou com gentileza para perto de si e sussurrou algo em seu ouvido. Ela era surpreendentemente forte e quase o desequilibrou. Ele não escutou direito o que ela sussurrou. Talvez o número do quarto. Como era magra e bonita, com cabelo escuro e um belo sorriso, ele não ficou muito incomodado. Apenas sorriu de volta para ela agradecido e seguiu em frente. O destacamento do Serviço Secreto dele nem pestanejou.

Ele deu uma volta completa ao redor do salão sem comer nem beber nada, e chegou de volta à porta nos fundos após duas horas e onze minutos. Seu destacamento pessoal o colocou de volta no carro e o levou para casa. Atravessaram a calçada com ele sem que nada de anormal acontecesse, e oito minutos depois sua casa estava trancada e segura para o restante da noite. No hotel, o restante do destacamento se retirou sem ser percebido, e, em pouco mais de uma hora, os mil convidados foram embora.

Froelich foi de carro direto para seu escritório e ligou para a casa de Stuyvesant pouco antes da meia-noite. Ele atendeu imediatamente; parecia que estivera prendendo a respiração e esperando o telefone tocar.

— Seguro — disse ela.

— Certo — respondeu ele. — Algum problema?

— Não que eu tenha visto.

— De qualquer maneira, você deveria rever o vídeo. Procurar por rostos.

— É o que planejo fazer.

— Feliz com amanhã?

— Não estou feliz com nada.

— Seu contratado externo já está trabalhando?

— Perda de tempo. Três dias inteiros e nada de ele ser visto.

— O que foi que eu te falei? Isso não era necessário.

Não havia nada agendado em Washington para a sexta de manhã, então Armstrong ficou em casa e chamou o seu cara da CIA para lhe dar algumas aulas durante duas horas. Depois seu destacamento ensaiou a exfiltração em comboio. Eles usaram um Cadillac blindado, escoltado por dois Suburbans, flanqueados por dois carros de polícia e com uma motocicleta dando cobertura. Levaram-no para a Base da Força Aérea de Andrews, onde pegaria um voo ao meio-dia para Nova York. Como cortesia, o governo atual, derrotado na eleição, tinha dado permissão para que ele usasse o Air Force Two, embora tecnicamente a aeronave não pudesse receber essa denominação a não ser que estivesse carregando o vice-presidente empossado — portanto, naquele momento, ela era apenas uma aeronave particular confortável. Viajaram até o aeroporto de La Guardia, onde três carros do Serviço Secreto do escritório de Nova York pegaram o grupo e levaram para o sul, para Wall Street, com uma moto do Departamento de Polícia de Nova York os escoltando à frente.

Froelich já estava posicionada dentro da Bolsa de Valores. O escritório de Nova York tinha muita experiência em trabalhar com o Departamento de Polícia da cidade, e ela estava tranquila, pois o prédio tinha uma segurança adequada. As reuniões que Armstrong realizava para tranquilizar os investidores aconteciam num escritório dos fundos e duravam duas horas, por isso ela relaxou até a hora da sessão de fotos. O pessoal de mídia da equipe de transição queria tirar fotos para os noticiários na calçada em frente aos pilares do prédio, em algum momento depois do fechamento do pregão. Ela não tinha chance alguma de persuadi-los a não fazê-lo, porque precisavam desesperadamente de uma exposição positiva. Mas ela estava profundamente insatisfeita com a ideia de seu protegido parado ao ar livre por quanto tempo fosse. Ela colocara agentes para filmar os fotógrafos para seus registros, checar as credenciais duas vezes e revistar todas as mochilas e todos os bolsos de cada colete. Pelo rádio, ela confirmou com o tenente do Departamento de Polícia de Nova York que o perímetro estava definitivamente seguro num raio de trezentos metros em terra e numa distância de 150 metros verticais. Então permitiu que Armstrong saísse com o grupo de corretores e banqueiros, que fizeram pose durante agonizantes cinco minutos. Os fotógrafos se agachavam na calçada bem aos pés de Armstrong para que pudessem fazer fotos das cabeças e ombros dos membros do grupo com a inscrição do dintel da Bolsa de Valores de Nova York flutuando sobre suas cabeças. *Proximidade demais,* Froelich pensou. Armstrong e os financistas olhavam, otimistas e resolutos, para a frente sem parar. Então, misericordiosamente, aquilo acabou. Armstrong fez seu patenteado gesto de despedida *eu-adoraria-ficar* e voltou para dentro do prédio. Os financistas o seguiram e os fotógrafos se dispersaram. Froelich relaxou novamente. A próxima tarefa seria uma viagem pela estrada rotineira de volta à Air Force Two e um voo para a Dakota do Norte para a primeira cerimônia de passagem de cargo de Armstrong, no dia seguinte, o que significava que ela tinha aproximadamente quatorze horas sem muita pressão.

O celular dela tocou no carro quando estavam chegando perto do aeroporto La Guardia. Era seu colega do alto escalão do Departamento de Finanças, ligando de sua mesa em Washington.

— Sabe aquela conta que estamos monitorando? — perguntou ele.

— O cliente acabou de ligar de novo. Está fazendo uma transferência eletrônica de 20 mil para a Western Union de Chicago.

— Em dinheiro?

— Não, cheque administrativo.

— Um cheque administrativo da Western Union? De 20 mil? Ele está pagando alguma coisa a alguém. Bens ou serviços. Só pode ser.

Ele não respondeu, então ela desligou o telefone e ficou com o aparelho na mão por um segundo. *Chicago?* Armstrong não iria a nenhum lugar perto de Chicago.

O Air Force Two pousou em Bismarck, e Armstrong foi para casa ficar com a esposa e passar a noite na própria cama, na casa de campo da família à beira do lago, ao sul da cidade. Era um lugar grande e antigo, com uma garagem independente sobre a qual ficava um apartamento ocupado pelo Serviço Secreto. Froelich dispensou o destacamento pessoal da sra. Armstrong para dar ao casal um pouco de privacidade. Deu folga para todos os agentes pessoais e escalou mais quatro para vigiarem a casa, dois na frente, dois atrás. Policiais estaduais em carros estacionados num raio de trezentos metros completavam a equipe. Ela mesma andou por toda a área para fazer uma verificação final, e o telefone tocou quando estava de volta à entrada da garagem.

— Froelich? — disse Reacher.

— Como você conseguiu meu número?

— Era policial do Exército. Consigo números.

— Onde você está?

— Não se esquece daqueles músicos, está bem? Em Atlantic City? É hoje à noite.

Depois o telefone ficou mudo. Ela subiu para o apartamento sobre a garagem e ficou um tempo à toa. Ligou para o escritório de Atlantic City a uma da manhã e confirmou que o casal tinha recebido o pagamento corretamente, na hora certa, e tinha sido escoltado até o carro e então até a saída para a estrada I-95, a partir de onde o casal seguiu para o norte. Ela desligou o telefone e ficou sentada na janela por um momento apenas pensando. Era uma noite quieta, muito escura. Muito solitária. Fria. Cachorros latiam ao longe de vez em quando. Não havia lua. Não havia estrelas. Ela odiava noites assim. As situações da família em casa eram sempre as mais delicadas. Com o tempo, qualquer um podia ficar completamente de saco cheio de ser protegido, e, embora Armstrong ainda estivesse entretido pela novidade, ela sabia que estava pronto para uma folga. A esposa certamente se sentia assim. Por isso Froelich não colocara ninguém dentro de casa e contava exclusivamente com a defesa externa ao redor da área. Ela sabia que deveria estar fazendo mais, porém não tinha uma opção real, pelo menos não até eles explicarem ao próprio Armstrong a extensão do perigo que ele corria, o que ainda não tinha sido feito — pois o Serviço Secreto nunca faz isso.

O sábado nasceu claro e frio na Dakota do Norte, e os preparativos começaram logo depois do café da manhã. A cerimônia estava marcada para a uma da tarde no terreno do centro comunitário de uma igreja na região sul da cidade. Froelich tinha ficado surpresa com o fato de o evento ser ao ar livre, mas Armstrong apenas disse que o clima estaria condizente com casaco de frio bem pesado, nada além. Ele disse que as pessoas da Dakota do Norte geralmente só se refugiam dentro de casa bem depois do Dia de Ação de Graças. Ela estava sendo quase dominada por um irracional desejo de cancelar o evento todo, mas sabia que a equipe de transição se oporia, e ela não queria participar de batalhas perdidas tão cedo. Então não falou nada. Depois quase propôs a Armstrong que usasse um colete a prova de balas debaixo de seu pesado sobretudo, mas, por fim, acabou desistindo. *O coitado ainda tem quatro anos disso pela frente, quem sabe oito*, ela pensou. *Ele ainda nem tomou posse. Cedo demais.* Mais tarde, desejou que tivesse seguido seu primeiro instinto.

O terreno do centro comunitário da igreja era mais ou menos do tamanho de um campo de futebol, e a fronteira ao norte era com a própria igreja, uma bonita estrutura branca de madeira, mais tradicional impossível. Os outros três lados eram bem cercados; dois deles davam para os fundos de uma área de lotes residenciais e o terceiro era de frente para a rua. Havia um largo portão de entrada que levava a um pequeno estacionamento. Froelich interditou o estacionamento e colocou dois agentes e um policial local ao portão, com mais doze policiais a pé na grama ao longo de todo o perímetro. Posicionou duas viaturas nas ruas ao redor e mandou que a unidade canina local revistasse a própria igreja, que depois foi fechada e trancada. Dobrou o destacamento pessoal para seis agentes porque a mulher de Armstrong o acompanhava. Deu ordem ao destacamento para ficar próximo ao casal o tempo todo. Armstrong não questionou. Ser visto no centro de um grupo de seis caras fortes parecia coisa de alto nível. O seu sucessor nomeado também ficaria contente com aquilo. Um pouco daquele status de elite poderosa de Washington deveria respingar nele também.

Os Armstrong tinham uma regra de nunca comer em eventos públicos. Era muito fácil parecer idiota com os dedos engordurados e tentando falar enquanto mastigava. Então almoçaram cedo em casa e foram em comboio direto para o compromisso. Era fácil demais. Até relaxante, de certa maneira. Políticos locais não eram mais um problema para Armstrong. Também não seriam um problema para o seu sucessor, para ser honesto. Ele era aceito pela grande maioria e se beneficiava do sucesso de Armstrong. Portanto, a tarde acabou sendo nada mais que um agradável passeio por uma propriedade aprazível. A esposa dele estava bonita, seu sucessor o acompanhou o tempo todo, não houve perguntas constrangedoras da imprensa; todas as quatro afiliadas e a CNN estavam lá, todos os jornais enviaram fotógrafos, e jornalistas do *Washington Post* e do *New York Times* também apareceram. De modo geral, tudo correu tão bem que ele começou a desejar que não se incomodassem em agendar o evento seguinte. Realmente não era necessário.

Froelich observava os rostos. Observava os perímetros. Observava a multidão, esforçando-se para perceber qualquer alteração no comportamento do rebanho que pudesse indicar tensão, intranquilidade, ou pânico repentino. Não viu nada. Nem sinal de Reacher.

Armstrong ficou trinta minutos a mais que o previsto, visto que o sol fraco do entardecer banhava o campo de dourado, não havia brisa, ele estava gostando do evento e não havia nada agendado para a noite a não ser um jantar tranquilo com membros do poder legislativo estadual. Assim, mais tarde, a esposa foi escoltada até sua casa, e seu destacamento pessoal o rodeou para levá-lo de volta aos carros e seguir para o norte até a cidade de Bismarck. Havia um hotel adjacente ao restaurante, e Froelich tinha reservado quartos para o tempo ocioso até o jantar. Armstrong tirou uma soneca de uma hora, depois tomou banho e se vestiu. Estava tudo correndo bem no jantar quando seu chefe de gabinete recebeu uma ligação. O presidente e o vice-presidente atuais estavam convidando formalmente o presidente e o vice-presidente eleitos para uma conferência de um dia no Complexo de Suporte Naval, a residência de campo presidencial em Thurmont, com início na manhã do dia seguinte. Tratava-se de um convite convencional, pois era inevitável que houvesse negócios a serem discutidos. E fora feito da maneira tradicional, de última hora e com pompa, pois os políticos derrotados queriam bancar os chefões uma última vez. Mas Froelich estava muito satisfeita, pois o nome não oficial do complexo em Thurmont é Camp David, e não há lugar mais seguro no mundo do que aquela clareira arborizada na floresta das montanhas de Maryland. Ela decidiu que todos tinham que pegar o avião de volta para Andrews imediatamente e ir nos helicópteros da marinha direto para o local. Se passassem a noite e o dia inteiros lá, ela conseguiria relaxar completamente durante 24 horas.

Mas, no fim da manhã de domingo, um soldado da marinha foi até ela durante o café da manhã no refeitório e plugou um telefone em uma tomada no rodapé perto da cadeira dela. Ninguém usa telefone sem fio ou celular em Camp David. Muito vulnerável a interceptação eletrônica.

— É uma ligação transferida do seu escritório central, senhora — disse o soldado.

Houve um silêncio por um segundo, depois uma voz:

— A gente precisa se encontrar — disse Reacher.

— Por quê?

— Não posso falar pelo telefone.

— Por onde você andou?

— Por aí.

— Onde está agora?

— Em um quarto no hotel que vocês usaram para a recepção na quinta-feira.

— Tem alguma coisa urgente pra mim?

— Uma conclusão.

— Já? Só se passaram cinco dias. Você falou dez.

— Cinco foram suficientes.

Froelich cobriu o telefone com a mão.

— Qual é a conclusão? — E se pegou prendendo a respiração.

— É impossível — afirmou Reacher.

Ela soltou o ar e sorriu.

— Não te falei?

— Não, o seu trabalho é impossível. Você precisa falar comigo urgentemente. Tem que vir pra cá agora mesmo.

3

ELA FOI DE VOLTA PARA WASHINGTON EM SEU SUBURBAN, refletindo durante todo o caminho. *Se a notícia for realmente ruim, quando devo envolver Stuyvesant? Agora? Depois?* Por fim, parou o carro em Dupont Circle, ligou para a casa dele e fez a pergunta diretamente.

— Vou ser envolvido quando for necessário — disse ele. — Quem você usou?

— O irmão do Joe Reacher.

— *Nosso* Joe Reacher? Não sabia que ele tinha irmão.

— Bem, ele tinha.

— Como é?

— Muito parecido com o Joe, talvez um pouco mais bruto.

— Mais novo ou mais velho?

— Ambos — disse Froelich. — Começou mais novo, e agora é mais velho.

Stuyvesant ficou em silêncio por um momento.

— É tão inteligente quanto o Joe? — perguntou ele.

— Ainda não sei — respondeu Froelich.

Stuyvesant ficou em silêncio novamente.

— Então me liga quando achar que precisa. Mas é melhor ligar mais cedo do que quando for tarde, tá? E não fale nada pra ninguém.

Ela desligou, voltou para o trânsito de domingo, percorreu o último quilômetro até o hotel e estacionou do lado de fora. A recepção já a aguardava e a mandou diretamente para o apartamento 1201, no 12º andar. Ela seguiu um garçom pela porta. Estava carregando uma bandeja com um bule de café e duas xícaras de cabeça para baixo em pires. Nada de leite, açúcar, ou colheres, apenas uma única rosa em um estreito vaso de porcelana. Era um quarto de hotel padrão. Duas camas *queen size*, estampas floridas perto da janela, litografias sem graça nas paredes, uma mesa, duas cadeiras, uma mesinha com um telefone estranho, um aparador com uma televisão, uma porta que dava acesso ao quarto do lado. Reacher estava sentado na cama mais próxima. Usava jaqueta esportiva de náilon preta, camisa preta, calça preta e sapato preto. Tinha um fone no ouvido e um distintivo de lapela do Serviço Secreto muito bem falsificado no colarinho. Estava limpo, barbeado, com o cabelo cortado bem curto e impecavelmente penteado.

— O que você tem pra mim? — perguntou ela.

— Depois — disse ele.

O garçom colocou a bandeja na mesa e saiu silenciosamente do quarto. Froelich ouviu a porta se fechar e se voltou para Reacher. Ficou parada.

— Você parece um de nós.

— Você me deve muito dinheiro — disse ele.

— Vinte mil?

Reacher sorriu.

— Boa parte disso. Eles te contaram, né?

Ela confirmou com um gesto de cabeça.

— Mas por que em cheque administrativo? Isso me intrigou.

— Não vai mais, em breve.

Ele se levantou e foi até a mesa. Virou as xícaras, pegou o bule e serviu o café.

— Você calculou bem a hora de pedir serviço de quarto — comentou ela.

Ele sorriu novamente.

— Eu sabia onde você estava, sabia que estava voltando de carro. É domingo, não tem trânsito. Muito fácil presumir o horário estimado de chegada.

— Então, o que você tem pra me falar?

— Que você é boa — disse ele. — Que você é muito, muito boa. Que não acho que outra pessoa poderia fazer isso melhor do que você.

Ela ficou em silêncio, depois perguntou:

— Mas?

— Mas não é boa o bastante. Você precisa encarar o fato de que, quem quer que esteja à espreita, pode simplesmente entrar e executar o serviço.

— Eu nunca disse que tem alguém à espreita.

Ele ficou calado.

— Só me passa a informação, Reacher.

— Três e meia — disse ele.

— Três e meia o quê? É uma nota em dez?

— Não, Armstrong morreu três vezes e meia.

Ela o encarou.

— Já?

— Foi o que contei — disse ele.

— O que você quer dizer com meia?

— Três com certeza e uma provavelmente.

Ela parou a meio caminho da mesa, confusa.

— Em cinco *dias*? — perguntou ela — Como? O que é que a gente está deixando de fazer?

— Toma um café — ofereceu ele.

Ela se moveu em direção à mesa como um robô. Ele lhe deu uma xícara. Ela a pegou e voltou para a cama, a xícara chacoalhando no pires.

— Duas abordagens principais — disse Reacher. — Como nos filmes, John Malkovich ou Edward Fox. Você viu esses filmes?

Ela fez que sim, sem entender, e relatou:

— A gente tem um cara monitorando filmes. No Departamento de Pesquisa sobre Proteção. Ele analisa todos os filmes de assassinato. John Malkovich fez *Na Linha de Fogo* com Clint Eastwood.

— E Rene Russo — completou Reacher. — Ela estava muito bem.

— Edward Fox fez *O Dia do Chacal* há muito tempo.

Reacher confirmou com um gesto de cabeça.

— John Malkovich pretendia matar o presidente dos Estados Unidos, e Edward Fox queria eliminar o da França. Dois assassinos competentes trabalhando sozinhos. Mas havia uma diferença fundamental entre eles. John Malkovich sabia o tempo todo que não ia sobreviver à missão. Sabia que ia morrer um segundo depois do presidente. Mas Edward Fox pretendia se safar.

— Mas não se safou.

— Era um filme, Froelich. Tinha que acabar daquele jeito. Ele podia ter se safado facinho.

— E?

— Isso nos dá duas estratégias a considerar. Uma missão suicida de aproximação ou um serviço limpo de longa distância.

— A gente sabe disso tudo. Eu te falei, a gente tem uma pessoa trabalhando nisso. Fazemos transcrições, análises, trocamos memorandos, relatórios oficiais. Às vezes conversamos com os roteiristas, se há alguma coisa nova. A gente quer saber de onde tiraram suas ideias.

— Aprendem alguma coisa?

Ela deu de ombros e bebericou o café. Ele a observou vasculhando sua memória, como se tivesse todas as transcrições, todos os memorandos e todos os relatórios oficiais guardados em um fichário mental.

— *O Dia do Chacal* nos impressionou, acho — disse ela. — Edward Fox interpretou um atirador profissional que tinha um rifle fabricado de tal maneira que podia ser disfarçado de muleta de um veterano de guerra. Ele usou o disfarce para entrar em um prédio vizinho algumas horas antes de uma aparição pública e planejou um tiro de longa distância na cabeça a partir de uma janela no andar de cima. Usava um silenciador para poder escapar depois. Poderia até ter funcionado, na teoria. Mas a história se passava há muito tempo. Antes de eu ter nascido. No início dos anos 1960, eu acho. General de Gaulle, depois da crise na Argélia, não é mesmo? Nós impomos perímetros muito mais amplos agora. Acho que o filme foi parcialmente responsável por isso. Além dos nossos problemas no início dos anos 1960, é claro.

— E *Na Linha de Fogo*? — perguntou Reacher.

— John Malkovich interpreta um agente desertor da CIA — respondeu ela. — Fabricou uma pistola de plástico no porão de casa para que pudesse passar pelos detectores de metal e conseguiu entrar num comício de campanha com a intenção de atirar no presidente de muito perto. Em consequência disso, como você disse, nós o teríamos matado imediatamente.

— Mas o velho Clint pulou no caminho da bala — falou Reacher. — Bom filme, na minha opinião.

— Improvável, nós achamos — respondeu Froelich. — Duas falhas principais. Primeiro, a ideia de que se possa fabricar uma pistola que funcione com material amador é absurda. A gente vê esse tipo de coisa o tempo todo. A arma dele teria explodido e estraçalhado a mão dele até o pulso. A bala teria simplesmente caído dos destroços no chão. E, segundo, ele gastou 100 mil dólares na execução do plano. Um monte de viagens, escritórios de fachada para recebimento de correspondência e, além disso, uma doação de 50 mil dólares para o partido para conseguir entrar no comício em primeiro lugar. Nossa conclusão foi que uma personalidade maníaca como essa não teria muita grana pra gastar. Rejeitamos a possibilidade.

— Era só um filme — disse Reacher. — Mas era ilustrativo.

— De quê?

— Da ideia de entrar em um comício e atacar o alvo bem de perto em oposição à antiga ideia de agir de uma distância longa e segura.

Froelich ficou pensativa. Depois sorriu, um pouco cautelosamente no início, como se um grave perigo estivesse se afastando para bem longe.

— Isso é tudo o que você tem? — perguntou ela. — Ideias? Você me deixou preocupada.

— Como na recepção aqui na quinta à noite — continuou Reacher. — Mil convidados. Lugar e horário anunciados com antecedência. Fizeram até propaganda.

— Você encontrou o site da equipe de transição?

Reacher fez que sim.

— Foi muito útil. Muita informação.

— Nós examinamos o site todo minuciosamente.

— Mas mesmo assim consegui nele todos os lugares onde Armstrong estaria — disse Reacher. — E quando. E em que contexto. Como na noite da recepção aqui. Quinta à noite. Mil convidados.

— E daí?

— Um deles era uma mulher de cabelo escuro que segurou a mão de Armstrong e o desequilibrou um pouquinho ao puxá-lo.

Ela o encarou.

— Você estava lá?

— Não — disse ele, balançando a cabeça. — Mas ouvi falar.

— Como?

Ele ignorou a pergunta.

— Você viu aquilo?

— Só em vídeo — respondeu ela. — Depois.

— Aquela mulher podia ter matado Armstrong. Foi a primeira oportunidade. Até esse momento você estava fazendo tudo certo. Tirou nota dez durante aquela parada lá no Capitólio.

Ela sorriu de novo, com um pouco de desdém.

— Podia ter? Você está me fazendo perder tempo, Reacher. Quero algo mais do que *podia ter*. Qualquer coisa *podia* acontecer. Um raio podia ter atingido o prédio. Até um meteorito. O universo podia ter parado e o tempo se revertido. Aquela mulher era uma convidada. Contribuinte do partido, passou por detectores de metal e teve a identidade conferida à porta.

— Igualzinho o John Malkovich.

— A gente já falou sobre isso.

— Suponha que ela fosse uma especialista em artes marciais. Quem sabe uma militar treinada, em missão secreta. Poderia ter quebrado o pescoço do Armstrong como se quebra um lápis.

— Suponha, suponha.

— Suponha que ela estivesse armada.

— Ela não estava. Passou por dois detectores de metal.

Reacher enfiou a mão no bolso da jaqueta e tirou um objeto marrom fino.

— Já viu isto? — perguntou ele.

Parecia um canivete, provavelmente com uns nove centímetros. Cabo curvado. Ele apertou um botão, e uma lâmina marrom manchada pulou para fora.

— É inteiramente de cerâmica — disse ele. — Mesmo material de azulejo de banheiro. Mais duro que qualquer coisa, menos diamante. Com certeza mais duro e afiado que aço. E não aciona o detector de metal. Aquela mulher podia estar com um negócio deste. Ela podia ter rasgado o Armstrong do umbigo até a bochecha. Ou cortado a garganta dele. Ou o enfiado no olho dele.

Reacher passou a arma para ela. Froelich a pegou e examinou.

— É fabricada por uma empresa chamada Böker — contou Reacher. — Em Solingen, na Alemanha. São caras, mas relativamente fáceis de conseguir.

Froelich deu de ombros.

— Tá, você comprou uma arma. Não prova nada.

— Essa faca estava no salão de festas naquela noite de quinta-feira. Junto à perna esquerda daquela mulher, no bolso, com a lâmina aberta, durante todo o tempo em que apertou a mão de Armstrong e o puxou para perto. Ela conseguiu com que a barriga dele ficasse a oito centímetros dela.

Froelich o encarou.

— Você está falando sério? Quem era ela?

— Na verdade, era uma contribuinte do partido chamada Elizabeth Wright, de Elisabeth, Nova Jersey. Ela doou à campanha 4 mil dólares, mil em nome dela, mil em nome do marido e mil em nome de cada um dos dois filhos. Trabalhou envelopando coisas durante um mês, colocou uma placa enorme no jardim de casa e ficou responsável por ligar para uma lista de eleitores no dia da eleição.

— Então por que ela estaria com uma faca?

— Bem, na verdade, ela não estava.

Ele se levantou e foi até a passagem que dava acesso ao quarto adjacente. Abriu a porta até a metade e bateu com força do outro lado da superfície da madeira.

— Vem, Neagley — chamou ele.

A porta se abriu e uma mulher que estava no quarto ao lado entrou. Tinha seus 30 e tantos anos, altura mediana, magra e usava calça jeans com um moletom cinza claro. Cabelos negros. Olhos escuros. Um grande sorriso. A maneira como ela se movimentava e os tendões nos braços denunciavam períodos pesados de academia.

— Você é a mulher no vídeo — afirmou Froelich.

Reacher sorriu.

— Frances Neagley, está é M. I. Froelich. M. I. Froelich, esta é Frances Neagley.

— Emmy? — indagou Frances Neagley. — Igual àquele negócio da tevê?

— Iniciais — esclareceu Reacher.

Froelich o encarou.

— Quem é ela?

— A melhor primeiro-sargento com quem já trabalhei. Mais que especialista em todo tipo de combate corpo a corpo que se pode imaginar. Morro de medo dela. Deu baixa mais ou menos na mesma época que eu. Trabalha como consultora de segurança em Chicago.

— Chicago — repetiu Froelich. — Foi por isso que o cheque foi pra lá.

Reacher confirmou com um gesto de cabeça.

— Ela bancou tudo porque eu não tenho cartão de crédito nem cheque. Como você já deve saber, lógico.

— Então o que aconteceu com a Elizabeth Wright, de Nova Jersey?

— Eu comprei estas roupas — disse Reacher. — Ou melhor, você comprou pra mim. E os sapatos e óculos escuros também. Minha versão de uniforme de campanha. Fui ao barbeiro cortar o cabelo. Fiz barba todos os dias. Queria ter um visual convincente. Eu precisava de uma mulher solitária de Nova Jersey, então, no aeroporto daqui, na quinta-feira, fiquei de olho em dois voos de Newark. Observei as pessoas, fisguei a sra. Wright, disse a ela que era agente do Serviço Secreto, que estava rolando uma confusão do cacete na segurança e que ela tinha que me acompanhar.

— Como você sabia que ela iria para a recepção?

— Não sabia. Simplesmente observei todas as mulheres que saíam da esteira de bagagem e tentava deduzir pela aparência delas e pelo que estavam carregando. Não foi fácil. Elizabeth Wright foi a sexta mulher que abordei.

— E ela acreditou em você?

— Eu tinha uma identidade convincente. Comprei este fone numa loja Radio Shack por dois dólares. Ele tem esse fio que desce pelo meu pescoço e desaparece nas minhas costas, está vendo? Eu tinha um Town Car alugado, preto. Encarnei o personagem, pode acreditar. *Ela* acreditou. Ficou muito entusiasmada com a coisa toda, de verdade. Eu a trouxe para este quarto e a mantive aqui durante todo o período em que Neagley assumiu o lugar dela. Continuei a escutar o meu fone de ouvido e a falar no meu relógio.

Froelich olhou para Neagley.

— Não foi à toa que escolhemos Nova Jersey — disse Neagley. — As carteiras de motorista de lá são as mais fáceis de falsificar, sabia? Eu tinha um laptop e uma impressora colorida. Fiz pro Reacher a identidade falsa do Serviço Secreto. Não fazia ideia se era parecida com uma de verdade, mas com certeza ficou bem vistosa. Depois fiz uma carteira de motorista falsa com uma foto minha, mas com o nome e o endereço dela, imprimi, plastifiquei com um negócio que comprei numa loja Staples por sessenta dólares, lixei as bordas, dei umas esfregadas nela por aí e enfiei na bolsa. Depois eu me arrumei, peguei o convite da sra. Wright e desci. Entrei tranquilamente no salão de festas. Com a faca no bolso.

— E?

— Fiquei perambulando por lá, depois segurei o seu cara. E o mantive seguro por um tempo.

Froelich olhou diretamente para ela.

— Como você teria feito?

— Eu segurei a mão direita dele com a minha direita, o puxei pra perto, ele girou um pouquinho, o lado direito do pescoço virou um alvo claro. Nove centímetros de lâmina cravados na artéria carótida. Depois eu a teria sacudido um pouco. Ele ia sangrar até a morte em trinta segundos. Eu só precisava de um movimento com o braço para fazer isso. Seus caras estavam a três metros de distância. Eles teriam atirado em mim depois com certeza, mas não conseguiriam me impedir de fazer o serviço.

Froelich estava pálida e em silêncio. Neagley desviou o olhar.

— Sem a faca teria sido mais difícil — disse ela. — Mas não impossível. Quebrar o pescoço dele seria trabalhoso, porque ele tem alguma musculatura ali. Eu teria que fazer dois movimentos para movê-lo e, se seus caras fossem suficientemente rápidos, poderiam me impedir no meio do caminho. Então eu teria optado por uma pancada na laringe com força o suficiente para quebrá-la. Um golpe com o cotovelo esquerdo teria dado conta do recado. Eu provavelmente estaria morta antes dele, mas ele sufocaria logo em seguida, a não ser que vocês tivessem uma equipe capaz de fazer uma traqueotomia de emergência ali no chão do salão de festas em pouco mais de um minuto, o que acho que vocês não têm.

— Não — confirmou Froelich. — Não temos.

E ficou em silêncio novamente.

— Desculpe por ter acabado com o seu dia — disse Neagley. — Você queria saber essas coisas, não queria? Não faz sentido pedir uma auditoria de segurança e não ficar a par dos resultados.

Froelich concordou com um gesto de cabeça.

— O que você sussurrou pra ele?

— Eu falei, estou armada. Só de zoeira. Mas bem baixinho. Se alguém me questionasse, eu ia alegar que tinha dito, cadê sua amada? Como se eu tivesse dando em cima dele. Imagino que isso aconteça de vez em quando.

Novamente Froelich concordou com um gesto de cabeça.

— Acontece — afirmou ela. — De vez em quando. O que mais?

— Bom, ele está seguro em casa — disse Neagley.

— Vocês verificaram?

— Todos os dias — falou Reacher. — Estávamos em Georgetown desde terça à noite.

— Eu não te vi.

— Era essa a ideia.

— Como você soube onde ele morava?

— Seguimos as limusines.

Froelich ficou calada.

— Boas limusines — disse Reacher. — Tática eficiente.

— A sexta-feira de manhã foi muito boa — disse Neagley.

— Mas o resto desse dia foi ruim demais — completou Reacher.

— A falta de articulação produziu um dos maiores erros de comunicação.

— Onde?

— O seu pessoal em Washington tinha o vídeo do salão de festa, mas era nítido que a equipe de Nova York nunca o analisou, pois, além de ser a mulher com vestido de festa na noite de quinta-feira, Neagley também era um dos fotógrafos do lado de fora da Bolsa de Valores.

— Um jornal da Dakota do Norte tem site — disse Neagley. — Assim como em todos os outros, nele consta o logotipo do jornal. Fiz o download da imagem e uma credencial de imprensa. Aí plastifiquei, fiz um furinho, coloquei um ilhó e o pendurei no pescoço com uma cordinha de náilon. Vasculhei as lojas de artigos usados na baixa Manhattan atrás de um equipamento fotográfico surrado. Mantive a câmera em frente ao meu rosto o tempo todo para que Armstrong não me reconhecesse.

— Você devia providenciar uma lista de acesso — disse Reacher. — Controlar a entrada de alguma maneira.

— Não podemos — disse Froelich. — É um negócio constitucional. A Primeira Emenda garante acesso jornalístico quando quer que seja. Mas todos foram revistados.

— Eu não estava armada — contou Neagley. — Violei a sua segurança só por diversão. Mas eu poderia estar, com certeza. Dava pra passar com uma bazuca por aquele tipo de revista.

Reacher se levantou e foi até o aparador. Abriu uma gaveta e pegou uma pilha de fotos. Eram fotos coloridas de dez por quinze. Ele levantou a primeira. Era de Armstrong do lado de fora da Bolsa de Valores, com a inscrição esculpida no dintel flutuando como uma auréola sobre a cabeça dele.

— Da Neagley — disse Reacher. — Acho que é uma boa foto. Quem sabe a gente vende pra uma revista e abate dos 20 mil.

Ele andou de volta até a cama, se sentou e passou a foto para Froelich. Ela a pegou e ficou olhando.

— A questão é que eu estava a pouco mais de um metro dele — falou Neagley. — Podia ter chegado até ele, se quisesse. Mais uma situação do tipo John Malkovich, mas mesmo assim.

Froelich concordou, perplexa. Reacher entregou a outra foto, como se fosse uma carta de baralho. Era uma telefoto granulada nitidamente tirada de uma longa distância, de uma posição bem acima do nível da rua. Do lado de fora da Bolsa de Valores, pequenino e bem no meio da fotografia, estava Armstrong. Havia uma mira tosca desenhada ao redor da cabeça dele com uma caneta esferográfica.

— Esta é a meia vez em que ele morreu — informou Reacher. — Eu estava no décimo sexto andar de um prédio comercial, a trezentos metros de distância. Dentro do perímetro policial, só que acima dos locais que eles estavam checando.

— Com um rifle?

Ele negou com um gesto de cabeça.

— Com um pedaço de madeira do mesmo tamanho e formato de um rifle. E com outra câmera, é obvio. E uma lente enorme. Mas eu fiz a representação de verdade. Queria saber se era possível. Imaginei que as pessoas não iam gostar de ver um embrulho no formato de um rifle, então peguei uma caixa quadrada grande de monitor de computador e coloquei a madeira dentro dela na diagonal, do canto de cima até o canto de baixo. Depois a carreguei para dentro de um elevador em um carrinho de carga, fingindo que era bem pesada. Vi alguns policiais. Eu estava usando estas roupas aqui, mas sem o falso distintivo de lapela e sem o fone. Acho que eles pensaram que eu era um entregador ou algo assim. Sexta-feira, depois do fechamento do pregão, a região fica convenientemente calma. Achei uma janela numa sala de reunião vazia. Ela não abria, então acho que eu teria que ter feito um buraco circular no vidro. Mas eu podia ter dado um tiro, assim como tirei a foto. E seria Edward Fox. Poderia ter saído ileso.

Relutante, Froelich concordou com um gesto de cabeça.

— Por que meia vez? — perguntou ela. — Parece que você o tinha perfeitamente na mira.

— Não em Manhattan — argumentou Reacher. — Eu estava a aproximadamente 270 metros de distância e 180 metros de altura. Trata-se de um tiro de 340 metros de distância, mais ou menos. Geralmente não seria um problema pra mim. Mas as correntes de ar e as termais ao redor daquelas torres transformam o tiro numa loteria. Elas estão sempre mudando, a todo segundo. Rodopiando pra cima, pra baixo, para um lado e pro outro. Desse modo, não tenho como garantir o acerto. Na verdade, essa é a boa notícia. Nenhum atirador competente tentaria um tiro de longa distância em Manhattan. Só um idiota faria isso, e um idiota erraria de qualquer maneira.

Froelich novamente concordou com um gesto de cabeça, um pouco aliviada, e disse:

— Certo.

Então ela não está preocupada com um idiota, pensou Reacher. *Deve ser um profissional.*

— Ou seja — concluiu ele —, considere um total de três acertos, se quiser, e esqueça o meio. Não se preocupe com Nova York. Foi ineficiente.

— Mas em Bismarck, não — disse Neagley. — Chegamos lá por volta da meia-noite. Voos comerciais que passam por Chicago.

— Eu liguei pra você a menos de dois quilômetros de distância — informou Reacher. — Pra falar dos músicos.

Ele entregou as duas outras fotos.

— Filme infravermelho — disse ele. — No escuro.

A primeira foto era da parte de trás da casa da família de Armstrong. As cores estavam desbotadas e distorcidas por causa do infravermelho. Mas era uma foto razoavelmente próxima. Todos os detalhes estavam nitidamente visíveis. Portas, janelas. Dava para Froelich ver até mesmo um de seus agentes em pé no quintal.

— Onde você estava? — perguntou ela.

— Na propriedade vizinha — respondeu Reacher. — A uns quinze metros de distância. Simples tática de infiltração no escuro. Técnicas-padrão de infantaria, silenciosas e furtivas. Uns cachorros latiram um pouco, mas nós os contornamos. Os policiais estaduais nos carros não viram nada.

Neagley apontou para a segunda foto. Era da frente da casa. Mesmas cores, mesmos detalhes, mesma distância.

— Eu estava do outro lado da rua, em frente — disse ela. — Atrás da garagem de alguém.

Reacher chegou um pouco mais para a frente na cama.

— O plano seria: cada um de nós teria um M16 com lançador de granada, além de outras armas automáticas longas. Quem sabe até metralhadoras M60 em tripés. A gente com certeza tinha tempo o suficiente para montá-las. Teríamos jogado granadas de fósforo dentro da casa com os M16, simultaneamente na frente e atrás do andar térreo e, ou Armstrong ia se queimar todo na cama ou atiraríamos nele enquanto saía correndo pela porta ou pulasse pela janela. Provavelmente teríamos marcado para as quatro da manhã. O impacto seria total. A confusão, enorme. A gente teria deixado seus agentes atordoados facinho. Poderíamos ter transformado a casa numa montanha de estilhaços. Provavelmente também teríamos exfiltrado sem dificuldade, o que causaria uma caçada, nada ideal ali naquele fim de mundo, mas é provável que escaparíamos, com um pouquinho de sorte. Edward Fox de novo.

Houve silêncio.

— Não acredito — disse Froelich. Ela olhou com atenção para as fotos. — Isto aqui não pode ser sexta à noite. Foi em alguma outra noite. Vocês não estavam lá de verdade.

Reacher ficou calado.

— Estavam? — perguntou ela.

— Bom, dá uma olhada nisto — disse Reacher.

Ele passou outra foto para ela. Era uma telefoto. Mostrava Froelich sentada à janela do apartamento sobre a garagem, observando a escuridão com o celular na mão. A assinatura térmica dela tinha uma coloração de estranhos vermelhos, laranjas e púrpuros. Mas era ela. Sem dúvida. Tão perto que parecia possível tocá-la.

— Eu estava ligando para Nova Jersey — comentou, baixinho. — Seus amigos músicos foram embora bem.

— Que bom. Obrigado por ter providenciado.

Ela olhou para as três fotos em infravermelho, uma após a outra, e não disse nada.

— Ou seja, o salão de festas e a casa da família foram as oportunidades certeiras — disse Reacher. — Dois pontos para os bandidos. Mas a prova decisiva foi no dia seguinte. Ontem. Aquele comício na igreja.

Ele passou a última foto para ela. Tinha sido tirada com filme comum para fotos diurnas, de um lugar alto. Nela, Armstrong caminhava pelo gramado do centro comunitário com seu pesado sobretudo. O sol dourado do fim da tarde lançava uma longa sombra atrás dele. O vice-presidente estava rodeado por um grupo de pessoas, mas sua cabeça era claramente visível. Novamente, havia uma mira tosca desenhada ao redor dela.

— Eu estava na torre da igreja.

— A igreja estava trancada.

— Ela foi trancada às oito. Eu estava lá desde as cinco da manhã.

— Mas foi feita uma busca.

— Eu estava lá em cima onde ficam os sinos. No alto de uma escada de mão de madeira, dentro de um alçapão. Passei pimenta na escada. Seus cachorros perderam interesse e ficaram no térreo.

— Era uma unidade local.

— Foram desleixados.

— Eu pensei em cancelar o evento.

— Deveria ter feito isso.

— Depois pensei em pedir a ele que usasse um colete à prova de balas.

— Não teria feito diferença. Eu miraria na cabeça dele. O dia estava bonito, Froelich. Céu limpo, ensolarado, nenhum vento. Ar frio e denso. O ar *perfeito*. Eu estava a uns sessenta metros de distância. Poderia ter explodido os olhos dele.

Ela ficou quieta.

— John Malkovich ou Edward Fox? — perguntou ela.

— Eu teria acertado Armstrong e depois mais quantas pessoas eu conseguisse em três ou quatro segundos. A maioria policiais, suponho, mas mulheres e crianças também. Miraria pra ferir, não pra matar. Provavelmente no abdome. Assim seria mais eficiente. Pessoas despencando e sangrando por todo o lugar teriam criado pânico em massa. Provavelmente o suficiente para eu conseguir sair. Teria escapado da igreja em dez segundos e ido para os lotes ao redor. Neagley estava de prontidão no carro. Ela já teria começado a rodar na hora em que ouvisse os tiros. Então eu provavelmente seria Edward Fox.

Froelich se levantou e foi para a janela. Apoiou as palmas das mãos no batente e olhou para o tempo do lado de fora.

— Que desastre — reclamou ela.

Reacher ficou calado.

— Acho que não previ o seu nível de foco — alegou ela. — Não sabia que seria ação guerrilheira completa.

Dando de ombros, Reacher falou:

— Os assassinos não necessariamente serão as pessoas mais gentis que você vai conhecer. E são eles que ditam as regras.

Froelich fez que sim.

— E eu não sabia que você teria ajuda, especialmente de uma mulher.

— Eu meio que te avisei — alertou Reacher. — Falei que não ia funcionar se você ficasse esperando eu aparecer. Não pode achar que os assassinos vão te avisar com antecedência qual é o plano deles.

— Eu sei — disse ela. — Mas eu estava imaginando um homem sozinho, só isso.

— Sempre vai ser uma equipe — afirmou ele. — Não existe esse negócio de homem solitário.

Ele viu um meio-sorriso irônico refletido no vidro.

— Então você não acredita na Comissão Warren? — questionou ela.

Ele balançou a cabeça e respondeu:

— Nem você. Nunca um profissional vai acreditar nele.

— Não estou me sentindo muito profissional hoje — lamentou ela.

Neagley levantou, aproximou-se e sentou no batente da janela, ao lado de Froelich, de costas para o vidro.

— Contexto — disse ela. — É nisso que você tem que pensar. Não é tão ruim. Reacher e eu éramos especialistas da Divisão de Investigação Criminal do exército dos Estados Unidos. Fomos treinados para tudo. Principalmente para pensar. Para ser criativos. Para ser implacáveis e, com certeza, autoconfiantes. E para ser mais durões do que as pessoas por quem éramos responsáveis, e olha que algumas delas eram muito duronas. Ou seja, a gente é bem incomum. Não há mais de 10 mil pessoas tão especializadas quanto nós no país inteiro.

— Dez mil é muita coisa — disse Froelich.

— Em 280 milhões? E quantos deles estão hoje na idade adequada, disponíveis e motivados? É uma fração estatisticamente irrelevante. Então não esquenta. Até porque seu trabalho é impossível. Eles *requerem* a você que o deixe vulnerável. Porque ele é um político. Precisa fazer todas essas coisas que dão visibilidade. A gente nunca teria sequer sonhado em deixar alguém fazer o que Armstrong faz. Nem em um milhão de anos. Seria algo completamente fora de questão.

Froelich se virou e olhou para o quarto. Engoliu em seco e, olhando para o nada, fez um gesto vago de cabeça.

— Obrigada. Por tentar me fazer sentir melhor. Mas eu tenho que refletir um pouco, não é mesmo?

— Perímetros — falou Reacher. — Mantenha um perímetro de um quilômetro ao redor de onde ele estiver, e mantenha pelo menos quatro agentes literalmente colados nele o tempo todo. É a única coisa que pode fazer.

Froelich discordou com a cabeça.

— Não posso fazer isso; seria considerado insensato. Até mesmo antidemocrático. E vamos ter centenas de semanas como essa durante os próximos três anos. *Depois* dos três anos vai ficar ainda pior, porque vão estar no último ano, vão tentar se reeleger e as coisas vão ter que ser ainda mais soltas. E, daqui a mais ou menos sete anos, Armstrong vai tentar sua própria candidatura. Sabem como eles fazem isso? Aparições, de New Hampshire em diante, em lugares lotados. Reuniões informais com eleitores. Eventos de arrecadação de fundos. É um pesadelo.

O quarto ficou em silêncio. Neagley desceu do batente da janela e atravessou o quarto até o aparador. Pegou duas pastas finas na gaveta onde estavam as fotos anteriormente. Levantou uma delas e disse:

— Um relatório escrito. Pontos de destaque e recomendações de uma perspectiva profissional.

— Certo — falou Froelich.

Neagley levantou a segunda pasta.

— Nossas despesas — disse ela. — Está tudo contabilizado aqui. Com recibo e tudo mais. Você deve fazer o cheque em nome de Reacher. O dinheiro era dele.

— Certo — repetiu Froelich.

Ela pegou as pastas e as abraçou como se lhe oferecessem algum tipo de proteção.

— E tem a Elizabeth Wright lá de New Jersey — lembrou Reacher. — Não se esqueça dela. É preciso fazer alguma coisa. Eu falei que, para compensar a perda da recepção, vocês provavelmente a convidariam para a festa da posse.

— Tudo bem — disse Froelich pela terceira vez. — A festa, pode ser. Vou falar com alguém a respeito.

Depois simplesmente ficou imóvel.

— Que desastre — repetiu ela.

— Seu trabalho é impossível — disse Reacher. — Não se martirize.

— O Joe costumava me dizer a mesma coisa. Falava que, nessas circunstâncias, a gente deveria considerar um índice de sucesso de 95% como um triunfo.

— Na verdade, 94% — consertou Reacher. — Vocês perderam um presidente em dezoito desde que assumiram. O índice de falha é de seis por cento. Não é nada mal.

— Que seja 94 ou 95 — disse ela. — E daí? Acho que ele tinha razão.

— Joe tinha razão sobre um monte de coisa, pelo que me lembro.

— Mas a gente nunca perdeu um vice-presidente — afirmou ela.
— Ainda não.

Ela colocou as pastas debaixo do braço. Empilhou as fotografias em cima do aparador e bateu devagar nelas com a ponta dos dedos até que estivessem impecavelmente alinhadas. Colocou-as na bolsa. Em seguida, olhou para cada uma das quatro paredes, como se memorizasse todos os seus detalhes. Um gesto pequeno e concentrado. Então fez um movimento afirmativo com a cabeça sem um destinatário específico e seguiu para a porta.

— Tenho que ir — disse.

Ela saiu do quarto e fechou a porta. Houve silêncio por um momento. Depois Neagley endireitou o corpo na ponta de uma das camas, segurou os punhos de seu moletom e esticou os braços bem acima da cabeça. Ela inclinou a cabeça para trás e bocejou. Seus cabelos cascatearam sobre os ombros. A ponta da blusa dela subiu e Reacher viu uma musculatura definida acima da cintura da calça. Era rígida como o casco de uma tartaruga.

— Você ainda está bonita — comentou ele.

— Você também, de preto.

— Parece uma farda — disse ele. — A última vez que usei uma foi há cinco anos.

Neagley acabou de se espreguiçar. Arrumou o cabelo e abaixou a blusa.

— Terminamos por aqui? — perguntou ela.

— Cansada?

— Exausta. Ralamos pra cacete estragando o dia da coitada daquela mulher.

— O que você achou dela?

— Gostei. É como falei, acho que tem um trabalho impossível. E, no todo, acho que é muito boa no que faz. Duvido que alguém conseguiria fazer melhor. Acho que ela meio que sabe disso também, mas está se corroendo por dentro por ter que se contentar com 95% em vez de 100.

— Concordo.

— Quem é esse tal de Joe de quem ela falou?

— Um namorado antigo.

— Você o conheceu?

— Meu irmão. Ela saía com ele.

— Quando?

— Terminaram há seis anos.

— Como ele é?

Reacher olhou para o chão. Não corrigiu *é* por *era*.

— Tipo uma versão civilizada de mim — disse ele.

— Então pode ser que ela queira sair com você também. Ser civilizado pode ser uma virtude sobrevalorizada. E completar a coleção é sempre divertido para uma garota

Reacher ficou calado. O quarto ficou em silêncio.

— Acho que vou pra casa — disse Neagley. — Voltar pra Chicago. Pra vida real. Mas preciso dizer que foi um prazer trabalhar com você de novo.

— Mentirosa.

— Não, gostei mesmo. Sério.

— Então fica por aqui. Aposto dez contra um que ela volta em uma hora.

Neagley sorriu e disse:

— Pra quê? Pra te chamar pra sair?

Reacher fez que não com a cabeça.

— Não, pra contar pra gente qual é o verdadeiro problema dela.

4

FROELICH ATRAVESSOU A CALÇADA ATÉ O SUBURBAN. Espalhou as pastas no banco do passageiro. Ligou o carro, mantendo o pé com força no freio. Então tirou o telefone da bolsa e o abriu. Apertou dígito por dígito o número da casa de Stuyvesant e ficou com o dedo parado sobre o botão de ligar. O telefone aguardou pacientemente com o número à mostra na pequena tela verde. Ela olhou para a frente através do para-brisa, lutando contra si mesma. Baixou o olhar para o telefone. Saiu de novo para a rua. O dedo parado sobre o botão. Então fechou o telefone e o jogou sobre as pastas. Engatou a marcha e arrancou cantando pneu. Pegou uma esquerda, depois uma direita e seguiu em direção ao seu escritório.

O cara do serviço de quarto voltou para recolher a bandeja do café. Reacher tirou a jaqueta e a pendurou no armário. Puxou a camiseta para fora da calça jeans.

— Você votou nas eleições? — perguntou Neagley.

— Não tenho registro em lugar nenhum — respondeu ele, negando com a cabeça. — E você?

— É claro — respondeu ela. — Eu sempre voto.

— Votou no Armstrong?

— Ninguém vota pra vice-presidente. Com exceção, talvez, da família dele.

— Mas você votou na chapa eleitoral dele?

— Sim — confirmou ela. — Você teria feito o mesmo?

— Acho que sim — disse ele. — Já tinha ouvido falar alguma coisa sobre o Armstrong antes?

— Na verdade, não — falou ela. — Quer dizer, eu me interesso por política, mas não sou daquelas pessoas que sabe o nome de todos os cem senadores.

— Você se candidataria?

— Nem em um milhão de anos. Sou uma pessoa discreta. Eu era sargento e sempre vou ser, por dentro. Nunca quis ser oficial.

— Você tinha potencial.

Ela deu de ombros e sorriu ao mesmo tempo.

— Talvez. O que eu não tinha era vontade. E sabe por quê? Os sargentos têm muito poder. Mais do que vocês conseguiam perceber.

— Ei, eu percebi — disse ele. — Pode acreditar, eu percebi.

— Ela não vai voltar, sabe. A gente está aqui desperdiçando tempo, eu estou perdendo todos os voos pra casa e ela não vai voltar.

Froelich estacionou na garagem e subiu as escadas. Proteção presidencial era uma operação ininterrupta, mas mesmo assim os domingos tinham uma atmosfera diferente. As pessoas se vestiam de maneira diferente, o ambiente era mais tranquilo, havia poucas ligações. Algumas pessoas passavam o dia em casa. *Como Stuyvesant, por exemplo.* Ela fechou a porta do escritório, se sentou à mesa e abriu uma gaveta. Retirou as coisas de que precisava e as enfiou num envelope pardo. Depois abriu a pasta com as despesas de Reacher, olhou o número na última linha, o copiou na parte de cima da folha de seu bloquinho amarelo e ligou sua trituradora de papel. Enfiou toda a papelada da pasta ali, folha por folha, em seguida fez o mesmo com a pasta que continha as recomendações e todas as fotos dez por quinze, uma por uma. Passou as próprias pastas pela máquina e remexeu as longas e emaranhadas tiras na caixa de resíduos até que estivessem irremediavelmente misturadas. Depois desligou a máquina, pegou o envelope e desceu novamente até a garagem.

Reacher viu o carro dela através da janela do quarto do hotel. Ela deu a volta na esquina e diminuiu a velocidade. Não havia trânsito. Era final da tarde, num domingo de novembro em Washington: os turistas estavam em seus hotéis tomando banho e se preparando para o jantar, e os moradores da região estavam em casa lendo seus jornais, vendo futebol americano, pagando contas, envolvidos com seus afazeres. O ar se enevoava com o cair da noite. As luzes nos postes da rua irrompiam para a vida. O Suburban preto com os faróis acessos fez uma curva de 180 graus que ocupou as duas vias e entrou vagarosamente em uma área reservada para táxis.

— Ela voltou — falou Reacher.

Neagley se juntou a ele na janela.

— Não podemos ajudá-la.

— Talvez ela não esteja procurando ajuda.

— Então por que voltaria?

— Não sei. Uma segunda opinião? Validação? Ela pode estar só querendo conversar. Você sabe, um problema compartilhado é um problema reduzido.

— Mas por que falar com a gente?

— Porque nós não a contratamos e não podemos demiti-la. E não estamos querendo o cargo dela. Você sabe como essas organizações funcionam.

— Ela tem *permissão* pra falar com a gente?

— Você nunca falou com alguém com quem não devia?

Neagley fez uma careta e respondeu:

— Às vezes. Tipo, já falei com você.

— E eu falei com você, o que era pior, porque você não era um oficial.

— Mas eu tinha potencial.

— Pode apostar — disse ele, olhando para baixo. — Agora está parada sem fazer nada.

— Ela está no telefone. Está ligando pra alguém.

O telefone do quarto tocou.

— Pra nós, evidentemente — disse Reacher.

Ele atendeu.

—Ainda estamos aqui — disse.

E ficou escutando por um momento.

— Tudo bem — completou e desligou o telefone.

— Ela está subindo? — perguntou Neagley.

Ele confirmou com um gesto de cabeça e voltou para a janela a tempo de ver Froelich saindo do carro. Segurava um envelope. Atravessou a calçada e sumiu de vista. Dois minutos depois, eles escutaram o distante barulhinho do elevador chegando ao andar. Mais vinte segundos, uma batida na porta. Reacher se aproximou, a abriu, Froelich entrou e parou no meio do quarto. Olhou primeiramente para Neagley, depois para Reacher.

— Podemos conversar por um minuto em particular? — perguntou a ele.

— Não precisa. A resposta é sim.

— Você nem sabe qual é a pergunta.

— Você confia em mim, porque confiava no Joe e Joe confiava em mim, portanto esse circuito está fechado. Agora você quer saber se eu confio na Neagley, então pode fechar *esse* circuito também; pois a resposta é sim, confio totalmente nela, de forma que você também pode confiar.

— Certo — disse Froelich. — Acho que a pergunta era essa mesmo.

— Então tire a jaqueta e pode ficar à vontade. Quer mais café?

Froelich tirou a jaqueta e a jogou sobre a cama. Aproximou-se da mesa e colocou o envelope sobre ela.

— Um pouco mais de café seria uma boa — aceitou ela.

Reacher ligou para o serviço de quarto e pediu um bule grande, três xícaras, três pires e absolutamente nada mais.

— Eu só te contei metade da verdade — disse Froelich.

— Imaginei — disse Reacher.

Froelich se desculpou com um gesto de cabeça e pegou o envelope. Abriu-o e tirou um protetor plástico. Havia algo dentro.

— Esta é a cópia de uma coisa que chegou por correio.

Ela o largou sobre a mesa, e Reacher e Neagley aproximaram suas cadeiras para dar uma olhada. O protetor plástico era um material de escritório padrão. A coisa dentro dele era uma foto colorida de uma folha branca de papel. Estava sobre uma superfície de madeira e tinha uma régua também de madeira ao lado para indicar a escala. Parecia um papel carta normal. Centralizadas entre a esquerda e a direita e uns dois centímetros acima do meio havia três palavras: *Você vai morrer.* As palavras estavam em negrito e nítidas, obviamente impressas em um computador.

O quarto ficou em silêncio.

— Quando chegou? — perguntou Reacher.

— Na segunda-feira depois da eleição.

— Endereçada a Armstrong?

Froelich confirmou com um gesto de cabeça.

— Chegou no Senado. Mas ele ainda não a viu. Abrimos todas as correspondências públicas endereçadas às pessoas que protegemos. Repassamos o que é apropriado. Não achamos isso apropriado. O que você acha?

— Duas coisas, suponho. Em primeiro lugar, é verdade.

— Não se eu impedir.

— Você descobriu a fórmula da imortalidade? Todo mundo vai morrer, Froelich. Eu vou, você vai. Talvez quando tivermos cem anos, mas não vamos viver pra sempre. Ou seja, tecnicamente, trata-se da declaração de um fato. Tanto uma previsão precisa quanto uma ameaça.

— O que levanta uma questão — disse Neagley. — O remetente era esperto o bastante para escrever desta maneira de propósito?

— Qual seria o propósito?

— Evitar uma acusação caso você o encontre? Ou a encontre? Para que pudesse dizer, ei, não era uma ameaça, era a declaração de um fato? Qualquer coisa que nós pudéssemos inferir a respeito da inteligência do remetente por meio da perícia forense?

Froelich olhou para ela com surpresa. E com um certo respeito.

— A gente vai chegar nisso — disse ela. — E temos certeza de que é ele, e não ela.

— Por quê?

— A gente vai chegar nisso — repetiu Froelich.

— Mas por que você está tão preocupada? — perguntou Reacher.

— Esta é a minha segunda reação. Com certeza esses caras recebem toneladas de ameaças pelo correio.

— Milhares por ano, geralmente — confirmou Froelich. — Mas a maioria é enviada para o presidente. É muito incomum recebermos uma endereçada especificamente ao vice-presidente. E a maior parte é feita com recortes de jornais velhos, escrita com lápis de cor, com a ortografia ruim, rabiscadas. Imperfeitas de alguma maneira. Esta, não. Esta sobressaiu desde o início. Então a observamos com muita atenção.

— Onde ela foi postada?

— Las Vegas — respondeu Froelich. — O que na verdade não nos ajudou muito. Em relação aos americanos em viagem dentro dos Estados Unidos, Las Vegas possui a maior quantidade de população em trânsito.

— Você tem certeza de que foi um americano que a mandou?

— É um jogo de percentuais. Nunca recebemos uma ameaça escrita de um estrangeiro.

— E não acha que ele é morador de Las Vegas?

— Muito pouco provável. Achamos que ele viajou até lá pra fazer a postagem.

— Porque...

— Por causa da análise forense — disse Froelich. — Ela é espetacular. Indicam um sujeito bem cuidadoso e cauteloso.

— Detalhes?

— Você era uma especialista? Na polícia do Exército?

— Ela era especialista em quebrar o pescoço das pessoas — falou Reacher. — Mas acho que foi inteligente e se interessou por outra coisa.

— Ignore o Reacher — disse Neagley. — Passei seis meses treinando nos laboratórios do FBI.

— A gente mandou isto pro FBI. Os recursos deles são melhores que os nossos.

Bateram na porta. Reacher se levantou, foi até ela e espiou pelo olho mágico. Era o cara do serviço de quarto, com o café. Reacher abriu a porta e pegou a bandeja. Um bule grande, três xícaras de cabeça pra baixo em pires, nada de leite, açúcar ou colher, e uma única rosa em um vaso de porcelana. Ele levou a bandeja para a mesa, e Froelich afastou as fotos para abrir espaço. Neagley virou as xícaras e começou a servi-las.

— O que o FBI descobriu? — perguntou ela.

— O envelope estava limpo — afirmou Froelich. — Envelope pardo-padrão do tamanho de papel carta, aba com cola, lacre de metal. O endereço foi impresso em uma etiqueta adesiva, presumivelmente pelo mesmo computador que imprimiu a mensagem. A mensagem não foi dobrada para ser inserida no envelope. A cola da aba foi molhada com água. Nada de saliva, nada de DNA. Nenhuma digital no lacre de metal. Havia quatro impressões digitais no envelope. Três delas eram de pessoas que trabalham nos correios. As digitais deles estão cadastradas como sendo de funcionários do governo. É um pré-requisito para que sejam empregados. A quarta era do responsável pela correspondência no Senado que a passou para nós. E a quinta era do agente que a abriu.

— Então esquece o envelope — disse Neagley. — Exceto que o uso da água foi um passo muito cuidadoso. Esse cara é bem-informado, está por dentro do que rola hoje em dia.

— O que você me diz da carta propriamente dita? — perguntou Reacher.

Froelich pegou a foto e a inclinou contra a luz do quarto.

— Muito esquisita — disse ela. — O laboratório do FBI diz que o papel é da Georgia-Pacific Company, de alta alvura, cem gramas por metro quadrado, acabamento liso, sem ácido, tamanho padrão de papel carta de 216 por 279 milímetros. A Georgia-Pacific é a terceira maior fornecedora do mercado de escritórios. Eles vendem centenas de toneladas de papel por semana. Portanto, uma única folha é completamente irrastreável. Mas esta é um ou dois dólares mais cara que uma resma de papel comum, o que deve significar alguma coisa. Ou talvez não.

— E a impressão?

— Feita em uma impressora a laser da Hewlett-Packard. Foi possível descobrirem por causa da química do toner. Não é possível dizer o modelo, pois todas as impressoras a laser em preto e branco usam o mesmo pó para toner básico. A fonte é Times New Roman, do Microsoft Works 4.5 para Windows 95, tamanho quatorze, em negrito.

— Eles conseguem estabelecer a qual programa a fonte pertence?

Froelich fez que sim.

— Tem um cara especializado nisso. O formato dos caracteres tende a mudar muito sutilmente entre diferentes processadores. Os programadores de software mexem no kerning, que é a distância entre cada letra em comparação à distância entre as palavras. Se você olhar com atenção, meio que dá pra notar. Aí você consegue fazer a medição e identificar o programa. Mas isso não nos ajuda muito. Deve haver um zilhão de computadores com o pacote do Works 4.5 por aí.

— Nada de digitais, suponho — disse Neagley.

— Bom, é aqui que as coisas começam a ficar esquisitas — disse Froelich.

Ela empurrou a bandeja de café três centímetros e apoiou a foto. Apontou para a ponta de cima.

— Bem aqui temos resíduos de talco.

Em seguida apontou para um lugar três centímetros abaixo da ponta superior.

— E aqui temos duas manchas de talco nítidas, uma atrás e outra na frente.

— Luvas de látex — disse Neagley.

— Exatamente — confirmou Froelich. — Luvas de látex descartáveis, tipo as de médico ou de dentista. Elas vêm em caixas de cinquenta ou cem pares. Têm talco por dentro para que não agarrem na hora de vestir. Mas sempre há um pouco de talco dentro da caixa, por isso também há um pouco do lado de fora da luva. O pó na ponta de cima está assado, mas as manchas, não.

— Certo — disse Neagley. — Então o cara põe a luva, abre uma resma nova de folhas e passa o dedo na extremidade de cima para separá--las e evitar que agarrem na impressora, o que deixa pó de talco nessa parte, depois ele coloca o papel na impressora e imprime a mensagem; é nessa hora que assa o talco.

— Porque uma impressora a laser funciona com calor — completou Froelich. — O pó do toner é atraído para o papel por uma carga eletrostática no formato das letras a serem impressas, depois um aquecedor as assa para que permaneçam no lugar. Algo em torno de cem graus, eu acho, por alguns instantes.

Neagley se debruçou um pouco para se aproximar.

— Depois ele tira a folha da impressora pegando-a com os dedos indicador e polegar, responsáveis pelas manchas na parte superior da frente e de trás, que não estão assadas porque foram feitas depois do tratamento térmico. E quer saber de uma coisa? É uma impressora em casa, não em um escritório de empresa.

— Por quê?

— O jeito como os dedos marcam a parte detrás e da frente do papel quando ele o pega significa que ele sai da impressora verticalmente. Ele pula pra cima, como em uma torradeira. Se ele saísse horizontalmente, as marcas seriam diferentes. Haveria uma mancha mais espalhada na frente, onde segurou para arrastá-lo. E uma marca menor na parte de trás. E as únicas Hewlett-Packard a laser das quais o papel impresso sai verticalmente são as pequenas. Feitas para home offices. Eu tenho uma. É lenta demais pra muito volume. E o cartucho só dura 250 páginas. Totalmente amadora. Ou seja, o cara fez isso em casa.

Froelich concordou com um gesto de cabeça e disse:

— Faz sentido. Seria meio estranho ele usar luvas de látex na frente de outras pessoas no trabalho.

Neagley sorriu como se estivesse fazendo progresso.

— Certo, ele está em casa, pega a mensagem da impressora, a coloca diretamente no envelope e o lacra com água ainda usando as luvas. Portando, nada de digitais.

A expressão no rosto de Froelich mudou.

— Bom, é aqui que as coisas ficam *muito* esquisitas.

Ela apontou para a foto. Pôs a unha em um ponto três centímetros abaixo da mensagem impressa e um pouco à direita do centro.

— O que nós encontraríamos aqui se esta fosse, por exemplo, uma carta comum?

— Uma assinatura — disse Reacher.

— Exatamente — concordou Froelich, mantendo a unha no lugar.

— E o que temos aqui é a impressão digital do polegar. Uma grande, nítida e precisa impressão digital de um dedo polegar. Obviamente proposital. Mais evidente impossível, exatamente na vertical, absolutamente nítida. Grande demais para ser de uma mulher. Ele assinou a mensagem com o polegar.

Reacher tirou a foto de Froelich e a analisou.

— É óbvio que vocês estão rastreando a digital — disse Neagley.

— Não vão encontrar nada — disse Reacher. — O sujeito deve ter certeza absoluta de que suas digitais não estão em arquivo nenhum.

— Até agora, nada — disse Froelich.

— O que *é* muito estranho — falou Reacher. — Ele assina a carta com a digital de forma deliberada, visto que elas não estão em nenhum outro lugar, mas faz de tudo pra ter certeza de que suas digitais não apareçam em mais nenhum lugar da carta nem do envelope. Por quê?

— Impacto? — sugere Neagley. — Drama? Capricho?

— Mas isso explica o papel caro — disse Reacher. — O revestimento liso preserva a digital. Papel barato seria poroso demais.

— O que eles usaram no laboratório? — indagou Neagley. — Vapor de Iodo? Ninidrina?

Froelich negou com um gesto de cabeça.

— Apareceu direto no fluoroscópio.

Reacher ficou quieto por um período, apenas observando a foto. A escuridão absoluta tinha tomado o outro lado da janela. Brilhante, úmida, escuridão urbana.

— O que mais? — perguntou ele a Froelich. — Por que você está tão nervosa?

— E ela precisa de mais alguma coisa? — Neagley perguntou a Reacher.

Ele concordou com um gesto de cabeça. *Você sabe como essas organizações funcionam*, tinha dito a ela.

— Tem que haver mais alguma coisa — disse ele. — Tudo bem, isso aqui dá medo, é desafiador e intrigante, mas ela está entrando em pânico.

Froelich suspirou, pegou seu envelope e tirou dele um segundo item. Era idêntico ao primeiro em quase todos os aspectos. Um protetor plástico com uma foto colorida dentro dele. Outra folha branca. Havia seis palavras impressas. *O vice presidente eleito Armstrong vai morrer.* O papel estava sobre uma superfície diferente e a régua ao lado dele também era diferente. A superfície era um laminado cinza, e a régua, de plástico transparente.

— É praticamente idêntico — afirmou Froelich. — Os resultados da perícia são os mesmos e ele tem a mesma impressão digital como assinatura.

— E?

— Ela apareceu na mesa do meu chefe — disse Froelich. — Numa manhã, ela simplesmente estava *lá*. Nada de envelope, nada de nada. E absolutamente nenhuma maneira de dizer como foi parar ali.

Reacher se levantou e foi até a janela. Achou a cordinha e fechou a cortina. Nenhuma razão específica. Apenas pareceu a coisa apropriada a se fazer.

— Quando isso apareceu? — perguntou ele.

— Três dias depois de a primeira chegar pelo correio. — respondeu Froelich.

— Endereçada a vocês — disse Neagley. — Em vez de a Armstrong. Por quê? Para ter certeza de que levaram a primeira a sério?

— Já estávamos levando a primeira a sério — afirmou Froelich.

— Quando Armstrong vai embora de Camp David? — perguntou Reacher.

— Eles vão jantar lá hoje. Provavelmente vão ficar proseando por um tempo. Acho que pegarão o avião de volta depois da meia-noite.

— Quem é o seu chefe?

— Um cara chamado Stuyvesant — informou Froelich. — Igual ao cigarro.

— Você contou a ele sobre os últimos cinco dias?

Froelich negou com um gesto de cabeça.

— Decidi não contar.

— Inteligente — elogiou Reacher. — Você quer que a gente faça exatamente o quê?

Froelich ficou em silêncio por um momento.

— Na verdade, eu não sei muito bem — disse ela. — Venho me perguntando isso há seis dias, desde que decidi encontrar você. Eu me perguntava: numa situação como esta, o que eu realmente quero? E você quer saber? Eu quero mesmo é falar com alguém. Pra ser mais específica, queria mesmo era falar com o Joe. Porque há complexidades aqui, não há? Você enxerga isso, não é? E Joe encontraria uma maneira de interpretá-las. Ele era muito inteligente.

— Você quer que eu seja o Joe? — perguntou Reacher.

— Não, eu queria que o Joe ainda estivesse vivo.

Reacher assentiu.

— Você tanto quanto eu. Mas ele não está.

— Então quem sabe, depois dele, você seja a melhor coisa.

Ela ficou em silêncio novamente.

— Desculpa — completou. — Isso não soou muito bem.

— Me conte sobre os neandertais do seu departamento — pediu Reacher.

— Essa também foi a primeira coisa em que pensei.

— É uma possibilidade clara — disse ele. — Um cara fica com ciúme e todo ressentido, apronta essa coisa toda e fica torcendo pra você dar uma pirada e fazer papel de idiota.

— Foi a primeira coisa em que pensei — repetiu ela.

— Algum provável candidato em particular?

— Assim superficialmente, nenhum — disse ela, dando de ombros.
— Abaixo da superfície, todos. Quando fui promovida, ultrapassei seis caras que estavam no mesmo nível hierárquico que eu. Todos eles têm amigos, aliados e gente que os apoia em postos hierárquicos mais baixos. Como redes dentro de uma rede. Pode ter sido qualquer um.

— Instinto?

Ela balançou a cabeça.

— Não consigo eleger um mais provável. As digitais de todos estão cadastradas. Também é um pré-requisito pra que a gente seja empregado. E este período entre as eleições e a posse é muito conturbado. Todos estão sobrecarregados. Ninguém teve tempo de passar um fim de semana em Las Vegas.

— Não precisa ter sido um fim de semana. Pode ter sido um bate-e-volta no mesmo dia.

Froelich ficou calada.

— E problemas disciplinares? — perguntou Reacher. — Alguém fica ressentido com a *maneira* com que você lidera a equipe? Já teve que gritar com alguém? Algum desempenho ruim?

Ela negou com um gesto de cabeça.

— Tive que mudar poucas coisas. Conversei com duas pessoas. Mas fui cuidadosa. Além disso, a impressão digital não é de nenhum dos dois, tenha eu falado com eles ou não. Por isso acho que é uma ameaça genuína do mundo lá fora.

— Também acho — disse Neagley. — Mas há *algum* envolvimento interno, concorda? Afinal, quem poderia andar pelo prédio e deixar alguma coisa na mesa do seu chefe?

Froelich assentiu.

— Preciso que vocês venham dar uma olhada o meu escritório — disse ela. — Vocês fariam isso?

Eles percorreram a pequena distância no Suburban do governo. Reacher se esparramou no banco de trás e Neagley foi na frente com Froelich. A noite estava úmida, suspensa em meio a algo entre chuvisco e nevoeiro noturno. A água e a luz laranja deixavam a estrada brilhante. Os pneus chiavam e os limpadores de para-brisa batiam pra lá e pra cá. Reacher vislumbrou as grades da Casa Branca e a fachada do Departamento do

Tesouro antes de Froelich virar em uma esquina, entrar em uma travessa e seguir em direção a uma entrada de garagem. Havia uma rampa íngreme, um guarda em uma cabine de vidro e um feixe brilhante de luz branca. O teto era baixo e os pilares de concreto, grossos. Ela estacionou o Suburban no fim de uma fileira de seis modelos idênticos. Havia Lincoln Town Cars aqui e ali e Cadillacs de vários anos e tamanhos, com estruturas artificiais ao redor das janelas nas quais vidros blindados tinham sido instalados. Todos os veículos eram pretos e lustrados, e a garagem inteira era pintada de um branco brilhante, tudo igual, paredes, teto e chão. O lugar parecia uma foto monocromática. Havia uma porta com uma janelinha de vidro aramado. Froelich os guiou através dela e por uma estreita escada de mogno até chegarem à entrada de um pequeno primeiro andar. Havia pilastras de mármore e um único elevador.

— Vocês dois não deviam estar aqui — disse Froelich. — Então não falem nada, andem rápido e fiquem perto de mim, combinado?

Ela ficou pensativa por um tempinho e adicionou:

— Mas venham ver uma coisa antes.

Ela os levou por outra porta discreta que dava em um amplo saguão escuro, enorme como um campo de futebol.

— O saguão principal do prédio — disse Froelich.

Sua voz ecoou no vazio marmóreo. A luz era fraca. A pedra branca parecia cinza na penumbra.

— Aqui — disse ela.

As paredes tinham painéis gigantes esculpidos no mármore e emoldurados em estilo clássico. Aquele abaixo do qual estavam parados dizia: *O Departamento do Tesouro dos Estados Unidos*. A inscrição seguia lateralmente por dois ou três metros. Abaixo havia outra inscrição: *Galeria de Honra*. Depois, com início no alto do canto esquerdo do painel, estava esculpida uma lista de datas e nomes. Aproximadamente trinta ou quarenta. O penúltimo nome era *J. Reacher, 1997*. O último era *M. B. Gordon, 1997*. Depois havia muito espaço vazio. Talvez uma coluna e meia.

— Aquele é o Joe — disse Froelich. — Nosso tributo.

Reacher levantou o olhar para o nome do irmão. Estava impecavelmente lapidado. Cada letra devia ter uns cinco centímetros de altura e era folheada a ouro. O mármore parecia frio e venado, e era mosqueado com outro mármore qualquer. Nesse momento, ele capturou em sua memória uma imagem do rosto de Joe, com uns vinte anos, talvez à mesa do jantar ou do café da manhã, sempre um milésimo de segundo mais rápido do que qualquer um para entender uma piada, sempre um milésimo de segundo mais lento para começar a sorrir. Depois uma imagem dele indo embora de casa, que naquela época era um bangalô em algum lugar quente, com a camisa molhada de suor, a mochila no ombro, em direção à linha aérea e a uma jornada de 15 mil quilômetros até West Point. Em seguida, ao lado da cova no funeral da mãe, a última vez que o vira vivo. Ele conhecera Molly Beth Gordon também. Mais ou menos quinze segundos antes de ela morrer. Era uma mulher loura, radiante e animada. Não muito diferente da própria Froelich.

— Não, aquele não é Joe — disse ele. — Ou Molly Beth. São apenas nomes.

Neagley o olhou. Froelich não falou nada, apenas os levou de volta à pequena entrada com apenas um elevador. Eles subiram três andares até chegarem a um mundo diferente. Era cheio de corredores estreitos, tetos baixos e instalações iguais às de escritórios convencionais. Placas acústicas no teto, lâmpadas de halogênio, linóleo branco e carpete cinza no chão, escritórios divididos em baias feitas com placas de painéis de tecido acolchoado na altura do ombro e com pezinhos reguláveis. Montoeiras de telefones, faxes, pilhas de papeis, computadores por todos os lados. Ouvia-se um zumbido produzido pelos discos rígidos e ventoinhas de computador, o chilrar abafado dos modems e o toque suave de telefones. Do outro lado da porta principal ficava o balcão da recepção com um homem de terno sentado atrás. Estava com um telefone encaixado no ombro, escrevia alguma coisa num livro de registro de mensagens e não conseguiu fazer nada além de dar uma olhada desconcertada e um cumprimento atrapalhado com a cabeça.

— Oficial de serviço — disse Froelich. — Eles trabalham em um sistema com três turnos diários. Esta mesa está sempre guarnecida.

— Esta é a única maneira de entrar? — perguntou Reacher.

— Há escadas de incêndio aos fundos — respondeu Froelich. — Mas calma. Está vendo as câmeras?

Ela apontou para o teto. Havia câmeras de vigilância miniatura por onde quer que fosse necessário para cobrir todos os corredores.

— Precisa levá-las em consideração — disse Froelich.

Ela os levou mais para o fundo do complexo, virando à esquerda e à direita, até chegarem onde devia ser a parte dos fundos do andar. Havia um longo e estreito corredor que se alargava e dava lugar a um espaço quadrado sem janelas. Contra a parede lateral do quadrado havia um secretariado para uma pessoa, com uma mesa, arquivos de metal, prateleiras cheias de fichários de três argolas e pilhas de documentos. Uma foto do atual presidente estava na parede, e uma bandeira dos Estados Unidos, pendurada num pedestal em um canto. Um cabideiro ao lado da bandeira. Nada mais. Tudo era arrumado. Nada fora do lugar. Atrás da mesa ficava a saída de emergência. Era uma porta robusta com uma placa de acetato que exibia um homem verde correndo. Sobre a saída havia uma câmera de vigilância. Ela olhava para a frente como um olho de vidro incapaz de piscar. Do lado contrário se encontrava uma porta sem nenhuma indicação. Estava fechada.

— Escritório do Stuyvesant — disse Froelich.

Ela abriu a porta e os deixou entrar. Apertou o interruptor, e uma luz de halogênio preencheu a sala. Era um escritório razoavelmente pequeno. Menor que a antessala quadrada do lado de fora. Uma cortina de tecido branco sobre uma janela fechada deixava a noite trancada do lado de fora.

— A janela abre? — perguntou Neagley.

— Não — respondeu Froelich. — De qualquer maneira, ela fica de frente para a avenida Pennsylvania. Se um ladrão escalar três andares com uma corda, alguém vai notar, pode acreditar.

O escritório era dominado por uma enorme mesa com um tampo de compósito cinza. Completamente vazia. Uma cadeira de couro estava encaixada nela com absoluta simetria.

— Ele não usa telefone? — perguntou Reacher.

— Fica na gaveta — disse Froelich. — Ele gosta da mesa vazia.

A frente dos armários que ficavam na parede era de um laminado cinza como o da mesa. Havia duas cadeiras de couro para visitantes. Além disso, nada. Era um espaço sereno. Denunciava uma mente meticulosa.

— Certo — disse Froelich. — A correspondência com a ameaça chegou na segunda-feira da semana após a eleição. Depois, na noite de quarta-feira, Stuyvesant foi pra casa por volta das sete e meia. Deixou a mesa limpa. A secretária dele saiu meia hora depois. Enfiou a cabeça pela porta logo antes de ir embora, como sempre faz. Confirmou que a mesa estava limpa. E ela teria notado, certo? Se houvesse um papel sobre a mesa, iria se destacar.

Reacher confirmou. O tampo da mesa parecia a proa de um navio de batalha preparado para a inspeção de um almirante. Um grão de poeira teria se destacado.

— Oito horas, quinta de manhã, a secretária volta — disse Froelich.

— Vai direto para a mesa dela e começa a trabalhar. Nem abre porta do escritório de Stuyvesant. Às oito e dez, Stuyvesant chega. Está de capa de chuva e carrega uma maleta. Pendura a capa no cabideiro. A secretária fala com ele, que põe a maleta sobre a mesa e delibera sobre algo. Depois ele abre a porta do escritório e entra. Não está carregando nada. Deixou a maleta na mesa da secretária. Uns quatro ou cinco segundos depois, Stuyvesant volta. Chama a secretária. Ambos confirmam que, naquele momento, a folha de papel estava na mesa.

Neagley dá uma olhada geral no escritório: a porta, a mesa, a distância entre a porta e a mesa.

— Esse é apenas o testemunho deles? — perguntou ela. — Ou as câmeras de vigilância gravaram a cena?

— As duas coisas — respondeu Froelich. — Todas as câmeras gravam duas fitas separadas. Eu assisti ao vídeo, e tudo aconteceu exatamente como eles descreveram, sem tirar nem pôr.

— Ou seja, a não ser que estejam nisso juntos, nenhum dos dois pôs o papel lá.

— É como vejo — concordou Froelich.

— Então quem pôs? — perguntou Reacher. — O que mais a fita mostra?

— O pessoal da limpeza — disse Froelich.

Froelich os levou ao escritório dela e tirou três videocassetes da gaveta da mesa. Em seguida foi até um local cheio de prateleiras, onde, ao lado de uma impressora e de um fax, havia uma pequena televisão Sony com um vídeo embutido.

— Estas são cópias — afirmou ela. — As originais estão trancadas em um local seguro. Os gravadores trabalham com temporizadores, seis horas em cada fita. Das seis da manhã até o meio-dia, do meio-dia até as seis, das seis até a meia-noite, da meia-noite até as seis e assim por diante.

Ela achou o controle remoto em uma gaveta e ligou a televisão. Colocou a primeira fita. Ele deus uns estalos, zumbiu, e uma imagem embaçada surgiu na tela.

— Isto é a quarta-feira à tarde — disse ela. — A partir das seis.

A imagem era cinza e turva, e a definição de detalhes, fraca, mas a claridade se mostrava completamente adequada. Detrás da mesa da secretária, a imagem mostrava toda a área quadrada. Ela estava à mesa, no telefone. Parecia velha. Tinha cabelo branco. A porta de Stuyvesant ficava à direita da imagem. Estava fechada. Havia uma data e um horário na parte inferior esquerda da tela. Froelich apertou o botão de avançar e o movimento acelerou. A cabeça da secretária se movia comicamente às sacudidelas. A mão dela golpeava para cima e para baixo quando atendia ou encerrava ligações. Uma pessoa surgiu rapidamente na filmagem, entregou uma pilha de correspondência interna, se virou e desapareceu. A secretária separou a correspondência com a velocidade de uma máquina. Abriu todos os envelopes, empilhou o conteúdo impecavelmente, pegou um carimbo, uma almofadinha de tinta e carimbou a parte de cima de todas as cartas novas.

— O que ela está fazendo? — perguntou Reacher.

— Data do recebimento — disse Froelich. — Toda essa operação faz parte de um trabalho administrativo preciso. Sempre foi assim.

A secretária usava a mão esquerda para puxar cada folha e a direita para carimbar a data. O movimento acelerado fazia parecer que ela estava desvairada. Na parte de baixo da imagem, a data permanecia fixa e o horário rodava tão veloz que quase não dava para ler. Reacher se virou e deu uma olhada no escritório de Froelich. Um espaço típico do governo, uma versão civil equivalente aos escritórios em que ele tinha trabalhado. Era agressivamente simples e instalado de maneira dispendiosa em um refinado edifício antigo. Carpete cinza e duro de náilon, mobiliário laminado, cabeamento de TI passando cuidadosamente por tubulações de plástico branco. Montinhos de papéis sobrepostos por todo o lugar, relatórios e memorandos presos às paredes com tachinhas. Havia um armário com porta de vidro lotado de manuais de procedimentos. A sala não tinha janela. Mesmo assim, Froelich possuía uma planta. Estava em um pote de plástico sobre a mesa, fraca, seca e lutando para sobreviver. Não havia fotografias. Nenhum suvenir. Absolutamente nada pessoal além de um leve rastro de seu perfume no ar e no tecido de sua cadeira.

— Tá, é nesta parte que o Stuyvesant vai embora — disse ela.

Reacher olhou novamente para a tela e viu que o marcador de horário já mostrava sete e meia, depois sete e 31. Stuyvesant saiu do escritório numa velocidade três vezes superior à normal. Era um homem alto, de ombros largos, um pouquinho curvado e ficando grisalho nas têmporas. Carregava uma maleta fina. O vídeo o fazia se movimentar com uma energia absurda. Ele correu em direção ao cabideiro e pegou uma capa preta. Jogou-a sobre os ombros e acelerou para a mesa da secretária. Abaixou-se bruscamente, disse alguma coisa e novamente saiu de vista correndo. Froelich apertou o botão de avanço rápido novamente e a velocidade dobrou. A secretária sacudia e se inclinava na cadeira. O marcador de tempo ficou embaçado. Quando o sete se transformou em oito, a secretária deu um pulo, e Froelich diminuiu a velocidade tripla para a normal a tempo de vê-la abrindo a porta de Stuyvesant por um segundo. Ela segurou a maçaneta, inclinou-se para dentro com um pé suspenso, virou-se imediatamente e fechou a porta. Percorreu o espaço quadrado com velocidade, pegou a bolsa, um guarda-chuva, um casaco e desapareceu pela penumbra no final do corredor. Froelich dobrou a velocidade do vídeo mais uma vez e o marcador de horário rodou mais rápido, mas a imagem permaneceu completamente estática. A estaticidade de um escritório deserto se apoderou da tela e a manteve assim enquanto o tempo passava.

— Quando os faxineiros entram? — perguntou Reacher.

— Logo antes da meia-noite — respondeu Froelich.

— Tarde assim?

— São funcionários noturnos. Isto aqui funciona 24 horas.

— E não há mais nada visível antes disso?

— Nada.

— Então passa pra frente. Já deu pra ter uma noção.

Froelich operava alternadamente os botões, passando para a frente, o que deixava a tela com chuviscos, depois voltando para a velocidade normal a fim de ver o marcador de tempo. Às onze e cinquenta da noite, ela deixou a fita rodar na velocidade normal. O horário seguiu pausadamente, um segundo de cada vez. Em dois minutos, houve um movimento no final do corredor. Uma equipe de três pessoas surgiu da penumbra. Eram duas mulheres e um homem, todos de macacão escuro. Pareciam hispânicos. Eram baixos e parrudos, de cabelo escuro, estoicos. O homem empurrava um carrinho. Tinha um saco de lixo preto preso em um aro na parte da frente e bandejas com panos e garrafas de spray em prateleiras na parte de trás. Uma das mulheres carregava um aspirador de pó nas costas, como uma mochila. Ele tinha uma mangueira comprida com um bocal largo. A outra mulher carregava um balde em uma mão e um esfregão na outra. Possuía uma placa de espuma quadrada na ponta e uma complexa articulação a meio caminho do punho, que servia para tirar o excesso de água. Todos os três usavam luvas de borracha. Estavam pálidas nas mãos deles. Provavelmente de um plástico claro, quem sabe amarelo. Os três pareciam cansados. Como todos os trabalhadores noturnos. Mas pareciam asseados, limpos e profissionais. Tinham cortes de cabelo certinhos e suas expressões diziam: *Sabemos que este não é o trabalho mais entusiasmante do mundo, mas o faremos adequadamente.* Froelich pausou a fita e congelou a imagem assim que eles se aproximaram da porta de Stuyvesant.

— Quem são? — perguntou Reacher.

— Funcionários contratados diretamente pelo governo — disse Froelich. — A maioria dos faxineiros de escritório desta cidade é composta por trabalhadores informais, que ganham salário mínimo e não têm benefícios. Um monte de zé-ninguém que troca muito de emprego. É assim em todas as cidades. Mas nós contratamos os nossos. O FBI também. Precisamos de alto grau de confiabilidade, é obvio. Mantemos duas equipes o tempo todo. São entrevistados de forma apropriada, verificamos o histórico deles e não passam pela porta se não forem pessoas boas. Pagamos muito bem, damos plano de saúde e odontológico completos, pagamos férias, tudo a que têm direito. São membros do departamento assim como qualquer outro.

— E eles correspondem?

— Geralmente são excelentes — disse ela, assentindo.

— Mas você acha que esta equipe deixou a carta ali clandestinamente.

— Não dá para chegar a nenhuma outra conclusão.

Reacher apontou para a tela.

— Então onde ela está agora?

— Pode estar no saco de lixo, num envelope rígido. Pode estar num protetor plástico, colada com fita adesiva embaixo de uma das bandejas ou prateleiras. Pode estar colada às costas do cara, embaixo do macacão dele.

Ela apertou o play e eles continuaram entrando no escritório de Stuyvesant. A porta se fechou depois que passaram. A câmera olhava fixamente para a frente. O marcador de tempo seguia continuamente, cinco minutos, sete, oito. A fita acabou.

— Meia-noite — disse Froelich.

Ela a retirou do aparelho e inseriu a segunda fita. Apertou play. A data tinha mudado para quinta-feira e o marcador de horário começou exatamente à meia-noite. Ele se arrastou progressivamente, dois minutos, quatro, seis.

— Com certeza eles fazem um serviço minucioso — comentou Neagley. — A essa altura, nossos faxineiros já teriam limpado o prédio inteiro. É tudo feito nas coxas.

— Stuyvesant gosta de um ambiente de trabalho limpo — falou Froelich.

À meia-noite e sete, a porta se abriu e a equipe saiu em fila.

— Então você acha que agora a carta está em cima da mesa — disse Reacher.

Froelich confirmou com a cabeça. O vídeo mostrava os faxineiros começarem a trabalhar no secretariado. Não deixavam nada para trás. Tudo era energeticamente desempoeirado, esfregado e lustrado. Cada centímetro do carpete era aspirado. O conteúdo da lixeira era jogado dentro do saco preto. Ele já estava com o dobro do tamanho. O homem estava um pouco descabelado por causa do esforço. Puxava o carrinho pra trás vagarosamente, e a mulher o acompanhava. À meia-noite e dezesseis, voltaram para a penumbra e deixaram a imagem estática e silenciosa, como estava antes de chegarem.

— É isso — disse Froelich. — Nada mais durante as próximas cinco horas e 44 minutos. Depois a gente trocou as fitas de novo e não encontrou nada das seis às oito da manhã, quando a secretária chega, e depois o que temos é exatamente o que Stuyvesant alegou ter feito.

— Como era de se esperar — falou uma voz da porta. — Acho que nossa palavra é de confiança. Afinal de contas, eu trabalho no governo há 25 anos, e a minha secretária, há mais que isso, creio.

5

O SUJEITO À PORTA ERA STUYVESANT, SEM DÚVIDA. Reacher o reconheceu da imagem na fita. Era alto, tinha ombros largos, mais de 50 anos, e ainda estava em boa forma. Um rosto bonito, olhos cansados. Usava terno e gravata, mesmo sendo domingo. Froelich o olhava, preocupada. Ele, por sua vez, encarava Neagley.

— Você é a mulher no vídeo — disse ele. — Na recepção quinta à noite.

Era nítido que seu raciocínio estava a mil por hora. Tirando conclusões e confirmando com gestos imperceptíveis de cabeça sempre que elas faziam sentido. Depois de um momento, transferiu seu olhar de Neagley para Reacher e entrou decididamente na sala.

— E você é o irmão do Joe Reacher — disse. — Parece demais com ele.

Reacher confirmou com um movimento de cabeça e, oferecendo sua mão, disse:

— Jack Reacher.

Stuyvesant a apertou.

— Sinto muito pela sua perda. Cinco anos depois, eu sei, mas o Departamento do Tesouro ainda se lembra com afeição do seu irmão.

Reacher moveu novamente a cabeça e apresentou:

— Esta é Frances Neagley.

— Reacher a trouxe para ajudar na auditoria — justificou Froelich.

Stuyvesant deu um sorriso curto.

— Percebi — disse ele. — Jogada inteligente. Quais foram os resultados?

O escritório ficou em silêncio.

— Peço desculpas caso o tenha ofendido, senhor — disse Froelich.

— Você sabe, por antes. Por ter falado da fita daquele jeito. Só estava explicando a situação.

— Quais foram os resultados da auditoria? — perguntou Stuyvesant novamente.

Ela não respondeu.

— Ruim assim? — questionou Stuyvesant. — Bom, eu com certeza espero que sim. Eu também conhecia Joe Reacher. Não tão bem quanto você, mas nós entrávamos em contato de vez em quando. Ele era impressionante. Presumo que seu irmão tenha no mínimo a metade da inteligência dele. A senhora Neagley é provavelmente mais inteligente ainda. Nesse caso, imagino que eles encontraram maneiras de executar o serviço. Estou certo?

— Três definitivas — disse Froelich.

— Uma na recepção, é obvio — palpitou ele. — Provavelmente as outras são na casa da família e naquele maldito evento ao ar livre em Bismarck. Estou certo?

— Sim — respondeu Froelich.

— Níveis extremos de desempenho — informou Neagley. — Improvável que sejam reproduzidos.

Stuyvesant levantou a mão e cortou Neagley.

— Vamos para a sala de reunião — disse ele. — Quero conversar sobre beisebol.

Ele os conduziu por corredores estreitos e sinuosos até uma sala espaçosa no coração do complexo. Nela havia uma mesa comprida e dez cadeiras, cinco de cada lado. Nada de janelas. O mesmo carpete sintético cinza sob os pés e as mesmas placas acústicas brancas sobre a cabeça. A mesma luz de halogênio forte. Um armário baixo ficava encostado em uma parede. Tinha três portas fechadas e três telefones sobre ele. Dois eram brancos, e um, vermelho. Stuyvesant se sentou e apontou para as cadeiras do outro lado da mesa. Reacher olhou para um enorme quadro de avisos cheio de memorandos rotulados como *confidencial.*

— Vou ser atipicamente franco — alertou Stuyvesant. — Apenas temporariamente, porque acho que devemos a vocês uma explicação, porque Froelich os envolveu, com minha autorização, e porque o irmão de Joe Reacher é família, por assim dizer, e, sendo assim, a colega dele também é.

— Trabalhamos juntos no exército — informou Neagley.

Stuyvesant assentiu, como se já soubesse havia muito tempo.

— Vamos falar sobre beisebol — disse ele. — Vocês conhecem o jogo?

Todos esperaram.

— O Washington Senators já era história quando eu cheguei à cidade — começou ele. — Então tive que me contentar com o Baltimore Orioles, o que tem sido uma miscelânea de sentimentos em termos de diversão. Mas vocês sabem o que é exclusivo desse jogo?

— A duração do campeonato — respondeu Reacher. — O percentual de vitórias.

Stuyvesant sorriu, como se o estivesse elogiando.

— Talvez você seja mais do que meio inteligente — disse ele. — O diferencial do beisebol é que o campeonato tem 162 jogos. Muito, muito mais longo que em qualquer outro esporte. Os outros esportes têm quinze, vinte, ou trinta e poucos jogos. Basquete, hóquei, futebol americano, futebol, qualquer um. Em qualquer outro esporte, os jogadores podem começar achando que conseguem ganhar todos os jogos do campeonato. É simplesmente um objetivo motivacional realista. Ele até já foi atingido, aqui e ali, uma vez ou outra. Mas isso é impossível no beisebol. Os melhores times, os grandes campeões, todos eles perdem mais ou menos um terço dos jogos. Perdem por volta de cinquenta a sessenta jogos por ano, pelo menos. Imagine o que isso significa, da perspectiva psicológica. Você é um atleta soberbo, é fanaticamente competitivo, mas sabe que, com certeza, vai perder muitas vezes. É necessário fazer ajustes mentais, ou vai ser impossível lidar com isso. E a proteção presidencial é exatamente a mesma coisa. Essa é a minha perspectiva. Não dá pra vencer todos os dias. Então a gente se acostuma.

— Vocês só perderam uma vez — disse Neagley. — Lá em 1963.

— Não — disse Stuyvesant. — Nós perdemos frequentemente. Mas nem toda perda é significativa. Assim como no beisebol. Nem toda rebatida faz com que o adversário consiga uma corrida, nem toda derrota sofrida faz com que se perca a Série Mundial. E, no nosso caso, nem todo erro mata um cara.

— O que você está querendo dizer? — perguntou Neagley.

Stuyvesant se projetou para a frente na cadeira.

— Estou dizendo que, apesar do que sua auditoria possa ter revelado, vocês ainda devem ter considerável fé em nós. Como no beisebol, nem todo erro acarreta em uma corrida. Agora, eu entendo completamente que essa autoconfiança do tipo "e daí" deve soar muito desleixada para alguém de fora. Mas *vocês* devem entender que somos forçados a pensar dessa maneira. Sua auditoria revelou alguns buracos, e o que precisamos fazer agora é julgar se é possível tapá-los. Se é *sensato*. Vou deixar que a própria Froelich julgue isso. O show é dela. Mas o que estou sugerindo é que se livrem de qualquer dúvida que estejam tendo em relação a nós. Como civis. De qualquer sensação de fracasso. Porque nós não estamos falhando. Sempre haverá brechas. É parte do trabalho. Isto é uma democracia. Acostumem-se.

Stuyvesant se recostou novamente, como se tivesse acabado.

— E essa ameaça específica? — perguntou Reacher.

Ele refletiu, depois balançou a cabeça. Sua expressão tinha mudado. O estado de espírito da sala toda tinha mudado.

— É exatamente aí que eu paro de ser franco — respondeu ele. — Falei que era uma indulgência temporária. E foi um lapso muito sério da parte de Froelich revelar a existência de qualquer ameaça. Tudo o que estou disposto a dizer é que interceptamos muitas ameaças. E lidamos com elas. *Como* lidamos com elas é inteiramente confidencial. Portanto, peço a vocês que entendam que agora estão absolutamente obrigados a nunca comentar esta situação com ninguém depois que forem embora daqui hoje. Ou qualquer aspecto dos nossos procedimentos. Essa obrigação está enraizada na lei federal. Há sanções disponíveis para mim.

Houve silêncio. Reacher ficou calado. Neagley ficou quieta. Froelich parecia perturbada. Stuyvesant a ignorava completamente e encarava Reacher e Neagley, primeiro com hostilidade, depois repentinamente pensativo. Voltou a pensar arduamente. Levantou-se e foi até o armário sobre o qual ficavam os telefones. Agachou-se em frente a eles. Abriu as portas e tirou dois blocos de notas amarelos e duas canetas esferográficas. Então voltou e largou um em frente a Reacher e outro em frente a Neagley. Deu a volta ao redor da cabeceira da mesa e voltou a se sentar.

— Escrevam seus nomes completos — disse ele. — Todo e qualquer pseudônimo, data de nascimento, número de identidade, número do registro militar, endereços atuais.

— Pra quê? — perguntou Reacher.

— Apenas escreva.

Reacher pensou um pouco e pegou a caneta. Froelich o olhou, ansiosa. Neagley o olhou, deu de ombros e começou a escrever. Reacher esperou um segundo e seguiu o exemplo. Terminou bem antes. Não tinha nome do meio nem endereço atual. Stuyvesant deu a volta, ficou atrás deles e catou os blocos na mesa. Sem dizer uma palavra, continuou caminhando para fora da sala com os blocos bem apertados debaixo do braço. Bateu a porta com força ao sair.

— Estou encrencada — declarou Froelich. — E arranjei encrenca pra vocês também.

— Não se preocupe — disse Reacher. — Ele vai fazer a gente assinar algum tipo de acordo de confidencialidade, só isso. Foi pedir a alguém que os digite, acho.

— Mas o que ele vai fazer comigo?

— Nada, provavelmente.

— Me rebaixar? Me demitir?

— Ele autorizou a auditoria. Era necessária diante das ameaças. As duas coisas estavam conectadas. Vamos falar pra ele que nós a pressionamos com perguntas.

— Ele vai me rebaixar — reclamou Froelich. — Não estava satisfeito com a minha ideia de fazer uma auditoria desde o começo. Falou que indicava falta de autoconfiança.

— Porra nenhuma — disse Reacher. — A gente faz esse tipo de coisa o tempo todo.

— Auditoria *constrói* autoconfiança — falou Neagley. — Essa é a nossa experiência. É melhor ter certeza de alguma coisa do que simplesmente torcer pelo melhor.

Froelich desviou o olhar. Não respondeu. A sala ficou em silêncio. Todos esperaram, cinco minutos, depois dez, depois quinze. Reacher levantou e se espreguiçou. Aproximou-se do armário e olhou para o telefone vermelho. Colocou-o no ouvido. Não tinha sinal. Devolveu-o e examinou os memorandos confidenciais no quadro de avisos. O teto era baixo, e ele sentia o calor das lâmpadas de halogêneo na cabeça. Sentou-se novamente, virou a cadeira, a inclinou pra trás e colocou os pés sobre a seguinte. Olhou o relógio. Stuyvesant saíra havia vinte minutos.

— O que diabos ele está fazendo? — perguntou Reacher. — Digitando ele mesmo?

— Talvez esteja chamando os agentes dele — disse Neagley. — Talvez iremos todos pra cadeia para garantir que nosso silêncio seja perpétuo.

Reacher bocejou e sorriu.

— Vamos dar mais dez minutos pra ele. Depois vamos embora. Vamos todos sair pra jantar.

Stuyvesant voltou cinco minutos depois. Entrou na sala e fechou a porta. Não trazia papel algum. Aproximou-se, sentou-se na mesma cadeira e apoiou a palma das mãos na mesa. Tamborilou um pequeno staccato com a ponta dos dedos.

— Certo — começou ele. — Onde estávamos? Acho que Reacher queria fazer uma pergunta.

Reacher tirou os pés da cadeira e se virou para ficar de frente.

— Queria? — indagou ele.

Stuyvesant concordou e continuou:

— Você perguntou sobre essa ameaça específica. Bom, ou é um serviço interno ou externo. Tem que ser uma coisa ou outra, obviamente.

— Nós vamos discutir isso agora?

— Sim, vamos — respondeu Stuyvesant.

— Por quê? O que mudou?

Stuyvesant ignorou a pergunta.

— Se for um serviço externo, deveríamos necessariamente nos preocupar? Talvez não, porque isso também é como beisebol. O Yankees vem à cidade afirmando que vai ganhar do Orioles, mas isso não torna a informação verdadeira. Ficar se gabando não é a mesma coisa que fazer.

Ninguém falou.

— Estou pedindo sua contribuição aqui — esclareceu Stuyvesant.

— Certo — disse Reacher, dando de ombros. — Você acha que *é* uma ameaça de fora?

— Não, acho que é uma intimidação interna com a intenção de prejudicar a carreira da Froelich. Agora me pergunte o que pretendo fazer a respeito.

Reacher olhou para ele. Olhou para seu relógio. Olhou para a parede. *Vinte e cinco minutos, uma noite de domingo, bem no meio do triângulo Washington—Maryland—Virgínia.*

— Eu sei o que você vai fazer — afirmou Reacher.

— Sabe?

— Você vai contratar a mim e a Neagley para fazermos uma investigação interna.

— Vou?

Reacher confirmou com a cabeça.

— Se está preocupado com uma intimidação de dentro, então precisa de uma investigação interna. Isso é óbvio. E não pode usar o próprio pessoal porque pode acabar esbarrando com o bandido. E não quer colocar o FBI a par de tudo porque não é assim que Washington trabalha. Ninguém lava a roupa suja em público. Por isso você precisa de alguém de fora. E tem dois deles sentados bem à sua frente. Eles já estão envolvidos porque a Froelich acabou de envolvê-los. Então, ou você acaba com esse envolvimento ou opta por expandi-lo. Vai preferir expandi-lo, pois dessa maneira não vai ter que achar defeitos numa agente excelente que acabou de promover. E você pode usar a gente? É claro que pode. Quem melhor que o irmão mais novo de Joe Reacher? Dentro do Tesouro, Joe Reacher é praticamente um santo. Por isso, sua retaguarda está protegida. E a minha também. Por causa do Joe, vou ter credibilidade desde o início. E eu era um bom investigador no Exército. Assim como a Neagley. Você sabe disso porque acabou de checar. Meu palpite é que passou 25 minutos falando com o Pentágono e a Agência de Segurança Nacional. Era pra isso que queria todas aquelas informações. Eles verificaram os sistemas e viram que as nossas fichas são limpas. Mais do que limpas até, porque tenho certeza de que informações confidenciais sobre nós ainda estão nos arquivos, e você descobriu que somos bem mais confiáveis do que achou.

Stuyvesant confirmou com um gesto de cabeça. Parecia satisfeito.

— Uma análise excelente — elogiou. — Vocês vão começar o trabalho assim que eu tiver a cópia impressa dessas informações. Ela deve estar aqui em uma hora ou duas.

— Você pode fazer isso? — perguntou Neagley.

— Posso fazer o que eu quiser — disse Stuyvesant. — Os presidentes tendem a dar autoridade às pessoas que eles esperam que o mantenham vivos.

Silêncio.

— Eu serei um suspeito? — perguntou Stuyvesant.

— Não — respondeu Reacher.

— Talvez devesse. Talvez eu devesse ser o suspeito número um. Talvez eu tenha me sentido pressionado a promover uma mulher por causa das pressões contemporâneas para se fazer isso, mas secretamente eu guarde rancor, de forma que estou trabalhando às costas dela para deixá-la em pânico e desacreditá-la.

Reacher ficou calado.

— Eu poderia ter encontrado um amigo ou parente que nunca teve as digitais cadastradas. Poderia ter colocado o papel na minha mesa às sete e meia na noite de quarta-feira e instruído minha secretária a não notá-lo. Ela teria seguido minhas ordens. Ou poderia ter instruído os faxineiros a colocarem-no clandestinamente ali à noite. Eles também teriam seguido minhas ordens. Mas teriam igualmente seguido as ordens da Froelich. Ela provavelmente deveria ser a suspeita número dois. Talvez também tenha um amigo ou parente sem digitais cadastradas, talvez esteja armando essa coisa toda com a intenção de lidar com a crise de maneira espetacular e elevar sua credibilidade.

— Só que eu não estou armando nada — defendeu-se Froelich.

— Nenhum de vocês dois é suspeito — disse Reacher.

— Por que não? — perguntou Stuyvesant.

— Porque Froelich veio até mim voluntariamente e sabia algo sobre mim por causa do meu irmão. Você nos contratou imediatamente após ver nossos registros militares. Nenhum dos dois faria isso se tivessem algo a esconder. Risco demais.

— Quem sabe a gente pense que é mais esperto que vocês. Uma investigação interna que não chegasse até nós seria o melhor dos disfarces.

Reacher fez que não com a cabeça.

— Nenhum de vocês é tão burro.

— Bom — respondeu Stuyvesant com ar de satisfação. — Então vamos considerar que seja um cara invejoso do departamento. Suponhamos que ele tenha conspirado com os faxineiros.

— Ou ela — interferiu Froelich.

— Onde estão os faxineiros agora? — perguntou Reacher.

— Suspensos — disse Stuyvesant. — Em casa, recebendo o pagamento integral. Eles moram juntos. Uma das mulheres é esposa do homem, e a outra é cunhada. A outra equipe está fazendo horas extras para compensar, me custando uma fortuna.

— Qual é a história deles?

— Não sabem nada sobre coisa alguma. Não trouxeram nenhuma folha de papel pra cá, nunca a viram, não estava lá quando limparam o escritório.

— Mas você não acredita neles.

Stuyvesant permaneceu em silêncio por um bom tempo. Ficou mexendo nos punhos da camisa, depois colocou as mãos abertas sobre a mesa novamente.

— Eles são funcionários de confiança — respondeu. — Ficaram muito nervosos por estarem sob suspeita. Muito angustiados. Assustados, até. Mas estavam *calmos*. Como se não fôssemos capazes de provar nada porque não tinham feito nada. Estavam um pouco perplexos. Passaram num teste com detector de mentiras. Todos os três.

— Então você acredita neles.

Stuyvesant negou com um gesto de cabeça.

— Não posso acreditar. Tem como? Você viu as fitas. Quem mais colocou aquela porcaria lá? Um fantasma?

— Então qual é a sua opinião?

— Acho que alguém que conhece aqui dentro pediu a eles para fazer aquilo e explicou que era um procedimento de rotina, um teste, como um jogo de guerra ou uma missão secreta. Disse que ninguém se machucaria e os instruiu sobre o que aconteceria depois, com relação ao vídeo e ao detector de mentiras. Acho que isso pode dar a uma pessoa tranquilidade o suficiente para passar pelo polígrafo. Se estivessem convencidos de que não estavam fazendo algo errado e de que não haveria consequências adversas. Se estivessem convencidos de que estavam realmente ajudando o departamento de alguma maneira.

— Você já investigou isso com eles?

Stuyvesant balançou a cabeça.

— Isso é trabalho seu — disse ele. — Não sou bom em interrogatórios.

Ele saiu repentinamente, da mesma maneira que apareceu. Simplesmente se levantou e saiu. A porta se fechou depois que ele saiu, deixando Reacher, Neagley e Froelich sentados juntos à mesa, envolvidos pela luz e pelo silêncio.

— Vocês não vão ser muito queridos — alertou Froelich. — Investigadores internos nunca são.

— Não estou interessado em ser o queridinho de ninguém — falou Reacher.

— Eu já tenho emprego — disse Neagley.

— Tira umas férias — sugeriu Reacher. — Fica por aqui, seja detestada junto comigo.

— Vou receber?

— Tenho certeza de que haverá uma remuneração — afirmou Froelich.

— Certo — disse Neagley, dando de ombros. — Acho que meus parceiros podem ver isto como algo de prestígio. Vocês sabem, trabalhar pro governo. Posso voltar pro hotel, fazer umas ligações e ver se eles conseguem se virar sem mim por um tempo.

— Quer jantar antes? — perguntou Froelich.

— Não, vou comer no quarto mesmo. Vão jantar vocês dois.

Eles voltaram pelos corredores até o escritório de Froelich, onde ela chamou um motorista para Neagley. Depois a acompanhou até a garagem, subiu de volta e encontrou Reacher sentado em silêncio à mesa dela.

— Vocês estão tendo um relacionamento? — perguntou ela.

— Quem?

— Você e a Neagley.

— Que tipo de pergunta é essa?

— Ela ficou toda esquisita por causa do jantar.

Reacher balançou a cabeça.

— Não, não estamos tendo um relacionamento.

— Já tiveram? Vocês parecem próximos demais.

— É mesmo?

— É óbvio que ela gosta de você, e você, dela. E ela é bonita.

Ele concordou com um gesto de cabeça.

— Eu gosto dela. E ela é bonita. Mas a gente nunca teve um relacionamento.

— Por que não?

— Por que não? Simplesmente nunca aconteceu. Você sabe o que quero dizer.

— Acho que sim.

— De qualquer maneira, não sei muito bem o que isso tem a ver com você. Você é a ex do meu irmão, não minha. Eu nem sei o seu nome.

— M. I. — disse ela.

— Martha Ingred? — brincou ele. — Mildred Ilze?

— Vamos — falou ela. — Jantar, lá em casa.

— Sua casa?

— Os restaurantes aqui no domingo à noite são impossíveis. E, de qualquer maneira, são muito caros pra mim. Além disso, ainda tenho algumas coisas do Joe. Talvez você deva ficar com elas.

Ela morava em uma casa geminada aquecida em um bairro nada glamoroso da cidade, do outro lado do rio Anacostia, perto da Bolling Air Force Base. Uma daquelas casas em que era melhor fechar as cortinas e se concentrar apenas no interior. Estacionava-se na rua. Havia uma porta de madeira, e, atrás dela um pequeno corredor dava direto numa sala de estar. Era um espaço confortável. Piso de madeira, um tapete, móveis antigos. Uma pequena televisão com um decodificador conectado. Alguns livros em uma prateleira, um aparelho de som pequeno com um metro de CDs escorados nele. Os aquecedores estavam ligados no máximo, então Reacher tirou a jaqueta preta e a jogou no encosto de uma cadeira.

— Não quero que seja alguém de dentro — disse Froelich.

— Melhor do que uma ameaça externa de verdade.

Ela concordou e andou até os fundos da sala, onde uma passagem em arco levava à cozinha. Olhou ao redor, um pouco confusa, como se imaginasse para que serviam todos aqueles utensílios e armários.

— A gente pode pedir comida chinesa — sugeriu Reacher.

Ela tirou a jaqueta, dobrou-a ao meio e a colocou em um banco.

— Talvez seja melhor — concordou ela.

Vestia uma blusa branca que, sem a jaqueta, parecia mais macia e mais feminina. A cozinha era iluminada por lâmpadas comuns não muito claras, mais gentis com a pele dela do que o intenso halogêneo do escritório. Ele olhou para ela e enxergou o que Joe devia ter enxergado oito anos antes. Ela pegou um cardápio de comida delivery, discou um número e fez o pedido. Duas sopas agripicantes e dois frangos General Tso.

— Pode ser? — perguntou ela.

— Não me diga — respondeu ele. — O Joe gostava disso.

— Ainda tenho algumas coisas dele — falou ela. — Você devia vir dar uma olhada.

Ela caminhou à frente em direção ao pequeno corredor na entrada e subiu as escadas. Havia um quarto de hóspedes. Nele, um guarda-roupa fundo com uma única porta. Uma lâmpada se acendeu automaticamente quando ela o abriu. O móvel estava cheio de uma miscelânea de tralhas, mas a barra de cabides tinha uma longa fileira de ternos e camisas envolvidos em plástico de lavanderia. Tinha ficado amarelado e um pouco quebradiço com o tempo.

— São dele — falou Froelich.

— Ele deixou aqui? — perguntou Reacher.

Ela tocou no ombro de um dos ternos através do plástico.

— Achei que ele viesse buscá-los — disse ela. — Mas não veio, o ano inteiro. Acho que não precisava deles.

— Ele devia ter muitos ternos.

— Umas duas dúzias, eu acho — falou ela.

— Como uma pessoa pode ter 24 ternos?

— Ele gostava de se vestir bem — disse ela. — Não se esqueça disso.

Reacher ficou quieto. Em sua memória, Joe vivia de short e camiseta. No inverno, usava calça militar cáqui. Se estivesse muito frio, usava uma gasta jaqueta de piloto de couro. E era isso. No funeral da mãe deles,

Joe vestia um terno preto muito formal, e Jack supôs que era alugado. Mas possivelmente não era. Quem sabe o trabalho em Washington tivesse mudado sua postura.

— Você devia ficar com eles — sugeriu Froelich. — São propriedade sua, de qualquer maneira. Você era o parente mais próximo, imagino.

— Acho que sim — concordou Reacher.

— Também há uma caixa — disse ela. — Coisas que ele largou por aqui e nunca voltou pra pegar.

Ele acompanhou o olhar dela e viu uma caixa de papelão debaixo da barra de cabides. As abas estavam fechadas umas sobre as outras.

— Me fale da Molly Beth Gordon — pediu ele.

— O que tem ela?

— Depois que eles morreram, eu meio que achei que eles tinham alguma coisa.

— Eles eram próximos. Não há dúvida quanto a isso. Mas trabalhavam juntos. Ela era assistente dele. Joe não ficaria com alguém do departamento.

— Por que vocês terminaram? — perguntou ele.

A campainha tocou no andar de baixo. Soou alta na quietude do domingo.

— A comida — disse Froelich.

Eles desceram e comeram juntos à mesa da cozinha, em silêncio. Aquilo pareceu curiosamente íntimo, mas também distante. Como ficar sentado ao lado de um estranho em uma longa viagem de avião. Você se sente conectado, mas também desconectado.

— Pode ficar aqui hoje — falou ela. — Se você quiser.

— Não fiz o checkout no hotel.

— Faça amanhã. Depois monte sua base aqui.

— E a Neagley?

Silêncio por um segundo.

— Ela também, se quiser. Tem outro quarto no terceiro andar.

— Certo — disse ele.

Quando terminaram, ele colocou as embalagens no lixo e enxaguou os pratos. Ela ligou a lava-louças. Em seguida, o telefone tocou. Froelich foi até a sala de estar para atender. Falou um tempão, desligou e voltou.

— Era Stuyvesant — contou. — Está dando a você o sinal verde formal.

102

— Então ligue pra Neagley e peça a ela pra se aprontar.

— Agora?

— Se tem um problema, resolva — disse ele. — É assim que eu trabalho. Peça a ela para estar do lado de fora do hotel em trinta minutos.

— Por onde você vai começar?

— Pelo vídeo — respondeu ele. — Quero ver as fitas de novo. E quero ver o cara responsável por essa parte da operação.

Trinta minutos depois, os dois buscaram Neagley em frente ao hotel. Ela tinha trocado de roupa: agora vestia um terno preto de blazer curto. A calça era apertada. Ficava muito bonita por trás, na opinião de Reacher. Ele percebeu que Froelich tinha chegado à mesma conclusão, mas não falou nada. Apenas dirigiu por cinco minutos até chegarem novamente aos escritórios do Serviço Secreto. Froelich seguiu direto para seu escritório, para sua mesa, e deixou Reacher e Neagley com o agente responsável pelas câmeras de vigilância. Era um cara baixo e nervoso em trajes de domingo, que tinha corrido até lá para se encontrar com eles de última hora. Parecia um pouco atordoado. Levou-os para uma sala de equipamentos do tamanho de um armário, cheia de racks com gravadores. Uma das paredes tinha uma estante do chão ao teto contendo centenas de fitas VHS sobrepostas de maneira impecável em caixas de plástico pretas. Os gravadores eram cinza-claros originais de fábrica. Todo aquele cubículo era cheio de cabos organizados, tinha memorandos sobre procedimentos presos às paredes com tachinhas, o barulho suave dos motores funcionando, cheiro de placas de circuito quentes e o brilho verde de números de LED em incessante contagem.

— Na verdade, o sistema é todo automatizado — informou o cara.

— Quatro gravadores conectados a cada câmera, seis horas para cada fita. A gente troca todas as fitas uma vez por dia, as arquivamos por três meses e depois as descartamos.

— Onde estão as originais da noite em questão? — perguntou Reacher.

— Bem aqui — respondeu o sujeito.

Ele enfiou a mão no bolso e pegou um molho de chaves em uma argola. Agachou-se no espaço limitado e abriu um armário baixo. Tirou três caixas.

— Estas são as três que copiei para Froelich — disse, de joelhos.

— Tem algum lugar onde possamos dar uma olhada nelas?

— Não são diferentes das cópias.

— Cópias causam perda de detalhes — alegou Reacher. — Primeira regra, comece com as originais.

— Certo — respondeu ele. — Acho que você pode assistir a elas aqui mesmo.

Ele se levantou atabalhoadamente, empurrou e puxou equipamentos em uma bancada, virou um pequeno monitor para eles e ligou um sistema de vídeo independente. Um quadrado cinza apareceu na tela.

— Essas coisas não têm controle remoto — falou. — Você vai ter que usar os botões.

Ele empilhou as três caixas na sequência temporal correta.

— Tem cadeiras? — perguntou Reacher.

O cara saiu e voltou arrastando duas cadeiras de digitador. Elas se prenderam um pouco na entrada, e ele teve dificuldade em encaixar as duas em frente à bancada estreita. Depois deu uma olhada ao redor, como se não estivesse satisfeito em deixar dois estranhos em seu pequeno domínio.

— Acho que vou aguardar na sala de espera — disse ele. — Me chamem quando tiverem terminado.

— Qual é o seu nome? — perguntou Neagley.

— Nendick — respondeu, timidamente.

— Combinado, Nendick — disse ela. — Pode ter certeza de que a gente vai te chamar.

Ele saiu da sala, e Reacher colocou a terceira fita no equipamento.

— Sabe de uma coisa? — disse Neagley. — Aquele cara não deu nem uma sacadinha na minha bunda.

— Não?

— Os caras geralmente olham quando estou com esta calça.

— É mesmo?

— Geralmente.

Reacher manteve o olhar fixo na tela vazia.

— Vai ver ele é gay — sugeriu Reacher.

— Estava usando aliança.

— Então quem sabe ele tenta arduamente evitar pensamentos impróprios. Ou talvez esteja cansado.

— Ou talvez eu esteja ficando velha — disse ela.

Ele apertou o botão de avançar. O motor zuniu.

— Terceira fita — alertou ele. — Quinta de manhã. Vamos fazer de trás para a frente.

O videocassete rodava rápido. Ele olhou o contador, apertou o play e viu surgir a imagem de um escritório vazio com um marcador de tempo mostrando a data em questão, quinta-feira, e a hora, 7h55 da manhã. Apertou o botão de avançar e pausou no exato momento em que a secretária entrou, exatamente às oito horas. Ele se ajeitou na cadeira, apertou play e observou a secretária entrar na área quadrada, tirar o casaco e o pendurar no cabideiro. Passou a um metro de distância da porta de Stuyvesant e se inclinou atrás da própria mesa.

— Guardando a bolsa — disse Neagley. — Na parte onde ficam os pés.

A secretária era uma mulher de uns 60 anos. Por um momento, ela ficou com o rosto de frente para a câmera. Era uma figural matronal. Carrancuda, mas bondosa. Sentou-se pesadamente, puxou a cadeira para a frente e abriu um livro sobre a mesa.

— Checando a agenda — disse Neagley.

Ela se manteve firme na cadeira, ocupada com a agenda. Depois começou a trabalhar numa pilha alta de memorandos. Arquivou alguns deles em uma gaveta, carimbou outros e os passou para o lado esquerdo da mesa.

— Você já viu tanta papelada? — perguntou Reacher. — Pior que no Exército.

A secretária interrompeu seu trabalho com os documentos duas vezes para atender o telefone. Mas não se moveu da cadeira. Reacher avançou a fita até Stuyvesant irromper na imagem, às oito e dez. Vestia uma capa de chuva escura, talvez preta ou cinza bem escuro. Carregava uma maleta fina. Ele tirou a capa e a pendurou no cabideiro. Avançou para dentro da área quadrada, e a cabeça da secretária se moveu como se estivesse falando com ele. Stuyvesant apoiou a maleta na mesa e ajustou sua posição até que estivesse completamente alinhada a uma das bordas. Inclinou-se para conversar com ela. Fez que sim com a cabeça uma vez, endireitou o corpo novamente, andou até a porta de seu escritório sem a maleta e desapareceu dentro da sala. O marcador de horário rodou quatro segundos. Então ele voltou à porta e chamou a secretária.

— Ele a encontrou — disse Reacher.

— O negócio da maleta é esquisito — disse Neagley. — Por que ele a deixaria ali?

— Quem sabe ele tinha uma reunião bem cedo — sugeriu Reacher. — Talvez a tivesse deixado ali porque sabia que ia sair logo em seguida.

Ele acelerou a próxima hora. Pessoas entravam e saíam do escritório. Froelich passou duas vezes. Depois uma equipe da perícia criminal chegou e saiu vinte minutos mais tarde com a carta em um saco plástico de provas. Ele apertou o botão de voltar. Todas as atividades da manhã se desdobraram novamente, de trás para a frente. A equipe de perícia foi embora depois chegou, Froelich saiu e entrou duas vezes, Stuyvesant chegou e foi embora, depois a secretária fez o mesmo.

— Agora a parte chata — disse Reacher. — Horas e horas de nada.

A imagem se transformou em uma área vazia com o temporizador rodando ao contrário. Absolutamente nada acontecia. O nível de detalhes mostrado pela fita original era melhor que o da cópia, mas não havia muito. A imagem era cinza e turva. Boa o suficiente para uma câmera de vigilância, mas não teria ganhado nenhum prêmio técnico.

— Quer saber? — falou Reacher. — Fui policial por treze anos e nunca achei nada significativo em fitas de vigilância. Nenhuma vez.

— Nem eu — disse Neagley. — Passei muitas horas assim.

Às seis da manhã, a fita parou abruptamente. Reacher a ejetou, avançou a segunda fita até o final e continuou a fazer a paciente busca ao contrário. O marcador de tempo passou para as cinco horas e correu em direção às quatro. Nada aconteceu. Era simplesmente o escritório, imóvel, cinza e vazio.

— Por que a gente está fazendo isso hoje à noite? — perguntou Neagley.

— Porque sou um cara impaciente — falou Reacher.

— Você quer marcar um pontinho pros militares, não quer? Mostrar a esses civis como os verdadeiros profissionais trabalham.

— Não temos mais nada a provar — falou Reacher. — Já fizemos três pontos e meio.

Ele se inclinou para mais perto da tela. Lutava para manter os olhos focados. Quatro da manhã. Nada acontecia. Não havia ninguém entregando carta alguma.

— Ou talvez haja outra razão para estarmos fazendo isso hoje à noite — disse Neagley. — Talvez você esteja querendo superar seu irmão.

— Não preciso disso. Sei exatamente em que somos parecidos. E não me importo com o que qualquer outra pessoa pense sobre isso.

— O que aconteceu com ele?

— Morreu.

— Eu entendi isso, tardiamente. Mas como?

— Foi morto. Em serviço. Logo depois que eu saí do Exército. Lá na Georgia, no sul de Atlanta. Encontro clandestino com um informante de uma operação de falsificação. Era uma emboscada. Ele foi baleado duas vezes, na cabeça.

— Pegaram os caras?

— Não.

— Que pena.

— Na verdade, não. Em vez disso, eu os peguei.

— O que você fez?

— O que você acha?

— Tudo bem, mas como?

— Era uma equipe composta por pai e filho. Afoguei o filho numa piscina. Queimei o pai até a morte numa fogueira. Depois de ter atirado nele com uma bala de ponta oca calibre 44.

— Suficiente pra dar conta do recado.

— Moral da história, não mexa comigo nem com os meus. Só gostaria que eles soubessem disso antes.

— Alguma retaliação?

— Eu exfiltrei rápido. Fiquei fora de circulação. Tive que perder o funeral.

— Mau negócio.

— O cara com quem ele estava se encontrando também se deu mal. Sangrou até a morte debaixo de um viaduto. Tinha uma mulher também. Assistente dele, Molly Beth Gordon. Foi esfaqueada no aeroporto de Atlanta.

— Eu vi o nome dela na galeria de honra.

Reacher ficou quieto. O vídeo voltava rapidamente. Três da manhã, depois duas e tal. Duas e quarenta. Nada acontecia.

— A parada toda era um ninho de marimbondos — falou. — Na verdade, foi tudo culpa dele.

— Que cruel.

— Ele deu um passo maior que a perna. Você seria emboscada num encontro marcado?

— Não.

— Nem eu.

— Eu ia fazer todas as coisas de praxe — disse Neagley. — Você sabe, chegar três horas antes, inspecionar o lugar, vigiar, bloquear os acessos...

— Mas o Joe não fez nada disso. Não era a especialidade dele. O negócio é que o Joe parecia durão. Tinha quase dois metros, era forte pra cacete. As mãos pareciam pás, e a cara, uma luva de beisebol. Nós dois éramos clones, fisicamente. Mas tínhamos cérebros diferentes. No fundo, ele era um cara cerebral. Meio *puro*. Inocente, até. Nunca pensava em golpes baixos. Tudo era um jogo de xadrez com ele. Ele recebe um telefonema, marca um encontro, vai de carro até o lugar. Como se estivesse mexendo um cavalo ou um bispo. Simplesmente não esperava que alguém poderia chegar e virar o tabuleiro inteiro.

Neagley ficou calada. O vídeo corria de trás pra frente. Nada acontecia. A área quadrada do escritório estava lá, turva e imóvel.

— Depois de um tempo, fiquei com muita raiva por ele ter sido tão descuidado — disse Reacher. — Mas depois decidi que não podia culpá-lo. Para ser descuidado, primeiro você tem que saber do que supostamente precisa ter cuidado. E ele simplesmente não tinha esse conhecimento. Não sabia. Não via coisas como aquela. Não pensava daquele jeito.

— E?

— E eu fiquei com raiva por não ter feito aquilo por ele.

— E dava pra você ter feito?

Ele negou com um gesto de cabeça.

— Fazia sete anos que não o via. Não tinha ideia de onde estava, e ele não tinha ideia de onde eu estava. Mas alguém *como* eu devia ter feito. Ele devia ter pedido ajuda.

— Orgulhoso demais?

— Não, inocente demais. Esse é o ponto principal.

— Ele podia ter reagido? Na hora?

Reacher fez uma careta.

— Acho que eles eram muito bons. Semiprofissionais, para os nossos padrões. Ele deve ter tido alguma chance. Mas coisa de milésimo de segundo, puramente instintiva. E os instintos do Joe eram todos enterrados debaixo da coisa cerebral. Ele provavelmente parou para pensar. Sempre parava. O suficiente para que parecesse tímido.

— Inocente e tímido — falou Neagley. — Não é a opinião que têm dele por aqui.

— Por aqui ele devia parecer um homem da pesada. Tudo é comparativo.

Neagley se ajeitou na cadeira e olhou para a tela.

— Prepare-se — disse ela. — A meia-noite está chegando, a hora H.

De trás para a frente, o marcador de tempo passou pela meia-noite e meia. O escritório estava sereno. Então, à meia-noite e dezesseis, a equipe de faxineiros irrompeu de costas rapidamente da penumbra do corredor de saída. Reacher a observou entrar de ré no escritório de Stuyvesant à meia-noite e sete. Então fez a fita rodar para a frente em velocidade normal e os observou saírem de novo e limparem o posto de trabalho da secretária.

— O que você acha? — perguntou ele.

— Eles me parecem bem normais — disse Neagley.

— Se tivessem acabado de deixar a carta, estariam tão calmos?

Não estavam com pressa. Não estavam furtivos, ansiosos nem estressados ou nervosos. Não olhavam de volta para a porta de Stuyvesant. Simplesmente limpavam, com eficiência e rapidez. Ele voltou a fita novamente, deixou passar pela meia-noite e sete até parar exatamente na meia-noite. Então a ejetou e inseriu a primeira fita. Adiantou-a até o finalzinho e a examinou de trás pra frente até o primeiro momento em que eles apareceram na imagem, logo antes das 11h52. Deu play, observou-os entrar e pausou quando todos estavam claramente visíveis.

— Então, onde ela poderia estar? — perguntou ele.

— Como especulou Froelich — respondeu Neagley —, em qualquer lugar.

Ele assentiu. Ela estava certa. Entre eles e o carrinho de limpeza podia haver uma dúzia de cartas escondidas.

— Eles parecem preocupados? — perguntou ele.

Ela deu de ombros.

— Dá play. Olha como eles se movem.

Ele os deixou continuar andando. Foram direto para a porta de Stuyvesant e, exatamente às 11h52, entraram, desaparecendo de vista.

— Mostra de novo — pediu Neagley.

Ele passou aquela parte outra vez. Neagley se inclinou para trás e semicerrou os olhos.

— O nível de energia deles está um pouquinho menor quando eles saem — disse ela.

— Você acha?

Ela confirmou com um gesto de cabeça.

— Um pouco mais lentos? Como se estivessem hesitantes?

— Ou como se temessem ter feito algo ruim lá dentro?

Ele passou a cena de novo.

— Não sei — disse ela. — É meio difícil de interpretar. E não é prova nenhuma, com certeza. Não passa de uma impressão subjetiva.

Voltou novamente. Não havia diferença alguma visível. Talvez estivessem com um pouco mais de energia quando entraram do que quando saíram. Ou mais cansados. Mas eles gastaram quinze minutos lá dentro. E era um escritório relativamente pequeno. Já bem limpo e organizado. Quem sabe era hábito deles fazer um descanso de dez minutos no interior, fora do alcance da câmera. Faxineiros não são bobos. Quem sabe tenham colocado os pés na mesa, não uma carta.

— Não sei — repetiu Neagley.

— Inconclusivo? — perguntou Reacher.

— Naturalmente. No entanto, quem mais a gente tem?

— Ninguém.

Ele apertou o botão de rebobinar e ficou olhando para o nada até chegar às oito da noite. A secretária levantou da mesa, pôs a cabeça para dentro da porta de Stuyvesant e foi pra casa. Ele rebobinou até às sete e 31 e observou o próprio Stuyvesant partir.

— Tá — disse ele. — Foram os faxineiros. Por iniciativa própria?

— Duvido muito.

— Então a pedido de quem?

Eles pararam na sala de espera, encontraram Nendick e o mandaram de volta à sala de equipamentos para arrumá-la. Depois saíram em busca de Froelich e a acharam atrás de uma pilha de papéis em sua mesa, ao telefone, coordenado o retorno de Brook Armstrong de Camp David.

— A gente precisa falar com os faxineiros — disse Reacher.

— Agora? — questionou Froelich.

— Não tem hora mais apropriada. Interrogatórios tarde da noite sempre funcionam melhor.

Sem expressão no rosto, ela concordou:

— Certo. Levo vocês de carro, então.

— É melhor que não esteja lá — disse Neagley.

— Por quê?

— Somos militares. Provavelmente vamos querer dar umas estapeadas neles.

Froelich a encarou.

— Vocês não podem fazer isso. Eles são membros do departamento, nada diferentes de mim.

— Ela está brincando — disse Reacher. — Mas eles vão se sentir melhor para falar se não tiver ninguém do departamento por perto.

— Tudo bem, eu espero do lado de fora. Mas vou com vocês.

Ela terminou de fazer os telefonemas, organizou a papelada, depois os levou de volta ao elevador e à garagem. Entraram no Suburban, e Reacher fechou os olhos por vinte minutos enquanto ela dirigia. Estava cansado. Vinha trabalhando pesado sem parar por seis dias. Então o carro parou e ele abriu novamente os olhos em um bairro pobre cheio de sedans de dez anos e cercas de arame. Havia um brilho laranja dos postes aqui e ali. Asfalto remendado e ervas daninhas raquíticas nas calçadas. A grave batida do som alto de um carro a quarteirões dali.

— É aqui — disse Froelich. — Número 2301.

O número 2301 era a habitação da esquerda de uma casa bifamiliar. Uma estrutura baixa de tábuas de madeira com duas portas centralizadas e janelas simétricas à esquerda e à direita. Uma cerca de arame limitava o jardim. Parte do gramado estava morta. Nada de mato, flores, ou arbustos. Mas era arrumado o suficiente. Não tinha lixo. Os degraus até a porta estavam bem-varridos.

— Vou esperar bem aqui — disse Froelich.

Reacher e Neagley saíram do carro. A noite estava fria e o som distante, mais alto. Eles passaram pelo portão. Subiram por um caminho de concreto rachado até a porta. Reacher tocou a campainha e a ouviu soar lá dentro. Esperaram. Ouviram passos que pareciam vir de um chão sem carpete ou tapete, depois o som de algo metálico sendo retirado do caminho. A porta se abriu, e um homem ficou parado ali com a mão na maçaneta. Era o faxineiro do vídeo, sem dúvida. Eles o tinham olhado andar para a frente e para trás por horas. Não era jovem nem velho. Baixo nem alto. Um cara completamente dentro da média. Vestia uma calça de algodão e um moletom do Redskins. A pele era escura e a maçã do rosto, alta e reta. O cabelo preto e brilhante tinha um corte antiquado, ainda arrumado com pontas onduladas.

— Pois não? — perguntou ele.

— Precisamos conversar sobre o negócio no escritório — disse Reacher.

O cara não fez perguntas. Não pediu identidade. Apenas olhou para o rosto de Reacher e deu um passo atrás por cima da coisa que tinha arrastado antes de abrir a porta. Era uma gangorra de criança feita de tubos de metal de cores vivas. Tinha pequenos assentos em cada ponta, como os de triciclos de crianças, e tubos para se segurar, como os que saem de cada lado da cabeça de cavalinhos de plástico.

— A gente não pode deixar do lado de fora à noite — disse o cara. — Roubam.

Neagley e Reacher passaram por cima do objeto e seguiram por um estreito corredor de entrada. Havia mais brinquedos enchendo prateleiras de maneira organizada. Pinturas escolares de série primária eram visíveis na geladeira. Cheiro de comida sendo preparada. Havia uma sala de estar depois do corredor, onde se encontravam duas mulheres silenciosas e amedrontadas. Usavam vestidos de domingo, muito diferentes dos macacões de trabalho.

— Precisamos saber seus nomes — disse Neagley.

A voz dela era uma mistura do calor da simpatia com a frieza de uma sentença de condenação. Reacher sorriu para si mesmo. Aquele era o jeito de Neagley. Ele lembrava bem. Ninguém nunca discutia com ela. Era uma de suas forças.

— Julio — disse o homem.

— Anita — respondeu a primeira mulher.

Reacher presumiu que fosse a mulher de Julio pelo jeito como ela o olhou antes de responder.

— Maria — falou a segunda mulher. — Sou irmã da Anita.

Havia um pequeno sofá e duas poltronas. Anita e Maria se apertaram para que Julio pudesse se sentar com elas no sofá. Reacher entendeu aquilo como um convite e se sentou em uma das poltronas. Neagley ocupou a outra. Isso os deixou numa posição simétrica, como se o sofá fosse a tela de uma televisão e eles estivessem sentados para assistir.

— Achamos que vocês colocaram a carta no escritório — afirmou Neagley.

Não houve resposta. Nenhuma reação sequer. Nenhuma expressão nos três rostos. Apenas uma espécie de estoicismo vazio.

— Vocês colocaram? — perguntou Neagley.

Nenhuma resposta.

— As crianças estão dormindo? — perguntou Reacher.

— Não estão aqui — respondeu Anita.

— São suas ou da Maria?

— Minhas.

— Meninos ou meninas?

— Duas meninas.

— Onde elas estão?

Ela demorou um pouco para responder.

— Com primos.

— Por quê?

— Porque a gente trabalha à noite.

— Não por muito tempo — disse Neagley. — Vocês não vão mais trabalhar em horário algum a não ser que contem alguma coisa a alguém.

Nenhuma resposta.

— Nada mais de plano de saúde, nada mais de benefícios.

Nenhuma resposta.

— Podem até ir pra cadeia.

Silêncio.

— O que for acontecer com a gente vai acontecer — disse Julio.

— Alguém pediu a vocês pra colocarem a carta lá? Alguém que vocês conhecem no escritório?

Absolutamente nenhuma resposta.

— Alguém de fora do escritório?

— A gente não fez nada com carta nenhuma.

— Então o que vocês fizeram? — perguntou Reacher.

— A gente limpou. É pra isso que a gente está lá.

— Vocês ficaram lá dentro por um tempo extremamente longo.

Julio olhou para a esposa como se não estivesse entendendo.

— A gente viu a fita — afirmou Reacher.

— A gente sabe das câmeras — disse Julio.

— Vocês seguem a mesma rotina todas as noites?

— A gente tem que seguir.

— Ficam lá dentro esse tempo todo todas as noites?

— Acho que sim — disse Julio, dando de ombros.

— Vocês descansam lá?

— Não, a gente limpa.

— Do mesmo jeito toda noite?

— Tudo é do mesmo jeito toda noite. A não ser que alguém tenha derramado café, ou deixado muito lixo espalhado, ou alguma coisa assim. Isso pode atrasar a gente um pouco.

— Tinha alguma coisa assim no escritório do Stuyvesant naquela noite?

— Não — respondeu Julio. — Stuyvesant é um sujeito organizado.

— Vocês ficaram muito tempo lá dentro.

— Não mais que o de costume.

— Vocês têm uma rotina precisa?

— Acho que sim. A gente passa o aspirador de pó, tira a poeira das coisas, esvazia o lixo, organiza as coisas e passamos para o próximo escritório.

Silêncio. Apenas a fraca batida do longínquo som do carro, bem atenuada pelas paredes e janelas.

— Tá — disse Neagley. — Escuta aqui, gente. A fita mostra vocês entrando lá. Depois, havia uma carta em cima da mesa. Achamos que vocês a colocaram lá porque alguém pediu a vocês pra fazer isso. Talvez tenham dito que era uma piada ou uma brincadeira. Talvez tenham dito que não tinha problema fazer isso. E não tinha. Ninguém saiu machucado. Mas precisamos saber quem pediu a vocês para fazer isso. Porque faz parte do jogo também, a gente tentar descobrir. E agora vocês precisam nos contar, caso contrário o jogo acaba e só poderemos concluir que vocês a colocaram lá por conta própria. E isso, sim, é um problema. Muito sério. Isso é fazer uma ameaça contra o vice-presidente eleito dos Estados Unidos. E vocês podem ir presos por causa disso.

114

Nenhuma reação. Outro longo silêncio.

— A gente vai ser demitido? — perguntou Maria.

— Vocês não estão escutando? — disse Neagley. — Vocês vão pra cadeia a não ser que contem a nós quem foi.

O rosto de Maria ficou paralisado como uma pedra. O mesmo com os de Anita e Julio. Rostos paralisados, olhos vazios, estoicas expressões desconsoladas oriundas diretamente de mil anos de experiência camponesa: *mais cedo ou mais tarde, a colheita sempre falha.*

— Vamos embora — falou Reacher.

Eles se levantaram, atravessaram o corredor de entrada, passaram por cima da gangorra e saíram para a noite. Chegaram ao Suburban a tempo de ver Froelich fechando o celular. Havia pânico nos olhos dela.

— O que foi? — perguntou Reacher.

— Recebemos outra — informou ela. — Dez minutos atrás. E é pior ainda.

6

ELA OS AGUARDAVA NO CENTRO DE UMA MESA COMPRIDA na sala de reunião. Um pequeno grupo de pessoas tinha se aglomerado ao redor. As luzes de halogênio no teto a iluminavam perfeitamente. Havia um envelope de 228 por 304 milímetros, com um lacre de metal e a aba rasgada. E uma única folha branca de papel carta. Nela estavam impressas dez palavras: *O dia no qual Armstrong morrerá está aproximando-se depressa.* A mensagem estava dividida em duas linhas, centralizada exatamente entre as margens e um pouquinho acima do meio. Nenhuma outra coisa era visível. As pessoas a olhavam em silêncio. O cara de terno da recepção abriu caminho no grupo e falou com Froelich.

— Eu recebi o envelope — disse ele. — Não encostei na carta. Só a deslizei para fora.

— Como ela chegou? — perguntou Froelich.

— O guarda da garagem fez um intervalo para ir ao banheiro. Quando voltou, ela estava na borda da guarita. Trouxe direto pra mim. Então acho que as digitais dele também estão no envelope.

— Quando exatamente?

— Meia hora atrás.

— Como o guarda da garagem faz os intervalos dele? — perguntou Reacher.

A sala ficou em silêncio. As pessoas se viraram em direção à nova voz. A primeira reação do cara da recepção foi fazer uma feroz expressão do tipo *quem-diabos-é-você*. Mas depois ele olhou para o rosto de Froelich, deu de ombros e respondeu obedientemente:

— Ele tranca a grade de entrada. É assim. Corre até o banheiro. Corre de volta. Possivelmente duas ou três vezes por turno. Ele fica lá embaixo por oito horas seguidas.

— Ninguém o está culpando — disse Froelich. — Alguém já chamou a perícia?

— Estávamos esperando você.

— Certo. Deixe-a na mesa, ninguém encosta nela, e lacre bem esta sala.

— Tem câmera na garagem? — perguntou Reacher.

— Tem, sim.

— Então peça a Nendick para trazer a fita de hoje à noite agora.

Neagley se esticou sobre a mesa.

— Redação bem mais elaborada, não acham? E eu diria que o "depressa" definitivamente descarta a ideia de ser uma previsão. Transforma a coisa toda numa ameaça evidente.

— Tem razão — concordou Froelich, falando devagar. — Se isso é o que alguém chama de brincadeira ou piada, acabou de ficar bem sério muito rápido.

Ela disse isso em alto e bom tom, e Reacher captou o propósito dela com rapidez o suficiente para observar os rostos na sala. Não houve reação alguma de nenhum deles. Froelich olhou o relógio.

— Armstrong está no ar — comentou ela. — A caminho de casa.

Depois ficou quieta por um tempinho

— Convoque uma equipe extra — disse ela. — Metade na Base da Força Aérea de Andrews e metade na casa de Armstrong. E coloquem um veículo extra na escolta. E façam um caminho alternativo na volta.

Houve um milésimo de segundo de hesitação antes de as pessoas começarem a se movimentar com a experiente eficiência de um time de elite pronto para a ação. Reacher os observou cuidadosamente e gostou do que viu. Depois ele e Neagley a seguiram até o escritório. Ela ligou para o FBI e pediu uma equipe de perícia com urgência. Escutou a resposta e desligou.

— Não que eu tenha muita dúvida sobre o que vão encontrar — disse ela para ninguém em particular. Em seguida, Nendick bateu à porta e entrou trazendo duas fitas de vídeo.

— Duas câmeras — afirmou ele. — Uma fica dentro da guarita, bem no alto, apontada para baixo e para o lado, e tem a função de identificar os motoristas dos carros. A outra é do lado de fora, apontada direto para a travessa, e filma veículos se aproximando.

Ele colocou as duas fitas na mesa e saiu. Froelich pegou a primeira e empurrou com pressa sua cadeira até a televisão. Enfiou a fita e apertou play. Era a que, de dentro da guarita, mostrava a visão lateral. A perspectiva era de cima, mas servia bem para filmar o motorista enquadrado pela janela de um carro. Ela voltou a fita 35 minutos. Apertou play novamente. O guarda estava sentado em seu banco com a parte do ombro esquerdo enquadrada na imagem. Não fazia nada. Ela avançou até ele se levantar. O guarda apertou uns botões e desapareceu. Nada aconteceu por trinta segundos. Então um braço serpenteou para dentro da imagem a partir da extrema direita. Apenas um braço com uma manga grossa e macia. Um sobretudo de tweed, talvez. A mão ao final dela estava coberta com uma luva de couro. Segurava um envelope. Ele foi enfiado pela janela de correr meio fechada e deixado sobre a borda. Em seguida, o braço desapareceu.

— Ele sabia da câmera — disse Froelich.

— É óbvio — disse Neagley. — Estava a um metro da guarita, se esticando.

— Mas também sabia da outra? — perguntou Reacher.

Froelich ejetou a primeira fita e inseriu a segunda. Voltou 35 minutos. Apertou play. Ela mostrava a travessa do alto. A qualidade era ruim. Havia poças de luz emitidas por postes externos, e o contraste com áreas de escuridão era vívido. As sombras escondiam detalhes. A imagem era comprida e estreita, com a parte de cima cortada bem antes do fim da rua da travessa. A parte de baixo terminava possivelmente a dois metros da frente da guarita. Mas a largura era boa. Muito boa. Os dois muros da travessa estavam claramente à vista. Não havia como se aproximar da entrada da garagem sem passar pelo campo de visão da câmera.

A fita rodava. Nada acontecia. Eles olharam o marcador de tempo até faltarem vinte segundos para o braço aparecer. Então olharam para a tela. Uma figura surgiu no alto. Definitivamente um homem. Não havia dúvida quanto a isso. Os ombros e o andar não deixavam margem para erro. Estava usando um sobretudo de tweed grosso, talvez cinza ou marrom-escuro. Calça escura, sapato pesado, um cachecol ao redor do pescoço. E um chapéu na cabeça. Tinha abas largas, cor escura e a parte da frente bem abaixada. Andava com o queixo para baixo. O vídeo capturou uma imagem perfeita do topo do chapéu durante todo o percurso.

— Ele sabia da segunda câmera — disse Reacher.

A fita continuou. O sujeito caminhava rápido, com determinação, mas sem pressa, sem correr, sem perder o controle. Com a mão direita aberta, ele segurava o envelope contra o peito. Desapareceu pela parte debaixo do vídeo e reapareceu três segundos depois. Sem o envelope. Com o mesmo passo determinado, percorreu todo o caminho travessa acima. E saiu do vídeo pela parte superior da tela.

Froelich pausou a fita.

— Descrição?

— Impossível — disse Neagley. — Homem, um pouco baixo e atarracado. Destro, provavelmente. Aparentemente não manca. Com exceção disso, não sabemos necas. Não vimos nada.

— Talvez não tão atarracado — interferiu Reacher. — Essa filmagem condensa um pouco as coisas.

— Ele tem conhecimento de informações internas — disse Froelich. — Sabia das câmeras e dos intervalos para ir ao banheiro. É um de nós.

— Não necessariamente — retrucou Reacher. — Pode ser alguém que tenha vigiado vocês. A câmera exterior deve ser visível se alguém estiver procurando por ela. A maioria dos lugares as possui. E algumas noites de vigia o teriam mostrado como funciona o esquema de ida ao banheiro. Mas sabe de uma coisa? Seja alguém daqui de dentro ou de fora, nós passamos por ele de carro. Devemos ter passado. Quando saímos para nos encontrar com os faxineiros. Porque mesmo que seja alguém aqui de dentro, ele tinha que saber exatamente o horário do intervalo. Ou seja, precisava estar observando. Devia estar do outro lado da rua há algumas horas, observando a travessa. Talvez com binóculos.

O escritório ficou em silêncio.

— Não vi ninguém — comentou Froelich.

— Nem eu — disse Neagley.

— Eu estava de olhos fechados — falou Reacher.

— A gente não ia ver mesmo — disse Froelich. — Com certeza, quando ele escuta um veículo subindo a rampa, se esconde.

— Acho que sim — concordou Reacher. — Mas ficamos muito perto dele por um tempo.

— Merda — xingou Froelich.

— Merda mesmo — ecoou Neagley.

— Então o que a gente faz? — perguntou Froelich.

— Nada — disse Reacher. — Não tem nada que a gente possa fazer. Isso foi há mais de quarenta minutos. Se for alguém daqui de dentro, a essa hora já está em casa. Se for alguém de fora, já está na I-95 ou algo assim, seguindo para o oeste, o norte ou o sul. A uns cinquenta quilômetros de distância, talvez. A gente não pode ligar para a polícia de quatro estados e pedir que procurem alguém com a descrição que a gente tem, um cara destro e que não manca, num carro.

— Eles podem procurar um sobretudo e um chapéu no banco de trás ou no porta-malas.

— Estamos em novembro, Froelich. Todo mundo está carregando um chapéu e um casaco.

— Então o que a gente faz? — perguntou ela novamente.

— Espera o melhor, se planeja para o pior. Concentre-se em Armstrong, para o caso desta coisa toda ser de verdade. Mantenha-o muito bem coberto. Como Stuyvesant disse, ameaçar não é a mesma coisa que ter êxito.

— Qual é a agenda dele? — perguntou Neagley.

— Casa hoje, congresso amanhã — disse Froelich.

— Então está tudo bem. Você mandou muito bem ao redor do Capitólio. Se eu e o Reacher não conseguimos chegar até ele lá, nenhum atarracado de sobretudo vai conseguir. Supondo que um cara atarracado de sobretudo *queira* isso, e não apenas fazer você tremer por simples diversão.

— Você acha?

— Como o Stuyvesant falou, respira fundo e aguenta firme. Seja confiante.

— Não estou com um bom pressentimento. Preciso saber quem é esse cara.

— A gente vai descobrir quem ele é, mais cedo ou mais tarde. Até lá, se você não tem como atacar, precisa se defender.

— Ela tem razão — disse Reacher. — Concentre-se em Armstrong, só por precaução.

Froelich confirmou com um vago gesto de cabeça, tirou a fita do aparelho e reinseriu a primeira. Deu play novamente e observou com atenção a tela até o momento em que o guarda da garagem volta da sua ida ao banheiro, percebe o envelope, pega-o e sai correndo do campo de visão da câmera.

— Não estou com um bom pressentimento — repetiu ela.

Uma equipe de perícia chegou uma hora depois e fotografou a folha de papel na mesa da sala de reunião. Usaram uma régua do escritório para servir de referência e depois, com uma pinça de plástico esterilizada, pegaram o papel e o envelope e colocaram cada um deles em um saco de provas. Froelich assinou um formulário dizendo que manteria a cadeia de evidências intacta, e a equipe levou ambos os itens para serem examinados. Depois ela ficou no telefone por vinte minutos e acompanhou todo o percurso de Armstrong desde que saiu do helicóptero da Marinha, na Base da Força Aérea de Andrews, até em casa.

— Certo, estamos seguros — afirmou ela. — Por enquanto.

Neagley bocejou, espreguiçou-se e disse:

— Então vai descansar. Prepare-se para uma semana difícil.

— Me sinto estúpida — disse Froelich. — Não sei se é um jogo ou se é de verdade.

— Você sente demais — falou Neagley.

Froelich olhou para o teto.

— O que Joe faria agora?

Reacher pensou um pouquinho e sorriu.

— Iria a uma loja e compraria um terno, provavelmente.

— Não, estou falando sério.

— Ele fecharia os olhos por um minuto e analisaria tudo, como se fosse um jogo de xadrez. Ele lia Karl Marx, sabia? Dizia que Marx tinha a habilidade de explicar tudo com uma única pergunta: quem se beneficia?

— E?

— Digamos que *seja* alguém de dentro. Karl Marx diria: Tá, a pessoa aqui de dentro quer se beneficiar com isso. Joe pensaria: Tá, *como* ele planeja se beneficiar com isso?

— Fazendo com que eu fique mal aos olhos de Stuyvesant.

— Ou fazendo com que você seja rebaixada, demitida ou o que seja, pois isso o compensaria de alguma maneira. Esse seria o objetivo dele. Mas seria esse seu *único* objetivo? Numa situação como esta, não há nenhuma ameaça séria contra Armstrong. Esse é um ponto importante. Depois Joe ia dizer: Tá, digamos que não seja alguém aqui de dentro, suponhamos que seja alguém de fora. Como *ele* planeja se beneficiar?

— Assassinando Armstrong.

— O que o gratifica de outra maneira. Então o Joe diria que o que você precisa fazer é proceder *como se* fosse alguém de fora e agir com muita calma, sem entrar em pânico e, acima de tudo, obter êxito. São dois coelhos com uma cajadada só. Se ficar calma, você nega ao cara de dentro o benefício dele. Se tiver êxito, nega ao cara de fora o benefício *dele.*

Froelich assentiu, frustrada.

— Mas ele é qual dos dois? O que os faxineiros falaram?

— Nada — respondeu Reacher. — Minha leitura é de que alguém os persuadiu a colocá-la ali clandestinamente, mas eles não vão admitir por nada.

— Vou falar com o Armstrong pra ficar em casa amanhã.

Reacher balançou a cabeça.

— Não. Se fizer isso, vai ficar vendo sombras todo dia e ele vai se esconder pelos próximos quatro meses. Fica calma e aguenta firme.

— É fácil falar.

— É fácil fazer. Só precisa respirar fundo.

Froelich ficou imóvel e em silêncio por um período. Depois fez um gesto positivo com a cabeça.

— Está bem — disse ela. — Vou pedir um motorista pra vocês. Estejam de volta aqui às nove da manhã. Vamos fazer outra reunião de estratégia. Exatamente uma semana após a primeira.

A manhã estava úmida e muito fria, como se a natureza quisesse acabar logo com o outono e começar o inverno. A fumaça dos escapamentos flutuava pelas ruas em baixas nuvens brancas e os pedestres se apressavam pelas calçadas com os rostos afundados em seus cachecóis. Neagley e Reacher se encontraram às oito e quarenta no ponto de taxi do lado de fora do hotel e viram um Town Car do Serviço Secreto os aguardando. Estava parado em fila dupla com o motor ligado e o motorista em pé ao lado. Devia ter uns 30 anos, estava de sobretudo escuro e luvas. Na ponta dos pés, observava cuidadosamente a multidão. Estava respirando com força, e o ar que saia de sua boca se esfumaçava no ar.

— Ele parece preocupado — comentou Neagley.

O interior do carro estava quente. O motorista não disse uma palavra durante o percurso. Nem sequer o próprio nome. Apenas abriu caminho pelo trânsito matinal e entrou cantando pneus na garagem do subsolo. Caminhando rapidamente, o homem os levou até a entrada e pegou o elevador com eles. Foram até o terceiro andar e passaram pela mesa da recepção. Estava guarnecida por outro sujeito. Ele apontou para o fim do corredor, na direção da sala de reuniões.

— Começou sem vocês — alertou. — É melhor se apressarem.

A sala estava vazia exceto por Froelich e Stuyvesant, sentados cara a cara, um de cada lado da larga mesa. Ambos imóveis e em silêncio. Ambos pálidos. Na lustrada madeira entre eles, havia duas fotografias. Uma era a foto colorida oficial, tirada pelo FBI no dia anterior, da mensagem de dez palavras: *O dia no qual Armstrong morrerá está aproximando-se depressa.* A outra era uma Polaroid tirada apressadamente de outra folha de papel. Reacher se aproximou e se curvou para dar uma olhada.

— Merda — falou ele.

A foto mostrava uma única folha de papel carta, com os detalhes exatamente iguais aos das outras três. Tinha o mesmo formato, uma mensagem em duas linhas cuidadosamente centralizada próxima ao meio da página. Oito palavras: *Uma demonstração da sua vulnerabilidade será encenada hoje.*

— Quando chegou? — perguntou ele.

— Hoje de manhã — disse Froelich. — Pelo correio. Endereçada ao escritório de Armstrong. Mas agora estamos trazendo toda a correspondência dele pra cá.

— De onde veio?

— Orlando, Flórida, com carimbo postal de sexta-feira.

— Outro destino turístico popular — disse Stuyvesant.

— E a perícia da carta de ontem? — perguntou Reacher.

— Acabei de dar uma ligada pra eles — falou Froelich. — Tudo idêntico, com a impressão digital do polegar e tudo o mais. Tenho certeza de que esta vai ser a mesma coisa. Estão trabalhando nela agora.

Reacher olhou cuidadosamente para as fotos. As impressões digitais do polegar eram completamente invisíveis, mas ele tinha a sensação de quase conseguir vê-las, como se brilhassem no escuro.

— Mandei prender os faxineiros — disse Stuyvesant.

Ninguém falou.

— Algum palpite? — indagou Stuyvesant. — Brincadeira ou verdade?

— Verdade — disse Neagley. — Eu acho.

— Não importa ainda — falou Reacher. — Porque nada aconteceu ainda. Mas agimos como se fosse verdade até desvendarmos o que é.

Stuyvesant concordou com um gesto de cabeça.

— Foi a recomendação da Froelich. Ela citou Karl Marx pra mim. *O manifesto comunista.*

— *Das Kapital*, na verdade — corrigiu Reacher.

Ele pegou a foto e a observou novamente. Estava um pouco desfocada e o papel branco reluzia por causa do flash, mas não havia dúvida em relação à mensagem.

— Duas perguntas — disse ele. — Como está a segurança da movimentação dele hoje?

— A máxima possível — afirmou Froelich. — Dobrei o destacamento dele. A saída de casa está agendada para as onze. Estou usando o veículo blindado de novo, em vez do Town Car. Comboio completo. Colocamos toldos de uma ponta à outra na calçada. Ele não vai ficar ao ar livre em momento algum. Vamos falar que é só mais um treinamento.

— Ele ainda não sabe?

— Não — respondeu Froelich.

— Procedimento padrão — completou Stuyvesant. — Nós não contamos a eles.

— Centenas de ameaças por ano — disse Neagley.

Stuyvesant assentiu.

— Exatamente. A maioria é fogo de palha. Esperamos até ter certeza absoluta. E, mesmo assim, não costumamos fazer muito estardalhaço. Eles têm coisas melhores a fazer. É nosso trabalho se preocupar.

— Ok, segunda pergunta — disse Reacher. — Onde está a esposa dele? E ele tem uma filha adulta, não tem? Devemos presumir que mexer com a família seria uma demonstração e tanto de vulnerabilidade.

Froelich concordou com um gesto de cabeça.

— A esposa já voltou aqui pra Washington. Chegou da Dakota do Norte ontem. Enquanto estiver dentro ou perto de casa, está bem. A filha está fazendo pós-graduação na Antártica. Meteorologia ou algo assim. Está numa cabana rodeada por cem mil quilômetros quadrados de gelo. Proteção melhor do que a que poderíamos oferecer.

Reacher colocou a foto Polaroid de volta na mesa.

— Vocês estão confiantes? — perguntou ele. — Em relação a hoje?

— Estou nervosa pra cacete.

— Mas?

— O mais confiante possível.

— Quero que eu e a Neagley participemos *in loco*, observando.

— Acha que a gente vai fazer besteira?

— Não, mas acho que vão estar bem ocupados. Se o cara estiver nas redondezas, vocês podem estar ocupados demais para identificá-lo. E ele vai ter que estar nas redondezas se isso for verdade e ele quiser encenar uma demonstração qualquer.

— Tudo bem — concordou Stuyvesant. — Você e a Neagley *in loco*, observando.

Froelich os levou em seu carro até Georgetown. Chegaram um pouquinho antes das dez horas. Os dois saltaram a três quadras da casa de Armstrong, e Froelich seguiu de carro. Era um dia frio, mas um sol ralo se esforçava para fazer o seu melhor. Neagley ficou parada e olhou ao redor, para todas as quatro direções.

— Posicionamento? — perguntou ela.

— Círculos, em um raio de três quadras. Você segue no sentido horário, e eu, no anti-horário. Depois você fica no sul, e eu, no norte. Nos encontramos na casa depois que ele tiver ido embora.

Neagley concordou e saiu no sentido oeste. Reacher foi na direção do fraco sol da manhã no sentido leste. Não conhecia Georgetown muito bem. Além dos curtos períodos na semana anterior que passara observando a casa de Armstrong, tinha explorado o bairro apenas uma vez, rapidamente, logo depois de dar baixa do exército. Estava familiarizado com a atmosfera de universidade, os cafés e as *smart houses*. Mas não o conhecia como um policial que trabalha na região. Um policial conta com um *senso de inadequação*. O que não se encaixa aqui? O que está fora do comum? Que tipo de rosto ou carro está errado neste bairro? Impossível responder a essas perguntas sem estar habituado ao local por muito tempo. E talvez fosse impossível responder a todas elas em um lugar como Georgetown. Todo mundo que mora ali é oriundo de outro lugar. Estão ali por uma razão, para fazer universidade ou trabalhar no governo. É um lugar transitório. A população é temporária e mutável. A pessoa se forma, vai embora. A pessoa perde a eleição, vai para outro lugar. A pessoa fica rica, se muda para Chevy Chase. A pessoa fica pobre, vai dormir no parque.

Portanto, praticamente todo mundo que ele via era suspeito. Poderia defender uma tese contra qualquer pessoa dali. Um Porsche velho com o escapamento estourado passou roncando por ele. Placa de Oklahoma. O motorista com a barba por fazer. Quem era ele? Um Mercury Sable novinho estava estacionado com a frente colada em um Rabbit enferrujado. O Sable era vermelho e, muito provavelmente, alugado. Quem o estava usando? Alguém com um propósito especial ali por apenas um dia? Ele o rodeou e olhou o interior pela janela do banco de trás. Nenhum sobretudo, nenhum chapéu. Nenhuma resma de papel para escritório da Georgia-Pacific. Nenhuma caixa de luvas médicas de látex. E de quem era o Rabbit? De um estudante universitário? Ou de um anarquista que mora na roça e tem uma impressora Hewlett-Packard em casa?

Havia pessoas na calçada. Umas quatro ou cinco em todas as direções que ele olhava. Jovens, velhos, brancos, negros, pardos. Homens, mulheres, jovens com mochilas cheias de livros. Alguns deles com pressa, outros passeando. Alguns obviamente a caminho do mercado, outros obviamente voltando dele. Alguns parecendo não ter um lugar específico aonde ir. Ele observava todos pelo canto do olho, mas nada especial lhe saltava aos olhos.

De tempos em tempos, ele examinava as janelas dos andares superiores. Havia muitas. Era um ótimo território para rifles. Um emaranhado de casas, portões de quintais, becos estreitos. Mas um rifle não seria nada bom contra uma limusine blindada. O cara precisaria de um míssil antitanque. E havia muitos desses para se escolher. A AT-4 seria a arma mais adequada. Era um tubo descartável de fibra de vidro de um metro que podia atirar um projétil de três quilos através de 28 centímetros de blindagem. Então o efeito *base* entra em ação. *Behind Armour Secondary Effect.* O buraco de entrada permanece pequeno e apertado, para que, assim, o evento explosivo se mantenha confinado no interior do veículo. Armstrong seria reduzido a pequenos pedaços flutuantes de carvão não muito maiores do que confetes de casamento esturricados. Reacher olhou para as janelas no alto. Duvidava que uma limusine tivesse boa blindagem no teto. Fez uma nota mental para se lembrar de perguntar isso a Froelich. E de perguntar se ela frequentemente andava no mesmo carro quando estava no comando.

Ele virou em uma esquina e chegou à rua de Armstrong. Olhou novamente para as janelas altas. Uma mera demonstração não requereria um míssil de verdade. Um rifle seria funcionalmente ineficaz, mas passaria o recado. Duas marcas no vidro à prova de bala serviriam de aviso. Uma arma de paintball daria o recado. Algumas manchas vermelhas espalhadas no vidro de trás seriam uma mensagem. Mas as janelas dos andares superiores estavam tranquilas até onde ele podia ver. Estavam limpas e bem-cuidadas, com as cortinas fechadas para bloquear o frio. As casas estavam tranquilas e calmas, serenas e prósperas.

Um pequeno grupo de curiosos observava a equipe do Serviço Secreto erguer um toldo entre a casa de Armstrong e o meio-fio. Era como uma tenda branca longa e estreita. Lonas pesadas completamente opacas. A extremidade presa à casa estava bem-encaixada nos tijolos ao redor da porta da frente. A extremidade do meio-fio era parecida com uma ponte de embarque em um aeroporto. Ela se acoplava na lateral da limusine. A porta do carro se abria bem no interior dela. Armstrong passaria da segurança de sua casa direto para o carro blindado sem nunca ser visto por um observador.

Reacher caminhou ao redor de todo o grupo de curiosos. Pareciam inofensivos. Vizinhos em sua maioria, imaginou. Vestidos como se não fossem muito longe. Ele subiu a rua novamente e continuou a procura por janelas abertas nos andares de cima. Isso seria algo inapropriado por causa do clima. Mas nenhuma estava aberta. Procurou por pessoas vagando sem propósito. Havia muitas. Uma quadra possuía cafeterias em todas as ruas, e havia pessoas passando o tempo em todas elas. Bebericando expresso, lendo jornais, falando no celular, escrevendo em cadernos pequenininhos, mexendo em agendas eletrônicas.

Ele escolheu uma cafeteria que lhe dava uma boa visão da parte sul da rua e uma visão parcial das partes leste e oeste, comprou um café puro e se sentou em uma mesa. Acomodou-se para esperar e observar. Às 10h55, um Suburban preto subiu a rua e estacionou bem próximo ao meio-fio, ao norte da tenda. Estava sendo seguido por um Cadillac preto que estacionou muito perto da abertura. Atrás dele havia um Town Car preto. Todos os três veículos pareciam muito pesados. Todos os três tinham armação da janela reforçada e vidros espelhados. Quatro agentes deslizaram para fora do Suburban e se posicionaram na calçada, dois ao norte da casa, dois ao sul. Duas viaturas da polícia metropolitana chegaram obstruindo a rua; a primeira parou exatamente no centro dela, bem antes do comboio, e a segunda, bem atrás. Ligaram as luzes de emergência para segurar o trânsito. Não havia muito. Um Chevy Malibu azul e uma SUV Lexus esperavam para passar. Reacher não tinha visto nenhum desses veículos antes. Nenhum deles estava percorrendo a área. Ele olhava para a tenda, tentando adivinhar quando Armstrong passaria por ela. Impossível. Ele ainda estava olhando para a extremidade da tenda acoplada à casa quando ouviu o baque surdo de uma porta blindada sendo fechada, então os quatro agentes voltaram para o Suburban e o comboio todo partiu. O carro de polícia que liderava arrancou na frente, e o Suburban, o Cadillac e o Town Car se enfileiraram atrás dele e se movimentaram com velocidade pela rua. O segundo carro de polícia era o último da fila. Todos os cinco veículos viraram para o leste bem em frente à cafeteria em que Reacher estava. Os pneus cantavam no asfalto. Os carros aceleravam. Ele os observou desaparecer. Em seguida se virou e viu a pequena plateia se dispersar. Toda a vizinhança ficou quieta e tranquila.

Eles observaram o comboio se afastar de um ponto privilegiado a pouco mais de sete metros de onde Reacher estava sentado. A vigilância deles confirmou o que já sabiam. O orgulho profissional fazia com que cancelar a ida dele para o trabalho fosse algo considerado *impossível*, porém, como oportunidade viável, ela ocuparia um lugar bem baixo na lista deles. Muito, muito baixo. Bem lá na última posição. O que fez com que preferissem ainda mais as muitas outras tentadoras opções disponíveis no site da equipe de transição.

Eles fizeram um caminho tortuoso pelas ruas e, sem incidentes, voltaram ao Sable vermelho alugado.

Reacher tomou o último gole de seu café e desceu em direção à casa de Armstrong. Parou no lugar da calçada onde a tenda bloqueava a passagem. Era um túnel branco de lona que levava direto para a porta da frente da casa de Armstrong. Estava fechada. Ele recuou e retornou pela calçada, e encontrou Neagley vindo na direção contrária.

— Tudo certo? — perguntou a ela.

— Oportunidades — respondeu ela. — Não vi ninguém tentando aproveitá-las.

— Nem eu.

— Gostei da tenda e do carro blindado.

Reacher concordou com um gesto de cabeça.

— Tira os rifles da jogada.

— Não inteiramente — disse Neagley. — Um rifle de precisão .50 atravessaria a blindagem. Com munição Browning AP ou API.

Ele fez uma careta. A duas balas eram opções terríveis. O item anti blindagem padrão simplesmente perfuraria a chapa de aço, e a munição antiblindagem incendiária, também a penetraria, queimando. Mas, no final, ele fez que não com a cabeça.

— Sem chance de mirar — contestou ele. — Primeiro seria preciso esperar que o carro se movimentasse para ter certeza de que ele estaria lá dentro. Além disso, o tiro teria que passar pelas janelas escuras de um grande veículo em movimento. Uma chance em cem de acertar Armstrong lá dentro.

— Então poderia ser uma AT-4.

— Foi o que eu pensei.

— Ou ela lançaria um explosivo de alta potência contra o carro ou uma bomba de fósforo dentro da casa.

— De onde?

— Eu usaria uma janela do andar superior de uma casa atrás da do Armstrong. Do outro lado do beco. A defesa deles é quase toda concentrada na frente.

— Como você entraria?

— Fingiria ser alguém que faz manutenção, funcionária da empresa de água ou de luz. Qualquer um que pudesse entrar carregando uma caixa grande.

Reacher concordou com um gesto de cabeça. Ficou calado.

— Vão ser quatro anos infernais — afirmou Neagley.

— Ou oito.

Então um barulho de pneus e o som de um motor grande se aproximaram por trás. Eles se viraram e viram Froelich reduzindo a velocidade do Suburban. Parou ao lado deles, a uns vinte metros da casa de Armstrong, e fez um gesto para que entrassem no veículo. Neagley entrou na frente e Reacher se esparramou atrás.

— Viram alguém?

— Um monte de gente — respondeu Reacher. — Eu não compraria nem um relógio barato de nenhum deles.

Froelich tirou o pé do freio e deixou a marcha lenta arrastar o carro pela rua. Ela se manteve bem perto do meio-fio e parou novamente quando a porta de trás ficou exatamente alinhada com o final da tenda. Tirou a mão do volante e falou no microfone preso ao pulso.

— Um, pronto — disse ela.

Reacher olhou para o fundo da tenda à sua direita, viu a porta da frente se abrir e um homem sair. Era Brook Armstrong. Não havia dúvida. A foto dele estava em todos os jornais havia cinco meses, e Reacher tinha passado quatro dias inteiros observando todos os passos dele. Estava de casaco de chuva cáqui e segurava uma maleta. Caminhou pela tenda nem rápido, nem devagar. Um agente de terno o observava da porta.

130

— O comboio era uma isca — disse Froelich. — A gente age assim de vez em quando.

— Conseguiu me enganar — disse Reacher.

— Não contem pra ele que não é um treinamento — pediu Froelich. — Lembrem-se de que ele não sabe de nada ainda.

Reacher se sentou direito e deslizou para o lado a fim de abrir espaço. Armstrong abriu a porta e entrou ao lado dele.

— Bom dia, M. I. — cumprimentou ele.

— Bom dia, senhor — respondeu ela. — Estes são parceiros meus, Jack Reacher e Frances Neagley.

Neagley se virou um pouco, e Armstrong esticou um braço longo por cima do banco para apertar a mão dela.

— Eu te conheço — falou ele. — Nos encontramos na festa de quinta à noite. Você é uma contribuinte, não é?

— Na verdade, ela é da segurança — esclareceu Froelich. — Tínhamos algo secreto acontecendo lá. Uma análise de eficiência.

— Fiquei impressionada — disse Neagley.

— Excelente — respondeu Armstrong. — Acredite, senhorita, sou muito grato pelo cuidado com que todos cuidam de mim. É muito mais do que mereço. De verdade.

Ele era magnânimo, pensou Reacher. A voz, o rosto e os olhos dele não expressavam outra coisa a não ser fascinação ilimitada somente por Neagley. Como se preferisse falar com ela a fazer qualquer outra coisa no mundo todo. E tinha uma memória visual do cão para reconhecer um rosto entre mil que tinha visto quatro dias antes. Isso era óbvio. Um político nato. Ele se virou, apertou a mão de Reacher e iluminou o carro com um sorriso de genuína satisfação.

— Prazer em conhecê-lo, sr. Reacher.

— O prazer é todo meu — respondeu Reacher.

Então se flagrou sorrindo também. Gostou do cara imediatamente. Ele tinha charme de sobra. Emanava carisma como se fosse calor. E, mesmo que considerássemos 99% daquilo ali como palhaçada política, ainda assim gostaríamos do fragmento que restou. E muito.

— Você também é da segurança?

— Consultor — disse Reacher.

— Bom, vocês fazem um trabalho realmente muito bom. Fico feliz em tê-los a bordo.

Um som muito baixinho veio do fone de ouvido de Froelich, e ela arrancou rua abaixo em direção à Avenida Wisconsin. Fundiu-se ao trânsito e seguiu para o sudeste em direção ao centro da cidade. O sol tinha desaparecido novamente, e a cidade estava cinza do outro lado das janelas escuras. Armstrong fez um pequeno som, como um suspiro de satisfação, e olhou a paisagem como se ainda estivesse encantado com ela. Debaixo do casaco de chuva ele estava imaculado em um terno, uma camisa de casimira e uma gravata de seda. Parecia superior. Reacher tinha cinco anos, oito centímetros e vinte quilos a mais que ele, mas se sentia pequeno, apagado e esfarrapado em comparação. Mas o sujeito também parecia *real*. Muito genuíno. Era possível esquecer o terno e a gravata e imaginá-lo em uma jaqueta rasgada e desbotada cortando lenha no quintal. Parecia um político muito sério, mas um cara divertido também. Era alto e cheio de energia. Olhos azuis, traços simples, cabelos rebeldes com mechas douradas. Parecia em forma. Não com o tipo de aparência que uma academia dá às pessoas, e sim como se já tivesse nascido forte. Tinha mãos boas. Uma aliança fina e nada mais. Unhas quebradas e desleixadas.

— Ex-militar, certo? — perguntou ele.

— Eu? — disse Neagley.

— Os dois, imagino. São ambos um pouco desconfiados. Ele está me examinando e você está verificando as janelas, principalmente nos semáforos. Reconheço os sinais. Meu pai era militar.

— De carreira?

Armstrong sorriu.

— Você não leu minhas biografias de campanha? Ele planejava fazer carreira. Mas foi afastado por invalidez antes de eu nascer e abriu uma madeireira. Nunca perdeu o jeito, no entanto. Continuou agindo como um militar.

Froelich saiu da rua M e seguiu paralelamente à avenida Pennsylvania, passando pelo Edifício do Gabinete Executivo e em frente à Casa Branca. Armstrong esticou o pescoço para observá-la. Sorriu, aprofundando as rugas ao redor dos olhos.

— Inacreditável, não é mesmo? — disse ele. — De todas as pessoas surpresas com o fato de que eu farei parte daquilo, eu sou a *mais* surpresa, podem acreditar.

Froelich passou direto por seu próprio escritório no Departamento do Tesouro e seguiu na direção da cúpula do Capitólio ao longe.

— Não havia um Reacher no Tesouro? — perguntou Armstrong.

Memória do cão para nomes também, pensou Reacher.

— Meu irmão mais velho — respondeu.

— Mundo pequeno — comentou Armstrong.

Froelich entrou na avenida Constitution e passou pelo Capitólio. Entrou à esquerda na rua First e seguiu em direção a uma tenda branca que levava até uma porta lateral no Senado. Havia dois Town Cars do Serviço Secreto flanqueando-a. Quatro agentes do lado de fora, nas calçadas. Froelich foi direto para a tenda e diminuiu gradativamente a velocidade até parar muito próximo ao meio-fio. Checou sua posição e deslizou mais uns trinta centímetros para colocar a porta de Armstrong exatamente dentro do abrigo de lona. Reacher viu um grupo de três agentes aguardando dentro do túnel. Um deles deu um passo à frente e abriu a porta do Suburban. Armstrong levantou as sobrancelhas, como se não estivesse entendendo muito bem toda aquela atenção.

— Foi bom conhecer vocês dois — disse ele. — E obrigado, M.I.

Em seguida saiu para a penumbra das lonas e fechou a porta, com os agentes o rodeando e acompanhando durante todo o percurso da tenda em direção ao prédio. Reacher vislumbrou o pessoal uniformizado da segurança do Capitólio esperando do lado de dentro. Armstrong passou pela porta, que foi fechada com firmeza às suas costas. Froelich se afastou do meio-fio, deu a volta devagar pelos carros estacionados e seguiu para o norte, na direção da Union Station.

— Certo — soltou ela, como se estivesse muito aliviada. — Até agora tudo bem.

— Você se arriscou ali — comentou Reacher.

— Dois em duzentos e oitenta e um milhões — disse Neagley.

— Do que vocês estão falando?

— A carta poderia ter sido enviada por um de nós.

Froelich sorriu.

— Meu palpite é que não foi. O que acharam dele?

— Gostei — respondeu Reacher. — Gostei mesmo.

— Eu também — disse Neagley. — Gosto dele desde quinta-feira. E agora?

— Ele vai ter reuniões o dia inteiro. Almoço no salão de jantar. Vamos levá-lo pra casa por volta das sete horas. A esposa está em casa, então vamos alugar um filme pra eles ou algo do tipo. Mantê-los bem trancados a noite inteira.

— Precisamos de inteligência — afirmou Reacher. — Não sabemos qual será a forma exata que essa demonstração poderá ter. Ou onde vai acontecer. Pode ser desde um grafite até outra coisa qualquer. Não queremos que passe despercebido. Se é que vai acontecer.

— A gente confere à meia-noite. Supondo que a gente chegue à meia-noite.

— E quero que a Neagley interrogue os faxineiros de novo. Conseguindo deles o que queremos, podemos descansar.

— Eu gostaria de fazer isso — disse Froelich.

Eles deixaram Neagley na cadeia federal e voltaram para o escritório de Froelich. Os relatórios dos peritos do FBI sobre as duas últimas cartas já tinham chegado. Eram idênticos aos outros dois em todos os aspectos. Mas havia um relatório suplementar de um químico. Ele tinha detectado algo incomum nas digitais do polegar.

— Esqualeno — disse Froelich. — Já ouviu falar disso?

Reacher negou com um gesto de cabeça.

— É um hidrocarboneto acíclico. Um tipo de óleo. Há vestígios disso nas digitais do polegar. Um pouquinho mais na terceira e na quarta do que na primeira e na segunda.

— Impressões digitais sempre têm óleos. É como são feitas.

— Mas geralmente é oleosidade natural da pele. Esta coisa é diferente. $C_{30}H_{50}$. É um óleo de peixe. De fígado de tubarão, basicamente.

Ela arrastou o papel até o outro lado da mesa. Estava cheio de coisas complicadas sobre química orgânica. Esqualeno era um óleo natural usado antigamente como lubrificante para mecanismos delicados como os de relógio de ponteiro. Havia um adendo na parte de baixo que dizia que, quando hidrogenado, o Esqualeno com *e* se transformava em Esqualano com *a*.

— O que é hidrogenado? — perguntou Reacher.

— Quando se adiciona água? — disse Froelich. — Tipo energia hidrelétrica?

Ele deu de ombros, e ela pegou um dicionário na prateleira para procurar a letra *H*.

— Não — falou ela. — Quer dizer que é adicionado hidrogênio extra à molécula.

— Nossa, isso não quer dizer nada pra mim. Eu tirava notas muito baixas em química.

— Isso quer dizer que esse cara pode ser um pescador de tubarão.

— Ou que ele ganha a vida estripando peixe — disse Reacher. — Ou que trabalha numa peixaria. Ou que é um relojoeiro das antigas e tem as mãos sujas por ficar lubrificando alguma coisa.

Froelich abriu uma gaveta, procurou em algumas pastas e pegou uma folha. Passou-a para ele. Era uma fotografia em tamanho real da digital de um polegar.

— É do nosso cara? — perguntou Reacher.

Froelich gesticulou afirmativamente. Era uma impressão muito nítida. Provavelmente a mais nítida que Reacher já tinha visto. Todos os sulcos e contornos estavam delineados perfeitamente. Era forte e espantosamente provocante. E grande. Muito grande. A digital tinha quase quatro centímetros de diâmetro. Reacher pressionou seu próprio polegar ao lado. Era menor, e ele não tinha as mãos mais delicadas do mundo.

— Não é a marca do polegar de um relojoeiro — disse Froelich.

Reacher concordou com um lento gesto de cabeça. O cara deve ter mãos parecidas com cachos de banana. E pele grossa, para deixar a impressão com aquele nível de nitidez.

— Trabalhador braçal.

— Pescador de tubarão — afirmou Froelich. — Onde pescam muito tubarão?

— Flórida, talvez.

— Orlando fica na Flórida.

O telefone tocou. Ela atendeu, e seu semblante desabou. Olhou para o teto e pressionou o bocal do telefone contra o ombro.

— Armstrong precisa ir ao Departamento do Trabalho — disse ela. — E quer ir a pé.

7

A DISTÂNCIA ENTRE O DEPARTAMENTO DO TESOURO e o Senado era de pouco mais de três quilômetros, e Froelich dirigiu o percurso todo com uma mão no volante e a outra segurando o telefone em que falava. O tempo estava nublado, o trânsito, pesado, e o percurso foi lento. Ela parou na boca da tenda branca na rua First, desligou o carro e fechou o telefone, tudo ao mesmo tempo.

— Não dá para os caras lá do Trabalho virem até aqui? — perguntou Reacher.

— É uma coisa política. Haverá mudanças lá, e é mais educado que o próprio Armstrong faça o esforço.

— Por que ele quer ir a pé?

— Porque Armstrong é o tipo de pessoa que gosta de sair na rua. Gosta de ar fresco. E é teimoso.

— Aonde exatamente ele tem que ir?

Ela apontou para o oeste.

— Menos de oitocentos metros por ali. Uns quinhentos ou seiscentos metros depois da Praça do Capitólio.

— Ele ligou para eles ou foram eles que ligaram para Armstrong?

— Armstrong ligou para eles. Informações vão vazar, e ele está tentando se antecipar às más notícias.

— Você consegue impedi-lo?

— Teoricamente — disse ela. — Mas eu realmente não quero. Não é o tipo de discussão que quero ter agora.

Reacher se virou e olhou a rua atrás deles. Nada além do céu nublado e dos carros em velocidade na Avenida Constitution.

— Então deixe-o ir — falou Reacher. — Foi ele quem ligou pra lá. Não o estão atraindo para um campo aberto. Não é uma armadilha.

Ela olhou para a frente através do para-brisa. Depois se virou e olhou além de Reacher, pela janela lateral dele, para dentro do caminho que a tenda fazia. Abriu o telefone e falou novamente com as pessoas no seu escritório. Usou abreviações e uma torrente de jargões que ele não entendeu. Terminou a ligação e fechou o telefone.

— Vou conseguir um helicóptero da Polícia Metropolitana — informou ela. — Mantê-lo baixo o suficiente para que seja percebido com facilidade. Ele vai ter que passar pela Embaixada da Armênia, então vamos colocar alguns policiais a mais lá. Vão se misturar com a equipe local. Na rua D, vou de carro atrás dele a cinquenta metros de distância. Quero você do lado de fora à frente dele, com os olhos bem abertos.

— Quando a gente vai fazer isso?

— Em dez minutos. Sobe a rua e vira à esquerda.

— Certo.

Froelich religou o carro e o deixou chegar um pouco para a frente a fim de que Reacher pudesse descer na parte da calçada sem a tenda. Ele saltou, fechou o zíper da jaqueta e saiu andando no frio. Subiu a rua First e virou à esquerda na rua C. Na avenida Delaware em frente a ele havia tráfego, e era possível avistar a Praça do Capitólio logo além. Ele avistou árvores baixas desfolhadas e gramados marrons. Caminhos feitos com arenito triturado. Uma fonte no centro. Um lago à direita. Mais adiante à esquerda, uma espécie de obelisco memorial a alguém.

Ele atravessou a Delaware, esquivando-se dos carros, e seguiu para dentro da Praça. Cascalho era esmagado sob seus pés. Estava muito frio. As solas dele eram finas. Parecia que havia cristais de gelo misturados à brita. Ele parou quase na fonte. Olhou ao redor. O perímetro era bom. O norte era campo aberto, depois um semicírculo de bandeiras estaduais, outro monumento e boa parte da Union Station. Ao sul não havia nada além do próprio Capitólio bem distante, do outro lado da avenida Constitution. À frente, um pouco para o oeste, ficava um prédio que Reacher supôs ser o do Departamento do Trabalho. Ele deu uma volta na fonte com os olhos atentos à meia distância e não viu nada que o preocupasse. Poucos lugares onde se esconder, nenhuma janela fechada. Havia pessoas perambulando, mas nenhum assassino ficaria o dia todo passeando pelo parque à espera de uma mudança inesperada na agenda de alguém.

Ele seguiu caminhando. A rua C recomeçava do outro lado da praça, quase do lado oposto ao obelisco. Na verdade, era mais como um bloco na vertical. Havia uma placa de identificação: *Taft Memorial*. A rua C cortava a avenida New Jersey e depois a avenida Louisiana. Havia faixas de pedestre. Trânsito rápido. Armstrong gastaria algum tempo parado esperando pela abertura do semáforo. A Embaixada da Armênia ficava à frente, do lado esquerdo. Uma viatura policial estava parando ali na frente. Estacionou perto do meio-fio, revelando a presença de quatro policiais. Reacher ouviu um helicóptero ao longe. Virou-se e o viu voando baixo no noroeste, contornando o espaço aéreo proibido da Casa Branca. O Departamento do Trabalho ficava exatamente em frente. Havia muitas portas laterais, o que era conveniente.

Ele atravessou a rua C e foi até a calçada ao norte. Caminhou de volta cinquenta metros até uma posição de onde podia ver a praça. Esperou. O helicóptero estava estático no ar, baixo o suficiente para ser facilmente percebido, alto o suficiente para não ser ensurdecedor. Viu o Suburban de Froelich virar a esquina, pequenino àquela distância. Ela parou e esperou junto ao meio-fio. Reacher observava as pessoas, a maioria com pressa. Fazia frio demais para ficar perambulando à toa. Viu um grupo de homens ao longe do outro lado da fonte. Seis sujeitos de sobretudo escuros rodeavam outro de casaco de chuva cáqui. Eles andavam no meio do caminho de arenito. Dois agentes estavam alerta. Os outros se mantinham bem próximos uns dos outros, como um agrupamento de jogadores antes do início de uma partida, porém, em movimento. Eles passaram pela fonte e seguiram para a avenida New Jersey. Aguardaram no semáforo. Armstrong não usava nada na cabeça. O vento soprava seu cabelo. Carros passavam. Ninguém prestava atenção. Motoristas e pedestres ocupavam mundos diferentes, com base na relatividade do tempo e espaço. Froelich mantinha distância. O Suburban estava em marcha lenta, paralelo ao meio-fio, cinquenta metros de distância atrás deles. O semáforo abriu, e Armstrong e sua equipe seguiram caminhando. Até então, tudo bem. A operação estava indo bem.

E de repente não estava mais.

Primeiro o vento empurrou o helicóptero da polícia um pouco para fora da posição. Armstrong e sua equipe estavam no meio do estreito pedaço de terra triangular entre a avenida New Jersey e a avenida Louisiana quando um pedestre sozinho olhou para ele, parou, e o olhou novamente. Era um sujeito de meia-idade magrelo, barbudo, cabeludo, desgrenhado. Estava usando um casaco de chuva com cinto, já ensebado pelo tempo. Ficou completamente parado por uma fração de segundo e então se lançou em direção a Armstrong com longos saltos, rodopiando os braços inutilmente e grunhindo com a boca arreganhada. Os dois agentes mais próximos pularam para a frente a fim de interceptá-lo e os outros quatro recuaram e se aglomeraram ao redor de Armstrong. Eles se acotovelaram e se movimentaram até que todos os seis corpos estivessem entre o maluco e Armstrong. O que fez com que o lado oposto de Armstrong ficasse totalmente vulnerável.

Reacher pensou *armadilha* e girou. Nada. Nada em lugar algum. Apenas a cena urbana, tranquila, fria, indiferente. Observou as janelas à procura de movimento. Procurou pelo reflexo do sol nelas. Nada. Nada mesmo. Analisou os carros nas avenidas. Todos normais e se movendo rápido. Nenhum deles diminuía a velocidade. Ele se virou de volta e viu o maluco no chão, com dois agentes o segurando e dois outros dando cobertura com suas armas. Viu o Suburban de Froelich acelerar e virar a esquina em velocidade. Ela freou com força, parou ao meio-fio, então dois agentes cercaram Armstrong, o fizeram atravessar a calçada e o colocaram no banco de trás.

Mas o Suburban não foi a lugar algum. Simplesmente ficou ali, com o tráfego passando ao lado dele. O helicóptero voltou à posição e perdeu um pouco de altitude para observar mais de perto. O barulho golpeava o ar. Nada acontecia. Então Armstrong desceu do carro novamente. Os dois agentes saíram com ele e o escoltaram até o maluco no chão.

Armstrong se agachou. Apoiou os cotovelos nos joelhos. Parecia estar falando. Froelich deixou o carro ligado e se juntou a ele na calçada. Levantou a mão e falou no microfone do pulso. Depois de um longo momento, uma viatura da Polícia Metropolitana virou a esquina e parou atrás do Suburban. Armstrong se levantou e ficou olhando os dois agentes armados colocarem o cara no banco de trás do carro, que foi embora. Froelich voltou para seu Suburban, e Armstrong se reagrupou à sua escolta e continuou caminhado em direção ao Departamento do Trabalho. O helicóptero pairava sobre eles. Quando finalmente terminaram de atravessar a avenida Louisiana em um sentido, Reacher a atravessou no sentido contrário e deu uma corrida até o carro de Froelich. Ela estava sentada no banco do motorista com a cabeça virada para fora, observando Armstrong se distanciar. Reacher bateu na janela e ela se virou, assustada. Viu quem era e abaixou no vidro.

— Você está bem? — perguntou ele.

Ela se virou novamente para observar Armstrong e disse:

— Eu devo estar doida.

— Quem era o cara?

— Só um mendigo. A gente vai investigar, mas posso te dizer agora mesmo que não está envolvido. De jeito nenhum. Se aquele cara tivesse mandado as mensagens, ainda estaríamos sentindo cheiro de uísque no papel. Armstrong queria *falar* com ele. Disse que sentia pena. Depois insistiu em continuar a pé. Ele é doido. E eu sou doida de deixar.

— Ele vai voltar a pé?

— Provavelmente. Preciso que chova, Reacher. Por que nunca chove quando a gente quer? Um verdadeiro aguaceiro daqui a uma hora ia me salvar.

Ele olhou para o céu. Estava nublado e frio, mas todas as nuvens estavam altas e inofensivas. Não iria chover.

— Você devia contar a ele — sugeriu Reacher.

Ela negou com um gesto de cabeça e virou para a frente.

— A gente simplesmente não faz isso.

— Então você devia fazer com que alguém da equipe dele o chamasse de volta com urgência. Como se estivesse acontecendo alguma coisa muito séria. Aí ele teria que ir de carro.

Novamente, ela negou com um gesto de cabeça.

— Ele é quem está comandando a transição. Ele é quem determina o ritmo. Nada é urgente a não ser que ele diga.

— Então fala que é outro treinamento. Uma tática nova ou outra coisa qualquer.

Froelich olhou para Reacher do lado de fora do carro.

— Acho que posso fazer isso. Ainda estamos na pré-temporada. Temos o direito de treinar com ele. Talvez.

— Tente — sugeriu ele. — A caminhada de volta é mais perigosa que a de ida. Só é preciso umas duas horas para alguém descobrir que ele vai fazer isso.

— Entra — disse ela. — Você deve estar com frio.

Ele deu a volta no capô e entrou no lado do passageiro. Abriu a jaqueta e a segurou dessa forma para deixar que o ar quente entrasse. Eles ficaram sentados observando até que Armstrong e seus guarda-costas entrassem no Edifício do Trabalho. Froelich ligou imediatamente para o escritório. Deixou instruções para que fosse avisada antes de Armstrong se movimentar novamente. Em seguida, engrenou o carro e arrancou para o sudoeste em direção à ala leste da Galeria Nacional. Virou à esquerda e passou pelo espelho d'agua do Capitólio. Depois à direita na avenida Independence.

— Aonde estamos indo? — perguntou Reacher.

— Lugar nenhum em particular — respondeu ela. — Só estou matando o tempo. E tentando decidir se devo pedir demissão hoje ou continuar a quebrar a cabeça.

Ela passou por todos os museus e virou à esquerda na rua 14. A Casa da Moeda surgiu à direita, entre eles e a Tidal Basin. Era um prédio cinza grande. Ela parou próximo ao meio-fio do lado oposto à entrada principal. Manteve o carro ligado e o pé no freio. Olhou para uma das janelas dos escritórios mais altos.

— O Joe passou um tempo ali — comentou ela. — Na época em que estavam projetando a nova nota de cem dólares. Ele chegou à conclusão de que, se iria ter que protegê-la, deveria colher informações sobre ela. Isso já faz muito tempo.

A cabeça de Froelich estava inclinada para trás. Reacher podia ver a curva da garganta dela. A maneira como ela se encontrava com a abertura na camisa. Ele ficou calado.

— Eu costumava me encontrar com ele aqui de vez em quando — comentou ela. — Ou nos degraus do Jefferson Memorial. A gente caminhava pela Tidal Basin tarde da noite. Na primavera e no verão.

Reacher olhou à direita. O Memorial era cercado por árvores desfolhadas e estava perfeitamente refletido na água imóvel.

— Eu o amava, sabe? — disse Froelich.

Reacher ficou calado. Apenas olhava para a mão dela pousada sobre o volante. E para o pulso. Era magro. A pele, perfeita. Havia o vestígio de um bronzeado de verão.

— E você se parece muito com ele — disse ela.

— Onde ele morava?

Ela o olhou.

— Você não sabe?

— Acho que ele nunca me contou.

O carro ficou em silêncio.

— Ele tinha um apartamento em Watergate — falou ela.

— Alugado?

Ela confirmou com um gesto de cabeça.

— Era bem vazio. Como se fosse temporário.

— Devia ser. Os Reacher não têm propriedades. Acho que nunca tivemos.

— A família da sua mãe tinha. Eles tinham bens na França.

— Tinham?

— Você também não sabe disso?

— Sabia que eram franceses, é claro — disse ele, dando de ombros. — Não me lembro de alguma vez ter ouvido falar sobre a situação imobiliária deles.

Froelich aliviou a pressão no freio, checou o retrovisor, acelerou e se juntou novamente ao trânsito.

— Vocês tinham uma concepção estranha de família — comentou ela. — Disso não há dúvidas.

— Parecia normal na época — disse ele. — Achávamos que toda família era daquele jeito.

O celular dela tocou. Um trinado eletrônico baixinho no silêncio do carro. Ela o abriu. Escutou por um momento, depois disse:

— Certo. — E o fechou.

— Neagley — disse Froelich. — Ela já terminou com os faxineiros.

— Conseguiu alguma coisa?

— Não falou. Vai encontrar a gente no escritório.

Froelich deu a volta ao sul do Passeio Nacional e seguiu para o norte na rua 14. O celular tocou novamente. Ela o abriu desajeitadamente com uma das mãos e escutou enquanto dirigia. Não falou nada até fechar o aparelho com um estalo. Olhou para o trânsito à frente.

— Armstrong está pronto pra ir embora — informou ela. — Vou tentar fazer com que ele venha comigo de carro. Vou deixar você na garagem.

Ela desceu a rampa e parou apenas por tempo suficiente para Reacher saltar. Em seguida, deu meia-volta no espaço apertado e seguiu novamente em direção à rua. Reacher encontrou a porta com a janelinha de vidro aramado e subiu as escadas até o lobby com o elevador solitário. Pegou-o, foi até o terceiro andar e encontrou Neagley na área da recepção. Estava sentada com as costas eretas em uma cadeira de couro.

— Stuyvesant está por aqui? — perguntou Reacher.

— Ele deu uma saidinha. Foi à Casa Branca.

— Quero dar uma olhada naquela câmera.

Eles passaram juntos pelo balcão em direção aos fundos do andar e saíram na área quadrada do lado de fora do escritório de Stuyvesant. A secretária estava à mesa com a bolsa aberta. Tinha um espelho com moldura de casco de tartaruga e um gloss labial nas mãos. A pose dava a ela um ar humano. Eficiente, com certeza, mas de alma bondosa. Ela os viu chegando e guardou apressadamente seus cosméticos, como se estivesse envergonhada de ser flagrada com eles. Reacher olhou para a câmera acima da cabeça dela. Neagley olhou para a porta de Stuyvesant. Depois se virou para a secretária.

— Você se lembra da manhã em que a mensagem apareceu ali dentro? — perguntou ela.

— Claro que sim — respondeu a secretária.

— Por que o sr. Stuyvesant deixou a maleta aqui fora?

A secretária pensou por um momento.

— Porque era quinta-feira.

— O que acontece na quinta-feira? Ele tem uma reunião cedo?

— Não, a mulher dele vai a Baltimore às terças e quintas.

— O que uma coisa tem a ver com a outra?

— Ela é voluntária em um hospital de lá.

Neagley olhou diretamente para a mulher.

— O que isso tem a ver com a maleta do marido dela?

— Ela dirige — informou a secretária. — E vai com o carro deles. Eles só têm um. Também não têm veículo do departamento à disposição, porque o sr. Stuyvesant não faz mais parte da parte operacional. Por isso ele tem que vir para o trabalho de metrô.

Neagley ficou sem expressão.

— De metrô?

A secretária confirmou.

— Ele tem uma maleta especial para as terças e quintas porque é obrigado a colocá-la no chão do trem. Não faz isso com a maleta normal porque acha que fica suja.

Neagley ficou quieta. Reacher pensou nos vídeos, em Stuyvesant saindo tarde na quarta-feira e retornando cedo na manhã seguinte.

— Eu não percebi a diferença — comentou ele. — Parece a mesma maleta pra mim.

A secretária confirmou:

— Elas são idênticas. Da mesma marca e do mesmo período de fabricação. Ele não gosta que as pessoas percebam. Mas uma é para o carro, e a outra, para o metrô.

— Por quê?

— Ele odeia sujeira. Acho que tem medo. Nas terças e quintas, não leva a maleta de usar no metrô para a sala dele de jeito nenhum. Ele a deixa aqui o dia todo, e eu tenho que ficar levando as coisas que estão nela. Quando está chovendo, ele deixa os sapatos aqui fora também. Como se seu escritório fosse um templo japonês.

Neagley olhou para Reacher. Fez uma careta.

— É uma excentricidade inofensiva — comentou a secretária. Depois ela baixou a voz, como se pudesse ser ouvida lá da Casa Branca. — E absolutamente desnecessária, na minha opinião. O metrô de Washington é famoso por ser o mais limpo do mundo.

— É — disse Neagley. — Mas é estranho.

— É inofensiva — repetiu a secretária.

Reacher perdeu o interesse, passou por trás dela e observou a porta de incêndio. Possuía uma barra de aço escovado na altura da cintura, como as normas de construção da cidade sem dúvida exigiam. Ele colocou os dedos nela e a barra fez um clique com uma suavidade precisa. Pressionou um pouquinho mais forte e ela cedeu mais em direção à madeira pintada; a porta se moveu para trás. Era à prova de fogo e contava com três grandes dobradiças de aço para sustentar seu peso. Ele a atravessou e chegou à base quadrada de uma escadaria. A escada era de concreto e mais nova que a pedra da estrutura do prédio. Seguia até os andares mais altos e descia até o nível da rua. Os corrimãos eram de aço. Havia luzes de emergência turvas atrás de vidros em gaiolas de arame. Era óbvio que, durante a modernização, um espaço estreito no fundo do prédio tinha sido destinado à construção de um sistema de saída de emergência completo para o caso de incêndio.

Havia uma maçaneta comum na parte de trás da porta que acionava o mesmo mecanismo que a barra. Havia um buraco de fechadura, mas não estava trancada. A maçaneta girava com facilidade. *Faz sentido,* pensou Reacher. O prédio como um todo era seguro. Não havia necessidade de cada andar também ser isolado. Ele deixou que a porta se fechasse e esperou na penumbra da escadaria por um segundo. Girou a maçaneta novamente, reabriu a porta e voltou para a claridade da secretaria, um passo apenas. Retorceu o corpo e olhou para a câmera de vigilância no alto. Ficava exatamente sobre a cabeça dele, de forma que o pegaria a qualquer momento durante o segundo passo. Ele se adiantou um pouquinho e deixou a porta fechar. Verificou a câmera de novo. De onde estava, deveria estar sendo filmado. E ainda havia quase três metros até o escritório de Stuyvesant.

— Os faxineiros colocaram a mensagem lá — afirmou a secretária. — Não existe outra explicação possível.

O telefone tocou, ela pediu licença educadamente e lhe atendeu. Reacher e Neagley caminharam de volta pelo labirinto de corredores até o escritório de Froelich. Estava silencioso, escuro e vazio. Neagley acendeu a luz de halogêneo e se sentou à mesa. Não havia outra cadeira, então Reacher se sentou no chão com as pernas esticadas e as costas escoradas à lateral de um arquivo de metal.

— Me conta como foi com os faxineiros — disse ele.

Neagley tamborilou um ritmo com os dedos na mesa. Os estalidos das unhas eram alternados pelas batidas secas das pontas dos dedos.

— Todos eles já receberam instruções dos advogados — disse ela. — O departamento mandou um para cada. Já estão sob proteção dos Direitos de Miranda. Que beleza o mundo civil, né?

— Uma maravilha. O que eles disseram?

— Não muito. Ficaram caladinhos. Uma teimosia dos infernos. Mas também estavam com um medo do cacete. Estão entre a cruz e a espada. É óbvio que sentem muito medo de revelar quem mandou que colocassem o papel lá, medo de perder o emprego e de, quem sabe, ir para a cadeia. Não têm como se safar. Nada adiantou.

— Você mencionou o nome do Stuyvesant?

— Em alto e bom tom. Eles conhecem o nome, é lógico, mas não sei se sabem quem ele *é*, concretamente. São trabalhadores noturnos. A única coisa que veem é um monte de escritórios. Não veem pessoas. Não tiveram reação alguma ao nome. Na verdade, não reagiram a nada. Só ficaram sentados, mortos de medo, olhando para os advogados, sem falar nada.

— Você está vacilando. As pessoas costumavam comer na palma da sua mão, pelo que eu me lembre.

— Eu falei. Estou ficando velha. Não tive como pressioná-los de jeito nenhum. Os advogados não deixavam. O sistema civil de justiça é muito desanimador. Nunca me senti tão fora de lugar.

Reacher ficou calado. Verificou seu relógio.

— E agora? — perguntou Neagley.

— A gente espera — disse ele.

A espera passou lentamente. Froelich chegou uma hora e meia depois e relatou que Armstrong tinha voltado em segurança para o escritório. Ela conseguira o persuadir a voltar com ela de carro. Falou que compreendia que ele preferia ir a pé, mas que a equipe dela precisava desenvolver uma sintonia fina operacional e que, para isso, não havia melhor momento do aquele. Ela insistiu ao ponto de uma recusa soar como um chilique de madame, e Armstrong não era assim, de forma que entrou no Suburban sem reclamar. A passagem pela tenda até o Senado ocorreu sem incidentes.

— Agora faça algumas ligações — disse Reacher. — Veja se aconteceu alguma coisa de que devemos tomar conhecimento.

Primeiro ela entrou em contato com a polícia da capital. Havia uma costumeira lista de crimes e contravenções urbanas, mas teria sido um exagero categorizar qualquer um como uma demonstração da vulnerabilidade de Armstrong. Ela ligou para a delegacia onde o maluco fora preso e recebeu um longo relatório verbal. Desligou e balançou a cabeça.

— Não tem ligação nenhuma — informou ela. — Eles o conhecem. QI abaixo de oito, alcoólatra, morador de rua, quase analfabeto, e com digitais que não batem com o nosso suspeito. Tem uma ficha de um metro por ficar pulando em todo mundo que vê nos jornais sob os quais dorme. Algum tipo de transtorno bipolar. Sugiro que a gente esqueça esse cara.

— Certo — disse Reacher.

Depois Froelich abriu o banco de dados do Centro Nacional de Informações Criminais e deu uma olhada nos registros recentes. Eles inundavam o sistema a uma taxa maior do que um por segundo. Mais rápido do que era possível ler.

— Isto é inútil — disse ela. — Vamos ter que esperar até meia-noite.

— Ou até uma da manhã — corrigiu Neagley. — Pode ser que eles usem o fuso da região central, lá em Bismarck. Eles podem atirar na casa dele. Ou jogar uma pedra pela janela.

Froelich ligou para a polícia de Bismarck e pediu que a notificassem imediatamente caso acontecesse alguma coisa que pudesse remotamente estar ligada a Armstrong. Em seguida, fez a mesma solicitação à Polícia Estadual da Dakota do Norte e ao FBI em âmbito nacional.

— Talvez nada aconteça — disse ela.

Reacher desviou o olhar. *É melhor torcer para que aconteça*, pensou.

Por volta das sete da noite, o complexo de escritórios começou a ficar mais tranquilo. A maioria das pessoas visíveis no corredor estava seguindo em uma única direção, a da saída. Usavam capas de chuva e carregavam bolsas e maletas.

— Vocês fizeram o checkout no hotel? — perguntou Froelich.

— Fiz — respondeu Reacher.

— Não — falou Neagley. — Sou uma péssima hóspede.

Froelich ficou em silêncio, um pouco surpresa. Mas Reacher, não. Neagley era uma pessoa muito solitária. Sempre fora. Mantinha-se fechada. Ele não sabia por quê.

— Tá — disse Froelich. — Mas a gente devia fazer um intervalo. Dar uma descansada e nos reagrupar mais tarde. Vou levar vocês e tentar deixar Armstrong em segurança na casa dele.

Os três desceram juntos para a garagem, Froelich ligou o Suburban e levou Neagley para o hotel. Reacher caminhou com ela até onde estava o chefe dos porteiros e pediu que buscasse suas roupas de Atlantic City. Estavam juntas a seu sapato velho, dentro de um saco de lixo preto que ele pegara do carrinho de uma camareira. Aquilo não impressionou o funcionário do hotel, mas mesmo assim ele o carregou até o Suburban. Reacher deu um dólar a ele. Depois entrou ao lado de Froelich, que arrancou com o carro. Estava frio, escuro e úmido, e o trânsito estava ruim. Havia congestionamentos em todos os lugares. Longas fileiras de luzes de freio vermelhas se estendiam à sua frente, longas fileiras de brilhantes faróis brancos se estendiam atrás. Eles seguiram em direção ao sul pela ponte da rua 11 e enfrentaram um labirinto de ruas até a casa de Froelich. Ela parou em fila dupla com o motor ligado e, ainda atrás do volante, tirou com dificuldade a chave da porta de seu chaveiro. Entregou-a a ele.

— Volto em mais ou menos duas horas — afirmou ela. — Sinta-se em casa.

Ele pegou o saco, saiu e a observou arrancar o carro. Froelich virou à esquerda para retornar ao norte por outra ponte e desapareceu de vista. Reacher atravessou a calçada e abriu a porta da frente. A casa estava escura e quente. Tinha o perfume dela. Fechou a porta e tateou em busca do interruptor. Uma lâmpada de baixa voltagem se acendeu dentro da cúpula amarela de um abajur sobre uma pequena cômoda. Ela emitia uma luz suave. Ele colocou as chaves ao lado dele, largou o saco ao pé da escada e caminhou para a sala de estar. Acendeu a luz. Seguiu para a cozinha. Deu uma olhada ao redor.

Havia escadas para um porão, atrás de uma porta. Ficou parado por um segundo com sua curiosidade costumeira o provocando. Era um reflexo instintivo, como respirar. Seria educado revistar a casa do seu anfitrião? Só por hábito? *É claro que não.* Mas ele não resistiu. Desceu as escadas, acendendo as luzes pelo caminho. O porão era um espaço escuro de paredes lisas de concreto antigo. Havia uma caldeira de calefação e um abrandador de água. Uma máquina de lavar e uma secadora. Conjuntos de prateleiras. Malas velhas. Um monte de tranqueiras empilhadas por tudo quanto é lugar, mas nada muito significativo. Ele subiu de volta. Apagou a luz. Oposto ao topo da escada havia um espaço fechado, bem ao lado da cozinha. Era maior que um armário, menor do que um quarto. Talvez uma despensa, originalmente. Tinha sido transformado num pequeno escritório caseiro. Possuía uma cadeira de rodinhas, uma mesa e prateleiras, tudo já um pouco velho. Pareciam versões baratas, de lojas de departamento, de mobiliário de escritório de verdade, já bem desgastadas. Talvez fossem de segunda mão. Um computador razoavelmente obsoleto. Uma impressora de jato de tinta conectada a ele por um cabo grosso. Reacher voltou para a cozinha.

Deu uma olhada em todos os lugares da cozinha em que as mulheres comumente escondem coisas e encontrou quinhentos dólares em notas sortidas dentro de uma caçarola de cerâmica em uma prateleira de um armário. Grana para emergência. Talvez uma precaução para o bug do milênio que acabou virando hábito. Encontrou uma Beretta M9 nove milímetros em uma gaveta, cuidadosamente escondida debaixo de uma pilha de jogos americanos. Era velha, estava arranhada e tinha manchas de óleo seco em vários formatos. Provavelmente excedente do Exército redistribuído para outros departamentos do governo. Coisa da geração passada do Serviço Secreto, sem dúvida. Estava descarregada. O pente não estava nela. Reacher abriu a gaveta à esquerda e encontrou quatro carregadores sobressalentes dispostos em fila debaixo de uma luva de cozinha. Estavam todos carregados com munição encamisada. Boa e má notícias. O modelo era inteligente. Pega-se a arma com a mão direita, tem-se acesso aos carregadores com a esquerda. Parece ergonômico. Mas armazenar carregadores cheios de balas era uma má ideia. Deixá-los assim por tempo demais faz com que a mola do carregador enfraqueça devido à compressão e não funcione bem. Molas cansadas são o principal motivo pelo qual as armas negam fogo. É melhor manter a arma com um único cartucho na câmara e todas as outras balas soltas. Você pode dar um tiro com a mão direita enquanto coloca as balas soltas em um carregador vazio com o polegar esquerdo. Mais lento que o ideal, mas muito melhor do que apertar o gatilho e não escutar outra coisa além de um clique seco.

Ele fechou as gavetas da cozinha e voltou para a sala de estar. Nada ali a não ser um livro oco na prateleira, que estava vazio. Ligou a televisão, e ela funcionou. Uma vez ele conhecera um cara que escondia coisas em uma televisão estripada. O quarto do cara tinha sido revistado oito vezes antes que alguém pensasse em verificar se todas as coisas eram realmente o que pareciam.

Não havia nada no corredor de entrada. Nada colado com fita adesiva debaixo das gavetas da pequena cômoda. Nada nos banheiros. Nada significante nos quartos exceto uma caixa de sapatos embaixo da cama de Froelich. Estava cheia de cartas, e o endereço era escrito com a caligrafia de Joe. Ele as guardou de volta sem ler. Desceu a escada e levou seu saco de lixo para o quatro de hóspedes. Decidiu esperar uma hora e depois comer se ela não tivesse voltado. Pediria de novo uma sopa agripicante e o frango General Tso. Eram muito bons. Colocou suas coisas de banheiro ao lado da pia. Pendurou as roupas de Atlantic City no guarda-roupa ao lado dos ternos abandonados de Joe. Olhou para eles por um longo momento, depois escolheu um aleatoriamente e o tirou da barra de cabides.

O plástico que o envolvia rasgou quando ele o tirou. Estava duro e quebradiço. A etiqueta dentro do blazer tinha uma única palavra italiana bordada em letras pomposas. Reacher não reconheceu a marca. Era de um tipo de lã fina. Cinza muito escuro com um brilho leve. O forro era de acetato, feito para parecer seda vermelho-escura. Talvez *fosse* seda. Tinha uma marca d'água. Não havia fenda nas costas. Ele o pôs na cama com a calça ao lado. Era bem lisa. Não tinha prega nem bainha.

Ele voltou ao armário e pegou uma camisa. Tirou o plástico. Era casimira branca pura. Não tinha botões na gola. Uma pequena etiqueta no colarinho mostrava dois nomes em letra cursiva, escura demais para ser lida. *Alguém & Alguém*. Ou de um camiseiro exclusivo de Londres ou de alguma confecção clandestina que as falsifica. O tecido era robusto. Não grosso como uniforme de campanha, mas pesado.

Desamarrou o sapato. Tirou a jaqueta e a calça jeans e as dobrou sobre uma cadeira. Colocou por cima a camiseta e a cueca. Foi até o banheiro e abriu o chuveiro. Entrou no boxe. Havia sabonete e shampoo. O sabonete estava ressecado e duro como uma pedra, e o pote de shampoo estava emperrado por causa da espuma velha. Era óbvio que Froelich não recebia hóspedes com frequência. Ele molhou o pote na água quente e forçou para abri-lo. Lavou o cabelo e ensaboou o corpo. Inclinou-se para o lado de fora, pegou a lâmina e se barbeou cuidadosamente. Enxaguou-se todo, saiu pingando no chão e procurou uma toalha. Encontrou uma no armário. Era grossa e nova. Nova demais para enxugar bem. Só espalhou a água pela pele. Ele fez o melhor que pode, depois a amarrou ao redor da cintura e arrumou o cabelo com os dedos.

Caminhou de volta até o quarto e pegou a camisa de Joe. Hesitou por um segundo antes de vesti-la. Levantou a gola e a abotoou no pescoço. Continuou abotoando de cima para baixo. Abriu a porta do armário e olhou no espelho. Estava perfeita, mais ou menos. Poderia ter sido feita sob medida para ele. Abotoou os punhos. O comprimento das mangas estava excelente. Ele se virou para a direita e para a esquerda. Avistou uma prateleira atrás da barra de cabides. O espaço que se abrira onde estiveram o terno e a camisa deixou-a visível. Havia gravatas cuidado-samente enroladas e organizadas lado a lado. Embrulhos de papel de seda de uma lavanderia fechados com uma etiqueta adesiva. Abriu um, encontrando uma pilha de cuecas boxer brancas limpas. Abriu outro: meias pretas dobradas em pares.

Reacher voltou para a cama e vestiu as roupas do irmão. Escolheu uma gravata marrom com uma padronagem discreta. Inglesa, como se representasse uma associação militar ou uma daquelas escolas de ensino médio caras. Colocou-a e baixou a gola sobre ela. Vestiu uma cueca boxer e calçou a meia. Enfiou as pernas dentro da calça do terno. Espremeu-se dentro do blazer. Calçou seu sapato novo e limpou os ar-ranhões com o papel de seda usado. Ergueu-se e voltou para a frente do espelho. O terno serviu muito bem. Talvez fosse um pouquinho longo nos braços e nas pernas porque ele era um pouquinho mais baixo do que Joe. E talvez estivesse levemente apertado, pois era um pouquinho mais pesado. Mas, no geral, estava bem imponente vestido com ele. Como uma pessoa completamente diferente. Expressava mais autoridade. Mais idade. Mais autoridade. Mais parecido com Joe.

Reacher se abaixou e pegou a caixa de papelão no assoalho do ar-mário. Era pesada. Escutou um som vindo de baixo, do corredor de entrada. Alguém do lado de fora estava batendo na porta. Pôs a caixa de volta e desceu as escadas. Atendeu. Era Froelich. Estava envolvida pela neblina e com a mão levantada, pronta para bater de novo. A luz da rua atrás dela sombreava seu rosto.

— Te dei minha chave — disse ela.

Reacher deu um passo atrás, e ela, um adentro. Então olhou para cima e ficou paralisada. Esticou o braço para trás e fechou a porta com um empurrão. Apenas o encarou. Algo nos olhos dela. Choque, medo, pânico, perda — ele não sabia.

— Que foi? — perguntou ele.

— Achei que você fosse o Joe — falou ela. — Só por um segundo.

Seus olhos se encheram d'água e ela apoiou a cabeça na porta. Piscou contra as lágrimas, olhou para ele novamente e desabou a chorar. Reacher ficou imóvel por um segundo, depois deu um passo à frente e a envolveu nos braços. Froelich soltou a bolsa e enterrou o rosto no peito dele.

— Desculpa — disse ele. — Eu experimentei um terno dele.

Ela ficou calada. Apenas chorava.

— Uma burrice, eu acho — continuou ele.

Froelich mexeu a cabeça, mas ele não soube dizer se o movimento queria dizer *sim, foi mesmo* ou *não foi, não*. Ela travou os braços ao redor dele e se manteve assim. Ele pôs uma mão na parte de baixo das costas dela e, com a outra, alisou seu cabelo. Segurou-a assim por minutos. Ela lutou contra as lágrimas, engoliu em seco duas vezes e se afastou. Enxugou os olhos com as costas da mão.

— Não é culpa sua — disse ela.

Ele ficou calado.

— Você parecia tão real. Fui eu quem comprei essa gravata pra ele.

— Eu devia ter pensado melhor — falou Reacher.

Ela se abaixou até a bolsa e voltou com um lenço. Assoou o nariz e arrumou o cabelo.

— Ai, meu Deus — disse ela.

— Desculpe — repetiu ele.

— Não se preocupe. Vou ficar bem.

Ele ficou calado.

— Você está muito bonito, só isso. Parado aí.

152

Ela o encarava abertamente. Estendeu o braço e arrumou a gravata. Tocou em uma mancha na camisa feita por suas lágrimas. Passou os dedos por trás da lapela do blazer. Deu um passo à frente na ponta dos pés, cruzou as mãos atrás do pescoço dele e o beijou na boca.

— Tão bom — disse ela. Então o beijou de novo, com força.

Ele ficou imóvel por um segundo, depois retribuiu o beijo. Com força. A boca dela era fria. A língua, ágil. Tinha um leve gosto de batom. Os dentes eram pequenos e lisos. Ele sentia o perfume na pele e no cabelo de Froelich. Colocou uma das mãos na parte lateral do corpo dela e a outra atrás da cabeça. Sentia os seios contra seu peito. As costelas sob sua mão. O cabelo entre seus dedos. As mãos frias de Froelich pressionavam a parte de trás de seu pescoço. Os dedos ascendiam para a parte recentemente descoberta por seu corte de cabelo. Sentia as unhas dela em sua pele. Ele suspendeu a mão, deslizando-a pelas costas dela. Então ela parou de se mexer. Ficou quieta. Afastou-se. A respiração pesada. Os olhos fechados. Ela encostou as costas da mão na boca.

— A gente não devia fazer isso — disse ela.

Reacher a olhou.

— Provavelmente não.

Ela abriu os olhos. Não disse nada.

— Então o que a gente deve fazer? — perguntou ele.

Ela se moveu para o lado e foi para a sala de estar.

— Não sei — disse. — Jantar, eu acho. Você esperou?

Ele também foi para a sala.

— Esperei, sim.

— Você é muito parecido com ele — comentou ela.

— Eu sei.

— Você está entendendo o que eu quero dizer?

Ele concordou com um gesto de cabeça.

— O que você via nele, vê em mim, um pouquinho.

— Mas você é como ele?

Ele sabia exatamente o que ela estava querendo dizer. *Vocês viam as coisas do mesmo jeito? Tinham os mesmos gostos? Se sentiam atraídos pelas mesmas mulheres?*

— Como eu te falei — disse ele. — Há similaridades. E há diferenças.

— Isso não é resposta.

— Ele está morto — afirmou Reacher. — Isso é resposta.

— E se não estivesse?

— Aí um monte de coisas seria diferente.

— Suponha que eu nunca o tivesse conhecido. Suponha que eu tivesse chegado ao seu nome de outro jeito.

— Então talvez eu nem sequer estivesse aqui.

— Suponha que estivesse.

Ele a olhou. Respirou fundo, segurou, depois soltou.

— Então eu duvido que estaríamos aqui conversando sobre jantar.

— Talvez você não fosse ser o substituto — disse ela. — Talvez você fosse o verdadeiro e Joe, o substituto.

Ele ficou calado.

— Isso é muito esquisito — disse ela. — A gente não pode fazer isso.

— Não — concordou ele. — Não podemos.

— Foi há muito tempo. Seis anos.

— O Armstrong está bem?

— Sim. Está bem.

Reacher ficou calado.

— A gente terminou, lembra? — perguntou ela. — Um ano antes de ele morrer. Não é como se eu fosse a viúva triste dele ou coisa assim.

Reacher ficou calado.

— E você também não é o irmão enlutado — argumentou ela. — Mal o conhecia.

— Está brava comigo por causa disso?

Ela fez que sim.

— Ele era um homem sozinho. Precisava de alguém. Por isso estou um pouquinho brava, sim.

— Nem metade do que eu estou.

Ela não disse nada em resposta. Simplesmente mexeu o pulso e olhou o relógio. Era um gesto estranho, então ele deu uma olhada no dele também. O ponteiro dos segundos marcava exatamente nove e meia. O celular dela tocou dentro da bolsa aberta no corredor de entrada. Soou alto no silêncio.

— É o meu pessoal me mantendo informada — esclareceu ela. — Lá da casa do Armstrong.

Ela voltou ao corredor de entrada, abaixou-se e atendeu à ligação. Desligou sem fazer comentário.

— Tudo tranquilo — falou. — Pedi para ligarem de hora em hora.

Ele apenas maneou a cabeça. Ela olhava para qualquer lugar exceto diretamente para ele.

— Chinesa de novo? — perguntou ela.

— Por mim, pode ser — respondeu ele. — Mesmo pedido.

Froelich ligou do telefone da cozinha e desapareceu pela escada para tomar banho. Ele aguardou na sala de estar e recebeu a comida quando chegou. Ela desceu novamente e eles comeram um em frente ao outro à mesa da cozinha. Ela passou um café e eles tomaram duas xícaras cada, devagar, sem conversar. O celular tocou mais uma vez exatamente às dez e meia. Estava ao lado dela na mesa e ela atendeu imediatamente. Apenas uma mensagem curta.

— Tudo tranquilo — disse ela. — Até agora, tudo bem.

— Pare de se preocupar — sugeriu ele. — Seria necessário um ataque aéreo para pegá-lo na casa dele.

Ela sorriu de repente.

— Lembra do Harry Truman?

— Meu presidente favorito — comentou Reacher. — Pelo que sei dele.

— O nosso também — disse ela. — Pelo que *nós* sabemos dele. Uma vez, em 1950, a residência da Casa Branca estava sendo reformada e ele estava morando na Blair House, do outro lado da avenida Pennsylvania. Dois homens foram assassiná-lo. Um foi pego pela polícia na rua, mas o outro conseguiu chegar à porta. O nosso pessoal teve que tirar o *Truman* de perto do assassino. Ele falava que ia pegar a arma do cara e enfiar no rabo dele.

— O Truman era assim?

— Com certeza. Você precisa ouvir algumas das histórias antigas.

— Será que o Armstrong é assim?

— Talvez. Acho que depende de como a situação o atingir, eu acho. Ele é muito gentil, mas não é um covarde. E já o vi muito furioso.

— Ele parece durão o suficiente.

Froelich fez que sim. Olhou seu relógio.

155

— A gente tem que voltar pro escritório agora. Ver se alguma coisa aconteceu em outro lugar. Você liga pra Neagley enquanto eu limpo isto aqui. Diga pra ela estar pronta em vinte minutos.

Eles estavam de volta ao escritório antes das onze e quinze. O arquivo de mensagens estava em branco. Nada significativo do departamento de polícia de Washington. Nada da Dakota do Norte, nada do FBI. Os arquivos do banco de dados do Centro Nacional de Informações Criminais ainda estavam sendo carregados. Froelich começou a examinar os relatórios do dia. Não encontrou nada de interessante. O telefone dela tocou às onze e meia. Tudo estava tranquilo e em paz em Georgetown. Ela se voltou para o computador. O tempo caminhava lentamente em direção à meia-noite. A segunda-feira terminou e a terça começou. Stuyvesant apareceu novamente. Ele surgiu à porta do nada, como tinha feiro antes. Não disse nada. A única cadeira na sala era a da Froelich. Stuyvesant se escorou no arco da porta. Reacher se sentou no chão. Neagley se debruçou em um arquivo de metal.

Froelich aguardou dez minutos e ligou para a polícia de Washington. Não tinham nada a relatar. Ligou para o Edifício Hoover, e o FBI disse a ela que nada de significativo tinha acontecido antes da meia-noite no leste. Voltou-se para a tela do computador. Leu em voz alta alguns relatos que chegaram, mas nem Stuyvesant, nem Reacher, nem Neagley puderam estabelecer algum tipo de relação com uma possível ameaça a Armstrong. O relógio continuou se movendo até chegar a uma da madrugada. Meia-noite no horário da região central. Ela ligou para o departamento de polícia de Bismarck. Não tinham nada para ela. Ligou para a Polícia Estadual da Dakota do Norte. Nada. Contatou o FBI mais uma vez. Nenhum relato tinha chegado de seus escritórios espalhados pelo país nos últimos sessenta minutos. Ela desligou o telefone e afastou a cadeira da mesa. Suspirou.

— Então é isso — falou ela. — Não aconteceu nada.

— Excelente — disse Stuyvesant.

— Não — contestou Reacher. — Não tem nada de excelente. Nada de excelente mesmo. São as piores notícias que a gente podia ter recebido.

8

STUYVESANT OS LEVOU DIRETO PARA A SALA DE REUNIÃO. Neagley caminhava ao lado de Reacher, o ombro próximo ao dele nos corredores estreitos.

— Terno bonito — sussurrou ela.

— O primeiro que uso na vida — sussurrou de volta. — Compartilhamos a mesma opinião em relação a isso tudo?

— Além da mesma opinião, provavelmente também o fato de que estamos desempregados — disse ela. — Isto é, se você estiver pensando o mesmo que eu.

Eles viraram em um corredor. Seguiram caminhando. Stuyvesant parou e os pastoreou para dentro da sala de reunião, depois entrou, acendeu a luz e fechou a porta. Reacher e Neagley se sentaram juntos de um lado da mesa comprida, e Stuyvesant se sentou ao lado de Froelich, do outro, como se previsse um elemento antagônico na conversa.

— Explique — falou ele.

Silêncio por um segundo.

— Definitivamente *não* é um serviço interno — disse Neagley.

Reacher concordou com um movimento de cabeça.

— Apesar de estarmos nos enganando ao sempre pensarmos que só pode ser uma coisa ou outra. Sempre foi ambos. Mas foi uma simplificação útil. A verdadeira questão é onde está o equilíbrio. A ameaça é fundamentalmente interna com uma trivial ajuda externa? Ou externa com uma trivial ajuda interna?

— Qual seria a ajuda trivial? — indagou Stuyvesant.

— Alguém aqui de dentro precisaria de uma impressão digital de uma pessoa externa. Alguém de fora precisaria de uma maneira de colocar a segunda mensagem dentro do prédio.

— E vocês concluíram que é alguém de fora?

Reacher confirmou novamente.

— E é a pior notícia que a gente podia ter recebido. Porque enquanto uma pessoa aqui de dentro seria apenas uma encheção de saco, alguém de fora representa um verdadeiro perigo.

Stuyvesant desviou o olhar e perguntou:

— Quem?

— Não tenho ideia — respondeu Reacher. — Uma pessoa de fora que contatou alguém de dentro só para fazer a mensagem chegar aqui e nada mais.

— A pessoa aqui de dentro seria um dos faxineiros.

— Ou todos eles — completou Froelich.

— Presumo que sim — disse Reacher.

— Tem certeza disso?

— Absoluta.

— Como? — perguntou Stuyvesant.

— Por muitas razões — disse Reacher, dando de ombros. — Algumas grandes, outras, pequenas.

— Explique — repetiu Stuyvesant.

— Procuro por simplicidade — disse Reacher.

— Eu também — disse Stuyvesant, assentindo. — Se escuto barulho de cascos, penso em cavalos, não em zebras. Mas a explicação simples aqui é que uma pessoa de dentro está tentado mexer com a cabeça da Froelich.

— Na verdade, não — retrucou Reacher. — O método escolhido é complexo demais pra isso. Em vez disso, estariam fazendo todas as coisas comuns. As coisas fáceis. Tenho certeza que todos nós já vimos isso antes. Falhas de comunicação misteriosas, falhas nos computadores, chamadas falsas para atender a ocorrências em endereços inexistentes nas partes barra-pesada da cidade: ela chega, pede reforço, ninguém aparece, ela entra em pânico no rádio, fazem uma gravação e ela começa a circular. Todo departamento de forças de segurança tem uma pilha enorme de exemplos assim.

— Até na polícia do Exército?

— É claro. Especialmente com oficiais mulheres.

Stuyvesant balançou a cabeça.

— Não — disse ele. — Isso é conjectura. Estou perguntando como você *sabe.*

— Eu sei por que não aconteceu nada hoje.

— Explique — disse Stuyvesant pela terceira vez.

— Trata-se de um oponente engenhoso — disse Reacher. — Ele é esperto e inteligente. Está no *comando.* Mas fez uma ameaça e não a cumpriu.

— E daí? Ele falhou, só isso.

— Não — contestou Reacher. — Ele nem *tentou.* Porque não sabia que tinha que agir. Porque não sabia que sua carta chegou hoje.

Silêncio.

— Ele esperava que ela fosse chegar amanhã — explicou Reacher. — Foi postada na sexta-feira. De sexta pra segunda é um prazo muito curto para o correio dos Estados Unidos. Foi uma casualidade. A estimativa dele era de sexta pra terça.

Ninguém falou.

— Ele é alguém de fora — afirmou Reacher. — Não tem ligação direta com o departamento e, por isso, desconhece que a ameaça foi entregue um dia antes. Caso contrário, teria agido hoje *com certeza.* Porque é um arrogante filho da puta e não iria querer decepcionar a si mesmo. Conte com isso. Ou seja, ele está em algum lugar lá fora esperando para executar a ameaça amanhã, que é exatamente quando ele, o tempo todo, esperava ter que agir.

— Que ótimo — disse Froelich. — Amanhã tem outra recepção para os contribuintes.

Stuyvesant ficou em silêncio por um momento.

— Então o que você sugere? — perguntou ele.

— Precisamos cancelar — respondeu Froelich.

— Não, estou falando de estratégia de longo prazo — esclareceu Stuyvesant. — E nós não podemos cancelar *nada*. Não podemos simplesmente desistir e falar que não conseguimos protegê-lo.

— Você tem que aguentar firme — falou Reacher. — Vai ser só uma demonstração. Planejada pra te atormentar. Meu palpite é que vai evitar totalmente Armstrong. Vai ocorrer em algum lugar aonde ele já tiver ido ou ainda vai.

— Tipo onde? — perguntou Froelich.

— Na casa dele, provavelmente — sugeriu Reacher. — Ou aqui ou em Bismarck. No escritório dele. Em algum lugar. Vai ser teatral, como essas merdas de mensagens. Vai ser alguma coisa espetacular num lugar em que ele acabou de estar ou para onde estiver indo. Porque neste momento esta coisa toda é uma *competição*, e o cara prometeu uma demonstração, e acho que ele vai manter a palavra. Também acho que o próximo passo será de alguma maneira similar. Caso contrário, porque construir a mensagem desse jeito? Por que falar em demonstração? Por que não ir em frente e falar Armstrong, você vai morrer hoje?

Froelich não respondeu.

— Temos que identificar esse sujeito — disse Stuyvesant. — O que sabemos sobre ele?

Silêncio.

— Bom, sabemos que estamos nos enganando de novo — falou Reacher. — Ou novamente simplificando a coisa toda. Porque não é *ele*. É *eles*. Uma equipe. Sempre é. São duas pessoas.

— Isso é uma suposição — disse Stuyvesant.

— Quem dera — respondeu Reacher. — É comprovável.

— Como?

— Me incomoda há muito tempo o fato de haver a impressão digital do polegar juntamente com a evidência clara de luvas de látex. Por que agiria de duas maneiras? Ou as digitais dele estão ou não estão no cadastro. Mas são duas pessoas. O cara do polegar nunca teve a digital cadastrada; o cara das luvas, sim. São duas pessoas trabalhando juntas.

Stuyvesant aparentava estar muito cansado. Era quase duas da madrugada.

— Você não precisa mais da gente — disse Neagley. — Não é mais uma investigação interna. Esse negócio vem lá de fora.

— Não — discordou Stuyvesant. — É interno enquanto ainda houver algo a extrair daqueles faxineiros. Eles devem ter se encontrado com essas pessoas. Devem saber quem são.

— Você deu advogados a eles — falou Neagley, dando de ombros.

— Fez com que ficasse muito difícil.

— Eles tinham que ter advogado, pelo amor de Deus — disse Stuyvesant. — Foram presos. Essa é a lei. A Sexta Emenda dá esse direito a eles.

— Acho que sim — concordou Neagley. — Agora me conta, existe uma lei pra quando o vice-presidente é morto antes da posse?

— Existe — disse Froelich, em voz baixa. — A Vigésima Emenda. O congresso escolhe outro.

Neagley assentiu.

— Bem, espero que a listinha deles já esteja pronta.

Silêncio na sala.

— Vocês deveriam chamar o FBI — sugeriu Reacher.

— Eu vou — respondeu Stuyvesant. — Quando tivermos nomes. Antes, não.

— Eles já viram as cartas.

— Só nos laboratórios. A mão esquerda deles não sabe o que a direita está fazendo.

— Vocês precisam da ajuda deles.

— E vou solicitá-la. Assim que tivermos nomes, vou entregá-los ao FBI em uma bandeja de prata. Mas não vou dizer de onde vieram. Não vou dizer que estamos internamente envolvidos. E tenho certeza de que não vou chamá-los enquanto nós ainda *estamos* envolvidos internamente.

— Isso é tão problemático assim?

— Você está de brincadeira? A CIA teve problema com aquele tal de Ames, lembra? O FBI resolveu o caso e ficou rindo pelas costas da CIA durante anos. Depois eles próprios tiveram problema com o Hanssen e, no fim das contas, não puderam ficar dando uma de espertões. Esta aqui é a primeira divisão, Reacher. Neste momento, o Serviço Secreto é o número um, com uma margem excelente. Nós temos apenas uma derrota no nosso histórico inteiro, e isso foi há quase quarenta anos. Não vamos despencar na tabela de classificação da primeira divisão só por diversão.

Reacher ficou calado.

— E não venha bancar o superior pra cima de mim — disse Stuyvesant. — Não venha me falar que o Exército reage de maneira diferente. Não me lembro de vocês correndo atrás do FBI pedindo socorro. Não me lembro dos seus segredinhos constrangedores espalhados pelo *Washington Post*.

Reacher concordou com um gesto de cabeça. A maioria dos constrangimentos do Exército foram cremados. Ou estavam seis palmos abaixo da terra. Ou sentados em uma prisão militar em algum lugar, amedrontados demais até mesmo para abrir a boca. Ou de volta em casa, com medo de contar às próprias mães o porquê. Ele tinha sido pessoalmente responsável por providenciar algumas dessas condições.

— Então nós vamos dar um passo de cada vez — afirmou Stuyvesant. — Prove que esses caras são de fora do Serviço Secreto. Consiga o nome deles com os faxineiros. Com ou sem advogados.

Froelich negou com um gesto de cabeça.

— A prioridade número um é fazer com que Armstrong chegue à meia-noite vivo.

— Vai ser só uma demonstração — disse Reacher.

— Eu te ouvi antes — falou ela. — Mas a responsabilidade é minha. E você só está pressupondo. A única coisa que a gente tem são oito palavras em um papel. E sua interpretação pode estar completamente equivocada. Quer dizer, que demonstração seria melhor que a própria *execução* do serviço? Chegar a ele de verdade demonstraria sua vulnerabilidade, não demonstraria? Ou seja, *existe* jeito melhor de fazer a demonstração?

Neagley concordou.

— E também seria uma maneira de não prejudicarem a própria imagem. Um atentado fracassado pode muito bem se passar por uma demonstração. Não ficaria feio pra eles, sabe?

— Isso se, pra início de conversa, vocês estiverem certos — disse Stuyvesant.

Reacher ficou calado. A reunião terminou alguns minutos depois. Stuyvesant fez Froelich dar uma revisada rápida na agenda de Armstrong do dia seguinte. Era um amálgama de atividades já conhecidas. Primeiro, instruções sobre inteligência da CIA em casa, assim como na sexta de manhã. Depois, reuniões de transição à tarde no congresso, como acontecia na maioria dos dias. À noite, a recepção no mesmo hotel da quinta-feira anterior. Stuyvesant anotou todas elas e foi para casa pouco antes das duas e trinta da manhã. Deixou Froelich por conta própria à mesa comprida, na luz brilhante e no silêncio, em frente a Reacher e Neagley.

— Conselho? — perguntou ela.

— Vá pra casa e durma.

— Ótimo.

— E depois faça exatamente o que tem feito — disse Neagley. — Ele está bem na casa dele. Está bem no escritório. Mantenha as tendas onde estão e as idas de um lugar ao outro também continuarão correndo bem.

— Mas e a recepção?

— Faça durar pouco e tome muito cuidado.

— Acho que é só o que posso fazer — disse ela, concordando com um gesto de cabeça.

— Você é boa no que faz? — perguntou Neagley.

Froelich pensou.

— Sou — disse ela. — Sou muito boa.

— Não é, não — disse Reacher. — Você é a melhor. Simplesmente a melhor que já existiu. Você é boa pra cacete, é inacreditável.

— É assim que você tem que pensar — incentivou Neagley. — Se valorize. Chegue ao ponto em que seja impossível imaginar que esses manés com suas mensagenzinhas idiotas fiquem a menos de um milhão de quilômetros de você.

Froelich deu sorriso curto.

— Esse é um estilo militar de treinamento?

— Pra mim foi — disse Neagley. — O Reacher nasceu pensando assim.

Froelich sorriu novamente.

— Tá — disse ela. — Pra casa dormir. Dia cheio amanhã.

Washington D. C. é tranquila e vazia no meio da noite, e eles demoraram apenas dois minutos para chegar ao hotel de Neagley e somente outros dez para voltar à casa de Froelich. A rua dela estava lotada de carros estacionados. Pareciam adormecidos, escuros, silenciosos, inertes e recobertos por um denso sereno devido à neblina fria. O Suburban tinha mais de cinco metros de comprimento, e eles precisaram andar duas quadras inteiras antes de encontrarem uma vaga em que ele coubesse. Trancaram-no e caminharam juntos no frio. Chegaram à casa, abriram a porta e entraram. As luzes ainda estavam acessas, o aquecedor continuava funcionando no máximo. Froelich parou no meio do corredor de entrada.

— Está tudo bem com a gente? — perguntou ela. — Com relação a mais cedo?

— Tudo bem — respondeu ele.

— Só quero que as coisas continuem claras.

— Acho que elas continuam claras.

— Desculpe por ter discordado de você com relação à demonstração — disse ela.

— A decisão final é sua — falou ele. — Só você pode tomá-la.

— Tive outros namorados. Sabe, depois.

Ele ficou calado.

— E o Joe teve outras namoradas — continuou ela. — Na verdade, ele não era assim tão tímido.

— Mas deixou as coisas dele aqui.

— E isso importa?

— Não sei — disse ele. — Deve significar alguma coisa.

— Ele está morto, Reacher. Nada pode afetá-lo agora.

— Eu sei.

Ele ficou em silêncio por um segundo.

— Vou fazer um chá — disse ela. — Você quer?

Ele negou com um gesto de cabeça.

— Vou dormir.

Ela caminhou em direção à cozinha e ele subiu as escadas. Fechou a porta do quarto de hóspedes sem fazer barulho e abriu o armário. Tirou o terno de Joe e o colocou de volta no cabide de arame da lavanderia. Pendurou-o. Tirou a gravata, enrolou-a e colocou novamente na prateleira. Tirou a camisa e a jogou no chão do armário. Não precisava economizar. Havia mais quatro penduradas e ele não esperava ficar ali por mais de quatro dias. Tirou a meia e a jogou por cima da camisa. Entrou no banheiro só de cueca.

164

Fez o que tinha que fazer sem pressa e, quando saiu, Froelich estava parada à porta do quarto de hóspedes. Usava uma camisola. Era de algodão e branca. Mais comprida que uma camisa, mas não muito. A luz do corredor atrás dela fazia com que ficasse transparente. Seu cabelo estava despenteado. Sem os sapatos, ela ficava mais baixa. Sem a maquiagem, ficava mais jovem. Tinha pernas lindas. Um formato maravilhoso. Parecia macia e firme, tudo ao mesmo tempo.

— Ele terminou comigo — disse ela. — Foi escolha dele, não minha.

— Por quê?

— Ele preferiu ficar com uma pessoa que conheceu.

— Quem?

— Não interessa quem. Ninguém de quem você já ouviu falar. Só alguém.

— Por que não me contou?

— Negação, acho — respondeu ela. — Podia estar tentando me proteger. E tentando preservar a memória dele para o irmão.

— Ele não foi legal com relação a isso?

— Não muito.

— Como aconteceu?

— Um dia ele simplesmente me contou.

— E foi embora?

— A gente não estava morando junto de verdade. Ele passava um tempo aqui, eu passava um tempo lá, mas sempre mantivemos nossas casas separadas. As coisas dele ainda estão aqui porque eu nunca deixei que ele voltasse para pegá-las. Eu não o deixava entrar. Estava magoada e com raiva.

— Acho que deveria estar mesmo.

Ela deu de ombros. A bainha da camisola subiu três centímetros na coxa dela.

— Não, era bobeira minha — disse ela. — Coisas assim acontecem, não acontecem? Era só um relacionamento que começou e depois acabou. Nada de excepcional na história da humanidade. Nada de excepcional na *minha* história. E, na metade das vezes, eu é que fui embora.

— Por que você está me contando isso?

— Você sabe por quê — respondeu ela.

Ele fez que sim com a cabeça. Não falou.

— Para você poder começar com a folha em branco — disse ela. — Para você poder reagir a mim levando em consideração apenas você e eu, e não você, eu e o Joe. Foi ele quem saiu de cena. Foi escolha dele. Ou seja, não é da conta dele, mesmo que ainda estivesse por aqui.

Novamente, ele fez que sim com a cabeça.

— Mas o quanto a sua folha está em branco? — perguntou ele.

— Ele era um cara ótimo — disse ela. — Eu o amei. Mas você não é ele. Você é outra pessoa. Sei disso. Não quero trazê-lo de volta. Não quero um fantasma.

Ela deu um passo para dentro do quarto.

— Isso é bom — disse ele. — Porque eu não sou parecido com ele. Em praticamente nada. Isso tem que ficar muito claro pra você desde o início.

— Está claro — falou ela. — O início de quê?

Ela deu outro passo para dentro do quarto e parou.

— O início do que quer que seja — respondeu ele. — Mas o final vai acabar sendo o mesmo, você sabe. Isso também tem que ficar muito claro pra você. Eu vou embora do mesmo jeito que ele. Eu sempre vou.

Ela se aproximou. Estavam a um metro de distância.

— Em breve? — perguntou ela.

— Talvez. Talvez, não.

— Vou assumir o risco. Nada dura pra sempre.

— Isso não me parece certo — falou ele.

Ela olhou para o rosto dele.

— O quê?

— Estou usando as roupas do seu ex-namorado.

— Não muitas — disse ela. — E essa é uma condição que pode ser facilmente remediada.

Reacher ficou quieto, depois perguntou:

— É? Você pode me mostrar como?

Ele deu um passo à frente, e ela colocou a mão na cintura dele. Deslizou os dedos por baixo do elástico da cueca e remediou a situação. Se afastou um pouquinho e levantou os braços acima da cabeça. A camisola saiu deslizando facilmente. Caiu no chão. Eles mal chegaram à cama.

Dormiram por três horas e acordaram às sete quando o despertador começou a tocar no quarto dela. Soava distante e baixo através da parede do quarto de hóspedes. Ele estava de barriga para cima, e ela, enroscada sob o braço dele. A coxa dela estava enganchada sobre a dele. A cabeça, pousada sobre o ombro. O cabelo encostado no rosto dele. Ele se sentia confortável nessa posição. E quente. Quente e confortável. E cansado. Tão quente, confortável e casado que queria ignorar o barulho e ficar ali, daquele jeito. Mas, com esforço, ela se livrou dele e se sentou na cama, atordoada e sonolenta.

— Bom dia — disse Reacher.

Uma luz acinzentada entrava pela janela. Ela sorriu, bocejou e se espreguiçou puxando os cotovelos para trás. O relógio no quarto ao lado continuava a fazer barulho. Em seguida ele mudou de nível e ficou mais alto. Ele passou a mão aberta pela barriga dela. Deslizou-a até os seios. Ela bocejou novamente, sorriu mais uma vez, virou-se e abaixou a cabeça até aninhá-la no pescoço dele.

— Bom dia pra você também — disse ela.

O despertador continuava tocando do outro lado da parede. Era nítido que estava programado para ficar mais e mais alto se fosse ignorado. Ele a puxou para cima de si. Tirou o cabelo do rosto dela e a beijou. O distante despertador começou a berrar e a uivar como um carro de polícia. Reacher ficou satisfeito por não estar no mesmo quarto que ele.

— Temos que levantar — alertou ela.

— A gente vai — disse ele. — Daqui a pouco.

Ele a segurou. Ela parou de tentar se desvencilhar. Fizeram amor ofegantemente, como se o despertador os incitasse. Era como se estivessem em um abrigo nuclear com sirenes de mísseis fazendo a contagem regressiva dos últimos momentos de suas vidas. Terminaram, arfando, e ela se levantou, saiu da cama, correu para o outro quarto e acabou com o barulho. O silêncio foi ensurdecedor. Ele deitou no travesseiro e ficou olhando para o teto. Um feixe oblíquo de luz acinzentada deixou à vista algumas imperfeições no reboco. Ela voltou, nua, caminhando lentamente.

— Volta pra cama — falou ele.

— Não podemos — respondeu ela. — Temos que ir trabalhar.

— Ele vai ficar bem por um tempo. E, se não ficar, é só arranjar outro. Tem aquele negócio de Vigésima Emenda. Vai ter uma fila de gente dando volta na quadra.

— E eu vou entrar na fila pra conseguir outro emprego. Provavelmente fritando hambúrguer.

— Isso já aconteceu?

— O quê, eu trabalhar fritando hambúrguer?

— Você ficar desempregada.

— Nunca — respondeu ela, balançando a cabeça.

Ele sorriu.

— Eu não trabalho de verdade há cinco anos.

Ela também sorriu.

— Eu sei. Consultei os computadores. Mas está trabalhando hoje. Então levanta essa bunda da cama.

Ela deu a ele uma bela visão da própria bunda ao caminhar para o banheiro do outro quarto. Ele ficou deitado por mais um segundo com uma antiga música de Dawn Penn na cabeça. *You don't love me, yes I know now.* Ele se forçou a tirá-la da cabeça, se livrou das cobertas, levantou e se alongou. Um braço levantado para o teto, depois o outro. Arqueou as costas. Esticou os dedos e alongou as pernas. Isso era tudo o que fazia para se manter em forma. Caminhou até o banheiro do quarto de hóspedes e começou a sequência completa de ablução de 22 minutos de duração. Dentes, barba, cabelo, chuveiro. Vestiu outro dos antigos ternos de Joe. Era completamente preto, mesma marca, mesmos detalhes de costura. Ele o combinou com outra camisa limpa, também da *Alguém & Alguém*, mesmo algodão puro e branco. Cueca limpa, meia limpa. Uma gravata de seda azul-escura, com pequeninos paraquedas prateados por toda superfície. Era de uma marca britânica. Quem sabe da Força Aérea Real. Ele deu uma olhada no espelho e depois arruinou o visual ao colocar o casaco de Atlantic City por cima do terno. Era vagabundo e tosco em comparação ao terno, e as cores não combinavam, mas ele esperava passar algum tempo no frio, e não parecia que Joe tinha deixado nenhum sobretudo pra trás. Devia ter se mandado no verão.

Encontrou-se com Froelich ao pé da escada. Ela estava com uma versão feminina do traje dele, um terninho com uma blusa branca de gola aberta. Mas o casaco dela era melhor. De lã cinza-escura, muito formal. Ela estava colocando o fone. As espirais do fio acabavam depois de quinze centímetros para passarem por suas costas.

— Me dá uma ajuda? — pediu Froelich.

Ela puxou os cotovelos pra trás, repetindo o gesto que tinha feito quando acordou. Isso fez com que a gola do seu casaco se separasse da parte de trás do pescoço. Ele deixou o fio cair entre o blazer e a blusa. O pequenino plugue na ponta funcionou como um contrapeso e fez com que ele descesse até a cintura. Ela puxou o casaco e o blazer para o lado e ele encontrou um rádio preso ao cinto, às costas dela. O cabo do microfone já estava plugado e passava pelas costas e pela manga esquerda. Ele plugou o fone receptor. Ela soltou o blazer e o casaco, que voltaram para o lugar, e ele viu a arma dela em um coldre preso ao cinto próximo ao quadril esquerdo, com a coronha virada para a frente a fim de tornar o acesso a ela com a mão direita mais fácil. Era uma grande SIG-Sauer P226, com a qual ele ficou satisfeito. Uma escolha incontestavelmente melhor que os modelos antigos de Beretta na gaveta da cozinha.

— Certo — disse ela.

Depois respirou fundo. Checou seu relógio. Reacher fez o mesmo. Era quase quinze para as oito.

— Dezesseis horas e dezesseis minutos pela frente — disse ela. — Ligue pra Neagley e diga que estamos a caminho.

Ele usou o celular dela enquanto caminhavam para o Suburban. A manhã estava úmida e fria, exatamente como tinha sido a noite, embora houvesse uma relutante luz acinzentada no céu. Todos os vidros do Suburban estavam embaçados por causa do orvalho. Mas ele ligou na primeira virada de chave, o aquecedor funcionou rapidamente, e o interior já estava quente e confortável quando, em frente ao hotel, Neagley entrou no carro.

Armstrong colocou uma jaqueta de couro sobre o agasalho e saiu pela porta dos fundos. O vento envolveu seu cabelo e ele fechou o zíper do casaco enquanto caminhava para o portão. Dois passos antes de chegar lá, foi capturado por uma mira. Era uma mira Hensoldt 1.5-6x42 BL acoplada originalmente em um rifle de precisão SIG SSG3000, mas que fora adaptada pela Baltimore Gunsmith para que se encaixasse na sua casa nova, que era a parte de cima de um Vaime Mk2. *Vaime* era uma palavra registrada pela *Oy Vaimennin Metalli Ab*, uma especialista em armas finlandesa que atentou corretamente para a necessidade de um nome simplificado para poder vender seus excelentes produtos no Oeste. E o Mk2 *era* um excelente produto. Tratava-se de um rifle de precisão com silenciador, que usava uma versão de potência reduzida do cartucho padrão da OTAN de 7,62 milímetros. De potência reduzida porque a bala tinha que voar a velocidades subsônicas para preservar o silêncio que o supressor embutido criava. E por causa da potência reduzida e do complexo esquema de gerenciamento de escape de gás do supressor, a arma quase não dava coice. Quase nenhum mesmo. Apenas o mais gentil dos coicezinhos imagináveis. Era um rifle excelente. Com uma mira boa como a Hensoldt, era morte garantida a qualquer distância até duzentos metros. E o homem com o olho na mira estava a apenas 115 metros do portão de trás de Armstrong. Ele sabia disso com precisão, pois tinha acabado de conferir com um medidor de distância a laser. Estava exposto ao clima, mas adequadamente preparado. Sabia como fazer aquilo. Usava um casaco comprido verde-escuro e um gorro preto de lã sintética. Suas luvas eram feitas do mesmo material e tinham as pontas dos dedos cortadas para proporcionar melhor controle. Estava deitado e protegido do vento, o que mantinha seus olhos sem lágrimas. Ele não previa um problema sequer.

A maneira como uma pessoa passa por um portão é a seguinte: ela para de andar momentaneamente. Fica parada. Tem que ficar, não importa pra qual lado a porta abra. Se é na direção dela, a pessoa estende o braço até o trinco, o abre e puxa, ficando meio que na ponta dos pés e curvando as pernas de modo que o portão possa passar por elas. Se abre na direção contrária, fica parada enquanto encontra o trinco e o abre. É mais rápido, mas ainda há um momento em que realmente não há um movimento para a frente sequer. E aquele portão em particular abria em direção à casa. Esse fato era nitidamente visível pela Hensoldt. Haveria uma janela de dois segundos que serviria como a oportunidade perfeita.

Armstrong chegou ao portão. Parou de andar. A 115 metros de distância, o homem com o olho na mira fez um pequeno ajuste no rifle para que se movesse uma fração para a esquerda e o alvo ficasse exatamente centralizado. Prendeu a respiração. Moveu o dedo para trás vagarosamente. Ocupou a folga do gatilho. Apertou-o de uma vez. O rifle cuspiu e deu um coice gentil. A bala demorou míseros 0,4 centésimos de segundo para percorrer os 115 metros. Atingiu Armstrong com um baque molhado no alto da testa. Ela penetrou o crânio e seguiu descendo pelo lóbulo frontal, atravessando os ventrículos e o cerebelo. Despedaçou a primeira vértebra e saiu na base do pescoço, através do tecido macio próximo à parte de cima da espinha dorsal. Ela continuou voando, acertou o chão três metros atrás e se enterrou profundamente na terra.

Armstrong estava clinicamente morto antes de chegar ao chão. A trajetória da bala causou um trauma cerebral gigantesco, e sua energia cinética pulsou para as extremidades do tecido do cérebro e foi refletida pela parte interna dos ossos cranianos como uma grande onda em uma pequena piscina. O estrago resultante foi catastrófico. Todas as funções cerebrais cessaram antes de a gravidade derrubar o corpo.

A 115 metros de distância, o homem com o olho na mira se manteve deitado e completamente imóvel por um segundo. Em seguida, segurou o rifle junto ao corpo e rolou até onde era seguro se levantar. Ele movimentou o ferrolho do rifle, pegou o estojo quente da munição com a mão enluvada e o jogou no bolso. Recuou, abrigou-se e depois foi embora, completamente fora de vista.

Neagley estava atipicamente silenciosa no carro. Talvez estivesse preocupada com o dia pela frente. Talvez pudesse sentir a química alterada. Reacher não sabia e, de qualquer maneira, não estava com pressa de descobrir. Estava sentado em silêncio enquanto Froelich pelejava com o trânsito. Ela fez uma curva a noroeste, pegou a Ponte Whitney Young sobre o rio e passou pelo estádio de futebol RFK. Em seguida, pegou a avenida Massachusetts e manteve distância do congestionamento na parte da cidade em que ficava o governo. Mas a avenida também estava lenta e era quase nove horas quando chegaram à rua de Armstrong em Georgetown. Estacionou atrás de outro Suburban próximo à boca da tenda. Um agente desceu da calçada e deu a volta no capô para falar com ela.

— O agente acabou de chegar — informou. — Devem estar no módulo um de Espionagem.

— Com certeza já devem ter passado para o módulo dois — disse Froelich. — Já estão fazendo isso há muito tempo.

— Não, essa parada com a CIA é muitíssimo complicada — retrucou o sujeito. — Pros caras normais, pelo menos.

Froelich sorriu, e ele foi embora. Assumiu novamente sua posição na calçada. Froelich fechou o vidro e se virou para trás de maneira que pudesse ver igualmente Reacher e Neagley.

— Ronda a pé? — perguntou ela.

— Por isso que vesti o meu casaco — disse Reacher.

— Quatro olhos são melhores do que dois — disse Neagley.

Eles saíram juntos e deixaram Froelich no calor do carro. A frente da casa estava tranquila e bem coberta, por isso eles voltaram caminhando no sentido norte e viraram à direita para dar uma olhada na parte de trás. Havia carros de polícia nas duas pontas do beco. Nada acontecia. Tudo estava muito bem-fechado por causa do frio. Seguiram caminhando para a próxima rua. Ali também havia carros de polícia.

— Perda de tempo — comentou Neagley. — Ninguém vai pegá-lo em casa. Presumo que a polícia notaria alguém carregando uma peça de artilharia.

— Então vamos tomar café — sugeriu Reacher.

Eles caminharam de volta até a rua transversal e encontraram uma loja de donuts. Compraram café e *crullers* e sentaram em bancos em frente a um balcão comprido na janela da loja. Estava embaçada devido à condensação. Neagley usou um papel para enxugar algumas áreas e conseguir ver através dela.

— Gravata diferente — comentou ela.

Ele baixou o olhar para a roupa.

— Terno diferente — disse ela.

— Gostou?

— Eu até gostaria, se a gente ainda estivesse nos anos 1990 — respondeu ela.

Ele ficou calado. Ela sorriu.

— E? — indagou Neagley.

— O quê?

— A srta. Froelich completou a coleção?

— Dá pra perceber?

— É óbvio.

— Foi com o meu consentimento — disse Reacher.

Neagley sorriu de novo.

— Eu não achei que ela tivesse te estuprado.

— Vai ficar cheia de julgamentos agora?

— Ei, a vida é sua. Ela é uma boa moça. Mas eu também sou. E você nunca deu em cima de *mim*.

— Você já quis que eu desse?

— Não.

— Essa é a questão. Gosto que meu interesse seja bem-vindo.

— O que deve limitar um pouco as suas opções.

— Um pouco — concordou ele. — Mas não completamente.

— Aparentemente, não — disse Neagley.

— Você desaprova?

— De jeito nenhum. Fique à vontade. Por que você acha que eu continuei no hotel? Eu não queria ficar no caminho dela, só isso.

— No caminho *dela?* Era tão óbvio assim?

— Ai, por favor — disse Neagley.

Reacher bebericou o café. Comeu um *cruller*. Estava com fome, e o doce estava muito gostoso. Tinha uma casquinha crocante e era fofo no meio. Comeu outro e chupou os dedos. Sentiu a cafeína e o açúcar atingirem sua corrente sanguínea.

— E aí, quem são os caras? — perguntou Neagley. — Tem algum palpite?

— Alguns — respondeu Reacher. — Preciso me concentrar bastante para alinhá-los. Não vale a pena começar a fazer isso até saber se vamos continuar ou não com o trabalho.

— Não vamos — disse Neagley. — Nosso trabalho acaba com os faxineiros. O que já é uma perda de tempo. Eles não vão dar um *nome* pra gente de jeito nenhum. E se derem, vai ser falso. O melhor que a gente faz é conseguir uma descrição. O que quase certamente vai ser inútil.

Reacher concordou com um gesto de cabeça. Terminou o café.

— Vamos nessa — disse ele. — Uma volta na quadra pra cumprir o protocolo.

Caminharam o mais devagar que conseguiam naquele frio. Nada acontecia. Estava tudo tranquilo. Havia carros de polícia ou veículos do Serviço Secreto em todas as ruas. Os gases dos escapamentos se transformavam em nuvens brancas e flutuavam no ar. Com exceção disso, nada mais se movimentava. Viraram esquinas e, do sul, seguiram pela rua de Armstrong. A tenda branca estava à frente deles, à direita.

Eram grandes caixas de aço do tamanho de carros. Armstrong tinha que passar por eles para chegar à parte de trás da rua. Passou pelo primeiro. Passou pelo segundo. Então uma voz baixa o chamou:

— Ei.

Ele se virou e viu um homem espremido no pequeno espaço entre o segundo e o terceiro contêineres. Armstrong registrou um casaco escuro, um chapéu e um tipo brutal de arma. Era curta, maciça e negra. A arma foi apontada e disparada.

Era uma submetralhadora Heckler & Koch MP5SD6 com silenciador preparada para efetuar rajadas de três disparos. Usava Parabellums padrão de nove milímetros. Não havia necessidade de se usar versões de potência reduzida porque o cano da SD6 possui trinta buracos para deixar o gás vazar e reduzir a velocidade na boca da arma a patamares subsônicos. Ela faz oitocentos disparos por minuto, portanto cada rajada de três disparos se completa em uma fração de pouco mais de dois centésimos de segundo. A primeira rajada atingiu o centro do peito de Armstrong. A segunda, o centro do rosto.

A H&K MP5 básica tem muitas vantagens, entre elas, extrema confiabilidade e precisão. A versão com silenciador funciona ainda melhor porque seu peso minimiza a tendência natural que toda submetralhadora tem de se elevar durante a operação. A única desvantagem é o vigor com que ela cospe os cartuchos vazios. Eles saem pela lateral quase tão rápido quanto as balas que saem pela frente. São lançados a uma longa distância. O que não é um problema nas arenas em que é previsto que sejam operadas, que estão restritas às necessárias operações das unidades das elites militar e paramilitar mundiais. Mas era um problema naquela situação. Significava que o atirador precisou deixar seis cartuchos vazios para trás quando enfiou a arma debaixo do casaco, caminhou em direção ao corpo de Armstrong, saiu do pequeno pátio e foi para o seu veículo.

Às seis e quarenta havia quase setecentos convidados no saguão do hotel. Eles formavam uma longa fila da porta da rua até o local em que os casacos eram guardados, à entrada do salão de festas. Conversação alta e entusiasmada preenchia o ar, que tinha o intoxicante fedor da mistura de perfumes. Havia vestidos novos e smokings brancos e ternos escuros e gravatas reluzentes. Bolsas de mão e pequenas câmeras em estojos de

— Vai ficar cheia de julgamentos agora?

— Ei, a vida é sua. Ela é uma boa moça. Mas eu também sou. E você nunca deu em cima de *mim*.

— Você já quis que eu desse?

— Não.

— Essa é a questão. Gosto que meu interesse seja bem-vindo.

— O que deve limitar um pouco as suas opções.

— Um pouco — concordou ele. — Mas não completamente.

— Aparentemente, não — disse Neagley.

— Você desaprova?

— De jeito nenhum. Fique à vontade. Por que você acha que eu continuei no hotel? Eu não queria ficar no caminho dela, só isso.

— No caminho *dela?* Era tão óbvio assim?

— Ai, por favor — disse Neagley.

Reacher bebericou o café. Comeu um *cruller*. Estava com fome, e o doce estava muito gostoso. Tinha uma casquinha crocante e era fofo no meio. Comeu outro e chupou os dedos. Sentiu a cafeína e o açúcar atingirem sua corrente sanguínea.

— E aí, quem são os caras? — perguntou Neagley. — Tem algum palpite?

— Alguns — respondeu Reacher. — Preciso me concentrar bastante para alinhá-los. Não vale a pena começar a fazer isso até saber se vamos continuar ou não com o trabalho.

— Não vamos — disse Neagley. — Nosso trabalho acaba com os faxineiros. O que já é uma perda de tempo. Eles não vão dar um *nome* pra gente de jeito nenhum. E se derem, vai ser falso. O melhor que a gente faz é conseguir uma descrição. O que quase certamente vai ser inútil.

Reacher concordou com um gesto de cabeça. Terminou o café.

— Vamos nessa — disse ele. — Uma volta na quadra pra cumprir o protocolo.

Caminharam o mais devagar que conseguiam naquele frio. Nada acontecia. Estava tudo tranquilo. Havia carros de polícia ou veículos do Serviço Secreto em todas as ruas. Os gases dos escapamentos se transformavam em nuvens brancas e flutuavam no ar. Com exceção disso, nada mais se movimentava. Viraram esquinas e, do sul, seguiram pela rua de Armstrong. A tenda branca estava à frente deles, à direita.

Froelich estava do lado de fora do carro, gesticulando insistentemente. Eles se apressaram na calçada para se encontrarem com ela.

— Mudança de plano — disse ela. — Há um problema no congresso. Ele interrompeu o negócio com a CIA e está indo para lá.

— Ele já saiu? — indagou Reacher.

Froelich fez que sim.

— Está a caminho agora.

Em seguida se calou e escutou uma voz no fone.

— Está chegando — informou.

Froelich levantou o pulso e falou no microfone.

— Relatório da situação, câmbio. — E parou para escutar novamente.

Houve uma espera. Trinta segundos. Quarenta.

— Certo, ele está lá dentro — falou ela. — Seguro.

— E agora? — perguntou Reacher.

— Agora a gente espera — disse Froelich, dando de ombros. — Este trabalho é assim. Tem a ver com esperar.

Eles voltaram para o escritório de carro e ficaram esperando a manhã toda e boa parte da tarde. Froelich recebia relatórios regulares da situação. Reacher conseguiu ter uma noção muito boa de como as coisas eram organizadas. Policiais metropolitanos ficavam posicionados do lado de fora do Edifício do Senado em carros. Agentes do Serviço Secreto ocupavam a calçada. Do lado de dentro das portas ficavam os membros da força policial própria do Capitólio; um oficial guarnecia cada um dos detectores de metal, muitos outros patrulhavam os corredores. Misturados a eles havia mais pessoal do Serviço Secreto. Os assuntos relativos à transição aconteciam nos escritórios do andar de cima, com uma dupla de agentes em frente a cada porta. O destacamento pessoal de Armstrong ficava com ele o tempo todo. Os avisos pelo rádio relatavam um dia bem parado. Estavam acontecendo muitas reuniões e conversas. Muitos acordos sendo feitos. Isso era nítido. Reacher se lembrou do jargão político *salas cheias de fumaça*, apesar de conjecturar que ninguém mais podia fumar.

Às quatro horas eles foram de carro para o hotel de Neagley, que estava novamente sendo usado para receber os contribuintes. O evento estava marcado para as sete da noite, o que dava a eles três horas para preparar a segurança do prédio. Froelich tinha um protocolo planejado, que envolvia uma rigorosa revista simultânea no cais de carga da cozinha e nos quartos. Policiais metropolitanos com cachorros eram acompanhados pelo pessoal do Serviço Secreto e trabalhavam pacientemente, andar por andar. Assim que o andar era verificado e liberado, três policiais assumiam seus postos permanentemente, um em cada ponta do corredor e outro cobrindo os elevadores e as escadas de incêndio. Os dois grupos responsáveis pela revista se encontraram no nono andar às seis horas, quando detectores de metal temporários já tinham sido posicionados dentro do saguão e na porta do salão de festas. As câmeras já estavam posicionadas e gravando.

— Peça dois tipos de identidade desta vez — sugeriu Neagley. — Carteira de motorista e cartão de crédito, talvez.

— Não se preocupe — respondeu Froelich. — Pretendo fazer isso.

Reacher ficou na entrada do salão de festas observando o cômodo. Era um espaço amplo, mas mil pessoas o lotariam a ponto de ficar desconfortável.

Armstrong saiu do escritório, desceu de elevador, depois virou à esquerda no corredor. Passou por uma porta sem identificação que levava a uma saída aos fundos. Estava de casaco de chuva e carregava uma maleta. O corredor atrás da porta sem identificação era um espaço simples e estreito que cheirava a material de limpeza. Algum tipo de detergente forte. Armstrong passou apertado por duas pilhas de caixas de papelão. Uma era organizada e de caixas novas que tinham sido entregues recentemente. A outra, bagunçada e de caixas rasgadas à espera do coletor de lixo. Teve que ficar de lado a fim de passar pela segunda pilha. Segurou a maleta atrás de si e deixou que o antebraço direito o guiasse. Empurrou a porta de saída e caminhou para o frio.

Havia um pequeno pátio interno quadrado parcialmente aberto na parte norte. Era um espaço nada glamouroso. Tubulações de latão do sistema de ventilação do prédio saíam das paredes um pouco acima da altura da cabeça. Havia canos vermelhos e registros cor de bronze no nível da canela, que serviam para alimentar os aspersores contra incêndio. Uma fileira de três contêineres de lixo pintados de azul-escuro.

Eram grandes caixas de aço do tamanho de carros. Armstrong tinha que passar por eles para chegar à parte de trás da rua. Passou pelo primeiro. Passou pelo segundo. Então uma voz baixa o chamou:

— Ei.

Ele se virou e viu um homem espremido no pequeno espaço entre o segundo e o terceiro contêineres. Armstrong registrou um casaco escuro, um chapéu e um tipo brutal de arma. Era curta, maciça e negra. A arma foi apontada e disparada.

Era uma submetralhadora Heckler & Koch MP5SD6 com silenciador preparada para efetuar rajadas de três disparos. Usava Parabellums padrão de nove milímetros. Não havia necessidade de se usar versões de potência reduzida porque o cano da SD6 possui trinta buracos para deixar o gás vazar e reduzir a velocidade na boca da arma a patamares subsônicos. Ela faz oitocentos disparos por minuto, portanto cada rajada de três disparos se completa em uma fração de pouco mais de dois centésimos de segundo. A primeira rajada atingiu o centro do peito de Armstrong. A segunda, o centro do rosto.

A H&K MP5 básica tem muitas vantagens, entre elas, extrema confiabilidade e precisão. A versão com silenciador funciona ainda melhor porque seu peso minimiza a tendência natural que toda submetralhadora tem de se elevar durante a operação. A única desvantagem é o vigor com que ela cospe os cartuchos vazios. Eles saem pela lateral quase tão rápido quanto as balas que saem pela frente. São lançados a uma longa distância. O que não é um problema nas arenas em que é previsto que sejam operadas, que estão restritas às necessárias operações das unidades das elites militar e paramilitar mundiais. Mas era um problema naquela situação. Significava que o atirador precisou deixar seis cartuchos vazios para trás quando enfiou a arma debaixo do casaco, caminhou em direção ao corpo de Armstrong, saiu do pequeno pátio e foi para o seu veículo.

Às seis e quarenta havia quase setecentos convidados no saguão do hotel. Eles formavam uma longa fila da porta da rua até o local em que os casacos eram guardados, à entrada do salão de festas. Conversação alta e entusiasmada preenchia o ar, que tinha o intoxicante fedor da mistura de perfumes. Havia vestidos novos e smokings brancos e ternos escuros e gravatas reluzentes. Bolsas de mão e pequenas câmeras em estojos de couro. Sapatos envernizados e saltos altos e lampejos de diamantes. Permanentes recém-feitas, ombros à mostra e muita animação.

Reacher observava tudo apoiado em uma pilastra próxima aos elevadores. Através do espelho, ele conseguia ver três agentes do lado de fora. Dois à porta manuseando um detector de metal. Ele estava regulado em potência máxima, pois apitava a cada quatro ou cinco convidados. Os agentes revistavam bolsas e apalpavam bolsos. Sorriam de maneira conspiratória ao fazerem isso. Ninguém se importava. Oito agentes perambulavam pelo saguão com as caras fechadas, olhos sempre em movimento. Havia mais três à porta do salão de festas. Estavam conferindo identidades e inspecionando convites. O detector de metal usado naquela etapa estava tão sensível quanto o outro. Algumas pessoas eram revistadas novamente. Já havia música no salão de festa, audível em ondas à medida que o barulho da multidão aumentava e diminuía.

Neagley estava triangulada do lado oposto do saguão, no segundo degrau da escadaria. O olhar dela se movia como um radar, para a frente e para trás no mar de pessoas. A cada três varreduras, ela cravava seus olhos nos de Reacher e fazia um pequeno gesto com a cabeça. Reacher conseguia ver Froelich se movimentando. Estava bonita. O terninho preto era elegante para a noite, mas ela não seria confundida com um convidado. Estava repleta de autoridade. De tempo em tempo, falava com um de seus agentes cara a cara. Outras vezes falava pelo pulso. Ele chegou ao ponto de saber exatamente quando ela estava escutando mensagens no fone receptor. Os movimentos dela perdiam um pouquinho de foco quando ela se concentrava no que estava sendo dito.

Às sete horas a maioria dos convidados estava em segurança dentro salão de festas. Havia um pequeno e barulhento grupo de pessoas atrasadas fazendo fila para passar pelo primeiro detector de metal e um número semelhante aguardando à porta do salão de festas. Convidados que tinham se hospedado no hotel naquela noite saíam dos elevadores em grupos de duas ou quatro pessoas. Nesse momento, Neagley estava isolada na escadaria. Froelich tinha mandado seus agentes para o salão de festas, um a um, à medida que o aglomerado de pessoas no saguão se diluía. Eles se juntaram aos oito que já estavam lá. Ela queria todos os dezesseis o rodeando quando a ação começasse. Mais os três do destacamento pessoal, três à porta do salão de festas e dois à porta da rua. Mais policiais na cozinha, policiais no cais de carga, policiais em todos os dezessete andares, policiais nas ruas.

— Quanto está custando tudo isto? — perguntou Reacher a ela.

— Nem queira saber — respondeu Froelich. — É sério.

Neagley desceu da escadaria, se juntou a eles na pilastra e perguntou:

— Ele já está aqui?

Froelich fez que não com a cabeça.

— Estamos comprimindo o tempo de exposição dele. Vai chegar tarde e ir embora cedo.

Ela se enrijeceu e escutou o fone. Colocou o dedo sobre ele para barrar o barulho externo. Levantou o outro pulso e falou no microfone.

— Copiado, desligo — disse ela. Estava pálida.

— O quê? — indagou Reacher.

Ela o ignorou. Deu meia-volta, chamou o último agente que restava no saguão. Disse a ele que assumiria o comando da equipe no local pelo resto da noite. Passou a mensagem a todos os outros agentes pelo microfone. Disse a eles para dobrarem a vigilância, reduzirem seus perímetros pela metade e diminuírem o tempo de exposição sempre que possível.

— O quê? — perguntou Reacher novamente.

— De volta pra base — disse Froelich. — Agora. Era o Stuyvesant. Parece que a gente tem um problemaço de verdade.

9

ELA USOU AS LUZES VERMELHAS DE EMERGÊNCIA EMBUTI-
DAS na grade frontal do Suburban e irrompeu pelo trânsito
da noite como se fosse uma questão de vida ou norte. Ligou
a sirene em todos os semáforos. Seguia em frente e acelerava
com força em todas as aberturas. Não falava. Reacher estava
completamente imóvel no banco da frente e, no de trás, Neagley se
inclinava para a frente com os olhos cravados na rua. O veículo de
três toneladas sacudia e balançava. Os pneus pelejavam para conseguir
aderência no asfalto liso. Fizeram o caminho de volta para a garagem
em quatro minutos. Estavam no elevador trinta segundos mais tarde.
No escritório de Stuyvesant menos de um minuto depois. Imóvel, ele
estava sentado atrás de sua mesa imaculada. Curvado em sua cadeira
como se tivesse levado um soco no estômago. Segurava uma pilha de
papéis. A claridade os atravessava e deixava visível códigos aleatórios
como os que aparecem no cabeçalho quando mandamos imprimir algo
de um banco de dados. Havia dois densos blocos de texto abaixo. A
secretária estava de pé ao seu lado, passando mais papéis para ele, folha
por folha. O rosto dela estava branco. Ela saiu da sala sem dizer uma
palavra sequer. Fechou a porta, o que intensificou o silêncio.

— Onde foi? — perguntou Reacher.

Stuyvesant levantou o olhar para ele.

— Agora *eu* sei.

— Sabe o quê?

— Que se trata de um serviço externo. Com certeza. Sem a menor sombra de dúvida.

— Por quê?

— Seu prognóstico foi teatral — disse Stuyvesant. — Ou espetacular. Assim foram os seus prognósticos, aos quais deveríamos somar dramático ou incrível ou outra coisa qualquer.

— Como assim?

— Você sabe qual é a taxa de homicídio nacional?

Reacher deu de ombros.

— Alta, suponho.

— Quase 20 mil todo ano.

— Certo.

— São aproximadamente 54 homicídios todo dia.

Reacher fez as contas de cabeça.

— Quase 55. Exceto em anos bissextos.

— Querem saber de dois que aconteceram hoje? — perguntou Stuyvesant.

— Quem? — questionou Froelich.

— Num pequeno sítio produtor de beterraba em Minnesota, o fazendeiro sai pelo portão de trás de sua casa e toma um tiro na cabeça. Sem razão aparente. Depois, hoje à tarde, em um pequeno centro comercial perto de Boulder, Colorado. Uma das salas no andar de cima é um escritório de contabilidade. O sujeito desce e sai andando pela parte de trás e é morto com uma metralhadora na área de serviço. De novo, nenhuma razão aparente.

— E?

— O nome do fazendeiro era Bruce Armstrong. O nome do contador era Brian Armstrong. Ambos eram homens brancos com mais ou menos a mesma idade de Brook Armstrong, mesma altura, mesmo peso, aparência similar, mesmas cores de olho e cabelo.

— Eram da família dele? Existe alguma relação entre eles?

— Não — respondeu Stuyvesant. — De maneira nenhuma. Nem entre um e o outro, nem de qualquer um deles com o vice-presidente. Então fiquei me perguntando: qual é a probabilidade? De dois homens de sobrenome Armstrong, cujos primeiros nomes começam com as letras B e R, serem mortos sem motivo no mesmo dia em que estamos enfrentando uma ameaça séria contra o nosso homem. Fiquei pensando, e a resposta é um trilhão de bilhões em uma.

Silêncio na sala.

— A demonstração — falou Reacher.

— Isso — disse Stuyvesant. — Essa foi a demonstração. Assassinato a sangue-frio. Dois homens inocentes. Então, concordo com você. Não são pessoas aqui de dentro fazendo gracinha.

Neagley e Froelich foram até as cadeiras para visitantes à mesa de Stuyvesant e se sentaram sem serem convidadas. Reacher se escorou em um arquivo de metal e olhou para fora através da janela. As venezianas continuavam abertas, mas estava completamente escuro do lado de fora. O brilho alaranjado que iluminava Washington durante a noite era a única coisa que ele conseguia ver.

— Como você foi notificado? — perguntou ele. — Eles ligaram e assumiram a responsabilidade?

Stuyvesant balançou a cabeça.

— O FBI nos alertou. Eles têm um software que vasculha os relatórios do Centro Nacional de Investigação Criminal. Armstrong é um dos nomes marcados como importante.

— Então, não tem jeito; eles agora estão envolvidos.

Stuyvesant fez que não com a cabeça de novo.

— Eles passaram adiante a informação, só isso. Não se deram conta do significado.

A sala ficou silenciosa. Apenas quatro pessoas respirando e perdidas em pensamentos lúgubres.

— Temos algum detalhe das cenas? — perguntou Neagley.

— Alguns — disse Stuyvesant. — O primeiro sujeito levou um único tiro na cabeça. Morreu instantaneamente. Não encontraram a bala. A esposa do sujeito não ouviu nada.

— Onde ela estava?

— A uns cinco metros de distância, na cozinha. As portas e janelas estavam fechadas por causa do frio. Mas era de se esperar que ouvisse alguma coisa. Ela escuta caçadores o tempo todo.

— De que tamanho era o buraco na cabeça dele? — perguntou Reacher.

— Maior que .22 — respondeu Stuyvesant. — Se é isso o que você está pensando.

Reacher fez um gesto afirmativo com a cabeça. O único revólver inaudível a cinco metros seria uma .22 com silenciador. Qualquer coisa maior do que isso seria ouvida, com ou sem silenciador, com ou sem janelas.

— Então foi um rifle — disse ele.

— A trajetória sugere isso — concordou Stuyvesant. — O médico-legista concluiu que a bala se deslocou de cima pra baixo. Atravessou a cabeça dele da frente pra trás, de cima pra baixo.

— Terreno montanhoso?

— De todos os lados.

— Então ou foi um rifle de muito longe ou um rifle com silenciador. E não gosto de nenhuma das duas opções. Rifle a longa distância significa que é um ótimo atirador, rifle com silenciador significa que possui um monte de armas exóticas.

— E o segundo cara? — perguntou Neagley.

— Foi menos de oito horas depois — relatou Stuyvesant. — E a mais de 1.300 quilômetros de distância. Ou seja, o mais provável é que a equipe tenha se dividido nesse dia.

— Detalhes?

— Estão chegando aos poucos. A primeira impressão do pessoal local é que a arma é algum tipo de metralhadora. Mas, de novo, ninguém ouviu nada.

— Uma metralhadora com silenciador? — questionou Reacher. — Eles têm certeza?

— Não há dúvida de que foi uma metralhadora — respondeu Stuyvesant. — O cadáver estava todo destroçado. Duas rajadas, cabeça e peito. Um estrago dos infernos.

— Uma demonstração dos infernos — disse Froelich.

Reacher olhava pela janela. Havia neblina leve no ar.

— Mas o que exatamente isso demonstra? — perguntou ele.

— Que essas pessoas não são muito legais.

Ele concordou e disse:

— Mas não muito mais do que isso, certo? Não mostra que Armstrong realmente esteja vulnerável, visto que eles não estão ligados a ele de maneira nenhuma. Temos certeza de que não são parentes? Talvez primos distantes ou alguma coisa assim? Nem o fazendeiro? Minnesota é do lado da Dakota do Norte, não é?

Stuyvesant negou com um gesto de cabeça.

— Foi a primeira coisa em que pensei, é óbvio. Mas eu conferi. Em primeiro lugar, o vice-presidente não é da Dakota do Norte. É do Oregon e se mudou pra lá. Além disso, temos o histórico todo dele, feito pelo FBI quando foi indicado como candidato. É bastante completo. E ele não tem nenhum parente vivo conhecido, com exceção de uma irmã mais velha que mora na Califórnia. A mulher dele tem um monte de primos, mas nenhum deles se chama Armstrong e a maioria é mais jovem. Crianças, basicamente.

— Certo — disse Reacher.

Crianças. Veio-lhe à cabeça uma imagem com uma gangorra, bonecos de pelúcia e desenhos coloridos presos a uma geladeira com ímãs. *Primos.*

— É estranho — falou ele. — Acho que matar aleatoriamente dois sósias sem nenhuma ligação chamados Armstrong é dramático demais, mas não mostra nenhuma engenhosidade. Não prova nada. Não deixa a gente preocupado com a segurança aqui.

— Deixa a gente triste por eles — disse Froelich. — E pelas famílias.

— Sem dúvida — concordou Reacher. — Mas dois caipiras mortos não fazem com que a gente realmente se *preocupe* aqui, fazem? Nós não os estávamos protegendo. Isso não faz com que duvidemos de nós mesmos. Sinceramente achei que seria algo mais pessoal. Mais intrigante. Alguma coisa equivalente ao aparecimento da carta na sua mesa.

— Você parece desapontado — comentou Stuyvesant.

— Estou desapontado. Achei que eles podiam se aproximar o suficiente para nos dar uma chance contra eles. Mas se mantiveram longe. São covardes.

Ninguém falou.

— Covardes gostam de intimidar — disse Reacher. — Quem gosta de intimidar é covarde.

Neagley olhou para ele. Conhecia-o muito bem para saber quando estimulá-lo.

— E? — instigou ela.

— E a gente precisa voltar e repensar algumas coisas. As informações estão se acumulando rápido e nós não as estamos processando. Por exemplo, agora sabemos que esses caras são de fora da organização. Sabemos que não se trata de um jogo interno complexo.

— E? — repetiu Neagley.

— E o que aconteceu em Minnesota e no Colorado nos mostrou que esses caras estão preparados pra qualquer coisa.

— E?

— Os faxineiros. O que sabemos sobre eles?

— Que estão envolvidos. Que estão com medo. Que não falam.

— Correto — disse Reacher. — Mas por que estão com medo? Por que não estão falando? No início a gente pensou que pudessem estar participando de um jogo engraçadinho com alguém aqui de dentro. Mas eles não estão fazendo isso. Porque esses caras não são daqui de dentro. E eles não são engraçadinhos. E isso não é um jogo.

— E?

— E então eles estão sendo coagidos de uma maneira muito séria. Estão sendo amedrontados e silenciados. Por gente muito séria.

— Tá, mas como?

— Me diga você. Como se amedronta uma pessoa sem deixar marcas nela?

— Você faz uma ameaça plausível. Talvez prometa fazer uma maldade muito séria no futuro.

Reacher concordou.

— Contra a pessoa ou contra alguém com quem ela se preocupa. A ponto de ela ficar paralisada de terror

— Sim.

— Onde você já ouviu a palavra *primos*?

— Em tudo quanto é lugar. Eu tenho primos.

— Não, recentemente.

Neagley olhou para a janela.

— Os faxineiros — disse ela. — Os filhos deles estão com os primos. Eles contaram pra gente.

— Mas estavam um pouco hesitantes em nos contar, lembra?

— Estavam?

Reacher fez que sim e disse:

— Eles ficaram calados por um segundo e se entreolharam antes.

— E?

— Talvez os filhos deles *não* estejam com os primos.

— Por que eles mentiriam?

Reacher olhou para ela.

— Há maneira melhor de coagir alguém do que pegando seus filhos como garantia?

Eles agiram com rapidez, e Stuyvesant garantiu que agissem adequadamente. Ligou para os advogados dos faxineiros e disse a eles que precisava de uma informação apenas: o nome e o endereço das pessoas que estavam cuidando dos filhos deles. Disse a eles que seria muito melhor se conseguissem isso rápido. Conseguiu a resposta rápida. Os advogados ligaram de volta em quinze minutos. O nome era Gálvez e o endereço era uma casa a quase dois quilômetros da residência dos faxineiros.

Froelich se afastou para um local tranquilo e pediu via rádio uma atualização completa sobre a situação no hotel. Falou com o agente que estava comandando no local e com mais quatro outros em posições-chave. Não havia problemas. Tudo estava calmo. Armstrong interagia com as pessoas. Estava sendo vigiado de muito perto. Ela instruiu que todos os agentes acompanhassem Armstrong até o cais de carga ao final da cerimônia. Pediu que fosse feita uma parede humana durante todo o percurso até a limusine.

— E façam com que seja breve — ordenou ela. — Reduzam a exposição.

Em seguida eles se apertaram dentro do elevador único e desceram para a garagem. Entraram no Suburban de Froelich para percorrerem o caminho durante o qual Reacher dormiu na primeira vez. Dessa vez ele se manteve acordado enquanto Froelich se apressava pelo trânsito em direção à parte pobre da cidade. Passaram direto pela casa dos faxineiros. Seguiram costurando por pouco menos de dois quilômetros em ruas escuras e estreitas devido à quantidade de carros estacionados e pararam do lado de fora de uma casa bifamiliar estreita e alta. Era rodeada por uma cerca de arame e tinha latas de lixo acorrentadas à coluna de sustentação do portão. Ficava prensada entre uma loja de bebidas e uma longa fila de casas idênticas. Havia um Cadillac de uns vinte anos caindo aos pedaços estacionado ao meio-fio. Uma luz alaranjada de vapor de sódio penetrava a neblina.

— O que a gente faz? — perguntou Stuyvesant.

Reacher olhou pela janela.

— A gente vai falar com essas pessoas. Mas não queremos causar uma cena. Eles já estão com medo. Não queremos deixá-los em pânico. Podem achar que os bandidos voltaram. Então a Neagley devia ir primeiro.

Stuyvesant estava prestes a fazer uma objeção, mas Neagley desceu do carro e seguiu em direção ao portão. Reacher a observou dar um giro rápido na calçada para checar os arredores. Via que ela olhava para a esquerda e para a direita à medida que andava pelo caminho. Não havia ninguém por perto. Frio demais. Ela chegou à porta. Procurou a campainha. Não encontrou. Então bateu na madeira.

Houve uma espera de um minuto, depois a porta foi aberta e travada abruptamente por uma corrente. Um feixe de luz quente inundou o lado de fora. Houve uma conversa de um minuto. A porta foi levada à frente para soltar a corrente. O feixe de luz estreitou e voltou a se alargar. Neagley se virou e acenou. Froelich, Stuyvesant e Reacher saíram do Suburban e percorreram o caminho. Um homem moreno e baixo esperava por eles à porta, sorrindo timidamente.

— Este é o sr. Gálvez — falou Neagley.

Eles se apresentaram, e Gálvez voltou para o corredor de entrada e fez um gesto de *sigam-me* com o braço todo, como um mordomo. Era um sujeito pequeno vestido com uma calça de terno e um agasalho estampado. O cabelo fora cortado fazia pouco tempo e ele tinha uma expressão convidativa. Entraram e o seguiram. A casa pequena estava nitidamente superlotada, mas era muito limpa. Havia sete casacos de criança pendurados organizadamente em uma fileira de ganchos atrás da porta. Alguns deles eram pequenos, outros, um pouquinho maiores. Sete mochilas escolares estavam enfileiradas no chão embaixo deles. Sete pares de sapatos. Havia brinquedos empilhados organizadamente aqui e ali. Três mulheres visíveis na cozinha. Crianças tímidas espiavam por detrás das saias delas. Outras enfiavam a cabeça pela porta da sala de estar. Elas não paravam de se mexer. Não paravam de aparecer e desaparecer em sequências aleatórias. Todas tinham a mesma aparência. Reacher não conseguiu fazer uma contagem precisa. Havia olhos escuros por todo o lugar, arregalados.

Stuyvesant parecia meio sem jeito, como se não soubesse de que maneira abordar o assunto. Reacher passou por ele e foi em direção à cozinha. Parou na entrada. Havia sete merendeiras alinhadas sobre um balcão. As tampas estavam levantadas, como se prontas para receber o produto da linha de montagem bem no iniciozinho da manhã seguinte. Ele voltou para o corredor de entrada. Passou por Neagley e olhou os casaquinhos. Eram todos de náilon colorido, como pequenas versões das coisas que ele tinha visto em Atlantic City. Tirou um do gancho. Alguém tinha usado uma caneta para tecidos e escrito *J. Gálvez* com uma caligrafia cuidadosa. Pendurou-o de volta e verificou os outros seis. Todos estavam etiquetados com o sobrenome e o primeiro nome abreviado. Um total de cinco *Gálvez* e dois *Alvárez*.

Ninguém falava. Stuyvesant parecia constrangido. Reacher fez contato visual com o sr. Gálvez e, com um gesto de cabeça, indicou que fossem para a sala de estar. Duas crianças saíram correndo quando eles entraram.

— Você tem cinco filhos? — perguntou Reacher.

Gálvez fez que sim.

— Sou um homem de sorte.

— Então a quem pertencem os dois casacos com o nome Alvárez?

— São dos filhos do primo da minha mulher, o Julio.

— Do Julio e da Anita?

Gálvez apenas confirmou com um gesto de cabeça. Ficou calado.

— Preciso vê-los — disse Reacher.

— Eles não estão aqui.

Reacher desviou o olhar.

— Onde estão? —perguntou em voz baixa.

— Não sei — disse Gálvez. — Trabalhando, eu acho. Eles trabalham à noite. Para o governo federal.

Reacher voltou a olhar para ele.

— Não, estou falando das crianças. Não deles. Preciso ver os filhos deles.

Gálvez olhou para ele, intrigado.

— Ver os filhos deles?

— Pra confirmar se estão bem.

— Você acabou de ver. Na cozinha.

— Preciso saber quais são eles exatamente.

— Não estamos recebendo dinheiro — defendeu-se Gálvez. — A não ser para a comida deles.

— Isto aqui não tem a ver com licença ou coisa assim. Não ligamos para esse tipo de coisa. A gente só precisa ver se os filhos deles estão bem.

Gálvez ainda parecia intrigado. Mas gritou uma longa e acelerada frase em espanhol, e duas crianças pequenas se separaram do grupo na cozinha, espremeram-se para passar entre Stuyvesant e Froelich e trotaram até a sala. Pararam perto da porta e ficaram imóveis, uma ao lado da outra. Duas garotinhas, muito bonitas, grandes olhos escuros, cabelos pretos, expressões sérias. Talvez 5 e 7 anos. Talvez 4 e 6. Talvez 3 e 5. Reacher não tinha ideia.

— Oi, crianças — disse ele. — Me mostrem os seus casacos.

As duas fizeram exatamente o que fora pedido, da maneira que crianças de vez em quando fazem. Ele as acompanhou até o corredor de entrada e as observou enquanto elas ficavam na ponta dos pés e encostavam nos dois casacos que Reacher sabia que estavam marcados com o nome *Alvárez*.

— Certo — disse ele. — Agora podem ir pegar um biscoito ou algo do tipo.

Elas correram de volta para a cozinha. Ele as observou. Ficou parado e em silêncio por um segundo, depois voltou para a sala de estar. Aproximou-se de Gálvez e abaixou o volume da voz novamente.

— Alguém mais tem questionado sobre elas? — perguntou ele.

Gálvez simplesmente negou com um gesto de cabeça.

— Tem certeza? — insistiu Reacher. — Ninguém as está observando, nenhum estranho por perto?

Novamente, Gálvez negou com um movimento de cabeça.

— Nós podemos resolver a situação — disse Reacher. — Se vocês estiverem preocupados com alguma coisa, deveriam nos contar agora mesmo. A gente cuida de tudo.

Gálvez ficou sem expressão. Reacher observou os olhos dele. Passara a sua carreira observando olhos, e aqueles dois eram inocentes. Um pouco desconcertados, um pouco perplexos, mas o cara não estava escondendo nada. Não tinha segredos.

— Tudo bem — disse ele. — Pedimos desculpa por atrapalhar a sua noite.

Ele se manteve muito quieto no caminho de volta até o escritório.

Eles usaram a sala de reunião novamente. Parecia ser a única instalação com assentos para mais de três. Neagley deixou Froelich ficar ao lado de Reacher. Sentou-se com Stuyvesant do lado oposto da mesa. Froelich escutou o rádio e soube que Armstrong estava prestes a sair do hotel. Estava encurtando a noite. Ninguém parecia se importar. Funcionava de qualquer jeito: passe muito tempo com eles e se sentirão naturalmente empolgados; dê apenas uma passada rápida e ficarão igualmente encantados, pois um cara tão ocupado e importante encontrou um pouco de tempo que fosse para todos eles. Froelich escutou o seu fone receptor e acompanhou o processo de sua saída do salão de festas, atravessando as cozinhas, para entrar no cais de carga e na limusine. Então relaxou. Só restava o percurso do comboio para Georgetown em alta velocidade e a passagem pela tenda no escuro. Ela levou a mão às costas e diminuiu um pouco o volume do fone. Recostou-se e olhou para os outros de forma inquisidora.

— Não faz sentido pra mim — disse Neagley. — Isso nos faz deduzir que eles se preocupam *mais* com outra coisa do que com os filhos.

— Que seria o quê? — indagou Froelich.

— *Green cards*? A situação deles aqui é legal?

— Claro que sim. São empregados do Serviço Secreto dos Estados Unidos, assim como qualquer outro neste prédio. Checamos o histórico deles daqui até o inferno e do inferno até aqui de novo. Bisbilhotamos até a situação financeira deles. Eles estavam limpos, até onde sabíamos.

Reacher parou de prestar atenção na conversa. Esfregou a palma da mão na parte de trás do pescoço. Os pelos raspados no corte de cabelo haviam crescido. Estavam mais macios. Ele olhou para Neagley. Baixou os olhos para o carpete. Era de náilon cinza, canelado, entre refinado e grosseiro. Ele conseguia ver cada fio peludo brilhando à luz halogênica. Era um carpete imaculadamente limpo. Fechou os olhos. Concentrou-se em seus pensamentos. Repassou toda a fita da vigilância na cabeça. Assistiu a ela como se houvesse uma tela em suas pálpebras. Era assim: oito minutos antes da meia-noite, os faxineiros aparecem na imagem. Entram no escritório de Stuyvesant. Sete minutos depois da meia-noite, saem. Passam nove minutos limpando o local de trabalho da secretária. Saem pelo caminho de onde vieram à meia-noite e dezesseis. Ele a passou novamente, para a frente e para trás. Concentrou-se em cada quadro. Cada momento. Depois abriu os olhos. Todos o olhavam como se ele estivesse ignorando perguntas. Olhou seu relógio. Eram quase nove horas. Sorriu. Um largo e contente sorriso.

— Gostei do sr. Gálvez — disse ele. —Parecia muito feliz por ser pai, não parecia? Todas aquelas merendeiras alinhadas. Aposto que colocam pão integral nelas. Fruta também, provavelmente. Tudo necessário para uma boa alimentação.

Todos olharam para ele.

— Fui uma criança no Exército — disse ele. — Tive uma merendeira. A minha era uma antiga caixa de munições. Todos tinham uma igual. Era considerada a merendeira da moda naquela época, nas bases. Pintei o meu nome com estêncil nela, um estêncil do Exército de verdade. Minha mãe odiava. Achava que era militar demais para uma criança. Mas ela me dava coisas boas pra comer, de qualquer maneira.

Neagley o encarou.

— Reacher, estamos com grandes problemas aqui, duas pessoas estão mortas e você está falando de merendeiras?

Ele fez que sim com a cabeça e falou:

— Falando de merendeiras e pensando em cortes de cabelo. O sr. Gálvez tinha acabado de ir ao barbeiro, vocês notaram?

— E?

— E com o maior respeito possível, Neagley, estou pensando na sua bunda.

Froelich o encarou. Neagley ruborizou.

— E seu ponto é... — falou ela.

— Meu ponto é que não acho que *exista* nada mais importante para Julio e Anita do que seus filhos.

— Então por que eles continuam de bico calado?

Froelich se inclinou para a frente na cadeira e pressionou o fone receptor com o dedo. Escutou por um segundo e levantou o pulso.

— Entendido — disse ela. — Bom trabalho, pessoal, desligo.

E sorriu.

— Armstrong está em casa — informou ela. — Seguro.

Reacher checou seu relógio novamente. Exatamente nove horas. Olhou para Stuyvesant do outro lado da mesa.

— Posso dar uma olhada no seu escritório de novo? Agora?

Stuyvesant fez cara de quem não entendeu, mas se levantou e seguiu na frente a caminho da porta. Eles seguiram pelos corredores e chegaram à sala pela parte de trás. O local de trabalho da secretária estava quieto e deserto. A porta de Stuyvesant estava fechada. Ele a abriu e acendeu a luz.

Havia uma folha de papel sobre a mesa.

Todos a viram. Stuyvesant ficou completamente imóvel por um segundo, depois caminhou e baixou o olhar para ela. Engoliu em seco. Soltou o ar. Pegou-a.

— Fax do Departamento de Polícia de Boulder — disse ele. — Resultados preliminares da balística. Minha secretária deve ter deixado aqui.

E sorriu aliviado.

— Agora confira — pediu Reacher. — Concentrem-se. É mais ou menos assim que o seu escritório geralmente fica?

Stuyvesant ficou segurando o fax e deu uma olhada ao redor da sala.

— Exatamente — respondeu ele.

— Então é assim que os faxineiros o veem todas as noites?

— Bom, a mesa geralmente está vazia — disse Stuyvesant. — Mas, fora isso, é assim mesmo.

— Certo — disse Reacher. — Vamos.

Eles caminharam de volta para a sala de reunião. Stuyvesant leu o fax.

— Encontraram seis estojos de munição — informou ele. — Parabellums de nove milímetros. Estranhas marcas de impacto dos lados. Enviaram uma ilustração.

Ele arrastou o papel para Neagley. Ela o leu. Fez uma careta. Passou para Reacher. Ele olhou o desenho e fez um gesto afirmativo com a cabeça.

— Heckler & Koch MP5 — afirmou ele. — Ela ejeta o estojo da munição pra fora como nenhuma outra. O cara o regulou para dar rajadas de três tiros. Duas rajadas, seis estojos de munição. Eles provavelmente foram parar a uns vinte metros de distância.

191

— Provavelmente a versão SD6 — disse Neagley. — Se estava com silenciador. É uma bela arma. Submetralhadora de qualidade. Cara. Rara também.

— Por que você queria ver o meu escritório? — questionou Stuyvesant.

— Estamos errados em relação aos faxineiros — afirmou Reacher.

A sala ficou em silêncio.

— Em que sentido? — perguntou Neagley.

— Em todos os sentidos. De todas as maneiras possíveis. O que aconteceu quando falamos com eles?

— Ficaram numa defensiva doida.

— Achei a mesma coisa. Eles entraram num tipo de silêncio estoico. Todos eles. Quase como um transe. Interpretei como uma resposta a algum tipo de perigo. Como se estivessem realmente se esforçando muito para se defenderem do que quer que alguém tivesse contra eles. Como se aquilo fosse de vital importância. Como se soubessem que não podiam falar uma palavra sequer. Mas querem saber?

— O quê?

— Eles simplesmente não tinham ideia do que estávamos falando. Nenhuma mesmo. Éramos dois brancos malucos fazendo perguntas impossíveis a eles, só isso. Eram muito educados e muito inibidos para falar pra gente sumir dali. Simplesmente ficaram esperando pacientemente enquanto a gente tagarelava.

— O que você está sugerindo, então?

— Pensa no que mais a gente sabe. A fita mostra uma estranha sequência de fatos. Eles parecem um pouco cansados quando entram no escritório de Stuyvesant e um pouco menos cansados quando saem. Estavam arrumadinhos quando entraram e meio desgrenhados quando saíram. Passaram quinze minutos lá e só nove no local de trabalho da secretária.

— E? — indagou Stuyvesant.

Reacher sorriu.

— O seu escritório é provavelmente o cômodo mais limpo do mundo. Daria para fazer uma cirurgia lá dentro. Você o mantém assim intencionalmente. Sabemos do esquema com a maleta e com os sapatos molhados, a propósito.

Froelich ficou sem entender. Stuyvesant corou.

— É limpo ao ponto da obsessão — disse Reacher. — E ainda assim os faxineiros passaram quinze minutos lá dentro. Por quê?

— Estavam desembalando a carta — respondeu Stuyvesant. — Colocando-a na posição.

— Não, não estavam.

— Foi a Maria sozinha? O Julio e a Anita saíram primeiro?

— Não.

A sala ficou em silêncio.

— Você está dizendo que fui eu? — questionou Stuyvesant.

Reacher negou com um gesto de cabeça.

— A única coisa que estou fazendo é perguntar por que os faxineiros ficaram quinze minutos em um escritório que já estava limpo.

— Eles estavam descansando? — disse Neagley.

Reacher negou novamente. De repente, Froelich deu um sorriso.

— Fazendo alguma coisa que os deixou desgrenhados? — disse Froelich.

Reacher sorriu para ela e perguntou:

— Tipo o quê?

— Tipo sexo.

Stuyvesant ficou pálido.

— Eu sinceramente espero que não — disse ele. — Além disso, eles eram três.

— Programinha a três rola por aí — comentou Neagley.

— Eles moram juntos — falou Stuyvesant. — Se querem fazer isso, podem fazer em casa, não podem?

— Pode ser uma aventura erótica — disse Froelich. — Vocês sabem, dar umazinha no trabalho.

— Esqueçam o sexo — falou Reacher. — Pensem no desgrenhamento. O que exatamente fez com que a gente tivesse essa impressão?

Todo mundo deu de ombro. Stuyvesant ainda estava pálido. Reacher sorriu.

— Outra coisa na fita — disse ele. — Quando entram, o saco de lixo está razoavelmente vazio. Quando saem, está muito mais cheio. Será que havia tanto lixo no escritório?

— Não — respondeu Stuyvesant como se estivesse ofendido. — Nunca deixo lixo lá.

Froelich se inclinou para a frente na cadeira.

— Então o que tinha no saco?

— Lixo — respondeu Reacher.

— Não estou entendendo — falou Froelich.

— Quinze minutos é muito tempo, pessoal — alertou Reacher. — Eles limparam com eficiência todo o local de trabalho da secretária em apenas nove. E aquela é uma área um pouco maior e mais desarrumada. Coisas por todo o lugar. Comparem as duas áreas, comparem a complexidade, suponham que eles trabalhem com o mesmo afinco em todos os lugares e me digam quanto tempo eles *deveriam* ter gasto no escritório.

— Sete minutos? — disse Froelich, suspendendo os ombros. — Oito? Mais ou menos isso?

— Eu diria nove minutos, no máximo — calculou Neagley.

— Eu gosto que ele fique limpo — disse Stuyvesant. — Deixo instruções em relação a isso. Quero que fiquem lá por pelo menos dez minutos.

— Mas não quinze — disse Reacher. — Isso é excessivo. E nós os questionamos em relação a isso. Perguntamos por que ficavam tanto tempo lá. E o que eles responderam?

— Não responderam — falou Neagley. — Só ficaram com cara de confusos.

— Depois perguntamos a eles se gastavam o mesmo tempo lá toda noite. E eles responderam que sim.

Stuyvesant olhou para Neagley em busca de confirmação. Ela fez que sim com um gesto de cabeça.

— OK — disse Reacher. — Nós já fizemos o recorte. Estamos examinando quinze minutos específicos. Todos vocês viram as fitas. Agora me digam como eles gastaram esse tempo.

Ninguém falou.

— Duas possibilidades — disse Reacher. — Ou não gastaram ou gastaram o tempo lá dentro deixando o cabelo crescer.

— O quê? — indagou Froelich.

— Foi isso que fez com que parecessem desgrenhados. Principalmente o Julio. O cabelo dele estava um pouco mais comprido quando saiu do que quando entrou.

— Como isso é possível?

— É possível porque a gente não estava vendo as atividades de uma noite. Estávamos vendo duas noites costuradas uma à outra. Duas metades de duas noites diferentes.

Silêncio na sala.

— Duas fitas — disse Reacher. — A troca da fita à meia-noite é a chave. A primeira fita é a autêntica. Tem que ser, porque mais cedo ela mostra Stuyvesant e a secretária indo embora. Essa é a verdadeira quarta-feira. Os faxineiros aparecem às 11h52. Parecem cansados porque aquela é provavelmente a primeira noite do turno. Talvez tenham ficado acordados o dia todo fazendo coisas normais do período do dia. Mas tinha sido uma noite de trabalho rotineira até então. Eles estão dentro do horário. Não tinha café derramado em lugar nenhum nem enormes quantidades de lixo. O saco de lixo estava relativamente vazio. Meu palpite é que eles limparam o escritório em nove minutos. Que provavelmente é o tempo normal que gastam ali. O que é relativamente rápido. E foi por isso que eles ficaram intrigados quando a gente disse que eram lentos. Meu palpite é que, na realidade, eles saíram à meia-noite e um, passaram mais nove minutos no local de trabalho da secretária e foram embora à meia-noite e dez.

— Mas... — disse Froelich

— Mas, depois da meia-noite, estávamos assistindo a outra noite. Quem sabe de duas semanas antes, antes de o cara ter cortado o cabelo pela última vez. Uma noite em que eles chegaram naquela área mais tarde e, portanto, foram embora mais tarde. Por causa de uma bagunça do caralho em outro algum outro escritório. Possivelmente uma enorme pilha de papel que encheu o saco de lixo deles. Eles pareciam mais dispostos ao saírem porque estavam apressados para voltarem a ficar dentro do horário. E talvez tenha sido uma noite no meio da semana de trabalho deles e por isso já tivessem se ajustado ao turno e estivessem dormindo adequadamente. Ou seja, nós os vimos entrar na quarta-feira e sair numa noite completamente diferente.

— Mas a data estava correta — argumentou Froelich. — Com certeza era quinta-feira.

Reacher concordou com ela e afirmou:

— Nendick planejou com antecedência.

— Nendick?

— O cara das fitas — disse Reacher. — Meu palpite é que durante toda a semana ele ficou com a fita da meia-noite às seis modificada para mostrar a data daquela quinta-feira em particular. Talvez duas semanas inteiras. Porque ele precisava de três opções. Ou os faxineiros entravam *e* saíam antes da meia-noite, ou entravam antes da meia-noite e saíam depois da meia-noite, ou entravam e saíam *depois* da meia-noite. Ele tinha que esperar para fazer com que suas opções fossem compatíveis. Se eles entrassem e saíssem antes da meia-noite, ele teria te dado uma fita que não mostraria nada entre meia-noite e seis da manhã. Se eles tivessem entrado e saído depois da meia-noite, era isso que você teria visto. Mas, da maneira como aconteceu, ele teria que usar uma que os mostrasse apenas saindo.

— Foi o Nendick que deixou a carta lá? — indagou Stuyvesant.

— Nendick é a pessoa aqui de dentro — confirmou Reacher. — Não os faxineiros. O que aquela câmera *realmente* gravou naquela noite foi a saída dos faxineiros logo após a meia-noite, e depois, em algum momento antes das seis da manhã, o próprio Nendick entrou pela porta de incêndio com luvas e a carta na mão. Provavelmente por volta das cinco e meia, imagino, assim ele não teria que esperar muito antes de jogar fora a fita verdadeira e escolher a substituta.

— Mas ela mostra a minha chegada de manhã. E a da minha secretária também.

— Essa é a terceira fita. Houve uma terceira troca às seis da manhã, a volta para a realidade. Só a fita do meio foi substituída.

Silêncio na sala.

— Ele provavelmente descreveu as câmeras da garagem para eles também.

— Como você chegou a isso? — perguntou Stuyvesant. — Pelo cabelo?

— Em parte. Na verdade, foi por causa da bunda da Neagley. Nendick estava tão nervoso por causa das fitas que nem prestou atenção na bunda da Neagley. Ela percebeu. Me falou que isso é muito incomum.

Stuyvesant corou novamente, como se ele também fosse capaz de atestar esse fato por experiência própria.

— Então a gente tem que soltar os faxineiros — disse Reacher. — E falar com Nendick. Foi ele quem se encontrou com esses caras.

Stuyvesant concordou com um gesto de cabeça e disse:

— E, presumivelmente, foi ameaçado por eles.

— Assim espero — disse Reacher. — Espero que não esteja envolvido por vontade própria.

Stuyvesant usou sua chave mestra para entrar na sala dos vídeos com o oficial de serviço como testemunha. Eles descobriram que estavam faltando, antes da quinta-feira em questão, dez fitas consecutivas da meia-noite às seis. Nendick as tinha lançado no relatório técnico como gravações defeituosas. Em seguida, escolheram aleatoriamente mais de dez fitas dos últimos três meses e assistiram a partes delas. Confirmaram que os faxineiros nunca passavam mais de nove minutos no escritório dele. Stuyvesant fez uma ligação e se assegurou de que fossem libertados imediatamente.

Havia três opções: arranjar um pretexto para pedir a Nendick que fosse até ali, mandar agentes para prendê-lo, ou ir eles mesmos até a casa dele para interrogá-lo antes que a Sexta Emenda entrasse em ação e começasse a complicar as coisas.

— A gente devia ir agora — sugeriu Reacher. — Aproveitar o elemento surpresa.

Ele estava esperando resistência, mas Stuyvesant simplesmente concordou com um gesto de cabeça e um rosto inexpressivo. Estava pálido e cansado. Parecia um homem com problemas. Um homem fazendo malabarismo com, de um lado, um sentimento de traição e, do outro, uma raiva justificada do talento para a dissimulação que se adquire no ambiente político de Washington D.C. E esse talento para a dissimulação seria muito mais forte em uma cara como Nendick do que nos faxineiros. Os faxineiros seriam considerados meros zeros à esquerda. Mais cedo ou mais tarde, alguém poderia indagar *ei, faxineiros, quem vocês acham que conseguem enganar?* Mas um cara como Nendick era diferente. Um cara assim era um componente muito importante de uma organização, alguém com um juízo diferente. Stuyvesant ligou o computador de sua secretária e pegou o endereço do funcionário. Ficava num afastado bairro, a quinze quilômetros, em Virginia. Demoraram vinte minutos para chegar. Ele morava em uma rua sinuosa e tranquila de um bairro residencial antigo o bastante para que as árvores e o restante da vegetação já tivesse amadurecido, mas suficientemente novo para que o lugar como um todo tivesse uma aparência elegante e bem-cuidada. Era uma área de valor mediano. Havia carros importados na maioria das garagens, mas não eram modelos daquele ano. Estavam limpos, mas um pouco desgastados. A casa de Nendick era comprida; tinha um andar, telhado cáqui e uma chaminé de tijolos. Estava escura, mas em uma das janelas a luz azul de uma televisão cintilava.

Froelich entrou no caminho para a garagem e estacionou diante dela. Eles desceram, foram envolvidos pelo frio e caminharam até a porta da frente. Stuyvesant pôs o dedão na campainha e o deixou ali. Trinta segundos depois, uma luz no corredor de entrada foi acesa. Ela resplandeceu alaranjada em uma janela em forma de leque no alto da porta. Então uma luz amarela na varanda acendeu sobre as cabeças deles. A porta foi aberta, e Nendick ficou parado ali sem falar nada. Estava de terno, como se tivesse acabado de chegar do trabalho. Parecia enfraquecido pelo medo, como se um novo martírio estivesse prestes a ser empilhado sobre o já existente. Stuyvesant o encarou por um momento e em seguida entrou. Froelich o seguiu. Depois Reacher. E Neagley. Ela fechou a porta depois de passar e assumiu posição em frente a ela como uma sentinela, com os pés separados e as mãos entrelaçadas às costas.

Nendick ainda não tinha dito nada. Continuava imóvel, abatido e pasmo. Stuyvesant colocou a mão no ombro dele e o virou. Empurrou-o em direção à cozinha. Ele não resistiu. Apenas cambaleava sem firmeza em direção à parte de trás de sua casa. Stuyvesant o seguiu, apertou um interruptor, e lâmpadas florescentes ganharam vida acima das bancadas.

— Senta — ordenou ele, como se estivesse falando com um cachorro.

Nendick se aproximou e se sentou em um banco à bancada de café da manhã. Ficou calado. Apenas envolveu os braços ao redor do corpo como um homem tendo calafrios de febre.

— Nomes — disse Stuyvesant.

Nendick ficou calado. Ele *se esforçava* para ficar calado. Encarava a parede à frente. Uma das lâmpadas florescentes estava falhando. Pelejava para funcionar. Seu capacitor adicionava um zumbido nervoso no silêncio. As mãos de Nendick começaram a tremer, ele as colocou debaixo dos braços para mantê-las paradas e começou a balançar para a frente e para trás no banco, que rangia delicadamente sob o peso dele. Reacher desviou o olhar e observou a cozinha ao redor. Era bonita. As janelas tinham cortina amarela. A pintura do teto combinava com ela.

Os vasos tinham flores. Estavam todas mortas. Havia pratos na pia. Pareciam estar ali havia umas duas semanas. Alguns estavam encrostados.

Reacher voltou para o corredor de entrada. Foi até a sala de estar. A televisão, um modelo de aproximadamente dois anos antes, era enorme. Estava ligada em um canal comercial. O programa parecia ser composto de vídeos com muitos anos de idade das câmeras de vigilância da polícia de trânsito. O som estava baixo. Somente um murmúrio que sugeria emoção extrema e constante. Havia um controle remoto cuidadosamente equilibrado no braço de uma poltrona na frente do aparelho. Sobre o baixo consolo da lareira, enfileiravam-se seis fotografias em molduras de bronze. Nendick e uma mulher figuravam em todas elas. Tinha mais ou menos a idade dele, talvez vigorosa e atraente demais para ser chamada de comum. As fotos mostravam o casal no dia do casamento, em duas férias e em alguns outros eventos indefinidos. Não havia fotos de crianças. E aquela não era uma casa em que moravam crianças. Não havia brinquedos em lugar algum. Nenhuma bagunça. O lugar era luxuoso, projetado, equilibrado e adulto.

O controle remoto na poltrona estava na posição *vídeo*, não na *tv*. Reacher olhou para a tela e apertou *play*. O som do rádio da polícia desapareceu imediatamente. O mecanismo do vídeo cassete estalou, rodou e, um segundo depois, a imagem ficou preta e foi substituída pelo vídeo amador de um casamento. Nendick e sua esposa sorriam para a câmera em algum momento vários anos antes. Seus rostos estavam juntinhos. Pareciam felizes. Ela estava toda de branco. Ele, de terno. Estavam em um gramado. Um dia tempestuoso. O cabelo dela esvoaçava, e o som era dominado pelo barulho do vento. Ela tinha um sorriso bonito. Olhos brilhantes. Dizia algo para a posteridade, mas Reacher não conseguia ouvir as palavras.

Ele apertou *stop*, e uma perseguição de carros noturna reocupou a tela. Ele voltou para a cozinha. Nendick ainda estava tremendo e balançando. Continuava com as mãos debaixo dos braços. Calado. Reacher olhou novamente para os pratos sujos e as flores mortas.

— Nós podemos trazê-la de volta pra você — disse ele.

Nendick ficou calado.

— Só precisa nos dizer quem, e nós vamos pegá-la agora.

Nenhuma resposta.

— Quanto antes, melhor — continuou Reacher. — Numa situação dessas, não queremos que ela espere mais do que já esperou, queremos?

Nendick encarou a parede à frente com concentração total.

— Quando eles a pegaram? — perguntou Reacher. — Duas semanas atrás?

Nendick ficou calado. Não fez um som sequer. Neagley saiu do corredor de entrada e se aproximou. Foi até o meio da cozinha, que era organizado como um local familiar. Agrupado ao longo de uma parede, havia um conjunto combinado de móveis pesados: estante de livros, aparador, estante de livros.

— Nós podemos te ajudar — disse Reacher. — Mas precisamos saber por onde começar.

Nendick não disse nada em resposta. Nada mesmo. Apenas olhava e tremia e balançava e se abraçava com força.

— Reacher — chamou Neagley. A voz suave, porém tensa.

Ele se afastou de Nendick e se juntou a Neagley perto do aparador. Ela entregou algo a ele. Era um envelope. Continha uma foto Polaroid. Uma mulher sentada em um carro. O rosto pálido e em pânico. Os olhos, arregalados. O cabelo, sujo. Era a mulher de Nendick, aparentando ser cem anos mais velha do que nas fotos na sala de estar. Ela segurava uma edição do *USA Today*. O cabeçalho estava bem embaixo do queixo dela. Neagley lhe passou outro envelope. Outra Polaroid dentro. Mesma mulher. Mesma pose. Mesmo jornal, mas outro dia.

— Provas de vida — disse Reacher.

Neagley concordou com um gesto e disse:

— Mas olha isto. É prova de quê?

Ela passou outro envelope a ele. Era marrom e acolchoado. Dentro dele, algo macio e branco. Calcinha. Uma. Levemente encardida.

— Ótimo — disse ele.

Então ela entregou outro envelope a ele. Também era marrom e acolchoado. Menor. Havia uma caixa dentro. Era de papelão, como aquelas embalagens que os joalheiros usam para colocar brincos. Havia enchimento de algodão dentro. O algodão estava amarronzado com sangue velho porque sobre ele encontrava-se a ponta de um dedo. Tinha sido cortado na primeira articulação por algo duro e afiado. Tesoura de podar, talvez. Era provavelmente do dedinho da mão esquerda, a julgar pelo tamanho e pela curvatura. A unha ainda estava com esmalte. Reacher o olhou por um longo momento. Fez um gesto afirmativo com a cabeça e o devolveu a Neagley. Deu a volta e encarou Nendick do outro lado da bancada de café da manhã. Olhou diretamente para os olhos dele. Resolveu apostar.

— Stuyvesant, Froelich — chamou ele. — Esperem no corredor de entrada.

Eles ficaram imóveis por um momento, surpresos. Ele os encarou com firmeza. Então saíram obedientemente.

— Neagley — chamou ele. — Vem comigo.

Ela deu a volta e parou ao lado dele. Ele se abaixou e apoiou os cotovelos no balcão. Deixou seu rosto no nível do de Nendick. Falou suavemente.

— Tá, eles já saíram. Somos só nós agora. E nós não somos do Serviço Secreto. Você sabe disso, não sabe? Você nunca tinha visto a gente antes daquele dia. Por isso, pode confiar na gente. Não vamos fazer merda como eles. A gente vem de um lugar onde não é permitido fazer merda. E a gente vem de um lugar onde não existem regras. Por isso a gente pode trazê-la de volta. Sabemos como fazer isso. Vamos pegar os bandidos e trazê-la de volta. Sem fracasso, sem remorso. Está bem? É uma promessa. Minha pra você.

Nendick reclinou a cabeça e abriu a boca. Seus lábios estavam secos. Salpicados de uma espuma pegajosa. Depois ele fechou a boca. Com força. Travou o maxilar. Com tanta força que a compressão dos lábios os transformou em uma fina linha sem sangue. Ele tirou uma das trêmulas mãos de debaixo do braço e juntou o polegar e o indicador como se estivesse segurando alguma coisa pequena. Puxou a coisa imaginária pequena de um lado da boca até o outro, lentamente, como se estivesse fechando um zíper. Voltou a colocar a mão debaixo do braço. Balançou a cabeça. Encarou a parede. Os olhos dele tinham um medo louco. Um tipo de absoluto e incontrolável terror. Começou a balançar novamente. Começou a tossir. Tossia e prendia a tosse na garganta. Não abria a boca. Estava completamente travada. Ele se debatia e tremia no banco. Agarrava as laterais do corpo. Engolia desesperadamente com a boca travada. Os olhos estavam delirantes e fixos. Eram poças de terror. Eles ficaram brancos ao girarem para trás, e ele desabou do banco.

10

IZERAM O POSSÍVEL NO LOCAL, MAS FOI INÚTIL. NENDICK simplesmente ficou deitado no chão da cozinha, sem se movimentar, sem muita consciência, mas também não totalmente inconsciente. Estava em um tipo de estado dissociativo. Como em animação suspensa. Pálido e molhado de suor. A respiração, superficial. O pulso, fraco. Reagia ao toque, à luz e a mais nada. Uma hora depois ele estava em um quarto vigiado no Centro Médico Walter Reed do Exército, com um diagnóstico provisório de catatonia induzida por psicose.

— Paralisado de medo, na linguagem leiga — disse o médico. — Um estado clínico autêntico. Vemos isso mais frequentemente em populações supersticiosas, como no Haiti e em partes da Louisiana. Regiões de vodu, em outras palavras. As vítimas ficam suando frio, pálidas, com a pressão arterial baixa, quase inconscientes. Não é a mesma coisa que pânico induzido por adrenalina. É um processo neurogênico. O coração desacelera, os grandes vasos sanguíneos do abdômen retiram o sangue do cérebro, a maioria das funções involuntárias fica paralisada.

— Que tipo de ameaça pode fazer isso com uma pessoa? — perguntou Froelich em voz baixa.

— Uma em que a pessoa realmente acredite — respondeu o médico. — Esse é o ponto fundamental. A vítima tem que ser convencida. Meu palpite é que os sequestradores descreveram o que fariam com ela se ele falasse. Aí a chegada de vocês desencadeou a crise porque ele ficou com medo de que *pudesse* falar. Talvez até quisesse, mas sabia que não podia. Eu não gostaria de especular sobre a exata natureza da ameaça contra sua esposa.

— Ele vai ficar bem? — perguntou Stuyvesant.

— Depende da condição do coração dele. Se ele tem tendência a ter doenças cardíacas, pode estar com sérios problemas. O estresse cardíaco está realmente enorme.

— Quando a gente pode falar com ele?

— Vai demorar. Depende basicamente dele. Ele precisa recuperar os sentidos.

— É muito importante. Ele possui informações críticas.

— Pode demorar alguns dias — disse o médico, balançando a cabeça. — Pode nunca acontecer.

Eles aguardaram durante uma longa e infrutífera hora durante a qual nada mudou. Nendick apenas ficou deitado inerte, cercado por máquinas que não paravam de apitar. Inspirava e expirava e só. Então eles desistiram, deixaram-no lá e voltaram de carro para o escritório, no escuro e no silêncio. Reagruparam-se na sala de reunião sem janelas e enfrentaram a próxima grande decisão.

— Armstrong precisa saber — disse Neagley. — Eles encenaram a demonstração. Não há outra coisa a fazer agora a não ser encenar a parada verdadeira.

Stuyvesant negou com um gesto de cabeça.

— Nunca contamos a eles. É uma norma rígida. Tem sido assim por 101 anos. Não vamos mudá-la agora.

— Então a gente devia limitar a exposição dele — falou Froelich.

— Não — disse Stuyvesant. — Isso é a própria admissão da derrota, e um caminho perigoso. Se nós fugirmos uma vez, vamos fugir pra sempre, toda vez que houver uma ameaça. E isso não deve acontecer. O que temos que fazer é defendê-lo usando toda a nossa habilidade. Por isso vamos começar a planejar agora. Do que estamos nos defendendo? O que sabemos?

— Que dois homens já estão mortos — respondeu Froelich.

— Dois homens e uma mulher — disse Reacher. — Olhe as estatísticas. Sequestro é a mesma coisa que morte, noventa e nove vezes em cem.

— As fotografias eram provas de vida — contestou Stuyvesant.

— Até o pobre sujeito obedecer e fazer o que eles queriam. O que aconteceu há quase duas semanas.

— Ele ainda está obedecendo. Não está falando. Então eu vou manter a esperança.

Reacher ficou calado.

— Sabe alguma coisa sobre ela? — perguntou Neagley.

— Não a conhecia — respondeu Stuyvesant. — Não sei nem o nome dela. Eu mal conhecia o Nendick também. Ele é apenas um técnico que às vezes eu vejo por aí.

A sala ficou em silêncio.

— Temos que avisar o FBI — disse Neagley. — Agora não é mais só sobre o Armstrong. Há uma vítima de sequestro morta ou em sério perigo. Isso sem dúvida é da alçada deles. Mais o homicídio interestadual. Eles também têm que carregar esse peso.

A sala ficou muito quieta. Stuyvesant suspirou e olhou para os outros ao redor, vagarosa e cuidadosamente, um de cada vez.

— É — disse ele. — Concordo. Foi longe demais. Eles precisam saber. Deus sabe que eu não quero, mas vou contar a eles. Vou nos sacrificar. Vou passar tudo pra eles.

Houve silêncio. Ninguém falou. Não havia nada a ser dito. Era exatamente a coisa certa a se fazer nas circunstâncias. A aprovação teria soado sarcástica, e a comiseração não era apropriada. Para o casal Nendick e para as duas famílias Armstrong sem parentesco com o vice-presidente, talvez, mas não para Stuyvesant.

— Enquanto isso, focamos no Armstrong — orientou ele. — É a única coisa que podemos fazer.

— Amanhã é na Dakota do Norte de novo — disse Froelich. — Mais diversão e joguinhos ao ar livre. No mesmo lugar de antes. Não muito seguro. A gente sai às dez.

— E na quinta?

— Quinta é Dia de Ação de Graças. Ele vai servir refeições com peru em abrigos para sem-teto aqui na capital. Vai estar muito exposto.

Houve um longo momento de silêncio. Stuyvesant suspirou fundo novamente e colocou as palmas das mãos na comprida mesa de maneira.

— Certo — disse ele. — Estejam de volta aqui amanhã às sete da manhã. Tenho certeza de que o FBI vai ficar contentíssimo por mandar um contato pra cá.

Em seguida, apoiou na mesa para se levantar e saiu da sala para ir ao seu escritório fazer as ligações que colocariam um asterisco permanente na carreira dele.

— Eu me sinto inútil — disse Froelich. — Quero ser mais proativa.

— Não gosta de jogar na defesa? — perguntou ele.

Estavam na cama dela, no quarto dela. Era maior do que o quarto de hóspedes. Mais bonito. E mais tranquilo, pois ficava no fundo da casa. O teto estava mais conservado. Apesar de que seria necessário que o sol batesse nele no ângulo certo para ver direito. O que aconteceria no pôr do sol e não de manhã, pois a janela era de frente para o outro lado. A cama estava quente. A casa estava quente. Era como um casulo de calor na fria e cinzenta noite da cidade.

— Tudo bem em defender — disse ela. — Mas ataque *é* defesa, não é? Numa situação como esta? Mas a gente sempre deixa as coisas virem até nós. Somos operacionais demais. Não somos muito investigativos.

— Vocês têm investigadores — disse ele. — Como o cara que vê os filmes.

Ela concordou com um gesto da cabeça, que estava deitada no ombro dele.

— O Departamento de Pesquisa sobre Proteção. É um papel estranho. Mais acadêmico do que específico. Mais estratégico do que tático.

— Então investigue por conta própria. Tente coisas novas.

— Tipo o quê?

— A gente está de volta à estaca zero, agora que o Nendick deu pane geral. Tem que começar de novo. Você devia se concentrar na impressão digital do polegar.

— Não está nos arquivos.

— Arquivos têm defeitos. Arquivos são atualizados. Novas digitais são inseridas. Você precisa checar de tempos em tempos. E precisa ampliar a busca. Tente outros países, tente a Interpol.

205

— Duvido que esses caras sejam estrangeiros.

— Mas podem ser americanos que viajaram. Quem sabe eles se meteram em encrencas no Canadá ou na Europa. Ou no México, ou na América do Sul.

— Talvez — disse ela.

— E você devia examinar a digital do polegar como um *modus operandi*. Verifique os bancos de dados pra ver se alguém já assinou cartas ameaçadoras dessa maneira. Os arquivos retrocedem até que data?

— Até o começo dos tempos.

— Então estabeleça um limite de vinte anos. Acho que lá no começo dos tempos muita gente assinava coisas com o polegar.

Froelich sorriu, sonolenta. Ele pode sentir o sorriso em seu ombro.

— Antes de aprenderem a escrever — disse ele.

Ela não respondeu. Estava dormindo profundamente, respirando baixinho aconchegada em seu ombro. Ele relaxou em sua posição e percebeu que o seu lado do colchão tinha uma depressão rasa. Ele se questionou se Joe o tinha feito. Deitou-se quieto por um tempo, depois suspendeu o braço e apagou a luz.

Parecia que mais ou menos um minuto e meio depois eles já estavam de pé novamente, de banho tomado, na sala de reunião do Serviço Secreto, comendo rosquinhas e bebendo café com um agente de ligação do FBI chamado Bannon. Reacher estava com seu casaco de Atlantic City, com o terceiro dos abandonados ternos italianos de Joe, a terceira camisa *Alguém & Alguém* e uma gravata toda azul. Froelich estava com outro terninho preto. Neagley estava com a mesma roupa que tinha usado na noite de domingo. A que exibia seus contornos. A que Nendick tinha ignorado. Ela repunha seu guarda-roupa o mais rápido que a lavanderia do hotel conseguia acompanhar. Stuyvesant estava imaculado em seu usual Brooks Brothers. Talvez fosse novo, talvez não. Era impossível saber. Todos os ternos dele eram iguais. Ele tinha uma aparência muito cansada. Na verdade, todos ali pareciam muito cansados, e Reacher estava um pouco preocupado com isso. De acordo com sua experiência, o cansaço prejudicava a eficiência operacional tanto quanto beber demais.

— Vamos dormir no avião — disse Froelich. — A gente fala pro piloto ir devagar.

Bannon era um sujeito de uns 40 anos. Estava com um blazer de tweed, calça social cinza, e parecia ser durão e irlandês, alto e pesado. O frio da manhã não cooperava com sua tez vermelha. Mas era educado, agradável e tinha levado as rosquinhas e o café. Eram de duas lojas diferentes, ambas escolhidas por suas respectivas qualidades. Fora bem-recebido. Vinte pratas gastas com comida serviram muito bem para quebrar o gelo entre as agências.

— Nenhum segredo de nenhuma das partes — disse ele. — É o que estamos propondo. E nada de acusação. Mas nada de conversa fiada também. Acho que temos que encarar o fato de que a esposa do Nendick está morta. Vamos procurá-la como se não estivesse, mas não podemos nos enganar. Ou seja, já temos três baixas. Algumas evidências, mas não muitas. Estamos supondo que Nendick se encontrou com esses caras e considerando que eles certamente estiveram na casa dele, ao menos para capturar a mulher. Portanto, aquela é uma cena de crime, e nós vamos examiná-la hoje e compartilhar o que descobrirmos. Nendick vai nos ajudar se algum dia se recuperar. Mas considerando que isso não vai acontecer tão cedo, vamos abordar o caso por três direções diferentes. Primeiro, a questão das mensagens que chegaram aqui em Washington Segundo, a cena em Minnesota. Terceiro, a cena no Colorado.

— O seu pessoal está no comando lá? — perguntou Froelich.

— Nos dois lugares — respondeu Bannon. — O nosso pessoal da balística descobriu que a arma do Colorado foi uma submetralhadora Heckler & Koch chamada MP5.

— Nós já tínhamos concluído isso — disse Neagley. — E provavelmente estava com um silenciador, o que a transforma em uma MP5SD6.

Bannon concordou com um gesto de cabeça e disse:

— Você é um dos ex-militares, né? Nesse caso, já viu uma MP5 antes. Assim como eu. São armas militares e paramilitares. Equipes da polícia e da SWAT as usam, gente desse tipo. — E ficou em silêncio, olhando para os rostos ali reunidos como se houvesse algo mais além daquilo que realmente havia articulado.

— E o que nos diz de Minnesota? — perguntou Neagley.

— Achamos a bala — disse Bannon. — Vasculhamos o terreno com um detector de metal. Estava enterrada uns 23 centímetros no barro. Coerente com um tiro disparado de uma encosta arborizada a aproximadamente 110 metros de distância ao norte. Talvez com três metros de altura.

— Qual era a bala? — perguntou Reacher.

— Da OTAN, 7.62 milímetros — respondeu Bannon.

— Vocês a examinaram?

— Pra quê?

— Queima.

— Potência reduzida, carga fraca.

— Munição subsônica — disse Reacher. — Com esse calibre, só pode ser um rifle Vaime Mk2 com silenciador.

— Que também é uma arma policial e paramilitar — disse Bannon.

— Geralmente fornecida a unidades terroristas e gente assim.

Ele olhou ao redor mais uma vez, como se estivesse solicitando um comentário. Ninguém o fez. Então ele mesmo mandou um:

— Querem saber de uma coisa?

— O quê?

— Coloquem uma lista de quem compra MP5s, da Heckler & Koch, nos Estados Unidos ao lado de outra de quem compra Mk2s, da Vaime, e vão ver que só há um comprador oficial nas duas listas.

— Quem?

— O Serviço Secreto dos Estados Unidos.

A sala ficou em silêncio. Ninguém falou. Bateram na porta. O oficial de serviço. Ficou parado lá, emoldurado pela porta.

— A correspondência acabou de chegar. Vocês precisam ver uma coisa.

Eles a colocaram na mesa na sala de reunião. Era um familiar envelope pardo, aba colada, lacre de metal. Uma etiqueta adesiva com o endereço impresso por computador. *Brook Armstrong, Senado dos Estados Unidos, Washington D. C.* Nítida fonte Times New Roman. Bannon abriu sua maleta e tirou um par de luvas brancas de algodão. Colocou-as: mão direita, mão esquerda. Ajeitou-as sobre os dedos.

— Peguei estas aqui no laboratório — disse ele. — Circunstância especial. Não queremos usar látex. Melhor não misturar os rastros de talco.

As luvas eram desajeitadas. Ele teve que arrastar o envelope até a borda da mesa para pegá-lo. Segurou-o com uma mão e procurou alguma coisa com que pudesse abri-lo. Reacher tirou sua faca de cerâmica do bolso e a abriu. Ofereceu-a com o cabo virado para Bannon, que a pegou e enfiou a ponta da lâmina embaixo do canto da aba. Moveu o envelope para trás e a faca para a frente. A lâmina cortou o papel como se fosse ar. Devolveu-a para Reacher e pressionou as laterais do envelope para que ele abrisse uma boca. Olhou dentro. Virou o envelope de cabeça para baixo e fez com que algo saísse.

Era uma única folha de papel carta. Branca e pesada. Ela aterrissou, deslizou três centímetros sobre a madeira polida e parou. Tinha uma pergunta impressa em duas linhas, centralizada em relação às margens, um pouco acima do meio da página. Três palavras, na já conhecida e severa fonte: *Gostou da demonstração?* A última palavra era a única na segunda linha. Esse isolamento deu a ela um tipo de ênfase extra.

Bannon virou o envelope e verificou o carimbo postal.

— Vegas de novo — disse. — Sábado. São muito confiantes, não são? Estão perguntando se ele gostou da demonstração três dias antes de executá-la.

— Temos que ir embora agora — disse Froelich. — Decolamos às dez. Quero Reacher e Neagley comigo. Já estiveram lá. Conhecem a área.

Stuyvesant levantou a mão. Um gesto vago. Podia ser um *Tá*, ou um *faça o que quiser*, ou *não me enche*, Reacher não sabia dizer.

— Quero duas reuniões diárias — disse Bannon. — Aqui, às sete da manhã e talvez às dez da noite?

— Se estivermos na cidade — disse Froelich.

Ela seguiu em direção à porta. Reacher e Neagley saíram atrás dela. Reacher a alcançou, cutucou e a conduziu para a esquerda em vez de para a direita, em direção ao escritório dela.

— Faça a busca no banco de dados — sussurrou ele.

Ela olhou para o relógio e disse:

— É muito lento.

— Então comece agora e deixe compilando o dia todo.

— O Bannon não vai fazer isso?

— Provavelmente. Mas conferir nunca fez mal a ninguém.

Ela ficou pensativa. Depois se virou e seguiu para o interior do andar. Acendeu a luz do escritório e ligou o computador. O banco de dados do Centro Nacional de Informação Criminal tinha um protocolo de busca complexo. Ela digitou sua senha, posicionou o cursor e teclou *digital de polegar.*

— Seja mais específica — disse Reacher. — Isso vai te dar dez zilhões de impressões de digitas comuns. Ela apagou e teclou *digital de polegar + documento + carta + assinatura.*

— Está bom? — perguntou ela.

Ele deu de ombros e respondeu:

— Eu nasci antes dessas coisas serem inventadas.

— É um começo — disse Neagley. — Podemos refinar mais tarde se precisarmos.

Froelich clicou em *buscar,* o disco rígido fez barulho e a página de consulta desapareceu da tela.

— Vamos — chamou ela.

Levar um vice-presidente eleito do Distrito de Colúmbia para o grande estado da Dakota do Norte era um empreendimento complicado. Requeria oito veículos do Serviço Secreto, quatro carros da polícia. Um total de oito agentes e um avião. Fazer o evento político requeria doze agentes, quarenta policiais locais, quatro veículos da Polícia Estadual e duas unidades caninas locais. Froelich passou um total de quatro horas no rádio para coordenar toda a operação.

Ela deixou seu Suburban na garagem e usou um Town Car estendido com motorista para que pudesse se concentrar em dar ordens. Reacher e Neagley se sentaram com ela atrás. Foram para Georgetown e estacionaram próximo à casa de Armstrong. Trinta minutos depois se juntaram a eles o carro-arma e dois Suburbans. Quinze minutos mais tarde, o Cadillac estendido blindado apareceu e estacionou com a porta do passageiro colada na tenda. Em seguida, duas viaturas metropolitanas com as luzes de emergência acesas interditaram as duas pontas da rua. Todos os carros estavam com os faróis altos acesos. O céu estava cinza-escuro e uma chuva leve caía. Todos mantiveram o motor ligado para que pudessem deixar os aquecedores funcionando, e as fumaças dos escapamentos flutuavam e se misturavam próximas ao meio-fio.

Eles esperavam. Froelich falou com o destacamento dentro da casa, com o pessoal de terra no Andrews. Falou com os policiais nos carros.

Escutou as informações sobre o trânsito noticiadas pelo helicóptero de uma estação de rádio. A cidade estava congestionada por causa do clima. O departamento metropolitano de trânsito recomendava uma longa volta ao redor da Beltway. Andrews avisou que os mecânicos já tinham preparado o avião e que os pilotos já estavam a bordo. O destacamento pessoal informou que Armstrong tinha acabado de tomar café da manhã.

— Movam-no — ordenou ela.

A transferência dentro da tenda era invisível, mas ela a acompanhou pelo fone receptor. A limusine se afastou do meio-fio, um Suburban se posicionou à frente dela e entrou em forma atrás do carro de polícia que ia à frente. Em seguida ia o carro-arma, depois o estendido de Froelich, logo atrás o segundo Suburban, e, por fim, um carro de polícia. O comboio saiu e seguiu direto pela avenida Wisconsin, passando por Bethesda e seguindo no sentido contrário ao de Andrews. Mas depois virou à direita, entrou na Beltway e se preparou para dar uma rápida volta no sentido horário. A essa altura, Froelich estava em contato com Bismarck e verificava os preparativos para a chegada. O horário local previsto era uma hora, e ela queria tudo planejado e organizado para que pudesse dormir durante o voo.

O comboio usou o portão norte para entrar no Andrews e foi direto para a pista de decolagem. A limusine de Armstrong parou com a porta do passageiro a cinco metros da base da escada do avião. Era um twinjet da Gulfstream pintado com o azul cerimonial da farda da força aérea dos Estados Unidos. Os motores roncavam alto e sopravam a chuva, fazendo com que ela se movimentasse em ondas pelo chão. Os Suburbans cuspiam agentes, Armstrong saiu da limusine e correu os cinco metros pela garoa. Seu destacamento pessoal o seguiu, depois Froelich, Neagley e Reacher. Dois repórteres aguardavam em uma van. Uma segunda equipe de três homens subiu pela parte de trás. O pessoal de terra afastou a escada e um comissário de bordo fechou a porta do avião.

Por dentro, o espaço não tinha nada a ver com o Air Force One que Reacher vira nos filmes. Era mais como um ônibus que uma banda de rock desconhecida usaria, um pequeno veículo simples customizado com doze assentos de qualidade um pouco melhorada. Oito deles estavam dispostos em dois grupos de quatro, com uma mesa entre cada par, um de frente um para o outro, e o terceiro grupo era composto por quatro assentos virados para a frente, em uma fila bem na parte dianteira. Os assentos eram de couro e as mesas, de madeira, mas eles pareciam fora de lugar naquela fuselagem simples. Era óbvio que havia uma hierarquia social que determinava quem sentava onde. As pessoas lotaram o corredor até que Armstrong escolhesse seu lugar. Ele escolheu um assento do grupo de quatro, à janela, virado para trás, a bombordo. Os dois repórteres se sentaram do lado oposto. Talvez tivessem marcado uma entrevista para matar o tempo ocioso. Froelich e o destacamento pessoal se sentaram no outro grupo de quatro assentos. Os agentes de reforço e Neagley pegaram a fila da frente. Reacher ficou sem escolha. O único assento que sobrou o colocava exatamente ao lado de Froelich, do outro lado do corredor, mas também o deixava bem ao lado de Armstrong.

Ele enfiou o casaco no compartimento de bagagens na parte de cima e se sentou. Armstrong olhou para ele como se já fosse um velho amigo. Os repórteres o examinaram de cima a baixo. Ele podia sentir as expressões interrogativas deles. Estavam olhando para o terno. Conseguia vê-los pensando: *sofisticado demais para um agente. Então quem é esse cara? Um assistente? Alguém nomeado?* Ele afivelou o cinto de segurança como se sentar ao lado do vice-presidente fosse algo que vinha fazendo com a regularidade de um relógio nos últimos quatro anos. Armstrong não fez nada para desiludir sua plateia. Simplesmente ficou sentado ali, seguro de si, aguardando pela primeira pergunta.

O barulho do motor aumentou e o avião se movimentou para a pista de decolagem. Quando assumiu a posição horizontal depois de decolar, quase todo mundo exceto aqueles à mesa de Reacher já estavam dormindo. Simplesmente apagaram, como fazem os profissionais quando se deparam com um intervalo entre períodos de intensa atividade. Froelich estava acostumada a dormir em aviões; isso era nítido. A cabeça estava tombada sobre o ombro, e os braços, cuidadosamente dobrados no colo. Estava bonita. Os três agentes ao lado dela se esparramaram de maneira menos decorosa. Eram sujeitos grandes. Pescoços longos, ombros largos, pulsos grossos. Um deles estava com o pé no meio do corredor. Parecia ser tamanho 46. Ele presumiu que Neagley dormia atrás dele. Ela conseguia dormir em qualquer lugar. Uma vez ele a viu dormir em uma árvore durante uma tocaia demorada. Achou o botão, baixou um pouco o banco e se acomodou. Mas então os repórteres começaram a falar. Com Armstrong, mas sobre Reacher.

— Pode nos dar o nome, senhor, pra constar nos registros? — pediu um deles.

— Receio que as identidades precisem permanecer confidenciais neste momento — negou ele.

— Mas podemos presumir que ainda estamos em área de segurança nacional aqui?

Armstrong sorriu. Quase piscou para ele.

— Não posso impedir vocês de presumirem coisas — disse Reacher.

Os repórteres escreveram alguma coisa. Começaram uma conversa sobre relações internacionais, com muita ênfase em recursos e gastos militares. Reacher ignorou e tentou adormecer. Voltou a si quando ouviu uma pergunta repetida e sentiu olhares sobre si. Um dos repórteres o encarava.

— Mas você ainda *apoia* a doutrina da força devastadora? — perguntou o outro sujeito a Armstrong.

O vice-presidente olhou para Reacher e disse:

— Você gostaria de fazer um comentário a esse respeito?

Reacher bocejou.

— Sim, eu ainda apoio a força devastadora. Com certeza. Eu a apoio amplamente. Sempre apoiei, pode acreditar em mim.

Os dois repórteres tomaram nota. Armstrong assentiu com ar de sabedoria. Reacher recostou sua cadeira e dormiu.

Ele acordou na descida para Bismarck. Todos ao redor já estavam acordados. Froelich conversava tranquilamente com seus agentes e passava a eles as instruções operacionais padrões. Neagley estava escutando juntamente aos três caras na fileira. Ele olhou pela janela de Armstrong e viu um iluminado céu azul sem nuvens. A terra, três quilômetros abaixo, estava bege e parecia adormecida. Ele via o rio Missouri se estendendo do norte para o sul através de uma interminável sequência de resplandecentes lagos azuis. Via a estreita faixa da Interestadual 94 do leste para o oeste. Bismarck era uma mancha urbana marrom onde as faixas se encontravam.

— Estamos deixando o perímetro na responsabilidade dos policiais locais — disse Froelich. — Temos uns quarenta em serviço, talvez mais. Mais policiais estaduais em carros. Nosso trabalho é ficar bem juntos. Vamos entrar e sair rápido. Chegaremos depois que o evento tiver começado e vamos embora antes de ele acabar.

— Deixe-os querendo mais — disse Armstrong para ninguém em particular.

— Funciona na indústria do entretenimento — falou um dos repórteres.

O avião guinou, inclinou e começou sua longa descida. Encostos de poltronas foram levantados, cintos foram afivelados e apertados. Os repórteres guardaram seus cadernos. Eles iam ficar no avião. Um evento político local ao ar livre não oferecia nenhuma atração para importantes jornalistas que trabalhavam com relações internacionais. Froelich olhou para Reacher e sorriu. Mas havia preocupação nos olhos dela.

O avião pousou suavemente e taxiou até uma curva na pista de aterrisagem, onde um comboio de cinco carros aguardava. Havia uma viatura policial em cada ponta e três Town Cars estendidos imprensados entre elas. Um pequeno grupo da equipe de terra aguardava ao lado com uma escada com rodinhas. Armstrong, junto a seu destacamento, usou a limusine do meio. A equipe de apoio usou a de trás. Froelich, Reacher e Neagley foram na da frente. O ar estava gelado, mas o céu, claro. O sol era ofuscante.

— Você vai ficar trabalhando como freelancer — disse Froelich. — Onde sentir que precisa.

Não havia trânsito. Parecia um território vazio. Depois de uma viagem curta e rápida sobre lisas estradas de concreto, Reacher repentinamente viu a conhecida torre da igreja ao longe e o amontoado de casas ao redor dela. Havia carros estacionados ao longo de toda a via de acesso até o bloqueio da Polícia Estadual, a cem metros da entrada do centro comunitário. O comboio passou facilmente por ele e seguiu para o estacionamento. A cerca estava decorada com bandeirinhas e já havia uma grande aglomeração, possivelmente trezentas pessoas. A torre da igreja se impunha sobre todos eles, alta, quadrada, sólida e ofuscantemente branca sob o sol de inverno.

— Espero que desta vez eles tenham vasculhado cada centímetro dela — comentou Froelich.

Os cinco carros passaram sobre o cascalho e pararam ruidosamente. Os agentes de apoio saíram primeiro. Eles se posicionaram em forma de leque em frente ao carro de Armstrong e, verificando os rostos na multidão, aguardaram até Froelich receber do comandante da polícia local, pelo rádio, a informação de que estava tudo bem. Ela a recebeu e repassou instantaneamente para o líder da equipe de apoio. Ele confirmou no mesmo momento, aproximou-se da porta do carro de Armstrong e a abriu de maneira cerimoniosa. Reacher estava impressionado. Era como um balé. Cinco segundos, sereno, majestoso, desapressado, nenhuma hesitação aparente sequer, mas já tinham ocorrido uma comunicação tripartida e confirmação visual sobre a segurança. Aquela era uma operação refinada.

Armstrong desceu do carro para o frio do lado de fora. Já estava com um sorriso do tipo garoto-local-constrangido-por-toda-aquele-rebuliço e esticava a mão para seu sucessor no início da fila da recepção. Não usava nada na cabeça. O destacamento pessoal dele estava tão próximo que os agentes quase tropeçavam nele. Os agentes de apoio também se aproximaram, se organizando de modo que mantivessem os dois mais altos entre Armstrong e a igreja. Seus rostos estavam completamente sem expressão. Os casacos estavam abertos, e os olhos, sempre em movimento.

— Aquela porcaria daquela igreja — disse Froelich. — Parece uma barraquinha de tiro ao alvo.

— A gente deveria fazer uma busca nela de novo — sugeriu Reacher. — Nós mesmos, só por precaução. Faça-o circular no sentido anti-horário até que a gente termine.

— Isso vai fazer com que ele fique *mais perto* da igreja.

— Ele está mais seguro perto da igreja. Faz com que o ângulo para baixo fique muito ruim. Há venezianas de madeira lá em cima, ao redor dos sinos. O campo de fogo começa a uns doze metros de distância da base da torre.

Froelich levantou o pulso e falou com o agente na liderança. Alguns segundos depois, eles o viram fazer uma grande volta ao redor do terreno, no sentido anti-horário, para levar Armstrong para a sua direita. O novo senador o seguiu de perto. A multidão mudou de direção e foi atrás.

— Agora encontre o cara que tem as chaves da igreja — disse Reacher.

Froelich entrou em contato com o capitão da polícia local. Escutou a resposta no fone.

— O secretário da igreja vai nos encontrar lá — disse ela. — Cinco minutos.

Eles saíram do carro e andaram pelo cascalho até o portão da igreja. Fazia muito frio. A cabeça de Armstrong estava visível em meio a um mar de pessoas. O sol refletia no cabelo dele. Estava bem exposto no terreno, a uns nove metros da torre. O novo senador encontrava-se ao lado dele. Seis agentes ao redor. A multidão se movimentava com eles e mudava de formato como uma criatura em evolução. Havia sobretudos escuros por todo o lugar. Chapéus de mulheres, cachecóis, óculos escuros. A grama estava marrom e morta devido às geadas noturnas.

Froelich se enrijeceu. Levou a mão ao ouvido. Levantou a mão e falou ao microfone.

— Mantenham-no perto da igreja — ordenou ela.

Em seguida, ela abaixou as mãos e abriu o casaco. Afrouxou a arma no coldre.

— A polícia estadual no perímetro mais afastado acabou de ligar — disse ela. — Estão preocupados com um cara a pé.

— Onde? — perguntou Reacher.

— Na área residencial.

— Descrição?

— Não falaram.

— Quantos policiais em campo?

— Mais de quarenta, ao redor de toda a fronteira.

— Faça com que olhem pra fora. Com as costas para a multidão. Todos os olhos no perímetro mais próximo.

Froelich falou com o capitão da polícia pelo rádio e deu a ordem. Os olhos dela estavam em todo o lugar.

— Tenho que ir — disse ela.

Reacher se virou para Neagley.

— Verifique as ruas — falou ele. — Todos os pontos de acesso que encontramos antes.

Neagley fez que sim com a cabeça e saiu em direção à entrada por onde passavam os carros. Passos longos e rápidos, a meio caminho entre andar e correr.

216

— Vocês acharam pontos de acesso? — perguntou Froelich.

— Igual a uma peneira.

Froelich levantou o pulso.

— Movam-se agora, movam-se agora. Levem-no para bem perto da parede da torre. Cubram todos os três lados. Fiquem perto dos carros. Agora, pessoal.

Ela ouviu a resposta. Balançou a cabeça afirmativamente. Armstrong estava se aproximando da torre do outro lado, a uns trinta metros de distância dali, fora do campo de visão deles.

— Pode ir — disse Reacher. — Eu verifico a igreja.

Ela levantou o pulso.

— Agora o mantenham aí. Já estou indo.

Ela foi direto para trás, em direção ao campo, sem dizer mais nenhuma palavra. Reacher ficou sozinho ao portão da igreja. Passou por ele e seguiu em direção à edificação. Esperou à porta. Era enorme, de carvalho entalhado, com provavelmente uns dez centímetros de espessura. Tinha tiras e dobradiças de ferro. Cabeças grandes de pregos pretos. Acima dela, a torre se elevava mais de vinte metros para o céu. Havia uma bandeira, um para-raios e um cata-vento no topo. O cata-vento não se movimentava. A bandeira não tremulava. O ar estava completamente parado. Frio, denso, sem uma brisa sequer. O tipo de ar que pega uma bala, a envolve e segura carinhosamente, de maneira perfeita.

Um minuto mais tarde, ele ouviu um barulho de sapatos no cascalho e olhou para o portão atrás de si, por onde o secretário da igreja se aproximava. Era um homem baixo com uma batina preta que ia até os pés. Usava um casaco de caxemira sobre ela. Um chapéu de pele com orelheiras bem amarradas embaixo do queixo. Óculos de lentes grossas com armação dourada. Trazia na mão uma enorme argola de arame com uma também enorme chave de ferro pendurada nela. Era tão grande que parecia um objeto cênico para um filme de comédia sobre cadeias medievais. Ele a estendeu, e Reacher pegou.

— Esta é a chave original — comentou o secretário. — De 1870.

— Vou levá-la de volta pra você — afirmou Reacher. — Espere por mim no campo.

— Posso esperar aqui — disse o sujeito.

— No campo — repetiu Reacher. — É melhor.

Os olhos dele eram grandes, ampliados pelas lentes. Ele se virou e caminhou de volta por onde tinha vindo. Reacher suspendeu a grande chave antiga. Foi até a porta e a alinhou com o buraco. Colocou-a na fechadura. Girou com força. Nada aconteceu. Tentou de novo. Nada. Ele ficou parado. Tentou a maçaneta.

A porta não estava trancada.

Ela se abriu quinze centímetros, rangendo por causa das dobradiças velhas. Ele se lembrou do barulho. Tinha soado muito mais alto na primeira vez em que a abriu, às cinco da manhã. Mas, naquele momento, ele se perdeu no tumulto das trezentas pessoas no campo.

Empurrou a porta até o final. Parou de novo e depois entrou silenciosamente na escuridão. Era uma estrutura simples de madeira com um teto abobadado. As paredes eram de um branco amarelado e estavam desbotadas. Os bancos gastos brilhavam de tão lustrados. As janelas eram vitrais. Numa das pontas havia um altar e um atril alto. Degraus que levavam até ele. Algumas portas para cômodos pequenos. Sacristias, talvez. Ele não tinha certeza sobre a terminologia.

Fechou a porta e a trancou pelo lado de dentro. Escondeu a chave em um baú de madeira cheio de cânticos. Moveu-se lentamente até o centro do corredor, parou e ficou escutando. Não ouvia nada. O ar tinha cheiro de madeira velha, tecidos empoeirados, cera de velas e frio. Continuou se movendo lentamente e verificou as pequenas salas atrás do altar. Havia três, todas pequenas e sem tapete. Todas praticamente vazias, com apenas pilhas de livros velhos e vestes litúrgicas.

Ele voltou lentamente. Passou pela porta e foi para a base da torre. Havia uma área quadrada com três cordas de sino penduradas no centro. Costuradas sobre as pontas, as cordas tinham capas ornadas e desbotadas de um metro. As laterais da área quadrada eram delimitadas por uma escada íngreme e estreita que subia dando voltas em direção à escuridão. Ele ficou ali embaixo e escutou com muita atenção. Não ouviu nada. Começou a subir. Após três curvas consecutivas de noventa graus, as escadas terminaram em uma plataforma. Havia uma escada de mão de madeira parafusada à parede interna da torre. Ela tinha seis metros para cima e levava até um alçapão no teto. O teto era todo coberto de tábuas, com exceção de três buracos de precisos 23 centímetros para as cordas dos sinos. Se tivesse alguém ali em cima, a pessoa poderia vê-lo e ouvi-lo pelos buracos. Reacher sabia disso. Tinha escutado os cachorros se movimentando abaixo dele cinco dias antes.

Ele ficou parado ao pé da escada. O mais quieto possível. Tirou a faca de cerâmica do bolso do casaco e o despiu. Tirou também o blazer e deixou ambos na plataforma. Subiu na escada. Ela rangeu alto sob o peso dele. Escalou o degrau seguinte. A escada rangeu novamente.

Ele parou. Tirou uma das mãos do degrau e observou a palma. *Pimenta. A pimenta que ele tinha usado cinco dias atrás ainda estava na escada.* Os degraus estavam lambuzados e manchados, talvez pela sua própria descida de cinco dias antes, talvez pela subida de policiais nesse segundo evento. *Ou por outra pessoa.* Ele parou. Escalou outro degrau. A escada rangeu outra vez.

Ele ficou parado de novo. *Calcular e avaliar.* Estava em uma escada barulhenta, cinco metros abaixo de um alçapão. Acima havia uma situação incerta. Estava praticamente desarmado, tinha apenas uma faca com uma lâmina de nove centímetros de comprimento. Respirou fundo. Abriu a faca e a segurou entre os dentes. Levantou os braços e agarrou as laterais da escada o mais acima da cabeça que conseguiu. Catapultou-se para cima. Percorreu os cinco metros restantes em três ou quatro segundos. Lá em cima, manteve um pé e uma das mãos na escada e pendurou o corpo no espaço aberto. Estabilizou-se com as pontas dos dedos no teto. Tentou captar um movimento.

Não havia nada. Estendeu a mão, empurrou o alçapão para cima uns três centímetros e o deixou cair até fechar. Voltou a colocar os dedos no teto. Nenhum movimento. Nenhum tremor. Nenhuma vibração. Esperou trinta segundos. Nada ainda. Virou de novo para a escada, abriu o alçapão todo e subiu para dentro da torre do sino.

Ele viu os sinos mudos pendurados em suas armações. Eram três, com rodas de ferro sobre eles, acionadas pelas cordas. Os sinos eram pequenos, pretos e moldados em ferro. Nada parecidos com as obras- -primas gigantes de bronze que honram as catedrais antigas da Europa. Não passavam de artefatos rurais simples de uma história rural simples. O sol passava pelas venezianas e se projetava em feixes de luz fria sobre eles. O resto da torre estava vazio. Não havia nada ali em cima. Estava exatamente como ele a tinha deixado.

Só que não.

A poeira estava remexida. Havia pegadas arrastadas e marcas inexplicáveis no chão. Calcanhares, dedos do pé, joelhos e cotovelos. Não eram as dele, de cinco dias antes. Tinha certeza. E havia um fraco cheiro no ar, ligeiramente perceptível. Era cheiro de suor, e tensão, e óleo de arma, e aço usinado, e cartuchos de metal. Lentamente, ele fez um giro completo, e o cheiro desapareceu, como se nunca tivesse estado ali. Ficou parado e colocou a ponta dos dedos nos sinos de ferro, com a esperança de que eles entregassem suas secretas vibrações armazenadas.

Assim como a luz do sol, som entrava pelas venezianas. Ele conseguia ouvir pessoas aglomeradas perto da base da torre, vinte metros abaixo. Andou um pouco e se inclinou a fim de olhar para baixo. As venezianas eram de ripas de madeira castigadas pelo tempo, espaçadas umas das outras e encaixadas à estrutura em ângulos de uns trinta graus. A borda da multidão era visível. A maior parte dela, não. Ele conseguia ver policiais no perímetro do campo, a trinta metros de distância, observando tranquilamente as cercas. Via o prédio do centro comunitário. Enxergava o comboio aguardando pacientemente no lote com os motores ligados e a fumaça dos canos de descarga se anuviando brancas no frio. Via as casas ao redor. Dava para ver um monte de coisas. Era uma boa posição de tiro. Campo limitado, mas era necessário somente um tiro.

Ele olhou para cima. Viu outro alçapão no teto da torre do sino, e outra escada para subir até ele. Ao lado dela, pesadas tiras de aterramento feitas de cobre pendiam do para-raios. Estavam ali havia tanto tempo que ficaram esverdeadas. Ele ignorara o teto em sua primeira visita. Não tinha ficado com vontade alguma de subir lá e esperar oito horas no frio. Mas, para alguém à procura de um ilimitado campo de fogo em uma tarde ensolarada, o alçapão pareceria atrativo. Supôs que servia para que a bandeira fosse trocada. O para-raios e o cata-vento deviam estar ali desde 1870, mas a bandeira, não. A ela tinham sido adicionadas muitas estrelas desde 1870.

Ele colocou a faca entre os dentes novamente e começou a subir a escada. Era uma subida de seis metros. A madeira rangia e cedia sob o peso dele. Chegou à metade do caminho e parou. Suas mãos estavam nas laterais da escada. Seu rosto, próximo aos degraus superiores. Eram muito velhos e empoeirados, com exceção de um ou outro lugar perfeitamente limpo. Havia duas maneiras de subir uma escada. Ou a pessoa segurava na parte lateral dela ou agarrava cada degrau alternadamente. Ele ensaiou na cabeça onde estariam as marcas das mãos. O contato teria sido feito com a esquerda e a direita em degraus alternados. Ele arqueou o corpo, afastando-o da escada e olhou para baixo. Levantou o pescoço e olhou para cima. Viu marcas exatamente como as que tinha pensado, à direita e à esquerda dos degraus, alternadamente. Alguém subira pela escada. Recentemente. Talvez um ou dois dias antes. Talvez uma ou duas horas. Talvez o secretário da igreja, levando uma bandeira limpa. Talvez não.

Ficou imóvel, pendurado ali. O falatório da multidão chegava até ele pelas venezianas. Ele estava acima dos sinos. O fabricante tinha soldado suas iniciais no topo de cada um deles, na ponta em que o ferro se estreitava. Estava escrito *AHB* três vezes com trêmulas linhas de estanho derretido.

Subiu devagar. Como antes, espalmou os dedos na madeira sobre a cabeça. Mas aquelas vigas de madeira eram grossas, provavelmente revestidas com chumbo na superfície externa. Eram sólidas como rochas. Podia ter alguém dançando animadamente ali em cima e ele jamais conseguiria sentir. Subiu com cuidado mais dois degraus. Curvou os ombros e subiu mais um, até ficar agachado no topo da escada com o alçapão pressionando suas costas. Sabia que seria pesado. Provavelmente era tão grosso quanto o próprio telhado e com uma camada de chumbo resistente às intempéries. Com algum tipo de proteção para que não houvesse goteiras. Ele se virou à procura das dobradiças. Eram de ferro. Um pouco enferrujadas. Provavelmente um pouco duras.

Deu um longo e molhado suspiro ao redor do cabo da faca, esticou as pernas violentamente e imergiu como uma explosão no alçapão. A tampa bateu ruidosamente, ele subiu no telhado e foi envolvido pela ofuscante luz do dia. Pegou a faca da boca e rolou para longe. Seu rosto roçou o telhado. Era de chumbo, esburacado, fosco e acinzentado por mais de 130 invernos. Fez um giro completo de joelhos.

Não havia ninguém ali em cima.

Era como uma caixa rasa revestida de chumbo aberta sob o céu. As paredes tinham cerca de um metro de altura. O piso tinha uma ele-vação no meio, onde ficava preso o mastro da bandeira, o cata-vento e o poste do para-raios. De perto, eles eram enormes. O chumbo fora cuidadosamente instalado, e as juntas eram soldadas. Tinham formato de funil nos cantos para escorrer a água da chuva e a neve derretida.

Ele engatinhou. Não queria ficar de pé. Supôs que os agentes lá embaixo fossem treinados para observar movimentação em pontos altos sobre eles. Colocou a cabeça lentamente sobre o parapeito. Sentiu um calafrio ao se expor ao ar gelado. Viu Armstrong bem embaixo, a vinte metros de distância. O novo senador estava em pé ao lado dele. Os seis agentes faziam um círculo perfeito ao redor. Foi quando Reacher percebeu um movimento no canto do olho. A cem metros de distância, do outro lado do campo, policiais estavam correndo. Chegavam a um local próximo do canto de trás do cerco. Abaixavam-se para ver alguma coisa, afastavam-se girando o corpo e se curvavam para falar em seus comunicadores. Ele olhou para baixo novamente e viu Froelich forçando passagem pela multidão. Pressionava o fone no ouvido com o dedo indicador. Movimentava-se com rapidez. Seguia em direção aos policiais.

Ele engatinhou de volta e passou pelo alçapão. Fechou-o com força e desceu a escada. Desceu pelo outro alçapão e pela outra escada. Pegou o blazer e a jaqueta e desceu correndo as escadas espiraladas. Passou pelas pontas ornadas das cordas dos sinos e seguiu para a parte principal da igreja.

A porta de carvalho estava totalmente aberta.

A tampa da caixa de cânticos estava levantada, e a chave, na fechadura do lado de dentro. Ele parou a um metro da saída. Esperou. Escutou. Saiu correndo em direção ao frio e parou novamente depois de ter percorrido dois metros do caminho que levava até a porta. Girou. Ninguém estava aguardando para emboscá-lo. Não havia ninguém ali. A área estava quieta e deserta. Ele ouvia sons ao longe, no terreno. Deu de ombros e seguiu em direção ao barulho. Viu um homem correndo em direção a ele pelo cascalho, rápido e alerta. Estava com um longo casaco marrom que parecia feito de algum tipo de sarja grossa, e não era nem um casaco de chuva nem um sobretudo. A roupa esvoaçava às costas dele. Por baixo, usava um casaco de tweed e calça social. Sapatos resistentes. Estava com a mão levantada como se o cumprimentasse. Um distintivo dourado na palma da mão. Algum tipo de detetive de Bismarck. Talvez o próprio capitão de polícia.

— A torre está segura? — gritou ele a uns seis metros de distância.

— Está vazia — gritou Reacher de volta. — O que está acontecendo?

O policial parou onde estava e se curvou, ofegante, com as mãos nos joelhos.

— Não sei ainda — gritou ele. — Algum tumulto dos grandes.

Depois ele olhou além do ombro de Reacher, para a igreja.

— Droga, você devia ter trancado a porta — gritou ele. — Não pode deixar essa porcaria aberta.

E correu em direção à igreja. Reacher foi na direção oposta, para o campo. Encontrou Neagley correndo pela entrada.

— Que foi? — gritou ela.

— Está rolando algum problema.

Eles dispararam juntos. Passaram pelo portão e entraram no campo. Froelich se movia rápido em direção aos carros. Os dois mudaram de direção e a interceptaram.

— Rifle escondido ao pé da cerca — disse ela.

— Alguém esteve na igreja — afirmou Reacher. Ele estava sem fôlego. — Na torre. Provavelmente bem no telhado. Provavelmente ainda está em algum lugar nos arredores.

Froelich olhou direto pra ele e ficou completamente imóvel por um segundo. Em seguida, levantou a mão e falou para o pulso:

— Preparem-se para abortar. Retirada de emergência quando eu contar até três.

A voz dela estava muito calma.

— Todos os veículos, preparem-se. Carro principal e carro-arma no destino quando eu contar até três.

Ela ficou em silêncio por um momento.

— Um, dois, três, abortar agora, abortar agora.

Duas coisas aconteceram simultaneamente. Primeiro houve o roncar dos motores do comboio, que se dissociou como uma explosão estelar. O carro de polícia que liderava acelerou para a frente e o que ficava atrás deu ré. As duas primeiras limusines estendidas fizeram uma curva fechada, derrapando, e aceleraram pelo cascalho em direção ao campo. Ao mesmo tempo, o destacamento pessoal saltou sobre Armstrong e literalmente o encobriu, tirando-o de vista. Um agente assumiu a dianteira, outros dois pegaram um ombro cada, os três agentes de apoio

223

se aglomeraram e, por trás, jogaram os braços por sobre a cabeça do vice-presidente, depois o conduziram para a frente em grupo através da multidão. Era como uma jogada de futebol americano, cheia de velocidade e força. A multidão se espalhava em pânico enquanto os carros sacudiam através da grama em um sentido e os agentes se apressavam, vindo do outro, para se encontrarem. Os carros pararam derrapando, o destacamento pessoal empurrou Armstrong direto para dentro do primeiro deles e a equipe de reforço se amontou no segundo.

O carro da frente já estava com as luzes e a sirene ligadas e descia em direção à saída. As duas limusines carregadas rabearam na grama, deram meia volta no campo e voltaram para o asfalto. Elas se enfileiraram atrás do carro de polícia e, em seguida, os três veículos aceleraram com força, seguindo enquanto o terceiro estendido ia direto em direção a Froelich.

— A gente pode pegar esses caras — Reacher disse a ela. — Neste exato momento, eles estão bem aqui.

Ela não respondeu. Apenas agarrou Neagley e ele pelo braço e os puxou para dentro da limusine com ela. O carro roncou atrás dos veículos que iam à frente. A segunda viatura policial se intrometeu logo atrás, e apenas breves vinte segundos depois do comando inicial para abortarem, todo o comboio já tinha formado novamente uma fila precisa que se afastava ruidosamente da cena a 110 quilômetros por hora, com todas as luzes piscando e todas as sirenes berrando.

Froelich desmoronou em seu banco e disse:

— Está vendo? Não somos proativos. Alguma coisa acontece, a gente foge.

11

ROELICH ESTAVA NO FRIO E FALAVA COM ARMSTRONG AO pé da escada do avião. Foi uma conversa curta. Ela lhe contou sobre a descoberta do rifle escondido e disse que era mais do que suficiente para a retirada. Ele não discutiu. Não fez nenhuma inoportuna pergunta sugestiva. Parecia ignorar completamente um cenário mais amplo e estar totalmente despreocupado com a própria segurança. Estava mais ansioso para calcular as consequências nas relações públicas de seu sucessor. Ele desviou o olhar e, como fazem os políticos, começou a refletir sobre as vantagens e desvantagens, então voltou a si com um sorriso hesitante. *Nenhum dano.* Em seguida, subiu a escada e entrou no calor do interior do avião, pronto para retomar sua agenda com os jornalistas que o aguardavam.

Reacher foi mais rápido na escolha do assento dessa vez. Conseguiu um lugar na fileira da frente, ao lado de Froelich e do outro lado do corredor em relação a Neagley. Froelich usou o período em que o avião estava taxiando para falar com sua equipe e cumprimentá-la calmamente pelo desempenho. Falou com um de cada vez, se inclinando para perto, falando, escutando e terminando com um discreto cumprimento com os punhos fechados, como fazem os jogadores de beisebol depois de uma bela jogada. Reacher a observava. *Boa líder*, pensou. Ela voltou para seu assento e afivelou o cinto. Alisou o cabelo e, com a ponta dos dedos, pressionou as têmporas com força, como se estivesse limpando a cabeça dos eventos do passado e se preparando para concentrar no futuro.

— A gente devia ter ficado lá — falou Reacher.

— O lugar está abarrotado de policiais — disse Froelich. — O FBI vai se juntar a eles. Esse é o trabalho deles. A gente foca em Armstrong. E, assim como você, eu não gosto nem um pouco disso.

— Qual era o rifle? Você viu?

Ela negou com um gesto de cabeça.

— A gente vai receber um relatório. Disseram que estava em uma bolsa. Uma espécie de estojo de vinil.

— Escondido na grama?

Ela fez que sim.

— No pé da cerca, onde o mato estava alto.

— Quando a igreja foi trancada?

— Foi a última coisa feita no domingo. Mais de sessenta horas atrás.

— Então eu acho que os nossos caras arrombaram a fechadura. É um mecanismo antigo tosco. Tão grande que dá praticamente pra enfiar a mão inteira lá dentro.

— Tem certeza de que não os viu?

Reacher negou com um gesto de cabeça.

— Mas eles me viram. Estavam lá dentro comigo. Viram onde eu escondi a chave. Conseguiram sair.

— Você provavelmente salvou a vida do Armstrong. E a minha pele. Embora eu não entenda o plano deles. Eles estavam na igreja, e o rifle, a cem metros de distância?

— Aguarde até a gente saber que rifle era. Aí, quem sabe, dá pra entender.

O avião virou no final da pista de decolagem e acelerou imediatamente. Decolou e subiu com força. O barulho do motor diminuiu novamente depois de cinco minutos, e Reacher ouviu os jornalistas recomeçarem a conversa sobre relações internacionais. Não fizeram pergunta alguma sobre o retorno antecipado.

Pousaram no Andrews às seis e meia no horário local. A cidade estava tranquila. O longo fim de semana de Ação de Graças tinha começado na metade da tarde. O comboio foi direto para a avenida Branch, seguiu pelo coração da capital e depois partiu novamente para Georgetown. Armstrong foi conduzido para a sua casa pela tenda branca. Em seguida, os carros viraram letargicamente e voltaram para a base. Stuyvesant não estava lá. Reacher e Neagley seguiram Froelich até a mesa dela, onde acessou o resultado da busca no Centro Nacional de Informação Criminal. Não era nada animador. Havia uma pequena orgulhosa rubrica no alto da tela alertando que o software tinha compilado durante cinco horas e 23 minutos e que tinha localizado nada menos que 243.791 resultados. Qualquer coisa que alguma vez mencionara uma combinação entre duas das expressões "digital de polegar", "documento", "carta", "assinatura" estava impecavelmente listada. A sequência começava exatamente vinte anos antes e apresentava uma média de trinta resultados para cada um dos 7.305 dias desde então. Froelich pegou amostras da primeira dezena de relatórios, depois começou a saltar as datas e verificá-las de maneira aleatória. Não havia nada sequer remotamente útil.

— Precisamos refinar os parâmetros — disse Neagley.

Ela se abaixou ao lado de Froelich e puxou o teclado. Limpou a tela, acessou a caixa de busca e teclou *digital de polegar como assinatura*. Esticou o braço até o mouse e clicou em procurar. O disco rígido fez barulho e a caixa de busca desapareceu. O telefone tocou e Froelich atendeu. Escutou por um momento e desligou.

— Stuyvesant já voltou — disse ela. — O relatório preliminar do FBI sobre o rifle está com ele. Quer a gente na sala de reunião.

— Estivemos muito perto de perder hoje — afirmou Stuyvesant.

Ele estava à cabeceira da mesa, com folhas de papel espalhadas à sua frente. Estavam cobertas com letras espessas, um pouco borradas por causa da transmissão. Reacher conseguia ver o cabeçalho da primeira folha de cabeça para baixo. Havia um pequeno símbolo na esquerda e, à direita, estava escrito *Departamento de Justiça dos EUA, FBI*.

— O primeiro fator é a porta destrancada — disse Stuyvesant. — O palpite do FBI é que a fechadura foi arrombada hoje de manhã. Disseram que uma criança poderia ter feito isso com uma agulha de tricô entortada. Deveríamos ter colocado uma fechadura temporária das nossas.

— Não podíamos — disse Froelich. — É um edifício histórico. Não pode ser modificado.

— Então deveríamos ter trocado o evento de lugar.

— Procurei alternativas da outra vez. Todos os outros lugares eram piores.

— Vocês deveriam ter colocado um agente no telhado — disse Neagley.

— Não temos verba — argumentou Stuyvesant. — Até a posse.

— Se chegarem lá — disse Neagley.

— Qual era o rifle? — perguntou Reacher em meio ao silêncio. Stuyvesant juntou os papéis à sua frente.

— Algum palpite?

— Algo descartável — sugeriu Reacher. — Que eles não estavam planejando usar de verdade. De acordo com a minha experiência, algo encontrado com tanta facilidade foi feito para ser encontrado com essa facilidade.

Stuyvesant concordou com um gesto de cabeça e disse:

— Nem sequer era um rifle. Era uma velha .22 mequetrefe. Com manutenção malfeita, enferrujada, provavelmente sem uso há uma geração. Não estava carregada e não havia munição com ela.

— Marcas de identificação?

— Nenhuma.

— Digitais?

— É claro que não.

— Isca — concluiu Reacher.

— A porta destrancada é sugestiva — disse Stuyvesant. — O que você fez quando entrou?

— Tranquei-a de novo.

— Por quê?

— Gosto de fazer isso, por segurança.

— Mas e se fosse você quem estava planejando atirar?

— Aí eu a deixaria aberta, especialmente se não tivesse a chave.

— Por quê?

— Para que depois eu pudesse sair rápido.

Stuyvesant assentiu.

— A porta destrancada significa que eles estavam lá dentro para atirar. Na minha opinião, eles escondidos com a MP5 ou o Vaime Mk2.

Talvez as duas. Eles imaginaram que a arma sucateada seria localizada na cerca e a maior parte da equipe policial se movimentaria um pouco em direção a ela. Nós levaríamos Armstrong em direção ao comboio, e, dessa forma, eles o teriam na mira.

— Me parece razoável — concordou Reacher. — Mas eu não vi ninguém lá dentro.

— Uma igreja do interior tem muitos lugares para se esconder — argumentou Stuyvesant. — Você procurou na cripta?

— Não.

— No sótão?

— Não.

— Muitos lugares — repetiu Stuyvesant.

— Eu senti que tinha alguém.

— É — falou Stuyvesant. — Eles estavam lá dentro. Com certeza.

Fez-se silêncio.

— Alguém suspeito presente no evento? — perguntou Froelich.

Stuyvesant negou.

— Foi puro caos. Policiais correndo pra todo lado, a multidão dispersando. Quando a ordem foi restaurada, pelo menos vinte pessoas tinham ido embora. O que é compreensível. Você está em uma multidão em campo aberto, alguém acha uma arma, você sai correndo igual a um louco. Quem não faria o mesmo?

— E o homem a pé na área residencial?

— Só um sujeito de casaco — disse Stuyvesant. — Não poderíamos esperar algo além disso de um policial estadual. Provavelmente só um civil dando uma caminhada. Provavelmente ninguém. Meu palpite é que nesse momento os caras já estavam dentro da igreja.

— Alguma coisa deve ter chamado a atenção do policial — comentou Neagley.

— Sabe como é — disse Stuyvesant, dando de ombros. — Como se comporta um soldado da polícia estadual da Dakota do Norte quando o Serviço Secreto está por perto? Ele está condenado se agir e está condenado se não agir. Alguém parece suspeito e ele dá o grito, mesmo que depois não saiba dizer bem o porquê. E não podemos recriminá-lo por isso. Prefiro que ele falhe por ser precavido. Prefiro que peque pelo excesso. Não quero fazer com que tenha medo de ser vigilante.

— Então não temos nada — disse Froelich.

— Ainda temos o Armstrong — corrigiu Stuyvesant. — E o Armstrong ainda tem pulso. Então vão jantar e estejam de volta aqui às dez para a reunião com o FBI.

Primeiro eles foram ao escritório de Froelich para verificar o resultado da busca de Neagley no Centro Nacional de Informação Criminal. Estava pronta. Na verdade, tinha ficado pronta antes mesmo de se afastarem da mesa. A rubrica no alto da tela informava que a pesquisa tinha durado nove centésimos de segundo e não obteve resultado. Froelich acessou a caixa de busca novamente e digitou *digital de polegar em carta*. Clicou em *buscar* e olhou para a tela. Ela mudou imediatamente e, em oito centésimos de segundo, não obteve resultados.

— Não encontrou nada ainda mais rápido agora — disse ela.

Tentou *digital de polegar em mensagem*. Mesmo resultado em oito centésimos de segundo. Tentou *digital de polegar em ameaça*. Resultado idêntico, tempo idêntico. Ela suspirou, frustrada.

— Deixa eu tentar — falou Reacher.

Ela levantou e ele se sentou na cadeira. Digitou *cartinha assinada com digitalzona de polegar*.

— Idiota — disse Neagley.

Ele clicou. A tela mudou instantaneamente e relatou que, nos sete centésimos de segundo em que esteve procurando no software, não encontrou nenhum resultado.

— Mas foi um novo recorde de velocidade — disse Reacher, e sorriu.

Neagley deu uma gargalhada, e o clima de frustração suavizou um pouco. Ele teclou *digital de polegar e esqualeno* e apertou *buscar* novamente. Dez centésimos de segundos depois, a busca não encontrou nada.

— Está ficando lento — disse ele.

Tentou somente *esqualeno*. Nada, dezoito centésimos de segundo.

Digitou *esqualano* com *a*. Nada, dezoito centésimos de segundo.

— Esquece — desistiu ele. — Vamos comer.

— Espera aí — falou Neagley. — Deixa eu tentar de novo. Isto é tipo um evento olímpico.

Ela o cutucou pra fora da cadeira. Digitou *impressão digital individual inexplicável*. Apertou *buscar*. Nada, seis centésimos de segundo. Ela sorriu.

— *Seis* centésimos — comemorou ela. — Pessoal, temos um novo recorde.

— Muito bem — falou Reacher.

Ela digitou *uma única impressão digital inexplicável*. Apertou em buscar.

— Isto até que é divertido — comentou ela.

Nada, seis centésimos de segundo.

— Empatada em primeiro lugar — comentou Froelich. — Minha vez de novo.

Assumiu o lugar de Neagley ao teclado e pensou por um longo momento.

— Tá, lá vai — disse ela. — Ou esta aqui me dá a medalha de ouro ou vai fazer a gente ficar aqui a noite toda.

Ela digitou uma única palavra: *polegar.* Apertou *buscar*. A caixa de busca desapareceu, a tela ficou vazia por um segundo inteiro e voltou com um único resultado. Um único parágrafo. Era um relatório policial de Sacramento, Califórnia. Um médico da emergência de um hospital local municipal notificou o departamento de polícia local cinco semanas antes que tratara de um homem que tinha decepado o polegar em um acidente de carpintaria. Mas o médico estava convencido, pela natureza do ferimento, de que fora proposital, embora o procedimento tenha sido amador. Os policiais investigaram e a vítima assegurou que tinha realmente sido um acidente com uma serra elétrica. Caso encerrado, relatório arquivado.

— Tem umas paradas esquisitas neste sistema — disse Froelich.

— Vamos comer — repetiu Reacher.

— Talvez devêssemos ir a um lugar vegetariano — sugeriu Neagley.

Eles foram de carro até Dupont Circle e comeram em um restaurante armênio. Reacher comeu cordeiro, e Froelich e Neagley preferiram várias misturas de grão-de-bico. Comeram balava na sobremesa, e cada um tomou três pequenas xícaras de um café grosso e forte. Conversaram muito, mas sobre nada. Ninguém queria falar sobre Armstrong, ou Nendick, ou a esposa dele, ou homens capazes de aterrorizar uma pessoa a ponto de matá-la e depois atirar em dois civis que por coincidência tinham o mesmo nome. Froelich não queria falar sobre Joe na frente de Reacher, Neagley não queria falar sobre Reacher na frente de

Froelich. Então eles falaram sobre política, como provavelmente todo mundo na cidade. Mas conversar sobre política no final de novembro era praticamente impossível sem mencionar o novo governo, o que levava de volta a Armstrong, então eles generalizaram novamente e falaram sobre perspectivas pessoais e crenças. Isso requeria informações sobre o passado, e em pouco tempo Froelich estava perguntando a Neagley sobre sua vida e carreira.

Reacher se desligou da conversa. Ele sabia que ela não responderia a perguntas sobre sua vida. Nunca respondia. Nunca respondera. Ele a conhecia havia muitos anos e não tinha descoberto absolutamente nada sobre seu passado. Supunha que houvesse alguma tristeza lá. Isso era muito comum em pessoas no Exército. Alguns se alistavam porque precisavam de um emprego ou queriam aprender uma profissão, outros porque queriam atirar com armas pesadas e explodir coisas. Alguns, como o próprio Reacher, se alistavam porque isso fora predeterminado. Mas a maioria se alistava porque estava à procura de coesão, confiança, lealdade e camaradagem. Estavam à procura de irmãos, irmãs e pais que não tiveram em nenhum outro lugar.

Neagley pulou a parte que continha o início de sua vida e discorreu sobre a carreira no serviço militar para Froelich, e Reacher a ignorou e observou o restaurante ao redor. Estava cheio. Muitos casais e famílias. Imaginou que as pessoas que cozinhariam grandes refeições para o Dia de Ação de Graças no dia seguinte não queriam preparar nada naquela noite. Alguns rostos ele quase reconhecia. Talvez fossem políticos ou repórteres de televisão. Voltou a prestar atenção na conversa quando Neagley começou a falar sobre a nova carreira dela em Chicago. Parecia muito boa. Era sócia de pessoas relacionadas às forças de segurança e às forças armadas. Era uma empresa grande. Oferecia um amplo leque de serviços: de segurança computacional a proteção contra sequestro para executivos em viagem ao exterior. Se seu plano de vida era morar em um só lugar e ir para o trabalho todos os dias, essa provavelmente era a maneira de se fazer isso. Parecia satisfeita com a vida que levava.

Estavam prestes a pedir a quarta rodada de café quando o celular de Froelich tocou. Passava um pouquinho das nove horas. O restaurante tinha ficado barulhento, e o celular tinha passado despercebido a princípio. Depois eles se deram conta do baixo e insistente toque vindo de dentro da bolsa dela. Froelich tirou o telefone de lá e lhe atendeu. Reacher observou o rosto dela. Ele aparentou confusão e depois um pouco de preocupação.

— Certo — disse ela, fechando o telefone.

Olhou para Reacher do outro lado da mesa.

— Stuyvesant quer você de volta ao escritório agora, imediatamente.

— Eu? — indagou Reacher. — Por quê?

— Ele não falou.

Stuyvesant os aguardava atrás de uma das pontas do balcão da recepção, logo depois da porta principal. O oficial de serviço ocupava outra ponta. Tudo parecia normal, com exceção do telefone bem em frente a Stuyvesant. Tinha sido arrastado de sua posição e posicionado na frente do balcão, virado para fora, com o fio atrás. Stuyvesant o encarava.

— Recebemos uma ligação — disse ele.

— De quem? — perguntou Froelich.

— Não consegui o nome. Nem o número. O identificador de chamada estava bloqueado. Voz masculina, nenhum sotaque específico. Ligou para a recepção e pediu para falar com o figurão. Algo na voz dele fez o oficial de serviço levar a ligação a sério e ele a transferiu, pensando que provavelmente o figurão era eu, vocês sabem, o chefe. Mas não era. O cara não queria falar comigo. Queria o figurão que ele anda vendo por aqui recentemente.

— Eu? — indagou Reacher.

— Você é o único figurão novo em cena.

— Por que ele ia querer falar comigo?

— Estamos prestes a descobrir. Ele vai ligar de novo às nove e meia.

Reacher olhou seu relógio. Nove e vinte e dois.

— São eles — disse Froelich. — Te viram na igreja.

— É o que eu acho — disse Stuyvesant. — Este é o nosso verdadeiro primeiro contato. Estamos com um gravador preparado. Vamos fazer um espectrograma da voz. E temos um rastreador na linha. Você precisa falar pelo máximo de tempo que conseguir.

Reacher olhou para Neagley. Ela olhou checou o relógio. Balançou a cabeça.

— Não temos tempo suficiente agora — disse ela.

233

Reacher concordou com um gesto de cabeça.

— Dá pra conseguir uma previsão do tempo de Chicago?

— Posso ligar para o Andrews — disse Froelich. — Mas por quê?

— Só faz isso, está bem?

Ela se afastou para usar outra linha telefônica. O pessoal da meteorologia da força aérea levou quatro minutos para informá-la de que Chicago estava frio, mas com tempo aberto, e a previsão era de que continuasse assim. Reacher olhou seu relógio novamente. Nove e vinte e sete.

— Certo — disse ele.

— Lembre-se, fale pelo máximo de tempo que puder — orientou Stuyvesant. — Eles não estão conseguindo entender seu papel aqui. Não sabem quem você é. Estão preocupados com isso.

— O evento de Ação de Graças está no site? — perguntou Reacher.

— Está — respondeu Froelich.

— Localização específica?

— Sim — disse ela.

Nove e vinte e oito.

— O que mais vai acontecer depois? — perguntou Reacher.

— Wall Street de novo, em dez dias — respondeu Froelich. — Isso é tudo.

— E este fim de semana?

— Volta pra Dakota do Norte com a esposa. No final da tarde de amanhã.

— Está no site?

— Não, isso é completamente privado — disse ela. — Não anunciamos em lugar nenhum.

Nove e vinte e nove.

— Tá — repetiu Reacher.

O telefone tocou muito alto no silêncio.

— Um pouco adiantado — comentou Reacher. — Alguém aí está ansioso.

— Fale o máximo que conseguir — orientou Stuyvesant. — Use a curiosidade deles a seu favor. Não deixe que desliguem.

Reacher atendeu:

— Alô.

— Você não vai ter a mesma sorte de novo — disse uma voz.

Reacher a ignorou e se concentrou no som ambiente.

— Ei — disse a voz. — Eu quero falar com você.

— Mas eu não quero falar com você, cuzão — respondeu Reacher, então desligou.

Stuyvesant e Froelich o encararam.

— Mas que merda você está fazendo? — perguntou Stuyvesant.

— Não estava me sentindo muito comunicativo — respondeu Reacher.

— Falei pra você falar o máximo que conseguisse.

Reacher deu de ombros.

— Se quisesse de outro jeito, devia ter falado você mesmo. Podia ter fingido que era eu. Podia ter falado pelos cotovelos.

— Isso foi sabotagem deliberada.

— Não foi, não. Foi um lance num jogo.

— Isto não uma porcaria de um *jogo*.

— É exatamente o que isso é.

— Precisamos de informação.

— Cai na real — disse Reacher. — Você nunca vai conseguir informação.

Stuyvesant ficou em silêncio.

— Quero uma xícara de café — falou Reacher. — Você arrancou a gente do restaurante antes de terminarmos.

— Vamos ficar aqui — afirmou Stuyvesant. — Eles podem ligar de novo.

— Eles não vão — disse Reacher.

Esperaram cinco minutos no balcão da recepção, depois desistiram, pegaram copos descartáveis com café e foram para a sala de reunião. Neagley estava reservada. Froelich, bem quieta. Stuyvesant, furioso.

— Explique-se — ordenou ele.

Reacher se sentou sozinho a uma ponta da mesa. Neagley ocupou um lugar neutro entre uma ponta e outra. Froelich e Stuyvesant se sentaram juntos do extremo oposto.

— Esses caras usam água pra lacrar os envelopes — afirmou Reacher.

— E? — questionou Stuyvesant.

— E, pelo amor de Deus, não existe a menor possibilidade de eles fazerem uma ligação rastreável para ao principal escritório do Serviço Secreto dos Estados Unidos. *Eles* iriam interromper a ligação. Eu não queria que tivessem essa satisfação. Precisam saber que, se querem confusão, então sou eu que levo vantagem, não eles.

— Você estragou tudo porque acha que está num joguinho pra ver quem tem o maior ego?

— Não estraguei nada — defendeu-se Reacher. — Já temos toda a informação que vamos conseguir.

— Não temos absolutamente nada.

— Não, você tem a gravação da voz. O som de todas as vogais, a maioria das consoantes. Tem todas as características das sibilantes e algumas das fricativas.

— A gente precisava saber onde eles estavam, seu idiota.

— Estavam num telefone público com bloqueador de identificação de chamada. Em algum lugar do Centro-Oeste. Pensa bem, Stuyvesant. Estavam em Bismarck hoje com armas pesadas. Portanto, estão de carro. Em um raio de 650 quilômetros agora. Em algum lugar dentro de uns seis estados gigantes, em um bar ou em uma lojinha do interior usando um telefone público. E qualquer um que é competente o bastante pra usar água pra lacrar um envelope sabe exatamente o tempo máximo que pode durar uma ligação antes de ela se tornar rastreável.

— Você não sabe se eles estavam de carro.

— Não — falou Reacher. — Você está certo. Não tenho certeza. Existe uma pequena possibilidade de eles estarem frustrados com o resultado de hoje. Irritados, até. E sabem, por causa do site, que vai haver outra chance amanhã, bem aqui. E que depois não vai ter muita coisa durante um período. Então é provável que eles tenham enterrado as armas e resolvido pegar um avião hoje à noite. E, nesse caso, podem estar no aeroporto de O'Hare neste momento, aguardando para fazer uma conexão. Teria valido a pena posicionar alguns policiais para verificar quem estava usando telefones públicos. Mas eu só tinha oito minutos. Se você tivesse pensado nisso mais cedo, poderia ter dado resultado. Você teve meia-hora inteira. Pelo amor de Deus, eles te avisaram. Você podia ter providenciado alguma coisa com facilidade. E, nesse caso, eu teria tagarelado até morrer, para que os policiais conseguissem dar uma boa olhada pelo local. Você não providenciou isso. Não providenciou nada. Então não vem falar *comigo* sobre sabotagem. Não vem falar que *eu* estraguei alguma coisa aqui.

Stuyvesant olhou para baixo. Ficou calado.

— Agora pergunte a ele porque ele queria a previsão do tempo — disse Neagley.

Stuyvesant ficou calado.

— Por que você queria a previsão do tempo? — perguntou Froelich.

— Porque talvez a gente ainda tivesse tempo de agilizar alguma coisa. Se o tempo estivesse ruim na noite da véspera do Dia de Ação de Graças em Chicago, o aeroporto ia estar com tantos atrasos que eles ficariam esperando lá por horas. Nesse caso, eu ia dar um jeito de provocá-los e fazer com que ligassem de novo mais tarde, pra dar tempo de mandarmos policiais pra lá. Mas o tempo estava bom.

Stuyvesant ficou calado.

— Sotaque? — perguntou Froelich, em voz baixa. — As quinze palavras que você deixou ele falar te deram a chance de descobrir alguma coisa?

— Vocês fizeram a gravação — disse Reacher. — Eu não percebi nada que se sobressaísse. Não era estrangeiro. Não era do Sul, não era da Costa Leste. Provavelmente de algum daqueles lugares onde as pessoas não têm muito sotaque.

A sala ficou em silêncio por um longo momento.

— Peço desculpas — disse Stuyvesant. — Você provavelmente fez a coisa certa.

Reacher balançou a cabeça. Suspirou.

— Não se preocupe — disse ele. — Estamos nos agarrando ao pouco que temos. A gente tinha uma chance em um milhão de conseguir a localização. Foi uma decisão do momento. Uma coisa de instinto. Se eles estão intrigados comigo, quero mantê-los intrigados. Que continuem fazendo suposições. E quero que fiquem putos comigo. Tirar um pouco o foco de Armstrong. É melhor que foquem em mim por um período.

— Você quer que essas pessoas venham atrás de você pessoalmente?

— Melhor do que irem atrás do Armstrong pessoalmente.

— Está louco? Ele tem o Serviço Secreto ao redor dele. Você, não.

Reacher sorriu.

— Não estou muito preocupado com eles.

Froelich se ajeitou na cadeira.

— Então isso aqui *é* um joguinho de ego — disse ela. — Meu Deus, você é igualzinho ao Joe, sabia?

— Só que ainda estou vivo — acrescentou Reacher.

Bateram na porta. O oficial de serviço enfiou a cabeça para dentro.

— O agente especial Bannon está aqui — disse ele. — Pronto para a reunião da noite.

Stuyvesant colocou Bannon a par dos contatos telefônicos em particular no seu escritório. Voltaram para a sala de reunião juntos às 10h10. Bannon continuava a parecer mais um policial civil do que um agente federal. Tweed irlandês, calça social, sapatos resistentes, rosto avermelhado. Como um velho, sábio e calejado detetive de Chicago, Boston ou Nova York. Estava carregando uma pasta fina e agia de maneira soturna.

— Nendick ainda está do mesmo jeito — disse ele.

Ninguém falou.

— Nem melhor nem pior — completou. — Ainda estão preocupados com ele.

Ele se sentou pesadamente na cadeira do lado oposto ao de Neagley. Abriu a pasta e pegou uma pequena quantidade de fotos coloridas. Distribuiu-as pela mesa como se fossem cartas. Duas pra cada.

— Bruce Armstrong e Brian Armstrong — disse. — Finados de Minnesota e Colorado, respectivamente.

As fotos eram impressões grandes feitas com jato de tinta em papel acetinado. Não eram faxes. Devem ter conseguido as originais com a família, depois as escaneado e enviado por e-mail. Eram basicamente fotos instantâneas ampliadas e depois cortadas, provavelmente no laboratório do FBI, em úteis retratos do ombro pra cima. Os resultados pareciam artificiais. Dois rostos francos, dois sorrisos inocentes, dois olhares amigáveis em direção a algo que devia estar presente na foto original com eles. Os nomes estavam cuidadosamente escritos com caneta esferográfica na borda de baixo. Pelo próprio Bannon, talvez. *Bruce Armstrong, Brian Armstrong.*

Na verdade, eles não eram muito parecidos um com o outro. E nenhum dos dois se parecia com Brook Armstrong. Ninguém hesitaria um momento sequer para diferenciar os três. Nem no escuro, nem com pressa. Eram apenas três homens americanos de cabelo loiro e olho azul, com quarenta e poucos anos, só isso. Porém, *eram* parecidos de outra maneira. Se decompuséssemos e analisássemos a população humana do mundo, teríamos um bocado de distinções antes que fosse possível separar os três. Masculino e feminino, preto ou branco, asiático, caucasiano ou mongol, alto ou baixo, magro ou gordo, cabelo escuro ou loiro, olhos azuis ou castanhos. Teríamos que fazer todas essas distinções antes de dizer que os três Armstrongs eram diferentes entre si.

— O que vocês acham? — perguntou Bannon.

— Parecidos o bastante para servirem de demonstração — disse Reacher.

— Nós concordamos — disse Bannon. — Duas viúvas e cinco órfãos de pai é a diferença entre eles. Engraçado, não é?

Ninguém respondeu.

— Tem mais alguma coisa pra nós? — perguntou Stuyvesant.

— Estamos trabalhando duro — disse Bannon. — Estamos investigando a impressão digital do polegar de novo. Pesquisando em todos os bancos de dados conhecidos no mundo. Mas não estamos otimistas. Investigamos minuciosamente os vizinhos de Nendick. Eles não recebiam muitas visitas em casa. Parece que se socializavam como casal, a maior parte do tempo, em um bar a quinze quilômetros da casa deles, na estrada no sentido de Dulles. É um bar de policiais. Parece que Nendick tirava proveito do seu status profissional. Estamos tentando rastrear qualquer um que tenha sido visto conversando com ele mais do que o normal.

— E duas semanas atrás? — perguntou Stuyvesant. — Quando pegaram a esposa dele? Deve ter acontecido algum tipo de agitação.

Bannon balançou a cabeça.

— A rua tem um movimento razoavelmente grande durante o dia. Muitas mães levando os filhos pra lá e pra cá, fazendo compras e coisas assim. Mas é uma fonte seca. Ninguém se lembra de nada. Pode ter acontecido à noite, é claro.

— Não, eu acho que Nendick a entregou em algum lugar — opinou Reacher. — Acho que o obrigaram a fazer isso. Uma espécie de refinamento da tortura. Para salientar a responsabilidade dele. Deixar o medo mais aguçado.

— É possível — disse Bannon. — Ele está com muito medo mesmo. Isso é verdade.

Reacher concordou.

— Acho que esses caras são realmente bons nas nuances psicológicas cruéis. Deve ser por isso que algumas mensagens vieram pra cá. Nada pior pro Armstrong do que ouvir diretamente do pessoal pago para protegê-lo que ele está realmente em perigo.

— Só que ele não está ouvindo nada desse pessoal — falou Neagley.

Bannon não fez comentário algum a esse respeito. Stuyvesant pensou por um segundo e perguntou:

— Algo mais?

— Concluímos que vocês não vão receber mais nenhuma mensagem — disse Bannon. — Vão atacar no lugar e na hora que eles mesmos escolherem, e, é óbvio, não vão dar dicas sobre onde e quando. Se tentarem e falharem, não vão querer que vocês saibam, senão pareceriam ineficazes.

— Algum palpite sobre onde e quando?

— Vamos falar sobre isso amanhã de manhã. Estamos trabalhando numa teoria. Suponho que estarão aqui?

— Por que não estaríamos?

— É Dia de Ação de Graças.

— Armstrong vai trabalhar, então nós também vamos.

— O que ele vai fazer?

— Vai bancar o bom moço num abrigo pra sem-teto.

— Acham isso sensato?

Stuyvesant deu de ombros.

— Não temos escolha — disse Froelich. — Está na Constituição que políticos devem servir refeições com peru no Dia de Ação de Graças na pior parte da cidade que conseguirem encontrar.

— Bom, esperem até a gente conversar amanhã de manhã — sugeriu Bannon. — Talvez vocês queiram fazer com que ele mude de ideia. Ou faça uma emenda na Constituição.

Em seguida se levantou, deu a volta na mesa e recolheu as fotos, como se fossem preciosas para ele.

Froelich deixou Neagley no hotel e depois foi de carro com Reacher para casa. Ficou quieta durante todo o caminho. Um ostensivo e agressivo silêncio. Ele suportou até chegarem à ponte sobre o rio, então cedeu:

— O que foi?

— Nada — disse ela.

— Tem que ser alguma coisa — retrucou ele.

Ela não respondeu. Continuou dirigindo e estacionou o mais próximo de sua casa que conseguiu, a duas ruas de distância. A vizinhança estava tranquila. Era tarde da noite na véspera de um feriado. As pessoas estavam em casa, aconchegadas e relaxadas. Ela desligou o carro, mas não saiu. Ficou parada, olhando fixamante para a frente através do para-brisa, sem falar nada.

— O que foi? — perguntou ele outra vez.

— Não acho que aguento — disse ela.

— Aguenta o quê?

— Você vai acabar se matando. Do mesmo jeito que fez com que Joe fosse morto.

— O quê? — questionou ele.

— Você ouviu.

— Eu não fiz com que Joe fosse morto.

— Ele não estava preparado para aquele tipo de coisa. Só que mesmo assim ele foi em frente. Porque estava sempre se comparando. Ele foi levado a isso.

— Por mim?

— Por quem mais? Ele era seu irmão. Acompanhava a sua carreira. Reacher ficou calado.

— Por que vocês têm que *ser* assim? — indagou ela.

— Nós? — questionou ele. — Assim como?

— Vocês, homens — esclareceu ela. — Vocês, militares. Sempre juntando a imprudência com a estupidez.

— É isso o que estou fazendo?

— Você sabe que é.

— Não fui eu quem jurou levar uma bala na cabeça por um político imprestável.

— Nem eu. É só uma figura de linguagem. E nem todo político é imprestável.

— Mas você levaria um tiro por ele? Ou não?

Ela deu de ombros.

— Não sei.

241

— E eu não estou juntando imprudência com coisa nenhuma.

— Está, sim. Você foi *desafiado*. E Deus te livre de ficar numa boa e simplesmente ir embora.

— Você *quer* que eu vá embora? Ou quer resolver esse negócio?

— Não dá pra fazer isso dando cabeçadas por aí, como se fosse um cervo no cio ou algo do tipo.

— Por que não? Mais cedo ou mais tarde, somos nós ou eles. É assim que funciona. Sempre. Pra que fingir que pode ser diferente?

— Pra que procurar problema?

— Não estou procurando problema. Não vejo como *problema*.

— É? Então o que diabos é isso?

— Não sei.

— Você não *sabe*?

Ele ficou pensativo.

— Você conhece algum advogado? — perguntou ele.

— Algum o quê?

— Você ouviu — falou ele.

— Advogado? Está brincando? Nesta cidade? Tem advogado até não poder mais.

— Tá, então imagina um advogado. Formado em direito há vinte anos, muita experiência prática. Alguém pergunta a ele: você pode redigir este testamento mais ou menos complexo? O que ele responde? O que ele faz? Ele começa a tremer de nervoso? Ele acha que está sendo desafiado? Tem alguma coisa a ver com testosterona? Não, ele simplesmente responde: é claro, posso, sim. Aí ele vai em frente e faz o que precisa fazer. Porque é o trabalho dele. Pura e simplesmente.

— Este não é o seu trabalho, Reacher.

— É, sim. É praticamente a mesma coisa. O Tio Sam me pagou com o dinheiro dos seus impostos para fazer exatamente este tipo de coisa treze anos atrás. E com certeza o Tio Sam não esperava que eu fugisse e ficasse todo cheio de conflito psicológico por isso.

Ela ficou olhando para a frente através do para-brisa, que embaçava rapidamente com a respiração deles.

— Há centenas de pessoas no outro lado do Serviço Secreto — disse ela. — No Departamento de Crimes Financeiros. Centenas delas. Não sei a quantidade exata. Muitas. Pessoas boas. Nós não somos muito investigativos, mas esse pessoal é. É *tudo* o que eles são. É pra *isso* que eles existem. O Joe podia ter escolhido dez e os mandado pra Geórgia. Podia ter escolhido cinquenta deles. Mas não. Tinha que ir ele mesmo. Tinha que ir sozinho. Porque fora desafiado. Não podia recuar. Porque estava sempre se comparando.

— Concordo que ele não devia ter feito aquilo — disse Reacher. — Do mesmo jeito que um médico não deve redigir um testamento. Do mesmo jeito que um advogado não deve fazer uma cirurgia.

— Mas você o fez fazer aquilo.

— Eu não o fiz fazer aquilo. — Ele balançou a cabeça.

Ela ficou em silêncio.

— Duas coisas, Froelich — disse Reacher. — Primeiro, as pessoas não deveriam escolher suas carreiras com um olho no que o irmão vai pensar. Segundo, na última vez que eu e Joe tivemos um contato significativo, eu tinha 16 anos. Ele tinha 18. Estava indo para West Point. Eu era uma criança. A *última* coisa na cabeça dele seria me copiar. Você está louca? E eu praticamente nunca mais o vi depois disso. Basicamente só em funerais. Porque o que quer que você pense de mim como irmão, ele não era nem um pouco melhor. Não prestava nenhuma atenção em mim. Eu ficava anos sem receber notícia.

— Ele acompanhava a sua carreira. Sua mãe mandava coisas. E ele ficava se comparando.

— Nossa mãe morreu sete anos antes dele. Eu mal tinha uma carreira naquela época.

— Você ganhou a Estrela de Prata em Beirute bem no início.

— Uma bomba me explodiu. Eles me deram a medalha porque não sabiam o que mais podiam fazer. O Exército é assim. Joe sabia disso.

— Ele ficava se comparando — afirmou ela.

Reacher se mexeu no banco. Observou pequenos redemoinhos de condensação se formarem no para-brisa.

— Talvez — concordou. — Mas não comigo.

— Então com quem?

— Nosso pai, provavelmente.

Froelich deu de ombros.

— Ele nunca falou *dele*.

— Pois então — falou Reacher. — Fuga. Negação.

— Você acha? O que seu pai tinha de especial?

Reacher desviou o olhar. Fechou os olhos.

— Ele era fuzileiro naval — respondeu ele. — Coreia e Vietnã. Um cara cheio de facetas. Gentil, tímido, doce, amável, mas um assassino frio também. Completamente insensível. Ao lado dele, eu pareço o Liberace.

— E *você* se compara a ele?

Reacher balançou a cabeça. Abriu os olhos.

— Não tem por quê — disse ele. — Ao lado dele eu pareço o Liberace. Vai ser sempre assim, não interessa o que aconteça. O que não é necessariamente uma coisa ruim para o mundo.

— Você não gostava dele?

— Ele era uma boa pessoa. Mas, também, uma aberração. Não há mais espaço pra gente como ele.

— Joe não devia ter ido pra Geórgia — reclamou ela.

— Concordo — disse Reacher. — Concordo plenamente. Mas a culpa não é de mais ninguém a não ser dele mesmo. Devia ter tido mais noção.

— Você também.

— Eu tenho muita noção. Por exemplo, entrei para a polícia do Exército, não para o corpo de fuzileiros navais. Por exemplo, não me sinto impelido a sair por aí tentando criar uma nova nota de cem dólares. Eu me apego ao que sei.

— E você acha que sabe como neutralizar esses caras?

— Do mesmo jeito que o lixeiro sabe como levar o lixo embora. Não é nenhum bicho de sete cabeças.

— Isso é bem arrogante.

Ele negou com um gesto de cabeça.

— Olha, estou de saco cheio de ficar me justificando. É ridículo. Você conhece seus vizinhos? Conhece as pessoas que moram por aqui?

— Não muito — respondeu ela.

Ele limpou a janela embaçada e apontou para fora com o polegar.

— Talvez uma dessas pessoas seja uma senhora que tricota suéteres. Você vai chegar pra ela e falar: ai, meu Deus, qual é a *sua*? Não acredito que você teve a *ousadia* de aprender a tricotar *suéteres*.

— Você está equiparando combate armado a tricotar suéteres?

— Estou falando que todos nós somos bons em alguma coisa. E é nisto que eu sou bom. Provavelmente é a única coisa em que sou bom.

Não tenho orgulho, e não tenho vergonha também. Faz parte de *mim*. Sou assim. Sou geneticamente programado pra ganhar, só isso. Várias gerações consecutivas.

— O Joe tinha os mesmos genes.

— Não, ele tinha os mesmos pais. Tem diferença.

— Espero que sua fé em você mesmo seja justificada.

— É, sim. Principalmente agora, com a Neagley aqui. *Ela* me faz parecer o Liberace.

Froelich desviou o olhar. Ficou quieta.

— O que foi? — perguntou ele.

— Ela está apaixonada por você.

— Que bobagem.

Froelich o olhou diretamente.

— Como você sabe?

— Ela nunca teve interesse.

Froelich apenas fez que não com a cabeça.

— Acabei de conversar com ela sobre isso — comentou Reacher. — Outro dia mesmo. Ela disse que nunca teve interesse. Deixou isso bem claro.

— E você acreditou?

— Não deveria?

Froelich ficou calada. Reacher sorriu, lentamente.

— O quê? Você acha que ela *está* interessada? — perguntou ele.

— Você sorri igualzinho ao Joe — respondeu ela. — Um pouco envergonhado, um pouco torto. É o sorriso mais incrivelmente lindo que eu já vi.

— Você não o superou de verdade, né? — disse ele. — Correndo o risco de ser o último a saber. Correndo o risco de atestar o óbvio.

Ela não respondeu. Saiu do carro e começou a andar. Ele fez o mesmo. A rua estava fria e úmida. O ar noturno estava pesado. Ele sentiu o cheiro do rio e de combustível de avião vindo de algum lugar. Chegaram à casa dela. Ela destrancou a porta. Entraram.

Havia uma folha de papel no chão do corredor de entrada.

12

ERA A FAMILIAR FOLHA DE PAPEL CARTA DE ALTA ALVURA. Estava precisamente alinhada com as tábuas de carvalho do assoalho. Geometricamente centralizada no corredor de entrada, perto da base da escada, exatamente onde Reacher tinha deixado o saco de lixo com roupas duas noites antes. Continha uma declaração simples, impecavelmente impressa com a conhecida fonte Times New Roman, corpo quatorze, em negrito. A declaração tinha quatro palavras, divididas em duas linhas no centro da página: *Vai acontecer em breve*. As duas palavras *Vai acontecer* compunham sozinhas a primeira linha. A parte *em breve* estava na linha seguinte, separada. Parecia um poema ou uma letra de música. Como se tivesse sido dividida dessa maneira com um propósito dramático, como se devesse haver uma pausa entre as linhas, ou um suspiro, ou um rufar de tambores, ou um soar de címbalo. *Vai acontecer... bam!... em breve.* Reacher a encarou. O efeito era hipnótico. *Em breve. Em breve.*

— Não a toque — disse Froelich.

— Eu não ia fazer isso — falou Reacher.

Ele colocou a cabeça para fora pela porta e deu uma conferida na rua. Todos os carros próximos estavam vazios. Todas as janelas e cortinas perto dali, fechadas. Nenhum pedestre. Ninguém perambulando no escuro. Tudo tranquilo. Ele voltou para dentro e fechou a porta devagar e cuidadosamente, de modo a não mover o papel com uma rajada de vento.

— Como eles entraram aqui? — perguntou Froelich.

— Pela porta — respondeu Reacher. — Provavelmente pela de trás.

Froelich sacou a SIG Sauer do coldre e, juntos, eles foram da sala de estar até a cozinha. A porta do quintal estava fechada, mas destrancada. Reacher a abriu trinta centímetros. Observou os arredores do lado de fora e não viu nada. Abriu lentamente a porta toda até a luz interior recair sobre a superfície do lado de fora. Inclinou-se e olhou para o espelho ao redor da fechadura.

— Marcas — falou ele. — Bem pequenas. Eles fizeram um bom trabalho.

— Estavam aqui em Washington — disse ela. — Agora. Não estavam num bar no Centro-Oeste.

Da cozinha, ela olhou para a sala de estar.

— O telefone — falou ela.

Estava fora do lugar, sobre a mesa ao lado da poltrona, perto da lareira.

— Eles usaram o telefone — afirmou ela.

— Pra ligar pra mim, provavelmente — sugeriu ele.

— Digitais?

— Luvas — respondeu ele, balançando a cabeça.

— Eles estiveram na minha casa — afirmou Froelich.

Ela se afastou da porta dos fundos e parou ao lado do balcão da cozinha. Olhou para baixo, agarrou uma gaveta e a abriu.

— Pegaram minha arma — reclamou ela. — Eu tinha uma arma de reserva aqui.

— Eu sei — disse Reacher. — Uma Beretta antiga.

Ela abriu a gaveta ao lado.

— Pegaram os carregadores também. Eu tinha munição.

— Eu sei — repetiu Reacher. — Embaixo de uma luva de cozinha.

— Como é que você sabe?

— Eu dei uma vasculhada na segunda à noite.

— Por quê?

— Hábito — respondeu ele. — Nada pessoal.

Ela o encarou, depois abriu o armário na parede onde ficava escondido o dinheiro. Ele a viu conferir o pote de cerâmica. Froelich não disse nada, então Reacher concluiu que o dinheiro ainda estava lá. Ele arquivou a observação no canto profissional da sua memória, como confirmação de uma crença já consolidada: *as pessoas não gostam de procurar acima da altura da cabeça.*

Então ela enrijeceu o corpo. Um pensamento novo.

— Eles ainda podem estar na casa — sussurrou.

Mas não se mexeu. Foi a primeira vez que ele a viu demonstrar um sinal de medo.

— Vou verificar — ofereceu ele. — A não ser que esta seja uma resposta doentia a um desafio.

Ela apenas passou para ele a pistola. Reacher apagou a luz da cozinha para que sua silhueta não ficasse visível na escada do porão e desceu vagarosamente. Escutou com atenção, ignorando os rangidos e suspiros da casa, o zumbido e o gotejar dos sistemas de aquecimento. Ficou parado no escuro e deixou os olhos se acostumarem. Não havia nada lá. Ninguém no andar de cima também. Pessoas se escondendo e aguardando exalam vibrações humanas. Minúsculos zumbidos e tremores. E ele não sentiu nada. A casa estava vazia e intacta, com exceção do telefone fora do lugar, da Beretta desaparecida e da mensagem no chão do corredor de entrada. Ele voltou para a cozinha, esticou o braço e entregou a SIG com a culatra virada para Froelich.

— Tudo limpo — afirmou.

— É melhor eu fazer umas ligações — comentou ela.

O agente especial Bannon chegou quarenta minutos depois em um sedan do FBI com três membros de sua força-tarefa. Stuyvesant chegou cinco minutos depois em um Suburban do departamento. Deixaram os dois carros estacionados em fila dupla na rua com as luzes da sirene ligadas. Rajadas luminosas azuis, vermelhas e brancas pintavam as casas vizinhas. Stuyvesant estava parado na entrada da casa.

— Não era para recebermos mais mensagens — disse ele.

Bannon estava de joelhos, olhando para a folha de papel.

— Isto aqui é genérico — falou ele. — Nossa previsão é de que não receberíamos mais nada com especificidade. E não recebemos. A palavra *breve* é inexpressiva em relação a horário e local. É só uma provocação. Era pra nos deixar impressionados com o quanto eles são engenhosos.

— Eu já estava impressionado com o quanto eles são engenhosos — comentou Stuyvesant.

Bannon levantou o olhar para Froelich e questionou:

— Quanto tempo você ficou fora?

— O dia inteiro — respondeu ela. — Nós saímos às seis e meia da manhã para encontrar vocês.

— Nós?

— O Reacher está ficando aqui.

— Não mais — declarou Bannon. — Nenhum de vocês vai ficar aqui. É perigoso demais. Vamos colocá-los num lugar seguro.

Froelich ficou calada.

— Eles estão em Washington neste momento — disse Bannon. — Provavelmente se reagrupando em algum lugar. Provavelmente chegaram da Dakota do Norte algumas horas depois de vocês. Sabem onde você mora. E precisamos trabalhar aqui. É uma cena de crime.

— É a minha casa — disse Froelich.

— É uma cena de crime — repetiu Bannon. — Eles estiveram aqui. Vamos ter que esmiuçá-la. É melhor ficar fora até que a gente a arrume de novo.

Froelich ficou calada.

— Não discuta — orientou Stuyvesant. — Quero você protegida. Vamos colocá-la num hotel. Dois policiais federais vão ficar tomando conta da porta até que isto tudo esteja terminando.

— Neagley também — afirmou Reacher.

Froelich olhou para ele. Stuyvesant concordou.

— Não se preocupem — disse ele. — Já mandei alguém ir buscá-la.

— Vizinhos? — perguntou Bannon.

— Não os conheço muito bem — respondeu Froelich.

— Podem ter visto alguma coisa — sugeriu Bannon. Olhou para o relógio. — Ainda devem estar acordados. Assim espero. Arrancar testemunhas da cama geralmente as deixa muito mal-humoradas.

— Então peguem o que vão precisar — ordenou Stuyvesant. — Vamos embora agora.

Reacher estava no quarto de hóspedes da casa de Froelich e teve um forte pressentimento de que nunca mais voltaria ali. Então pegou suas coisas no banheiro e seu saco de lixo com as roupas de Atlantic City e todos os ternos e as camisas de Joe que ainda estavam limpos. Enfiou meias limpas e cuecas nos bolsos. Carregou todas as roupas em uma das mãos e a caixa de papelão de Joe debaixo do braço direito. Desceu as escadas em direção ao ar noturno, e lhe ocorreu que aquela era a primeira vez em mais de cinco anos que estava saindo de um lugar carregando bagagem. Colocou tudo no porta-malas do Suburban, deu a volta e se sentou no banco traseiro. Esperou por Froelich. Ela saiu de casa carregando uma pequena mala. Stuyvesant a pegou, guardou, e os dois entraram na frente juntos. Arrancaram e desceram a rua. Froelich não olhou para trás.

Seguiram no sentido norte, viraram para o oeste e percorreram todo o caminho onde ficavam atrações turísticas, saindo de novo do outro lado. Pararam em um hotel em Georgetown, dez quadras antes da rua de Armstrong. Havia um Crown Vic modelo antigo estacionado do lado de fora e um Town Car ao lado. Dentro do Town Car, um motorista. O Crown Vic estava vazio. O hotel era pequeno e arrumado, todo coberto de madeira escura. Uma placa discreta. Ficava rodeado por três embaixadas com terrenos cercados. Eram embaixadas de países novos, dos quais Reacher nunca tinha ouvido falar, mas tinham boas cercas. Era um local muito bem-protegido. Somente uma maneira de se entrar, e um policial na entrada daria conta dela. Um policial extra no corredor seria a cereja do bolo.

Stuyvesant reservara três quartos. Neagley já tinha chegado. Eles a encontraram na recepção. Ela estava comprando refrigerante em uma máquina e conversando com um sujeito grande de terno barato e sapato de policial. Um policial federal, com certeza. O motorista do Crown Vic. *A verba para veículos deles deve ser menor que a do Serviço Secreto*, pensou Reacher. *Assim como a ajuda de custo para aquisição de roupas.*

Stuyvesant lidou com a papelada na recepção e voltou com três cartões-chave. Entregou-os com uma solenidade um pouco constrangida. Mencionou três números de quartos. Eram em sequência. Em seguida vasculhou o bolso e pegou a chave do Suburban. Entregou-as a Froelich.

— Vou voltar com o cara que trouxe Neagley — disse ele. — Nós todos nos encontramos amanhã, às sete da manhã, no escritório, com o Bannon.

Depois se virou e foi embora. Neagley fez malabarismo para carregar o cartão-chave, o refrigerante e uma sacola de roupas e saiu à procura do quarto. Froelich e Reacher a seguiram, cada um com sua chave. Havia outro policial federal no início do corredor dos quartos. Estava sentado desajeitadamente em uma cadeira simples. Para ficar mais confortável, ele a tinha inclinado contra a parede. Reacher se espremeu para passar por ele com sua bagagem desorganizada e parou à sua porta. Froelich já estava duas portas depois e não olhou na direção dele.

Ele entrou, encontrando uma versão compacta do que já tinha visto mil vezes. Uma cama, uma cadeira, uma mesa, um telefone normal, uma televisão pequena. O resto era genérico. Cortinas floridas, já fechadas. Uma colcha florida, impermeabilizada ao ponto de ficar praticamente dura. Revestimento de bambu de cor crua entrelaçado nas paredes. Sobre a cama, uma gravura barata imitando um desenho arquitetônico pintado à mão de uma parte de algum templo grego antigo. Ele guardou sua bagagem e dispôs seus itens de banheiro na prateleira sobre a pia. Consultou o relógio. Passava da meia-noite. Já era Dia de Ação de Graças. Ele tirou o blazer de Joe e o jogou sobre a mesa. Afrouxou a gravata e bocejou. Bateram na porta. Ele abriu e viu Froelich.

— Pode entrar — convidou ele.

— Só por um minuto — disse ela.

Ele voltou para dentro e se sentou na cama para deixar a cadeira para ela. O cabelo dela estava bagunçado, como se tivesse acabado de passar os dedos por ele. Ficava bonita daquele jeito. Mais jovem, e vulnerável, de certa maneira.

— Eu já o superei — disse ela.

— Certo.

— Mas entendo que você possa achar que não é o caso.

— Certo — repetiu ele.

— Por isso acho que devemos ficar separados esta noite. Não ia querer que você ficasse preocupado com o porquê de eu estar aqui. Se eu *ficasse* aqui.

— Como quiser — falou ele.

— É que você é tão parecido com ele. É impossível não lembrar. Você percebe isso, não percebe? Mas você nunca foi um substituto. Preciso que saiba disso.

— Ainda acha que eu fiz com que ele fosse morto?

Ela desviou o olhar.

— Alguma coisa fez — disse ela. — Alguma coisa na cabeça dele, no passado dele. Alguma coisa o fez pensar que derrotaria alguém que não tinha como derrotar. Alguma coisa o fez pensar que ficaria bem quando não ia ficar. E a mesma coisa pode acontecer com você. Está sendo burro se não vê isso.

Ele fez um gesto afirmativo com a cabeça. Não disse nada. Ela se levantou e saiu caminhando. Ao passar por ele, Reacher sentiu seu perfume.

— Ligue se precisar de mim — ofereceu ele.

Ela não respondeu. Ele não se levantou.

Meia hora depois, outra batida na porta. Reacher abriu esperando que fosse Froelich novamente, mas era Neagley. Ainda com a mesma roupa, um pouco cansada, mas calma.

— Está sozinho? — perguntou ela.

Ele fez que sim.

— Cadê ela? — indagou Neagley.

— Já foi.

— Negócios ou falta de prazer?

— Confusão. Numa hora ela quer que eu seja o Joe, na outra quer me culpar por ele ter morrido — explicou Reacher.

— Ainda está apaixonada por ele.

— É evidente.

— Seis anos depois que eles terminaram.

— Isso é normal?

Ela deu de ombros.

— Está perguntando pra mim? Acho que algumas pessoas ficam remoendo essas coisas por muito tempo. Ele deve ter sido um cara e tanto.

— Eu não o conhecia assim tão bem.

— Você fez com que ele fosse morto?

— É claro que não. Estava a um milhão de quilômetros de distância. Não falava com ela havia sete anos. Já te contei isso.

— Então qual é o ponto de vista dela?

— Ela alega que ele foi impulsionado a ser imprudente porque estava se comparando comigo.

— E estava?

— Duvido.

— Você me falou também que se sentiu culpado depois. Quando estávamos assistindo àquelas fitas de vigilância.

— Acho que eu falei que estava com raiva, não que me sentia culpado.

— Com raiva, culpado, é tudo a mesma coisa. Por que se sentir culpado se não foi culpa sua?

— Agora *você* está falando que a culpa foi minha?

— Só estou perguntando: por que essa culpa toda?

— Ele cresceu com uma impressão errada.

Ele ficou calado e se moveu mais para o fundo do quarto. Neagley o seguiu. Ele se deitou na cama com os braços esticados, as mãos penduradas nas beiradas. Ela se sentou na cadeira, onde Froelich estivera.

— Me fala dessa impressão errada — pediu ela.

— Ele era um cara grande, mas era estudioso — falou Reacher. — Nas escolas que a gente frequentou, ser estudioso era a mesma coisa que ter *me mete a porrada* tatuado na testa. E ele, na verdade, não era assim tão durão, apesar de grande. Ou seja, metiam a porrada nele com a regularidade de um relógio.

— E?

— Eu era dois anos mais novo, mas era grande *e* durão, além de não muito estudioso. Então comecei a tomar conta dele. Acho que por lealdade, e, de qualquer maneira, eu gostava de brigar. Tinha uns 6 anos. Eu caía na porrada em qualquer lugar. Aprendi muita coisa. Aprendi que importante mesmo era o estilo. Faça cara de quem está falando sério e as pessoas recuam. Mas nem sempre. Tinha vários garotos de 8 anos atrás de mim no primeiro ano. Depois eu melhorei. Machucava feio as pessoas. Era um louco. A parada tinha que ser assim. A gente chegava num lugar novo e rapidinho as pessoas sabiam que tinham que deixar o Joe na dele, senão o psicopata iria atrás delas.

— Parece que você foi um garotinho adorável.

— Estávamos no Exército. Em qualquer outro lugar, teriam me mandado pro reformatório.

— Você está querendo dizer que o Joe cresceu contando com isso. Reacher assentiu.

— Foi assim durante basicamente dez anos. Ia e vinha, e diminuiu quando a gente ficou mais velho. Mas quando acontecia, era mais sério. Acho que ele internalizou isso. Dez anos é uma porção de tempo bem significativa quando se está crescendo, internalizando coisas. Acho que ignorar o perigo se tornou parte do modo de pensar dele, porque o psicopata sempre lhe dava cobertura. Por isso acho que, de certa maneira, a Froelich está certa. Ele *era* imprudente. Não porque estava tentando competir, mas porque no fundo achava que podia ser. Porque eu sempre cuidava dele, assim como a mãe sempre o alimentou e o Exército sempre lhe providenciou residência.

— Quantos anos ele tinha quando morreu?

— Trinta e oito.

— São vinte anos, Reacher. Ele teve vinte anos pra se ajustar. Todos nós nos ajustamos.

— É mesmo? Às vezes ainda me sinto como aquele menino de 6 anos. Todo mundo olhando de esguelha pro psicopata.

— Tipo quem?

— Tipo a Froelich.

— Ela andou falando alguma coisa?

— Dá para ver que eu a desconcerto.

— O Serviço Secreto é uma organização civil. No máximo paramilitar. São quase tão ruins quanto os cidadãos comuns.

Ele sorriu. Ficou calado.

— Então qual é o veredito? — perguntou Neagley. — Agora você vai começar a andar por aí pensando que matou seu irmão?

— Um pouquinho, talvez — respondeu ele. — Mas vou superar.

— Vai, sim — apoiou ela. — E deveria. Não foi culpa sua. Ele tinha 38 anos. Não estava esperando o irmãozinho aparecer.

— Posso te perguntar uma coisa?

— Sobre?

— Outra coisa que a Froelich falou.

— Ela queria saber por que a gente não estava transando?

— Você é rápida — disse ele.

254

— Dá pra sentir — falou Neagley. — Ela dá a impressão de estar um pouco preocupada. Com um pouco de ciúme. Parece até um pouco fria comigo. Mas, pensando bem, eu tinha acabado de arrasar ela com o negócio da auditoria.

— Verdade.

— A gente nunca encostou um no outro, sabe, eu e você. Nunca tivemos um contato físico de nenhum tipo sequer. Você nunca me deu um tapinha nas costas, nem mesmo apertou minha mão.

Reacher olhou para ela, retrocedendo a memória quinze anos.

— Não mesmo? — indagou. — Isso é bom ou ruim?

— É bom — disse ela. — Mas não pergunte por quê.

— Está bem.

— Tenho minhas razões. Não pergunte quais. Mas não gosto que me toquem. E você nunca me tocou. Sempre achei que você pudesse sentir isso. E sempre gostei. É uma das razões pelas quais sempre gostei tanto de você.

Ele ficou calado.

— Mesmo que você tenha merecido ir pro reformatório — acrescentou ela.

— É bem provável que você também deva ter merecido ir pra lá comigo.

— A gente teria formado uma boa equipe. Nós *somos* uma boa equipe. Você devia voltar pra Chicago comigo.

— Sou um errante.

— Tá, não vou forçar a barra — disse ela. — E olhe o negócio com a Froelich pelo lado bom. Pegue leve com a garota. Provavelmente ela vale a pena. É uma mulher legal. Divirta-se um pouco. Vocês são bons juntos.

— Certo — falou ele. — Acho que é verdade.

Neagley se levantou e bocejou.

— Você está bem? — perguntou ele.

Ela fez que sim com a cabeça.

— Estou ótima.

Em seguida deu um beijo na ponta dos dedos e o soprou para Reacher a dois metros de distância. Saiu do quarto sem dizer outra palavra.

Ele estava cansado, mas agitado; o quarto era frio, a cama era cheia de caroços e ele não conseguia dormir. Então vestiu a calça e a camisa novamente, caminhou até o armário e pegou a caixa de Joe. Não esperava encontrar nada de interessante. Provavelmente eram apenas coisas abandonadas, só isso. Ninguém deixa coisas importantes na casa da namorada quando sabe que vai se mandar em breve.

Ele a pôs sobre a cama e abriu as abas. A primeira coisa que viu foi um par de sapatos. Estavam de lado, com o salto de um encaixado na frente do outro, atravessados de um lado ao outro da caixa. Era preto, o couro era bom, razoavelmente pesado. Tinha um debrum perfeito e biqueira. Cadarço fino em cinco buracos. Provavelmente importado. Mas não era italiano. Era bem vultoso. Talvez inglês. Assim como a gravata da força aérea.

Ele o colocou sobre a coberta da cama. Posicionou os saltos a quinze centímetros de distância um do outro e a parte da frente, um pouco mais afastada. O salto direito estava mais gasto que o esquerdo. Os sapatos eram razoavelmente velhos e surrados. Dava para ver o formato inteiro do pé de Joe neles. O formato de todo o corpo pesando sobre eles, como se estivesse em pé ali, usando-os, invisível. Eram como uma máscara mortuária.

Havia três livros guardados na caixa com a lombada para cima. Um deles era *Du côté de chez Swann*, que era o primeiro volume de *À la recherche du temps perdu*, de Marcel Proust. Era uma edição francesa em brochura com uma típica capa sóbria e simples. Ele o folheou. Entendia a língua, mas o conteúdo não lhe chamava a atenção. O segundo livro era um texto de faculdade sobre análise estatística. Era pesado e denso. Folheou-o e desistiu tanto da linguagem quanto do conteúdo. Colocou-o sobre o Proust na cama.

Pegou o terceiro livro. Olhou-o com atenção. Reconheceu. Ele mesmo o tinha comprado para Joe, muito tempo atrás, no aniversário de 30 anos. Era uma edição de *Crime e castigo*, de Dostoiévski. Estava em inglês, mas ele o comprara em Paris, em um sebo. Conseguia até mesmo se lembrar de quanto exatamente havia custado, o que não era muito. O vendedor em Paris o tinha relegado à seção de língua estrangeira, e não era uma primeira edição ou algo assim. Era simplesmente um livro bonito com uma história ótima.

Ele o abriu na folha de guarda. Estava escrito: *Joe, evite ambos, ok? Feliz aniversário. Jack.* Ele tinha usado a caneta do vendedor do sebo, e a tinta tinha manchado. Já estava um pouco desbotada. Depois tinha escrito uma etiqueta com o endereço, pois o vendedor se oferecera para enviar o livro pelo correio. Naquela época, o endereço ainda era o do Pentágono, pois Joe ainda fazia parte da Inteligência Militar aos trinta anos. O vendedor do sebo tinha ficado muito impressionado. *Pentágono, Arlington, Virginia, EUA.*

Ele virou a folha de rosto e leu a primeira linha: *No início de julho, durante um período de clima extraordinariamente quente, ao cair da tarde, certo jovem saiu do quarto que alugava e desceu para a rua.* Depois folheou para a frente em busca da parte do assassinato com o machado e um papel dobrado caiu do livro. Estava ali como marcador de página, ele supôs, mais ou menos no meio, quando Raskolnikov está discutindo com Svidrigailov.

Ele desdobrou o papel. Coisa do Exército. Ele sabia por causa da cor e da textura. Cor creme opaca, superfície lisa. Era o início de uma carta escrita com a familiar caligrafia cuidadosa de Joe. A data era de seis semanas após o aniversário. O texto dizia: *Querido Jack, obrigado pelo livro. Finalmente ele chegou aqui. Sempre o guardarei com carinho. Quem sabe até vou ler. Porém, não será muito em breve, porque as coisas estão ficando bem agitadas por aqui. Estou pensando em abandonar o navio e ir para o Tesouro. Uma pessoa (você reconheceria o nome) me ofereceu um emprego e*

Era isso. Terminava abruptamente, no meio da página. Ele a colocou, desdobrada, perto dos sapatos. Devolveu todos os três livros à caixa. Olhou para os sapatos e para a carta e se esforçou muito para escutar o interior de sua cabeça, assim como as baleias escutam outra baleia separadas por 150 quilômetros de oceano gelado. Mas não ouviu nada. Não havia nada ali. Nada mesmo. Então ele meteu os sapatos de volta na caixa, dobrou a carta e a jogou por cima. Fechou as abas de novo, carregou a caixa até o outro lado do quarto e a equilibrou em cima do cesto de lixo. Virou-se novamente para a cama e escutou outra batida na porta.

Era Froelich. Estava com a calça do terninho e o blazer. Debaixo do blazer não havia camisa. Provavelmente não havia absolutamente nada embaixo do blazer. Ele supôs que ela tinha se vestido rápido porque sabia que teria que passar pelo policial federal no corredor.

— Você ainda está acordado — disse ela.

— Entre — convidou ele.

Froelich entrou e esperou até que ele tivesse fechado a porta.

— Não estou com raiva de você — disse. — Você não fez com que o Joe fosse morto. Eu não acho isso de verdade. E não estou com raiva do Joe por ter sido morto. Isso simplesmente aconteceu.

— Você está com raiva de alguma coisa.

— Estou com raiva dele por ter me deixado — desabafou ela.

Reacher voltou para o fundo do quarto e se sentou na cama. Desta vez, Froelich se sentou bem ao seu lado.

— Eu já o superei — afirmou ela. — Completamente. Prometo. Há muito tempo. Mas eu ainda não superei o fato de ele simplesmente ter me abandonado.

Reacher ficou calado.

— E, desse modo, fico com raiva de *mim mesma* — disse ela, baixinho. — Porque eu desejei que ele se machucasse. Dentro de mim. Quis tanto que ele se desse mal. E acabou que ele se deu mal mesmo. Aí eu me senti terrivelmente culpada. E agora estou preocupada porque acho que você está me julgando.

Reacher ficou quieto por um tempinho.

— Não tem nada pra julgar — disse, enfim. — Nada do que se sentir culpada também. O que você sentiu é compreensível e não teve influência nenhuma no que aconteceu. Como poderia?

Ela ficou em silêncio.

— A decisão foi dele — continuou Reacher. — Só isso. Ele se arriscou e deu azar. Você não causou aquilo. Eu não causei. Simplesmente aconteceu.

— As coisas acontecem por alguma razão.

— Não acontecem, não — disse ele, balançando a cabeça. — Não mesmo. Elas simplesmente acontecem. Não foi culpa sua. Você não é a responsável.

— Você acha?

— Você não é a responsável — repetiu ele. — Ninguém é responsável, com exceção do cara que puxou o gatilho.

— Eu desejei que ele se machucasse — disse ela. — Preciso que você me perdoe.

— Não tem nada pra perdoar.

— Preciso que você diga as palavras.

— Não posso — disse Reacher. — E não vou. Você não precisa ser perdoada. Não foi culpa sua. Nem minha. E nem mesmo do Joe. Simplesmente aconteceu. Do jeito que coisas acontecem.

Froelich ficou em silêncio por um longo momento. Depois assentiu com um gesto bem sutil e chegou um pouquinho mais perto dele.

— Certo.

— Você está usando alguma coisa debaixo desse terno? — perguntou ele.

— Você sabia que eu tinha uma arma na cozinha.

— Sabia.

— Por que você revistou a minha casa?

— Porque eu tenho o gene que o Joe não tinha. As coisas não acontecem comigo. Não tenho azar. Você está com a sua arma agora?

— Não — respondeu ela.

Houve silêncio.

— E não tem nada debaixo do meu terno — disse ela.

— Eu mesmo vou ter que conferir isso — falou ele. — É uma questão de cautela. Puramente genético, você entende.

Ele desabotoou o primeiro botão do blazer. Depois o segundo. Deslizou a mão para dentro. A pele dela era quente e macia.

A recepção do hotel os acordou com uma ligação às seis da manhã. *Stuyvesant deve tê-la agendado ontem à noite*, pensou Reacher. *Queria que ele tivesse esquecido.* Froelich se remexeu ao lado dele. Depois os olhos dela se abriram de uma vez e ela se sentou, completamente desperta.

— Feliz Dia de Ação de Graças — cumprimentou ele.

— Espero que seja — respondeu ela. — Estou com um pressentimento sobre hoje. Acho que é o dia em que a gente ganha ou perde.

— Gosto desse tipo de dia.

— Gosta?

— É claro — confirmou ele. — Perder não é uma opção, o que significa que é o dia em que a gente ganha.

Ela empurrou as cobertas. O quarto tinha passado de muito frio para muito quente.

— Vista-se casualmente — disse ela. — Ternos não caem bem num feriado em um restaurante popular. Você avisa Neagley?

— Você avisa. Vai passar na porta dela. Ela não vai te morder.

— Não?

— Não — respondeu ele.

Ela vestiu o blazer e saiu. Ele caminhou até o armário e puxou para fora o saco com as roupas de Atlantic City. Espalhou-as pela cama e fez o melhor que podia para desamarrotá-las. Depois tomou banho, mas não se barbeou. *Ela quer que eu tenha uma aparência casual,* pensou. Encontrou Neagley no saguão. Estava de calça jeans, moletom e uma jaqueta de couro surrada por cima. Havia café e muffins sobre uma mesa de bufê. Os policiais federais já tinham comido a maior parte.

— Os pombinhos fizeram as pazes? — perguntou Neagley.

— É, acho que sim.

Ele pegou uma xícara e a encheu de café. Escolheu um muffin de passas. Froelich apareceu logo depois, de banho recém-tomado, calça jeans preta, camisa polo preta e jaqueta de náilon preta. Eles comeram o que os policiais federais tinham deixado e saíram em direção ao Suburban de Stuyvesant. Ainda não eram sete da manhã do Dia de Ação de Graças, e parecia que a cidade tinha sido evacuada na noite anterior. Havia silêncio por toda parte. Fazia frio, mas o ar estava parado e suave. O sol já tinha nascido e o céu estava azul-pálido. Os prédios de pedra pareciam dourados. As ruas estavam completamente vazias. Não demoraram nada para chegar ao escritório. Stuyvesant os aguardava na sala de reunião. Na interpretação dele, casual era uma calça cinza bem-passada e um suéter rosa por baixo de uma jaqueta de golfe azul vívida. Reacher supôs que todas as etiquetas fossem da Brooks Brothers, e imaginou que a sra. Stuyvesant, como sempre, tinha ido ao hospital em Baltimore na quinta-feira, sendo Dia de Ação de Graças ou não. Bannon estava sentado no lado oposto ao de Stuyvesant. Usava os mesmos tweed e calça social. Tinha a aparência de um policial independentemente de que dia fosse. Parecia um sujeito sem muitas opções no armário.

— Então vamos começar logo — disse Stuyvesant. — Temos uma agenda cheia.

— Primeiro item — disse Bannon. — O FBI recomenta formalmente o cancelamento hoje. Sabemos que os bandidos estão na cidade, portanto é razoável presumir que pode haver algum tipo atentado hostil iminente.

— Cancelamento está fora de questão — afirmou Stuyvesant. — Peru de graça em um abrigo para sem-teto pode soar trivial, mas esta cidade se fundamenta em símbolos. Se Armstrong não comparecer, o estrago político será catastrófico.

— Certo; então nós estaremos em campo também — disse Bannon.

— Não para duplicar o papel de vocês. Vamos ficar rigorosamente fora do seu caminho em tudo que diz respeito à segurança pessoal de Armstrong. Mas, se alguma coisa der errado, quanto mais perto estivermos, mais sorte teremos.

— Alguma informação específica? — perguntou Froelich.

— Nenhuma — respondeu Bannon, balançando a cabeça. — Só um pressentimento. Mas eu recomendaria que levassem as coisas muito a sério.

— Estou levando tudo muito a sério — afirmou Froelich. — Na verdade, estou mudando o plano todo. Estou transferindo o evento para o lado de fora.

— Pro lado de *fora*? — surpreendeu-se Bannon. — Não é pior?

— Não — respondeu Froelich. — No final das contas, é melhor. O espaço é basicamente um cômodo comprido e baixo. Vai estar lotado. Não temos chance real de usar detectores de metal nas portas. Estamos no final de novembro, a maioria das pessoas vai estar usando cinco camadas de roupa e só Deus sabe que tipo de coisas de metal vão estar carregando. Não dá pra revistar todo mundo. Levaria uma eternidade, e só Deus sabe quantas doenças o meu pessoal pegaria. Não podemos usar luvas, porque seria um insulto. Por isso, temos que reconhecer que há uma considerável chance de os bandidos se misturarem e se aproximarem, e precisamos admitir que não temos verdadeiramente como detê-los.

— Tudo bem, mas levar o evento pra fora ajuda em quê?

— Existe um jardim lateral. Vamos posicionar as mesas para servir a comida de maneira que façam um ângulo reto com a parede do prédio. Passar as coisas pra fora pela janela da cozinha. Atrás da mesa de servir fica o muro do terreno. Vamos colocar Armstrong, a esposa e quatro agentes em fila atrás da mesa, de costas para o muro. Faremos com que os convidados cheguem pela esquerda, em fila indiana, e passem por uma barreira de agentes. Eles vão pegar a comida, caminhar pra dentro, sentar e comer. O pessoal da televisão também vai preferir assim. É sempre melhor pra eles do lado de fora. E a movimentação vai ser ordenada. Da esquerda pra direita ao longo da mesa. Armstrong serve o peru, a sra. Armstrong, o acompanhamento. Continuam em movimento, se sentam pra comer. Mais fácil de se enquadrar visualmente.

— Pontos positivos? — solicitou Stuyvesant.

— Muitos — respondeu Froelich. — Muito mais segurança no controle da multidão. Ninguém vai conseguir sacar uma arma antes de chegar perto de Armstrong, porque todos serão filtrados por uma barreira de agentes o tempo todo até que estejam exatamente na mesa em frente a ele. Como consequência, se esperarem para fazer isso ali, ele terá quatro agentes bem ao seu lado.

— Pontos negativos?

— Limitado. Vamos estar cercados por muros de três lados. Mas o terreno tem a frente aberta. Há um conjunto de prédios de cinco andares exatamente do outro lado da rua. Um armazém antigo. As janelas estão tampadas com madeiras, o que é uma vantagem, mas vamos ter que colocar um agente em cada telhado. Ou seja, vamos ter que esquecer o orçamento.

— Podemos fazer isso — concordou Stuyvesant. — Bom plano.

— O clima nos ajudou desta vez — disse Froelich.

— Esse plano é convencional? — perguntou Bannon. — É assim que o Serviço Secreto normalmente raciocina?

— Não gostaria de responder a essa pergunta — falou Froelich. — O Serviço Secreto não comenta seus procedimentos.

— Trabalhe comigo, minha senhora — pediu Bannon. — Estamos do mesmo lado.

— Pode falar — autorizou Stuyvesant. — Já estamos envolvidos até a cintura.

Froelich deu de ombros e falou:

— Está bem. Acho que é um plano convencional. Num lugar como aquele, nossas opções são muito limitadas. Por que está perguntando?

— Porque viemos trabalhando muito nisso — disse Bannon. — Refletimos muito.

— E? — indagou Stuyvesant.

— Estamos lidando com quatro fatores específicos aqui. Primeiro, tudo começou há dezessete dias, correto?

Stuyvesant fez que sim.

— E quem está sofrendo? — perguntou Bannon. — Essa é a primeira pergunta. Segundo, pensem nos homicídios de demonstração em Minnesota e no Colorado. Como vocês foram alertados? Essa é a segunda questão. Terceiro. Quais foram as armas usadas? E quarto, como a última mensagem foi parar no chão do corredor de entrada da srta. Froelich?

— O que você está querendo dizer?

— Estou querendo dizer que todos os quatro fatores apontam para uma única direção.

— Qual?

— Qual é o propósito por trás das mensagens?

— São ameaças — respondeu Froelich.

— Quem elas estão ameaçando?

— Armstrong, é claro.

— Estão? Algumas estão endereçadas a você, outras, a ele. Mas ele viu *alguma* delas? Mesmo aquelas endereçadas diretamente a ele? Ele sequer sabe alguma coisa sobre elas?

— Nunca contamos essas coisas às pessoas que protegemos. Essa é a política. Sempre foi.

— Então o Armstrong não está preocupado, está? Quem está preocupado?

— Nós.

— Então as mensagens são *realmente* endereçadas a Armstrong ou elas estão sendo enviadas ao Serviço Secreto dos Estados Unidos? Qual acham que é a realidade?

Froelich ficou calada.

— Certo — continuou Bannon. — Agora pense em Minnesota e no Colorado. Uma demonstração dos infernos. Nada fácil de executar. Não interessa quem seja, atirar numa pessoa requer audácia, e habilidade, e cuidado, e reflexão, e preparação. Não é fácil. Não é algo que se empreenda levianamente. Mas eles empreenderam, porque tinham algo a provar. O que foi que eles fizeram depois? Como avisaram vocês? Como disseram a vocês onde deveriam procurar?

— Não disseram.

— Exatamente — concordou Bannon. — Eles passaram por todo aquele perigo, assumiram todo aquele risco e depois cruzaram os braços e não fizeram nada. Simplesmente aguardaram. E, como era de se esperar, os relatórios do Centro Nacional de Informação Criminal foram atualizados pelas polícias locais, os computadores do FBI vasculharam o sistema e, como são programados para fazer, localizaram o nome *Armstrong*, e nós ligamos pra vocês a fim de dar as boas novas.

— E?

— E então me diga: quantas pessoas comuns saberiam que tudo isso iria acontecer? Quantas cruzariam os braços e assumiriam o risco de o draminha deles não ser descoberto durante uns dois ou três dias até que vocês lessem sobre ele nos jornais?

— Mas o que você está querendo dizer? Quem são eles?

263

— Que armas usaram?

— Uma H&K MP5SD6 e um Vaime Mk2 — respondeu Reacher.

— Armas razoavelmente restritas — disse Bannon. — E não estão à venda legalmente para o público, porque possuem silenciadores. Apenas as agências do governo podem comprá-las. E só uma delas compra as duas.

— Nós — completou Stuyvesant em voz baixa.

— Isso mesmo, vocês — confirmou Bannon. — E, por fim, procurei o nome da srta. Froelich na lista telefônica. E sabem de uma coisa? Ela não está lá. Não está na lista. É lógico que também não tinha um anúncio dizendo "Sou a comandante de uma equipe do Serviço Secreto e é aqui que eu moro". Então como esses sujeitos sabiam onde deixar a última mensagem?

Houve um longo silêncio.

— Eles me conhecem — disse Froelich baixinho.

Bannon fez que sim com um gesto de cabeça.

— Sinto muito, camaradas, mas, a partir de agora, o FBI está à procura de pessoas do Serviço Secreto. Não empregados na ativa, pois estes teriam ficado cientes da chegada antecipada da ameaça de demonstração e teriam agido um dia antes. Por isso, estamos focando em ex-empregados que ainda conhecem bem o assunto. Pessoas que saberiam que vocês não contariam a Armstrong. Pessoas que conheciam a srta. Froelich. Pessoas que também conheciam Nendick e sabiam onde encontrá-lo. Quem sabe pessoas que saíram sob suspeita e carregam algum tipo de rancor. Contra o Serviço Secreto, não contra Brook Armstrong. Porque nossa teoria é de que Armstrong é o meio, não o fim. Eles vão eliminar um vice-presidente eleito só para atingir vocês, exatamente como fizeram com os outros dois Armstrongs.

A sala ficou silenciosa.

— Qual seria o motivo? — perguntou Froelich.

Bannon fez uma careta.

— Ex-empregados amargurados caminham, falam, vivem, respiram motivos. Todos nós sabemos disso. Todos nós já sofremos com isso.

— E a digital do polegar? — perguntou Stuyvesant. — Todo o nosso pessoal está no cadastro. Sempre esteve.

— Nossa suposição é de que estamos lidando com dois caras. Pela nossa avaliação, o cara da digital é um parceiro desconhecido de alguém que trabalhou aqui, que é o cara das luvas de látex. Ou seja, estamos usando o plural, *eles*, por pura conveniência. Não estamos dizendo que os dois trabalhavam aqui. Não estamos sugerindo que vocês têm dois renegados.

— Só um renegado.

— É a nossa teoria — esclareceu Bannon. — Mas usar *eles* é muito útil e instrutivo, pois eles formam uma equipe. *Precisamos* procurá-los como uma unidade singular. Porque eles compartilham informações. Portanto, o que quero dizer é: só um deles trabalhou aqui, mas os dois sabem os segredos.

— Este departamento é muito grande — disse Stuyvesant. — A rotatividade também é grande. Alguns pedem demissão. Alguns são demitidos. Alguns se aposentam. Alguns são convidados a se retirar.

— Estamos verificando — informou Bannon. — Estamos recebendo as relações de funcionários diretamente do Tesouro. Vamos retroceder cinco anos.

— A lista vai ser longa.

— Temos mão de obra.

Ninguém falou.

— Eu sinto muito mesmo, pessoal — desculpou-se Bannon. — Ninguém gosta de ouvir que o seu problema está dentro de casa. Mas é a única conclusão a que chegamos. E não é uma boa notícia para dias como o de hoje. Essas pessoas estão na cidade nesse momento e sabem exatamente o que vocês estão pensando, exatamente o que estão fazendo. Portanto, meu conselho é que cancelem. E, se não vão cancelar, então aconselho que tomem muito cuidado mesmo.

No silêncio, Stuyvesant fez que sim com a cabeça.

— Vamos tomar. Pode contar com isso.

— Minha equipe vai chegar ao local com duas horas de antecedência — informou Bannon.

— A nossa vai estar lá uma hora antes disso — falou Froelich.

Bannon deu um sorrisinho tenso, empurrou a cadeira para trás e se levantou.

— A gente se vê lá. — Saiu da sala e fechou a porta, com firmeza, mas sem fazer barulho.

Stuyvesant checou seu relógio.

— Então?

Eles ficaram sentados em silêncio por um momento, depois caminharam lentamente até a recepção e pegaram café. Em seguida, reagruparam-

-se na sala de reunião, nas mesmas cadeiras, todos olhando para o lugar que Bannon tinha acabado de deixar vago como se ele ainda estivesse ali.

— Então? — repetiu Stuyvesant.

Ninguém falou.

— Inevitável, creio eu — disse Stuyvesant. — Não podem afirmar que o cara da digital do polegar é um de nós, mas o outro cara *com certeza* é. Vamos ser motivo de chacota no Edifício Hoover. Vão arreganhar sorrisos de orelha a orelha. Vão ficar rindo pelas nossas costas.

— Mas isso faz com que estejam errados? — questionou Neagley.

— Não — respondeu Froelich. — Esses caras sabem onde eu moro. Acho que o Bannon está certo.

Stuyvesant estremeceu, como se o juiz tivesse dito *strike um*.

— E você? — perguntou para Neagley.

— A preocupação com o DNA nos envelopes soa como algo de alguém de dentro — comentou Neagley. — Mas uma coisa me incomoda. Se estão familiarizados com os seus métodos, não interpretaram a situação em Bismarck muito bem. Você disse que eles esperavam que os policiais fossem se mover em direção à isca, ao rifle, e que Armstrong se moveria em direção aos carros, desse modo, atravessando o campo de fogo deles. Mas isso não aconteceu. Armstrong aguardou no ponto cego e os carros vieram até ele.

Froelich balançou a cabeça.

— Não, infelizmente a interpretação deles foi correta — corrigiu ela. — Normalmente, Armstrong estaria bem no meio do campo, deixando que as pessoas dessem uma boa olhada nele. Bem no centro das coisas. A gente geralmente não faz com que eles fiquem se esgueirando pelas beiradas. Foi uma mudança de última hora para deixá-lo perto da igreja. E foi baseada na recomendação de Reacher. Numa situação normal, eu não ia deixar de jeito nenhum que uma limusine com tração traseira subisse na grama. Fácil demais atolar e ficar presa. Simplesmente não confio. Mas eu sabia que o chão estava seco e duro. Praticamente congelado. Então improvisei. Essa manobra teria deixado alguém de dentro do Serviço Secreto completamente desnorteado. Seria a última coisa que passaria por sua cabeça. Ficaria completamente surpreso.

Silêncio.

— Então a teoria de Bannon é perfeitamente plausível — disse Neagley. — Sinto muito.

Stuyvesant fez um gesto afirmativo com a cabeça. *Strike dois.*

— Reacher? — indagou ele.

— Não dá para questionar nenhuma palavra do que foi dito.

Strike três. Stuyvesant tombou a cabeça, como se tivesse perdido sua última esperança.

— Mas eu não acredito — surpreendeu Reacher.

Stuyvesant levantou a cabeça novamente.

— Fico satisfeito que estejam investigando — continuou Reacher. — Porque acho que precisa ser investigado. Precisamos eliminar todas as possibilidades. E eles vão seguir por esse caminho como loucos. Se estiverem certos, vão cuidar de tudo para nós, com certeza. Ou seja, é uma coisa a menos para nos preocupar. Mas tenho certeza de que estão perdendo tempo.

— Por quê? — perguntou Froelich.

— Porque tenho certeza de que nenhum desses caras trabalhou aqui.

— Então quem são?

— Acho que os dois são de fora. Acho que têm entre dois e dez anos a mais que Armstrong, cresceram e foram educados em áreas rurais remotas, onde as escolas eram decentes, mas os impostos, baixos.

— O quê?

— Pensem em tudo o que sabemos. Pensem em tudo o que vimos. Depois pensem na menor de todas as partes. O menorzinho dos componentes.

— Fale — pediu Froelich.

Stuyvesant olhou para o relógio de novo. Fez que não com a cabeça.

— Agora não. Temos que ir. Pode nos contar mais tarde. Mas você tem certeza?

— Os dois são de fora do Serviço Secreto — afirmou Reacher. — Eu garanto. Está na Constituição.

13

ODA CIDADE TEM UMA CÚSPIDE, ONDE A PARTE BOA dela se transforma em ruim. Washington D.C. não era diferente. A fronteira entre desejável e indesejável era uma estrada sinuosa, esburacada e irregular, salpicada de saliências devido a blocos reaproveitados e com descidas que levavam a outras áreas que reivindicavam suas próprias ruas. Era perfurada em alguns lugares por corredores gentrificados. Em outras, transformava-se de maneira gradual, escurecendo imperceptivelmente ao longo de centenas de metros de ruas, onde era possível comprar trinta marcas diferentes de chá em uma ponta e, na outra, descontar cheques a uma taxa de trinta por cento.

O abrigo selecionado para a aparição de Armstrong ficava na metade do caminho entre a terra de ninguém e a Union Station. Ao leste havia linhas de trem e espaços para comutação. A oeste, a rodovia passava dentro de um túnel. Todo o entorno era de prédios decadentes. Alguns eram depósitos, outros, apartamentos. Alguns estavam abandonados, outros, não. O abrigo propriamente dito era exatamente como Froelich tinha descrito. Uma construção comprida de um andar e tijolos expostos. As janelas com estrutura de ferro eram grandes e distribuídas de forma uniforme. O terreno ao lado tinha o dobro do seu tamanho. Era cercado em três de seus lados por muros altos de tijolo. Era impossível decifrar o propósito inicial daquele prédio. Talvez tivesse sido um estábulo no passado, quando a carga da Union Station era puxada por cavalos. Talvez mais tarde tivesse sido melhorado com a instalação de novas janelas e fora usado como depósito de caminhões depois que os cavalos desapareceram. Talvez tivesse servido de escritório durante algum tempo. Era impossível dizer.

Abrigava cinquenta moradores de rua toda noite. De manhã, acordavam-nos, serviam café da manhã e os mandavam de volta para a rua. Em seguida, as camas de armar eram empilhadas e armazenadas, o chão, lavado e o ar, tomado por desinfetante. Mesas e cadeiras de metal eram trazidas e colocadas onde as camas tinham estado. Serviam almoço todos os dias, assim como jantar, e, às nove horas da noite, a conversão inversa em dormitório acontecia.

Mas aquele dia era diferente. O Dia de Ação de Graças era sempre diferente, e nesse ano era ainda mais que de costume. Acordaram o pessoal mais cedo e o café foi servido mais rápido. Mandaram embora as pessoas que pernoitaram ali meia hora antes do horário normal, o que era um golpe duplo para eles, porque as cidades ficam notoriamente mais tranquilas no Dia de Ação de Graças, e a receita com a mendicância era deplorável. O chão foi lavado com mais afinco que de costume e mais desinfetante foi borrifado no ar. As cadeiras foram mais bem posicionadas, havia mais voluntários presentes, e todos estavam usando moletons novos e brancos com o nome do benfeitor reluzindo em silk vermelho.

Os primeiros agentes do Serviço Secreto a chegar foram os da equipe da linha de visão. Eles tinham um mapa topográfico da cidade em grande escala e uma mira telescópica retirada de um rifle de precisão. Um agente percorreu cada passo que Armstrong estava programado para dar. A cada um ele parava, virava-se, apertava os olhos, olhava pela mira e enumerava em voz alta todas as janelas e os terraços que conseguia ver. Porque, se ele conseguia ver um terraço ou uma janela, um possível atirador em um desses terraços ou em uma dessas janelas também poderia vê-lo. O agente com o mapa identificava o prédio que era motivo de preocupação, checava a escala e calculava a distância. Tudo a duzentos metros era marcado de preto.

Mas o local era bom. Os únicos pontos disponíveis para serem usados por atiradores eram os terraços dos armazéns de cinco andares abandonados do lado oposto. O cara com o mapa acabou com uma linha reta de apenas cinco cruzes pretas, nada mais. Escreveu *verificado com mira, dia claro, 0845hrs, todas as localizações suspeitas registradas* ao longo da borda inferior do mapa, assinou e adicionou a data. O agente com a mira também assinou, e o mapa foi enrolado e armazenado na parte de trás de um Suburban do departamento, à espera de Froelich.

O próximo a chegar ao local foi um comboio de vans da polícia com cinco unidades caninas. Uma delas revistou o abrigo. Duas entraram nos armazéns. As duas últimas eram de farejadores de explosivos, que vasculharam os arredores em todas as direções num raio de quatrocentos metros. Depois dessa distância, o labirinto de ruas significava que havia rotas de acesso demais a serem verificadas, ou seja, a possibilidade de ataque com alguma chance real de sucesso era mínima. Assim que um prédio ou uma rua era declarado seguro, um policial local assumia o posto a pé. O sol continuava ardendo no céu limpo. Ele dava a ilusão de calor, mas continuava esquentando em potência mínima.

Às nove e meia, o abrigo era o epicentro de meio quilômetro quadrado de território seguro. Policiais guardavam o perímetro a pé e de carro, e havia mais cinquenta espalhados pelo interior. Eles compunham a maioria da população local. A cidade ainda estava tranquila. Alguns dos habitantes do abrigo perambulavam por perto. Não havia nenhum lugar produtivo para ir e eles sabiam, por experiência, que chegar cedo à fila do almoço era melhor. Políticos não entendiam nada de controle de quantidade, e as porções podiam ficar bem magras depois dos primeiros trinta minutos.

Froelich chegou exatamente às dez horas, dirigindo um Suburban com Reacher atrás e Neagley no banco do carona. Stuyvesant estava logo atrás em outro Suburban. Depois, quatro veículos com cinco atiradores de elite e quinze agentes de serviço. Froelich estacionou na calçada, colada ao muro do armazém. Normalmente ela teria apenas bloqueado a rua depois da entrada do abrigo, mas não queria revelar para os espectadores a direção por onde Armstrong planejava chegar.

Na verdade, estava planejado que ele chegaria pelo sul, mas essa informação e dez minutos com um mapa poderiam predizer toda a rota dele desde Georgetown.

Ela reuniu seu pessoal no terreno do abrigo e mandou os atiradores de elite protegerem os terraços dos armazéns. Eles chegariam lá três horas antes do evento começar, mas isso era normal. Geralmente eram os primeiros a chegar e os últimos a sair. Stuyvesant puxou Reacher de lado e o pediu para subir com eles.

— Depois venha me encontrar — disse ele. — Quero um relatório em primeira mão sobre a gravidade da situação.

Reacher atravessou a rua com um agente chamado Crosetti; eles passaram por um policial e entraram em um corredor úmido cheio de lixo e excremento de rato. Havia uma escada que se espiralava para cima em um eixo central. Crosetti estava com um colete Kevlar e carregava um rifle em um estojo rígido. Mas era um sujeito em forma. Estava meio lance de escadas à frente de Reacher quando chegaram ao topo.

As escadas davam em uma cabine no terraço. Havia uma porta de madeira que abria para fora em direção à luz do sol. O terraço era plano. De asfalto. Havia cadáveres de pombos aqui e ali, e claraboias sujas feitas com vidro aramado e pequenas torres de metal no topo dos canos de ventilação. O terraço era cercado por uma mureta baixa cujas pedras do cume estavam desgastadas. Crosetti caminhou até a beirada esquerda, depois até a direita. Fez contato visual com os colegas dos dois lados. Em seguida foi até a parte da frente para checar a vista. Reacher já estava ali.

A vista era boa e ruim. Boa no sentido convencional, pois o sol brilhava e eles estavam na altura do quinto andar, em uma parte da cidade com prédios baixos. Ruim porque o terreno do abrigo estava logo abaixo deles. Era como olhar de um metro de altura e distância para uma caixa de sapato. O muro do fundo onde Armstrong estaria ficava exatamente à frente. Era feito de tijolos velhos e parecia um paredão de fuzilamento de alguma prisão estrangeira. Acertá-lo seria mais fácil do que pescar de um balde.

— Qual é a distância? — perguntou Reacher.

— Quer chutar? — disse Crosetti.

Reacher apoiou os joelhos na mureta e olhou para a frente e para baixo.

— Oitenta metros? — palpitou ele.

Crosetti abriu um bolso do colete e tirou um telêmetro.

— É a laser. Oitenta e quatro até o muro — afirmou. — Oitenta e três até a cabeça dele. Foi um chute muito bom.

— Interferência do vento?

— Termal leve subindo do concreto — disse Crosetti. — Mais nada, provavelmente. Nada de mais.

— É praticamente como estar do lado dele — comentou Reacher.

— Não se preocupe — falou Crosetti. — Enquanto eu estiver aqui, ninguém mais vai estar. Esse é o serviço de hoje. Somos sentinelas, não atiradores.

— Onde você vai ficar? — perguntou Reacher.

Crosetti deu uma olhada ao redor de sua possezinha imobiliária e apontou.

— Lá, eu acho. Bem naquele canto mais afastado. Vou me posicionar paralelamente ao muro da frente. Com uma leve virada para a esquerda, cubro o terreno. Com uma leve virada para a direita, cubro a escada.

— Bom plano — elogiou Reacher. — Precisa de alguma coisa?

Crosetti fez que não com a cabeça.

— Certo — disse Reacher. — Vou deixar você trabalhar. Tente ficar acordado.

Crosetti sorriu.

— Geralmente fico.

— Isso é bom — disse Reacher. — Gosto disso numa sentinela.

Ele desceu novamente os cinco lances de escada no escuro e foi envolvido pelo sol quando saiu. Atravessou a rua e olhou para cima. Viu Crosetti posicionado confortavelmente no canto. Sua cabeça e seus joelhos estavam visíveis. Bem como o cano do rifle. Estava projetado para cima, apontando para o céu azul a um relaxado ângulo de 45 graus. Ele acenou. Crosetti acenou de volta. Reacher seguiu e encontrou Stuyvesant no terreno. Era difícil perdê-lo de vista, dada a cor do suéter e o brilho da luz do dia.

— Tudo bem lá em cima — informou Reacher. — Puta plataforma de tiro, mas já que seu pessoal a está protegendo, estamos em segurança.

Stuyvesant assentiu e se virou a fim de olhar para cima. Todos os cinco terraços eram visíveis do terreno. Todos os cinco estavam ocupados pelos atiradores de elite. Cinco silhuetas de cabeça, cinco silhuetas de cano de rifle.

— Froelich está te procurando — avisou Stuyvesant.

Mais perto do prédio, o pessoal do abrigo e agentes transportavam compridas mesas de cavaletes. A ideia era formar uma barreira com elas. A extremidade à direita estaria bem colada à parede do abrigo. A da esquerda ficaria a um metro do muro no lado oposto. Armstrong e sua esposa ficariam em um cercadinho com quatro agentes. Exatamente atrás deles estaria o paredão de fuzilamento. De perto, ele não parecia tão ruim. Os tijolos antigos pareciam aquecidos pelo sol. Rústicos, até amigáveis. Reacher deu as costas a eles e olhou para os tetos dos armazéns. Crosetti acenou novamente. *Ainda estou acordado*, informava o aceno.

— Reacher — chamou Froelich.

Ele se virou e a viu saindo do abrigo na sua direção. Carregava uma prancheta com uma quantidade grossa de papéis. Alerta, ocupada, na chefia, no comando. Estava magnificente. A roupa preta enfatizava sua graciosidade e fazia os olhos dela resplandecerem em azul. Dezenas de agentes e muitos policiais redemoinhavam ao redor dela, todos sob seu domínio.

— Estamos bem por aqui — disse ela. — Então quero que você vá dar uma volta. Dê uma checada nas redondezas. A Neagley já está por aí. Você sabe o que procurar.

— A sensação é boa, né? — perguntou ele.

— Qual?

— De fazer uma coisa muito bem — disse ele. — Assumir a chefia.

— Acha que estou mandando bem?

— Você é a melhor — elogiou ele. — Isto aqui é monstruoso. Armstrong é um homem de sorte.

— Assim espero — disse ela.

— Pode acreditar — incentivou ele.

Ela sorriu, rápida e timidamente, e seguiu em frente, folheando seus documentos. Ele virou para o outro lado e saiu de volta para a rua. Virou à direita e planejou uma rota que o manteria num raio de uma quadra e meia.

Havia policiais na esquina e o início de uma aglomeração esfarrapada de pessoas aguardando pelo almoço grátis. Duas vans de canais de televisão se preparavam, a cinquenta metros do abrigo rua abaixo. Mastros hidráulicos iam se estendendo e antenas parabólicas giravam. Técnicos desenrolavam cabos e posicionavam câmeras nos ombros. Ele viu Bannon com seis homens e uma mulher e imaginou que aquela era a força-tarefa do FBI. Tinham acabado de chegar. Bannon estava com um mapa aberto sobre o capô do carro, e os agentes se amontoavam ao redor para examiná-lo. Reacher acenou para ele, virou à esquerda e passou pelo final de um beco que levava até a parte de trás dos armazéns. Podia ouvir um trem nos trilhos mais à frente. A boca do beco estava guarnecida por um policial que olhava para fora, em pé na posição de descansar. Havia uma viatura policial estacionada ali perto. Outro policial dentro dela. Policiais por todos os lugares. A despesa com horas extras ia ser uma coisa de doido.

Havia estabelecimentos deteriorados aqui e ali, mas estavam todos fechados por causa do feriado. Alguns eram igrejas, igualmente fechadas. Havia oficinas de lanternagem mais próximas à linha do trem, fechadas e quietas. Em uma loja de penhores, um sujeito muito velho lavava as vitrines pelo lado de fora. Ele era a única coisa que se movimentava na rua. A loja era alta e estreita e tinha grade sanfonada atrás do vidro. A vitrine estava empanturrada de tranqueiras de todo tipo. Relógios, casacos, instrumentos musicais, despertadores, chapéus, toca-discos, aparelhos de som de carro, binóculos, fios com luzes de natal. A informação escrita no vidro dizia que se podia comprar ali praticamente qualquer artigo já fabricado. Se não nascesse do chão e não se movimentasse sozinha, aquele cara daria dinheiro pela coisa. Também oferecia serviços. Descontava cheques, avaliava joias, consertava relógios. Havia uma bandeja de relógios exposta. A maioria dos itens era antiga, à corda, com vidros abaulados, grandes números luminescentes quadrados e ponteiros entalhados. Reacher olhou novamente para a placa: *Consertamos relógios*. Depois olhou de novo para o velho. Estava com espuma de sabão até os cotovelos.

— Você conserta relógios? — perguntou ele.

— O que você tem? — questionou o velho. Ele tinha sotaque. Russo, provavelmente.

— Uma pergunta — respondeu Reacher.

— Pensei que tivesse um relógio pra consertar. Era com isso que eu mexia, originalmente. Antes do quartzo.

— Meu relógio está bem — disse Reacher. — Desculpe.

Ele ergueu o punho para ver as horas. Onze e quinze.

— Deixe eu dar uma olhada — pediu o velho.

Reacher estendeu o braço.

— Bulova — disse o velho. — Coisa militar, de antes da Guerra do Golfo. Um bom relógio. Você o comprou de um soldado?

— Não, eu fui soldado.

— Assim como eu. No Exército Vermelho. Qual é a pergunta?

— Já ouviu falar de esqualeno?

— É um lubrificante.

— Você usa?

— Uma vez ou outra. Não conserto muitos relógios hoje em dia. Não mais desde o quartzo.

— Onde você consegue?

— Você está de brincadeira?

— Não — disse Reacher. — Estou fazendo uma pergunta.

— Você quer saber onde consigo meu esqualeno?

— É pra isso que as perguntas servem. Elas tentam obter informação.

O velho sorriu.

— Carrego o meu comigo.

— Onde?

— Você está olhando pra ele.

— Estou?

O velho fez que sim com um gesto de cabeça.

— E eu estou olhando para o seu.

— Meu o quê?

— Seu suprimento de esqualeno.

— Não tenho esqualeno nenhum — retrucou Reacher. — Ele vem de fígado de tubarão. Faz muito tempo desde a última vez que cheguei perto de um.

O velho balançou a cabeça.

— Olha só, o sistema soviético era muito frequentemente criticado e, acredite em mim, sempre fico feliz em contar a verdade sobre ele. Mas pelo menos a gente tinha educação. Especialmente em ciências naturais.

— C-30-H50 — disse Reacher. — É um hidrocarboneto acíclico. O que significa que, quando hidrogenado, se transforma em esqualano, com *a*.

— Você entende alguma coisa disso?

— Não — respondeu Reacher. — Na verdade, não.

— Esqualeno é um óleo — esclareceu o velho. — É encontrado naturalmente só em dois lugares na biosfera conhecida. Um é dentro de fígado de tubarão. O outro é como um produto sebáceo na pele ao redor do nariz humano.

Reacher encostou no nariz.

— Mesma coisa? Fígado de tubarão e nariz de gente?

O velho sujeito fez que sim com a cabeça.

— Estrutura molecular idêntica. Então, se eu preciso de esqualeno pra lubrificar um relógio, simplesmente pego um pouco com a ponta do meu dedo. Deste jeito.

Ele secou a mão molhada na perna da calça, esticou um dedo e o esfregou de cima para baixo na área onde o nariz se juntava ao rosto. Depois levantou a ponta do dedo e inspecionou.

— Coloca isso na engrenagem e pronto — disse ele.

— Entendi — falou Reacher.

— Quer vender o Bulova?

Reacher negou com a cabeça.

— Valor sentimental — justificou.

— Do Exército? — perguntou o velho. — Você é um *nekulturniy*.

Ele voltou ao que estava fazendo, e Reacher continuou a caminhar.

— Feliz Dia de Ação de Graças — gritou ele.

Nenhuma resposta.

Encontrou Neagley a uma quadra do abrigo. Vinha na direção contrária. Ela deu meia volta e o acompanhou, mantendo a costumeira distância em relação a seu ombro.

— Dia bonito, né? — comentou ela.

— Não sei — respondeu ele.

— Como você faria?

— Não faria. Não aqui. Não em Washington D.C. Este é o quintal deles. Aguardaria uma chance melhor em algum outro lugar.

— Eu também — disse ela. — Mas eles falharam em Bismarck. Wall Street em dez dias não é uma boa pra eles. Aí já vai ser final de dezembro, com mais feriados e depois a posse. Ou seja, estão ficando sem oportunidades. E sabemos que estão na cidade.

Reacher ficou calado. Passaram por Bannon. Estava sentado dentro do carro.

Chegaram de volta ao abrigo exatamente ao meio-dia. Stuyvesant estava parado perto da entrada. Ele os cumprimentou com um cauteloso gesto de cabeça. Dentro do terreno, tudo estava pronto. As mesas de servir estavam enfileiradas. Tecidos de um branco puro as cobriam e pendiam até o chão. Havia aquecedores de comida organizados em fila sobre elas. Conchas e colheres com cabos longos estavam dispostos ordenadamente. A janela da cozinha dava diretamente no cercadinho atrás das mesas. O salão do abrigo estava arrumado para que as pessoas comessem. Havia cavaletes da polícia posicionados de maneira que a aglomeração de pessoas se afunilasse para o canto esquerdo do terreno. Depois havia uma curva à direita para a área em que a comida seria servida. Então outra para a direita ao longo da parede do abrigo, e outra que levava à porta. Froelich estava detalhando o posicionamento para cada um dos agentes de serviço. Quatro ficariam na entrada do terreno. Seis se responsabilizariam pela fila que chegava à área da comida. Um em cada ponta do cercadinho, pelo lado de fora. Três patrulhariam a saída da fila.

— Certo, prestem atenção — disse Froelich com a voz firme. — Lembrem-se, é muito fácil ficar um pouco parecido com um sem-teto, mas muito difícil ficar *exatamente* como um sem-teto. Olhem os pés deles. Os sapatos estão coerentes? Olhem as mãos. Queremos ver luvas ou sujeira encardida. Olhem os rostos. Precisam ser magros. Bochechas fundas. Queremos cabelos sujos. Cabelo que não é lavado há um mês ou um ano. Queremos ver roupas *moldadas* ao corpo. Alguma pergunta?

Ninguém falou.

— Qualquer dúvida, aja primeiro, pense depois — ordenou Froelich. — Estarei posicionada atrás das mesas com os Armstrong e o destacamento pessoal. Dependemos de vocês para que ninguém indesejado chegue até nós.

Ela checou o relógio.

— Meio-dia e cinco — disse ela. — Cinquenta e cinco minutos pra começar.

Reacher passou apertado pelo lado esquerdo das mesas de servir e entrou no cercadinho. Atrás dele havia um muro. À direita, um muro. À esquerda, as janelas do abrigo. À sua frente, à direita, ficava a fila de chegada. Todos os indivíduos passariam por quatro agentes na entrada do terreno e mais cinco à medida que avançassem lentamente. Dez desconfiados pares de olhos antes que qualquer pessoa ficasse cara a cara com Armstrong. À sua frente, à esquerda, ficava a fila de saída. Três agentes afunilavam as pessoas para dentro do salão. Ele ergueu o olhar. Exatamente em frente ficavam os armazéns. Cinco sentinelas em cinco telhados. Crosetti acenou. Ele acenou de volta.

— Tudo certo? — perguntou Froelich.

Ela estava em pé do outro lado da mesa. Ele sorriu.

— Coxa ou peito? — ofereceu ele.

— A gente vai comer depois — disse ela. — Quero você e a Neagley trabalhando no terreno. Fiquem perto da fila de saída para terem uma visão ampla.

— Combinado — concordou ele.

— Ainda acha que estou mandando bem?

Ele apontou para a esquerda.

— Não gosto dessas janelas — disse. — Suponha que alguém fique o tempo todo na fila, mantenha a cabeça baixa, comporte-se, pegue a comida, sente, depois saque uma arma e atire pra cá pela janela.

Ela concordou.

— Já pensei nisso. Estou trazendo três policiais que estão no perímetro. Vou colocar um em cada janela, observando o salão.

— Isso deve ser o suficiente — disse ele. — Ótimo trabalho.

— E vamos usar coletes à prova de balas — completou ela. — Todo mundo no cercadinho. Os Armstrong também.

Ela olhou para o relógio novamente e disse:

— Quarenta e cinco minutos. Vem comigo.

Eles caminharam para fora do terreno, atravessaram a rua e chegaram ao local onde ela tinha estacionado o Suburban. Estava sob a densa sombra da parede do armazém. Ela destrancou o porta-malas e o abriu.

A sombra e o vidro fumê tornavam o interior escuro. Estava cheio de equipamentos muito bem-organizados. Mas o banco de trás estava vazio.

— A gente podia entrar — disse Reacher. — Fazer uma sacanagenzinha.

— Podia nada.

— Você disse que uma sacanagenzinha no trabalho era legal.

— Eu disse no escritório.

— Isso é um convite?

Ela ficou quieta. Endireitou o corpo. Sorriu.

— Tá — disse ela. — Assim que o Armstrong estiver em segurança, a gente faz isso na mesa do Stuyvesant. Uma comemoração.

Ela se inclinou para dentro, pegou o colete, se esticou e o beijou na bochecha, depois saiu e voltou para o terreno. Ele bateu a porta e a trancou a dez metros de distância com o controle remoto.

Quando faltavam trinta minutos, ela vestiu o colete por baixo da jaqueta e fez uma checagem geral pelo rádio. Disse ao comandante da polícia que podia começar a mobilizar a multidão para perto da entrada. Comunicou à mídia que poderiam entrar no terreno e começar a gravar. Quando faltavam quinze minutos, anunciou que os Armstrong estavam a caminho.

— Tragam a comida pra fora — ordenou ela.

A equipe da cozinha enxameou o cercadinho, e os cozinheiros passavam panelas de comida pelas janelas. Reacher se apoiou na parede do abrigo ao fim da fileira de mesas, no lado do público. Colou as costas eretas nos tijolos entre a janela da cozinha e a primeira janela do salão. Ficaria virado direto para a fila da comida. Virando um pouco para a esquerda, via a fila de chegada. Virando um pouco para a direita, via o cercadinho. As pessoas teriam que desviar dele com os pratos cheios. Queria observar bem de perto. Neagley estava a dois metros de distância, em uma das curvas feitas com os cavaletes. Froelich dava passos lentos perto dela, nervosa, repassando pela centésima vez os detalhes de última hora.

— Chegada iminente — alertou ela no microfone em seu pulso.

— O motorista disse que estão a duas quadras de distância. Pessoal nos terraços, já os viram?

Ela escutou o fone receptor e falou novamente.

— Duas quadras de distância — repetiu ela.

A equipe da cozinha terminou de posicionar a comida nos aquecedores e desapareceu. Reacher não conseguia ver por causa dos muros, mas ouviu o comboio. Vários motores potentes, pneus largos, se aproximando rápido, freando com força. Uma viatura metropolitana passou pela entrada, em seguida um Suburban, depois uma limusine Cadillac que parou ao portão de entrada. Um agente deu um passo à frente e abriu a porta. Armstrong saiu, se virou e ofereceu a mão à esposa. Um câmera se adiantou. Os Armstrong se mantiveram parados, juntos, por um momento à porta da limusine e sorriram para as lentes. A sra. Armstrong era uma mulher loura e alta, cujos genes tinham todos vindo da Escandinávia duzentos anos antes. Isso era nítido. Estava de calça jeans bem-passada e uma jaqueta acolchoada de pena de ganso, um número maior que o dela para acomodar o colete à prova de balas. O cabelo, com laquê, estava penteado para trás e emoldurava seu rosto. Parecia um pouco desconfortável com a calça jeans, como se não estivesse acostumada a usá-la.

Armstrong também estava de calça jeans, mas a usava como se vivesse com ela. Estava com uma jaqueta xadrez toda abotoada. Estava um pouco justa para ocultar o formato do colete do olhar de um especialista. Não usava nada na cabeça, mas o cabelo estava penteado. O destacamento pessoal os cercou e conduziu pelo terreno. Câmeras os filmavam à medida que iam passando. Os agentes pessoais estavam vestidos como Froelich. Calça jeans preta, jaqueta de náilon preta com o zíper fechado por cima do colete. Dois estavam de óculos escuros. Um, de boné preto. Todos tinham receptores de ouvido e protuberâncias na cintura onde estavam suas armas.

Froelich os conduziu para dentro do cercadinho atrás das mesas de servir. Em cada ponta se posicionou um agente que, com os braços cruzados, não fazia nada além de vigiar a multidão. O terceiro agente, Froelich e os Armstrong ficaram no meio para servirem. Eles se movimentaram um pouco desordenadamente por um segundo e depois se organizaram, de maneira que o terceiro agente ficou à esquerda, depois Armstrong, Froelich e a esposa de Armstrong à direita. Armstrong pegou uma concha com uma das mãos e uma colher com a outra. Confirmou se as câmeras estavam nele e levantou os utensílios como se fossem armas.

— Feliz dia de Ação de Graças para todos — gritou.

A multidão enxameou lentamente pela entrada. Era um grupo desanimado. Moviam-se letargicamente e não falavam muito. Nenhum falatório entusiasmado, nenhuma agitação barulhenta. Nem um pouco parecido com o saguão do hotel na recepção para os doadores. A maioria estava envolvida por várias camadas pesadas de roupa. O cinto de alguns era de corda. Tinham gorros e luvas sem dedos e rostos desalentados. Cada um tinha que seguir pela esquerda e direita e esquerda e direita para passar pelos seis agentes que os vigiavam. O primeiro da fila fez a curva depois do último agente, pegou um prato de plástico na primeira bandeja e foi submetido ao total esplendor do sorriso de Armstrong. Com a colher, o vice-presidente eleito colocou uma coxa de peru no prato dele. O sujeito seguiu arrastando os pés; Froelich serviu vegetais, a esposa de Armstrong adicionou o acompanhamento. Depois o sujeito passou por Reacher e seguiu em direção às mesas do lado de dentro. A comida cheirava bem, e o cara, mal.

Continuou assim por cinco minutos. Toda vez que uma panela de comida era esvaziada, substituíam-na por uma nova através da janela da cozinha. Armstrong sorria como se estivesse se divertindo. A fila de gente sem-teto seguia em frente se arrastando. As câmeras filmavam. O único som era o dos utensílios de metal nos recipientes com comida e as banalidades repetidas pelos que serviam. *Aproveite! Feliz Dia de Ação de Graças! Obrigado por vir!*

Reacher olhou para Neagley. Ela ergueu as sobrancelhas. Ele olhou para os telhados dos armazéns. Olhou para Froelich, ocupada com sua colher de cabo comprido. Olhou para a equipe de televisão. Estavam visivelmente entediados. Gravavam fazia uma hora, sabendo que, depois da edição, sobrariam oito segundos no máximo, com um comentário-padrão sobreposto a eles. *O vice-presidente eleito Armstrong serviu o tradicional peru do Dia de Ação de Graças em um abrigo de sem-teto em Washington D.C. Corta para os melhores momentos do primeiro tempo do futebol americano.*

A fila ainda tinha trinta pessoas quando aconteceu.

Reacher sentiu um impacto poeirento abafado ali perto, e algo ferroou sua bochecha direita. Pelo canto do olho, ele viu uma nuvem de poeira ao redor de uma pequena cratera na superfície do muro. Nenhum som. Nenhum som mesmo. Um milésimo de segundo depois, o cérebro dele o avisou: *bala*. *Silenciador*. Ele olhou para a fila. Ninguém se movendo. Ele virou a cabeça abruptamente para a esquerda e para cima. *O terraço*. *Crosetti não estava lá*. *Crosetti estava lá*. *Encontrava-se cinco metros fora da posição*. *Estava atirando*. *Não era Crosetti*.

Então ele tentou derrotar o tempo e se mover mais rápido do que lhe permitia a terrível câmera lenta do pânico. Ele se afastou da parede, encheu os pulmões de ar e se virou para Froelich com a lentidão de um homem correndo através de uma piscina. A boca dele se abriu, palavras desesperadas se formaram em sua garganta e ele tentou gritá-las. Mas ela estava muito adiantada em relação a ele.

Estava gritando:

— *A-r-r-m-a!*

Ela girava em câmera lenta. A colher dela estava voando em um arco sobre a mesa, cintilando ao sol, espalhando comida. Froelich estava à esquerda de Armstrong. Pulava de lado sobre ele. Seu braço direito ceifava-se para protegê-lo. Ela saltava como um jogador de basquete fazendo um gancho. Retorcendo-se à meia altura. O ombro dele serviu de pivô para a mão direita de Froelich, que usou o impulso da esquerda para se virar e ficar de frente para ele. Suspendeu os joelhos e os acertou diretamente na parte superior do peito dele. A porrada fez com que soltasse o ar, suas pernas dobraram e ele estava caindo para trás quando a segunda bala silenciada a acertou no pescoço. Sem som. Sem som algum. Apenas um brilhante e vívido borrifo de sangue ao sol, tênue como uma neblina de outono.

Ele pendeu no ar em uma cônica e longa nuvem, como vapor, rosa e iridescente. Foi se esticando à medida que ela caía. A colher veio abaixo e a atravessou rodopiando, o que perturbou sua forma. O borrifo se estendeu em uma longa e graciosa curva. Froelich caiu e deixou um rastro atrás de si como um ponto de interrogação. Reacher virou a cabeça como se ela estivesse presa a um peso enorme e viu um ombro ao longe no terraço, movendo-se para trás e desaparecendo do campo de visão. Infinitamente devagar, ele se virou de novo para o terreno e viu a molhada flecha rosa do sangue de Froelich apontando para baixo, para um lugar atrás das mesas que, naquele momento, já estava fora de vista.

Então o tempo reiniciou e cem coisas aconteceram, tudo de uma vez, tudo em velocidade acelerada, tudo com um barulho devastador. Agentes cobriram a esposa de Armstrong e a puxaram para o chão. Ela estava berrando. Desesperadamente. Agentes sacaram suas armas e começaram a atirar no telhado do armazém. Grito e choro vinham da multidão. As pessoas debandavam em pânico. Corriam para todos os lados em meio aos pesados e repetidos estampidos de poderosas armas. Reacher agarrava as mesas de servir, arremessava-as para trás e abria caminho pelos destroços até Froelich. Agentes tiravam Armstrong de debaixo dela, arrastando-o. Motores de automóveis aceleravam. Pneus cantavam. Armas disparavam. Havia fumaça no ar. Sirenes uivavam. Armstrong desapareceu do chão, Reacher caiu de joelhos em um lago de sangue ao lado de Froelich e aninhou a cabeça dela em seus braços. Toda a sua graciosidade tinha desaparecido. Estava completamente mole e imóvel, como se suas roupas estivessem vazias. Mas os olhos estavam arregalados. Moviam-se lentamente de um lado para o outro, procurando, como se curiosa com alguma coisa.

— Ele está bem? — sussurrou ela.

Era uma voz muito baixa, mas alerta.

— Seguro — disse Reacher.

Ele deslizou uma das mãos para debaixo do pescoço dela. Sentiu o fio do fone receptor. Sentiu o sangue. Estava encharcado. Ele pulsava para fora. Mais que pulsava. Era como um forte jato quente controlado pela pressão arterial. Borbulhando, ele forçava sua saída por entre os dedos firmes de Reacher, como uma forte torneira de banheira sendo aberta no máximo e no mínimo, no máximo e no mínimo. Ele levantou a cabeça dela, abaixou-a um pouquinho e viu um ferimento de saída irregular na parte direita frontal de sua garganta. Escorria sangue. Como um rio. Como uma enchente. Sangue arterial sendo drenado para fora dela.

— Ambulância— gritou ele.

Ninguém o escutou. A voz dele não sobressaía. Havia barulho demais. Os agentes ao lado dele estavam atirando no telhado dos armazéns. Havia contínuos estampidos e estrondos de armas. Estojos de munição usados eram ejetados, acertavam as costas dele, ricocheteavam e batiam no chão emitindo sons metálicos baixos que ele conseguia ouvir muito bem.

— Me diga que não foi um de nós — sussurrou Froelich.

— Não foi um de vocês — disse ele.

O queixo dela despencou sobre o peito. O sangue que jorrava inundou as dobras de sua pele. Escorria como um dilúvio, empapando a camisa dela. Empoçava no chão e descia pelos sulcos no concreto. Ele apertou a mão com força na nuca dela. Estava escorregadia. Pressionou com mais força. O fluxo de sangue afrouxava a pegada, como se a pressão empurrasse sua mão. Fazendo-a deslizar e flutuar.

— Ambulância — gritou novamente, mais alto.

Mas ele sabia que seria em vão. Ela pesava aproximadamente 55 quilos, o que significava que tinha quatro ou cinco litros de sangue no corpo. A maior parte já tinha vazado. Ele estava ajoelhado nele. O coração dela continuava a fazer seu trabalho, batendo destemidamente e bombeando o precioso sangue dela direto para o concreto ao redor das pernas de Reacher.

— Ambulância — berrou ele.

Ninguém se aproximou.

Ela olhou diretamente para o rosto dele.

— Lembra? — sussurrou.

Ele se curvou.

— De como a gente se conheceu? — continuou ela.

— Lembro — respondeu ele.

Ela deu um sorriso fraco, como se a resposta dele a tivesse satisfeito completamente. Estava muito pálida. Havia sangue por todo o chão. Uma poça que se espalhava rápido. Era quente e escorregadia. Ele escumava e espumava no pescoço dela a esse ponto. As artérias estavam vazias e se enchiam de ar. Os olhos se moveram até pousarem no rosto de Reacher. Os lábios estavam completamente brancos. Azulando. Tremularam silenciosamente, ensaiando as últimas palavras.

— Eu te amo, Joe — sussurrou ela.

E sorriu, em paz.

— Eu também te amo — disse ele.

Ele a segurou por mais um longo momento até que o sangue se esvaiu e ela morreu nos braços dele praticamente ao mesmo tempo em que Stuyvesant deu a ordem de cessar-fogo. Houve um repentino silêncio total. O forte cheiro cuprífero de sangue quente e o frio fedor ácido da fumaça das armas pairava no ar. Reacher olhou para cima e para trás e viu um operador de câmera ombreando para abrir caminho até ele com as lentes apontadas para baixo como um canhão. Viu Neagley se aproximar pelo caminho aberto por ele. Viu o câmera empurrá-la. Parecia que ela não tinha mexido um músculo, mas de repente o câmera estava caindo. Ele viu Neagley catar a câmera e jogá-la por cima do paredão de fuzilamento. Escutou quando ela se espatifou no chão. Ouviu a sirene da ambulância ser ligada ao longe. Depois outra. Ouviu carros de polícia. Pés correndo. Viu a calça cinza bem-passada de Stuyvesant ao lado de seu rosto. Estava de pé sobre o sangue de Froelich.

Stuyvesant não fez absolutamente nada. Simplesmente ficou ali pelo que pareceu um tempo muito longo, até todos escutarem a ambulância no terreno. Em seguida ele se curvou e tentou afastar Reacher, que aguardou até que os paramédicos estivessem bem perto. Então pousou gentilmente a cabeça de Froelich no concreto. Ficou de pé, nauseado, cambaleante e com cãibra. Stuyvesant o segurou pelo cotovelo e o levou embora.

— Eu nem sabia o nome dela — disse Reacher.

— Era Mary Isabel — revelou Stuyvesant a ele.

Os paramédicos se aglomeraram ao redor dela por um momento. Depois ficaram quietos, desistiram e a cobriram com um lençol. Deixaram-na lá para os médicos legistas e os investigadores que trabalhariam na cena do crime. Reacher tropeçou e se sentou novamente, com as costas no muro, as mãos nos joelhos, a cabeça nas mãos. Suas roupas estavam ensopadas de sangue. Neagley se sentou ao lado dele, a três centímetros de distância. Stuyvesant se agachou em frente aos dois.

— O que está acontecendo? — perguntou Reacher.

— Estão lacrando a cidade — respondeu Stuyvesant. — Estradas, pontes, aeroportos. Bannon está no comando. Ele espalhou todo o pessoal dele, além de policiais metropolitanos, policiais federais, policiais da Virginia, policiais do estado. Mais um pessoal nosso. Vamos pegá-los.

285

— Vão usar os trilhos — falou Reacher. — A gente está bem do lado da Union Station.

Stuyvesant concordou com um gesto de cabeça e disse:

— Estão fazendo buscas em todos os trens — informou ele. — Vamos pegá-los.

— Armstrong ficou bem?

— Completamente ileso. Froelich cumpriu o dever dela.

Houve um longo silêncio. Reacher olhou para cima.

— O que aconteceu no telhado? — perguntou ele. — Onde o Crosetti estava?

Stuyvesant desviou o olhar.

— Crosetti caiu em alguma armadilha — respondeu ele. — Está na escada. Morto também. Tiro na cabeça. Com o mesmo rifle silenciado, provavelmente.

Outro longo silêncio.

— De onde Crosetti era? — perguntou Reacher.

— Nova York, acho — respondeu Stuyvesant. — Jersey, talvez. Algum lugar aí pra cima.

— Isso não é bom. De onde Froelich era?

— Era uma menina de Wyoming.

Reacher fez um gesto afirmativo de cabeça.

— Isso vai servir. Onde está Armstrong agora?

— Não posso te contar — disse Stuyvesant. — Normas de procedimento.

Reacher levantou a mão e olhou para a palma. Estava rígida e gelada por causa do sangue. Todas as linhas e cicatrizes estavam destacadas em vermelho.

— Me fale — ordenou ele. — Ou eu vou quebrar o seu pescoço.

Stuyvesant ficou calado.

— Onde ele está? — repetiu Reacher.

— Na Casa Branca — disse Stuyvesant. — Em uma sala segura. É o procedimento.

— Preciso ir falar com ele.

— Agora?

— Agora mesmo.

— Não pode.

Reacher desviou o olhar para além das mesas caídas.

— Posso, sim.

— Não posso deixar você fazer isso.

— Então tente me impedir.

Stuyvesant ficou calado por um longo momento, depois falou:

— Deixe-me ligar pra ele antes.

Ele se levantou desajeitadamente e se afastou.

— Você está bem? — perguntou Neagley.

— É igualzinho ao que aconteceu com o Joe — disse Reacher. — Igual ao que aconteceu com Molly Beth Gordon.

— Você não podia ter feito nada.

— Você viu o que aconteceu?

Neagley fez que sim com um gesto de cabeça.

— Ela levou a bala por ele — completou Reacher. — Ela me disse que isso era apenas uma figura de linguagem.

— Instinto — sugeriu Neagley. — E ela deu azar. Deve ter passado a dois centímetros do colete. Bala subsônica, teria ricocheteado na hora.

— Você viu o atirador?

Neagley fez que não.

— Eu estava virada de frente para o evento. Você viu?

— De relance — disse Reacher. — Um homem.

— Já é alguma coisa — disse Neagley.

Reacher fez que sim e limpou a palma e as costas das mãos na calça. Depois passou a mão pelo cabelo.

— Se eu fosse corretor de seguro, não fecharia nada com os antigos amigos do Joe. Diria a eles para cometerem suicídio e poupar o trabalho dos bandidos.

— Mas e agora?

Ele deu de ombros.

— Você deveria voltar pra Chicago.

— E você?

— Vou ficar por aqui.

— Por quê?

— Você sabe por quê.

— O FBI vai pegá-los.

— Não se eu os pegar antes — afirmou Reacher.

287

— Você está decidido?

— Eu a segurei nos braços enquanto sangrava até a morte. Não vou simplesmente ir embora.

— Então vou ficar também.

— Vou ficar bem sozinho.

— Sei que vai — disse Neagley. — Mas vai ficar melhor comigo.

Reacher concordou.

— O que ela falou pra você? — perguntou Neagley.

— Não falou nada pra mim. Achou que eu fosse o Joe.

Ele viu Stuyvesant caminhando de volta. Levantou-se, empurrando o muro atrás de si com as duas mãos.

— Armstrong vai nos receber — disse Stuyvesant. — Quer trocar de roupa antes?

Reacher olhou para baixo. Sua roupa estava encharcada com manchas irregulares do sangue de Froelich. Estavam esfriando, secando e escurecendo.

— Não — disse ele. — Não quero.

Usaram o Suburban em que Stuyvesant tinha chegado. Ainda era Dia de Ação de Graças e Washington continuava calma. Quase não se via atividade civil. Praticamente tudo que se movimentava do lado de fora era das autoridades. Havia um anel duplo de barreiras policiais impacientes em todas as vias ao redor da Casa Branca. Stuyvesant manteve as luzes da sirene ligadas e foi autorizado a passar por todas elas. Mostrou a identidade no portão de veículos da Casa Branca e estacionou do lado de fora da Ala Oeste. Uma sentinela da marinha os passou para uma escolta do Serviço Secreto, que os levou para dentro. Desceram lances de escada até um porão abobadado de tijolos. Havia salas de máquinas ali embaixo. Outras salas com portas de aço. A escolta parou em frente a uma delas e bateu com força. A porta foi aberta por dentro por um dos agentes que compunham o destacamento pessoal. Ele estava de colete à prova de balas. Ainda usava óculos escuros, apesar de a sala não ter janela. Somente lâmpadas fluorescentes tubulares no teto. Armstrong e a esposa estavam sentados juntos a uma mesa no centro da sala. Os outros dois agentes, encostados na parede. A sala estava em silêncio. A mulher de Armstrong tinha chorado muito. Era evidente. Armstrong estava com uma mancha do sangue de Froelich em um dos lados do rosto. Parecia murcho. Como se todo esse negócio de Casa Branca já tivesse perdido a graça.

— Qual é a situação? — indagou ele.

— Duas baixas — disse Stuyvesant em voz baixa. — A sentinela no teto do armazém e M. I. Ambos morreram no local.

A esposa de Armstrong virou o rosto como se tivesse sido estapeada.

— Pegaram as pessoas que fizeram isso? — perguntou Armstrong.

— O FBI está comandando a caçada — respondeu Stuyvesant. — É só uma questão de tempo.

— Quero ajudar — voluntariou-se Armstrong.

— Você vai — afirmou Reacher.

Armstrong concordou com um gesto de cabeça.

— O que posso fazer?

— Você pode dar uma declaração formal — disse Reacher. — Imediatamente. A tempo de os canais a divulgarem nos noticiários da noite.

— Falando o quê?

— Falando que você está cancelando o seu feriado na Dakota do Norte em respeito aos dois agentes mortos. Falando que você vai ficar recluso na sua casa em Georgetown e que não vai a absolutamente lugar nenhum até participar do funeral de sua principal agente na cidade natal dela, em Wyoming, no domingo de manhã. Descubra o nome da cidade e o mencione em alto e bom som.

Novamente Armstrong assentiu.

— Certo. Acho que posso fazer isso. Mas por quê?

— Porque eles não vão tentar de novo aqui em Washington. Não com a segurança que você vai ter em sua casa. Por isso, vão embora e vão esperar. O que me dá até domingo pra descobrir onde eles moram.

— Você? Mas o FBI não vai achá-los hoje?

— Se acharem, ótimo. Posso seguir em frente.

— E se não acharem?

— Aí eu mesmo vou achá-los.

— E se *você* fracassar?

— Não estou planejando fracassar. Mas, se eu fracassar, eles vão aparecer em Wyoming para tentar de novo. No funeral da Froelich. Onde estarei esperando por eles.

289

— Não — refutou Stuyvesant. — Não posso permitir isso. Você está louco? Não podemos garantir a segurança de um evento fora da costa Oeste com uma antecedência de 72 horas. E não posso usar uma pessoa sob nossa proteção como *isca*.

— Ele não precisa ir de verdade — disse Reacher. — Provavelmente nem vai haver funeral. Ele só precisa fazer o pronunciamento.

— Não posso falar que vai haver um funeral se ele não for acontecer — disse Armstrong, balançando a cabeça. — E, se houver um funeral, não posso fazer o pronunciamento e não aparecer.

— Se quer ajudar, é isso o que vai ter que fazer.

Armstrong ficou calado.

Eles deixaram os Armstrong no porão da Ala Oeste e foram escoltados de volta até o Suburban. O sol ainda brilhava e o céu ainda estava azul. Os prédios continuavam brancos e dourados. Ainda era um dia lindo.

— Nos leve de volta para o hotel — disse Reacher. — Quero tomar um banho, depois me encontrar com o Bannon.

— Por quê? — questionou Stuyvesant.

— Porque sou uma testemunha — explicou Reacher. — Vi o atirador. No telhado. De relance, afastando-se da beirada, de costas.

— Você consegue descrevê-lo?

— Não exatamente — disse Reacher. — Foi de relance. Não tenho como fazer uma descrição. Mas havia alguma coisa no jeito como ele se movimentava. Eu já o vi antes.

14

LE TIROU AS ROUPAS. ESTAVAM DURAS, FRIAS E VISCOSAS por causa do sangue. Jogou-as no chão do armário e entrou no banheiro. Abriu o chuveiro. O piso sob seus pés ficou vermelho, depois rosa, depois claro. Lavou o cabelo duas vezes e se barbeou com cuidado. Vestiu outra das camisas de Joe, outro de seus ternos e escolheu a gravata regimental que Froelich tinha comprado, como um tributo. Em seguida, voltou para o saguão.

Neagley o aguardava ali. Também tinha se trocado. Vestia um terno preto. Era o antigo costume do Exército. *Na dúvida, vá formal.* Estava com uma caneca de café pronta para ele. Conversava com os policiais federais. Era uma equipe nova. O turno do dia, ele supôs.

— Stuyvesant está voltando — disse ela. — Então vamos nos encontrar com Bannon.

Ele assentiu. Os policiais ficaram em silêncio perto dele. Quase respeitosos. Em relação a ele ou por causa da Froelich, ele não sabia.

— O negócio foi barra — comentou um deles.

Reacher desviou o olhar e respondeu:

— Acho que foi, sim.

Depois ele olhou de novo e completou:

— Mas essas merdas acontecem, né.

Neagley deu um breve sorriso. Era o antigo costume do Exército. *Na dúvida, seja irreverente.*

Stuyvesant apareceu uma hora mais tarde e os levou de carro para o Edifício Hoover. O equilíbrio de forças tinha mudado. Matar agentes federais era crime federal, então o FBI assumira com firmeza, transformara tudo em uma verdadeira caçada. Bannon os encontrou no saguão principal, subiu com eles de elevador e os levou para uma sala de reunião. Era melhor que a do Tesouro. Tinha revestimento de madeira e janelas, além de uma longa mesa com aglomerados de copos e garrafas de água mineral. Bannon foi notavelmente democrático e evitou a cabeceira da mesa. Ele se jogou em uma das cadeiras laterais. Neagley se sentou do mesmo lado, dois lugares depois. Reacher se sentou do oposto, em frente a ela. Stuyvesant escolheu um lugar a três cadeiras de Reacher e se serviu um copo de água.

— Um dia e tanto — disse Bannon no silêncio. — Minha agência oferece as mais sinceras condolências à sua agência.

— Vocês não os encontraram — disse Stuyvesant.

— Tivemos notícia do médico-legista — disse Bannon. — Crosetti levou um tiro na cabeça com uma bala OTAN 7.62. Morreu instantaneamente. Froelich foi baleada na parte de trás da garganta, provavelmente pela mesma arma. A bala cortou a artéria carótida. Mas acho que vocês já sabem disso.

— Vocês não os encontraram — repetiu Stuyvesant.

Bannon balançou a cabeça.

— Dia de Ação de Graças — disse ele. — Vantagens e desvantagens. A principal desvantagem era que estávamos com pouco pessoal por causa do feriado, assim como vocês, a polícia metropolitana e todo mundo. A principal vantagem era que a cidade estava muito tranquila. No balanço final, estava mais calma do que nós estávamos sem mão de obra. Da maneira como aconteceu, éramos a maioria da população em toda a cidade cinco minutos depois do ocorrido.

— Mas vocês não os encontraram.

Bannon negou com a cabeça novamente.

— Não. Nós não os encontramos. Ainda estamos procurando, é claro, mas, sendo realistas, temos que admitir que eles já estão fora de Washington a essa altura.

— Que maravilha — falou Stuyvesant.

Bannon fez uma careta.

— Sei que não tem ninguém brincando aqui. Não vai ganhar nada ralhando com a gente. Porque a gente pode ralhar também. Alguém achou um buraco no esquema que *vocês* armaram. Alguém enganou o *seu* cara no terraço.

Enquanto dizia isso, olhava diretamente para Stuyvesant.

— E pagamos por isso — respondeu Stuyvesant. — Um preço bem alto.

— Como aconteceu? — perguntou Neagley. — Como eles subiram lá, afinal de contas?

— Não foi pela frente — disse Bannon. — Tinha uma porrada de policiais tomando conta da frente. Eles não viram nada, e não é possível que todos tenham cochilado bem no momento crítico. Nem pelo beco de trás. Tinha um policial a pé e outro de carro nas duas pontas. Os quatro também disseram que não viram ninguém, e acreditamos. Então a gente acha que os bandidos entraram num prédio uma quadra acima. Caminharam por dentro do prédio e saíram por uma porta já no meio do beco. Depois atravessaram os três metros restantes e entraram no armazém por trás. Sem dúvida escaparam pelo mesmo lugar. Mas provavelmente estavam correndo na saída.

— Como eles enganaram o Crosetti? — perguntou Stuyvesant. — Ele era um bom agente.

— Era mesmo — concordou Reacher. — Gostei dele.

Bannon deu de ombros.

— Sempre existe um jeito, não é?

Em seguida deu uma olhada ao redor, da maneira como fazia quando queria que as pessoas entendessem mais do estava dizendo. Ninguém respondeu.

— Vocês verificaram os trens? — perguntou Reacher.

— Muito cuidadosamente. Estavam razoavelmente cheios. Pessoas a caminho de jantares de família. Mas nós fomos meticulosos.

— Acharam o rifle?

Bannon fez que não. Reacher o encarou.

— Eles fugiram *carregando um rifle?* — questionou ele.

Ninguém falou. Bannon também olhou para Reacher.

— Você viu o atirador — disse ele.

— Só de relance — confirmou Reacher. — Uns dois centésimos de segundo, talvez. Uma silhueta, indo embora.

— E você acha que já o viu antes.

— Mas não sei onde.

— Que maravilha — disse Bannon.

— Tinha alguma coisa no jeito como ele se movimentava, só isso. O formato do corpo. Talvez a roupa. Mas não consigo lembrar. Tipo o último verso de uma música antiga.

— Era o cara do vídeo na garagem?

— Não — respondeu Reacher.

— Não interessa — disse Bannon. — Não ajuda muito. Faz sentido você já o ter visto. Com certeza vocês estiveram no mesmo lugar e na mesma hora em Bismarck, e talvez em outro lugar. Já sabemos que eles viram *você*. Por causa do telefonema. Mas seria bom se tivéssemos um rosto e um nome.

— Qualquer coisa, eu falo com você — disse Reacher.

— Sua teoria ainda está valendo? — perguntou Stuyvesant.

— Sim — respondeu Bannon. — Ainda estamos procurando ex-empregados. Agora mais do que nunca. Porque achamos que foi por isso que Crosetti deixou o posto. Achamos que viu alguém que conhecia e em quem confiava.

Eles percorreram o trajeto de pouco menos de um quilômetro na avenida Pennsylvania, estacionaram na garagem e subiram para a sala de reunião do Serviço Secreto. Cada centímetro do trajeto era amargo sem Froelich.

— Que inferno — reclamou Stuyvesant. — Nunca perdi um agente antes. Em 25 anos. E agora perco dois em um dia. Quero *muito* esses caras.

— É só uma questão de tempo; eles já eram.

— Todas as evidências estão contra nós — disse Stuyvesant.

— Mas o que você quer dizer? Você não os quer se forem dos seus?

— Não quero que *sejam* dos nossos.

— Não acho que *sejam* dos seus — opinou Reacher. — Mas, de um jeito ou de outro, vão ser derrubados. Vamos ser realistas. Eles passaram dos limites muitas vezes. Já desisti de contar.

— Não quero que sejam dos nossos — repetiu Stuyvesant. — Mas receio que Bannon possa estar certo.

— Ou está ou não está — disse Reacher. — Só isso. Ou ele está certo ou ele está errado. Se estiver certo, vamos ficar sabendo logo, porque ele vai ralar pra caralho pra provar isso pra gente. A parada é: ele nunca vai aceitar a possibilidade de estar errado. Ele quer demais estar certo.

— Me diga que ele está errado.

— Acho que ele *está* errado. E o ponto positivo é que, se eu estiver errado sobre ele estar errado, não faz diferença nenhuma. Porque ele vai vasculhar tudo quanto é buraco. Podemos deixar tudo por conta dele. Ele não precisa do nosso incentivo. Nossa responsabilidade é olhar para o que ele *não* está olhando. E, de qualquer maneira, é para onde eu acho mesmo que a gente deva olhar.

— Só me diga que ele está errado.

— O negócio dele é como uma pirâmide se equilibrando sobre a sua ponta. Muito impressionante, até desmoronar. Ele está apostando tudo no fato de Armstrong não ter sido avisado. Mas isso não tem lógica. Talvez esses caras *estejam* mirando em Armstrong pessoalmente. Talvez eles simplesmente não saibam que vocês não contariam a ele.

— Eu posso comprar essa ideia — concordou Stuyvesant. — Só Deus sabe o quanto quero. Mas tem o negócio do Centro Nacional de Informação Criminal. Bannon estava certo sobre aquilo. Se forem de fora da nossa comunidade, eles mesmos teriam nos informado sobre o que acontecera em Minnesota e no Colorado. Temos que aceitar isso.

— A história das armas também é convincente. E a do endereço da Froelich. — completou Neagley.

Reacher assentiu.

— Na verdade, a da digital do polegar também. Se quisermos realmente nos deprimir, deveríamos considerar que eles talvez *soubessem* que a digital não estaria no cadastro. Talvez tenham feito um teste aqui mesmo.

— Que ótimo — disse Stuyvesant.

— Mas ainda assim eu não acredito — insistiu Reacher.

— Por que não?

— Pegue as mensagens e olhe bem de perto.

Stuyvesant esperou por um momento, depois se levantou lentamente e saiu da sala. Voltou três minutos depois com uma pasta. Ele a abriu e enfileirou organizadamente as seis fotos oficiais do FBI no centro da mesa. Ainda vestia o suéter cor-de-rosa. A cor chamativa refletiu nas superfícies acetinadas das fotos 20 por 25 quando ele se inclinou sobre elas. Neagley deu a volta na mesa e os três se sentaram lado a lado para vê-las na posição correta.

— Certo — começou Reacher. — Examinem. Tudo nelas. E lembrem-se de por que estão fazendo isso. Vocês estão fazendo isso por Froelich.

A fileira de fotos era de pouco mais de um metro, e eles precisaram se levantar e se mover da esquerda para a direita ao longo da mesa para inspecionar todas elas.

Você vai morrer.

O vice presidente eleito Armstrong vai morrer.

O dia no qual Armstrong morrerá está aproximando-se depressa.

Uma demonstração da sua vulnerabilidade será encenada hoje.

Gostou da demonstração?

Vai acontecer em breve.

— E daí? — perguntou Stuyvesant.

— Olhem a quarta mensagem — disse Reacher. — *Vulnerabilidade* está grafada corretamente.

— E?

— É uma palavra grande. Não há erro algum de ortografia ou gramática em qualquer uma das mensagens. Há ponto final em todas as frases, com exceção do ponto de interrogação.

— E?

— As mensagens demonstram razoável instrução.

— Certo.

— Agora olha a terceira mensagem.

— O que tem ela?

— Neagley? — instigou Reacher.

— É um pouco pomposa — disse ela. — Um pouco difícil e antiquada. O *no qual* e o *aproximando-se.*

— Exatamente — disse Reacher. — Um pouco arcaica.

— Mas o que isso tudo prova? — indagou Stuyvesant.

— Na verdade, nada. Mas sugere alguma coisa. Você já leu a Constituição?

— Do quê? Dos Estados Unidos?

— É claro.

— Acho que já — respondeu Stuyvesant. — Há muito tempo, provavelmente.

— Eu também — disse Reacher. — Uma das escolas que frequentei deu uma cópia pra cada um de nós. Era um livrinho fino com capa de papelão grosso. Muito fino quando fechado. As pontas eram duras. A gente usava pra dar golpes de karatê uns nos outros. Doía pra cacete.

— E?

— Basicamente, é um documento legal. E histórico também, é claro, mas fundamentalmente, legal. Então quando alguém o imprime em forma de livro, não pode mexer no seu conteúdo. Ele deve ser reproduzido palavra por palavra ou não terá validade. Não podem modernizar a linguagem, não podem corrigi-la.

— Obviamente não.

— As partes antigas são de 1787. A última emenda da minha cópia era a vigésima sexta, de 1971, que reduzia a idade eleitoral para 18 anos. Um período de 184 anos de distância. Com tudo reproduzido exatamente da maneira como foi escrito em cada momento específico.

— E?

— Uma coisa de que me lembro é que, hoje em dia, vice-presidente é escrito com hífen entre as duas palavras. Mas nas coisas que foram escritas no período em determinados períodos mais antigos, *não há* hífen. É *vice presidente*, sem hífen. Ou seja, é nítido que, desde mais ou menos 1860 até por volta de 1930, o uso do hífen ali era considerado incorreto.

— Esses caras não usam hífen — disse Stuyvesant.

— Sim — concordou Reacher. — Bem ali na segunda mensagem.

— E o que isso quer dizer?

— Duas coisas — respondeu Reacher. — Sabemos que eles prestaram atenção na aula, pois são razoavelmente alfabetizados. Então a primeira coisa que isso significa é que eles frequentaram uma escola onde se usava livros velhos e manuais de ortografia ultrapassados. O que pode explicar por que a terceira mensagem tem esse tom arcaico. E é por isso que eu acho que eles podem ser de uma área rural pobre com poucos recursos destinados às escolas. Em segundo lugar, significa que eles nunca trabalharam para o Serviço Secreto. Porque o seu pessoal está soterrado em documentos. Nunca vi nada assim, nem no exército. Qualquer um que tivesse trabalhado aqui teria escrito *vice-presidente* um milhão de vezes durante a carreira. Tudo com o uso moderno da grafia. Estariam totalmente familiarizados com ela.

Ficaram quietos por um momento.

— Talvez o outro cara tenha escrito — disse Stuyvesant. — O que não trabalhou aqui. O da digital do polegar.

— Não faz diferença — falou Reacher. — Da maneira como Bannon imagina, eles são uma unidade. São colaboradores. E perfeccionistas. Se um dos caras tivesse escrito errado, o outro teria corrigido. Mas não estava correto, então nenhum deles sabia que estava errado. Portanto, nenhum deles trabalhou aqui.

Stuyvesant ficou em silêncio por um longo momento.

— Gostaria de acreditar — afirmou Stuyvesant. — Mas todo o seu argumento está baseado num hífen.

— Não o despreze — sugeriu Reacher.

— Não estou desprezando — respondeu Stuyvesant. — Estou tentando decidir.

— Se eu sou louco?

— Se eu tenho condições de bancar esse tipo de intuição.

— É aí que está a vantagem dela — disse Reacher. — Não tem importância se eu estiver completamente errado. Por que o FBI está tomando conta do cenário alternativo.

— Pode ser premeditado — propôs Neagley. — Podem estar querendo nos desorientar. Tentando disfarçar o nível de escolaridade deles. Nos confundir.

— Eu não acho — contestou Reacher, balançando a cabeça. — É sutil demais. Eles iam fazer todas as outras coisas mais comuns. Erros ortográficos grosseiros, pontuação malfeita. Um hífen entre *vice* e *presidente* não é algo que as pessoas sabem se está certo ou errado. As pessoas simplesmente escrevem.

— Quais são as implicações exatas? — indagou Stuyvesant.

— A idade é um fator crítico — disse Reacher. — Não podem ter mais de 50 e poucos anos para poderem estar correndo por aí fazendo esse monte de coisa. Subindo escadas de mão, descendo escadarias. Não podem ter menos de 40 e poucos, porque a Constituição é lida no segundo ano do ensino médio e, com certeza, em 1970 todas as escolas nos Estados Unidos tinham livros novos. Acho que eles estavam no segundo ano do ensino médio no final ou quase no final do período em que escolas rurais isoladas ainda eram muito atrasadas. Você sabe, lugares com uma sala de aula apenas, livros com mais de cinquenta anos, mapas desatualizados na parede, e você está sentado lá com todos os seus primos escutando uma senhorinha de cabelos grisalhos.

— É muito especulativo — afirmou Stuyvesant. — Também é uma pirâmide se equilibrando de cabeça pra baixo. Bonito até desmoronar.

Silêncio na sala.

— Bem, eu vou por esse caminho — disse Reacher. — Com Armstrong ou sem ele. Com ou sem você. Sozinho, se for preciso. Pela Froelich. Ela merece.

Stuyvesant concordou com um gesto de cabeça.

— Se nenhum deles trabalhou pra nós, como poderiam saber que o FBI nos mandaria o relatório do Centro Nacional de Informação Criminal?

— Não sei — respondeu Reacher.

— Como enganaram o Crosetti?

— Não sei.

— Como conseguiram nossas armas?

— Não sei.

— Como eles sabiam onde M.I. morava?

— Nendick contou pra eles.

— Está bem — concordou Stuyvesant. — Mas qual seria o motivo deles?

— Animosidade para com o próprio Armstrong, suponho. Políticos provavelmente têm muitos inimigos.

Silêncio novamente.

— Talvez seja meio a meio — disse Neagley. — Talvez sejam pessoas de fora que tenham animosidade para com o Serviço Secreto. Talvez sujeitos reprovados em uma vaga de emprego. Sujeitos que realmente queriam trabalhar aqui. Talvez sejam algum tipo nerd obcecado pelas organizações de manutenção da lei. Eles podem saber coisas sobre o Centro Nacional de Informação Criminal. Podem saber que armas vocês compram.

— É possível — disse Stuyvesant. — A gente rejeita muita gente. Alguns ficam muito contrariados. Você pode estar certa.

— Não — retrucou Reacher. — Ela está errada. Por que esperariam? Pensem na minha estimativa de idade. Ninguém se candidata a um emprego no Serviço Secreto com 50 anos. Se algum dia eles foram rejeitados, foi há 25 anos. Por que esperar até agora para retaliar?

— Esse também é um bom argumento — disse Stuyvesant.

— Isto é contra o próprio Armstrong — afirmou Reacher. — Só pode ser. Pense numa linha do tempo. Pense em causa e efeito. Armstrong se tornou o companheiro de chapa durante o verão. Antes disso, ninguém tinha ouvido falar dele. Froelich mesmo me contou isso. Agora estamos recebendo ameaças contra ele. Por que agora? Por causa de alguma coisa que ele fez durante a campanha, é por isso.

Stuyvesant baixou o olhar para a mesa. Colocou as mãos abertas sobre ela. Movimentou-as em pequenos círculos como se esticasse uma toalha de mesa enrugada. Depois ele se inclinou e colocou a primeira mensagem debaixo da segunda. Depois ambas debaixo da terceira. Continuou até que todas as seis estivessem organizadamente sobrepostas. Colocou a capa do arquivo debaixo da pilha e a fechou.

— Certo, eis o que nós vamos fazer — disse. — Vamos passar a teoria da Neagley para Bannon. Alguém que nós rejeitamos está mais ou menos na mesma categoria de alguém que demitimos. O componente amargura seria praticamente o mesmo. O FBI pode tomar conta de tudo isso de uma vez. Nós temos o trabalho burocrático. Eles têm a mão de obra. E a probabilidade é de que eles estejam certos. Mas seríamos displicentes se não considerássemos a alternativa. A de que eles podem não estar certos. Portanto, investiremos nosso tempo na teoria do Reacher. Porque nós temos que fazer *alguma coisa*, pela Froelich, acima de tudo. Então por onde começamos?

— Por Armstrong — disse Reacher. — Vamos descobrir quem o odeia e por quê.

Stuyvesant ligou para um sujeito do Departamento de Pesquisa sobre Proteção e ordenou que fosse ao seu escritório imediatamente. Ele argumentou que estava fazendo a ceia do Dia de Ação de Graças com a família. Stuyvesant foi compreensivo e deu a ele duas horas para terminar. Depois voltou para o Edifício Hoover a fim de se encontrar com Bannon novamente. Reacher e Neagley aguardaram na recepção. Havia uma televisão ali, e Reacher queria ver se Armstrong apareceria nos jornais. Faltava meia hora.

— Tudo bem com você? — perguntou Neagley.

— Me sinto esquisito — respondeu Reacher. — Como se eu fosse duas pessoas. Ela achou que era o Joe com ela no final.

— O que o Joe teria feito?

— Provavelmente a mesma coisa que eu vou fazer.

— Então vá em frente e faça — falou Neagley. — Você sempre foi o Joe na concepção dela. Você pode até enquadrar o círculo pra ela.

Ele ficou calado.

— Fecha os olhos — disse Neagley. — Limpa a sua mente. Precisa se concentrar no atirador.

Reacher fez que não a cabeça.

— Não vou pegá-lo se me concentrar.

— Então pense em outra coisa. Usa a visão periférica. Finja que está olhando pra outro lugar. Pro telhado do lado, talvez.

Ele fechou os olhos. Viu a beirada do telhado, áspera contra o Sol. Viu o céu, radiante e pálido ao mesmo tempo. Um céu de inverno. Apenas um resquício uniforme de neblina em todo ele. Recordou os sons que tinha escutado. Não vinha muito da multidão. Somente os tinidos de colheres servindo comida e Froelich falando *obrigada por vir.* A sra. Armstrong dizendo *bom apetite* de maneira nervosa, como se não soubesse muito bem no que tinha se metido. Em seguida, escutou o barulho macio da primeira bala silenciada atingindo o muro. Fora um tiro sofrível. Errara Armstrong por pouco mais de um metro. Provavelmente um tiro às pressas. O cara sobe a escada, fica em pé à porta do terraço, chama Crosetti. *E Crosetti responde.* O cara espera o agente ir até ele. Crosetti é baleado. A cabine do terraço abafa o som do silenciador. O cara se aproxima do corpo e, abaixado, se arrasta apressadamente até a mureta do telhado. Agacha-se e atira precipitadamente, antes da hora, antes de estar realmente pronto, e erra por pouco mais de um metro. O erro esburaca o tijolo, uma pequena lasca voa e bate na bochecha de Reacher. O cara engatilha e mira o segundo tiro com mais cuidado.

Ele abriu os olhos.

— Quero que você trabalhe no *como.* — disse.

— Como o quê, exatamente? — indagou Neagley.

— Como fizeram Crosetti sair do posto dele. Quero saber como fizeram isso.

Neagley ficou quieta por um momento.

— Acho que a teoria do Bannon é a que melhor se encaixa — disse ela. — Crosetti olhou e viu alguém que reconheceu.

— Suponha que não — falou Reacher. — De que outra maneira?

— Vou trabalhar nisso. Você trabalha no atirador.

Ele fechou os olhos novamente e olhou para o telhado ao lado. E para as mesas de servir. Froelich, no último minuto de sua vida. Recordou o borrifo de sangue e sua imediata reação instintiva. *Tiro letal em nossa direção. Local de origem?* Olhara pra cima e vira... o quê? A curvatura de um ombro ou de costas. Estava se movendo. O formato e o movimento eram, de alguma maneira, a mesma coisa.

— O casaco dele — falou Reacher. — O formato do casaco dele sobre o corpo, e o jeito que drapejava quando se movia.

— Já viu o casaco antes?

— Já.

— Cor?

— Não sei. Não tenho certeza se chegava a *ter* uma cor de verdade.

— Textura?

— A textura é importante. Nem grosso, nem fino.

— Tecido espinha de peixe?

Reacher negou.

— Não era o casaco que a gente viu no vídeo da garagem. Nem o mesmo cara. Este era mais alto e mais magro. Tinha a parte de cima do corpo meio comprida. Era o que dava o drapejo a ele. Acho que era um casaco comprido.

— Você só viu o ombro dele.

— Ele *tremulou* como se fosse um casaco comprido.

— Como ele tremulou?

— Energicamente. Como se o cara estivesse se movendo com rapidez.

— Era pra estar mesmo. Até onde sabia, tinha acabado de atirar em Armstrong.

— Não, como se fosse sempre energético. Um cara alto, de braços e pernas longas, que se movimenta com precisão.

— Idade?

— Mais velho do que nós.

— Físico?

— Moderado.

— Cabelo?

— Não lembro.

Ele manteve os olhos fechados e procurou por casacos na memória. *Um casaco comprido, nem grosso, nem fino.* Deixou sua mente vagar, mas ela sempre voltava à loja de agasalhos de Atlantic City. De pé em frente a um arco-íris de opções, cinco minutos antes de tomar, do nada, a estúpida decisão que o distanciara da paz e tranquilidade de um solitário quarto de motel em La Jolla, Califórnia.

Ele desistiu vinte minutos depois e gesticulou para que o oficial de serviço aumentasse o volume da televisão, pois começariam os noticiários. O evento comandou o jornal, obviamente. A cobertura começou mostrando um retrato de Armstrong tirado em estúdio numa imagem atrás do ombro do apresentador. Depois cortou para o vídeo de Armstrong dando a mão para a esposa e a ajudando a sair da limusine. Eles ficaram de pé e sorriram. Começaram a caminhar e passaram pela câmera. Depois a fita cortava para Armstrong segurando a concha e a colher. Um sorriso no rosto. A narração parou a fim de dar lugar ao som cheio de energia que estava por vir: *Feliz Dia de Ação de Graças pra todo mundo!* Depois transmitiram sete ou oito segundos da fila da comida se movimentando.

Então aconteceu.

Por causa do silenciador, o tiro não fez barulho, e por não haver barulho de tiro, o câmera não se abaixou ou se assustou como geralmente acontece. A imagem permaneceu fixa. E porque não houve barulho de tiro, parecia completamente inexplicável o fato de Froelich ter repentinamente pulado em Armstrong. Era um pouco diferente visto pela frente. Ela deu impulso com o pé esquerdo e pulou para o lado se retorcendo. Estava desesperada, mas graciosa. Transmitiram uma vez na velocidade normal, depois em câmera lenta. Ela colocou a mão direita no ombro esquerdo dele, puxou-o para baixo e se projetou para cima. Seu impulso fez com que girasse, então ela levantou os joelhos e simplesmente o acertou com eles. Ele caiu, e ela despencou junto. Estava trinta centímetros mais baixa que a sua estatura normal quando a segunda bala a acertou.

— Merda — falou Reacher.

Neagley fez que sim com a cabeça, lentamente.

— Ela foi rápida demais. Três centésimos de segundo mais devagar e ela ainda estaria a uma altura suficiente para que o tiro acertasse o colete.

— Ela era boa demais.

Eles transmitiram novamente, na velocidade normal. Tudo durava um segundo. Depois deixaram a fita continuar rodando. O câmera parecia enraizado naquele ponto. Reacher se viu avançando por entre as mesas. Viu os outros agentes atirando. Froelich estava fora de vista, no chão. A câmera fora abaixada por causa do tiroteio, mas voltou a ficar nivelada e começou a se aproximar. Ela balançou quando o cara tropeçou em alguma coisa. Houve um longo momento de confusão total. Depois o câmera começou a avançar novamente, sedento por uma imagem da agente caída. O rosto de Neagley apareceu e a imagem escureceu. Voltaram a mostrar o apresentador do telejornal, que olhou diretamente para a câmera e anunciou que a reação de Armstrong tinha sido imediata e enfática.

A imagem foi cortada para uma gravação em um local ao ar livre, que Reacher reconheceu como o estacionamento da Ala Oeste. Mostrava Armstrong com a esposa. Ainda estavam com suas roupas casuais, mas tinham tirado os coletes. Alguém limpara o sangue de Froelich do rosto de Armstrong. O cabelo dele estava penteado. Parecia resoluto. Falou em tom baixo e controlado, como um homem simples lutando com fortes emoções. Falou da extrema tristeza que sentia pela morte dos dois agentes. Exaltou as qualidades deles como indivíduos. Ofereceu suas sinceras condolências às famílias. Continuou dizendo que esperava que a causa da morte deles fosse vista como uma proteção da própria democracia, não apenas dele como pessoa. Esperava que as famílias dos dois pudessem tirar uma pequena dose de conforto disso, assim como justificado orgulho. Ele prometeu rápida e infalível retaliação contra os perpetradores da afronta. Garantiu aos Estados Unidos que nenhum grau de violência ou intimidação poderia desencorajar o trabalho do governo, e que a transição continuaria intacta. Mas terminou dizendo que, como marca de seu absoluto respeito, ficaria em Washington e cancelaria todos os seus compromissos até que fosse ao funeral de sua amiga pessoal e líder da equipe de proteção. Falou que o evento aconteceria no domingo de manhã, numa pequena igreja de uma pequena cidade de Wyoming chamada Grace, nome que, por significar honra, não poderia ser metáfora melhor para a duradoura grandeza dos Estados Unidos.

— Esse cara está só enrolando — disse o oficial de serviço.

— Não, ele é bacana — defendeu Reacher.

O jornal cortou para os destaques do primeiro tempo do futebol americano. O oficial de serviço tirou o som e se virou. Reacher fechou os olhos. Pensou em Joe, depois em Froelich. Pensou neles juntos. Em seguida, exercitou seu olhar elevado mais uma vez. O curvado borrifo do sangue de Froelich, a curva do ombro do atirador se retirando, o balanço dele ao ir embora, ao *descer*. O casaco esvoaçando com ele. *O casaco*. Ele passou por tudo novamente, assim como o noticiário tinha repassado a fita. Pausou no casaco. *Ele sabia*. Abriu bem os olhos.

— Já descobriu como? — perguntou ele.

— Não consigo ir além do que o Bannon sugere — respondeu Neagley.

— Diga.

— Crosetti viu alguém que conhecia e em quem confiava.

— Homem ou mulher?

— Homem, de acordo com você.

— Certo, repita.

Neagley deu de ombros e falou:

— Crosetti viu um homem que conhecia e em quem confiava.

Reacher balançou a cabeça.

— Estão faltando duas palavras. Crosetti viu *um tipo* de homem que conhecia e em quem confiava.

— Quem? — perguntou ela.

— Alguém que pode entrar e sair de qualquer lugar sem levantar suspeita.

Neagley olhou para ele.

— Um agente da lei?

Reacher confirmou com um movimento de cabeça e continuou:

— O casaco era comprido, meio marrom avermelhado, com detalhes desbotados. Fino demais para ser um sobretudo, grosso demais para ser um casaco de chuva, aberto e esvoaçando. Ele balançava quando o sujeito corria.

— Que sujeito?

— O policial de Bismarck. O tenente ou seja lá o que ele era. Ele correu na minha direção quando eu saí da igreja. Era ele no terraço do armazém.

— Um *policial*?

— Essa é uma alegação muito séria — alertou Bannon. — Baseada numa observação de menos de meio segundo, a oitenta metros de distância, durante um pandemônio violento.

Estavam de volta à sala de reunião do FBI. Stuyvesant não tinha saído dali. Ainda usava o suéter rosa. A sala ainda era impressionante.

— Foi ele — afirmou Reacher. — Não há dúvida.

— Todos os policiais têm as digitais cadastradas — alegou Bannon. — Pré-requisito para serem contratados.

— Então o parceiro dele não é policial — sugeriu Reacher. — O cara no vídeo da garagem.

Ninguém falou.

— Foi ele — reafirmou Reacher.

— Por quanto tempo você o viu em Bismarck? — perguntou Bannon.

— Dez segundos, talvez — respondeu Reacher. — Ele estava indo pra igreja. Talvez tenha me visto lá dentro e escapado, então me viu sair, deu meia-volta e se preparou pra entrar de novo.

— Menos de dez segundos e meio no total — comentou Bannon. — As duas vezes em situações de pânico. O advogado de defesa te comeria vivo.

— Faz sentido — disse Stuyvesant. — Bismarck é a cidade natal de Armstrong. Cidades natais são os lugares onde se deve procurar rixas.

Bannon fez uma careta e perguntou:

— Descrição?

— Alto — disse Reacher. — Cabelo castanho ficando grisalho. Rosto fino, corpo magro. Casaco comprido, de um tipo de sarja grossa, marrom avermelhado, aberto. Tweed, camisa branca, gravata, calça social cinza. Sapatos grandes e velhos.

— Idade?

— Entre 40 e poucos e 40 e tantos.

— Patente?

— Ele me mostrou um distintivo dourado, mas ficou a seis metros de distância. Não dava pra ler. Me deu a impressão de ser oficial superior. Talvez um detetive com patente de tenente, talvez até um capitão.

— Ele falou?

— Ele gritou de longe. Umas duas dúzias de palavras.

— Era o mesmo cara do telefone?

— Não.

— Então agora nós conhecemos os dois. — falou Stuyvesant. — O sujeito mais baixo, atarracado, de sobretudo espinha-de-peixe que aparece no vídeo da garagem e um policial alto e magro de Bismarck. O sujeito atarracado falou no telefone, e a impressão digital do polegar é dele. E ele estava no Colorado com a metralhadora porque o policial é o atirador com o rifle. É por isso que ele ia para a torre da igreja. Estava indo atirar.

Bannon abriu uma pasta. Puxou uma folha de papel. Estudou-a cuidadosamente.

— Nosso escritório de Bismarck listou todo o pessoal que nos atendeu — disse ele. — Eram 42 policiais locais em campo. Ninguém com patente acima de sargento, com exceção de dois, o oficial superior presente, que era capitão, e o segundo na cadeia de comando, um tenente.

— Pode ter sido qualquer um dos dois — disse Reacher.

Bannon deu um suspiro.

— Isso nos coloca numa posição difícil.

Stuyvesant o encarou.

— Agora você está preocupado em chatear o departamento de polícia de Bismarck? Você não se preocupou muito em chatear a gente.

— Não estou preocupado em chatear ninguém — defendeu-se Bannon. — Estou pensando taticamente, só isso. Se tivesse sido um soldado, eu poderia ligar pro capitão ou pro tenente e pedir para investigar. Não dá pra fazer isso na situação inversa. E vai haver álibis por todo o lugar. O pessoal de patente mais alta vai estar de folga hoje por causa do feriado.

— Ligue agora — falou Neagley. — Descubra quem não está na cidade. Não há como eles terem chegado em casa ainda. Você está vigiando os aeroportos.

Bannon balançou a cabeça.

— As pessoas não estão em casa hoje por um monte de razões. Visitando a família, coisas assim. E esse cara pode, *sim*, já estar em casa. Ele pode ter passado pelo aeroporto fácil, fácil. Essa é a grande questão, não é? Com a confusão que aconteceu hoje, há múltiplas agências por aí fazendo buscas, e ninguém se conhece; tudo o que ele precisa fazer é mostrar o distintivo e ir passando por todos os lugares. É obvio que foi assim que entraram na área protegida. E saíram de novo. O que é mais comum nessas circunstâncias do que um policial correndo a toda velocidade com o distintivo pra cima?

A sala ficou em silêncio.

— Cadastros pessoais — sugeriu Stuyvesant. — Deveríamos pedir ao departamento de polícia de Bismarck pra mandar os cadastros pessoais e deixar o Reacher olhar as fotos.

— Isso levaria dias — explicou Bannon. — E a quem eu pediria? Posso acabar falando diretamente com o bandido.

— Então fala com o pessoal do seu escritório em Bismarck — sugeriu Neagley. — Eu não me surpreenderia se o FBI de lá tivesse resumos ilícitos de todo o departamento de polícia, com fotos.

Bannon sorriu.

— Você não deveria saber desse tipo de coisa.

Em seguida se levantou devagar e foi ao escritório fazer a ligação necessária.

— O Armstrong fez a declaração — disse Stuyvesant. — Vocês viram? Mas isso vai ter um custo político pra ele, porque eu não posso deixá-lo ir.

— Preciso de uma isca, só isso — disse Reacher. — Melhor pra mim se ele não for de verdade. E a última coisa com que estou me preocupando agora é política.

Stuyvesant não respondeu. Ninguém mais falou. Bannon voltou para a sala depois de quinze minutos. Tinha uma expressão completamente neutra no rosto.

— Uma boa e uma má notícia — disse ele. — A boa é que Bismarck não é a maior cidade do mundo. O departamento de polícia emprega 138 pessoas, das quais 32 são funcionários civis, restando 106 oficiais. Doze são mulheres, então já ficamos com noventa e quatro. E graças aos milagres da inteligência ilícita e da tecnologia moderna, dentro de dez minutos receberemos por e-mail as fotos das fichas de todos os 94.

— Qual é a má notícia? — perguntou Stuyvesant.

— Mais tarde — respondeu Bannon. — Depois de Reacher ter feito a gente perder um pouquinho mais do nosso tempo.

Ele olhou ao redor da sala. Não falaria mais nada. No final, a espera foi de um pouco menos de dez minutos. Um agente de terno entrou apressado com vários papéis. Empilhou-os em frente a Bannon, que os empurrou para Reacher do outro lado da mesa. Reacher os pegou e folheou. Dezesseis páginas, algumas ainda um pouco molhadas da tinta da impressão. Quinze folhas tinham seis fotos cada e a décima sexta, apenas quatro. Noventa e quatro rostos no total. Começou pela última folha. Nenhum dos quatro rostos chegava nem perto.

Pegou a décima quinta. Olhou os seis rostos seguintes e descartou o papel novamente. Foi para a décima quarta. Examinou os seis rostos. Trabalhava com rapidez. Não precisava estudá-las cuidadosamente. Reacher tinha a feição dele fixa na memória. Mas o cara não estava naquela folha. Nem na décima terceira.

— Tem certeza?

Nada na décima segunda.

— Tenho — afirmou Reacher. — Aquele era o cara, e ele era um policial. Tinha um distintivo e se parecia com um policial. Era tão parecido com um policial quanto o Bannon.

Nada na décima primeira folha. Nem na décima.

— Eu não pareço um policial — disse Bannon.

Nada na nona.

— Você tem a aparência exata de um policial — afirmou Reacher.

— Tem casaco de policial, calça de policial, sapato de policial. Você tem cara de policial.

Nada na oitava.

— Ele agia como um policial — falou Reacher.

Nada na sétima.

— Ele tinha cheiro de policial — continuou Reacher.

Nada na sexta folha. Nada na quinta.

— O que ele falou pra você? — perguntou Stuyvesant.

Nada na quarta.

— Ele me perguntou se a igreja estava segura — respondeu Reacher. — Eu perguntei a ele o que estava acontecendo. Ele disse que era algum tipo de tumulto. Depois gritou comigo por eu ter deixado a porta da igreja aberta. Do mesmo jeito que um policial faria.

Nada na terceira folha. Nem na segunda. Ele pegou a primeira folha e soube instantaneamente que o cara não estava nela. Ele largou o papel e balançou a cabeça.

— Certo, agora vamos à má notícia. — disse Bannon. — O departamento de polícia de Bismarck não mandou ninguém de roupa normal. A ocasião foi considerada cerimonial. Todos estavam de uniforme. Todos os 42 policiais. Especialmente os de patentes mais altas. O capitão e o tenente estavam com uniformes *de gala*. Luva branca e tudo o mais.

— O cara era um policial de Bismarck — afirmou Reacher.

— Não — contestou Bannon. — O cara não era um policial de Bismarck. No máximo, era um cara personificando um policial de Bismarck.

Reacher ficou calado.

— Mas ele estava improvisando bem demais — falou Bannon. — Convenceu você, por exemplo. Obviamente tinha a aparência e os maneirismos.

Ninguém falou.

— Receio então que nada tenha mudado — disse Bannon. — Ainda estamos procurando um ex-empregado do Serviço Secreto recentemente demitido. Afinal, quem melhor pra personificar um policial provinciano que um agente da lei veterano que trabalhou a carreira inteira ao lado de policiais provincianos em eventos exatamente como aquele?

15

O FUNCIONÁRIO DO DEPARTAMENTO DE PESQUISA sobre Proteção aguardava quando Reacher, Neagley e Stuyvesant voltaram ao Departamento do Tesouro. Estava em pé na área da recepção, de suéter de tricô e calça azul, como se tivesse saído da mesa da ceia direto para lá. Tinha mais ou menos a idade de Reacher e parecia um professor universitário, com exceção dos olhos. Eram sábios e desconfiados, como se já tivesse visto algumas coisas, e ouvido muitas outras. O nome dele era Swain. Stuyvesant o apresentou a todos e desapareceu. Ele levou Reacher e Neagley por corredores que eles não tinham usado antes até chegarem a uma área que visivelmente servia tanto como biblioteca quanto como sala de palestras. Possuía doze cadeiras de frente para um tablado e três paredes repletas de prateleiras de livros. A quarta parede tinha uma fileira de cabines com computadores sobre mesas. Uma impressora perto de cada computador.

— Ouvi o que o FBI tem falado — disse Swain.

— E acredita? — perguntou Reacher.

Swain apenas deu de ombros.

— Sim ou não? — insistiu Reacher.

— Acho que não é impossível — respondeu Swain. — Mas não há razão para acreditar que é provável. Tão provável quanto a possibilidade de serem ex-agentes do FBI. Ou agentes *na ativa*. Como agência, somos melhores do que eles. Talvez estejam querendo nos derrubar.

— Acha que a gente devia olhar nessa direção?

— Você é irmão do Joe Reacher, não é?

Reacher confirmou com um gesto de cabeça.

— Trabalhei com ele — disse Swain. — Muito tempo atrás.

— E?

— Ele costumava encorajar observações aleatórias.

— Eu também — disse Reacher. — Você tem alguma?

— Meu trabalho é estritamente acadêmico. Você entende? Sou um autêntico pesquisador. Um estudioso, na verdade. Estou aqui pra analisar.

— E?

— Esta situação me parece diferente de qualquer outra que já vi. O ódio está muito visível. Assassinatos são categorizados em dois grupos, ideológicos ou funcionais. Um assassinato é funcional quando alguém precisa se livrar de um sujeito por alguma razão política ou econômica. Um assassinato é ideológico quando uma pessoa mata outra simplesmente porque a odeia. Muitas tentativas com essas características têm ocorrido ao longo dos anos. Não posso te falar muito sobre elas, a não ser que a maioria não chega muito longe. E que certamente há sempre muito ódio envolvido. Mas geralmente ele é bem-escondido, em um nível conspiratório. Eles sussurram entre si. A única coisa que nós vemos é o resultado. Mas, desta vez, o ódio está bem na nossa cara. Eles passam por muitos problemas e assumem muitos riscos para ter certeza de que saibamos de tudo.

— E qual é a sua conclusão?

— Só acho que a fase inicial foi extraordinária. As mensagens. Pense nos riscos. Pense na energia necessária para minimizar esses riscos. Colocaram recursos inacreditáveis na fase inicial. Portanto, preciso admitir que eles sentiam que valia a pena.

— Mas não valeu — disse Neagley. — Armstrong nunca viu nem uma das mensagens. Estavam perdendo o tempo deles.

— Simples ignorância — argumentou Swain. — *Vocês* sabiam que nós de maneira alguma contamos as ameaças para as pessoas sob nossa proteção?

— Não — respondeu Neagley. — Fiquei surpresa.

— Ninguém sabe — disse Swain. — Todo mundo fica surpreso. Esses caras achavam que elas estavam indo direto pra ele. Por isso estou convencido de que é pessoal. Eram direcionadas a ele, não a nós.

— Nós também — concordou Reacher. — Você tem uma razão específica?

— Vocês vão achar que sou ingênuo — disse Swain. — Mas não acredito que alguém que trabalha ou trabalhou pra nós teria matado os outros dois Armstrong. Não daquele jeito.

Reacher deu de ombros.

— Talvez você seja ingênuo. Talvez, não. Mas não importa. De qualquer maneira, estamos convencidos.

— Qual é o motivo de vocês?

— A falta de hífen na segunda mensagem.

— Hífen? — indagou Swain. E pensou um pouco. — É, entendi. Plausível, mas um pouco circunstancial, não diriam?

— Não interessa; estamos trabalhando com a hipótese de que é pessoal.

— Tudo bem, mas por quê? A única resposta possível é que eles o odeiam completamente. Querem insultá-lo, deixá-lo com medo, fazê-lo sofrer primeiro. Apenas atirar não é o suficiente.

— Então quem são eles? Quem o odeia tanto?

Swain fez um gesto com a mão, como se estivesse pondo a pergunta de lado.

— Mais uma coisa — disse ele. — É meio estranho, mas acho que estamos errando a contagem. Foram quantas até agora?

— Seis — respondeu Reacher.

— Não — retrucou Swain. — Acho que foram sete.

— Cadê a sétima?

— Nendick — respondeu Swain. — Acho que Nendick entregou a segunda mensagem e *era* a terceira mensagem. Veja bem, você chegou aqui e, 48 horas depois, chegou a Nendick, o que foi bem rápido. Mas, com todo respeito, mais cedo ou mais tarde acabaríamos chegando a esse resultado. Era inevitável. Se não foram os faxineiros, só podia estar nas fitas. Então a gente ia chegar ao mesmo resultado. Nendick não era só um sistema de entrega. *Ele próprio* era uma mensagem. Mostrou do que essas pessoas são capazes. Supondo que Armstrong estivesse por dentro das coisas, já teria começado a ficar tremendo de medo a essa altura.

— Então são nove mensagens — inferiu Neagley. — Partindo desse princípio, deveríamos adicionar os acontecimentos em Minnesota e no Colorado.

— Sem dúvida — concordou Swain. — Você entendeu o que eu quero dizer? Tudo tem como propósito o medo. Toda e qualquer ação. Suponha que Armstrong estivesse por dentro de tudo o tempo todo. Ele recebe a primeira mensagem, fica preocupado. *Nós* recebemos a segunda mensagem, ele fica mais preocupado. Nós rastreamos a fonte, ele começa a se sentir melhor, só que não, fica ainda pior, porque nós encontramos o Nendick paralisado de medo. Depois recebemos a ameaça de demonstração, ele fica mais preocupado ainda. Aí vem a demonstração e ele fica arrasado com a crueldade do acontecido.

Reacher não falou nada. Ficou simplesmente olhando para o chão.

— Acha que estou sendo analítico demais?

Reacher negou com um gesto de cabeça, ainda olhando para o chão.

— Não, acho que eu estou sendo analítico de menos. Talvez. Possivelmente. Afinal, o que são as impressões digitais do polegar?

— São um tipo diferente de provocação — disse Swain. — Uma ostentação. Um enigma. Uma provocação. Uma coisa do tipo *você não me pega*.

— Quanto tempo você trabalhou com o meu irmão?

— Cinco anos. Trabalhei *para* ele, na verdade. Eu digo *com ele* numa vã tentativa de ganhar status.

— Ele era um bom chefe?

— Era um ótimo chefe — respondeu Swain. — Era um grande cara em todos os sentidos.

— E fazia sessões de observação aleatória?

Swain confirmou com um gesto de cabeça.

— Eram divertidas. Todo mundo podia falar qualquer coisa.

— Ele participava?

— Ele era muito imaginativo.

Reacher levantou o olhar.

— Você acabou de falar que tudo tem como propósito o medo, toda e qualquer coisa. Depois disse que as digitais são uma provocação de outro tipo. Então nem tudo é a mesma coisa, certo? Alguma coisa é diferente.

Swain deu de ombros.

— Eu poderia expandir meu argumento. As digitais provocam o medo de que esses caras sejam espertos demais para serem apanhados. Um tipo diferente de medo, mas, ainda assim, *medo*.

Reacher desviou o olhar. Ficou quieto. Trinta segundos. Um minuto.

— Vou vestir a carapuça de vez — disse ele. — Finalmente. Vou ser igual ao Joe. Estou usando o terno dele. Estava dormindo com a namorada dele. Não paro de conhecer os antigos colegas dele. Então vou fazer uma observação inventiva completamente maluca, do jeito que, aparentemente, ele fazia.

— Faça — disse Neagley.

— Acho que deixamos alguma coisa escapar — começou Reacher. — Simplesmente passamos batido por alguma coisa.

— Tipo o quê?

— Estou com um monte de imagens estranhas dando voltas pela minha cabeça. Por exemplo, a secretária do Stuyvesant fazendo coisas à mesa dela.

— Que coisas?

— Acho que a gente fez uma merda do caralho e interpretou a digital do polegar ao contrário. O tempo todo a gente acreditou que eles sabiam que ela era irrastreável. Mas acho que estamos completamente errados. Acho que é exatamente o oposto. Acho que esperavam que ela *fosse* rastreável.

— Por quê?

— Porque acho que o negócio da digital é exatamente a mesma coisa que a parada com o Nendick. Conheci um relojoeiro hoje. Ele me contou de onde vem o esqualeno.

— De fígado de tubarão — falou Neagley.

— E de nariz de gente — completou Reacher. — A mesma coisa. Aquela oleosidade com que você acorda de manhã é esqualeno. Exatamente a mesma composição química.

— E?

— E eu acho que os nossos caras fizeram uma aposta e deram azar. Suponha que você escolha uma pessoa qualquer do sexo masculino com seus 60 ou 70 anos. Quais são as chances de ela ter tido as digitais registradas pelo menos uma vez na vida?

— Muitas, acho — disse Neagley. — Todos os imigrantes têm suas digitais cadastradas. Se nascido nos Estados Unidos, foi recrutado para a Coreia ou para o Vietnã e teve as digitais cadastradas mesmo que não

315

tenha ido. O mesmo acontece com qualquer um que já foi preso ou trabalhou para o governo.

— Ou para algumas corporações privadas — completou Swain. — Muitas delas requerem digitais. Bancos, varejistas, gente assim.

— Certo — disse Reacher. — Então o negócio é o seguinte. Não acho que a impressão digital do polegar seja de algum dos caras. Acho que é de outra pessoa completamente diferente. De algum transeunte inocente. De alguém que eles escolheram aleatoriamente. E o objetivo era que nós fossemos levados diretamente a *essa* pessoa.

A sala ficou em silêncio. Neagley encarou Reacher.

— Pra quê? — perguntou ela.

— Pra que a gente pudesse encontrar outro Nendick — respondeu ele. — A digital do polegar estava em *todas* as mensagens, e o cara de onde ela veio *era* uma mensagem, do mesmo jeito que Swain alega que Nendick era. A gente deveria ter rastreado a digital e achado o cara, que seria uma réplica da situação de Nendick. Uma vítima aterrorizada. Com medo de abrir a boca pra nos contar qualquer coisa. Ele mesmo uma mensagem. Mas, por puro acidente, nossos caras escolheram alguém que nunca teve as digitais cadastradas, por isso nós não o achamos.

— Mas foram seis mensagens em papel — disse Swain. — Provavelmente vinte dias entre a primeira ser postada no correio e a última ser entregue na casa da Froelich. O que isso significa? Todas as mensagens foram preparadas com antecedência? Com certeza, isso é planejar com muita, mas muita antecedência.

— É possível — disse Neagley. — Podem ter imprimido dezenas de variações, uma pra cada eventualidade.

— Não — contestou Reacher. — Acho que eles a usaram sempre que precisaram. Acho que mantiveram a digital disponível o tempo todo.

— Como? — perguntou Swain. — Raptaram um cara e o fizeram de refém? Eles o esconderam em algum lugar? Levaram o cara com eles pra todos os lugares?

— Não pode ser isso — disse Neagley. — Não podem esperar que a gente o encontre se ele não está em casa.

— Ele está em casa — afirmou Reacher. — Mas o polegar dele, não.

Ninguém falou.

— Ligue um computador — falou Reacher. — Pesquise *polegar* no sistema do Centro Nacional de Informação Criminal.

— A gente tem um escritório grande em Sacramento — disse Bannon.

— Três agentes já estão a caminho. Um médico também. Vamos saber em uma hora.

Dessa vez Bannon tinha ido até eles. Estavam na sala de reunião do Serviço Secreto; Stuyvesant à cabeceira da mesa, Reacher, Neagley e Swain juntos em um lado, Bannon sozinho no outro.

— É uma ideia bizarra — comentou Bannon. — O que eles iam fazer? Mantê-lo num freezer?

— Provavelmente — disse Reacher. — Descongelar um pouco, esfregar no nariz, deixar a digital no papel. Igualzinho à secretária de Stuyvesant com o carimbo. Ele provavelmente está secando um pouco com o tempo, por isso a porcentagem de esqualeno continua aumentando.

— Quais são as implicações? — perguntou Stuyvesant. — Supondo que você esteja certo?

Reacher fez uma careta.

— Podemos mudar uma hipótese central. Agora eu posso supor que os dois têm as impressões digitais cadastradas e que ambos estavam usando luvas de látex.

— Dois renegados — disse Bannon.

— Não necessariamente nossos — retrucou Stuyvesant.

— Então explique os outros fatores — pediu Bannon.

Stuyvesant ficou em silêncio. Bannon deu de ombros e continuou:

— Vamos lá. A gente tem uma hora. E eu não quero ficar procurando no lugar errado. Então me convença. Me mostre que são cidadãos civis perseguindo Armstrong por motivos pessoais.

Stuyvesant olhou para Swain, mas Swain não falou nada.

— O tempo está passando — disse Bannon

— Este não é um contexto ideal — argumentou Swain.

Bannon sorriu.

— Peraí, vocês só conseguem converter quem já é crente?

Ninguém falou.

— Vocês não têm argumentos — alfinetou Bannon. — Quem se importa com um vice-presidente? Eles são zés-ninguém. Como é mesmo aquela história do balde de cuspe?

— Escarradeira — corrigiu Swain. —John Nance Garner disse que a vice-presidência não valia uma escarradeira cheia de cuspe quente. Também a chamou de estepe do automóvel do governo. Ele também foi o primeiro companheiro de chapa de Franklin Roosevelt. John Adams falou que era o cargo mais insignificante já inventado, e ele foi o primeiro de todos os vice-presidentes.

— Então quem é que pode estar se dando o trabalho de querer atirar em um estepe ou numa insignificante escarradeira?

— Deixa eu começar pelo início — disse Swain. — O que um vice-presidente faz?

— Fica por aí — disse Bannon. — Torcendo pro chefão morrer.

Swain concordou com um movimento de cabeça e completou:

— Outra pessoa disse que o trabalho do vice-presidente é meramente esperar. Pro caso do presidente morrer, é claro, mas, com mais frequência, para se candidatar à presidência oito anos mais tarde. Porém, a curto prazo, pra que *serve* o vice-presidente?

— É o que me pergunto todo dia — respondeu Bannon.

— Ele está lá para ser um candidato — esclareceu Swain. — A verdade é essa. A vida útil dele dura de quando ele é escolhido, no meio do ano, até o dia da eleição. É útil por quatro ou cinco meses, no máximo. Serve como estimulante para a campanha. Todo mundo já está totalmente entediado com os candidatos presidenciais pouco antes do meio do segundo semestre, então os escolhidos para vice-presidente dão uma sacudida nas campanhas. De repente todo mundo tem mais alguma coisa sobre o que falar. Outra pessoa para analisar. Olhamos para as qualidades deles e para seus históricos. Imaginamos o quanto eles podem contribuir para equilibrar a chapa. Essa é a função inicial. Equilíbrio e contraste. Tudo aquilo que o candidato a presidente não é, o candidato a vice *é*, e vice-versa. Jovem, velho, espirituoso, monótono, do norte, do sul, bobo, esperto, sério, descontraído, rico, pobre.

— Entendemos a ideia — disse Bannon.

— Ou seja, ele está lá pelo que ele *é* — continuou Swain. — Inicialmente, é só uma fotografia e uma biografia. Um *conceito*. Depois as obrigações dele começam. Precisa ter habilidades de campanha, é óbvio. Porque está lá pra ser um cão de ataque. Tem que poder falar as coisas que o candidato presidencial não pode. Se a campanha prepara um ataque ou um comentário mordaz, é o candidato a vice que o faz. Enquanto isso, o candidato presidencial fica em algum lugar ali perto, todo estadista. Aí acontece a eleição, o candidato presidencial vai pra Casa Branca e o vice-presidente é colocado de molho. Sua utilidade acaba na primeira terça-feira de novembro.

— O Armstrong era bom nesse tipo de coisa?

— Era excelente. A verdade é que ele era um membro de campanha muito negativo, mas as pesquisas de opinião pública não mostravam muito isso porque ele mantinha aquele sorriso simpático no rosto o tempo todo. A verdade é que ele era mortífero.

— E você acha que ele pisou tanto no calo de alguém a ponto de ser assassinado por isso?

Swain fez que sim.

— É nisso que estou trabalhando agora. Estou analisando cada discurso e comentário, comparando os ataques dele com o perfil das pessoas atacadas.

— O *timing* convence — comentou Stuyvesant. — Ninguém pode questionar isso. Armstrong esteve na Câmara dos Deputados por seis anos, no Senado por mais seis e mal recebeu uma cartinha sórdida. Este negócio todo foi desencadeado por alguma coisa recente.

— E a história recente dele é a campanha — completou Swain.

— Nada no histórico? — perguntou Bannon.

Swain negou com a cabeça.

— Nós nos certificamos de quatro maneiras. A primeira e mais recente foi a verificação feita pelo próprio FBI. Recebemos uma cópia, e não havia nada nela. Depois verificamos a pesquisa da oposição à campanha de agora e das duas vezes que concorreu ao congresso. Esses caras desenterraram muito mais coisas do que vocês do FBI. E ele está limpo.

— Fontes da Dakota do Norte?

— Nada — respondeu Swain. — Falamos com todos os jornais de lá, obviamente. Os jornalistas locais sabem de tudo, e não há nada de errado com o cara.

— Então foi a campanha — disse Stuyvesant. — Ele deixou alguém muito puto.

— Alguém que tem armas do Serviço Secreto — alfinetou Bannon.

— Alguém que sabe da interface entre o Serviço Secreto e o FBI. Alguém que sabe que não é possível enviar alguma coisa para o vice-presidente sem que ela passe pelo escritório de vocês primeiro. Alguém que sabia onde Froelich morava. Você conhece o teste do pato? Se parece com um pato, grasna como um pato e anda como um pato?

Stuyvesant ficou calado. Bannon checou seu relógio. Tirou o celular do bolso e o colocou à sua frente, na mesa. Ficou ali, em silêncio.

— Continuo com a minha teoria — afirmou ele. — Só que agora estou considerando que os dois bandidos são seus. Isto é, se este telefone tocar e confirmar que Reacher está certo.

Ele tocou logo em seguida. O toque era uma pequena versão estridente de alguma famosa abertura de música clássica. Soou ridícula no silêncio sombrio da sala. Bannon o pegou e atendeu. A música fátua morreu. Alguém deve ter dito *chefe?* porque ele disse *sim* e depois apenas escutou, por oito ou nove segundos. Em seguida, desligou o telefone e o colocou de novo no bolso.

— Sacramento? — perguntou Stuyvesant.

— Não — respondeu Bannon. — Era daqui. Encontraram o rifle.

Deixaram Swain pra trás e seguiram para os laboratórios do FBI dentro do Edifício Hoover. Uma equipe de especialistas estava reunida. Todos eles se pareciam muito com Swain, acadêmicos e científicos arrancados de casa. Estavam vestidos como homens de família que planejavam permanecer inertes em frente ao jogo de futebol americano pelo resto do dia. Alguns deles já tinham até saboreado algumas cervejas. Era nítido. Neagley conhecia um deles, vagamente, do período de treinamento nos laboratórios muitos anos antes.

— Era um Vaime Mk2? — perguntou Bannon.

— Sem dúvida — respondeu um dos técnicos.

— Tinha número de série?

O sujeito balançou a cabeça.

— Removido com ácido.

— Pode fazer alguma coisa?

O sujeito negou com a cabeça novamente.

— Não. Se fosse um número estampado, poderíamos escavar e encontrar alguns resíduos de cristais no metal para recuperar o número, mas no Vaime o número é entalhado. Não há nada que a gente possa fazer.

— E onde é que ele está?

— Nós o estamos vaporizando em busca de digitais — respondeu o sujeito. — Mas estamos sem esperanças. Não encontramos nada no fluoroscópio. Nada no laser. Eles o limparam.

— Onde foi encontrado?

— No armazém. Atrás da porta de um dos cômodos do terceiro andar.

— Acho que eles esperaram lá — disse Bannon. — Talvez uns cinco minutos, e saíram no pico da confusão. Caras calmos.

— Estojos de munição? — perguntou Neagley.

— Nenhum — respondeu o técnico. — Devem ter recolhido. Mas temos todas as quatro balas. As três de hoje estão destroçadas por causa do impacto em superfícies duras. Mas a de Minnesota está intacta. O barro a preservou.

Ele foi até uma bancada, onde as balas se encontravam sobre uma folha de papel parafinado branco. Três delas tinham sido reduzidas, pelo impacto, a uma massa distorcida. Uma das três estava limpa. Era a que não tinha acertado Armstrong, e sim o muro. As outras duas estavam lambuzadas com resíduo negro de cérebro e de sangue, pertencentes a Crosetti e Froelich respectivamente. Os resíduos de tecido humano haviam sido impressos no revestimento de cobre da bala, queimados em uma padronagem em formato de laços. A padronagem desaparecera depois que as balas tinham continuado seu voo e impactado o que quer que viesse depois. O muro de trás, no caso de Froelich. O muro interior do corredor de entrada, presumivelmente, no caso de Crosetti. A bala de Minnesota parecia nova. A passagem dela pelo barro do terreno da fazenda a limpara.

— Pegue o rifle — disse Bannon.

A arma saiu do laboratório ainda cheirando ao vapor de cola que tinha sido espalhado nela na esperança de encontrar digitais latentes. Era sem graça, desinteressante e de contornos retangulares. Toda pintada em tinta epóxi preta, com acabamento de fábrica. Possuía um ferrolho pequeno e grosso e um cano relativamente curto bem alongado devido ao encorpado supressor. Tinha uma poderosa mira fixada na alça de mira.

— Essa não é a mira original — disse Reacher. — Essa aí é da Hensoldt. O Vaime vem com mira da Bushnell.

— Isso mesmo, foi modificado — confirmou um dos técnicos. — Já registramos isso.

— De fábrica?

— Acho que não — disse o cara, balançando a cabeça. — Alto padrão, mas não é acabamento de fábrica.

— E o que isso quer dizer? — perguntou Bannon.

— Não tenho certeza — respondeu Reacher.

— A Hensoldt é melhor do que a Bushnell?

— Na verdade, não. As duas miras são muito boas. Tipo BMW e Mercedes. Canon e Nikon.

— Então a pessoa deve ter uma preferência?

— Não uma pessoa do governo — respondeu Reacher. — Por exemplo, o que você diria se um dos seus fotógrafos de cena de crime chegasse pra você e falasse: quero uma Canon, em vez da Nikon que você me deu?

— Provavelmente eu ia mandar ele se ferrar.

— Exatamente. Ele trabalha com o que tem. Não vejo alguém ir ao armeiro do departamento e pedir pra jogar fora uma Bushnell de mil dólares só porque ele acha mais legal a Hensoldt também de mil dólares.

— Então por que a troca?

— Não tenho certeza — disse Reacher. — Talvez tenha sido danificada. Se um rifle cair no chão, a mira de precisão pode estragar com muita facilidade. Mas um reparador do governo ia usar outra Bushnell. Eles não compram só os rifles. Compram caixas de partes sobressalentes também.

— Podemos supor que estavam em falta? Que as miras estragavam muito?

— Nesse caso, acho que eles podiam ter usado uma Hensoldt. As Hensoldts geralmente vêm nos rifles SIG. Você precisa olhar sua lista de novo. Descobrir se tem alguém que compra Vaimes e SIGs para seus atiradores de elite.

— O SIG também vem com silenciador?

— Não — respondeu Reacher.

— Então aí está a resposta — disse Bannon. — Algumas agências precisam de dois tipos de rifles de precisão, então optam por comprar Vaimes como opção de silencioso e SIGs como de não silencioso. Dois tipos de mira nas caixas de peças sobressalentes. As Bushnells acabam, ele começam a usar as Hensoldts.

— É possível — disse Reacher. — Você deveria investigar. Perguntar especificamente se alguém acoplou uma mira Hensoldt em um rifle

Vaime. E, se a resposta for negativa, você deveria começar a perguntar a armeiros licenciados no mercado. Comece pelos mais caros. São peças raras. Isto pode ser importante.

Stuyvesant estava com o olhar perdido. Os ombros caídos demostravam preocupação.

— O quê? — perguntou Reacher.

Stuyvesant voltou a si e balançou a cabeça. Um pequeno gesto de derrota.

— Receio que nós compramos SIGs — disse ele, em voz baixa. — Compramos um lote de SG550 há uns cinco anos. Semiautomáticos sem silenciador, como opção alternativa. Mas não os usamos muito porque o mecanismo automático os deixa um pouco imprecisos para situações com multidão. A maioria está armazenada. Usamos os Vaimes em todos os lugares agora. Por isso tenho certeza de que as caixas com as partes do SIG ainda estão cheias.

O lugar ficou silencioso por um momento. O telefone de Bannon tocou novamente. A musiquinha de abertura insana invadiu o silêncio. Ele apertou o botão, o colocou na orelha, falou *sim* e escutou.

— Entendi — disse ele.

Escutou um pouco mais.

— O médico concorda?

— Entendi — disse.

Escutou.

— Acho que sim — disse ele.

Escutou.

— Dois? — perguntou.

Escutou.

— Certo — concluiu.

Desligou o telefone.

— Lá pra cima — falou.

Estava pálido.

Stuyvesant, Reacher e Neagley o seguiram em direção ao elevador e subiram com ele até a sala de reunião. Ele se sentou à cabeceira da mesa, e os outros permaneceram juntos na outra ponta, como se não quisessem ficar muito perto das notícias. O céu do lado de fora estava completamente escuro. O Dia de Ação de Graças chegava ao seu fim.

323

— O nome dele é Andretti — começou Bannon. — Setenta e três anos, carpinteiro aposentado, bombeiro voluntário aposentado. Tem netas. Foi daí que vieram a pressão.

— Ele está falando? — perguntou Neagley.

— Um pouco — respondeu Bannon. — Parece que ele é um pouco mais durão do que Nendick.

— Então como foi que aconteceu?

— Ele frequenta um bar de policiais fora de Sacramento, hábito dos tempos de bombeiro. Conheceu dois caras lá.

— Eram policiais? — perguntou Reacher.

— Tipo policiais — respondeu Bannon. — Essa foi a descrição dele. Começaram a conversar, mostraram uns aos outros fotos da família. Falaram sobre como o mundo está podre e o que fariam para proteger suas famílias. Ele contou que foi gradual.

— E?

— Durante um tempo, ele ficou muito nervoso e não quis falar com a gente, então o nosso médico deu uma olhada na mão dele. O polegar esquerdo tinha sido removido cirurgicamente. Bom, na verdade, não tão *cirurgicamente* assim. Algo entre arrancado e cortado, foi o que o nosso cara disse. Mas houve uma tentativa de fazer a coisa com capricho. Andretti se manteve firme à versão da carpintaria. Nosso médico disse que de jeito nenhum aquilo foi feito por uma serra. Tipo, de jeito *nenhum*. Andretti pareceu satisfeito por ter sido contestado e falou um pouco mais.

— E?

— Ele mora sozinho. Viúvo. Os dois caras tipo policiais deram um jeito de fazer com que ele os convidasse para ir à casa dele. Eles ficavam perguntando: o que você faria para proteger sua família? Tipo, o que você *faria*? Até que ponto chegaria? Era tudo retórico no início, mas se tornou prático rapidamente. Disseram a ele que teria que abrir mão de um de seus polegares ou de suas netas. Escolha dele. Eles o seguraram e arrancaram. Pegaram as fotos e a agenda dele. Disseram que sabiam como eram as netas e onde moravam. Ameaçaram arrancar os ovários delas do mesmo jeito que fizeram com o polegar dele. Ele, é obvio, acreditou. Tinha que acreditar, certo? Tinham acabado de fazer isso com *ele*. Roubaram um cooler na cozinha e um pouco de gelo da geladeira para transportar o polegar. Foram embora, e ele foi para o hospital.

324

Silêncio.

— Descrições? — perguntou Stuyvesant.

Bannon negou com a cabeça

— Está com medo demais. O meu pessoal falou sobre o Serviço de Proteção à Testemunha para toda a família, mas ele não vai aceitar. Acho que isso é tudo o que vamos conseguir.

— Perícia na casa?

— Andretti a limpou todinha. Eles o obrigaram. Ficaram observando todo o processo.

— E o bar? Alguém os viu conversando?

— Vamos verificar. Mas faz quase seis semanas. Não fique muito esperançoso.

Ninguém falou durante muito tempo.

— Reacher — chamou Neagley.

— O quê?

— No que você está pensando?

Ele deu de ombros.

— Estou pensando no Dostoiévski. Acabei de achar uma cópia de *Crime e castigo* que dei de presente de aniversário para o Joe. Lembro que quase mandei *Os irmãos Karamazov*, mas decidi pelo outro. Você já leu?

Neagley negou com um movimento de cabeça.

— Parte dele é sobre o que os turcos fizeram na Bulgária — prosseguiu ele. — Houve todo tipo de estupro e pilhagem. Eles enforcavam prisioneiros de manhã depois de os terem feito passar sua última noite pregados pelas orelhas a uma cerca. Jogavam bebês pra cima e os pegavam com suas baionetas. Falavam que a melhor parte era fazer isso em frente às mães. Ivan Karamazov estava seriamente desiludido com aquilo tudo. Ele disse que *nunca um animal poderia ser tão cruel quando um homem, tão ardilosa e artisticamente cruel.* Fiquei pensando nesses caras fazendo Andretti limpar a casa enquanto ficavam olhando. Imagino ele deva ter feito isso com apenas uma das mãos. Provavelmente sofreu muito. Dostoiévski colocou os sentimentos dele num livro. Não tenho o talento dele, então estou pensando em encontrar esses caras e estampar neles esse erro da conduta da forma que meu talento me permitir.

— Você não me passou a impressão de ser um leitor — disse Bannon.

— Faço o que posso — respondeu Reacher.

— E eu o advertiria contra agir como justiceiro.

— Não esperava outras palavras de um agente especial.

— Não interessa; não quero ação independente.

Reacher assentiu.

— Anotado.

Bannon sorriu.

— Já montou o quebra-cabeça?

— Que quebra-cabeça?

— Estamos pressupondo que o rifle Vaime estava em Minnesota na terça-feira e na Dakota do Norte ontem. Agora ele está aqui em Washington. Eles não o trouxeram de avião, com certeza, porque colocar armas longas em voos comerciais deixa um rastro de documentação de um quilômetro. E é muito longe para vir de carro com o tempo que tinham. Ou seja, ou um dos caras estava sozinho com a Heckler & Koch em Bismarck enquanto o outro vinha de carro de Minnesota pra cá com o Vaime. Ou, se os dois caras estavam em Bismarck, então eles devem ter dois Vaimes, um lá e outro escondido aqui. E, se os dois caras estavam em Bismarck, mas têm só um Vaime, foi outra pessoa que o trouxe de carro de Minnesota; neste caso, estamos lidando com três caras, e não dois.

Ninguém falou.

— Vou voltar e me encontrar com o Swain — falou Reacher. — Vou a pé. Vai me fazer bem.

— Vou com você — disse Neagley.

Era um percurso rápido de um quilômetro no sentido oeste pela avenida Pennsylvania. O céu ainda estava sem nuvens, o que deixava o ar da noite frio. Havia algumas estrelas visíveis através da débil mistura de poluição e neblina e do brilho laranja da luz da rua. Uma pequena lua pendia ao longe. Nenhum trânsito. Passaram caminhando pelo Triângulo Federal e viram a magnitude do Departamento do Tesouro se aproximando. As barreiras na Casa Branca já tinham sido retiradas. A cidade voltara ao normal. Era como se nada tivesse acontecido.

— Você está bem? — perguntou Neagley.

— Encarando a realidade — respondeu Reacher. — Estou ficando velho. Com os pensamentos mais lentos. Estava bem satisfeito por ter chegado a Nendick com a rapidez que cheguei, mas eu tinha que ter feito isso logo de cara. Então, na verdade, eu fui péssimo. A mesma coisa com a digital do polegar. Passamos horas lutando com aquela porcaria daquela digital. Dias e dias. A gente se virou e revirou pra fazer com que ela se encaixasse. Não conseguimos ver a verdadeira intenção.

— Mas no final a gente chegou lá.

— E eu estou me sentindo culpado, como sempre.

— Por quê?

— Falei pra Froelich que ela estava mandando bem — disse Reacher. — Mas eu devia ter falado pra ela dobrar a quantidade de sentinelas no telhado. Um cara na beirada, outro na escada. Isso podia ter salvado a vida dela.

Neagley ficou em silêncio. Seis passos largos, sete.

— Era o trabalho dela, não seu — argumentou. — Não se sinta culpado. Você não é responsável por todo mundo no planeta.

Reacher ficou calado. Apenas caminhava.

— E eles estavam disfarçados de policiais — continuou Neagley. — Teriam passado por duas sentinelas do mesmo jeito que passaram por uma. Teriam passado por uma dúzia de sentinelas. Na verdade, eles passaram por uma dúzia de sentinelas. Provavelmente mais do que isso. A área toda estava abarrotada de agentes. Ninguém podia ter feito nada diferente. Merdas acontecem.

Reacher ficou calado.

— Duas sentinelas, eles teriam matado *as duas* — afirmou Neagley. — Outra baixa não ajudaria ninguém.

— Você acha que o Bannon parece um policial? — perguntou Reacher.

— Você acha que são três caras? — Neagley devolveu a pergunta.

— Não. Sem chance. Essa é uma parada de dois caras. Bannon não está percebendo uma coisa muito óbvia. Risco profissional com uma mentalidade como a dele.

— O que ele não está percebendo?

— Você acha que ele parece um policial?

Neagley deu um breve sorriso e respondeu:

— Ele é exatamente igual a um policial. Provavelmente era policial antes de entrar para o FBI.

— O que faz ele parecer um policial?

327

— Tudo. Todas as coisas. Está nos poros dele.

Reacher ficou em silêncio. Continuou caminhando.

— Froelich falou uma coisa em seu discurso para estimular a equipe logo antes de Armstrong chegar — disse Reacher. — Estava alertando o pessoal. Falou que era muito fácil ficar um pouco parecido com um sem-teto, mas muito difícil ficar exatamente igual a um sem-teto. Acho que é a mesma coisa com policiais. Se eu colocar um blazer de tweed, calça social cinza, sapatos simples e levantar um distintivo dourado, eu pareceria um policial?

— Um pouco, mas não exatamente.

— Mas esses caras *são* exatamente iguais a policiais. Eu vi um deles e não pensei duas vezes. Eles entram e saem de tudo quanto é lugar sem que ninguém faça nem uma pergunta sequer.

— Isso explicaria muitas coisas — comentou Neagley. — Estavam à vontade no bar de policiais com Nendick. E com Andretti.

— Igual ao teste do pato do Bannon — falou Reacher. — Eles parecem policiais, andam como policiais, falam como policiais.

— E explicaria como eles sabiam sobre o DNA nos envelopes, e o negócio no computador do Centro Nacional de Informação Criminal. Policiais saberiam que o FBI compartilha todas essas informações.

— E as armas. Eles podem ter conseguido com equipes da SWAT do segundo escalão ou com especialistas da Polícia Estadual. Especialmente itens restaurados com miras diferentes das padrão.

— Mas nós sabemos que eles não são policiais. Você viu todas 94 fotos.

— Sabemos que não são policiais de Bismarck — corrigiu Reacher. — Podem ser policiais de outro lugar.

Swain ainda os estava esperando. Parecia descontente. Não necessariamente por causa da espera. Tinha a aparência de um homem que tem más notícias para receber e para dar. Fez uma expressão interrogativa para Reacher, que assentiu e informou:

— O nome dele é Andretti. Basicamente a mesma situação de Nendick. Está suportando melhor, mas também não vai falar.

Swain ficou calado.

— Ponto pra você — disse Reacher. — Você fez a conexão. E o rifle era um Vaime com mira Hensoldt no lugar de uma Bushnell.

— Não me especializei em armas de fogo — disse Swain.

— Você precisa contar pra gente o que sabe sobre a campanha. Quem ficou puto com Armstrong?

Houve um curto silêncio. Swain desviou o olhar.

— Ninguém — respondeu ele. — O que eu falei lá dentro não era verdade. O negócio é: eu terminei a análise dias atrás. Ele com certeza contrariou pessoas. Mas ninguém muito significativo. Nada fora do comum.

— Então por que falar isso?

— Eu queria despistar o FBI, só isso. Não acho que tenha sido um de nós. Não gosto de ver nossa agência sendo maltratada daquele jeito.

Reacher ficou calado.

— Foi por Froelich e Crosetti — justificou Swain. — Eles merecem mais do que aquilo.

— Então você tem um pressentimento e nós temos um hífen — disse Reacher. — A maioria dos casos com que já lidei tinha bases mais fortes.

— O que fazemos agora?

— Procuramos em outro lugar — sugeriu Neagley. — Se não é político, deve ser pessoal.

— Não sei se posso mostrar aquelas coisas a vocês — titubeou Swain. — Deveriam ser confidenciais.

— Tem alguma coisa ruim nelas?

— Não, ou vocês teriam ouvido falar durante a campanha.

— Então qual é o problema?

— Ele é fiel à esposa? — perguntou Reacher.

— É — respondeu Swain.

— Ela é fiel a ele?

— É.

— Ele é correto do ponto de vista financeiro?

— É.

— Então o resto todo é histórico. Qual o problema em deixar a gente dar uma olhada?

— Acho que nenhum.

— Então vamos.

Eles seguiram pelo corredor dos fundos em direção à biblioteca, e, quando chegaram lá, o telefone estava tocando. Swain atendeu e o passou para Reacher.

— É Stuyvesant, pra você — informou.

Reacher ouviu por um minuto e desligou.

— Armstrong está vindo aí. Está perturbado e inquieto e quer conversar com a maior quantidade possível de pessoas que estiveram lá hoje.

Deixaram Swain na biblioteca e voltaram para a sala de reunião. Stuyvesant chegou um minuto depois. Ainda usava a roupa de golfe. Ainda estava com o sangue de Froelich no sapato. Negro e seco, respingado na parte lateral da sola. Parecia próximo da exaustão. E mentalmente destroçado. Reacher já tinha visto aquilo antes. Um cara passa por 25 anos ileso e tudo desmorona em um dia terrível. Um ataque suicida com bomba faria isso, ou um acidente de helicóptero, ou um segredo que vaza, ou uma licença tumultuada. Então a maquinaria punitiva entra em ação, e uma carreira impecável, que não acumulou nada além de elogios, se transforma em lixo do dia pra noite, porque tudo tem sempre que ser *culpa* de alguém. Merdas acontecem, mas nunca no relatório final de uma comissão oficial de inquérito.

— Serão poucos de nós. Dei 24 horas de folga para a maioria da equipe e não vou arrastá-los de volta pra cá só porque a pessoa que protegemos não consegue dormir.

Mais dois caras chegaram cinco minutos depois. Reacher reconheceu um deles como um dos franco-atiradores no terraço e o outro como um dos agentes que inspecionava a fila da comida. Eles cumprimentaram com cansados movimentos de cabeça, viraram-se e foram pegar café. Voltaram com um copo de plástico para cada um.

A segurança de Armstrong o precedeu como a borda de uma bolha invisível. Havia comunicação pelo rádio com o prédio quando ele ainda estava a dois quilômetros de distância. Comunicaram-se uma segunda vez quando chegou à garagem. Sua progressão até o elevador foi notificada. Um dos agentes de seu destacamento pessoal entrou na área da recepção e anunciou que estava tudo limpo. Os outros dois trouxeram Armstrong para dentro. O procedimento foi repetido à porta da sala de reunião. O primeiro agente entrou, olhou ao redor, falou no punho, e Armstrong passou por ele com um salto para dentro da sala.

Tinha se trocado para roupas casuais que não combinavam com ele. Usava calça de veludo cotelê e jaqueta de camurça. Todas as cores combinavam e todos os tecidos estavam firmes e novos. Era a primeira vez que Reacher tinha uma impressão de falsidade dele. Era como se tivesse se perguntado *o que um vice-presidente usaria?* em vez de simplesmente pegar a primeira coisa que visse em seu guarda-roupa. Ele cumprimentou a todos com um melancólico gesto de cabeça e foi em direção à mesa. Não falou com ninguém. Aparentava estar pouco à vontade. O silêncio cresceu. Chegou ao ponto de ficar embaraçoso.

— Como está sua esposa, senhor? — perguntou o franco-atirador.

Pergunta política perfeita, pensou Reacher. Era um convite para falar dos sentimentos de outra pessoa, o que era sempre mais fácil do que falar dos próprios. Era amistosa e dizia *estamos todos do lado de dentro, então vamos falar de alguém que não está.* E ainda *esta é a sua chance de nos agradecer por salvar a pele dela e a sua.*

— Está muito abalada — respondeu Armstrong. — Foi um negócio terrível. Ela quer que vocês saibam que sente muito. Está infernizando a minha vida, pra falar a verdade. Disse que é errado da minha parte colocar vocês em risco.

Era a perfeita resposta política, pensou Reacher. Levava a somente uma resposta: *estávamos apenas fazendo o nosso trabalho, senhor.*

— É o nosso trabalho, senhor — comentou Stuyvesant. — Se não fosse o senhor, seria outra pessoa.

— Obrigado — disse Armstrong. — Por ser tão cortês. E obrigado por agirem tão soberbamente bem hoje. Nós dois agradecemos. Do fundo dos nossos corações. Não sou um cara supersticioso, mas sinto que tenho uma dívida com vocês agora. Como se eu não fosse ficar livre de uma obrigação até fazer alguma coisa por vocês. Então não hesitem em pedir. Qualquer coisa mesmo, formal ou informal, coletiva ou individual. Sou amigo de vocês pelo resto da vida.

Ninguém falou.

— Me fale sobre Crosetti — pediu Armstrong. — Ele tinha família?

O franco-atirador fez que sim com a cabeça e respondeu:

— Mulher e filho. O menino tem 8 anos, eu acho.

Armstrong desviou o olhar.

— Sinto muito.

Silêncio na sala.

— Há alguma coisa que eu possa fazer por eles?

— Eles receberão os devidos cuidados — explicou Stuyvesant.

— Froelich tinha pais em Wyoming — disse Armstrong. — Só isso. Não era casada. Não tinha irmão nem irmã. Falei com os pais dela hoje mais cedo. Depois que me encontrei com vocês na Casa Branca. Achei que era minha obrigação prestar condolências pessoalmente. E senti que deveria pedir a aprovação deles antes de falar na televisão. Senti que não podia distorcer a situação para usá-la como isca sem a permissão deles. Mas gostaram da ideia do funeral no domingo. Gostaram tanto que, de fato, vão realizá-lo. Ou seja, vai acontecer um funeral, no final das contas.

Ninguém falou. Armstrong escolheu um canto na parede e fixou o olhar nele.

— Eu quero estar presente. Na verdade, eu *estarei* presente.

— Não posso permitir isso — negou Stuyvesant.

Armstrong ficou calado.

— Quer dizer, eu o aconselho a não fazer isso — abrandou Stuyvesant.

— Ela foi morta por minha causa. Quero estar presente no funeral dela. É o mínimo que posso fazer. Quero discursar lá, na verdade. Acho que devo falar com os pais dela de novo.

— Tenho certeza de que ficariam honrados, mas há questões de segurança.

— Respeito a sua opinião, é claro — disse Armstrong. — Mas não é negociável. Vou sozinho, se for preciso. Acho até que prefiro ir sozinho.

— Isso não é possível — disse Stuyvesant.

— Então encontre três agentes que queiram estar lá comigo. E apenas três. Não podemos transformar a situação num circo. Vamos entrar e sair rápido, sem aviso prévio.

— Você fez o anúncio na televisão em rede nacional.

— Não é negociável — repetiu Armstrong. — Eles não vão querer transformar a coisa toda num circo. Não seria justo. Portanto, nada de mídia, nada de televisão. Somente nós.

Stuyvesant ficou calado.

— Eu vou ao funeral — afirmou Armstrong. — Ela foi morta por minha causa.

— Ela conhecia os riscos — argumentou Stuyvesant. — Todos nós conhecemos os riscos. Estamos aqui porque queremos.

Armstrong fez um gesto afirmativo com a cabeça e disse:

— Falei com o diretor do FBI. Ele me contou que os suspeitos fugiram.

— É só uma questão de tempo — disse Stuyvesant.

— Minha filha está na Antártida — comentou Armstrong. — Está chegando à metade do verão lá. A temperatura subiu para trinta abaixo de zero. Vai atingir no máximo 27 graus negativos daqui a uma semana ou duas. Acabamos de nos falar pelo telefone via satélite. Ela falou que parece inacreditavelmente quente. Nós tivemos a mesma conversa nos dois anos anteriores. Eu costumava entender isso como algum tipo de metáfora. Sabe, tudo é relativo, nada é *tão* ruim, acostuma-se com tudo. Mas agora eu não sei mais. Acho que nunca vou superar o dia de hoje. Estou vivo só porque outra pessoa está morta.

Silêncio na sala.

— Ela sabia o que estava fazendo — falou Stuyvesant. — Somos todos voluntários.

— Ela era excelente, não era?

— Me avise quando quiser se encontrar com quem a substituirá.

— Ainda não — recusou Armstrong. — Quem sabe amanhã. E pergunte à equipe sobre domingo. Três voluntários. Amigos dela que gostariam de estar lá de qualquer maneira.

Stuyvesant ficou em silêncio. Depois deu de ombros e disse:

— Certo.

— Obrigado. E obrigado por hoje. Obrigado a todos vocês. Nós dois agradecemos. Isso é tudo o que vim falar.

O destacamento captou a deixa e o levou para a porta. A bolha de segurança invisível rolou para fora com ele. Sondando a frente, verificando as laterais, observando a retaguarda. Três minutos depois, ligaram do rádio do carro dele. Estava seguro e seguia na direção norte para Georgetown.

— Merda — disse Stuyvesant. — Agora o domingo vai ser uma porra de um pesadelo pior ainda.

Ninguém olhou para Reacher, a não ser Neagley. Eles saíram sozinhos e encontraram Swain na área da recepção. Estava de casaco.

— Estou indo pra casa — comentou ele.

— Daqui a uma hora — disse Reacher. — Primeiro você vai nos mostrar seus arquivos.

16

OS ARQUIVOS ERAM BIOGRÁFICOS. DOZE NO TOTAL. Onze eram fardos de informações básicas, como recortes de jornal, entrevistas, depoimentos e documentação de primeira geração. O décimo segundo era um resumo abrangente dos onze anteriores. Era grosso como uma bíblia medieval e redigido como um livro. Narrava toda a vida de Brook Armstrong, e todo fato substancial era seguido por um número entre parênteses. O número indicava, em uma escala de um a dez, com que solidez o fato tinha sido autenticado. A maioria dos números era dez.

A história começava na página um com os pais dele. A mãe cresceu no Oregon, se mudou para Washington a fim de fazer faculdade e voltou ao Oregon para trabalhar como farmacêutica. Os pais e todos os irmãos estavam registrados ali, e toda a escolaridade dela, da pré-escola à pós-graduação, também. Os primeiros empregadores estavam listados em sequência, e à abertura da própria farmácia eram dedicadas três páginas inteiras. Ainda era proprietária e continuava a ter lucro, mas estava aposentada e com uma doença que temiam ser terminal.

A educação do pai de Armstrong estava registrada ali. O serviço militar dele tinha uma data de início e outra de dispensa médica, mas não havia detalhes além desses. Era nativo do Oregon e se casou com a farmacêutica quando retornou à vida civil. Mudaram-se para uma vila isolada no canto sudoeste do estado, e ele usou dinheiro da família para abrir uma madeireira. Os recém-casados tiveram uma filha pouco depois, e Brook Armstrong nasceu dois anos mais tarde. O negócio da família prosperou e atingiu um tamanho decente. O seu progresso e desenvolvimento ocupava várias páginas. Ele sustentava um agradável estilo de vida provinciano.

A biografia da irmã tinha pouco mais de um centímetro de espessura. Reacher a saltou e foi direto para o ponto onde começava a escolaridade de Brook. Como acontece com todo mundo, ela começou na pré-escola. Havia detalhes intermináveis. Tantos que não valia a pena prestar muita atenção, então ele folheava e fazia uma leitura dinâmica. Toda a vida escolar de Armstrong foi no sistema educacional local. Ele era bom em esportes. Tirava notas excelentes. O pai teve um derrame e morreu logo depois de Brook sair de casa para fazer faculdade. A madeireira foi vendida. A farmácia continuava a prosperar. Armstrong passou sete anos em duas universidades diferentes, primeiro na Cornell, no norte de Nova York, e depois em Stanford, na Califórnia. Tinha cabelo comprido, mas não foi comprovado o uso de drogas. Conheceu uma garota de Bismarck em Stanford. Eram ambos pós-graduandos em Ciência Política. Casaram-se. Fizeram da Dakota do Norte o seu lar, e ele começou a carreira política com uma campanha por uma cadeira na Assembleia Legislativa.

— Preciso ir pra casa — reclamou Swain. — É Dia de Ação de Graças, tenho filhos, e minha mulher vai me matar.

Reacher olhou o restante do arquivo. Armstrong ainda estava começando a primeira eleição de pouca importância e havia mais quinze centímetros de documentos. Passou o polegar sobre eles.

— Nada aqui com que precisamos nos preocupar? — perguntou.

— Nada em lugar nenhum — respondeu Swain.

— Este nível de detalhamento continua no documento todo?

— Fica pior.

— Vou encontrar alguma coisa se eu ler a noite toda?

— Não.

— Tudo isso foi usado na última campanha?

— É claro — respondeu Swain. — É uma ótima biografia. Foi por causa dela que ele foi escolhido. Na verdade, a gente possui muitos detalhes *da* campanha.

— E você tem certeza de que ninguém em particular se sentiu contrariado *pela* campanha?

— Tenho.

— Então de onde exatamente o seu pressentimento vem? Quem odeia o Armstrong tanto assim e por quê?

— Não sei exatamente — respondeu Swain. — É só um pressentimento.

— Certo — disse Reacher, fazendo um movimento afirmativo com a cabeça. — Vá pra casa.

Swain pegou o casaco, saiu apressado, e Reacher continuou examinando os anos seguintes. Neagley folheou a interminável fonte de material. Ambos desistiram depois de uma hora.

— Conclusões? — perguntou Neagley.

— Swain tem um emprego chato demais — respondeu Reacher.

Ela sorriu.

— Concordo — disse.

— Mas uma coisa meio que salta aos meus olhos. É mais uma coisa que *não* está aqui. Campanhas são cínicas, certo? Essas pessoas só usam os fatos favoráveis a eles. Por exemplo, a mãe dele. Temos detalhes infinitos sobre a formação acadêmica e a farmácia dela. Por quê?

— Para atrair mulheres independentes e donos de pequenos negócios.

— Tudo bem, e depois há coisas sobre ela adoecendo. Por quê?

— Para que Armstrong pareça um filho cuidadoso. Muito dedicado e cheio de valores familiares. Isso o humaniza. E valida o discurso dele sobre assistência médica.

— E tem um monte de coisa sobre a madeireira do pai.

— Lobby empresarial de novo. Além de tocar na preocupação com o meio ambiente. Você sabe, árvores, exploração de madeira e essa coisa toda. Armstrong pode falar que tem conhecimento prático. É um negócio com o qual ele conviveu.

— Exatamente — disse Reacher. — Qualquer que seja o assunto, qualquer que seja o eleitorado, eles acham um osso pra jogar.

— E?

— Deixaram o serviço militar de lado. E eles geralmente adoram esse tipo de coisa para uma campanha. Normalmente, se o pai do candidato foi do Exército, ele grita isso pra todo mundo ouvir e usa a questão para discutir um monte de outros assuntos. Mas não tem detalhe nenhum aqui. Ele se alistou, foi dispensado. É tudo o que sabemos. Entendeu o que quero dizer? Estamos soterrados de detalhes em todo o resto, menos aqui. Isso chama a atenção.

— O pai morreu há um milhão de anos.

— Não interessa. Eles iriam explorar isso ao máximo se houvesse algo a ganhar. E a dispensa médica foi por quê? Se tivesse sido um ferimento, com certeza teriam feito algo disso. Mesmo que fosse um acidente em treinamento. O cara teria sido transformado num grande herói. E sabe de uma coisa? Não gosto de ver dispensas médicas sem explicação. Você sabe como é. Faz a gente imaginar coisas, não faz?

— Acho que faz. Mas não tem como existir uma ligação. Isso aconteceu antes mesmo do Armstrong nascer. O cara morreu há quase trinta anos. E foi você mesmo quem disse que isso tudo foi desencadeado por alguma coisa que Armstrong fez na campanha.

Reacher fez que sim.

— Mas mesmo assim eu quero saber um pouco mais a respeito. Acho que a gente pode perguntar direto pro Armstrong.

— Não precisa — falou Neagley. — Posso descobrir, se você realmente precisar. Posso dar uns telefonemas. Temos muitos contatos. Pessoas que querem arrumar emprego com a gente quando saírem de seus trabalhos estão geralmente interessadas em, de antemão, causar uma boa impressão.

Reacher bocejou.

— Está bem, faça isso. Primeira coisa amanhã.

— Vou fazer hoje à noite. O Exército ainda funciona 24 horas por dia. Não mudou nada desde que saímos.

— Você devia dormir. Isso pode esperar.

— Eu não durmo mais.

Reacher bocejou novamente.

— Bom, eu vou dormir.

— Dia ruim — comentou Neagley.

Reacher concordou com um gesto de cabeça.

— Pior impossível. Então faça as ligações, se quiser, mas não me acorde pra falar sobre elas. Amanhã você me conta.

O oficial em serviço noturno arranjou transporte para eles voltarem para o hotel em Georgetown, e Reacher foi direto para seu quarto. Estava calmo, silencioso e vazio. Tinham-no limpado e arrumado. A cama estava feita. Levaram a caixa de Joe embora. Ele se sentou na cadeira por um momento e se perguntou se Stuyvesant tinha pensado em cancelar a reserva de Froelich. Então o silêncio da noite avançou sobre ele, que foi tomado por uma sensação de algo *não ali*. Um sentimento de ausência. Coisas que deveriam estar ali e não estavam. *O que exatamente?* Froelich, é claro. A ausência dela doía. Ela deveria estar ali e não estava. Estivera na última vez dele naquele quarto. Naquele mesmo dia de manhã. *Hoje é o dia em que a gente ganha ou perde,* dissera ela. *Perder não é uma opção,* ele respondera.

Algo *não ali*. Talvez o próprio Joe. Talvez muitas coisas. Havia muitas coisas ausentes de sua vida. Coisas não feitas, coisas não ditas. *O que exatamente?* Talvez fosse somente a carreira militar do pai de Armstrong em sua cabeça. *Mas talvez fosse mais do que isso. Faltava mais alguma coisa?* Ele fechou os olhos e fez uma busca árdua, mas tudo o que via era o borrifo cor-de-rosa do sangue de Froelich arqueando para trás sob a luz do sol. Então ele abriu os olhos novamente, arrancou a roupa e tomou banho pela terceira vez naquele dia. Pegou-se olhando para o piso como se ainda esperasse que ele ficasse vermelho, mas continuou claro e branco.

A cama estava fria e dura, e os novos lençóis, rígidos e engomados. Ele se deitou sozinho, cobriu-se e ficou pensando muito durante uma hora, olhando para o teto. Depois desligou abruptamente e se obrigou a dormir. Sonhou com o irmão passeando de mãos dadas com Froelich ao redor de toda a Tidal Basin no verão. A luz era suave e dourada, e o sangue que jorrava de seu pescoço pairava no ainda quente ar como uma bruxuleante fita vermelha a um metro e meio do chão. Pairava ali, imperturbável pelas muitas pessoas que passavam, e completou um círculo completo de quase dois quilômetros quando ela e Joe chegaram novamente ao lugar onde tinham começado. Em seguida ela se transformou em Swain, e Joe virou o policial de Bismarck. O casaco do policial esvoaçava aberto enquanto ele caminhava, e Swain falava *Acho que estamos errando a contagem* para todo mundo que encontrava. Depois Swain virou Armstrong. Ele deu seu brilhante sorriso de político e disse *Sinto muito*, e o policial se virou, tirou uma arma comprida de debaixo do esvoaçante casaco, engatilhou-a lentamente e atirou na cabeça de Armstrong. Não houve som porque a arma estava com silenciador. Nenhum som, mesmo quando Armstrong bateu na água e flutuou para longe.

A recepção ligou para despertá-lo às seis horas, e um minuto depois alguém bateu na porta. Reacher rolou para fora da cama, enrolou uma toalha na cintura e checou o olho mágico. Era Neagley, com café para ele. Já estava vestida e pronta para ir. Ele a deixou entrar, sentou-se na cama e começou a tomar o café, e ela foi até o estreito corredor que dava na janela. Estava agitada. Parecia que tinha passado a noite tomando café.

— Tá, o pai do Armstrong? — falou ela, como se estivesse fazendo a pergunta a ele. — Foi recrutado logo depois da Coreia. Nunca serviu em tempo de guerra. Mas passou por treinamento para oficial, saiu segundo-tenente e foi designado para uma companhia de infantaria. Foram enviados pro Alabama, pra uma base que há muito tempo não existe mais. Receberam ordens para ficarem prontos para uma batalha que todo mundo sabia que já tinha terminado. E você sabe como essas coisas acontecem, né?

Reacher fez que sim com um movimento sonolento de cabeça. Bebericou o café.

— Algum capitão idiota faz uma competição atrás da outra — disse ele. — Ponto pra isto, ponto pra aquilo, deduções por tudo quanto é lado, e no final do mês a Companhia B pode colocar uma bandeira no seu alojamento por ter detonado a Companhia A.

— E o velho Armstrong geralmente ganhava — revelou Neagley.

— Ele comandava uma unidade forte. Mas tinha um problema de temperamento. Era imprevisível. Se alguém fizesse merda e perdesse pontos, ele podia ficar furioso. Aconteceu algumas vezes. Não só as escrotices normais de oficiais. Está descrito nos relatórios como sério e incontrolado ataque de raiva. Ele passava do limite, como se não conseguisse se controlar e parar.

— E?

— Fizeram vista grossa pra ele duas vezes. Não era constante. Era completamente episódico. Mas, na terceira vez, houve agressão muito séria, e meteram o pé na bunda dele por causa disso. E basicamente acobertaram o caso. Deram uma dispensa psicológica. Descreveram como estresse de batalha, mesmo que ele nunca tivesse sido um oficial em combate.

Reacher fez uma careta.

— Ele deve ter tido amigos. E você também, pra conseguir chegar tão fundo assim nos relatórios.

— Fiquei no telefone a noite inteira. O Stuyvesant vai ter um infarto quando vir a conta do motel.

— Quantas vítimas?

— Foi a primeira coisa em que pensei, mas a gente pode esquecer eles. Foram três, um em cada incidente. Um foi morto em combate no Vietnã, outro morreu há dez anos em Palm Springs e o terceiro tem mais de 70 anos e mora na Flórida.

— Nada de útil — disse Reacher.

— Mas explica porque deixaram isso fora da campanha.

Reacher assentiu. Bebericou o café.

— Alguma chance do Armstrong ter herdado esse temperamento? Froelich falou que já o tinha visto furioso.

— Foi a segunda coisa em que pensei — disse Neagley. — É concebível. Tinha alguma coisa abaixo da superfície quando ele estava insistindo em ir ao funeral, não tinha? Mas suponho que isso já teria vindo à tona há muito tempo. O cara vem concorrendo a cargos públicos, num nível ou no outro, a vida toda. E esta coisa toda começou com a campanha que aconteceu agora, no meio do ano. A gente já concordou com isso.

Reacher fez que sim de forma vaga com a cabeça e repetiu:

— A campanha.

Então ficou sentado sem se mexer, com a xícara de café na mão. Olhou fixamente para a parede à sua frente durante um minuto, depois dois.

— O quê? — perguntou Neagley.

Ele não respondeu. Apenas se levantou e caminhou até a janela. Abriu as cortinas e olhou para as porções e fatias de Washington sob o cinzento céu do amanhecer.

— O que foi que o Armstrong *fez* na campanha? — perguntou Reacher.

— Um monte de coisa.

— Quantos deputados o Novo México tem?

— Não sei — respondeu Neagley.

— Acho que são três. Você sabe o nome deles?

— Não.

— Reconheceria algum deles na rua?

— Não.

— Oklahoma?

— Não sei. Cinco?

— Seis, acho. Sabe o nome deles?

— Um deles é um cuzão, isso eu sei. Não consigo lembrar o nome.

— Senadores do Tennessee?

— O que você está querendo dizer?

Reacher olhava pela janela.

— A gente está com o olhar viciado de Washington — afirmou ele. — Estamos todos presos a ele. Para quase todo mundo pelo país afora, todos esses políticos são completos zés-ninguém. Você mesma falou isso. Disse que se interessa por política, mas não sabe o nome de todos os cem senadores. E a maioria das pessoas é mil vezes menos interessada do que você. A maior parte das pessoas não reconheceria um senador se ele corresse e desse uma voadora na bunda delas. Ou ela, como teria dito Froelich. Ela mesma chegou a admitir que ninguém nunca tinha ouvido falar do Armstrong antes.

— E?

— E Armstrong fez uma coisa absolutamente básica, fundamental e elementar na campanha. Ele se colocou aos olhos do público, nacionalmente. Pela primeira vez na vida dele, pessoas comuns fora do seu estado e círculo de amizade viram a cara dele. Ouviram seu nome. Pela primeiríssima vez. Acho que isso tudo pode ser simples assim.

— De que jeito?

— Suponha que o rosto dele apareça para alguém de um passado bem distante. Assim do nada. Como um choque repentino.

— Tipo pra quem?

— Imagina que você é um cara de um lugar qualquer, e há muito tempo um jovem perdeu a cabeça e te deu uma bela porrada. Uma situação mais ou menos dessas. Talvez em um bar ou por causa de uma garota. Talvez ele o tenha humilhado. Você nunca mais viu o cara, mas o incidente é uma chaga na sua memória. Os anos passam e, de repente, o cara está lá em tudo quanto é jornal e programa de tevê. É um político candidato a vice-presidente. Você nunca tinha ouvido falar dele nos anos anteriores porque você não vê C-SPAN nem CNN. Mas, agora, ele está ali, em todo lugar, bem na sua cara. Então o que você faz? Se você tem consciência política, talvez ligue para a campanha do oponente e ponha a boca no trombone. Mas você não tem consciência política, porque esta é a primeira vez que o vê desde a briga no bar, mil anos atrás. Então o que você faz? A visão dele traz tudo de volta. A pústula se abre.

— Você está pensando em algum tipo de vingança.

Reacher fez que sim com a cabeça.

— O que explicaria o negócio que o Swain falou sobre a vontade de fazer com que Armstrong sofra. Mas pode ser que ele esteja procurando no lugar errado. Talvez todos nós. Porque isto pode não estar relacionado ao Armstrong político. Talvez esteja relacionado ao Armstrong homem. Talvez seja uma coisa *realmente* pessoal.

Neagley parou de andar de um lado para o outro e se sentou na cadeira.

— É muito tênue — disse ela. — As pessoas superam as coisas, não superam?

— Superam mesmo?

— A maioria.

Reacher baixou o olhar para ela.

— Você não superou o que quer que seja que faz com que você não goste que as pessoas encostem em você.

O quarto ficou em silêncio.

— Está bem — disse ela. — Pessoas *normais* superam as coisas.

— Pessoas normais não sequestram mulheres, cortam polegares e matam transeuntes.

342

— Está bem — repetiu ela, concordando com um gesto de cabeça.
— É uma teoria. Mas aonde a gente vai com ela?

— Ao próprio Armstrong, talvez — respondeu Reacher. — Mas essa seria uma conversa difícil de se ter com um vice-presidente eleito. E será que ele se lembraria? Se ele herdou o tipo de temperamento que faz um cara ser expulso do Exército, deve ter brigado dezenas de vezes no passado. É um sujeito grande. Pode ter tocado o terror por aí antes de segurar a onda.

— E a esposa? Eles estão juntos há muito tempo.

Reacher ficou calado.

— Está na hora de ir — disse Neagley. — A gente vai se encontrar com o Bannon às sete. Vamos contar pra ele?

— Não — respondeu Reacher. — Ele não iria nos escutar.

— Vai tomar banho — falou Neagley.

Reacher assentiu.

— Uma coisa antes. Me deixou acordado ontem por uma hora. Ficou me importunando. Uma coisa que não está aqui ou que não foi feita.

Neagley deu de ombros e falou:

— Tá. Vou pensar sobre isso. Agora vai se arrumar.

Ele vestiu o último dos ternos de Joe. Era cinza-escuro e de excelente qualidade. Usou a última das camisas limpas. Estava engomada e branca como neve. A última gravata era azul-escura com minúsculos desenhos repetidos. Quando observada bem de perto, via-se que cada uma das figuras representava a mão de um arremessador de beisebol agarrando a bola e se preparando para lançar uma *knuckleball*.

Ele se encontrou com Neagley no saguão, comeu um muffin do bufê e levou uma xícara de café consigo no Town Car do Serviço Secreto. Chegaram atrasados à sala de reunião. Bannon e Stuyvesant já estavam lá. Bannon continuava vestido como um policial. Stuyvesant estava novamente de terno Brooks Brothers. Reacher e Neagley deixaram um assento desocupado entre eles e Stuyvesant. Bannon olhou para o lugar vazio, como se ele pudesse simbolizar a ausência de Froelich.

— O FBI não vai mandar agentes para Grace, Wyoming — informou ele. — Solicitação especial de Armstrong, via nosso diretor. Não quer um circo lá.

343

— Está bom pra mim — disse Reacher.

— Você está perdendo seu tempo — afirmou Bannon. — Estamos sendo condescendentes só porque achamos apropriado. Os bandidos sabem como essas coisas funcionam. Eles eram do ramo. Perceberam que a declaração era uma armadilha. Ou seja, não vão aparecer.

— Não vai ser a primeira vez que eu desperdiço uma viagem.

— Estou te alertando sobre ação independente.

— Não vai *ter* nenhuma ação, de acordo com você.

Bannon gesticulou afirmativamente a cabeça.

— Chegaram os testes de balística — informou ele. — A arma encontrada no armazém com certeza é a mesma que disparou a bala em Minnesota.

— E como ela chegou aqui? — questionou Stuyvesant.

— Queimamos mais de cem horas do nosso pessoal ontem à noite. — disse Bannon. — A única coisa que posso te falar com certeza é como ela *não* chegou aqui. Não veio de avião. Verificamos todas as chegadas comerciais em oito aeroportos, e não houve nenhuma arma de fogo declarada. Depois rastreamos todos os aviões particulares que chegaram aos mesmos oito aeroportos. Nada sequer remotamente suspeito.

— Então eles a trouxeram de carro? — perguntou Reacher.

Bannon fez que sim.

— São mais de 2 mil quilômetros de Bismarck até Washington D.C., no entanto. São no mínimo mais de vinte horas de viagem, mesmo dirigindo como um lunático. Impossível, neste intervalo do tempo. Ou seja, o rifle nunca esteve em Bismarck. Ele veio direto de Minnesota, o que são um pouco mais de 1.700 quilômetros em 48 horas. Até sua vó conseguiria fazer isso.

— Minha vó não dirigia — comentou Reacher. — Ainda está pensando em três caras?

Bannon balançou a cabeça e respondeu:

— Não. Ao refletirmos, decidimos ficar com dois. A coisa toda se delineia melhor desse jeito. Supomos que eles se separaram entre Minnesota e Colorado na terça-feira e continuaram separados depois. O cara que fingiu ser policial em Bismarck estava agindo sozinho na igreja. Supomos que ele tinha apenas a submetralhadora com ele. O que faz sentido, porque ele sabia que Armstrong seria coberto de agentes assim que o rifle-isca fosse descoberto. E uma submetralhadora é melhor que um rifle contra um bando de pessoas. Especialmente uma H&K MP5. Nosso pessoal falou que é precisa como um rifle a cem metros de distância e muito mais poderosa. Trinta balas, ele teria massacrado seis agentes e chegado com facilidade até Armstrong.

— Então por que o outro cara estaria se preocupando em vir dirigindo pra cá? — perguntou Stuyvesant.

— Porque eles são do seu pessoal — disse Bannon. — São profissionais realistas. Conheciam as probabilidades. Sabiam que não podiam garantir que acertariam o tiro em qualquer lugar que fosse. Então eles checaram a agenda de Armstrong e planejaram se separar para cobrir todas as bases.

Stuyvesant ficou calado.

— Mas eles estavam juntos ontem — disse Reacher. — Você falou que o primeiro cara trouxe o Vaime pra cá de carro, e eu vi o cara de Bismarck no telhado do armazém.

— Eles se juntaram de novo, porque ontem era a última boa oportunidade durante um tempo. O cara de Bismarck deve ter vindo num voo comercial, não muito depois da força aérea ter trazido vocês de volta.

— Então cadê a H&K? Ele deve tê-la abandonado lá em Bismarck, em algum lugar entre a igreja e o aeroporto. Vocês a encontraram?

— Não — respondeu Bannon. — Mas ainda estamos procurando.

— E quem era o cara que o policial estadual viu no bairro residencial?

— Nós o estamos desconsiderando. Quase certo que era só um civil.

Reacher balançou a cabeça.

— Então esse cara, sozinho, escondeu o rifle-isca e saiu disparado de volta para a igreja com a H&K, tudo por conta própria?

— Não vejo por que não.

— Alguma vez você já se escondeu e se preparou para atirar num homem?

— Não — respondeu Bannon.

— Eu já — disse Reacher. — Não é muito divertido. É preciso estar confortável, relaxado e alerta. É uma coisa que demanda muito esforço físico. Você precisa chegar com antecedência, se acomodar, ajustar a posição, calcular o raio de ação, verificar o vento, avaliar o ângulo de elevação ou rebaixamento, calcular a queda da bala. Depois você se deita e observa a vista. Reduz a respiração, deixa o batimento cardíaco diminuir. E sabe o que essa pessoa quer neste momento mais do que qualquer outra coisa no mundo?

— O quê?

— Alguém em quem confia dando cobertura. Toda a concentração da pessoa está lá fora, em frente, e ela começa a sentir uma comichão na espinha. Se esses caras forem profissionais realistas como você diz, então não existe a possibilidade de um deles estar na torre daquela igreja sozinho.

Bannon ficou em silêncio.

— Ele está certo — disse Neagley. — A melhor suposição é que o cara na área residencial era quem estava dando cobertura, voltando depois de ter escondido a isca. Ele estava dando a volta bem afastado da cerca. O atirador estava escondido na igreja, esperando ele voltar.

— O que gera uma pergunta — refletiu Reacher. — Quem estava na estrada vindo de Minnesota naquele momento?

Bannon deu de ombros.

— Tá — disse ele. — Então *são* três.

— Todos nossos? — perguntou Stuyvesant com um tom de voz neutro.

— Não vejo por que não — disse Bannon.

Reacher balançou a cabeça.

— Você está obcecado. Por que não simplesmente prende todo mundo que já trabalhou no Serviço Secreto? Provavelmente ainda existem alguns sujeitos de cem anos por aí do primeiro mandato de Franklin Delano Roosevelt.

— Estamos nos atendo à nossa teoria — disse Bannon.

— Ótimo — falou Reacher. — Isso vai tirar vocês do meu caminho.

— Já te alertei sobre agir como justiceiro, duas vezes.

— E eu te ouvi duas vezes.

A sala ficou em silêncio. A expressão de Bannon suavizou. Ele olhou para a cadeira vazia de Froelich.

— Ainda que eu entenda totalmente o seu motivo — disse.

Reacher baixou o olhar para a mesa.

— São dois caras, não três — afirmou. — Concordo com você, tudo se delineia melhor desse jeito. Em uma situação dessas, a melhor opção seria um cara sozinho, mas isso nunca é prático, então precisam ser dois. Mas não três. Um terceiro sujeito multiplica o risco por cem.

— Então o que aconteceu com o rifle?

— Eles o postaram, é óbvio — sugeriu Reacher. — Pela FedEx, ou pela UPS, ou por outra empresa qualquer. Talvez pelos próprios Correios. Provavelmente o embalaram juntamente com serrotes e martelos e alegaram que era uma entrega de amostra de ferramentas. Inventaram uma história qualquer desse tipo. Colocaram o endereço de um hotel daqui, esperaram a chegada. Isso era o que eu teria feito, de qualquer maneira.

Bannon pareceu constrangido. Não disse nada. Simplesmente se levantou e saiu. A porta foi fechada lentamente depois que ele passou. A sala ficou quieta. Stuyvesant continuou na cadeira, um pouco sem jeito.

— Nós precisamos conversar — disse ele.

— Você está nos demitindo — falou Neagley.

Ele fez que sim com a cabeça. Enfiou a mão no bolso do blazer e tirou dois magros envelopes brancos.

— Não se trata mais de algo interno — disse. — Vocês sabem disso. Ficou grande demais.

— Mas você sabe que o Bannon está procurando no lugar errado.

— Espero que ele seja capaz de perceber isso — comentou Stuyvesant. — Aí quem sabe ele vai começar a procurar no lugar certo. Enquanto isso, nós defenderemos Armstrong. Começando por essa loucura em Wyoming. É isso o que fazemos. É isso o que *podemos* fazer. Somos reativos. Somos defensivos. Não temos nenhuma base jurídica para contratar pessoas de fora da organização para desempenhar um papel proativo.

Ele empurrou o primeiro envelope sobre a lustrada mesa. Usou a quantidade de força suficiente para ele percorrer exatamente um metro e oitenta centímetros e parar na frente de Reacher. Depois fez o mesmo com o segundo, com um impulso mais delicado, em direção a Neagley.

— Depois — solicitou Reacher. — Despeça a gente depois. Nos dê o resto do dia.

— Por quê?

— A gente precisa conversar com Armstrong. Só eu e a Neagley.

— Sobre o quê?

347

— Sobre uma coisa importante — respondeu Reacher, então ficou em silêncio novamente.

— A coisa sobre a qual conversamos hoje de manhã? — perguntou Neagley a ele.

— Não, a coisa que estava na minha cabeça ontem à noite.

— Algo não presente, algo não feito?

Ele confirmou com um gesto de cabeça.

— Foi algo não *dito*.

— O que não foi dito?

Ele não respondeu. Simplesmente recolheu os dois envelopes e os empurrou de volta sobre a mesa. Stuyvesant os parou com a palma da mão. Levantou-os e ficou segurando, na dúvida.

— Não posso deixar vocês falarem com Armstrong sem a minha presença — alegou ele.

— Vai ter que deixar — disse Reacher. — Só assim ele vai falar.

Stuyvesant ficou calado. Reacher o olhou e disse:

— Me conte sobre o esquema da correspondência. Desde quando vocês acompanham a correspondência do Armstrong?

— Desde o início — respondeu Stuyvesant. — Desde que ele foi escolhido como candidato. Esse procedimento é absolutamente padrão.

— Como funciona?

— É muito fácil — disse Stuyvesant, dando de ombros. — No princípio, agentes na casa dele abriam tudo que era entregue lá, e nós tínhamos um sujeito no Edifício do Senado que abria as coisas que iam pra lá e outro em Bismarck cuidando dos itens locais. Mas depois das duas primeiras mensagens, centralizamos tudo aqui por conveniência.

— Mas tudo sempre chegava até ele, com exceção das ameaças?

— Obviamente.

— Você conhece o Swain?

— O pesquisador? Conheço um pouco.

— Você deveria promovê-lo. Ou dar a ele uma bonificação. Ou um beijão na testa. Porque ele é a única pessoa aqui com uma ideia original na cabeça. Incluindo nós.

— Qual é a ideia?

— A gente precisa se encontrar com o Armstrong. O mais rápido possível. Eu e a Neagley sozinhos. Depois disso vamos nos considerar demitidos e você nunca mais vai ver a gente. E nunca mais vai ver o Bannon também. Porque o seu problema vai estar resolvido depois de alguns dias.

Stuyvesant colocou ambos os envelopes no bolso do blazer novamente.

Era o dia posterior ao Dia de Ação de Graças, e Armstrong tinha se colocado em exílio dos assuntos públicos, mas providenciar uma reunião com ele foi altamente problemático. Logo depois da reunião matinal, Stuyvesant promoveu um dos seis rivais masculinos de Froelich para substituí-la, e o sujeito ficou dando uma de machão e falando palhaçadas do tipo *agora-faremos-isto-do-jeito-certo*. Ele se manteve firme no controle em frente a Stuyvesant, para impressioná-lo, e colocou todo tipo de obstáculo que conseguia encontrar. O principal era uma regra de décadas antes que dizia que nenhuma pessoa sob proteção pode ficar sozinha com visitantes sem pelo menos um agente de proteção presente. Reacher via a lógica daquilo. Mesmo que a revista para verificar se estavam armados fosse feita com ambos nus, ele e Neagley poderiam desmembrar Armstrong completamente em mais ou menos um segundo e meio. Mas eles tinham que se encontrar com ele sozinhos. Isso era vital. Stuyvesant estava relutante em desautorizar o novo líder da equipe no primeiro dia dele, mas no final citou os procedimentos de segurança do Pentágono e decretou que a presença de dois agentes exatamente à do lado de fora da porta seria suficiente. Em seguida ligou para Armstrong em casa para, pessoalmente, deixar isso claro para ele. Quando desligou o telefone, disse que o vice-presidente estava um pouco preocupado com alguma coisa e que ligaria de volta.

Eles esperaram. Armstrong ligou de volta após vinte minutos e disse três coisas a Stuyvesant: um, a saúde da mãe dele tinha piorado de repente, o que levava ao dois, ele queria pegar o avião para o Oregon naquela tarde, o que levava ao três, a reunião com Reacher e Neagley teria que ser curta e deveria ser adiada duas horas para que ele fizesse as malas.

Então Reacher e Neagley foram para o escritório de Froelich para esperarem um pouco mais, mas o cara novo já tinha se apropriado dele. A plantinha não estava mais lá. Mobília tinha sido trocada de lugar. Tudo estava mudado. A única coisa que sobrou de Froelich era um débil vestígio de seu perfume no ar. Eles voltaram para a área da recepção e se esparramaram nas cadeiras de couro. Ficaram assistindo à televisão sem som. Estava em um canal de notícias, e eles viram Froelich morrer de novo, silenciosamente e em câmera lenta. Viram parte do discurso subsequente de Armstrong. Viram Bannon ser entrevistado do lado de fora do Edifício Hoover. Não pediram para que aumentassem o som. Sabiam o que ele estava falando. Assistiram aos melhores momentos dos jogos de futebol americano no Dia de Ação de Graças. Então Stuyvesant os chamou de volta ao escritório.

A secretária não estava. Obviamente desfrutava um longo fim de semana em casa. Caminharam pela área vazia e se sentaram em frente à mesa imaculada de Stuyvesant enquanto ele expunha as regras de engajamento.

— Nada de contato físico — ordenou ele.

Reacher sorriu.

— Nem um aperto de mão?

— Acho que um aperto de mão não tem problema — disse Stuyvesant. — Mas só isso. E vocês não devem revelar nada sobre a situação atual. Ele não sabe, e eu não quero que fique sabendo por vocês. Entendido?

Reacher assentiu.

— Entendido — respondeu Neagley.

— Não o perturbem e não o atormentem. Lembrem-se de quem ele é. E lembrem-se de que está preocupado com a mãe.

— Certo — respondeu Reacher.

Stuyvesant desviou o olhar.

— Decidi que não quero saber por que vocês querem vê-lo. E não quero saber o que vai acontecer depois, se algo acontecer. Mas quero, sim, agradecê-los por tudo o que fizeram até agora. Sua consultoria nos ajudará, e acho que vocês provavelmente nos salvaram em Bismarck. Apesar de tudo, suas intenções sempre foram muito boas, e sou muito grato por tudo isso.

Ninguém falou.

— Vou me aposentar — disse Stuyvesant. — Teria que lutar para salvar minha carreira, e a verdade é que não gosto tanto assim da minha carreira para lutar por ela.

— Esses caras nunca foram agentes seus — afirmou Reacher.

— Sei disso — respondeu Stuyvesant. — Mas perdi duas pessoas. Sendo assim, minha carreira acabou. Mas essa é uma decisão minha e um problema meu. Tudo o que eu gostaria de dizer é que sou grato por ter conhecido o irmão de Joe e que foi realmente um prazer trabalhar com vocês dois.

Ninguém falou.

— E sou grato por vocês estarem lá, no fim, pra M.I.

Reacher desviou o olhar. Stuyvesant tirou os envelopes do bolso novamente e disse:

— Não sei se quero que você esteja certo ou errado. Com relação a Wyoming. Teremos três agentes e alguns policiais locais. Não é muita cobertura, se alguma coisa der errado.

Ele arrastou os envelopes para o outro lado da mesa.

— Há um carro esperando lá embaixo — disse ele. — Vai levar vocês até Georgetown e depois ficam por conta própria.

Eles desceram pelo elevador, e Reacher retornou ao saguão principal. Era vasto, cinza, estava escuro, deserto, e o mármore frio ecoava seus passos. Ele parou embaixo do painel esculpido e olhou para o nome do irmão no alto. Depois para o espaço vazio onde Froelich seria em breve inserida. Então desviou o olhar, afastou-se e se juntou a Neagley. Eles empurraram a porta com a janelinha de vidro aramado e encontraram o carro.

A tenda branca ainda estava posicionada na calçada em frente à casa de Armstrong. O motorista parou com a porta de trás colada à entrada e falou no microfone em seu pulso. Um segundo depois, a porta da casa foi aberta e três agentes saíram. Um deles andou pelo túnel e abriu a porta do carro. Reacher saiu, e Neagley foi junto. O agente fechou novamente a porta e permaneceu parado, impassível, no meio-fio enquanto o carro partia. O segundo agente abriu os braços e fez uma breve mímica que significava que eles deveriam ficar parados para serem revistados. Eles aguardaram na penumbra da lona branca. Neagley ficou tensa quando mãos estranhas a apalparam. Mas foi superficial. Eles mal a tocaram. E não viram a faca de cerâmica de Reacher. Estava escondida na meia.

Os agentes os levaram para dentro até o corredor de entrada de Armstrong e fecharam a porta. A casa era maior do aparentava por fora. Era um lugar grande e robusto, que parecia ter sido erguido cem anos antes e que continuaria bom por provavelmente mais cem. O corredor de entrada tinha antiguidades escuras, papel de parede listrado e um aglomerado de quadros emoldurados por toda parte. Havia tapetes sobre grossos carpetes que cobriam o chão de uma parede à outra. Num canto, uma mala de roupas surrada preparada provavelmente para a viagem emergencial para o Oregon.

— Por aqui — disse um dos agentes.

Ele os levou para o fundo da casa por um corredor com uma curva, chegando a uma ampla cozinha que ficaria perfeita em uma rústica cabana de madeira. Era toda de pinho, com uma mesa grande em uma ponta e todo o equipamento de cozinha na outra. O cheiro de café era forte. Armstrong e sua esposa estavam sentados à mesa com pesadas canecas de porcelana e quatro jornais diferentes. A sra. Armstrong estava com um conjunto de moletom e brilhava de suor, como se houvesse uma academia caseira no porão. Parecia que ela não ia para o Oregon com o marido. Tinha uma aparência um pouco cansada e abatida, como se os eventos do Dia de Ação de Graças tivessem alterado seus sentimentos de uma maneira essencial. Armstrong parecia sereno. Usava uma camisa limpa debaixo um paletó com as mangas arregaçadas sobre o antebraço. Sem gravata. Estava lendo os editoriais do *New York Times* e do *Washington Post*, um ao lado do outro.

— Café? — perguntou a sra. Armstrong.

Reacher fez que sim, e ela se levantou, foi até uma área da cozinha, tirou duas canecas de ganchos e as encheu. Voltou com uma em cada mão. Reacher não conseguia se decidir sobre se ela era baixa ou alta. Era uma daquelas mulheres que parecem baixas em sapatos baixos e altas de salto. Ela entregou as canecas sem esboçar muita expressão. Armstrong levantou o olhar de seus jornais.

— Sinto muito pela sua mãe — disse Neagley.

Armstrong agradeceu com um movimento de cabeça e disse:

— Stuyvesant me falou que vocês queriam uma conversa particular.

— Em particular seria bom — disse Reacher.

— Minha mulher pode ficar com a gente?

— Isso depende da sua definição de privacidade.

A sra. Armstrong olhou para o marido.

— Você me conta depois — comentou ela. — Antes de sair. Se precisar.

Armstrong concordou com um gesto de cabeça e fez uma cena para dobrar os jornais. Em seguida se levantou, retornou à cafeteira e encheu a caneca novamente.

— Vamos — disse ele.

Ele os levou de volta pelo corredor em curva para uma sala lateral. Dois agentes os acompanharam e pararam um de cada lado da porta, no corredor. Armstrong olhou para eles como se pedisse desculpas e fechou a porta. Deu a volta para ficar atrás de uma mesa. A sala estava configurada como um escritório, mas era mais recreativa do que funcional. Não havia computador. A mesa era grande e antiga, de madeira escura. Havia cadeiras de couro e livros escolhidos pela aparência das lombadas. As paredes eram apaineladas e havia um tapete persa antigo. Um purificador de ar em algum lugar dava uma fragrância à quietude. Uma foto emoldurada na parede mostrava uma pessoa de gênero indeterminado de pé sobre uma banquisa. Ele ou ela estava usando um enorme e comprido casaco acolchoado, com capuz e grossas luvas que iam até o cotovelo. Ao redor da parte da frente do capuz, uma tira de pelo emoldurava o rosto, que estava inteiramente escondido por uma máscara de esqui e óculos amarelos fumê de neve. Levantada, uma das luvas que iam até o cotovelo cumprimentava.

— Nossa filha — disse Armstrong. — Pedimos a ela uma foto porque estamos com saudade. Foi isso o que ela mandou. Tem senso de humor.

Ele se sentou atrás da mesa. Reacher e Neagley pegaram uma cadeira cada.

— Isto tudo me soa bem confidencial — disse Armstrong.

Reacher concordou um gesto de cabeça e disse:

— E, no final, acho que todos nós vamos concordar que deve continuar confidencial.

— O que você tem em mente?

— O sr. Stuyvesant nos passou algumas regras básicas — informou Reacher. — Vou começar quebrando essas regras agora mesmo. O Serviço Secreto interceptou seis ameaças contra o senhor. A primeira chegou pelo correio há dezoito dias. Mais duas chegaram subsequentemente, e três foram entregues em mãos.

Armstrong ficou calado.

— Você não parece surpreso — comentou Reacher.

Armstrong deu de ombros e alegou:

— A política é um negócio surpreendente — disse ele.

— Suponho que seja — continuou Reacher. — Todas as seis mensagens foram assinadas com a impressão digital de um polegar. Rastreamos a digital e chegamos a um velho sujeito na Califórnia. O polegar dele tinha sido amputado, roubado e usado como carimbo.

Armstrong ficou calado.

— A segunda mensagem apareceu no escritório do Stuyvesant. No final, ficou provado que um técnico da segurança chamado Nendick a tinha colocado lá. A esposa de Nendick foi raptada com o intuito de coagir as ações dele. Ele ficou tão amedrontado pelo perigo que o inevitável interrogatório dele iria impor à esposa que acabou entrando numa espécie de coma. Mas supomos que àquela altura ela já estava morta.

Armstrong continuou em silêncio.

— Um pesquisador do escritório chamado Swain fez uma conexão importante. Ele achou que nós estávamos fazendo a contagem incorretamente. Chegou à conclusão de que o próprio Nendick também seria uma mensagem e, com isso, seriam sete, não seis. Depois adicionamos o sujeito da Califórnia que teve o dedo removido e chegamos a oito mensagens. Além disso, houve dois homicídios na quinta-feira, que foram as mensagens nove e dez. Um em Minnesota e o outro no Colorado. Dois estranhos chamados Armstrong foram mortos como um tipo de demonstração contra o senhor.

— Ah, não — disse Armstrong.

— Ou seja, dez mensagens — contabilizou Reacher. — Todas elas planejadas para atormentá-lo. Contudo, o senhor não foi informado sobre nenhuma delas. Mas depois eu comecei a refletir sobre a possibilidade de *ainda* estarmos errando a conta. E quer saber de uma coisa? Tenho certeza de que estamos. Acho que foram pelo menos onze mensagens.

Silêncio no pequeno cômodo.

— Qual teria sido a décima primeira? — perguntou Armstrong.

— Algo que passou batido — afirmou Reacher. — Algo que veio pelo correio, endereçada ao senhor, mas que o Serviço Secreto não viu como ameaça. Algo que não significava nada pra eles, mas que significava muito pra *você*.

Armstrong ficou calado.

— Acho que ela chegou primeiro — disse Reacher. — Talvez bem no início, antes mesmo do Serviço Secreto tomar conhecimento da situação. Acho que foi tipo um *recado* que somente o senhor entenderia. Por isso, acho que sabia de tudo isso o tempo todo. Acho que o senhor sabe quem está fazendo isso e acho que sabe o *porquê*.

— Pessoas morreram — falou Armstrong. — Essa é uma acusação e tanto.

— O senhor nega?

Armstrong ficou calado.

Reacher se inclinou para a frente.

— Algumas palavras cruciais nunca foram ditas — continuou ele. — O negócio é o seguinte: se eu estivesse lá servindo peru, de repente alguém começasse a atirar e em seguida uma pessoa estivesse sangrando até a morte em cima de mim, mais cedo ou mais tarde eu perguntaria, quem diabos *eram* eles? O que diabos eles *queriam*? Por que diabos estavam *fazendo* isso? Essas perguntas são bem básicas. Eu as estaria perguntando em alto e bom tom, acredite. Mas você não as fez. Nós nos encontramos duas vezes depois. No porão da Casa Branca e mais tarde no escritório. Você falou todo tipo de coisa. Perguntou se eles já tinham sido capturados. Essa era a sua principal preocupação. Você nunca perguntou quem eles poderiam ser ou qual seria o possível motivo. E por que não perguntou? Só há uma explicação possível. Você já *sabia*.

Armstrong ficou calado.

— Acho que sua esposa também sabe — afirmou Reacher. — Você admitiu a raiva dela por ter colocado pessoas em risco. Não acho que ela estava generalizando. Acho que ela sabe que o senhor sabe e acha que deveria ter contado a alguém.

Armstrong continuou em silêncio.

— Então acho que está se sentindo um pouco culpado agora — disse Reacher. — Acho que foi por isso que concordou em fazer o pronunciamento para a televisão e é por isso que, de repente, quer ir ao funeral.

Por causa de algum peso na sua consciência. Porque o senhor *sabia* e não contou nada a ninguém.

— Sou um político — afirmou Armstrong. — Temos centenas de inimigos. Não havia por que especular.

— Papo furado! — disse Reacher. — Isso não é político. É pessoal. O seu tipo de inimigo político é algum produtor de soja da Dakota do Norte que o senhor fez com que ficasse dez centavos mais pobre por semana após alterar algum subsídio. Ou algum senador velho e pomposo a quem você se recusou apoiar. O produtor de soja talvez faça uma campanha sem muito empenho contra o senhor na época da eleição, e o senador pode esperar o momento propício para te sacanear em algum debate político importante, mas nenhum deles vai fazer o que esses caras estão fazendo.

Armstrong não respondeu.

— Não sou trouxa — disse Reacher. — Sou um cara furioso que viu a mulher de quem gostava sangrar até a morte.

— Também não sou trouxa — defendeu-se Armstrong.

— Acho que é, sim. Uma coisa do passado volta para te atormentar e você acha que pode simplesmente ignorá-la e esperar pelo melhor. Não fazia ideia do que ia acontecer? Pessoas do seu tipo não têm perspectiva. Você achava que era famoso mundialmente porque esteve na Câmara e no Senado? Não era, não. Pessoas reais nunca tinham ouvido falar de você até a campanha no meio deste ano. Você achava que todos os seus segredinhos já tinham vazado. Não tinham.

Armstrong ficou calado.

— Quem são eles? — perguntou Reacher.

Armstrong deu de ombros antes de perguntar:

— Qual é o seu palpite?

Reacher pensou.

— Acho que você tem um problema de temperamento — disse. — Igual ao seu pai. Acho que, há muito tempo, antes de aprender a controlá-lo, você fez pessoas sofrerem, e algumas delas esqueceram, mas outras, não. Acho que tem a ver com a vida de pessoas específicas a quem alguém faz mal. Talvez as tenha machucado ou ferido a autoestima delas ou as sacaneado muito de alguma outra maneira. Acho que essas pessoas reprimiram isso bem no fundo até que ligaram a tevê num dia e viram seu rosto pela primeira vez em trinta anos.

Armstrong ficou imóvel por um longo momento.

— Até onde o FBI está envolvido? — perguntou ele.

— Até lugar nenhum. Eles estão lá revirando tudo à procura de gente que nem existe. Estamos muito à frente.

— E quais são as suas intenções?

— Eu vou te ajudar — explicou Reacher. — Não que mereça, porque não merece de jeito nenhum. Isso vai ser um subproduto completamente acidental do fato de eu tomar o partido do Nendick e da mulher dele, de um velhinho chamado Andretti, de duas pessoas chamadas Armstrong, de Crosetti e, especialmente, de Froelich, que era amiga do meu irmão.

Houve silêncio.

— Isto vai permanecer confidencial? — perguntou Armstrong.

Reacher fez que sim.

— Vai ter que permanecer. Mas só para o meu próprio bem.

— Parece que você está contemplando uma linha de ação bem séria.

— Quem brinca com fogo se queima.

— Essa é a lei da selva.

— E onde diabos você acha que mora?

Armstrong ficou quieto por outro longo momento.

— Então você vai saber o meu segredo e eu vou saber o seu — afirmou ele.

— E todos nós viveremos felizes para sempre.

Houve outro longo silêncio. Durou um minuto inteiro. Reacher viu o Armstrong político dissipar-se e o Armstrong homem substituí-lo.

— Você está errado sobre a maioria das coisas, mas não sobre todas elas.

Ele se inclinou e abriu uma gaveta. Tirou um envelope acolchoado e o jogou na mesa. Ele escorregou sobre a madeira lustrosa e parou a dois centímetros da borda.

— Acho que isto conta como a primeira mensagem — disse ele. — Chegou no dia da eleição. Suponho que o Serviço Secreto tenha ficado um pouco intrigado, mas não viram nada realmente errado com ela. Então a passaram adiante.

O envelope era de papelaria comum. Estava endereçado a *Brook Armstrong, Senado dos Estados Unidos, Washington D.C.* O endereço estava impresso na conhecida etiqueta adesiva, com a familiar fonte de computador Times New Roman, corpo quatorze, negrito.

Fora postado em algum lugar no estado de Utah, no dia 28 de outubro. A aba tinha sido aberta algumas vezes e fechada novamente. Reacher a abriu e olhou lá dentro. Levantou-o para que Neagley pudesse ver.

Não havia nada no envelope além de um taco de basebol em miniatura. Era o tipo de coisa vendida como suvenir ou dada como recordação. Era de madeira macia lisa e laqueada, cor de mel. Tinha mais ou menos três centímetros de diâmetro na ponta mais grossa e teria uns quarenta centímetros de comprimento se não estivesse quebrado próximo da extremidade mais fina. Tinha sido quebrado deliberadamente. Parte tinha sido serrada e depois quebrada na parte mais fraca. A ponta esfolada tinha sido arranhada e raspada para fazer com que parecesse acidental.

— Eu não tenho problema de temperamento — disse Armstrong. — Mas você tem razão, meu pai tinha. Nós morávamos numa casa pequena no Oregon, meio solitários e isolados. Era basicamente uma cidade de madeireiras. Um lugar meio misturado. Os donos das serrarias tinham casas grandes, os chefes dos peões tinham casas menores, os peões moravam em barracos ou em pensões. Havia uma escola. Minha mãe era dona da farmácia. Estrada abaixo ficava o restante do estado, estrada acima era mata virgem. Parecia a fronteira. Um pouco sem lei, mas não era tão ruim. Havia prostitutas de vez em quando e muita bebedeira, mas, no geral, ela estava apenas tentando ser uma cidade americana.

Ele ficou em silêncio por um momento. Colocou a palma das mãos sobre a mesa e os encarou.

— Eu tinha 18 anos — continuou ele. — Tinha terminado o ensino médio e estava pronto para a faculdade, passando minhas últimas semanas em casa. Minha irmã estava viajando em algum lugar. Tínhamos uma caixa de correio no portão. Meu pai a tinha feito com as próprias mãos, no formato de uma serraria em miniatura. Era um negócio legal, feito de tirinhas de cedro. No Dia das Bruxas do ano anterior, ela fora destruída, você sabe, naquela tradição dos garotos durões quem saem de carro com tacos de beisebol e quebram caixas de correio. Meu pai ouviu e os perseguiu, mas não os viu direito. Ficamos um pouco chateados, porque era uma caixa de correio bacana e destruí-la parecia meio sem sentido. Mas ele construiu outra e ficou meio que obcecado por protegê-la. Algumas noites ele se escondia do lado de fora para vigiá-la.

— E os garotos voltaram — disse Neagley.

Armstrong fez que sim com um gesto de cabeça e continuou:

— Mais tarde naquele verão. Dois garotos em uma caminhonete com um taco. Eram caras grandes. Eu não os conhecia bem, mas já os tinha visto por aí algumas vezes. Eram irmãos, eu acho. Garotos da pesada, delinquentes, brigões de fora da cidade, o tipo de garoto de quem a gente sempre fica bem longe. Tentaram acertar a caixa, mas meu pai deu um pulo, os surpreendeu e houve uma discussão. Eles estavam zombando dele, o ameaçando, falando coisas ruins sobre a minha mãe. Disseram: traz ela aqui fora e a gente vai fazer ela se divertir com este taco muito mais do que com você. Podem imaginar os gestos que faziam junto com o que falavam. Aí eles brigaram, e meu pai deu sorte. Foi uma daquelas situações: dois socos sortudos e ele ganhou. Ou quem sabe foi graças ao treinamento militar. O taco tinha quebrado no meio, provavelmente na caixa. Achei que a coisa acabaria ali, mas ele arrastou os garotos para o terreno em frente de casa e pegou umas correntes de prender madeira e uns cadeados e os acorrentou a uma árvore. Ficaram de joelhos, um de frente pro outro ao redor do tronco. Meu pai tinha perdido a cabeça. O temperamento o tinha dominado. Ele batia neles com o taco quebrado. Eu tentava fazê-lo parar, mas era impossível. Depois ele falou que ia fazer com que *eles* se divertissem com o taco, com a ponta quebrada, a não ser que implorassem por perdão. E eles imploraram. Imploraram muito e bem alto.

Armstrong ficou quieto novamente.

— Eu estava lá o tempo todo — continuou. — Eu tentava acalmar o meu pai, só isso. Mas os caras olhavam pra mim como se eu estivesse *participando*. Havia essa *coisa* nos olhos deles, como se eu estivesse testemunhando o pior momento da vida deles. Como se eu estivesse assistindo aos dois sendo totalmente humilhados, o que eu acho que é a pior coisa que se pode fazer com um garoto brigão. Havia um ódio profundo nos olhos deles. Contra *mim*. Como se estivessem falando: você viu isto, então agora vai ter que morrer. Era literalmente ruim assim.

— O que aconteceu? — perguntou Neagley.

— Meu pai os manteve ali. Falou que os deixaria presos a noite toda e começaria de novo pela manhã. Nós entramos, ele foi dormir, e eu saí escondido uma hora depois. Ia soltá-los. Mas eles já tinham ido embora. De alguma maneira tinham se livrado das correntes. Escaparam. Nunca mais voltaram. Nunca voltei a vê-los. Fui pra faculdade e não voltei mais pra casa, a não ser pra fazer visitas.

— E o seu pai morreu.

Armstrong confirmou com um gesto de cabeça.

— Ele tinha problemas de pressão arterial, o que acho compreensível, dada a personalidade dele. Eu meio que esqueci os dois garotos. Era só um episódio que tinha acontecido no passado. Mas não me esqueci deles *completamente*. Sempre me lembro do olhar deles. Posso vê-lo agora. Era um ódio implacável. Era como se fossem dois bandidos arrogantes que não podiam ser vistos de outra maneira, a não ser do jeito que escolhiam ser vistos. Como se eu estivesse cometendo um pecado mortal só por assistir aos dois perdendo. Como se eu estivesse *fazendo* alguma coisa com eles. Como se eu fosse um inimigo. Eles me encaravam. Desisti de tentar entender. Não sou nenhum tipo de psicólogo. Mas nunca me esqueci daquele olhar. Quando esse pacote chegou, não demorei nem um segundo pra saber quem o tinha enviado, mesmo depois de quase trinta anos.

— Você sabia o nome deles? — perguntou Reacher.

Armstrong negou com a cabeça.

— Não sabia muito sobre eles, a não ser que moravam em alguma cidade próxima. O que vocês vão fazer?

— Sei o que eu *gostaria* de fazer.

— O quê?

— Quebrar seus dois braços e nunca mais vê-lo de novo pelo resto da vida. Porque se você tivesse se manifestado no dia da eleição, Froelich ainda estaria viva.

— Por que diabos você não contou? — perguntou Neagley.

Armstrong balançou a cabeça. Havia lágrimas em seus olhos.

— Porque eu não tinha ideia de que era sério — alegou ele. — Não tinha mesmo, juro, pela vida da minha filha. Vocês não entendem? Eu pensei que era só pra me lembrar ou me perturbar. Eu me perguntava se, talvez, eles ainda achassem que eu estava errado naquela época, e que aquilo poderia ser uma ameaça de constrangimento, exposição política ou algo do tipo. Obviamente eu não estava preocupado com isso porque eu não estava errado na época. Todo mundo entenderia isso. E eu não podia ver nenhuma outra razão lógica para mandarem aquilo. Estou trinta anos mais velho, assim como eles. Sou um adulto racional e presumi que eles também. Então achei que fosse apenas uma piada de mau gosto. Não percebi nenhum *perigo* nela. Eu juro de pés juntos. Por que perceberia? Aquilo me perturbou por uma hora e depois eu deixei pra lá. Meio que esperava algum tipo de continuação tosca, mas decidi que lidaria com ela quando acontecesse. Mas *não* houve continuação. Isso não aconteceu. Não que eu tivesse tomado conhecimento. *Porque ninguém me contou.* Até agora. Até *vocês* me contarem. E, de acordo com Stuyvesant, não deveriam estar me contando nem agora. E pessoas sofreram e *morreram*. Jesus, por que ele me deixou por fora? Eu teria contado toda a história se ele tivesse simplesmente me *perguntado.*

Ninguém falou.

— Então você está certo e está errado — continuou Armstrong. — Eu sabia quem e por que, mas não sabia de tudo. Não sabia do meio. Sabia do início e do final. Soube assim que o tiroteio começou, acredite. Quero dizer, fiquei sabendo *exatamente* ali. Pensei, *esta* é a continuação? Era um desenvolvimento insano. Foi como se eu tivesse meio que esperando um tomate podre ser jogado em mim e, em vez disso, ser atingido por um míssil nuclear. Achei que o mundo tinha enlouquecido. Você quer me culpar por não me manifestar, tudo bem, pode me culpar, mas como eu poderia saber? Como eu poderia ter previsto esse tipo de insanidade?

Silêncio por algum tempo.

— Então, esta é a minha culpa secreta — disse Armstrong. — Não de ter feito algo errado há trinta anos. Mas de não ter tido imaginação o suficiente pra ver as implicações do pacote três semanas atrás.

Ninguém falou.

— Devo contar ao Stuyvesant agora? — perguntou Armstrong.

— A escolha é sua — respondeu Reacher.

Houve um longo silêncio. O Armstrong homem dissipou-se, e o Armstrong político voltou a substituí-lo.

— Não quero contar — disse Armstrong. — Ruim pra ele, ruim pra mim. Pessoas sofreram e morreram. Isso será visto como um grande erro de avaliação de ambas as partes. Ele devia ter perguntado, eu devia ter contado.

— Então deixe com a gente — sugeriu Reacher. — Você vai saber o nosso segredo e nós vamos saber o seu.

— E todos viveremos felizes para sempre.

— Bom, todos viveremos — comentou Reacher.

— Descrições? — Perguntou Neagley.

— Eram só garotos — disse Armstrong. — Talvez da minha idade. Só me lembro dos olhos deles.

— Qual é o nome da cidade?

— Underwood, Oregon — respondeu Armstrong. — Onde minha mãe ainda mora. Pra onde vou em uma hora.

— E esses garotos eram da área?

Armstrong olhou para Reacher.

— E o seu prognóstico era de que eles iam pra casa esperar?

— Isso mesmo — disse Reacher.

— Estou indo direto pra lá.

— Não se preocupe com isso — afirmou Reacher. — Aquela teoria não vale mais nada agora. Suponho que eles esperavam que você se lembraria deles, e suponho que não previram a falha de comunicação entre você e o Serviço Secreto. E não iam querer que você *os* levasse direto pra casa deles. Portanto, mudaram de casa. Eles não moram no Oregon mais. Disso podemos ter certeza absoluta.

— Então como vocês vão achá-los?

Reacher balançou a cabeça e disse:

— Não temos como achá-los. Não mais. Não dá tempo. Eles vão ter que achar a gente. Em Wyoming. No funeral.

— Vou estar lá também. Com proteção mínima.

— Então torça para que esteja tudo acabado antes de você chegar.

— Devo contar a Stuyvesant? — perguntou Armstrong novamente.

— A escolha é sua — repetiu Reacher.

— Não posso cancelar minha participação. Não seria correto.

— Não — disse Reacher. — Acho que não seria.

— Não posso contar a Stuyvesant agora.

— Não — disse Reacher. — Acho que não pode.

Armstrong ficou calado. Reacher se levantou para sair, e Neagley fez o mesmo.

— Uma última coisa — falou Reacher. — A gente acha que esses caras cresceram e viraram policiais.

Armstrong permaneceu onde estava. Começou a balançar a cabeça, depois parou e baixou o olhar para a mesa. Sua expressão ficou vaga, como se estivesse ouvindo um débil eco de trinta anos antes.

— Uma coisa durante a surra — disse ele. — Eu não ouvi direito, e tenho certeza de que não dei muita importância na época. Mas acho que em algum momento eles alegaram que o pai era policial. Falaram que ele podia arrumar um problemão pra gente.

Reacher ficou calado.

Os agentes de proteção mostraram a saída. Os dois percorreram a extensão da tenda de lona e desceram do meio-fio. Viraram para o leste, voltaram para a calçada e se prepararam para a caminhada até o metrô. A manhã estava no fim e o ar era limpo e frio. A vizinhança estava deserta. Não havia ninguém do lado de fora. Neagley abriu o envelope que Stuyvesant a tinha dado. Continha um cheque de 5 mil dólares. O serviço estava descrito como *consultoria profissional*. O envelope de Reacher continha dois cheques. Um também era de cinco mil, e o outro era para as despesas com a consultoria, o reembolso de cada centavo.

— A gente devia fazer compras — sugeriu Neagley. — Não podemos ir caçar em Wyoming vestidos assim.

— Não quero que você venha comigo — disse Reacher.

17

ELES DISCUTIRAM ALI MESMO NA RUA ENQUANTO CAMInhavam por Georgetown.

— Preocupado com a minha segurança? — perguntou Neagley. — Não devia. Não vai acontecer nada comigo. Sei cuidar de mim mesma. E posso tomar minhas próprias decisões.

— Não estou preocupado com a sua segurança — disse Reacher.

— Então o que é? Meu desempenho? Sou muito melhor do que você.

— Sei que é.

— Então qual é o problema?

— Sua licença. Você tem algo a perder.

Neagley ficou calada.

— Você tem licença, certo? — falou Reacher. — Para atuar no ramo em que está. E tem uma empresa, um trabalho, uma casa e uma localização fixa. Eu vou desaparecer depois. Você não pode fazer isso.

— Você acha que vamos ser pegos?

— Eu posso correr o risco. Você, não.

— Não existe risco se a gente não for pego.

Foi a vez de Reacher ficar calado.

— É do jeito que você falou com o Bannon — argumentou ela. — Estou deitada lá, preparada pra pegar esses caras, e vou sentir um comichão na espinha. Preciso de você pra me dar cobertura.

— Esta briga não é sua.

— Por que ela é sua? Porque uma mulher que seu irmão uma vez dispensou morreu fazendo o trabalho dela? Isso é tênue.

Reacher ficou calado.

— Está bem, a briga é sua — disse Neagley. — Sei disso. Mas o que quer que tenha na cabeça que *faça* com que esta briga seja sua faz com que ela seja *minha* também. Porque estou com a mesma coisa na *minha* cabeça. E mesmo que a gente não pense do mesmo jeito, se eu tivesse um problema, você não me ajudaria?

— Ajudaria se você pedisse.

— Então estamos empatados.

— Exceto pelo fato de que eu não estou pedindo.

— Não agora. Mas vai. Está a mais de 3 mil quilômetros de Wyoming e não tem um cartão de crédito pra comprar passagem de avião, e eu tenho. Está armado com um canivete com uma lâmina de oito centímetros; eu conheço um cara em Denver que vai nos dar qualquer arma que a gente quiser, sem fazer perguntas, e você, não. Eu posso alugar um carro em Denver pra percorrer o resto do caminho, e você, não.

Continuaram caminhando, vinte metros, trinta.

— Tá — disse Reacher. — Estou pedindo.

— Vamos comprar as roupas em Denver — falou ela. — Conheço uns lugares bacanas.

Eles chegaram a Denver antes das três da manhã no fuso horário das montanhas Rochosas. As planícies altas se dispunham ao redor deles, bege e dormentes. O ar era rarefeito e muito gelado. Ainda não havia neve, mas ela estava a caminho. Os tratores para limpeza das ruas já estavam alinhados e prontos. As cercas para acúmulo de neve estavam preparadas. As empresas de aluguel de carro tinham mandado seus sedans para o sul e trazido veículos de tração nas quatro rodas. Neagley alugou um GMC Yukon na Avis. Foram levados até o pátio e o pegaram. Era preto, lustroso e se parecia muito com o Suburban de Froelich, com exceção de que era sessenta centímetros mais baixo.

365

Foram para a cidade. Era um caminho muito, muito longo. Dava a sensação de que o espaço era infinitamente disponível, mesmo em comparação a Washington, que não era o lugar mais abarrotado do leste. Pararam em um estacionamento no centro e caminharam três quadras até Neagley encontrar a loja que estava procurando. Era um lugar que vendia todo tipo de equipamentos para atividades ao ar livre. Tinha de tudo, de botas e bússolas a produtos de zinco desenvolvidos para evitar que as pessoas ficassem com queimaduras de sol no nariz. Compraram uma luneta de observadores de aves e um mapa de Wyoming em grande escala para mochileiros e foram para as araras de roupas. Estavam cheias do tipo de coisa que se pode usar nas montanhas Rochosas e depois na cidade sem parecer um completo idiota. Neagley escolheu um modelo resistente para caminhada, de cor verde e marrom. Reacher comprou a mesma coisa que em Atlantic City pelo dobro do preço, mas com o dobro da qualidade. Dessa vez adicionou um gorro e um par de luvas. Ele se trocou no provador. Deixou o último terno sobrevivente de Joe na lata de lixo.

Neagley encontrou um telefone público na rua e ficou no frio pelo tempo suficiente para fazer uma ligação curta. Em seguida, voltaram para o carro, saíram do estacionamento com ela dirigindo e seguiram pelo centro da cidade em direção à parte suspeita do município. Havia um forte cheiro de comida de cachorro no ar.

— Tem uma fábrica aqui — disse ela.

— Não me diga.

Ela saiu de uma rua estreita, chegou a uma espécie de parque industrial e seguiu cautelosamente por um emaranhado de construções baixas com estruturas de metal. Havia negociantes de linóleo, oficinas mecânicas, lugares em que era possível comprar quatro pneus de neve por 99 pratas e outros estabelecimentos nos quais alinhar o carro custava vinte dólares. Numa esquina ficava uma comprida e baixa oficina, sozinha no centro de um lote de mil metros com asfalto esburacado. A construção tinha uma porta de enrolar fechada e uma placa pintada à mão: *Eddie Brown Engenharia*.

— Esse é o seu cara? — perguntou Reacher.

Neagley fez que sim com um gesto de cabeça antes de perguntar:

— O que você quer?

Reacher deu de ombros.

— Não temos por que ficar planejando demais. Alguma coisa curta e outra longa, uma de cada, mais munição, é claro. Deve bastar.

Ela parou em frente à porta e buzinou. Um cara saiu de uma entrada de funcionários e andou metade do caminho em direção ao carro até reconhecer a pessoa no veículo. Era alto e gordo do pescoço para baixo. Tinha cabelo louro curto e um rosto aberto e amigável, porém mãos grandes e pulsos grossos. Não era o tipo de cara com quem se mexe sem mais nem menos. Esboçou um aceno, voltou pra dentro, e um momento depois o portão começou a ser enrolado para cima. Neagley entrou com o carro, e ele foi fechado às costas dele.

No interior, o lugar tinha a metade do tamanho que deveria ter, mas, fora isso, era convincente. O chão de concreto estava manchado de graxa e havia tornos mecânicos, máquinas de perfuração, pilhas de folhas de metal e feixes de vergalhão de aço. Mas a parede de trás ficava três metros à frente do que aparentava do exterior. Era óbvio que havia uma sala de tamanho razoável escondida atrás dela.

— Este é o Eddie Brown — apresentou Neagley.

— Não é o meu nome verdadeiro — disse o grandalhão.

Ele acessou à sala escondida puxando uma grande pilha de sucata. Todas as coisas que formavam a pilha estavam soldadas umas às outras e a um painel de aço escondido atrás. A coisa toda se abriu sobre dobradiças lubrificadas e silenciosas, como uma gigantesca porta tridimensional. O autointitulado Eddie Brown os conduziu para dentro de um lugar completamente diferente.

O cômodo escondido estava limpo como um hospital. Era pintado de branco e repleto de prateleiras e racks dos quatro lados. Em três paredes, as prateleiras continham revólveres, alguns deles encaixotados, outros, não. Os racks estavam cheios de armas longas, rifles, carabinas, escopetas e metralhadoras, e havia metros delas, todas alinhadas e emparelhadas. O ar fedia a óleo de arma. A quarta parede, como em uma biblioteca, estava repleta de caixas de munição. Reacher sentia o cheiro de metal novo, papelão e tênues vestígios de pólvora.

— Estou impressionado — comentou Reacher.

— Pegue o que precisar — ofereceu Eddie.

— Os números de série levam aonde?

— Ao exército austríaco — respondeu Eddie. — E depois meio que se esfumaçam.

Dez minutos depois estavam de volta à estrada, com a jaqueta de Reacher cuidadosamente estendida no porta-malas do Yukon por cima de duas Steyr GB, uma metralhadora Heckler & Koch MP5 sem silenciador, um rifle M16, e caixas com 200 cartuchos para cada arma.

Entraram em Wyoming depois que escureceu, seguindo para o norte pela I-25. Viraram à esquerda em Cheyenne e pegaram a I-80. Rodaram no sentido oeste para Laramie e seguiram para o norte. O município chamado Grace ainda ficava a cinco horas de viagem, bem depois de Casper. O mapa o mostrava aninhado no meio de lugar nenhum, entre elevadas montanhas e infinitas pradarias.

— Vamos parar em Medicine Bow — disse Reacher. — Parece um lugar legal. Nosso objetivo vai ser chegar a Grace amanhã de madrugada.

Medicine Bow não pareceu um lugar muito legal no escuro, mas tinha um hotel a uns três quilômetros da cidade com quartos disponíveis. Neagley pagou por eles. Depois encontraram uma churrascaria um quilômetro e meio na outra direção e comeram picanhas de quatrocentos gramas que custavam menos que uma bebida em Washington. O lugar começou a ser fechado ao redor deles, que entenderam a indireta e voltaram para os quartos. Reacher deixou o casaco no carro para esconder o potencial de fogo de olhos curiosos. Deram-se boa-noite no estacionamento. Reacher foi direto pra cama. Ouviu Neagley no banho. Estava cantando. Ele ouviu através da parede.

Reacher acordou às quatro da manhã do sábado. Neagley estava tomando banho novamente, ainda cantando. Ele pensou: *quando diabos ela dorme?* Rolou para fora da cama e foi ao banheiro. Ligou o chuveiro no quente, o que devia ter feito o dela ficar frio, porque ele escutou um grito abafado através da parede. Então o desligou e esperou até ouvi-la terminar. Depois tomou banho, vestiu-se e a encontrou do lado de fora, perto do carro. Ainda estava um breu. Muito frio. Flocos de neve vinham do oeste. Eles flutuavam lentamente pelas luzes do estacionamento.

— Não consigo achar um café — disse Neagley.

Uma hora depois, conseguiram encontrar um no sentido norte. Um restaurante à beira da estrada estava abrindo para o café da manhã. Viram as luzes a mais de um quilômetro de distância. Ficava próximo à boca de uma estrada de terra que descia pela escuridão até a Floresta Nacional Medicine Bow. O restaurante parecia um celeiro, comprido e baixo, feito de tábuas vermelhas. Frio do lado de fora, quente do lado de dentro. Sentaram-se a uma mesa ao lado de uma janela com cortina e comeram ovos com bacon e torrada e beberam café forte e amargo.

— Certo, vamos chamá-los de Um e Dois — disse Neagley. — O Um é o cara de Bismarck. Você vai reconhecê-lo. O Dois é o cara do vídeo da garagem. Podemos reconhecê-lo pela constituição física. Mas não sabemos de verdade qual é a aparência dele.

— Então a gente vai procurar pelo cara de Bismarck junto com algum outro sujeito. Não tem por que planejar demais.

— Você não me parece muito entusiasmado.

— Você devia ir pra casa.

— Agora que eu já trouxe você até aqui?

— Estou com um mau pressentimento.

— Você está tenso porque a Froelich foi morta. Só isso. Não quer dizer que vai acontecer alguma coisa comigo.

Ele ficou calado.

— Somos dois contra dois — argumentou Neagley. — Você e eu contra dois manés, e você está preocupado?

— Não muito — respondeu ele.

— Talvez eles nem apareçam. Bannon acha que vão saber que é uma armadilha.

— Eles vão aparecer — afirmou Reacher. — Foram desafiados. É uma coisa de testosterona. E eles têm tantos parafusos soltos que vão cair pra dentro.

— Não vai acontecer nada comigo se eles aparecerem.

— Eu me sentiria mal se acontecesse.

— Não vai — garantiu ela.

— Me fale que eu não estou fazendo você ir.

— Estou indo por vontade própria.

Ele fez um gesto afirmativo com a cabeça.

— Então vamos nessa.

Voltaram para a estrada. Flocos de neve pairavam nos feixes de luz dos faróis. Desafiando a gravidade, eles chegavam flutuando do oeste, brilhavam na luz, depois chicoteavam para trás à medida que avançavam. Eram flocos grandes, secos e poeirentos, não muitos. A estrada era estreita. Serpenteava para a esquerda e para a direita. Esburacada. Ao redor dela, na escuridão, somente uma vastidão tão grande que sugava o barulho do carro para o nada. Eles seguiam por um túnel luminoso de silêncio, seguindo adiante, de um solitário floco de neve para o outro.

— Acho que Casper deve ter um departamento de polícia — comentou Reacher.

Ao volante, Neagley fez que sim.

— Deve ter uma força policial de uns cem homens. Casper é mais ou menos do tamanho de Cheyenne. Do mesmo tamanho de Bismarck, na verdade.

— E eles vão ficar responsáveis por Grace — disse Reacher.

— Junto aos policiais estaduais, imagino.

— Então qualquer outro policial que encontrarmos lá são os nossos caras.

— Você ainda tem certeza de que são policiais?

Reacher assentiu.

— Só assim esta coisa toda faz sentido. O contato inicial com Nendick e Andretti em bares de policiais, a familiaridade com o Centro Nacional de Informação Criminal, o acesso às armas do governo. Além da maneira como entram e saem de todos os lugares sem ser percebidos. Multidões, confusão, um brasão dourado te coloca em qualquer lugar. E se o Armstrong estiver certo e o pai deles tiver sido um policial, esse é um ótimo indicador. É geralmente um negócio de família, tipo os militares.

— Meu pai não foi militar.

— Mas o meu foi, então só aqui já são cinquenta por cento. Melhor do que em qualquer profissão. E sabe qual é o argumento conclusivo?

— Qual?

— Uma coisa que a gente já devia ter percebido há muito tempo. Mas passamos batido. Ignoramos totalmente. *Os dois Armstrongs mortos.* Como diabos se pode *achar* dois sujeitos brancos de cabelo loiro e olhos azuis, com a data de nascimento certa, os rostos certos e, acima de tudo, com o primeiro e segundo nomes certos? É difícil demais. Mas esses caras conseguiram. E só existe uma maneira prática de se fazer isso, que é checando o banco de dados do Departamento de Trânsito. Informações da carteira de motorista, nomes, endereços, datas de nascimento, fotografias. Está tudo lá, tudo de que precisavam. E ninguém pode ver nada disso a não ser os policiais, que têm acesso direto.

Neagley ficou em silêncio por um momento.

— Tá, eles *são* policiais — concordou ela.

— Com certeza. E nós somos idiotas de não ter percebido isso na terça-feira.

— Mas policiais já teriam ouvido falar do Armstrong há muito tempo, não?

— Por quê? Os policiais conhecem o seu mundinho, só isso, igual a todo mundo. Quando uma pessoa trabalha em algum departamento de polícia rural no Maine, ou na Flórida, ou fora de San Diego, ela pode até saber quem é o quarterback do New York Giants ou o campista central do Chicago White Sox, mas não haveria motivo pra que tivesse ouvido falar do senador da Dakota do Norte. A não ser que ela fosse interessada por política, e a maioria não é.

Neagley seguiu dirigindo. À direita, no leste distante, uma estreita faixa do céu estava um pouquinho mais clara do que antes. Tinha uma tonalidade acinzentada escura em comparação ao negrume além. A neve não estava mais pesada nem mais leve. Os grandes e preguiçosos flocos eram trazidos das montanhas pelo vento, flutuavam na horizontal, às vezes subiam.

— Qual delas, então? — perguntou ela. — Maine, Flórida ou San Diego? Precisamos saber, porque se eles estiverem vindo de avião, não vão estar armados com nada que não possam pegar aqui.

— Califórnia é uma possibilidade — disse Reacher. — Oregon, não. Eles não teriam revelado a própria identidade a Armstrong se ainda morassem no Oregon. Nevada é uma possibilidade. Ou Utah, ou Idaho. Qualquer outro lugar é longe demais.

— Pra quê?

— Pra estar a uma distância razoável de Sacramento. Quanto tempo um cooler de gelo roubado dura?

Neagley ficou calada.

— Nevada, Utah ou Idaho — disse Reacher. — Esse é o meu palpite. Califórnia, não. Acho que eles iam querem uma fronteira de estado entre eles e o lugar aonde foram para conseguir o dedo. É psicologicamente melhor. Acho que estão a um longo dia de carro de Sacramento. O que quer dizer que eles provavelmente estão a um longo dia de carro daqui também, na outra direção. Por isso acho que virão pela estrada, armados até os dentes.

— Quando?

— Hoje, se forem espertos.

— O taco foi postado em Utah — disse Neagley.

— Está bem, então risca Utah. Não acho que eles iam postar alguma coisa no próprio estado.

— Então Idaho ou Nevada — falou Neagley. — É melhor a gente ficar de olho nas placas dos carros.

— Este é um destino turístico. Vai tem um monte de placas de fora do estado. Nós, por exemplo, estamos com placa do Colorado.

— Como eles pretendem agir?

— Edward Fox — sugeriu Reacher. — Eles querem sobreviver e são razoáveis com o rifle. Cento e dez metros em Minnesota, oitenta em Washington. Vão tentar pegá-lo na porta da igreja, em algum lugar assim. Talvez no cemitério do lado de fora. Derrubá-lo bem ao lado da lápide de outra pessoa.

Neagley diminuiu e virou à direita na Rota 220. Era uma estrada melhor, mais larga, com o asfalto mais novo. Um rio a acompanhava. O céu estava mais claro no leste. À frente, trinta quilômetros ao norte, reluzia o débil brilho da cidade de Casper. A neve continuava a chegar pelo oeste, lenta e preguiçosa.

— Então, qual é o nosso plano? — perguntou Neagley.

— Precisamos ver o terreno — respondeu Reacher.

Ele olhou pela janela lateral. Não vira nada além de escuridão desde que saíra de Denver.

Pararam na fronteira de Casper para abastecer, tomar mais café e ir ao banheiro. Reacher assumiu a direção. Pegou a Rota 87 saindo da cidade no sentido norte e seguiu em alta velocidade por cinquenta quilômetros, pois a Rota 87 também era a I-25, ou seja, era larga e reta. E ele ace-

372

lerou porque estavam atrasados. No leste, o amanhecer estava no auge, e ainda faltava bastante até Grace. O céu estava rosado e bonito, com raios horizontais que iluminavam as encostas das montanhas no oeste. Serpenteavam pelos sopés das montanhas. À direita, ao leste, o mundo era basicamente plano até além de Chicago. À esquerda deles, distante no oeste, as montanhas Rochosas ostentavam seus três quilômetros de altura. As encostas mais baixas eram pontilhadas de aglomerados de pinheiros, e os picos eram brancos devido à neve e raiados de rochedos cinzentos. Durante quilômetros, ambos os lados da estrada eram deserto, com arbustos e capim queimados resplandecendo púrpuros ao sol matinal.

— Já veio aqui antes? — perguntou Neagley.

— Não — respondeu ele.

— Precisamos virar daqui a pouco, pegar o sentido leste em direção à Bacia do Trovão — disse ela.

Ele repetiu o nome na cabeça, porque gostou do som das palavras. *Bacia do Trovão. Bacia do Trovão.*

Ele virou à direita para sair da rodovia e entrar em uma estreita estrada regional. Havia placas para o Centro-Oeste e para Edgerton. A terra formava uma depressão no leste. Pinheiros de trinta metros de altura lançavam sombras matinais a uma distância de noventa metros. Intermináveis pradarias irregulares eram interrompidas aqui e ali pelas ruínas de antigos empreendimentos industriais. Havia fundações quadradas de pedra de trinta centímetros de altura e emaranhados de ferro velho.

— Petróleo — disse Neagley. — E mineração de carvão. Tudo fechado há oitenta anos.

— O terreno parece terrivelmente plano — comentou Reacher.

Mas ele sabia que a planura era enganosa. O sol baixo mostrava dobras, fendas e pequenas escarpas que não eram nada comparadas às montanhas à esquerda, mas estavam longe de ser *planas*. Era uma área de transição, onde as montanhas se dissolviam irregularmente em planícies altas. O tumulto geológico de um milhão de anos ondulava durante todo o caminho até Nebraska, congelado no tempo, deixando esconderijos para um homem a pé em um milhão de lugares diferentes.

— Precisamos que seja totalmente plano — disse Neagley.

Reacher concordou com um gesto de cabeça e completou:

— Com exceção de um pequeno monte a cem metros de onde Armstrong vai estar. E de outro pequeno monte a cem metros no lado contrário, de onde a gente possa observar.

— Não vai ser tão fácil assim.

— Nunca é — concordou Reacher.

Eles seguiram em frente por mais uma hora. Iam no sentido nordeste em direção ao vazio. O sol se mostrou por completo no horizonte. O céu estava listrado de rosa e roxo. Atrás deles, as montanhas Rochosas resplandeciam a luz refletida. À frente, na direita, as pradarias se estendiam ao longe como um mar tempestuoso. Não havia mais neve no ar. Os grandes e preguiçosos flocos tinham desaparecido.

— Vira aqui — disse Neagley.

— Aqui?

Ele diminuiu a velocidade até parar e olhou para a curva. Era apenas uma estrada de terra, no sentido sul, que levava para o meio do nada.

— Tem uma cidade lá no final? — perguntou ele.

— De acordo com o mapa — respondeu Neagley.

Ele deu ré e virou. A estrada de terra percorreu dois quilômetros através de pinheiros e irrompeu numa paisagem de absolutamente nada.

— Continua — disse Neagley.

Seguiram em frente, trinta quilômetros, cinquenta. A estrada subia e descia. Depois ela atingia o seu pico e despencava em frente a eles para dentro de uma tigela de capim e sálvia de oitenta quilômetros de largura. A estrada continuava reta através dela no sentido sul, como uma fraca linha feita a lápis, e cruzava um rio na base. Mais duas estradas vindas de lugar nenhum chegavam à ponte. Havia pequeninas construções espalhadas aleatoriamente. A coisa toda parecia a letra K maiúscula, levemente salpicada de habitações onde, na ponte, os traços da letra se encontravam.

— Aquela é Grace, no Wyoming — afirmou Neagley. — Onde esta estrada cruza a bifurcação sul do rio Cheyenne.

Reacher diminuiu a velocidade do Yukon até parar. Colocou no ponto morto e cruzou os braços por cima do volante. Se inclinou para a frente com o queixo nas mãos e olhou adiante através do para-brisa.

— A gente devia estar a cavalo — comentou ele.

— Usando chapéu branco — completou Neagley. — Com armas Colt .45.

— Prefiro as Steyr — disse Reacher. — Quantas entradas?

Neagley passou o dedo sobre o mapa.

— Norte ou sul — respondeu ela. — Nesta estrada. As outras duas não vão a lugar nenhum. Acabam no mato. Talvez levem a antigos ranchos de gado.

— De que lado os bandidos virão?

— Se vierem de Nevada, chegarão pelo sul. Idaho, pelo norte.

— Então a gente não tem como simplesmente ficar aqui e bloquear a estrada.

— Eles podem já estar lá embaixo.

Uma das construções era um minúsculo pontinho branco em um quadrado verde. *A igreja da Froelich*, pensou ele. Abriu a porta e saiu do carro. Deu a volta até o porta-malas e voltou com a luneta de observadores de pássaros. Era como a metade de um enorme par de binóculos. Ele a firmou sobre a porta aberta e posicionou o olho.

A óptica comprimia a paisagem, transformando-a numa imagem granulada plana que dançava e tremia com a batida de seu coração. Ele focou até que parecesse que olhava para a cidade abaixo a uma distância de oitocentos metros. O rio era um corte estreito. A ponte, uma estrutura de pedra. As ruas eram todas de terra. Havia mais construções do que ele tinha imaginado a princípio. A igreja ficava sozinha em um terreno ressecado dentro do ângulo sul do K. Tinha uma fundação de pedra, e o restante era de tábuas pintadas de branco. Ela se encaixaria perfeitamente em Massachusetts. Seu terreno se alargava ao sul, e a grama bem-cortada era salpicada de lápides.

Ao sul do cemitério havia uma cerca, e atrás dela ficava um aglomerado de construções de dois andares feitas de cedro e castigadas pelo tempo. Cada uma estava posicionada à sua maneira no terreno. Ao norte da igreja havia mais do mesmo. Casas, lojas, celeiros. Ao longo das pernas curtas do K, via-se mais construções. Algumas eram pintadas de branco. Próximas do centro da cidade, ficavam mais perto umas das outras, mas se afastavam à medida que a distância aumentava. O rio corria azul e claro na direção nordeste para dentro do mar de grama. Carros e caminhonetes estavam estacionados aqui e ali. Alguma atividade pedestre. A população parecia ser de umas duzentas pessoas.

— Acho que isto deve ter sido um município produtor de gado — comentou Neagley. — Trouxeram a ferrovia só até Casper, passando por Douglas. Devem ter levado os rebanhos para uns cem, cento e dez quilômetros ao sul e os criam lá.

— Então o que eles fazem agora? — perguntou Reacher.

A cidade balançava na luneta quando ele falava.

— Não tenho ideia — respondeu ela. — Talvez todo mundo faça investimentos online.

Ele passou a luneta para ela, que a focou novamente e olhou para baixo. Ele via as lentes se moverem ligeiramente para cima e para baixo, de um lado para o outro, à medida que ela cobria toda área.

— Eles vão se posicionar no sul — disse ela. — Tem alguns celeiros antigos a uns cem metros de distância e alguns esconderijos naturais.

— Como pretendem fugir?

A luneta se moveu três centímetros para a direita.

— Vão esperar barreiras nas estradas norte e sul — falou ela. — Policiais locais. Isso é mais do que óbvio. Os distintivos podem liberar a passagem deles, mas eu não contaria com isso. Essa situação é completamente diferente. É provável que haja confusão, mas sem multidão.

— Então como?

— Sei como eu faria — disse ela. — Iria ignorar todas as estradas. Aceleraria pela grama no sentido oeste. Sessenta quilômetros de campo aberto num quatro-por-quatro grande e se chega à rodovia. Duvido que o departamento de polícia de Casper tenha um helicóptero. Nem mesmo a polícia rodoviária. São só duas rodovias no estado todo.

— Armstrong vai chegar de helicóptero — falou Reacher. — Provavelmente de alguma base da força aérea de Nebraska.

— Mas eles não vão usar o helicóptero para perseguir os bandidos. Vão estar exfiltrando Armstrong ou o levando para um hospital. Tenho certeza de que é um protocolo padrão.

— A polícia rodoviária se posicionaria no norte e no sul da rodovia. Eles receberiam o aviso com aproximadamente uma hora de antecedência.

Neagley baixou a luneta e concordou com um gesto de cabeça.

— Eu já teria me antecipado a isso. Então *atravessaria* a rodovia e continuaria fora da estrada. O oeste da rodovia é composto de 15 mil quilômetros quadrados de nada entre Casper e a Reserva de Wind River, com apenas uma estrada principal a atravessando. Eles escapariam muito antes de alguém conseguir chamar um helicóptero e começar a busca.

— É um plano ousado.

— É o que eu faria — afirmou Neagley.

Reacher sorriu.

— Sei que *você* faria. A questão é: e esses caras? Estou imaginando que eles podem dar uma olhada, fazer meia-volta e deixar pra lá.

— Não interessa. Vamos derrubá-los enquanto estiverem dando uma olhada. Não precisamos pegá-los em flagrante.

Reacher voltou para o banco do motorista.

— Vamos trabalhar — disse ele.

A depressão era muito rasa. Eles perderam aproximadamente trinta metros de altitude nos pouco mais de trinta quilômetros que percorreram até chegarem à cidade. A estrada era de terra batida, lisa como vidro, de belas margens e contornos. Uma arte anual, Reacher supôs, encenada de uma forma nova todo ano quando a neve do inverno derretia e as chuvas da primavera terminavam. Era o tipo de estrada que modelos T da Ford desciam em filmes documentários. Fazia uma curva ao se aproximar da cidade para que a ponte pudesse atravessar o rio num ângulo exatamente reto.

A ponte parecia representar o centro geográfico da cidade. Uma venda oferecia serviços postais e tinha uma bancada com café da manhã. Havia uma fornalha nos fundos que provavelmente consertou maquinário de rancho há muito tempo na história. Ali também ficavam o estabelecimento de um fornecedor de ração e uma loja de ferragens. Havia um posto de gasolina com uma bomba, onde uma placa informava: *Reparo de Molas*. Os estabelecimentos tinham calçadas de madeira em frente a eles. Estendiam-se como docas de barcos flutuando sobre a terra. Um homem tranquilo de roupa de couro colocava mantimentos na carroceria de uma caminhonete.

— Eles não virão — disse Reacher. — Este é o lugar mais exposto que eu já vi na vida.

Neagley balançou a cabeça.

— Eles não vão saber disso até verem com os próprios olhos. Podem entrar e sair em dez minutos, mas dez minutos é tudo de que a gente precisa.

— Onde a gente vai ficar?

Ela apontou.

— Lá.

Era uma construção de cedro vermelha e fachada simples, com numerosas janelas pequenas e uma placa que dizia: *Quartos Limpos.*

— Maravilha — disse Reacher.

— Dirige por aí — disse Neagley. —Vamos sentir o clima do lugar.

Uma letra K tem apenas quatro opções de exploração, e eles já tinham percorrido a perna norte ao entrarem. Reacher deu ré na ponte e saiu para o nordeste, acompanhando o rio. Essa estrada passava por oito casas, quatro de cada lado, e estreitava depois de quatrocentos metros, transformando-se em uma trilha pedregosa. Havia uma cerca de arame farpado perdida na grama à esquerda e outra à direita.

— Terreno de rancho — disse Neagley.

Os ranchos propriamente ditos estavam a quilômetros de distância. Fragmentos da estrada ficavam visíveis com as leves subidas e descidas nos contornos distantes. Reacher deu meia-volta com o carro, seguiu e virou na curta perna sudeste. Ela tinha mais casas, mais próximas umas das outras, porém, de resto, era uma estrada similar. Depois da mesma distância, ela estreitava e seguia em direção a nada visível. Havia mais arame farpado e uma inexplicável cabana de madeira sem porta. Dentro dela, fracas ervas daninhas cresciam ao redor de uma caminhonete enferrujada. Parecia que tinha sido estacionada ali quando Richard Nixon era vice-presidente.

— Tá, vá pro sul — disse Neagley. — Vamos ver a igreja.

A perna sul seguia por cem quilômetros até Douglas, e eles percorreram os cinco primeiros. Os cabos de energia e de telefone vinham dessa direção e, enfileirados em postes revestidos com alcatrão, embarrigavam-se ao longe, seguindo a estrada. Ela passava pela igreja e pelo cemitério, depois pelos aglomerados de construções de cedro, depois por alguns celeiros abandonados, depois por umas vinte ou trinta casinhas, e depois a cidade acabava e sobrava apenas a infinita pradaria à frente. Mas não era plana. Havia fendas e rachaduras causadas por 10 mil anos de exposição ao vento e ao tempo. Elas ondeavam calmamente, para cima e para baixo, com profundidade máxima de três a quatro metros, como lentas ondas no oceano. Estavam todas conectadas em rede. O capim tinha um metro de altura, marrom, morto e quebradiço. Ele ondulava sob a brisa perpétua.

— Dava pra esconder uma companhia de infantaria inteira ali dentro — comentou Neagley.

Reacher virou o carro e voltou para a igreja. Estacionou próximo do cemitério. A igreja era muito similar à que ficava nas proximidades de Bismarck. Tinha o mesmo telhado inclinado sobre a nave e a mesma torre quadrada. Nela havia um relógio, um cata-vento, uma bandeira e um para-raios. Era branca, mas não tanto quanto a outra. Reacher olhou para o horizonte a oeste e viu nuvens cinzentas se assomando sobre as montanhas distantes.

— Vai nevar — informou ele.

— Não dá pra ver nada daqui — reclamou Neagley.

Ela estava certa. A igreja tinha sido construída bem no fundo do vale. Sua fundação era provavelmente a estrutura mais baixa da cidade. A estrada para o norte era visível por uns cem metros. O mesmo no sul. Ela avançava em ambas as direções, elevava-se em montículos delicados e desaparecia de vista.

— Eles podem chegar bem acima de nós sem que saibamos — disse Neagley. — Precisamos ser capazes de vê-los se aproximando.

Reacher concordou com um movimento de cabeça. Abriu a porta e desceu do carro. Neagley se juntou a ele, e os dois caminharam em direção à igreja. O ar estava frio e seco. O gramado do cemitério, morto sob seus pés. Parecia o início do inverno. Havia um local para uma nova cova marcado com fita de algodão. Ficava a oeste da igreja, em mato virgem, no final de uma fileira de lápides desgastadas pelo tempo. Reacher fez um desvio para dar uma olhada. Eram quatro sepulturas dos Froelich enfileiradas. Logo haveria a quinta, em um triste dia no futuro próximo. Ele olhou para o retângulo de fita e imaginou o buraco fundo, nítido e retangular.

Em seguida se afastou e olhou ao redor. O terreno do lado oposto ao da igreja, ao leste da estrada, era plano e vazio. Um espaço de tamanho suficiente para o pouso de um helicóptero. Ele o imaginou chegando, descendo com hélices barulhentas, girando no ar para posicionar a porta do passageiro de frente para a igreja. Imaginou Armstrong saindo. Atravessando a estrada. Aproximando-se da igreja. O vigário provavelmente o cumprimentaria perto da porta. Ele deu alguns passos para o lado, parou onde Armstrong provavelmente ficaria e levantou os olhos. Examinou o terreno a sudoeste.

379

Más notícias. Havia uma elevação ali, e, a aproximadamente 150 metros, ondas e sombras no capim em movimento deviam significar depressões e fendas na terra abaixo dele. Elas se estendiam até o infinito.

— Quão bons você acha que eles são? — perguntou Reacher.

Neagley deu de ombros.

— São sempre melhores ou piores do que se espera. Mostraram alguma proficiência até agora. Atirar na descendente, sem resistência do ar, através do capim... eu me preocuparia com uma distância de até uns 450 metros.

— E, se errarem Armstrong, vão acertar outra pessoa.

— Stuyvesant precisa trazer um helicóptero de vigilância também. A vista deste lugar é péssima, mas dá pra ver tudo do ar.

— Armstrong não vai deixar — disse Reacher. — Mas temos o ar. Temos a torre da igreja.

Ele se virou e caminhou de volta em direção a ela.

— Esquece a pensão — afirmou ele. — É aqui que vamos ficar. Podemos ver os caras chegando, pelo norte ou pelo sul, de dia ou de noite. Vai estar tudo terminado antes mesmo de Stuyvesant e Armstrong chegarem.

Estavam a dez metros da porta da igreja quando ela foi aberta e um sacerdote saiu, acompanhado de perto por um casal de idosos. O sacerdote era de meia-idade e aparentava ser muito zeloso. Tanto o homem quanto a mulher que formavam o casal deviam ter uns 60 anos. O senhor era alto, recurvado e estava um pouco abaixo do peso. A mulher ainda era bonita, estava um pouco acima do peso, tinha boa postura e estava muito bem-vestida. O cabelo dela era louro, curto e estava ficando branco da maneira como cabelos louros embranquecem. Imediatamente, Reacher soube quem ela era. E ela soube quem ele era, ou achou que sabia. Ela parou de falar e de andar e o encarou da mesma maneira que a filha tinha feito. Olhava para o rosto dele, confusa, como se estivesse comparando similaridades e diferenças com uma imagem mental.

— É você mesmo? — indagou ela.

Seu rosto estava tenso e cansado. Não continha maquiagem. Os olhos estavam secos, mas não estiveram nos últimos dois dias. Isso era nítido. Estavam vermelhos, raiados e inchados.

— Sou o irmão dele — disse Reacher. — Sinto muito pela sua perda.

— Devia sentir mesmo — respondeu ela. — Porque a culpa disso tudo é inteira do Joe.

— É?

— Ele fez com que ela mudasse de emprego, não fez? Ele não podia namorar uma colega de trabalho, aí *ela* teve que mudar. *Ele* não iria. Ela foi pro lado perigoso enquanto ele ficou exatamente onde estava, são e salvo. E agora olha só no que deu.

Reacher ficou parado.

— Acho que ela estava feliz onde estava. Poderia ter voltado, depois, se não estivesse gostando. Mas não voltou. Acho que isso quer dizer que ela queria ficar lá. Ela era uma agente excelente, que fazia um trabalho importante.

— Como ela poderia ter voltado? Teria que vê-lo todo dia de novo, como se nada tivesse acontecido?

— Eu quis dizer que ela podia ter esperado um ano e depois voltado.

— Que diferença um ano faz? Ele partiu o coração dela. Como ela poderia *algum dia* trabalhar para ele de novo?

Reacher ficou calado.

— Ele vem? — perguntou ela.

— Não — respondeu Reacher. — Não vem.

— Que bom. Porque ele não seria bem-vindo.

— Não, acho que não seria.

— Suponho que ele esteja muito *ocupado* — ironizou ela.

E saiu pisando duro em direção à estrada de terra. O sacerdote a seguiu, assim como o pai de Froelich. Mas então ele hesitou e se virou.

— Ela sabe que não foi realmente culpa do Joe — disse o senhor. — Nós dois sabemos que Mary Isabel estava fazendo o que queria.

Reacher concordou com um gesto de cabeça e afirmou:

— Ela era extraordinária em seu trabalho.

— Era?

— A melhor que já existiu.

O homem fez um movimento com a cabeça como se tivesse ficado satisfeito.

— Como está Joe? — perguntou ele. — Encontrei com ele algumas vezes.

— Morreu — disse Reacher. — Cinco anos atrás. Em serviço.

Houve silêncio por um momento.

— Sinto muito — falou.

— Mas não conte à sra. Froelich — pediu Reacher. — Se for mais fácil pra ela não saber.

O senhor assentiu novamente, virou-se e partiu atrás de sua esposa com um estranho trote de passos largos.

— Viu? — disse Neagley baixinho. — Nem tudo é culpa sua.

Havia um quadro de avisos plantado no chão perto da porta da igreja. Era como um armário bem fino montado sobre resistentes pernas de madeira. Tinha portas de vidro. Atrás delas havia um quadrado de feltro verde de um metro com fitas de algodão estreitas presas com tachinhas diagonalmente por toda sua extensão. Avisos datilografados em uma máquina de escrever manual ficavam presos atrás das fitas. No topo, havia uma lista permanente de missas dominicais. A primeira acontecia toda semana às oito da manhã. Era nítido que aquela era uma denominação que demandava um alto grau de comprometimento de seus paroquianos. Ao lado da lista permanente havia um aviso datilografado às pressas anunciando que o serviço dominical das oito horas daquele domingo seria dedicado à memória de Mary Isabel Froelich. Reacher olhou seu relógio e tremeu de frio.

— Vinte e duas horas — disse ele. — Hora de nos prepararmos pra batalha.

Levaram o Yukon para perto da igreja e abriram o porta-malas. Inclinaram-se para dentro dele juntos e carregaram todas as quatro armas. Cada um deles pegou uma Steyr. Neagley ficou com a H&K e Reacher pegou o M16. Dividiram a munição sobressalente de maneira apropriada. Depois trancaram o carro e saíram.

— Tudo bem levar armas para dentro de uma igreja? — perguntou Neagley.

— No Texas, sim — respondeu Reacher. — Aqui deve ser até obrigatório.

Eles puxaram a porta de carvalho e entraram. Era muito similar à de Bismarck. Reacher se perguntou por um breve momento se as comunidades rurais tinham feito os pedidos de suas igrejas pelo correio, todas iguais. Sua pintura também era de um branco amarelado, tinha os mesmos bancos lustrados, o mesmo púlpito. As mesmas cordas do sino penduradas dentro da torre. A mesma escadaria. Eles subiram até a plataforma alta e encontraram uma escada de mão parafusada à parede e um alçapão sobre ela.

— Lar, doce lar — disse Reacher.

Ele foi na frente pela escada, passando pelo alçapão e entrando na torre do sino. Não era igual à de Bismarck. Havia um relógio ali. Ele tinha um mecanismo cúbico de latão com pouco mais de um metro montado no centro, sobre vigas logo acima do sino. O relógio tinha duas faces, ambas operadas simultaneamente pelas mesmas engrenagens dentro do cubo. Longos eixos de ferro saíam do lado de dentro, atravessavam as paredes, a parte de trás das faces e seguiam até os ponteiros externos. As faces eram montadas nas aberturas em que ficavam as venezianas, nos lados leste e oeste. O mecanismo emitia um tique-taque alto. Rodas de engrenagens e catracas estalavam, fazendo com que os sinos emitissem pequeninas e harmoniosas ressonâncias.

— Não temos visão do leste nem do oeste — disse Reacher.

Neagley deu de ombros.

— Só precisamos do norte e do sul. É por onde as estradas passam.

— Tem razão — disse ele. — Você fica com o sul.

Ele se abaixou e engatinhou por baixo das vigas e dos eixos para chegar à veneziana virada para o norte. Ajoelhou-se e olhou para fora. A visão era perfeita. Dava para ver a ponte e o rio. Dava para ver a cidade inteira. Dava para ver a estrada de terra que levava ao norte. Mais ou menos uns quinze quilômetros de reta. Estava completamente vazia.

— Você está bem? — gritou ele.

— Excelente — gritou Neagley de volta. — Quase consigo ver o Colorado.

— Grita quando avistar alguma coisa.

— Você também.

O relógio estalava *tec, tec, tec,* uma vez por segundo. O som era alto, preciso e incansável. Ele olhou para o mecanismo atrás de si e se perguntou se o deixaria louco antes de fazê-lo dormir. Escutou a cara liga metálica encostar no chão três metros atrás quando Neagley abaixou a submetralhadora. Ele apoiou o M16 nas tábuas perto dos seus joelhos. Contorceu-se até ficar o mais confortável possível. Depois se preparou para observar e esperar.

18

O AR ESTAVA FRIO E, A VINTE METROS DO CHÃO, A brisa virava vento. Entrava pelas venezianas, areava seus olhos e o fazia lacrimejar. Estavam ali fazia duas horas e nada tinha acontecido. Não viram nada, e a única coisa que escutavam era o relógio. Tinham aprendido o som dele. Cada *tec* era composto de um punhado de frequências metálicas separadas, começando bem embaixo, com o grave e silencioso anel das engrenagens maiores, se elevando para o minúsculo estalo agudo do escapo e terminando com um temporizado *ding* que ressoava do sino menor. Era o som da loucura.

— Avistei algo — gritou Neagley. — SUV, eu acho, vindo do sul.

Ele deu uma rápida olhada para o norte e se levantou, tirando o peso dos joelhos. Estava dolorido, com frio e muito desconfortável. Ergueu a luneta de observador de aves.

— Pega — gritou.

Ele a arremessou por cima do eixo do relógio. Neagley girou e a pegou com uma das mãos. Virou-se novamente para a veneziana. Colocou a luneta no olho.

— Deve ser um modelo novo de Chevy Tahoe — gritou ela. — Dourado claro. O sol está batendo no para-brisa. Impossível identificar ocupantes.

Reacher olhou para o norte novamente. A estrada ainda estava vazia. Ele conseguia ver quinze quilômetros. Levaria dez minutos para um veículo percorrer dez quilômetros, mesmo em velocidade alta. Ele se alongou. Abaixou-se debaixo dos eixos do relógio e engatinhou até ficar ao lado de Neagley. Ela se moveu para a direita, e ele esfregou os olhos e olhou para o sul. Havia um pontinho dourado na estrada, completamente sozinho, a uns oito quilômetros de distância.

— Não é o que se pode chamar de movimentado, né? — comentou Neagley.

Ela passou a luneta para ele. Reacher focou, a apoiou na veneziana e observou através do visor com os olhos entreabertos. A compressão da telefoto mantinha o carro imóvel. Ele parecia estar balançando e oscilando na estrada, mas sem fazer nenhum progresso à frente sequer. Parecia sujo e cheio de manchas. Tinha um grande para-choque dianteiro cromado, todo manchado de barro e sal. O para-brisa estava raiado. O reflexo do sol tornava impossível saber quem estava lá dentro.

— Por que ainda está fazendo sol? — questionou Reacher. — Achei que ia nevar.

— Olha pro oeste — falou Neagley.

Ele abaixou a luneta, se virou e pressionou o lado esquerdo do rosto contra as venezianas. Fechou o olho direito e olhou para fora lateralmente com o esquerdo. O céu estava dividido em dois. No oeste, era quase negro de tanta nuvem. No leste, apresentava um azul pálido e estava brumoso. Múltiplos feixes gigantescos de sol resplandeciam através da névoa onde os dois sistemas climáticos se encontravam.

— Inacreditável — disse ele.

— Algum tipo de inversão — comentou Neagley. — Tomara que fique onde está ou a gente vai congelar nesta merda aqui cm cima.

— Está a uns oitenta quilômetros de distância.

— E o vento geralmente vem do oeste.

— Que beleza.

Ele levantou a luneta novamente e observou o carro dourado. Estava uns dois quilômetros mais perto, saltitando e balançando na terra. Devia estar a uns cem por hora.

— O que você acha? — perguntou Neagley.

— Veículo legal — respondeu ele. — Cor terrível.

Ele o observou se aproximar mais dois quilômetros e depois devolveu a luneta.

— Tenho que dar uma olhada no norte — disse ele.

Engatinhou por baixo do eixo do relógio e voltou para a sua veneziana. Nada acontecia daquele lado. A estrada continuava vazia. Ele inverteu a manobra anterior: colocou a bochecha direita na madeira, fechou o olho esquerdo com a mão e observou o oeste novamente. As nuvens de neve estavam pressionando as montanhas. Era como noite e dia, com uma transição abrupta onde começavam os sopés das montanhas.

— É um Chevy Tahoe com certeza — gritou Neagley. — Está diminuindo a velocidade.

— Consegue ver a placa?

— Ainda não. Está a dois quilômetros daqui agora, reduzindo a velocidade.

— Dá pra ver quem está dentro?

— Está batendo sol e o vidro é fumê. Nada de identidades. Um quilômetro agora.

Reacher olhou para o norte. Nenhum trânsito.

— Placa de Nevada, eu acho — gritou Neagley. — Não dá pra ler. Estão cobertas de lama. Está bem no limite da cidade. Muito devagar agora. Parece uma volta de reconhecimento. Não está parando. Ainda sem a identidade dos ocupantes. Agora está chegando bem perto mesmo. Estou olhando exatamente para o teto. Vidro escuro na traseira. Vou perdê-los a qualquer momento. Estão bem embaixo da gente agora.

Reacher se levantou bem colado à parede e espiou para baixo no melhor ângulo que conseguiu. A maneira como as venezianas tinham sido encaixadas na estrutura dava a ele um ponto cego de uns dez metros.

— Onde está agora? — gritou ele.

— Não sei.

Ele ouviu o som de motor sobre o lamento do vento. Um grande V-8, funcionando devagar. Olhou para baixo, e um capô dourado deslizou para dentro do seu campo de visão. Depois um teto. Um vidro traseiro. O carro atravessou todo o caminho embaixo dele, rodou pela cidade e atravessou a ponte a uns trinta quilômetros por hora. Continuou devagar por mais cem metros. Depois acelerou. Ganhou velocidade rápido.

— Luneta — gritou ele.

Neagley a arremessou de volta para ele, que a apoiou em uma veneziana e observou o carro se afastar para o norte. O vidro traseiro era preto e havia um arco onde o limpador de para-brisa tinha passado sobre a névoa salina. O para-choque traseiro era cromado. Ele conseguia ver letras em alto relevo que diziam *Chevrolet Tahoe*. A placa traseira estava indecifrável. Coberta de sal de estrada. Dava para ver marcas de mão na borda do porta-malas. Parecia um carro que tinha rodado muitos e muitos quilômetros nos últimos um ou dois dias.

— Está indo pra saída — gritou Reacher.

Com a luneta, ele o observou percorrer todo o caminho. Sacolejava, balançava e ficava cada vez menor. Levou dez minutos até sair do seu campo de visão. Subiu o último elevado da estrada e desapareceu depois de um derradeiro lampejo do sol na pintura dourada.

— Algo mais? — gritou Reacher.

— Nada no sul — gritou Neagley de volta.

— Vou descer pra pegar o mapa. Você pode tomar conta das duas direções enquanto eu não estiver aqui. Faz a dança da cordinha por baixo dessa porcaria desse relógio.

Ele engatinhou até o alçapão e colocou o pé na escada. Desceu, duro, dolorido e com frio. Chegou à plataforma e seguiu pela escada em caracol. Saiu da torre, saiu da igreja, e foi envolvido pelo fraco sol do meio-dia. Atravessou o cemitério mancando em direção ao carro. Viu o pai de Froelich de pé ao lado dele, olhando para o veículo como se ele pudesse responder a uma pergunta. O senhor viu Reacher pelo vidro da janela e virou para ficar de frente para ele.

— O Sr. Stuyvesant está no telefone e quer falar com você — informou ele. — Do escritório do Serviço Secreto em Washington D. C.

— Agora?

— Está esperando há vinte minutos. Eu estava tentando achar você.

— Cadê o telefone?

— Lá em casa.

A casa dos Froelich era uma das construções brancas na perna sudeste curta do K. O senhor seguiu na frente com seu estranho trote de passos largos. Reacher teve que acelerar para acompanhá-lo. A casa tinha um jardim na parte da frente com uma cerquinha de madeira branca. Estava cheio de ervas e plantas de jardim que tinham minguado devido ao frio. O interior tinha uma luz suave e era perfumado. O chão tinha largas tábuas escuras. Tapetes de retalhos aqui e ali. O senhor levou Reacher para uma sala de visitas. Sobre uma mesa antiga debaixo da janela, havia um telefone e uma fotografia. O telefone era de um modelo antigo, com um gancho pesado e um fio trançado isolado com um tecido marrom. A fotografia era da Froelich, quando tinha mais ou menos 18 anos. O cabelo estava um pouco mais comprido do que como ela o usava e um pouco mais claro. A expressão era aberta e inocente, e o sorriso, doce. Os olhos azul-escuros estavam vívidos, cheios de esperança no futuro.

Não havia cadeira perto da mesa. Era óbvio que os Froelich vinham de uma geração que preferia ficar de pé enquanto falava no telefone. Reacher desembaraçou o fio e segurou o telefone ao ouvido.

— Stuyvesant? — chamou ele.

— Reacher? Tem alguma notícia boa pra mim?

— Ainda não.

— Qual é a situação?

— A missa está marcada para as oito — disse ele. — Mas acho que você já sabe disso.

— Do que mais eu preciso saber?

— Vocês vêm de helicóptero?

— Esse é o plano. Ele ainda está no Oregon. Vamos levá-lo de avião para uma base aérea na Dakota do Sul e depois voaremos até aí em um helicóptero da força aérea. Seremos oito pessoas, contando comigo.

— Ele só queria três.

— Ele não pode se opor. Somos todos amigos dela.

— Não dá pra você arranjar um problema mecânico? Simplesmente ficar na Dakota do Sul?

— Ele saberia. Mesmo assim, a força aérea não toparia participar da encenação. Eles não iriam querer entrar pra história como a razão pela qual ele não conseguiu chegar.

Reacher ficou quieto e olhou pela janela.

— Tá, então você vai ver a igreja com facilidade. Vai pousar do outro lado da rua. Tem um bom lugar ali, cinquenta metros até a porta da igreja. Eu posso te dar total garantia no entorno imediato. Vamos ficar na torre a noite toda. Mas você vai odiar o que vai ver mais longe. Há uma área de fogo de uns 150 graus a sudoeste. É completamente aberto. E tem um monte de esconderijo.

Silêncio do outro lado da linha.

— Não posso fazer isso — disse Stuyvesant. — Não posso enfiá-lo numa coisa dessas. Nem os membros da minha equipe. Não vou perder mais ninguém.

— Então pode começar a rezar — sugeriu Reacher.

— Não faz meu estilo. Vocês vão ter que executar o serviço.

— Nós vamos, se pudermos.

— Como eu vou saber? Vocês não têm rádio. Telefones celulares não funcionam aí. E é muito trabalhoso continuar a usar este telefone fixo.

Reacher refletiu por um momento.

— Estamos num Yukon preto — disse ele. — Neste momento, ele está parado na estrada do lado direito da igreja. Se ainda estiver ali quando chegarem, vocês batem em retirada e vão pra casa. Armstrong simplesmente vai ter que engolir. Mas se não estiver mais ali, é porque fomos embora, e não vamos embora a não ser que executemos o serviço, entendeu?

— Entendido — disse Stuyvesant. — Um Yukon preto à direita da igreja, nós abortamos. Nada de Yukon, pousamos. Você vasculhou a cidade?

— Não dá pra fazer uma busca casa por casa. Mas é um lugar muito pequeno. Estranhos vão se destacar, pode acreditar em mim.

— Nendick recuperou os sentidos. Está falando um pouco. Disse o mesmo que Andretti. Foi abordado por dois deles, e deram a impressão de ser policiais.

— Eles são policiais. Temos certeza disso. Conseguiu as descrições?

— Não. Ele ainda está pensando na esposa. Não pareceu certo contar que provavelmente não precisa mais se preocupar com ela.

— Coitado.

— Eu gostaria de proporcionar a ele um fim pra esta história. Pelo menos, quem sabe, encontrar o corpo.

— Não estou planejando efetuar uma prisão aqui.

Silêncio em Washington.

— Certo — disse Stuyvesant. — Seja como for, acho que não vamos ver vocês. Então boa sorte.

Ele colocou o gancho no lugar e enrolou o fio na mesa, fazendo um caracol caprichado na mesa. Olhou para a paisagem do lado de fora. A janela dava para o nordeste, que era composto de um vazio oceano de capim na altura da cintura. Então ele se virou e viu o sr. Froelich o observando da porta da sala de visitas.

— Eles estão vindo pra cá, não estão? — perguntou o senhor. — As pessoas que mataram a minha filha. Porque o Armstrong está a caminho.

— Eles podem já estar aqui — respondeu Reacher.

O sr. Froelich negou com a cabeça.

— Todo mundo estaria comentando.

— Você viu aquele carro dourado que passou por aqui?

O pai de Froelich assentiu.

— Eles passaram por mim bem devagar.

— Quem era?

— Não vi. As janelas eram escuras. Não gosto de ficar encarando.

— Está bem — disse Reacher. — Se você ouvir falar de alguém novo na cidade, venha me contar.

O sr. Froelich fez que sim novamente.

— Você vai ficar sabendo assim que eu souber. E vou ficar sabendo assim que alguém chegar. As notícias correm rápido por aqui.

— A gente vai estar na torre da igreja — informou Reacher.

— Por causa de Armstrong?

Reacher ficou calado.

— Não — disse o sr. Froelich. — O negócio de vocês tem a ver com olho por olho, não tem?

Reacher confirmou e completou:

— E com dente por dente.

— Uma vida por outra vida.

— Duas por cinco, pra ser preciso — corrigiu Reacher. — Eles saíram no lucro.

— Você se sente à vontade com essa situação?

— Você se sente?

Os lacrimosos olhos daquele senhor saltitaram por toda a sala escurecida e pousaram no rosto de 18 anos de sua filha.

— Você tem filho? — perguntou ele.

— Não — respondeu Reacher. — Não tenho.

— Nem eu — disse o senhor. — Não mais. Então estou à vontade com isso.

Reacher caminhou de volta até o Yukon e pegou o mapa para mochileiros no banco de trás. Depois subiu à torre da igreja e viu Neagley indo para a frente e para trás entre os lados norte e sul.

— Nada — afirmou ela sobre o tiquetaquear do relógio.

— Stuyvesant ligou — informou ele. — Para a casa dos Froelich. Está entrando em pânico. E Nendick despertou. Mesma abordagem que a de Andretti.

Ele desdobrou o mapa e o abriu sobre o chão da torre. Colocou o dedo em Grace. Ficava no centro de um quadrado tosco composto por quatro estradas. Tinha uns 130 quilômetros de altura e de comprimento. O perímetro à direita era delineado pela Rota 59, que subia a partir de Douglas, no sul, passava por um município chamado Bill e chegava a uma cidadezinha de nome Wright, no norte. A borda superior do quadrado era a Rota 387, que, de Wright, seguia para o oeste até Edgerton. Ambas as estradas estavam sinalizadas no mapa como secundárias. Eles já tinham viajado por parte da 387 e sabiam que ela tinha um asfalto bem decente. A borda esquerda do quadrado era a I-25, que descia de Montana, no norte, passava direto por Edgerton e descia até Casper. A parte inferior do quadrado também era a I-25, que saía de Casper e fazia uma curva brusca para o leste até Douglas antes de virar para o sul novamente e rumar em direção a Cheyenne. O quadrado inteiro de 130 quilômetros era dividido em outros dois retângulos verticais mais ou menos iguais, pela estrada que cortava Grace de norte a sul. Essa estrada aparecia no mapa como uma linha pontilhada cinza fina. A legenda na margem a chamava de pequena pista não pavimentada.

— O que você acha? — perguntou Neagley.

Reacher acompanhou o quadrado com o dedo. Alargou o alcance do quadrado 150 quilômetros a leste, norte, oeste e sul.

— Acho que em toda a história ocidental dos Estados Unidos, nenhuma pessoa jamais simplesmente *passou por* Grace, Wyoming. É inconcebível. Por que alguém faria isso? Qualquer viagem coerente do sul para o norte ou do leste para o oeste não passaria por ela de jeito nenhum. Vamos supor, de Casper para Wright. Da parte inferior esquerda para a superior direita. A pessoa pegaria a I-25 no sentido leste para Douglas e a Rota 59 em direção ao norte saindo de Douglas para Wright. Passar por Grace não faz o menor sentido. Não economiza nem um quilômetro. Só vai retardar a viagem, porque a estrada é de terra. E você notou o caminho? Lembra-se de como era, vindo da ponta norte? Eu pensei que não daria a lugar nenhum.

— E nós temos um mapa para mochileiros — disse Neagley. — Talvez ela nem esteja no mapa de estradas normal.

— Então aquele carro passou aqui por alguma razão — afirmou Reacher. — Não por acidente, não por diversão.

— Eram os nossos caras — falou Neagley.

— Estavam fazendo a volta de reconhecimento — disse Reacher, assentindo.

— Concordo. Mas eles gostaram do que viram?

Reacher fechou os olhos. *O que eles viram?* Uma cidadezinha com nenhum lugar seguro para se esconder. Um local para um helicóptero pousar a cinquenta metros da igreja. E uma SUV preta, grande e evidente, um pouco parecida com um veículo oficial do Serviço Secreto, já estacionada na estrada. Com placa do Colorado, e provavelmente o escritório do Serviço Secreto mais próximo dali deveria ser em Denver.

— Não acho que estavam passeando — sugeriu ele.

— Então eles vão abortar? Ou voltar?

— Só tem um jeito de saber — disse Reacher. — A gente espera e vê.

Eles esperaram. O sol definhou tarde adentro e a temperatura despencou como uma pedra. O relógio tiquetaqueava 3.600 vezes a cada hora. Neagley saiu para dar uma caminhada e voltou com uma sacola do mercadinho. Fizeram um almoço improvisado. Depois estabeleceram um novo padrão de observação baseado no fato de que nenhum veículo conseguiria percorrer todo o caminho de nenhum dos dois campos de visão em menos de aproximadamente oito minutos. Portanto, eles se sentavam confortavelmente e, a cada cinco minutos do relógio de Neagley, eles se ajoelhavam e se aproximavam de suas venezianas para examinar a extensão da estrada. Em todas as vezes, a expectativa gerava uma emoção, que era sempre frustrada. Mas o movimento físico regular ajudava a combater o frio. Eles começaram a se alongar ali mesmo para que o corpo não enrijecesse muito. Faziam flexões para se manter aquecidos. As munições sobressalentes em seus bolsos tiniam alto. Neagley apelidou o barulho de *chocalho de batalha*. De tempo em tempo, Reacher pressionava o rosto contra as venezianas e observava a neve cair no oeste do lado de fora. As nuvens ainda estavam baixas e negras, retidas pelo muro invisível a aproximadamente oitenta quilômetros.

— Eles não vão voltar — disse Neagley. — Teriam que ser insanos pra tentar alguma coisa aqui.

— Acho que eles são — falou Reacher.

Ele observava, aguardava e escutava o relógio. Já estava farto antes mesmo das quatro horas. Usou a lâmina da sua faca para arrancar o acúmulo de tinta branca velha e descolar da estrutura uma das tábuas da veneziana. Era uma simples tira de madeira, com aproximadamente um metro de comprimento, dez centímetros de largura e dois de espessura. Ele a segurou em frente a si como uma lança, engatinhou e a enfiou no mecanismo do relógio. As rodas dentadas emperraram lá dentro e o relógio parou. Ele puxou a madeira para fora novamente, afastou--se engatinhando e a encaixou novamente na estrutura. O silêncio foi repentinamente ensurdecedor.

Eles observaram e aguardaram. Ficou mais frio, a ponto de os dois começarem a tremer. Mas o silêncio ajudava. De repente, ajudava muito. Reacher engatinhou para observar sua visão parcial do oeste novamente, depois voltou e pegou o mapa. Analisou-o com atenção, perdido em pensamentos. Usou um dedo e o polegar como um compasso e mediu distâncias. *Sessenta, cento e vinte, cento e oitenta, duzentos e quarenta. Devagar, mais rápido, rápido, devagar. Velocidade média total em torno de 60 quilômetros. Isso dá quatro horas.*

— O sol se põe no oeste — disse ele. — Nasce no leste.

— Neste planeta — comentou Neagley.

Então um rangido soou na escada abaixo. Escutaram passos subindo. O alçapão levantou três centímetros e abaixou de novo, depois foi aberto de uma vez, fazendo um estrondo ao bater no chão. O vigário colocou a cabeça dentro da torre e olhou para a submetralhadora apontada para ele de um lado e o rifle M16 do outro.

— Preciso falar com vocês sobre essas coisas — disse ele. — Não podem esperar que eu fique feliz em ter armas na minha igreja.

Ele ficou parado na escada de mão, parecendo uma cabeça decepada. Reacher colocou o M16 de volta no chão. O vigário subiu mais um degrau.

— Entendo a necessidade de segurança — alegou ele. — E estamos honrados com a presença do vice-presidente, mas eu realmente não posso permitir instrumentos de destruição num local sagrado. Imaginei que alguém fosse me consultar sobre o assunto.

— Instrumentos de destruição? — repetiu Neagley.

— A que horas o sol se põe? — perguntou Reacher.

O vigário pareceu um pouco surpreso com a mudança de assunto. Mas respondeu muito educadamente:

— Em breve. Ele se põe atrás das montanhas bem cedo. Mas você não vai ver isso acontecer hoje. Há nuvens. Uma tempestade de neve está vindo do oeste.

— E quando ele nasce?

— Nesta época do ano? Um pouco antes das sete horas, suponho.

— Você ouviu a previsão do tempo pra amanhã?

— Disseram que vai ser igual a hoje.

— Certo — disse Reacher. — Obrigado.

— Você parou o relógio?

— Estava me enlouquecendo.

— Foi por isso que eu subi. Você se importa se eu colocá-lo pra funcionar de novo?

Reacher deu de ombros e disse:

— O relógio é seu.

— Sei que o barulho deve ser incômodo.

— Não importa — disse Reacher. — A gente vai sair daqui assim que o sol se puser. Com as armas e tudo mais.

O vigário deu impulso com o corpo para cima, entrou na torre, inclinou-se sobre as vigas de ferro e mexeu no mecanismo. Um dispositivo de ajuste ficava conectado a um relógio miniatura separado que Reacher não percebera antes. Estava escondido pelas rodas dentadas. Havia uma alavanca de ajuste presa a ele. O vigário olhou seu relógio de pulso e usou a alavanca para forçar os ponteiros exteriores e acertar o horário. Os ponteiros do relógio miniatura se moviam com eles. Depois simplesmente girou uma roda dentada com a mão até que o mecanismo começasse a se movimentar por conta própria e funcionar sozinho novamente. O forte *tec, tec, tec* voltou. O sino menor ressoava harmonioso, uma minúscula ressonância para cada segundo que passava.

— Obrigado — disse o vigário.

— Mais uma hora no máximo — informou Reacher. — Depois a gente vai embora.

O vigário fez um movimento de cabeça como se seu recado tivesse sido dado e se enfiou alçapão abaixo. Fechou-o depois de passar.

— Não podemos sair daqui — contestou Neagley. — Você está louco? Eles podem vir pra cá à noite facilmente. Talvez seja exatamente isso o que estão esperando. Eles podem voltar com os faróis apagados.

Reacher olhou seu relógio.

— Eles já estão aqui — afirmou Reacher. — Ou quase.

— Onde?

— Vou te mostrar.

Ele retirou a tábua da veneziana novamente e a entregou para ela. Engatinhou por baixo do eixo do relógio e foi até a parte inferior da escada que levava para o lado de fora através do telhado. Subiu e abriu a porta do alçapão. Depois se arrastou para fora, mantendo a barriga colada ao chão do telhado. A construção era praticamente idêntica à de Bismarck. Havia um revestimento de chumbo soldado formando uma caixa rasa. Canos nas quinas. Uma forte estrutura para a fixação do mastro, do cata-vento e do para-raios. E uma mureta de quase um metro em toda a borda. Ele fez um círculo apoiado na barriga, inclinou--se para baixo pelo alçapão e pegou a tábua da veneziana com Neagley. Em seguida saiu do caminho e a deixou subir até o seu lado. O vento estava forte e gelado.

— Agora a gente fica de joelho, um pouco abaixados — orientou ele. — Juntos, de frente para o oeste.

Foi o que eles fizeram, ombro com ombro, curvados. Ele na esquerda, ela na direita. Reacher ainda ouvia o relógio. Conseguia senti-lo através do chumbo e das pesadas tábuas de madeira.

— Certo, deste jeito — mostrou Reacher.

Ele posicionou a tábua da veneziana em frente ao rosto, segurando a ponta esquerda com a mão esquerda. Ela pegou a ponta direita com a mão direita. Foram para a frente, ajoelhados, até estarem colados à mureta. Ele levantou a sua ponta da tábua para que ficasse nivelada com o topo da mureta. Ela fez o mesmo.

— Mais — orientou ele. — Até que a gente tenha uma fresta por onde olhar.

Em sincronia, eles a levantaram um pouco mais até que estivesse posicionada horizontalmente, com três centímetros de espaço entre sua beirada mais baixa e o topo da mureta. Espiaram pelo vão. Estariam visíveis se alguém observasse muito cuidadosamente, mas, no geral, era uma tática bem discreta. A melhor que ele pôde improvisar, de qualquer maneira.

— Olha pro oeste — disse. — Talvez um pouquinho a sudoeste.

Eles semicerraram os olhos contra o sol poente. Podiam ver pouco mais de sessenta quilômetros de capim ondulante. Era como um oceano, brilhante e dourado à luz do fim da tarde. Além dele estava a cada vez mais escura tempestade de neve. A área intervalar era nebulosa, e lençóis da luz do sol poente se estendiam por ela até os atingir em cheio. Havia cambiantes cortinas de luz, sombra, cores e arco-íris que começavam e terminavam em lugar nenhum.

— Observe a pradaria — orientou ele.

— O que estou procurando?

— Você vai ver.

Ficaram ajoelhados ali por minutos. O sol baixava centímetro a centímetro. Os últimos raios atingiam seus olhos horizontalmente. Então eles avistaram. Ao mesmo tempo. Aproximadamente dois quilômetros dentro do mar de capim, o sol moribundo resplandeceu dourado no teto do Tahoe. Arrastava-se na direção leste através da pradaria, muito devagar, vindo exatamente na direção deles, quicando levemente sobre o terreno irregular, sacolejando para cima e para baixo pelas depressões e pelos buracos numa velocidade de caminhada.

— Eles foram espertos — comentou Reacher. — Analisaram o mapa e tiveram a mesma ideia que você, de fugir pelo campo aberto no sentido oeste. Mas depois eles examinaram a cidade e souberam que teriam que entrar pelo mesmo caminho.

O sol deslizou para dentro das nuvens baixas oitenta quilômetros a oeste, a sombra resultante avançou na direção leste através da pradaria e a luz dourada morreu. O crepúsculo baixou como se um disjuntor tivesse desarmado, e subitamente não havia nada mais para ser visto. Eles abaixaram a tábua da veneziana e se deitaram no telhado. Arrastaram-se através do chumbo e desceram de volta para a torre do sino. Neagley passou espremida por baixo do eixo do relógio e pegou a Heckler & Koch.

— Ainda não — disse Reacher.

— Então quando?

— O que *eles* vão fazer agora?

— Acho que vão chegar o mais perto que se atreverem. Aí vão se preparar e esperar.

Reacher concordou com um gesto de cabeça.

— Vão dar meia-volta no carro e pará-lo de frente para o oeste no melhor buraco que conseguirem encontrar a cem ou duzentos metros de distância. Vão checar a linha de visão ao leste para terem certeza de que veem, mas não são vistos. Então vão se sentar e esperar o Armstrong aparecer.

— Faltam quatorze horas.

— Exatamente — disse Reacher. — Vamos deixá-los lá a noite inteira. Vamos deixar que fiquem com frio, tensos e cansados. Aí o sol vai nascer bem nos olhos deles. Vamos partir pra cima deles de dentro do sol. Não vão nem ver.

Esconderam as longas armas debaixo do banco mais próximo da porta da igreja e deixaram o Yukon estacionado onde estava. Caminharam em direção à ponte e pegaram dois quartos na pensão. Depois foram até o mercadinho para comprar ingredientes para o jantar. O sol tinha se posto e a temperatura estava abaixo de zero. Havia neve no ar novamente. Grandes flocos emplumados, relutantes em pousar, flutuavam por ali. Eles redemoinhavam, pairavam no ar e voltavam a subir como pequeninos passarinhos.

A bancada de café da manhã estava fechada, mas a moça do estabelecimento se ofereceu para esquentar algo do freezer no micro-ondas. Pareceu presumir que Reacher e Neagley eram do destacamento do

Serviço Secreto e tinham chegado antecipadamente. Parecia que todo mundo sabia sobre a presença de Armstrong no funeral. Ela esquentou algumas tortas de carne e um pouco de vegetais melequentos. Eles os comeram no balcão escurecido. Eram tão bons quanto ração militar. A mulher não aceitou dinheiro deles.

Os quartos na pensão eram limpos, como anunciado. As paredes eram revestidas com tábuas de pinho. Tapetes de retalho no chão. Uma cama de solteiro em cada, com colchas floridas lavadas tantas vezes que estavam quase transparentes. Havia um banheiro no final do corredor. Reacher deixou Neagley ficar com o quarto mais próximo a ele. Então ela se juntou a Reacher no quarto dele por um período, agitada, querendo conversar. Sentaram-se um ao lado do outro na cama, pois não havia nenhuma outra mobília.

— A gente vai estar lidando com pessoas já posicionadas — disse ela.

— Nós dois contra dois manés — respondeu Reacher. — Ficou preocupada agora?

— Ficou mais difícil.

— Me confirma outra vez — falou ele. — Eu não estou fazendo você fazer isto, estou?

— Você não tem como fazer isto sozinho.

Ele balançou a cabeça.

— Consigo fazer isto sozinho, com uma das mãos e a cabeça dentro de um saco.

— Não sabemos nada sobre eles.

— Mas podemos fazer um tipo de avaliação. O cara de Bismarck é o atirador, e o outro cobre a retaguarda dele e dirige. Irmão mais velho, irmão mais novo. Vai ter muita lealdade envolvida. É um negócio de irmãos. Esta parada toda é um negócio de irmãos. Explicar a motivação pra alguém pouco envolvido seria difícil. Ninguém pode simplesmente chegar pra um estranho e dizer ei, quero atirar num cara porque o pai dele ameaçou enfiar um taco no meu cu e eu tive que implorar pra ele não fazer isso.

Neagley ficou calada.

— Não estou pedindo pra você participar — falou Reacher.

Neagley sorriu.

— Você é um idiota. Estou preocupada com você, não comigo.

— Não vai acontecer nada comigo — tranquilizou Reacher. — Vou morrer velho numa cama de hotel solitária.

— Esta coisa toda é um negócio de irmão pra você também, não é?

Ele fez que sim com um gesto de cabeça.

— Tem que ser. Na verdade, não estou nem aí pro Armstrong. Eu gostava da Froelich, mas nunca a teria conhecido se não fosse pelo Joe.

— Você *é* solitário?

— Às vezes. Geralmente, não.

Ela moveu a mão, muito lentamente. Começou a três centímetros da mão dele. Ela fez com que os três centímetros parecessem milhões de quilômetros. Os dedos dela se moveram imperceptivelmente sobre a colcha desbotada até ficarem a uma fração dos dele. Então se levantaram e se moveram mais, até ficarem diretamente sobre os dele e uma fração acima. Era como se houvesse uma camada de ar entre as mãos, quente e líquida de tão comprimida. Ela manteve a mão imóvel no ar. Então pressionou com mais força, abaixando-a, e seus dedos tocaram as costas dos dedos dele, bem levemente. Ela virou o cotovelo para que as mãos ficassem precisamente alinhadas. Em seguida empurrou para baixo com mais força. A palma dela era quente. Os dedos, longos e frios. As pontas pousaram sobre as falanges dele. Eles se moveram e seguiram linhas, cicatrizes e tendões. Encaixaram-se entre os dele. Ele virou a mão para cima. Ela pressionou a palma sobre a dele. Entrelaçou os dedos nos dele e apertou. Ele devolveu o aperto.

Reacher segurou a mão dela por cinco longos minutos. Em seguida, ela a puxou lentamente. Levantou-se, caminhou até a porta. Sorriu.

— Vejo você de manhã — despediu-se.

Ele dormiu mal e acordou às cinco, preocupado com o final do jogo. Complicações o inundavam. Ele jogou as cobertas para o lado e saiu da cama. Vestiu-se no escuro, desceu as escadas, saiu e foi absorvido pela noite. Fazia um frio glacial, e os flocos de neve flutuavam mais rápido. Pareciam molhados e pesados. O clima se movimentava para o leste. O que era bom, supôs ele.

Não havia luz alguma. Todas as janelas da cidade estavam escuras. Não havia postes de luz, nem lua, nem estrelas. A torre da igreja erguia-se à frente, à meia-distância, indistinta, e cinzenta, fantasmagórica. Ele andou pelo meio da estrada de terra e atravessou o cemitério. Chegou à porta da igreja e entrou. Tateou pela escada da torre. Encontrou a escada de mão no escuro e subiu até a torre do sino. O relógio tiquetaqueava alto. Mais alto do que durante o dia. Soava como um ferreiro louco batendo seu martelo de ferro na sua bigorna uma vez a cada segundo.

Ele se abaixou para passar por baixo do eixo do relógio e encontrou a outra escada de mão. Subiu através da escuridão e saiu no telhado. Engatinhou até a mureta a oeste e levantou a cabeça. A paisagem era infinitamente escura e silenciosa. As montanhas distantes estavam invisíveis. Ele não conseguia ver nada. Não ouvia nada. O ar estava congelante. Esperou.

Esperou trinta minutos no frio. Ele deixou seus olhos lacrimejantes e o nariz escorrendo. Começou a tremer violentamente. *Se eu estou com frio, eles estão próximos da morte*, pensou. E, como era de se esperar, depois de longos trinta minutos, ele ouviu o som pelo qual estava aguardando. O motor do Tahoe foi ligado. Estava longe dali, mas soou ensurdecedor no silêncio da noite. Encontrava-se em algum lugar a oeste, possivelmente a uns duzentos metros de distância. Ele ficou ligado em ponto morto por dez minutos, fazendo o aquecedor funcionar. Não era possível estabelecer uma localização exata somente pelo som. Mas então eles cometeram um erro fatal. Acenderam a luz do teto por um segundo. Ele viu um rápido brilho amarelo bem no fundo do capim. O carro estava enfiado em uma depressão. Absolutamente oculto, com o teto bem abaixo do nível normal. Um pouco ao sul do oeste, mas não muito. A uns 150 metros de distância. Era uma ótima localização. Eles provavelmente usariam o próprio carro como plataforma de tiro. Deitar de bruços no teto, mirar, atirar, pular de cima dele, entrar, sair acelerando.

Ele colocou os dois braços abertos ao longo da mureta, olhou para o oeste e fixou na memória o rápido brilho em relação à localização da torre. Cento e cinquenta metros de distância e, na direção perpendicular, uns trinta metros ao sul. Engatinhou de volta para dentro da torre do sino, passou pelo ruído constante do relógio, desceu até a nave. Recolheu as armas sob o banco da igreja e as deixou no chão frio debaixo do Yukon. Não queria colocá-las dentro dele. Não daria uma resposta luminosa ao lampejo que eles tinham emitido.

Em seguida, voltou para a pensão e encontrou Neagley saindo do quarto dela. Eram quase seis horas. Ela já tinha tomado banho e estava vestida. Foram para o quarto dele conversar.

— Não conseguiu dormir? — perguntou ele.

— Nunca durmo — respondeu ela. — Eles ainda estão lá?

Reacher confirmou com em gesto de cabeça.

— Mas tem um problema. Não temos como derrubá-los onde estão. Precisamos movê-los antes.

— Por quê?

— Estão muito perto daqui. Não podemos começar a Terceira Guerra Mundial lá fora uma hora antes de Armstrong chegar. E não podemos largar dois cadáveres a cento e cinquenta metros da cidade. As pessoas nos viram. Policiais de Casper vão chegar logo. Talvez policiais estaduais. Você precisa pensar na sua licença. Temos que fazer com que saiam e pegá-los em algum lugar deserto. No oeste, onde provavelmente está nevando. Esta neve vai ficar por aqui até abril. É isso o que eu quero. Fazer isso longe daqui, e que ninguém saiba de nada do que aconteceu até abril.

— Tá, mas como?

— Eles são Edward Fox. Não são John Malkovich. Querem continuar vivendo. A gente consegue fazê-los fugir se agirmos certo.

Estavam de volta ao Yukon antes das seis e meia. Os flocos de neve ainda flutuavam no ar. Mas o céu estava começando a clarear no leste. Havia uma faixa roxo-escura no horizonte e depois o negrume da noite. Eles checaram as armas. Amarraram os sapatos, fecharam os casacos, movimentaram os ombros para checar a liberdade de ação. Reacher colocou seu gorro e a luva esquerda. Neagley enfiou a Steyr no bolso interno, pendurou a Heckler & Koch nas costas e sussurrou:

— Te vejo mais tarde.

Ela caminhou no sentido oeste para dentro do cemitério. Ele a viu passar por cima da cerca baixa, virar-se um pouco para o sul e desaparecer na escuridão. Caminhou até a base da torre, encostou-se no meio da parede oeste e recalculou a posição do Tahoe. Apontou a arma direto para ele e andou para trás, movendo o braço para compensar suas mudanças de posição, mantendo o alvo na mira. Colocou o M16 no chão, com o cano apontado um pouco ao sul do oeste. Foi para trás do Yukon, apoiou-se no porta-malas e esperou pela alvorada.

Ela chegou vagarosa, gradual e magnificamente. A cor roxa foi clareando e avermelhando na base, espalhando-se até que metade do céu estivesse raiado de luz. Então a auréola alaranjada surgiu a duzentos quilômetros de distância, na Dakota do Sul, a terra cedeu diante dela e o primeiro fino arco do sol irrompeu do horizonte. O céu ardeu cor-de-rosa. Compridas nuvens altas queimavam vermelhas. Reacher observou o Sol, aguardando até que se elevasse a ponto de agredir seus olhos, depois destrancou o Yukon e ligou o motor. Ele o fez roncar alto e ligou o rádio no máximo. Foi mexendo o sintonizador para cima e para baixo até encontrar um rock and roll e deixou a porta do motorista aberta para que a música golpeasse o silêncio da alvorada. Em seguida, pegou o M16, o destravou, colocou no ombro e atirou uma única rajada de três tiros, mirando um pouquinho ao sudoeste, direto para onde o Tahoe estava escondido. Ouviu Neagley responder imediatamente com uma rajada tripla da própria arma. A MP5 tinha um ritmo cíclico mais veloz e um barulho característico. Ela estava triangulada no capim, cem metros ao sul do Tahoe, atirando para o norte diretamente na direção dele. Do leste, ele atirou mais uma rajada de três tiros. Do sul, ela disparou novamente, mais uma rajada tripla. As quatro rajadas explodiram, avançaram e ecoaram pela paisagem. Elas gritavam: *Nós... sabemos... que vocês... estão aí.*

Ele aguardou trinta segundos, como planejado. Não veio resposta alguma do lugar onde estava posicionado o Tahoe. Nada de luz, nada de movimento, nada de fogo de retaliação. Ele levantou o rifle novamente. Mirou para cima. Apertou o gatilho. *Nós.* A Heckler & Koch berrou novamente distante dele, à direta. *Sabemos.* Ele atirou mais uma vez. *Que vocês.* Ela atirou de novo. *Estão aí.*

Nenhuma resposta. Ele ponderou por um segundo sobre a possibilidade de terem escapado na última hora. Ou de terem sido muito espertos e se movimentado para o lado leste da cidade. Seriam estúpidos em atacar contra o Sol. Ele se virou e não viu nada atrás de si, a não ser luzes crepitando nas janelas. Não ouviu nada em lugar algum além do zumbido no ouvido e do ensurdecedor rock and roll vindo do carro. Ele se virou de volta, pronto para atirar novamente, e viu o Tahoe irromper de dentro do capim a 150 metros dele. O sol do amanhecer refletiu dourado na traseira. Ele deu um salto que tirou as quatro rodas do chão e despencou novamente na terra, acelerando para longe dele no sentido oeste.

Reacher jogou o rifle no banco de trás do Yukon e bateu a porta com força, desligou o rádio e atravessou o cemitério acelerando. Destruiu a cerca de madeira e mergulhou na pradaria. Fez uma rápida curva para o sul. O terreno era mortífero. O carro estava socando e pulando sobre sulcos e saltando enlouquecidamente por longas elevações. Ele dirigia com uma das mãos e colocava o cinto com a outra. Puxou-o com força para que o mecanismo de travamento o deixasse bem preso ao banco. Viu Neagley correndo em direção a ele pelo capim à esquerda. Freou com força, ela abriu violentamente a porta de trás e se jogou para dentro. Ele arrancou de novo, ela bateu a porta e pelejou para chegar ao banco da frente. Colocou o cinto, enfiou a Heckler & Koch entre os joelhos e se firmou com as duas mãos no painel como se estivesse andando de montanha-russa.

— Perfeito — disse Neagley.

Ela estava muito ofegante. Ele acelerava. Virou novamente para o norte até encontrar o caminho aberto pelo Tahoe através do capim. Reacher centralizou o carro nele e pisou fundo. O percurso era pior que o de uma montanha-russa. Era um contínuo espancamento violento. O carro pulava, sacudia, alternava voos com quedas estrondosas de volta à terra, e decolava novamente. O motor berrava. O volante retorcia nas mãos dele com força suficiente para quebrar seus polegares. Reacher mantinha os dedos esticados e dirigia apenas com a palma das mãos. Estava com medo de que um eixo das rodas quebrasse.

— Já viu os caras? — gritou ele.

— Ainda não — respondeu ela, também gritando. — Eles podem estar uns trezentos metros à frente.

— Estou com medo de o carro quebrar.

Ele pisou com mais força no acelerador. Estava a quase oitenta quilômetros por hora. Depois cem. Quanto mais rápido, melhor andava. Passava efetivamente menos tempo no chão.

— Estou vendo os caras — gritou Neagley.

Estavam duzentos metros à frente, visíveis intermitentemente na medida em que davam pinotes pelo mar de capim como um golfinho dourado maníaco surfando nas ondas. Reacher continuou avançando e se aproximou um pouco mais. Estava em vantagem. Eles abriam o caminho para ele. Conseguiu se aproximar e manteve uma distância de aproximadamente cem metros. O motor rugia, a suspensão socava, batia e estrondeava.

— Eles podem correr — gritou ele.

— Mas não podem se esconder — berrou Neagley de volta.

Dez minutos depois, eles estavam quinze quilômetros a oeste de Grace e sentiam-se como se tivessem sido esmurrados numa briga. A cabeça de Reacher batia no teto a cada solavanco e os braços estavam doloridos. Os ombros, distendidos. O motor ainda berrava. O único jeito de manter o pé no acelerador era pressionando-o até que ficasse grudado no carpete. Ao lado dele, Neagley sacolejava para todos os lados descontroladamente. Tinha desistido de se apoiar nos braços para não quebrar os cotovelos.

Nos mortíferos quinze quilômetros seguintes, o terreno se transformou em algo novo. Estavam literalmente no meio do nada. A cidade de Grace tinha ficado trinta quilômetros atrás e a rodovia estava trinta à frente. Os declives estavam aumentando. O terreno era cortado por ravinas mais acentuadas. Tinha mais pedra. O capim continuava a crescer ali e ainda era alto, porém mais fino, pois as raízes eram mais rasas. Havia neve no chão. Os talos do mato estavam rígidos devido ao gelo e brotavam de uma camada branca de quinze centímetros. Separados por cem metros, ambos os carros diminuíram. Depois de dois quilômetros, a perseguição se transformou numa lenta e ridícula procissão a trinta quilômetros por hora. Eles percorriam lentamente descidas de 45 graus, afundavam até a altura do capô na neve acumulada no fundo e, com a tração quatro por quatro acionada, subiam novamente. As fendas tinham de três a cinco metros de profundidade. O incessante vento vindo do oeste as tinha enchido de neve, deixando uma das paredes limpa e a outra completamente macia e reta. Flocos chicoteavam neles horizontalmente.

— A gente vai atolar — disse Neagley.

— Eles vieram por este caminho — alegou Reacher. — Tem que ser possível sair.

Eles perdiam o Tahoe de vista toda vez que ele descia em uma ravina. Vislumbravam-no apenas quando subiam com dificuldade um local elevado e os viam umas três ou quatro depressões à frente deles. Não havia ritmo. Nenhuma coordenação. Sem sincronismo, os dois carros estavam mergulhando e se agarrando para subir. Tinham desacelerado a um ritmo de caminhada. Reacher engatara a marcha reduzida, pois o carro estava escorregando e deslizando. No oeste distante, a tempestade de neve estava furiosa. Ela se aproximava rapidamente.

— Está na hora — disse Reacher. — A neve vai escondê-los durante o inverno todo em qualquer uma dessas ravinas.

— Tá, então vamos nessa — disse Neagley.

Ela baixou o vidro, e uma lufada de neve entrou juntamente com uma ventania congelante. Ela pegou a Heckler & Koch e a colocou no automático. Reacher acelerou com força pelas próximas duas depressões o mais rápido que o carro conseguia. Então meteu o pé no freio com força no topo da terceira elevação e virou o volante para a esquerda de uma vez. O carro virou de lado e deslizou até parar com a janela do passageiro virada para a frente, na qual Neagley, toda debruçada para fora, ficou aguardando. O Tahoe dourado se elevou cem metros à frente e ela disparou uma longa rajada de tiros que mirava os pneus de trás e o tanque de combustível na parte de baixo. O Tahoe deu uma pausa rápida, depois balançou na parte mais alta da subida e desapareceu novamente.

Reacher girou o volante, acelerou e seguiu atrás dele. A parada devia ter custado a eles outros cem metros. Ele mergulhou em três ravinas consecutivas e parou novamente na quarta elevação. Esperaram. Dez segundos. Quinze. O Tahoe não reapareceu. Esperaram vinte segundos. Trinta.

— Cacete, cadê? — resmungou Reacher.

Ele deslizou o carro na parede da ravina onde o vento batia, atravessou a neve, subiu do outro lado. Do topo direto para a próxima depressão. Subida, topo, descida até a neve. Nenhum sinal do Tahoe. Continuou acelerando. Os pneus derrapavam e o motor berrava. Percorreu a subida seguinte. Parou de uma vez no topo. O terreno a seguir despencava, transformando-se numa voçoroca de seis metros de profundidade. Estava cheia de neve, e menos de trinta centímetros dos talos congelados do capim apareciam acima dela. Os rastros da chegada do Tahoe no dia anterior estavam visíveis logo à frente, quase ocultos pelo vento e pela neve recente. Mas os rastros de saída eram profundos e novos. Eles viravam de uma vez para a direita e fugiram no sentido norte, seguindo por uma curva fechada em uma ravina e desaparecendo de vista atrás de um afloramento coberto de neve. Havia silêncio por todo o lugar. A neve vinha exatamente na direção deles. Ela *subia* até eles do fundo da depressão.

Tempo e espaço, Reacher pensou. Quatro dimensões. Um problema tático clássico. O Tahoe poderia ter dado meia-volta e estar objetivando voltar para o local crucial, no horário crucial. Ele poderia refazer o caminho e estar novamente perto da igreja logo antes de Armstrong aterrissar. Mas seguir essa ideia às escuras seria suicídio. Pois ele poderia não estar retornando. Poderia estar esperando em uma emboscada logo depois da curva. Mas passar muito tempo pensando nisso seria suicídio também. Porque ele poderia não estar retornando *nem* esperando em uma emboscada. Poderia estar dando a volta e objetivando aparecer bem atrás deles. Um problema clássico. Reacher olhou para seu relógio. *Quase no momento em que não haverá mais volta.* Eles tinham saído fazia quase trinta minutos. Portanto, gastariam aproximadamente trinta para retornar. E Armstrong tinha um prazo de chegada de uma hora e cinco.

— Está com vontade de sentir frio? — perguntou ele.

— Não temos alternativa — respondeu Neagley.

Ela abriu a porta e saiu na neve. Correu desajeitadamente para a direita, lutando contra a neve, sobre as pedras, com o objetivo de alcançar a outra ponta da curva feita pelo Tahoe. Ele tirou o pé do freio, deu uma cutucada no volante e desceu lentamente a ladeira. Virou de uma vez para a direita no fundo da ravina e seguiu os rastros do Tahoe. Era a melhor solução que conseguiu improvisar. Se o Tahoe *estivesse* fazendo o caminho de volta, ele não podia esperar para sempre. Não fazia sentido dirigir cuidadosamente de volta para a igreja e chegar lá depois que Armstrong já estivesse morto. E se ele estivesse dirigindo direto para uma emboscada, estava contente o bastante com o fato de Neagley estar se posicionando atrás de seus oponentes com uma submetralhadora nas mãos. Concluiu que isso certamente garantiria a sua sobrevivência.

Mas não havia emboscada. Ele deu a volta, virou novamente para o leste e não viu absolutamente nada além de vazias marcas de pneus na neve e Neagley de pé, cinquenta metros adiante, com o sol às costas e a arma acima da cabeça. O sinal de que a barra estava limpa. Ele acelerou e subiu em velocidade ao encontro dela. O carro escorregava, deslizava e derrapava nas trilhas encravadas pelo Tahoe. Ele balançava sobre pedras encobertas. Freou, dando uma guinada de lado e parando com as rodas da frente dentro de uma vala cheia de neve. Ela lutou contra a neve em seu caminho até a porta e a abriu. Ar gelado entrou junto com ela.

— Mete o pé — disse ela, ofegante novamente. — Devem estar pelo menos cinco minutos na nossa frente agora.

Ele acelerou. Todas as quatro rodas giraram em falso. O carro permaneceu imóvel, os quatro pneus berraram na neve e a frente afundou ainda mais.

— Merda — xingou ele.

Tentou de novo. Mesmo resultado. O carro tremia e chacoalhava, mas não ia a lugar algum. Ele desengatou a marcha reduzida e tentou novamente. Mesmo resultado. Deixou o motor em marcha lenta, engatou ré, depois à frente, depois ré, depois à frente. O carro balançava insistentemente para trás, para a frente, para trás, para a frente, quinze centímetros, trinta. Mas não saía da vala.

Neagley checou seu relógio.

— Eles estão bem à nossa frente. Conseguem chegar lá a tempo.

Reacher concordou com um gesto de cabeça, acelerou e continuou golpeando a alavanca da marcha para as posições ré, frente, ré, frente. O carro dava pinotes e sacudia. Mas não saía da vala. As bandas de rodagem dos pneus cantavam sobre a neve vítrea. O torque do motor fazia a frente dar guinadas para a esquerda e a direita e a traseira arrastar de um lado para o outro.

— Armstrong está no ar agora — lembrou Froelich. — E o nosso carro não está mais estacionado do lado da igreja. Eles vão seguir em frente e pousar.

Reacher checou seu relógio. Lutou contra o pânico crescente.

— Você faz isto — disse ele. — Continua indo pra trás e pra frente.

Ele se virou e pegou as luvas. Tirou o cinto, abriu a porta e saiu para a neve.

— E, se funcionar, não para por nada — ordenou Reacher.

Ele foi até a traseira do carro patinando e tropeçando. Bateu na neve e a chutou até conseguir firmar os pés na pedra. Neagley passou para o banco do motorista. Estabeleceu um ritmo, para a frente e ré, para a frente e ré, dando pancadinhas leves no acelerador quando as marchas engatavam. O carro chacoalhava sobre a suspensão e começou a rodar cinquenta centímetros para trás e para a frente sobre a neve prensada. Reacher apoiou as costas na traseira e enganchou as mãos debaixo do para-choque. Movia-se juntamente com o carro quando ele o empurrava. Esticava as pernas e o erguia quando se afastava. As bandas de rodagem dos pneus estavam cheias de neve. Elas arremessavam pequenos hieróglifos brancos no ar quando giravam. Os gases do escapamento saíam efervescendo perto dos joelhos dele e pairavam no ar. Ele deixava o corpo ir para a frente e empurrava para trás repetidamente. O carro já se movia sessenta centímetros a cada vez. Reacher enganchou as mãos com mais força. Vinda do oeste, a neve batia direto em seu rosto. Começou a contar. *Um, dois... três. Um, dois... três.* Passou a ter que andar para acompanhar o carro quando ele ia para trás e para a frente. Já estava se movendo noventa centímetros a cada mudança de direção. Ele já tinha gravado uma cadeia de pontos de apoio para os pés. *Um, dois... três.* No último *três*, ele empurrou com toda a sua força. Sentiu o carro subir e sair da vala. Sentiu-o cair pra dentro novamente. A traseira o golpeou com força nas costas. Ele tropeçou e patinou em busca de aderência. Reestabeleceu o ritmo. Suava no frio. Estava sem fôlego. *Um, dois... três.* Ele empurrou novamente e sentiu o carro desaparecer de trás dele, que caiu na neve.

Ele se levantou atravessou o fedor de gasolina do escapamento. O carro estava vinte metros à frente. Neagley dirigia o mais devagar que ousava. Reacher o perseguiu, escorregando e deslizando. Deu uma guinada para a direita e entrou na trilha da roda. O terreno se elevou. Neagley acelerou para manter o impulso. Ele corria muito, mas ela estava se distanciando. Corria o mais rápido que conseguia. Enfiava a ponta da bota na neve para não escorregar. Ela diminuiu a velocidade no topo da subida. O carro ficou na horizontal. Ele viu toda a parte de baixo. O tanque de combustível, o diferencial. Ela freou delicadamente, ele segurou a maçaneta, abriu a porta com um movimento rápido e patinou na descida ao lado do carro até que tivesse atingido velocidade o suficiente para se atirar para dentro. Ele se arrastou no banco, bateu a porta e ela pisou fundo no acelerador, trazendo de volta o violento espancamento de montanha-russa.

— Tempo? — gritou ela.

Ele pelejou para manter o pulso parado e checou o relógio. Estava ofegante demais para falar. Simplesmente balançou a cabeça. Estavam pelo menos dez minutos atrás deles. E eram dez minutos cruciais. O Tahoe estaria de volta ao local de onde saíram dali a dois minutos, e Armstrong iria aterrissar cinco minutos depois. Neagley continuou dirigindo. Ela subia rápida e violentamente, decolava, afundava na neve até a altura do capô, abria caminho à força, uma vez atrás da outra. Sem o volante para se segurar, Reacher era jogado para tudo quanto é lado. Ele lutava com a alternância entre decolagens e aterrissagens violentas e via borrões da hora em seu relógio. Olhou para céu no leste pelo para-brisa. O Sol estava em seus olhos. Baixou o olhar para o terreno. Nada. Nenhum Tahoe. Já tinha ido embora havia muito tempo. Só restaram os rastros dele na neve, sulcos geminados que se estreitavam ao longe. Seguiam decididos em direção à cidade de Grace como flechas. Estavam cheios de cristais de gelo que, incendiados pela luz da aurora, resplandeciam vermelhos e amarelos.

De repente eles mudaram. Fizeram uma curva fechada de noventa graus e desapareceram dentro de uma ravina que se estendia na direção norte-sul.

— E agora? — berrou Neagley.

— Segue — respondeu Reacher, puxando o ar com dificuldade.

A ravina era estreita como uma trincheira. A descida, íngreme. As marcas do Tahoe estavam claramente visíveis por cinquenta metros, depois viravam repentinamente de novo e saíam de vista, fazendo uma curva fechada à direita atrás de um afloramento rochoso do tamanho de uma casa. Neagley freou com força quando chegaram à descida. Parou. Ela ficou parada por um momento, e a mente de Reacher gritou *uma emboscada agora?* Uma fração de segundo depois, o pé dela pressionou o acelerador e as mãos viraram o volante. O Yukon se enfiou na trilha do Tahoe e suas duas toneladas escorregaram incontrolavelmente pela descida congelada. O Tahoe saiu do esconderijo, de ré, exatamente em frente a eles. Parou derrapando bem no meio do caminho. Neagley saiu pela porta antes do Yukon parar de se mover. Ela rolou na neve e fugiu escorregando para o norte. O Yukon girou violentamente e parou em um monte de neve. A porta de Reacher ficou emperrada por causa da profundidade da neve. Ele usou toda a sua força para empurrá-la, consegui abri-la até a metade e se espremeu para fora pelo vão. Viu o motorista se jogando do Tahoe, escorregando e caindo na neve. Reacher se afastou rolando e tirou a Steyr do bolso. Deu a volta apressadamente até a traseira do Yukon e engatinhou pela neve ao longo da lateral oposta do carro. O motorista do Tahoe estava segurando um rifle. Escorregando e deslizando, ele usava o cano da arma para se movimentar pela neve. Estava indo na direção da pedra em busca de proteção. Era o cara de Bismarck. Não havia dúvida. Rosto fino, corpo longo. Até usava o mesmo casaco. Ele seguia de quatro pelo monte de neve enquanto o casaco aberto balançava e pequeninas nevascas voavam de seus joelhos a cada avanço. Reacher levantou a Steyr, a apoiou no para-lama do Yukon e mirou na cabeça do cara. Começou a pressionar o dedo no gatilho. Então ouviu uma voz, alta e imponente, bem atrás de si.

— Não atire — ordenou a voz.

Ele se virou e viu um segundo cara, dez metros a noroeste. Neagley cambaleava pela neve exatamente à frente dele. A mão esquerda abaixada do homem segurava a Heckler & Koch dela. Uma pistola na mão direita estava pressionada contra as costas dela. Era o cara do vídeo da garagem. Não havia dúvida quanto a isso também. Sobretudo de tweed, baixo, ombros largos, um pouco atarracado. Sem chapéu dessa vez. Tinha o mesmo rosto do cara de Bismarck, um pouco mais gordo. O mesmo cabelo castanho agrisalhado, um pouco mais grosso. *Irmãos.*

— Jogue a arma no chão, senhor — gritou ele.

Era uma fala totalmente policial em uma voz típica de policial. Neagley articulou um *desculpa* com os lábios, sem emitir som. Reacher virou a Steyr na mão e a segurou pelo cano.

— Jogue a arma no chão, senhor — gritou o cara atarracado novamente.

O irmão de Bismarck mudou de direção e se aproximou, deixando sulcos na neve. Levantou o rifle. Também era um Steyr, uma bela e longa arma. Estava coberta de neve. Apontava direto para a cabeça de Reacher. O sol da manhã fazia com que a sombra do cano tivesse dez metros de comprimento. Reacher pensou: *O que aconteceu com aquela cama de hotel solitária?* Flocos de neve redemoinhavam e o ar era glacial. Ele moveu o braço para trás e arremessou a pistola longe. Ela fez um preguiçoso arco de dez metros através da neve que caía, pousou e se enterrou em um monte. O cara de Bismarck remexeu no bolso com a mão esquerda e pegou seu distintivo. Levantou-o. O distintivo era dourado. Ficava preso por uma tira de couro. O couro era marrom. O rifle balançava. O cara guardou desajeitadamente o distintivo, levantou o rifle até o ombro e o segurou com firmeza.

— Nós somos policiais — disse ele.

— Eu sei — alegou Reacher.

Ele olhou ao redor. Caía neve com força. Ela chicoteava e espiralava. A fenda dentro da qual estavam era como uma caverna sem teto. Provavelmente o lugar mais isolado do planeta. O cara do vídeo da garagem empurrou Neagley para mais perto. Ela tropeçou, ele a segurou, empurrou-a para o lado e manteve a arma pressionada contra as costas dela.

— Mas quem é você? — perguntou o cara de Bismarck.

Reacher não respondeu. Simplesmente analisou a geometria. Não era atraente. Ele estava triangulado a quatro metros de cada um dos sujeitos, e a neve sob seus pés estava escorregadia e fofa.

O cara de Bismarck sorriu.

— Você está aqui para fazer com que o mundo seja um lugar seguro para a democracia?

— Estou aqui porque sua pontaria é péssima — respondeu Reacher. — Acertou a pessoa errada na quinta-feira.

Depois, movendo-se muito cuidadosamente, puxou o punho da manga e olhou o relógio. Sorriu.

— E você perdeu de novo. Agora já é tarde. Não vão conseguir pegá-lo.

O cara de Bismarck balançou a cabeça e revelou:

— Receptor de radiofrequência. No nosso carro. Estamos escutando o departamento de polícia de Casper. Armstrong está vinte minutos atrasado. Tiveram problemas com o clima na Dakota do Sul. Aí a gente decidiu dar um tempo e deixar vocês nos alcançarem.

Reacher ficou calado.

— Porque a gente não gosta de vocês — continuou ele. Seus lábios se moviam pressionados à coronha. — Estão se intrometendo onde não são bem-vindos. Numa questão puramente pessoal. Em algo que não diz respeito a vocês de jeito nenhum. Então se considerem presos. Querem se declarar culpados?

Reacher ficou calado.

— Ou vocês querem simplesmente implorar?

— Igual a vocês? — alfinetou Reacher. — Quando aquele taco de beisebol estava se aproximando?

O cara ficou em silêncio por um segundo.

— Sua atitude não está ajudando o seu caso — disse ele.

E ficou quieto novamente, por cinco longos segundos.

— O júri está de volta — informou ele.

— Que júri?

— Eu e o meu irmão. Esse é o único júri que vocês vão ter. Nós somos o mundo de vocês agora.

— O que quer que tenha acontecido, foi há trinta anos.

— Quando um cara faz uma coisa daquele tipo, ele tem que pagar.

— O cara morreu.

O policial de Bismarck deu de ombros. O cano da arma se moveu.

— Você deveria ler a Bíblia, meu amigo. Os pecados do pai, já ouviu falar nisso?

— Que pecados? Vocês perderam uma briga, só isso.

— A gente nunca perde. Mais cedo ou mais tarde, a gente sempre ganha. E o Armstrong *assistiu*. O garotinho rico metido a besta, divertindo-se, rindo. Um homem não se esquece de uma coisa daquelas.

Reacher ficou calado. O silêncio era total. Os assobios dos flocos de neve pareciam audíveis individualmente ao redemoinharem no ar. *Mantenha ele falando*, pensou Reacher. *Mantenha ele em movimento.* Mas olhou dentro daqueles olhos insanos e não conseguiu pensar em algo para falar.

— A mulher vai no carro — disse o cara. — Vamos nos divertir com ela um pouco depois do negócio com o Armstrong. Mas vou atirar em você agora mesmo.

— Não com esse rifle — falou Reacher. *Mantenha ele falando. Mantenha ele em movimento.* — A boca está cheia de lama congelada. Vai explodir na sua mão.

Houve um longo silêncio. O sujeito calculou a distância entre ele e Reacher, só uma olhadinha. Depois abaixou o rifle. Virou-o ao contrário e deu uma olhada rápida o suficiente para verificá-lo. A boca estava abarrotada de neve congelada. *A M16 está no banco de trás da Yukon*, pensou Reacher. *Mas a porta está bloqueada.*

— Está apostando a sua vida num pouquinho de lama congelada? — perguntou o cara de Bismarck.

— Você está? — devolveu Reacher. — A culatra vai explodir e arrancar essa sua cara feia. Aí eu vou pegar o cano e enfiar no seu cu. Vou fingir que é um taco de beisebol.

A expressão do sujeito ficou sombria. Mas ele não puxou o gatilho.

— Dê um passo para longe do carro — ordenou, do jeito que policiais fazem.

Reacher deu um longo passo com dificuldade para longe do Yukon, subindo e descendo na neve.

— Mais um.

Reacher se moveu novamente. Estava a dois metros do carro. A dois metros do M16. A dez metros da sua nove milímetros, distante na neve. Deu uma olhada ao redor. O irmão de Bismarck segurou o rifle com a mão esquerda, colocou a direita debaixo do casaco e tirou uma pistola. Era uma Glock. Preta, quadradona e feia. *Provavelmente coisa de departamento de polícia.* Ele a destravou com uma das mãos e a nivelou com o rosto de Reacher.

— Com essa aí também não — disse Reacher.

Mantenha ele falando. Mantenha ele em movimento.

— Por que não?

— É a sua arma de trabalho. Provavelmente você já a usou antes. Então há registros. Eles acham o meu corpo, a balística aponta direto para você.

O cara ficou parado por um longo momento. Não falava. Nada no rosto dele. Mas guardou a Glock novamente. Levantou o rifle. Arrastando os pés pela neve, arredou para trás em direção ao Tahoe. O rifle ficou atravessado no nível do peito de Reacher, que pensou: *puxa essa porcaria desse gatinho. Vamos todos dar uma gargalhada.* O cara tateou atrás de si e abriu a porta de trás do Tahoe, do lado do motorista. Soltou o rifle e alcançou uma pistola, tudo com um só movimento. Era uma Beretta M9 velha, arranhada e com manchas de óleo seco. O cara andou para a frente com dificuldade e passou pelo monte. Parou a dois metros

413

de Reacher. Levantou o braço. Destravou-a com o polegar. E mirou exatamente no centro do seu rosto.

— Arma com esquema — disse ele. — Nenhum registro.

Reacher ficou calado.

— Pode dar boa noite agora — sussurrou o cara.

Ninguém se moveu.

— No clique — disse Reacher.

Ele fixou o olhar exatamente na arma. Capturou o rosto de Neagley no canto do olho. Percebeu que ela não entendeu o que ele quis dizer, mas a viu concordar com um gesto. Foi um movimento quase insignificante de pálpebras. Como uma meia piscada. O cara de Bismarck sorriu. Tensionou o indicador. O nó do dedo ficou branco. Ele apertou o gatilho.

Houve um clique seco.

Reacher sacou a faca de cerâmica já aberta e a passou de um lado ao outro da testa do cara. Então pegou o cano da Beretta com a mão esquerda, deu um puxão para cima seguido de outro para baixo com toda a força contra o joelho e estraçalhou o antebraço do cara. Empurrou-o para longe e se virou. Neagley mal tinha se mexido. No entanto, o cara do vídeo da garagem estava inerte na neve aos pés dela. Sangrava pelos dois ouvidos. Ela estava com sua Heckler & Koch em uma das mãos e a arma do cara na outra.

— Posso? — perguntou ela.

Reacher assentiu. Ela deu um passo atrás para que suas roupas não ficassem respingadas, apontou a arma para o chão e deu três tiros no cara do vídeo da garagem. *Bang, bang... bang.* Um *double-tap* na cabeça, depois uma bala no peito para garantir. O estrondo dos tiros ribombou como um trovão. Os dois se viraram. O cara de Bismarck cambaleava na neve, completamente cego. A testa dele estava cortada até o osso e sangue derramava de uma ponta à outra da ferida sobre os olhos dele. Tinha chegado ao nariz e à boca. Borbulhava com a respiração ofegante. Ele segurava o braço quebrado. Cambaleava para a esquerda e a direita, fazendo círculos, levando o antebraço esquerdo até o rosto, tentando limpar o sangue dos olhos para que pudesse ver.

Reacher o olhou por um momento, sem expressão. Depois pegou a Heckler & Koch de Neagley, a ajustou para que desse um único tiro, esperou o cara se virar e disparou uma única bala, que atravessou a garganta por trás. Ele tentou acertá-la no mesmo lugar em que Froelich fora atingida. O cartucho usado foi expelido e acertou o Tahoe a seis metros de distância, emitindo um barulho alto ao mesmo tempo em que o cara desmoronava para a frente, caindo imóvel enquanto a neve era tingida de vermelho ao redor dele. O estrondo do tiro ribombou para longe, e um silêncio absoluto voltou para substitui-lo. Reacher e Neagley prenderam a respiração e escutaram com concentração. Nenhum som além da neve caindo.

— Como você sabia? — perguntou Neagley calmamente.

— Aquela arma era da Froelich — respondeu ele. — Eles a roubaram da cozinha dela. Reconheci os arranhões e as manchas de óleo. Ela deixou os pentes carregados na gaveta por uns cinco anos.

— Mesmo assim poderia ter disparado — disse Neagley.

— A vida é feita de apostas — afirmou Reacher. — Do começo até o fim. Você não acha?

O silêncio ficou ainda mais intenso. Estavam sozinhos em mil quilômetros quadrados de um vazio gelado, respirando com dificuldade, tremendo, um pouco nauseados pela adrenalina.

— Quanto tempo o negócio na igreja vai durar? — perguntou ele.

— Não sei — respondeu Neagley. — Quarenta minutos? Uma hora?

— Então não precisamos ter pressa.

Ele caminhou com dificuldade até onde estava sua Steyr e a pegou. A neve já tinha começado a cobrir os dois corpos. Ele tirou as carteiras e os distintivos dos bolsos. Limpou a faca no casaco de sarja do cara de Bismarck. Abriu todas as quatro portas do Tahoe para que a neve entrasse e o enterrasse mais rápido. Neagley esfregou a pistola do cara da garagem no casaco e a jogou no chão. Caminharam de volta para o Yukon e entraram. Deram uma última olhada para trás. A cena já estava coberta de neve nova e embranquecia rapidamente. Desapareceria em 48 horas. O vento gelado congelaria todo aquele cenário dentro de um monte grande e macio que se estenderia no sentido leste-oeste até que o brilho do sol da primavera o libertasse novamente.

Neagley dirigia, devagar. Reacher empilhou as carteiras no colo e começou pelos distintivos. O carro balançava suavemente, e ele precisou fazer um esforço para segurá-los parados em frente aos seus olhos de maneira que conseguisse vê-los.

415

— Policiais de Idaho — disse ele. — Alguma área rural ao sul de Boise, eu acho.

Ele colocou os dois distintivos no bolso. Abriu a carteira do cara de Bismarck. Era de couro marrom ressecado, rachado e moldado pelo conteúdo. Havia uma aba de plástico opaco com uma identidade policial por trás. O rosto fino do sujeito o encarava na fotografia.

— O nome dele era Richard Wilson — informou ele. — Detetive de baixa patente.

Havia dois cartões de crédito e uma carteira de motorista de Idaho na carteira. Pedaços de papel e quase trezentos dólares em dinheiro. Ele espalhou os papéis pelo colo e colocou a grana no bolso. Abriu a carteira do cara da garagem. Era de couro de jacaré falsificado, preta, e guardava uma identidade do mesmo departamento de polícia.

— Peter Wilson — disse Reacher. Ele verificou a carteira de motorista. — Um ano mais novo.

Peter tinha três cartões de crédito e quase duzentos dólares. Reacher colocou a grana no bolso e olhou para a frente. Nuvens de neve se formavam atrás deles e o céu era claro no leste. O sol estava descoberto e nos olhos deles. Havia um pequeno ponto preto no ar. A torre da igreja mal era visível, a uns trinta quilômetros de distância. O Yukon sacolejava em direção a ela, implacavelmente. O ponto preto aumentava de tamanho. Havia um borrão cinza de hélices acima dele. Parecia imóvel no ar. Reacher se segurou no painel e olhou para cima pelo para-brisa. Havia uma faixa escura no topo do vidro. O helicóptero passou por ela de cima para baixo. Era grande e bulboso na parte da frente. Provavelmente um Night Hawk. Ele visualizou a igreja e seguiu em direção a ela. Movia-se como um inseto gordo. O Yukon sacolejava suavemente sobre as ondulações. As carteiras escorregaram do colo de Reacher. Os pedaços de papel se espalharam. O helicóptero pairava no ar. Depois girou no ar, posicionando a porta principal na direção da igreja.

— Tacos de golfe — disse Reacher. — Nada de amostra de ferramentas.

— O quê?

Ele levantou um pedaço de papel.

— Um recibo da UPS. Postagem com prazo de entrega de um dia. De Minneapolis. Endereçada a Richard Wilson, hóspede a chegar em um hotel em Washington. Uma caixa de papelão de trinta centímetros quadrados e um metro e 21 centímetros de comprimento. Conteúdo: uma bolsa de tacos de golfe.

Depois ficou quieto. Olhou outro pedaço de papel.

— Mais uma coisa — disse ele. — Pro Stuyvesant, talvez.

Eles viram o distante helicóptero pousar e pararam bem no meio da pradaria vazia. Saíram, foram envolvidos pela congelante luz do sol e ficaram andando em círculos, se alongando e bocejando. O Yukon dava estalos altos à medida que esfriava. Reacher empilhou os distintivos e as identidades policiais no banco do passageiro e atirou longe as carteiras vazias.

— Precisamos higienizar — disse ele.

Os dois limparam as digitais de todas as armas e as jogaram no mato, para o norte, o sul, o leste e o oeste. Tiraram todas as balas sobressalentes dos bolsos e as arremessaram para longe, fazendo-as rodopiarem metálicas à luz do sol. Fizeram o mesmo com a luneta de observadores de aves. Reacher ficou com seu gorro e suas luvas. E com a faca de cerâmica. Tinha se afeiçoado a ela.

Seguiram de carro pelo restante do caminho até Grace devagar e sem dificuldade, saíram sacolejando da pradaria, passaram pela cerca destruída e atravessaram o cemitério. Estacionaram perto do helicóptero e saíram. Ouviram o pranto do órgão e o som de pessoas cantando dentro da igreja. Não havia multidão. Ninguém da mídia. Era uma cena cheia de dignidade. Havia uma viatura do departamento de polícia de Casper estacionada a uma distância discreta. Um tripulante da força aérea de macacão de voo estava de pé ao lado do helicóptero. Alerta e vigilante. Provavelmente nem era da força aérea. Provavelmente um dos caras do Stuyvesant com um traje emprestado. Provavelmente tinha um rifle escondido logo atrás da porta da cabine. Provavelmente um Vaime Mk2.

— Você está bem? — perguntou Neagley.

— Estou sempre bem — respondeu Reacher. — Você?

— Estou ótima.

Ficaram parados ali por quinze minutos, sem saber realmente se estavam com frio ou calor. Uma peça fúnebre ressoava alta do órgão distante, depois houve silêncio, e, em seguida, o som abafado de pés se movendo em tábuas empoeiradas. A grande porta de carvalho foi aberta e um pequeno grupo de pessoas se afunilou para sair à luz do sol. O vigário parou ao lado de fora com os pais de Froelich e falava com todos que saíam.

Armstrong saiu depois de alguns minutos com Stuyvesant ao lado. Ambos usavam sobretudo escuro. Estavam cercados por sete agentes. Armstrong trocou palavras com o vigário, apertou a mão dos Froelich e falou um pouco mais. Em seguida, o destacamento o guiou para perto do helicóptero. Ele viu Reacher e Neagley e desviou para perto deles com uma expressão de questionamento.

— E todos vivemos felizes para sempre — disse Reacher.

Armstrong fez um único movimento de cabeça.

— Obrigado.

— De nada.

Armstrong hesitou um segundo, depois se virou sem um aperto de mão e caminhou em direção ao helicóptero. Stuyvesant veio em seguida, sozinho.

— Felizes? — repetiu ele.

Reacher tirou dos bolsos os distintivos, as identidades e as carteiras de motorista. Stuyvesant juntou as mãos para receber tudo.

— Talvez mais felizes do que imaginávamos — acrescentou Reacher. — Eles não eram do Serviço Secreto, isso é certo. Eram policiais de Idaho, de perto de Boise. O endereço está aí. Tenho certeza de que vai encontrar o que precisa. O computador, o papel e a impressora, o polegar do Andretti no freezer. Quem sabe, até algo mais.

Ele tirou um papel do bolso.

— Achei isto aqui também — continuou. — Estava em uma das carteiras. É um recibo de caixa registradora. Eles foram ao mercado tarde da noite na sexta-feira e compraram seis refeições congeladas e seis garrafas grandes de água.

— E? — indagou Stuyvesant?

Reacher sorriu.

— Meu palpite é que eles não estavam fazendo a compra semanal de sempre, não no meio de todo o resto que estavam fazendo. Acho que podiam estar garantindo que a sra. Nendick comesse enquanto estivessem fora. Acho que ela ainda está viva.

Stuyvesant agarrou o recibo e correu para o helicóptero.

Reacher e Neagley se despediram no aeroporto de Denver no final da manhã seguinte, segunda-feira. Reacher endossou para ela o cheque de pagamento dele e ela comprou uma passagem de primeira classe da United para o aeroporto de La Guardia, em Nova York. Ele a acompanhou até o portão onde ela pegaria o voo para Chicago. As pessoas já estavam embarcando. Neagley não falou nada. Simplesmente colocou a mala no chão e ficou em frente a ele. Depois se esticou e o abraçou, rapidamente, como se não soubesse direito como fazer aquilo. Soltou-o depois de um segundo, apanhou sua mala e desceu pela ponte de embarque. Não olhou para trás.

Ele chegou a La Guardia no final da tarde. Pegou um ônibus e o metrô para a Times Square e caminhou pela Rua 42 até encontrar a casa de shows nova de B.B. King. Uma banda com quatro integrantes estava terminando sua primeira apresentação. Eles eram muito bons. Reacher escutou até o final, depois caminhou de volta até o porteiro.

— Uma senhora tocou aqui na semana passada? — perguntou ele. — Com uma voz que lembrava a de Dawn Penn? Um senhor no teclado?

O porteiro balançou a cabeça.

— Ninguém assim — respondeu o cara. — Não aqui.

Reacher agradeceu com um gesto de cabeça, saiu e foi envolvido pela brilhante escuridão. Estava frio na rua. Seguiu na direção oeste até a rodoviária e pegou um ônibus para fora da cidade.

Impresso no Brasil pelo
Sistema Digital Instant Duplex da Divisão Gráfica da
DISTRIBUIDORA RECORD DE SERVIÇOS DE IMPRENSA S.A.
Rua Argentina, 171 – Rio de Janeiro, RJ – 20921-380 – Tel.: (21)2585-2000